U0137308

中国文学图像关系史　先秦卷

总主编　赵宪章　副总主编　许结　沈卫威

本卷主编　包兆会

江苏凤凰教育出版社
Phoenix Education Publishing, Ltd

"十三五"国家重点出版物出版规划项目

2020 年国家出版基金资助项目

南京大学"985"工程重点项目

北京大学人文社会科学研究院支持项目

彩图1 麟趾贻休图 焦秉贞 故宫博物院藏

彩图 2 《唐风·蟋蟀》诗意图　马和之　辽宁省博物馆藏

彩图 3　老子像　赵孟頫　故宫博物院藏　　　　彩图 4　老子像　文徵明　旅顺博物馆藏

彩图5 瑶池献寿图 刘松年 台北"故宫博物院"藏　彩图6 瑶池仙乐图 张渥 台北"故宫博物院"藏

彩图7 首阳采薇图 李唐 故宫博物馆藏

彩图8 商山采薇图 佚名 所藏不明

"文学图像论"之可能(代序)

赵宪章

一、一代有一代之"新学"

一百年前,王国维曾经感叹"凡一代有一代之文学……而后世莫能继焉者也"①,充满了文学的自信与豪迈;一百年后的今天,文学的风光不再,我们已经很难说出哪种文体堪称当下之天骄:散文? 诗歌? 戏剧? 小说? ……都不是,因为整个文学的"模样"已经模糊不清,唯有和图像的关系密切,甚或是被图像符号咀嚼过了的作品才备受青睐。在这类跨媒介的"新文体"中,"白纸黑字"经过它的反刍已经改变了原有的模样,"文学读者"已经变身为"文学看客"。这就是今天的文学志士们所惊呼的"图像时代的到来"以及"文学命运的终结",深沉的忧虑和无奈溢于言表。可以说,当今之时代,文学和图像的剑拔弩张前所未有,二者关系的复杂多变前所未有,它们之间的痛苦纠结前所未有;令人特别忧虑和无奈的是,此境此势遥遥无穷期,图像对于文学的吞噬将愈演愈烈,因为一日三变的"技术"就是它的源动力。

更重要的是,在所谓"文学危机"的背后,还有整个人类所面临的"符号危机",那就是 20 世纪下半叶电视文化普及以来,传统的语言表意开始经受图像表意的挑战。这是更深刻、更严峻的危机。美国学者尼尔·波兹曼为此写过《娱乐至死》,深刻批判了以电视为代表的图像文化,将其斥之为足以让美国人"娱乐至死"的大众传媒。值得注意的是,波兹曼在 80 年代中期写作这本书的时候,互联网还没有进入日常生活,所谓"娱乐至死"不过是他的一个隐喻;而在当今的网络时代,"网瘾"所导致的"娱乐至死"已经成为正在发生的"血腥"的事实。包括电视、网络和大众文化在内的所有图像,正在以"娱乐"为能事建构自己的符号本质;图像作为最强势的传媒符号,正在迅速而无节制地、强行而不加商量地侵入到包括政治和意识形态在内的每一方寸。在图像符号的强力诱惑下,人类

---

① 王国维:《宋元戏曲考·自序》,中国戏剧出版社 1999 年版,第 1 页。

的思考习惯正在逐步改变,人类的语言能力正在逐渐萎缩。更可怕的是,这种"改变"和"萎缩"是在不知不觉中进行的,就像青蛙跳进正在加热的温水中,大限将至还浑然不觉。这就是"文学危机"背后的"符号危机",一种涉及人类存在的更沉重和更揪心的危机。人文学术不能在这样的危机面前保持沉默,需要对"语言"和"图像"重新认识,需要对它们之间的符号关系做出有说服力的阐释。于是,在文学的视野中研究这一关系,即文学作为语言艺术与视觉图像的关系,也就成了包括文艺理论在内的整个文学研究之义不容辞的责任。

毫无疑问,对于文学和图像二者关系的认识和阐释必须是历史的、学理的,而不能仅仅停留在情绪判断的层面;进一步说,只有历史的才能是学理的,建基在历史把握之上的学理分析才是可靠的。因此,在我们正式进入本论题之前,不妨首先在宏观层面回溯整个文学研究的现代进程,再由此出发讨论我们面对"符号危机"应当如何作为。

就"世界文学"的总体性而言,当年的王国维处于两个世纪之交。在他之前的19世纪,显然是一个集中关注"文学与社会"的时代。在那样一个时代,以"真实地再现社会"为己任的批判现实主义成了文学的主流。表现在文学研究方面,就是以法国文论为代表的文艺社会学的兴起。"文学艺术是一种社会现象"是文艺社会学最基本的文艺观,也是它研究文学的出发点。从这样一种基本观念出发研究文学艺术,文艺社会学就必然侧重文学艺术的社会性判断,文艺和社会的互动关系是其基本主题。① 于是,"文学与社会"也就成了19世纪文学研究的基本"母题"②,侧重文学的价值判断是其主要特点。"文学与社会"之所以成了19世纪文学研究的母题,除批判现实主义这一最直接的文学背景之外,最根本的还是资本主义原始积累所导致的社会矛盾,包括马克思主义、空想社会主义和实证哲学在内的社会思潮则是它的思想资源。

王国维之后的20世纪则是一个集中关注"文学与语言"的时代,或者说"文学与语言"是20世纪文学研究的母题,文学之语言形式是其关注的焦点和出发点。"文学与语言"母题源自19世纪的形式主义和唯美主义。对于19世纪的社会现实而言,形式主义和唯美主义尽管也是一种抗争或批判,但在当时的历史语境中不可能成为主流话语或核心命题。"文学与语言"之所以在20世纪跃升为文学研究的母题,一方面有现代主义文艺思潮作为它的直接背景,更有索绪尔之后现代语言哲学和符号学的兴起。就整个20世纪来说,意识形态问题已经上升

---

① 关于文艺社会学,本人在拙著《文艺学方法通论》(江苏文艺出版社1990年初版,浙江大学出版社2006年修订版)中已有详细阐发,此略。

② 本文所使用的"母题"概念,也可称之为"核心论题",意指某一时代或时期处于主流或核心位置的学术论题,其他论题多和这一论题有着直接或间接的关联,或者说是由这一论题延宕、生发而来的文学理论话题。

为这个时代的主要矛盾，在一系列战争或冲突的背后，无一不是意识形态的对峙。所谓"意识形态"，说到底是"表意"问题；而所谓"表意"，说到底又是语言问题。[①] 于是，语言理论开始兴盛并且引领一代风骚，对于整个人文社会科学都产生了重大影响；于是，文艺创作在语言形式方面更加别出心裁，"反传统"和向文学惯例挑战成了作家乐此不疲的游戏。注重语言形式的创新或"革命"，不仅成了20世纪文学创作的主流表意风格，也成了这一时期文学研究的主要选项。

按照这样的思路继续展望"图像时代的到来"，我们似乎有理由做出这样的推断——21世纪或将是"文学与图像"的世纪，"文学与图像"或将成为21世纪文学理论的基本母题。如是，王氏"一代有一代之文学"将在另外的意义上被改写，他的文学研究路径也将随之有所改变。例如，仅仅研究《屈子文学之精神》是不够的，还要研究屈子文学与图像的关系；仅仅讨论《人间词话》是不够的，还要讨论诗词和图像的关系；仅仅描述《宋元戏曲史》是不够的，还要描述戏曲戏剧的"语图关系史"；仅仅有《〈红楼梦〉评论》是不够的，还要对《红楼梦》和图像的关系进行评论……这样，文学研究的空间将被大大拓展，文学研究的路径将被另外分支，文学研究的学术理想将被重新定义。毫无疑问，这里所展现的是不同于王氏时代的新的学术地平线，可谓不仅"一代有一代之文学"，同时，一代有一代之"新学"、一代有一代之文学研究。我们不妨将这一"新学"命名为"文学图像论"，以便于判断"文学与图像"作为21世纪文学研究的基本母题是可能的。

这就是我们在"世界文学"的视域中所描述的现代学术史的演变踪迹：从19世纪到20世纪，文学研究的母题经历了从"文学与社会"到"文学与语言"的蜕变，并且正在朝向21世纪的"文学与图像"渐行渐近，可谓"时运交移，质文代变……文变染乎世情，兴废系乎时序"[②]。"文学与图像"如果真正成了21世纪文学研究的母题，那么，毫无疑问是应和了时代的呼唤和期待，同时也是"图像时代"赋予文学研究走出当下窘境的"凤凰涅槃"。

二、"文学图像论"的命名理据

"文学图像论"这一命题受到前期维特根斯坦"语言图像论"的启发。维氏在其《逻辑哲学论》中描述了"语言"和"世界"在逻辑序列上的同型结构，认为可以用"图像"将这种关系一一对应起来。这就是维氏的"语言图像论"，又称"图式说"（Theory of Picture）。"文学图像论"由此取意，认为文学作为语言的艺术，既

---

① 关于语言问题为什么跃升为20世纪人文科学的"母题"（核心话题），本人至今没有发现相关研究以便参考。在没有论证的前提下我在此提出这一观点仅供参考，并欢迎方家批评、讨论。

② 刘勰：《文学雕龙·时序》，范文澜：《文心雕龙注》，人民文学出版社1958年版，第671—675页。

是一种"象思维"的语言,更是经由图像和世界发生逻辑联系。因此,探讨文学与世界的图像性关系不仅应和了现实的呼唤,也是在学术史的正路上沿着维氏的足迹继续前行,并由此确立"文学图像论"在哲学版图上的定位。

文学与世界的图像性关系一方面表现为文学对于世界的"语象"展示,而不是通过"概念"说明世界;另一方面表现为语象文本向视觉图像的外化和延宕,文字和文本造型、诗意画、文学插图、连环画、文学作品的影像改编等就是这种外化和延宕的结果。因此,文学图像论所直接面对的就是阐发作为语言艺术的文学与视觉图像之间的逻辑关系。就此而言,尽管此前并没有"文学图像论"这一命题,但是,关于文学(语言)与图像的关系研究,却古已有之、中外有之。例如诗与画,从古希腊开始,西方哲人就注意到二者的关系,所谓"画是无声诗,诗是有声画"(西摩尼德斯)、"诗如画"(贺拉斯)等,①就是西方先贤留下来的经典名句。中世纪的阐释学和圣像学同时并存且曾有激烈论争,则是语言和图像两种表意符号相互矛盾的最初较量。启蒙运动时期以温克尔曼和莱辛为代表的诗画关系论争延续了西方学界对于这一问题的关切,至今仍有重要影响。20 世纪西方语言哲学、图像学和符号学,围绕"词语、图像、意义和世界",涉及大量语言与图像关系方面的论题,从而成为文学图像论的重要参照。需要特别指出的是:由于汉字构型、汉语文化和汉语思维的特殊性,使汉语文学与图像的关系在中国语境中尤其密不可分、复杂多变,积累了更加丰富的学术资源。所谓"图书关系""名实关系""言象意关系""诗画关系""形象思维"和文学的影像改编之类,就是中国文艺史上关于文学与图像关系的理论和实践。

值得注意的是:新世纪以来,文学与图像关系的研究进入了一个新的视域,那就是面对"文学遭遇图像时代"的现实立意,探讨文学在"图像时代"的生存策略和未来命运,具有鲜明的现实关怀和强烈的忧患意识,从而将这一研究推向了文学基本理论的学术前沿;另一方面,由于面对"图像时代"的文学与图像关系研究刚刚起步,侧重价值判断或情绪化的表述也就难以避免,从而为深层的学理探究留下了十分广阔的空间。这就是文学图像论所要着力拓展的方面,即在基本理论的层面探讨文学与图像的学理逻辑——文学如何在"图像时代"使"世界被把握为图像"②,从而为阐释文学与图像的当下关系提供理论参照。

"文学图像论"尽管取意于维特根斯坦的"语言图像论",但是并非完全相同,

---

① 西摩尼德斯(约前 556—约前 468)的这一观点见于罗马时期希腊作家普卢塔克(约 46—119 后)的转述,见《欧美古典作家论现实主义和浪漫主义》(一),中国社会科学出版社 1981 年版,第 56 页。贺拉斯"诗如画"的观点见于他的《诗艺》,原话是:"诗歌就像图画:有的要近看才看出它的美,有的要远看;有的放在暗处看最好,有的应放在明处看,不怕鉴赏家敏锐的挑剔;有的只能看一遍,有的百看不厌。"见亚里士多德《诗学》贺拉斯《诗艺》合订本,杨周翰译,人民文学出版社 1962 年版,第 156 页。

② 海德格尔:《世界图像时代》,《林中路》,上海译文出版社 2008 年版,第 90 页。

二者不存在"对译"关系，只是借此表达"文学与图像"研究这一母题的要义。众所周知，后期维特根斯坦又提出了"语言游戏论"，似乎是对"语言图像论"的否定和超越。实际上并非如此，"语言图像论"和"语言游戏论"不过是一种相反相成的关系，二者共同成就了维氏的语言哲学，辩证地揭示了语言符号这枚"硬币"的两面——这是一个不可分割，也无法分割的整体。就此而言，"文学图像论"作为一个中性概念更是这样：文学作为语言艺术，对于世界而言既有再现或表现的一面，也有游戏或解构的一面，二者共同建构了它和世界的逻辑关系。相对语言与世界的图像性关系而言，文学与世界的图像性关系更加复杂而深刻，在某些方面甚至是难以言表的。因此，它们之间的关系恐怕不仅仅只是"两面"，有可能纵横交错、若隐若现，具有"多面"或"无穷面"也是可能的。这是因为，由于"图像"符号的介入，使文学作为语言艺术的内部关系发生了裂变和重组；另一方面，由于图像进入了"文学"这一异域，图像作为符号本身也可能生发裂变和重组。而"文学图像论"所要探究的，则是这两种经历裂变和重组的符号之间的关系，以及它们凝定为"新文体"之后和世界所发生的"新关系"。

不可否认，以往的文学理论在文学之"象"方面多有论及，特别是在文学意象和文学形象方面的研究相当丰富，但那只是局限在文学作品本身；而文学作为语言艺术之"象"，如何延宕为观看之"像"，除莱辛的"诗画异质"和我国古代的"诗画一律"之外，并未有更多、更深刻的研究和理论拓展。尽管这些古代经典理论很有启发性，是文学图像论的宝贵学术资源，但是，用来解释当下文学所面临的问题显然力不从心。道理很简单：无论是莱辛还是中国古代先贤，并未面临我们今天所面临的"图像时代"及其所引发的"文学危机""符号危机"，而这，恰恰是文学图像论最重要的立意和最根本的学术立场。

可见，"文学图像论"并非是在名称和概念上玩花样，也不是在刻意追逐什么学术时尚，而是一种背靠历史、立足现实、面向未来的"新学"。它在传统"文学意象论"和"文学形象论"的界域之外确定了"图像"这一新的参照物，以便在"文学语言"和"文学图像"的对话中重新认识自我、发现"新我"。对于我们的文学研究而言，这显然是一个新的视域和新的话题。因此，"文学图像论"的未来可能伴随许多困难和困惑，我们今天无法判断它究竟能走多远，但是有一点是可以肯定的：它行走在了文学之学术史的正路上。

三、"文学图像论"的文学观

"文学图像论"作为文学研究之"新学"，首先需要在文学观的层面确立自身的合法性。其中，回到亚里士多德"文学是语言的艺术"这一简单、素朴的文学观尤其重要。"文学是语言的艺术"尽管不是亚氏的原话，却是他在《诗学》开篇所明确表述的思想。① 亚氏之后,各种文学观或文学定义层出不穷,后学们赋予了它太多的枝蔓反而使其变得模糊不明,但是有一点是肯定的:亚氏之后的任何定义,至今没能否定或颠覆他对文学的这一总体把握。这就是"回到亚里士多德"的理由,目的在正本清源、去芜存菁,还原理论的清明和本色。因为"把简单的问题复杂化"并非理论的品格;理论作为抽象概括,"把复杂的问题简单化"才是它的理想境界。

如是,"文学图像论"应当系统检讨既往的、仍在影响着我们的各种文学观。其中,艾布拉姆斯的"文学坐标系"无疑对我国新时期文学理论产生了重大影响,也可以说是新时期以来最具影响力的"文学定义",甚至成了很多"教材体例"或"理论体系"不能回避的参照。但是,稍微细心的读者不难发现,艾氏在《镜与灯·导论》"批评理论的总倾向"中所提出的这个观点,只是为其"浪漫主义文论及批评传统"(《镜与灯》的副题)确定一个言说的方位,并非在"世界文学"的层面为文学整体所提出的定义,至少作者的主观意图如此。如果这一判断大致没错的话,那么,文学作为语言的艺术,"语言"和"艺术"才是文学的"血亲",而所谓"作者""受众"和"世界"三要素只是它的"邻里"。如果考虑到上述"三要素"同样环绕在其他语言作品和艺术作品的周围,并且和文学作品一样有着同样的相互关系,那么,将这一"纵向轴"同艾氏的"平面坐标"整合起来,也就生成了一个新的"立体"结构(如下图)。

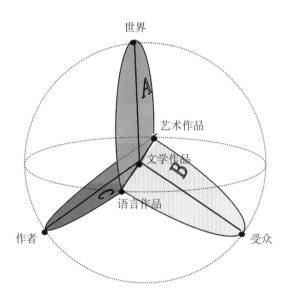

---

① 亚里士多德《诗学》开篇在提出文艺的模仿本质后,紧接着便从"媒介""对象""方式"三个方面区分模仿的差异性,并进行了具体分析。在他看来,由于模仿的媒介不同,例如有的用颜色或姿态,有的用声音或语言,于是便产生了画家、雕塑家、音乐家或诗人等。也就是说,亚氏是用"语言媒介"来为诗歌定义的,其中就蕴含着"文学是语言的艺术"这一思想。

在这一新的立体结构图中，艾布拉姆斯的"文学坐标系"居于中间剖面，"语言作品"及其与"作者""受众"和"世界"三要素构成的坐标系成就了它的前半球，"艺术作品"及其与"作者""受众"和"世界"三要素构成的坐标系则是它的后半球。于是，一个由三个坐标系"缝合"在一起的球体结构图也就清晰地展现出来。在我们看来，这就是"文学图像论"应当坚守的"球体文学观"，同时也是文学与图像关系研究的重要理据——文学作为语言艺术就是语言的图像化，语言的图像化就是语言艺术化的主要表征。这也就意味着，文学作为语言艺术，必然是通过"语象"而不是通过"概念"和世界发生联系。① 因此，所谓"文学图像"，就是艺术语象的外化、流溢和新的生成，其间的逻辑关系就是文学图像论所要研究的对象。

由此反观韦勒克否定文学与美术之间的比较研究，不仅和其"语言本体论"相抵牾，而且在学理上也是不能成立的。在他看来，文学与美术的关系研究"是一种毫无价值的平行对照"，所谓"诗如画""雕刻似的"之类术语只是一个"朦胧的暗喻"，意谓诗歌可以在某种程度上传达类似绘画或雕刻的效果，"但我们必须认识到诗中的清冷和接触大理石的感觉，或者和从白色联想到的感觉是完全不同的；诗中的宁静与雕刻中的宁静也是完全不同的"②。令人不解的是，韦氏又没有全盘否定文学和其他艺术之间的联系是存在的，因为这种联系显而易见、人所共知。既然这样，他为什么断定研究二者的关系"毫无价值"呢？韦氏解释说是因为找不到"各种艺术可以进行比较的共同的因素"，"没有进行各种艺术间比较的任何工具"③，所以它们之间的比较研究才是不可能的。这就使韦勒克陷入了自己所设置的矛盾：文学和其他艺术的联系是存在的，但是研究二者的关系又是"毫无价值"和不可能的；而"不可能"的原因，只是由于找不到它们之间的"共同因素"，不存在用来进行比较的"任何工具"，云云。

在我们看来，韦勒克的困境在于他将"语言本体论"推向了极端，从而陷进了"语言唯一论"的泥沼。而我们所主张的"回到亚里士多德"，并不意味着将语言形式作为文学的唯一，文学既然和作者、受众、世界存在密切联系，借鉴各学科的方法研究文学也就是其中应有之义。因此，韦氏所说二者的"共同因素"及其"比较工具"，也就不应该限定在语言本身，而应参照其他学科的方法，在语言和图像这两种符号之间发现它们的交汇点。文学和艺术的媒介不同，"媒介"层面之间的比较和置换当然无从谈起，但是，不同媒介之间的"统觉"却可以在人的心理层面实现共享，"统觉共享"就是语言艺术和图像艺术相互交汇的"公共空间"。如

---

① 语言的图像化就是它的虚化和艺术化，从而决定了文学之为文学而不是一般的语言作品。关于这一问题，本人已在拙文《语图符号实指和虚指》(《文学评论》2012 年第 2 期)中进行过论述，恕不在此赘述。
② 雷·韦勒克、奥·沃伦著，刘象愚等译：《文学理论》，生活·读书·新知三联书店 1984 年第 1 版，第 132 页。
③ 雷·韦勒克、奥·沃伦著，刘象愚等译：《文学理论》，生活·读书·新知三联书店 1984 年第 1 版，第 137 页。

果按照索绪尔的观点,语言的本体存在是在场言说的"声音",并且是一种伴随图像的声音,那么就可以说,所谓"语言"不过是"声音的图像呈现"和"图像的声音表征"。就索绪尔为语言能指所做的这一规定而言,所谓"言说"同时也应该是"图说","图说"本身就蕴含着"言说"。如是,文学和图像在语言本体的层面就存在密不可分的关联,韦勒克否定文学与艺术之间的比较研究不仅和他的语言本体论相抵牾,而且就语言学理论而言也不足为训。① 显然,这属于另一种形式的对亚里士多德文学观的背离。

四、"文学图像论"的范畴和方法

文学作为语言艺术既然是一种"象思维"语言,即通过"语象"而不是通过概念和世界发生联系,那么,语象和图像的关系也就成为文学图像论的核心问题、元问题。从某种意义上说,这两个相对而言的概念,也是文学和图像关系问题研究的基本理论范畴。

"语象"(verbal icon)本是语义学的术语,"新批评派"理论家维姆萨特首先将其移植到文学理论中,意指文学文本以语言为媒介描写出来的艺术形象,并建议用这个词取代含义模糊的"意象"(image)概念。但是,维氏并未具体阐发"语象"代替"意象"的理由,更没有涉及"语象"和"图像"的关联。这显然是一个十分复杂的难题,需要我们从索绪尔为语言能指所下的"音、象"定义出发,借鉴康德的"统觉"概念和心理学的"通感"理论,甚或参照西方现代哲学的"身体"概念和生理学的某些成果重新探讨。

我们之所以主张将"语象"概念引入文学与图像的关系研究,并和"图像"概念一起构成文学图像论的基本范畴,就在于"象"和"像"存在着自然的语义联系,二者的不同主要表现为前者是心理的、想象的,后者是物理的、可见的。所谓"文学图像",也就是和文学相关的图像。它作为作品文本的模仿和外化,一方面源自文学原作,同时也不可能一一对应。一般而言,文学图像是文学原作的筛选或省略,或者是一种变形或变相,等等。无论怎样,文学的图像呈现必定来自作品的语象蕴涵,或者说文学语象是文学图像的生成之源;而"文学的图像化",说到底是"语象的图像化"。因此,文学图像论只有立足于语象和图像的比较,才能发现文学和艺术的内在关联及其互文规律,才能对两种符号的互动及其所重构的世界进行有效阐释。这就需要我们摒弃以往所惯用的"宏大叙事"和"高空作业",通过"文本细读"和"图像凝视"发现和阐释相关问题。

---

① 关于韦勒克否定文学与美术的比较研究,本人已在《文学和图像关系研究中的若干问题》(《江海学刊》2010 年第 1 期)中进行过分析,恕不在此赘述。

毫无疑问，将语象和图像作为基本理论范畴，从二者的逻辑关联出发探讨文学和图像关系，特别是二者相互模仿的机制，应是文学图像论所涉及的重要内容。例如诗画关系，有一种现象至今尚未受到普遍关注和充分阐释，那就是二者相互模仿的艺术效果问题：大凡先有诗而后有画，即模仿诗歌的绘画作品，例如"诗意画"，很多成了绘画史上的精品；反之，先有画而后有诗，即模仿绘画的诗歌作品，例如"题画诗"，在诗歌史上的地位则很难和前者在画史上的地位相匹配。即便像李白、杜甫这样的伟大诗人，他们的题画诗也不能和其"纯诗"的成就相提并论；反之，对于他们"诗意"的模仿反倒成就了不少绘画作品。诗画互仿的这一"非对称"效果并不是偶然的，而是普遍存在于语言和图像的相互模仿中。诸如此类的"语图互仿"规律还有很多没有被我们所发现，或者没有得到充分阐释，或者没有在"文学遭遇图像时代"的语境中进行过阐释，需要我们展开细致而深入的梳理和探讨。① 这些梳理和探讨说到底无非包括两个方面：一是文学语象如何外化和延宕为视觉图像，或者说语言在何种意义上可以被"图说"；二是视觉图像如何被文学语象所描述，或者说图像在何种意义上可以被"言说"。其间，语象和图像的关系显然是必须用心关注的核心问题，将它们称之为文学图像论的基本范畴当是学理逻辑使然。

另一方面，文学和图像的关系尽管错综复杂，但是几乎都可以在符号学的层面发现它们的根源。仍以上述诗画互仿的"非对称"现象为例，就是源自语言和图像两种符号的不同功能：语言是一种实指符号，图像是一种虚指符号；实指的所以是强势的，虚指的所以是弱势的。因此，当二者互相模仿或共享同一个文本时，强势的语言符号总是处于主导地位，弱势的图像符号只能充任它的"副号"。这就是诗画互仿之"非对称"现象的符号学根源。如果这一论断可以成立的话，那么，我们就可以解释中国文人画发展到明清，为什么出现了"以诗臆画"的境况，也可以解释我们面对玛格丽特的《形象的背叛》，为什么相信了画面上的语言表述而对烟斗图像产生怀疑。事实说明，只有将文学与图像的关系提升到符号学的层面进行阐释，借鉴符号学的理论和方法比较语言和图像的异同，才能在根本上解释文学和图像之间的学理关系。②

就此而言，符号学对于文学图像论不仅是一种方法，同时也是研究的对象——文学之"语言"符号和艺术之"图像"符号之间的关系，由此进一步发现文学和世界的符号学关系。符号学自从 20 世纪 80 年代传入我国以来，应该说已经取得不少进展，特别是在译介和评述西方理论方面成绩卓著。如果说有什么遗憾的话，那就是面对中国本土的意识有待加强。而中国历史文化的特殊性，又决定了我们有自己的传统和问题，所以应当建构具有中国特色的符号学，而不是

---

① 详见拙文《语图互仿的顺势和逆势——文学与图像关系新论》，《中国社会科学》2011 年第 3 期。
② 详见拙文《语图符号的实指和虚指——文学与图像关系新论》，《文学评论》2012 年第 2 期。

紧跟人后亦步亦趋或生搬硬套。如果我们将符号学研究放在文学与图像的关系中，或者说以文学与图像的关系为视域研究符号学问题，那么，一种新的"比较符号学"或将产生；如果将这一研究放在中国文学与图像关系的视域中，那么，一个极富民族特色的符号学——"比较符号学"或将呈现于世界学人面前。这个设想之所以是可能的，就在于语言和图像是人类有史以来所创造的最伟大的两种符号，是人类社会最普遍、最具功能价值的两种符号，也可以说它们是人作为符号动物的两翼。将二者进行比较研究不仅具有当代意义，而且有益于丰富传统符号学的基本理论，也是符号学自身发展的需要。

五、"文学图像论"之不可能

古往今来，并非如黑格尔所言"合理的"都是"现实的"，并非所有"可能的"都可以转化为"现实的"，哪怕这些合理的、可能的构想很有意义和价值。文学图像论同样如此，它的合理性和可能性不等于它的现实性，它的现实达成尚须诸多条件和必要的语境。其中，能否回到亚里士多德的文学观首当其冲。

我们所说的"回到亚里士多德"，是被落实到具体理论研究的真正意义上的"回到亚里士多德"。它不是一种认可或承诺，更不是一种表态和口号，而是在具体研究中践行亚氏的文学理念。其中，最关键的是将"语言"作为理论研究的出发点，借鉴语言学的理论和方法研究文学。但是，我们的文学研究和文学理论长期以来习惯于"思想史"的或称"主题学"的方法，"诗言志""文以载道"是其始终如一和难以割舍的情结，不仅缺乏语言学的知识积累和充分介入，也缺乏对于语言问题和语言本身的感觉。①

语言是什么？语言就像空气，我们须臾不可离开但又感觉不到它的存在，除非空气污染或者我们的呼吸系统出现了问题。这就是语言在惯常生活中的"自动化"，也是文学存在的重要理由——只有在文学中，我们才能感觉到语言的存在。因为文学作为艺术"就是使事物陌生化"②，"文学是语言的'突出'"③，于是就有了"艺术的语言"和文学的艺术性。这是文学作为语言艺术不同于一般语言作品的特殊性所在。如果没有充分的语言学的知识积累以及厚实的语言经验，缺乏对于语言的敏锐感觉，那么，文学图像论显然是不可能的。

---

① 李泽厚最近提出中国哲学（美学）应"走出语言"的主张（李泽厚：《能不能让中国哲学"走出语言"？》，《文汇报》2011 年 12 月 5 日）。我们现在需要向他请教的是：中国哲学"进入语言"了吗？语言已经成为中国哲学和美学的"牢笼"了吗？关于这一问题，本人已有论文反驳（见《现实关怀及其问题——对话中国文学理论未来之走向》，《学术月刊》2012 年第 6 期），此略。

② 什克洛夫斯基：《艺术作为手法》，[法]托多罗夫编选《俄苏形式主义文论选》，蔡鸿滨译，中国社会科学出版社 1989 年版，第 63—65 页。"陌生化"原译"奇特化"，有的也译为"反常化"，最通用的是前者。

③ 乔纳森·卡勒著，李平译：《文学理论入门》，译林出版社 2008 年版，第 30 页。

文学图像论既然将文学与图像的关系作为研究主题，也就需要图像认知的理论和技术，这方面也是包括文学理论在内整个中国文学研究所缺乏的。中国美术史和美术评论理应成为文学图像论的重要参考，但是从总体上说，这类研究至今仍然停留在传统的经验层面；除却它所提供的基本史料之外，很难发现其中有多少理论方面的参照和价值。包括格式塔心理学在内的广义图像学应是文学图像论的西方资源，但是这些研究除在技术层面提供了许多借鉴之外，理论方面对于我们而言多有"隔靴搔痒"之憾，因为他们所津津乐道的问题并非我们所最需，并且往往就图像论图像，鲜有将其和语言符号相对而言，也不注意在文学的视域中展开比较研究。这可能和西方"语音主义"思维及其文化传统有关，面对"图像时代的来临"，他们并不像汉语言文学这样"如临大敌"。总之，文学图像论的建构尚需图像学的理论支持，特别需要"中国图像学"的建构和崛起。否则，文学与图像的关系研究很难抵达自己的学术理想，或者说很难在中国语境中抵达自己的学术理想。

一方面是"语言"，一方面是"图像"，文学图像论的"跨学科"性质不言自明。当下的"跨学科"似乎成了一种学术时尚，殊不知仅仅将其作为"旗号"者居多，为"跨"而"跨"而已，真正的原创研究寥若晨星，因为对于"跨学科"的理解至今仍是一笔糊涂账。在我们看来，今天的"跨学科"已不同于传统的"文史一家"，其中最关键的在于能否在不同的学科之间发现新问题，因为这些"新问题"只有在不同学科之间才能被发现。这才是真正意义上的"跨学科"，或者说这样的"跨学科"才有意义。相反，传统意义上的"文史一家"，只是借用不同学科的资源和方法研究同一个对象，这并非真正的"跨学科"，或者说并非现代意义上的"跨学科"。真正的、现代意义上的跨学科是将"发现新问题"作为首要标准。[1] 文学图像论就是将自己定位在发现文学和图像之间的新问题，从而决定了它不同于传统的诗画关系研究。这种不同不仅表现在研究范围的扩容，更在于它是一种直面现实的新学问，这个"现实"就是我们今天所面临的"文学危机"和"符号危机"。就此而言，文学图像论所面对的问题首先在现实中，而不是从书本里拨拉出来的所谓新问题。这一问题只有在语言、文学、图像、符号、社会等不同学科之间才能被发现，其次才能谈到它在学术史和学理逻辑方面的顺理成章。

也就是说，真正的、现代意义上的跨学科，最主要的是要求我们的理论直面"现实"而不是拘泥于"书本"，但是这一问题恰恰成了当下中国文学理论最致命的软肋，脱离当下、脱离中国、脱离文学本身和"文学人"的期待，成了最普遍和最难疗救的"流行病"。更可怕的是，对于这种"脱离"越是痛如切肤、咬牙切齿，越有可能"远离"了真正的现实，因为我们对于什么是应该面对的现实仍然一头雾

---

① 本人此前曾以调侃的口吻谈论过"跨学科"（《匪夷所思"跨学科"》，《文汇读书周报》2010 年 3 月 12 日），现在的观点有所修正。

水;有时自以为贴近了现实,实则面对的却是唐·吉诃德之"风车"。① 如果不能发现真正的现实,那么,文学图像论显然也是不可能的,或者说它在中国的兴盛是不可能的。

文学图像论作为全新的跨学科之原创,所需要的条件当然不止于这些。但是归结到一点,作为 21 世纪文学理论之"新学",它必然会面临诸多困难和问题,包括不可能像现行学术体制所要求的那样"大干快上"。实际上,包括文学图像论在内的任何学术原创,最需要的条件是时间和耐心,需要平静的心态和充分的学术自由。这显然和当下的学术体制相抵牾,除非身在体制而又不为体制所困。从某种意义上说,包括文学研究在内的整个人文学术首先是一种人格境界的自我完善,是一种"为己之学";学者只有把学问作为自己的宗教,摈弃一切杂念和身外之物,才有可能走向学术至境。但是,现实却把"为学"和"名利"紧紧地捆在了一起,前者被后者所绑架。如是,文学图像论作为 21 世纪文学理论的母题不仅是不可能的,即使苟延残喘也需要很大的勇气。

但愿不会不幸而言中。

(据《"文学图像论"之可能与不可能》修改)

---

① 关于文学理论的现实性问题,可参见我和曾军的对话:《现实关怀及其问题——对话中国文学理论之未来走向》,《学术月刊》2012 年第 6 期,此略。

目 录

绪　论

先秦作为中国历史的开端,经历了夏商周的漫长历史时期,经历了文字的发明,华夏文明的形成,以及由多个诸侯国最终统一为一个秦国的过程。作为一段文学史的历程,先秦文学有其特殊的意义,一方面先秦文学是中国古代文学发生发展的最早阶段,尤其是春秋战国时代所形成的历史散文、诸子散文以及诗歌奠定了我国以后文学发展的坚实基础;另一方面,先秦文学是一个大文学概念,包括了以应用为主的广义文章学,①如说理散文等,《孟子》《墨子》《荀子》和《韩非子》等战国中后期的作品都体现了论辩说理的特点。当时专门以文学创作为生的作家职业群体还未诞生。

结合这一时期文学史与图像史的联系,其文图关系主要呈现两大特点:第一,从创造之开辟来看,先秦文图关系的各种形态奠定了后世文图关系的各种形态。先秦既有文字与图像的关系,如甲骨文中的视觉造型,又有文学与文学图像的关系,这既包括同时代的文图互仿,如先秦神话与先秦美术、《诗经·大雅》和《天问》与先秦壁图,也包括跨时代的文图互仿,如《诗经》与历代《诗经图》、《楚辞》与历代《楚辞图》;从文体来看,先秦文图关系既包括了文图一体,也展示了汉字诞生后文字与图像的分离所产生的文图分体和文图合体。第二,从创造到影响来看,先秦是文学开创时期,所以文学中的诸多母题,成了后世图像反复演绎的对象,尤其中国古代文学的两部重要经典《诗经》与《楚辞》都诞生于先秦,后世画家在不同历史时期对这两部文学经典有不同的演绎,值得具体阐发和研究。

第一节　先秦文学与文学图像概说

文学与美术都属于文化的一部分,一个时代的文化类型会影响该时代的文

---

① "文学:子游,子夏。"[阮元校刻:《十三经注疏》(清嘉庆刊本),中华书局 2009 年版,第 5426 页。]"文学者,以有文字著于竹帛,故谓之文;论其法式,谓之文学。"(章太炎:《国故论衡》,上海古籍出版社 2003 年版,第 49 页。)

学。先秦有一个从巫官文化①到史官文化再到诸子文化的历史发展时期。学界一般认为，殷商时期是巫官文化兴盛时期，西周以后随着文化水平和人类理性思维能力的提高，人们把目光从"神"转向人，②周朝的统治者相信从历史的经验中吸取教训而不是敬拜鬼神，于是，"事鬼敬神而远之"③。巫史逐步分家，史官文化开始兴起。

对于中国文学艺术来说，其真正发生期在巫官文化时期。不过，即使中国文化从殷商的巫官文化进入到周代的史官文化和诸子文化时期，巫官文化照样大行其道，并渗透在后两者文化中。巫官文化在文学中主要体现为神话传说，《山海经》《楚辞》《列子》《庄子》中都有这方面大量的记载；在美术中主要体现为以神话传说中的人物、动物为故事题材的宗教性绘画，如战国的《人物龙凤帛画》《人物御龙帛画》、"缯书"等战国帛画；巫官文化产生下的女娲补天、精卫填海、后羿射日、西王母等故事在先秦文学和图像中被反复演绎，并构成了后世文图的母题。可以这么说，巫官文化影响下产生的先秦宗教神话传说构成了先秦文图的一个重要内容。

史官文化对先秦文图产生的影响是先秦文学与图像中包含了大量的历史内容，史官文化强调对历史的记载功能，促使了历史的文学化，产生了如《尚书》《左传》《国语》《春秋》《战国策》等历史散文，也包括《诗经》中《生民》《公刘》《文王》《大明》等带有史诗性质的诗歌。先秦图像也承载着对历史的记忆功能。据《史记》记载，商朝初年，宰相伊尹"从汤，言素王及九主之事"，汉刘向《别录》云："九主者，有法君、专君、授君、劳君、等君、寄君、破君、国君、三岁社君，凡九品，图画其形。"④周王朝通过绘制历史人物并给予褒贬作为对现实的"鉴戒"。《淮南子·主术训》载："文王周观得失，遍览是非，尧舜所以昌，桀纣所以亡者，皆著于明堂。"⑤《孔子家语·观周》有云："孔子观乎明堂，睹四门墉有尧舜之容、桀纣之象，而各有善恶之状、兴废之诫焉。又有周公相成王，抱之负斧扆，南面以朝诸侯之图焉。孔子徘徊而望之，谓从者曰：'此周之所以盛也。'"⑥宋代画论家郭若虚在《叙自古规鉴》中总结了图像借助历史人物和事件"存乎鉴戒"的功能："盖古人必以圣贤形象、往昔事实，含毫命素，制为图画者，要在指鉴贤愚，发明治乱。"⑦《诗经·大雅》中的一些篇什如《大明》《皇矣》《生民》《公刘》以及《楚辞·天问》就

---

① 有关巫官文化材料在《左传》《尚书》《国语》《山海经》以及诸子著作中都有体现，而且数量不少。比如《左传》《国语》中记载的有关周民族与鸟图腾的关系。
② 《礼记·表记》记载："殷人尊神，率民以事神，先鬼而后礼……周人尊礼尚施，事鬼敬神而远之，近人而忠焉。"［阮元校刻：《十三经注疏》(清嘉庆刊本)，中华书局 2009 年版，第 3563、3564 页。］
③ 阮元校刻：《十三经注疏》(清嘉庆刊本)，中华书局 2009 年版，第 3564 页。
④ 司马迁：《史记》，中华书局 1982 年版，第 94 页。
⑤ 何宁：《淮南子集释》，中华书局 1998 年版，第 695 页。
⑥ 王肃注：《孔子家语》，上海古籍出版社 2019 年版，第 85 页。
⑦ 米田水译注：《图画见闻志·画继》，湖南美术出版社 2000 年版，第 12 页。

是根据先秦壁图而写成的,壁图上出现了历史人物和事件,《诗经·大雅》中的一些篇什和《天问》也就写了这些历史人物和事件。① 李山将《诗经》与图画联系起来,认为《诗经》是西周宗庙祭典中述赞壁画的诗篇。

当史官文化走向诸子文化时,生活在各个地域的诸子根据自身地域的文化特点,在先秦产生了两大文化类型,一是北方的周文化,二是南方的楚文化。北方周文化的文学代表是《诗经》,南方楚文化的文学代表是《楚辞》。"惟《诗》篇三百,则区判北南。《雅》《颂》之诗,起于岐、丰;而《国风》十五,太师所采,亦得之河、济之间。故讽咏遗篇,大抵治世之诗,从容揄扬;衰世之诗,悲哀刚劲;记事之什,雅近《典》《谟》。北方之文,莫之或先矣。惟周、召之地,在南阳、南郡之间。故二《南》之诗,感物兴怀,引辞表旨,譬物连类。比兴二体,厥制益繁,构造虚词,不标实迹,与二《雅》迥殊。""荆楚之地,僻处南方,故老子之书,其说杳冥而深远。及庄、列之徒承之,其旨远,其义隐,其为文也,纵而后反,寓实于虚,肆以荒唐谲怪之词,渊乎其有思,茫乎其不可测矣。屈平之文,音涉哀思,矢耿介,慕灵修,芳草美人,托词喻物,志洁行芳,符于二《南》之比兴。而叙事纪游,遗尘超物,荒唐谲怪,复与庄、列相同。"②

周代自周公制礼作乐,以诗乐作为弘扬周王朝德政和进行教化的手段。《诗经》作为北方文化的代表,自它诞生之日起,作为教化手段似不可避免。③ 汉代以后,《诗经》明确作为儒家经典,再加上《毛诗序》对《诗经》政治伦理化解读的广泛持续影响,④《诗经》成了汉代以来帝王用来政教宣示的工具。与之相应地,为宣扬《诗经》之儒家诗教,统治者授命宫廷画家绘制诗经图,如南宋马和之《毛诗图》,元代赵孟頫等人创作的《豳风图》等。及至明代,时风流变,《诗经》由经学回归文学,诗经图由官方寄寓教化转变为纯艺术的诗意图。到了清代,在宫廷画院内,因最高统治者的偏好,画院画家创作了大量的诗经图,尤其是在乾隆的授命之下,费七年之力,图绘《诗经全图》311 幅,再次使诗经图回归到诗教传统。

《楚辞》作为南方楚文化的代表,体现得更多是作家的浪漫和才情。作为成书的《楚辞》是西汉刘向把屈原的作品及宋玉等人"承袭屈赋"的作品编辑成集的,但全书以战国时期的屈原作品为主,所以《楚辞》的主体属于先秦。如果说后

---

① 具体请参见本书第二章第三节的论述。

② 刘师培:《南北文学不同论》,载刘师培:《刘申叔遗书》(上),江苏古籍出版社 1997 年版,第 560 页。

③ 《周礼·春官》上有这样一段著名记载:"教六诗:曰风,曰赋,曰比,曰兴,曰雅,曰颂。以六德为之本,以六律为之音";而"(瞽矇)掌九德、六诗之歌,以役大师"。[阮元校刻:《十三经注疏》(清嘉庆刊本),中华书局 2009 年版,第 1719 页"大师"条,第 1721 页"瞽矇"条。]

④ 《毛诗序》明确提出诗歌的"诗教"功能:"故正得失,动天地,感鬼神,莫近于诗。先王是以经夫妇,成孝敬,厚人伦,美教化,移风俗。"[阮元校刻:《十三经注疏》(清嘉庆刊本),中华书局 2009 年版,第 564—565 页。]东汉郑玄为《毛诗》作笺后,学《毛诗》者渐多,以至于其余三家都逐步亡佚了。魏晋至隋唐,虽有毛、郑之争,但都共尚《毛诗》。唐孔颖达奉敕作《毛诗正义》,更是奠定《毛诗》的经典地位。

世的统治者授命宫廷画家绘制诗经图，构成了《诗经》与历代诗经图复杂的关系，那么《楚辞》的作者屈原一生的遭遇、高洁的品格、独特的人格魅力以及《楚辞》中的浪漫神话故事深深吸引着一代又一代画家去图绘屈原和《楚辞》。宋代的李公麟，元代的张渥、赵孟頫，明代的文徵明、陈洪绶，清代的萧云从、门应兆都有传世的《九歌图》。至于屈原像，元代的张渥、赵孟頫，明代的陈洪绶、朱约佶，清代的张若霭、黄应谌都留有传世作品。除门应兆应乾隆之钦命补绘《楚辞》其余各篇插图外，其他画家都是自发为屈原立像，为《楚辞》绘图。他们以《楚辞》为绘画题材的背后大都蕴藏着个人对身世和时代的感怀。①

中国高水平的绘画从秦汉就开始。② 江林昌概括先秦图书为五类：宇宙生成类图书、山川神怪类图书、民族史诗类图书、狩猎宴乐类图书、农事战争类图书。③ 不过，因受绘画底子的限制，东汉以后所流行的利用纸、绢进行创作的绘画在先秦要么还未开始，要么到战国中期以后才出现。④ 先秦时代的帛画创作起步时间比较晚，至今传世的先秦帛画也少。相较于帛上作画，当时人们更习惯于在建筑物或工艺品上图绘，他们把图画或铸于鼎、青铜器，或图绘于壁。据传，大禹时期所铸之九鼎上面就有各种图像。《左传·宣公三年》："昔夏之方有德也，远方图物，贡金九牧，铸鼎象物，百物而为之备，使民知神、奸。"⑤中国历来也有在山野石壁、祖庙神祠上作壁画的古老传统。这一传统早在先秦时代便已蔚然成风。商周时期，则把历史上的著名人物或重要故事图画于庙堂，供人瞻仰或引以为戒。《墨子》云："纣为鹿台糟邱，酒池肉林，宫墙文画，雕琢刻镂。"⑥《左传·宣公二年》又云："晋灵公不君，厚敛以雕墙。"⑦但无论是秦鼎，还是先秦壁图，如今都不复存在，这就决定了先秦文图关系更多体现在先秦文学与后世图像的关系中。

---

① 如：宋宗室的赵孟頫屈节入元，画《九歌图》及屈原像，一方面赞扬屈原忠君爱国，另一方面也暗含对自身抛弃操守的悔恨，以及在绘画中抒发心向往之而实不能至的无奈；又如：萧云从在明清之际作《离骚图》64 幅，其《九歌图自跋》云："取《离骚》读之，感古人之悲郁愤懑，不觉潜然泣下。"（萧云从撰，沙鸥辑注：《萧云从诗文辑注》，黄山书社 2010 年版，第 100 页。）

② 唐代张彦远在《历代名画记·叙画之兴废》中认为"图画之妙，爰自秦汉"。见张彦远著，俞剑华注释：《历代名画记》，上海人民美术出版社 1964 年版，第 7 页。

③ 江林昌：《中国上古文明考论》，上海教育出版社 2005 年版，第 413 页。

④ 东汉蔡伦对造纸技术进行改良以后，纸张才开始流行起来，所以绘画中对纸张的利用要到东汉以后。最初的纸是作为绢的替身出现的，而正是造纸技术的提高，纸取代丝织品成为主要的书写、绘画材料。帛是一种质地为白色的丝织品，可以在其上用笔墨和色彩描绘人物、走兽、飞鸟及神灵、异兽等图画形象。先秦现存唯一的帛书图像和两幅最著名的帛画《人物龙凤帛画》《人物御龙帛画》均出土于楚地长沙，这绝非偶然现象。上述三幅帛图的内容都与楚地的招魂、祭祀有关，可见帛画的诞生与楚文化有关，由此可推断，帛画发展开始于战国中期的楚国。

⑤ 杨伯峻编著：《春秋左传注》，中华书局 1990 年版，第 669—670 页。

⑥ 孙诒让撰，孙启治点校：《墨子间诂》，中华书局 2001 年版，第 655 页。

⑦ 阮元校刻：《十三经注疏》（清嘉庆刊本），中华书局 2009 年版，第 4053 页。

第二节　文图关系与"象思维"

　　文学与图像之所以能发生关联就是因为语象在中间起着中介作用。美国新批评代表人物之一的维姆萨特在《语象：诗歌意义研究》（*The Verbal Icon：Studies in the Meaning of Poetry*）中用"语象"（verbal icon）来称呼语言艺术化后所呈现的直观可感的"象"，意指"一个与其所表示的物体相像的语言符号"在头脑中所形成的"清晰的图画"。"语象"显示了语言活动的图像性质。中国传统文化有着悠久的"象思维"，这就保证了语言活动的图像性质，而语言活动的图像性质使图像模仿文学成为可能。

　　中国传统文化的"象思维"首先表现在中国文字的图像意识。对于中国文字的图像意识将在第一章《先秦语言、文字与图像》中进行详细的论述。中国文字之所以有图像意识，不仅仅是因为在六书中象形是其他造字和用字的基础，[①]更在于文字的构造法中，表示字的相同或相近发音的声旁与指示字的意思或类属的形旁与这个世界发生着联系。作家、文艺理论家程抱一就分析过汉语中的这种现象，他以"伴"字为例，"伴"由一个人字旁"亻"和一个独体字"半（bàn）"构成，"独体字'半'的意思是一半，与人字旁'亻'结合在一起，它唤起'另一半'或'分享的人'的意念，并协助强调合体字'伴'的确切含义：伴侣"[②]。在程抱一看来，汉字作为图画文字和表意文字，符号与世界的关系不是任意的，"这种符号系统建立在与真实世界的密切关系的基础上，取消无缘由的做法和任意性，从而在符号与世界，并由此在人与宇宙之间没有中断，这似乎是中国人自始至终努力走向的目标"[③]。中国汉字之所以能与世界建立密切联系，正是"象思维"在中间起着推动作用。象形文字复制了事物的外部特征，表意文字"通过基本笔画来形象地表现事物，这些基本笔画的结合揭示了事物的本质以及事物之间的隐秘联系"[④]。

　　中国文化的"象思维"也体现在词与图的关系上，即作家使用"语象"上。在先秦时代，一些著作提到了写作时要使用"象"。《周易·系辞》中提到"观物取象"和"圣人立象以尽意"，"见天下之赜，而拟诸其形容，象其物宜""见天下之动，

---

① 其他造字和用字的方法有指事、形声、会意、转注、假借。许慎在《说文解字叙》中曰："周礼八岁入小学，保氏教国子，先以六书。一曰指事：指事者，视而可识，察而可见，'上''下'是也。二曰象形：象形者，画成其物，随体诘诎，'日''月'是也。三曰形声：形声者，以事为名，取譬相成，'江''河'是也。四曰会意：会意者，比类合谊，以见指㧑，'武''信'是也。五曰转注：转注者，建类一首，同意相受，'考''老'是也。六曰假借：假借者，本无其字，依声托事，'令''长'是也。"（许慎：《说文解字》，中华书局 1963 年版，第 314 页。）
② 程抱一著，涂卫群译：《中国诗画语言研究》，江苏人民出版社 2006 年版，第 8—9 页。
③ 程抱一著，涂卫群译：《中国诗画语言研究》，江苏人民出版社 2006 年版，第 9 页。
④ 程抱一著，涂卫群译：《中国诗画语言研究》，江苏人民出版社 2006 年版，第 10 页。

而观其会通"。① 先秦儒家没有直接提出用"象思维"进行写作,但暗含了以"象"的形式进行创作来反映社会生活或"言志"的倾向。孔子提出《诗》可以兴,可以观,可以群,可以怨"的观点,其中尤其"兴"和"观"表明了《诗经》的作者是运用"语象"进行创作的。"兴"与"象"联系在一起,是因为"兴"起着托物言志寓情的作用,唐人殷璠于是直接把"兴"与"象"组合成"兴象"一词,②而"观"表明作者使诗歌语词空间化后让读者借此观看社会风土人情。荀子是较早直接把"诗"与"志"联系在一起的,他提出《诗》言是其志也"(《荀子·儒效》),汉代《毛诗序》进一步申论了这一观点:"诗者,志之所之也。在心为志,发言为诗。""诗言志"是儒家重要的诗歌理论,虽然荀子对于诗怎样言儒家之志没有详细解释,但后世给予了明确表述。晋代挚虞在《文章流别论》中提到"假象尽辞,敷陈其志"③,唐代孔颖达提到"因象明义"④,"感物而动,乃呼为志,志之所适,外物感焉"⑤,明确了在"诗"与"志"之间"象"起到了中介作用。

正因为"象思维"使用的广泛,先秦一些文献也记载了工匠通过在器具上刻画符号、进行纹饰、雕刻图像以及借助器物形态来模拟物态。《左传·宣公三年》记载"铸鼎象物,百物而为之备,使民知神奸",《周易·系辞上》记载"制器尚象"。《诗经·鄘风·君子偕老》提到"象服是宜",孔颖达释为"象鸟羽而画之,故谓之象服也"⑥。此"象"即"模拟"之意,"象服"指古代贵族服饰,该服饰上的各种图像是模拟自然万物而画。

先秦道家对"象"的理解与上述不同,老庄更强调"象"的无形和具有超越性的一面。老子在《道德经·第四十一章》中提出"大象无形"。庄子学派在《庄子·天地》中提出了"象罔"一词,宗白华解释道:"非无非有,不皦不昧,这正是艺术形象的象征作用。'象'是境相,'罔'是虚幻,艺术家创造虚幻的境相以象征宇宙人生的真际。真理闪耀于艺术形象里,玄珠的躲于象罔里。"⑦由于"象"自身是有形与无形、有限与无限的结合,具有动态性,而不是已然、已成的东西,已然、已成的东西叫形,"见乃谓之象,形乃谓之器"⑧,所以,"象"在展现生生不息的宇宙之道方面,比可状之"形"更具有能力,所谓"在天成象,在地成形"(《周易·系辞上》),"象"与天道联系在一起。"大象无形"和"象罔"的思想直接启迪了后来

---

① 阮元校刻:《十三经注疏》(清嘉庆刊本),中华书局 2009 年版,第 163、171 页。

② 出自殷璠《河岳英灵集》,详见傅璇琮编撰:《唐人选唐诗新编》,陕西人民教育出版社 1996 年版,第 172 页。

③ 何宝民主编:《中国诗词曲赋辞典》,大象出版社 1997 年版,第 1334 页。

④ 阮元校刻:《十三经注疏》(清嘉庆刊本),中华书局 2009 年版,第 21 页。

⑤ 阮元校刻:《十三经注疏》(清嘉庆刊本),中华书局 2009 年版,第 563 页。

⑥ 程俊英、蒋见元:《诗经注析》,中华书局 1991 年版,第 128 页。

⑦ 宗白华:《艺境》,北京大学出版社 1987 年版,第 159 页。

⑧ 阮元校刻:《十三经注疏》(清嘉庆刊本),中华书局 2009 年版,第 169 页。

的美学理论。后世诗歌追求"象外之象"①"境生于象外"②,后世绘画追求"以形媚道"③"传神写照"④,中国画追求"神品""妙品"⑤,都明显是沿着老庄的思路发展衍变而来。它对文图关系的影响是双方除了在形的相似性上会通外,在美学和意境上也相互会通。

第三节 文图关系与媒介转型

先秦文图关系与两次媒介转型存在着密切联系。首先是汉字的发明,使仅依靠图像传播信息的先民们有了更多的选择余地。在我国语言文字尚未成熟之前,先民们曾经有过一个以图记事、以图说事和以图达意的漫长历史时期,故图像文化应是早于文字而独立存在的中华早期文明之一。它对文图关系的一个影响是在先秦时代的文图关系中往往是先图后文、图主文辅。它对文图关系的另一影响是在文字出现之前的口传时代,先秦的文图关系的体态表现为"语图一体","以图言说"是其主要特点。在汉字诞生之前,史前时期的岩画,均兼具文字和图像的功能属性,⑥史前时期器物和夏商周青铜器上的图形文字同时具有装饰及符号的两种功能,⑦因此先秦时期文图关系的一个主要特点是文图一体。

有了文字之后,人类可以更多依赖文字传播信息,这对文图关系带来的影响是,在文字出现之后的文本时代,"文图"关系的体态表现为"语图分体","语图互仿"是其主要特点。也就是说,汉字的诞生使文字与图像分离,汉字遵循着自己的书写系统,图像遵循着自己的绘制系统,由此,两者开始慢慢独立并渐行渐远,一边是图形向符号的演变并渐渐成为系统的文字体系,如甲骨文、金文的出现;一边是图形向装饰艺术和绘画艺术的演变,如青铜器上的纹饰到秦壁画再到汉壁画和汉画像的出现。但文图的内在关联并没有中断过,它具体表现在两个方面:

---

① 司空图在《与极浦书》中引戴叔伦论诗语后,提出诗歌应追求"象外之象,景外之景"。见司空图:《司空表圣文集》卷三,四部丛刊景旧抄本。

② 卞孝萱校订:《刘禹锡集》,中华书局 1990 年版,第 238 页。

③ 宗炳:《画山水序》,人民美术出版社 1985 年版,第 1 页。

④ 《世说新语·巧艺》:"顾长康画人,或数年不点目精,人问其故,顾曰:'四体妍蚩(原文如此,今作媸),本无关于妙处;传神写照,正在阿堵中。'"(余嘉锡撰,周祖谟、余淑宜整理:《世说新语笺疏》,中华书局 1983 年版,第 722 页。)

⑤ 唐代朱景玄在《唐朝名录》中仿张怀瓘《书断》体例,以神、妙、能三品定画家品第,神品和妙品排在重在描摹的能品之上。

⑥ 参见本书第一章第一节。

⑦ 参见本书第一章第二节;亦参见杨晓能著,唐际根、孙亚冰译:《另一种古史:青铜器纹饰、图形文字与图像铭文的解读》,生活·读书·新知三联书店 2008 年版,第 137 页。

一是文学通过语言生象与图像发生关联，两者的表现形态由先前的双方一体逐渐转向双方的互仿和共生，由于双方的互仿和共生，于是在中国的文艺史上出现了语图漩涡现象。语图漩涡中，双方共享一个母题，"图像艺术选取同样的文本母题，但却图说着不相同的意义；图像母题也有可能被诗文演绎，演绎出来的图像和诗文又会相互影响，反复的语图互文无穷期"①。如先秦渔父形象、西王母形象成为文图母题。

二是双方虽然作为不同媒介在汉字独立以后进行了分离，但双方在相互分离中因共同拥有不可或缺的要素线条，所以双方因着共享线条各自向对方越界和跨界有了可能。历史上河图洛书的出现是这方面的肇始。《周易·系辞上》之所以把河图、洛书这两种不同的文化形式并置在一起，将之作为中国文化的源头，②乃是两者在符号表现形态上都有一共同特点，即两者都以线条的形式反映天地自然。③

河图代表了图谱文化，洛书代表了书籍文化，郑樵在《通志·图谱略》中说："河出图，天地有自然之象。洛出书，天地有自然之理。……图，经也。书，纬也。一经一纬，相错而成文。"④中国古代文字与图像在书写和绘制方面有着天生的密切关系——毛笔既用来书写，也用来绘画；线条是文字书写的基础，也是绘画的基础，最终促使了文学向图像的跨界即文学的书法行为，通过文字的视觉造型来达到文学与视觉造型的联姻；另一方面，图像也借鉴和吸收文字的书写行为，从南齐谢赫提倡绘画"骨法用笔"开始，再到唐张彦远提出"书画一理""书画一体""书画同源"，直至清代石涛提出字画"其功一体"，中国绘画史上不同时代都回响着书画同理或绘画书法化的理论和实践。⑤

---

① 赵宪章：《文学成像的起源与可能》，《文艺研究》2014 年第 9 期。

② "天垂象，见吉凶，圣人象之。河出图，洛出书，圣人则之。"［阮元校刻：《十三经注疏》（清嘉庆刊本），中华书局 2009 年版，第 170 页。］

③ 参见李申：《易图考》，中央编译出版社 2018 年版，第 175 页。

④ 郑樵撰，王树民点校：《通志二十略》，中华书局 1995 年版，第 1825 页。

⑤ 张彦远《历代名画记·论画六法》云："夫象物必在于形似，形似须全其骨气，骨气形似皆本于立意而归乎用笔，故工画者多善书"（张彦远著，俞剑华注释：《历代名画记》，上海人民美术出版社 1964 年版，第 23 页），提出了"书画一理"的观点；在《历代名画记·叙画之源流》中他则提到了"书画同源"和"书画一体"的问题，"是时也，书画同体而未分，象制肇创而犹略。无以传其意，故有书；无以见其形，故有画"（张彦远著，俞剑华注释：《历代名画记》，第 2 页），又说"周官教国子以六书，其三曰象形，则画之意也。是故知书画异名而同体也"（张彦远著，俞剑华注释：《历代名画记》，第 3 页）。北宋郭熙在《林泉高致》中提出："故世之人多谓善画者往往善书，盖由其转腕用笔之不滞也。"元代赵孟頫曾在其《秀石疏林图》（今藏故宫博物院，是其"以书入画"的代表作品，纸本，墨笔，纵 27.5 厘米，横 62.8 厘米）上题诗："石如飞白木如籀，写竹还应八法通，若也有人能会此，须知书画本来同。"他提出了书画不仅技法相通，本原也相同。董其昌论士大夫画曰："士人作画，当以草隶奇字之法为之，树如屈铁，山似画沙，绝去甜俗蹊径，乃为士气。不尔，纵俨然及格，已落画师魔界，不复可救药矣。"（董其昌《画禅室随笔》卷二）受董其昌等影响，明清的文人画格外强调了"绘画的书法化"。石涛《画语录·兼字章》云："字与画者，其具两端，其功一体。"（道济著，俞剑华标点注译：《石涛画语录》，人民美术出版社 1962 年版，第 62 页。）

先秦美术需要借助一定的物质媒介和技艺才能展现人类的心灵活动。先秦美术的物质媒介也经历了一个发展的过程。战国以前的美术以雕刻在青铜器上的纹饰为突出特点,战国以后青铜器逐渐减少,除在青铜器、墙壁、漆器上的装饰性图案外,还出现了不依附于工艺品和建筑物的独幅主题绘画,即作为铭旌用于墓葬的帛画。战国时期绘画的题材也更加广泛,一些有故事、有叙事的与文学有关的图像比先前更广地出现在墙壁和帛画上,如屈原见楚先王庙及公卿祠堂壁画中画有"天地山川神灵,琦玮僪佹,及古圣贤怪物行事"①,如湖南长沙楚墓的《龙凤人物帛画》和《人物御龙帛画》有人物,有故事情节,有"引魂升天"主题。由于先秦具有文学性的图像出现得比较晚,传世的也不多,这就决定了先秦文学性图像在文献资料方面的匮乏,也决定了先秦的文与图的互仿未如其他历史时期频繁。②

第四节　文图关系与礼制、王权

先秦文化虽然经历了从巫官文化到史官文化再到诸子文化的发展阶段,但在发展过程中前一阶段的文化精神和内核却被后一阶段的文化所吸纳、继承和保留,比如周公"制礼作乐"是对原始巫术的外在理性化,只不过,巫君变了天子、上天,通神变成了承担天命,神明转变成了天命、天道。因为礼来源于巫,所以先秦的礼制文明就有了神圣性,这些"礼"的规范就不单单是人间的法规,"夫礼,天之经也,地之义也,人之行也"③,"礼者天地之序也"④。中国古代巫与君也是合在一起的,氏族、部族的君、王既是最大的巫,最高的宗教领袖,也是最大的政治领袖,同时又是氏族德高望重的酋长,集中了政治、宗教、伦理的权能,用陈梦家的话说:"由巫而史,而为王者的行政官史;王者自己虽为政治领袖,同时仍为群巫之长。"⑤李泽厚认为,先秦文化就是"由巫到礼"再"由礼归仁"的文化发展过程,中国的文化成了巫君合一而来的伦理、宗教与政治"三合一",即中国式的"政教(宗教)合一"的文化。⑥ 作为"巫君合一"的大巫演变为君王后,一方面垄断了与神明的交流,由其专门指定神职人员与神明沟通,比如由祝代表祭者向

---

① 王逸:《楚辞章句·天问序》,转引自黄灵庚:《楚辞章句疏证》,中华书局 2007 年版,第 996—997 页。

② 以紧接着先秦的汉代为例,汉代出现的文学母题在汉时段已有图像的展现,比如刘向编撰《列女传》,东汉的部分墓葬中就出现了数量众多的列女图像;一些在《史记》中才定型的传说故事,比如荆轲刺秦王、泗水升鼎等,在画像石中得到了大量展示。

③ 张宗友注译:《左传》,中州古籍出版社 2010 年版,第 320 页。

④ 陈澔注,金晓东校点:《礼记》,上海古籍出版社 2016 年版,第 431 页。

⑤ 陈梦家:《商代的神话与巫术》,《燕京学报》第 20 期,1936 年。转引自张光直:《中国青铜时代》(二集),生活·读书·新知三联书店 1990 年版,第 44 页。

⑥ 具体参见李泽厚《由巫到礼　释礼归仁》(生活·读书·新知三联书店 2015 年版)中的"由巫到礼""释礼归仁"部分。

神致辞，由宗管理宗庙祭礼的一切，"而能知山川之号、高祖之主、宗庙之事、昭穆之世、齐敬之勤、礼节之宜、威仪之则、容貌之崇、忠信之质、禋洁之服，而敬恭明神者，以为之祝。使名姓之后，能知四时之生、牺牲之物、玉帛之类、采服之仪、彝器之量、次主之度、屏摄之位、坛场之所、上下之神祇、氏姓之所出，而心率旧典者为之宗。于是乎有天地神民类物之官，是谓五官，各司其序，不相乱也"①。由"重"管理"天"事，专门负责宇宙事务；而"黎"管理"地"事，专门负责人间事务。"乃命南正重司天以属神，命火正黎司地以属民，使复旧常，无相侵渎，是谓绝地天通"②。一方面君王作为政治、军事首领，来承担天命、治理百姓，用礼教来构建中国人的现世生活和人伦秩序；另一方面君王又是道德的楷模，被称为圣人。在春秋战国时期，儒道都把"圣"与国家治理联系在一起，"圣人治：虚其心，实其腹，弱其志，强其骨。常使民无知无欲，使知者不敢为，则无不治"③，"如有博施于民而能济众"，不仅是"仁"的体现，而且是圣人——"何事于仁，必也圣乎！"④荀子也说："圣也者，尽伦者也；王也者，尽制者也。两尽者，足以为天下极矣。故学者，以圣王为师，案以圣王之制为法，法其法，以求其统类，以务象效其人。"⑤荀子突出"以圣王为师""以圣王之制为法"。

　　这种由巫、王、圣密切结合的王权，地位至上，统率和驾驭一切领域，而作为先秦文化的一部分，先秦文学和图像自然也要为至上王权服务。⑥ 王权需要通过文、图来贯彻其伦理意图和社会纲常，再加上长期在中国传统文化中占主流地位的儒家文化倡导"仁""礼"，在两者的推动下，先秦文、图乃至后世文、图的教化功能变得十分突出。孔子非常注重诗教，认为学习《诗》就是为了更好地了解民情，为王室服务，"小子何莫学夫《诗》？《诗》可以兴，可以观，可以群，可以怨。迩之事父，远之事君"⑦。若学《诗》却政务处理不好，外交场合应对不了，读《诗》很多又有什么用："诵《诗》三百，授之以政，不达；使于四方，不能专对。虽多，亦奚以为？"⑧《礼记·经解》引孔子曰："入其国，其教可知也。其为人也，温柔敦厚，诗教也。"⑨这是现存最早关于"诗教"一词的记载。荀子也强调文学的教化功能："人之于文学也，犹玉之于琢磨也。……和之璧，井里之厥也，玉人琢之，为天

---

① 徐元诰撰，王树民、沈长云点校：《国语集解·楚语下》，中华书局 2002 年版，第 513—514 页。

② 徐元诰撰，王树民、沈长云点校：《国语集解·楚语下》，中华书局 2002 年版，第 515 页。

③ 朱谦之：《老子校释》，中华书局 1963 年版，第 9—10 页。

④ 阮元校刻：《十三经注疏》(清嘉庆刊本)，中华书局 2009 年版，第 5385 页。

⑤ 王先谦撰，沈啸寰、王星贤点校：《荀子集解》，中华书局 2016 年版，第 481 页。

⑥ "既然巫政是密切结合的，法器的占有便是掌握政权的一个重要手段，也就是说艺术品的掌握便是政治权力占有的象征。"(张光直：《中国青铜时代》，生活·读书·新知三联书店 1999 年版，第 280 页。)

⑦ 阮元校刻：《十三经注疏》(清嘉庆刊本)，中华书局 2009 年版，第 5486 页。

⑧ 阮元校刻：《十三经注疏》(清嘉庆刊本)，中华书局 2009 年版，第 5446 页。

⑨ 阮元校刻：《十三经注疏》(清嘉庆刊本)，中华书局 2009 年版，第 3493 页。

子宝。子赣、季路,故鄙人也,被文学,服礼义,为天下列士。"①"从整个中国古代文学生产的情况来看,政府一直是文学的主要供养人,起着资助、监督、控制的作用。对于王官集团、诸子集团甚至后来的士大夫群体而言,文学是完成职守本分的工具,是追求功利的手段,是官员们职业生活的副产品或者业余生活的内容。"②由于政府是文学的主要供养人,从事文学写作的王官集团、诸子集团以及士大夫群体自然为王权服务。

先秦人物画的一个重要功能就是教化功能。商周时期,就有把历史上的著名人物或重要故事绘制于庙堂的故事,意在劝诫。南朝宋裴骃《史记集解》引刘向《别录》,谓商初宰相伊尹画"九主"(法君、专君、授君、劳君、等君、寄君、破君、国君、三岁社君)的肖像来劝诫成汤。可见肖像画在商初就已具有重大的劝诫作用。先秦除了人物画外,图像的教化功能也渗透在一些表示身份的服饰、旌旗、宫室、器用之图中,因为这些图像传递了人物的地位、等级,礼制文明和人伦秩序。《礼记·祭统》说:"凡治人之道,莫急于礼。礼有五经,莫重于祭。"③《荀子·富国篇》曰:"礼者,贵贱有等,长幼有差,贫富轻重皆有称者也。"④《周礼·春官·司常》云:"司常掌九旗之物名,各有属,以待国事。日月为常,交龙为旂,通帛为旝,杂帛为物,熊虎为旗,鸟隼为旟,龟蛇为旐,全羽为旞,析羽为旌。"郑玄注云:"自王以下治民者,旗画成物之象。王画日月,象天明也。诸侯画交龙,一象其升朝,一象其下复也。孤卿不画,言奉王之政教而已。大夫士杂帛,言以先王正道佐职也。师都,六乡六遂大夫也。谓之师都,都,民所聚也。画熊虎者,乡遂出军赋,象其守猛,莫敢犯也。州里县鄙,乡遂之官,互约言之。鸟隼,象其勇捷也。龟蛇,象其扞难辟害也。"⑤《周礼》记载了属于春官的"司常"掌管旌旗,旗分九种,各有专名,画日月者称"常",画交龙者为"旂"……这些以不同徽号表示不同等级和用途的常、旂、旝、物、旗、旟、旐、旞、旌等九种旗帜以及旗帜上所画之物各自代表着一种社会等级和秩序,比如圣人因与日月齐其明,故旌旗画日月象之;诸侯在旗帜上所画交龙形象是一上一下,两体交缠,下者升上,象其朝见天子,上者下覆,象其复回国。按《周礼》记载,当时统治者通过"画其象","象其事","象其名","象其号",来达到"题别众臣,树之于位,朝各就焉"⑥的教化目的。郑午昌在《中国画学全史》中指出,周代对于图画益加注重,设官分掌,有冬

① 王先谦撰,沈肃寰、王星贤点校:《荀子集解》,中华书局 2016 年版,第 600 页。
② 罗家湘:《先秦文学制度研究》,上海古籍出版社 2011 年版,第 37 页。
③ 阮元校刻:《十三经注疏》(清嘉庆刊本),中华书局 2009 年版,第 3478 页。
④ 王先谦撰,沈啸寰、王星贤点校:《荀子集解》,中华书局 2016 年版,第 210 页。
⑤ 阮元校刻:《十三经注疏》(清嘉庆刊本),中华书局 2009 年版,第 1783、1784 页。
⑥ "道车载旞,游车载旌,皆画其象焉,官府各象其事,州里各象其名,家各象其号。凡祭祀,各建其旗。"郑玄注曰:"事、名、号者,徽识,所以题别众臣,树之于位,朝各就焉。"[阮元校刻:《十三经注疏》(清嘉庆刊本),中华书局 2009 年版,第 1784 页。]

官设色之工,画缋钟筐幌;有地官大司徒之职,掌建邦之土地之图。"如服冕、尊彝、旗旌、门壁诸类,无不以绘画为饰。其注重绘画之动机,非谓对于绘图本身果有独具之美感,实欲借其形象色彩之力,与人以具体之观感,而曲达其礼教之旨耳。"①"夫舆地图而疆土理,旗章名而轨物昭,服冕饰而尊卑序,钟鼎铸而神奸辨,尊彝陈而清庙肃,勋臣图而德范留;诚有如陆士衡所谓丹青之兴,比《雅》《颂》之述作,美大业之馨香者。盖姬周盛时,其图画之制有如是。"②郑午昌对周代绘画的礼教功能可谓概括精辟。

由于历代统治者认识到绘画尤其肖像画具有"成教化,助人伦"的作用,他们通过图画功臣和圣贤肖像以作褒扬,通过绘画暴君奸臣以作贬低,从而让平民和官员在瞻观这些肖像画时或生敬仰之心,或产厌恶之情,从而达到鉴戒贤愚的教化之功。所以在历代,绘画的鉴戒贤愚的教化功能常有回响。曹植在《画赞序》中描述了人物肖像画成教化、助人伦的作用:"观画者,见三皇五帝,莫不仰戴;见三季异主,莫不悲惋;见篡臣贼嗣,莫不切齿;见高节妙士,莫不忘食;见忠臣死难,莫不抗节;见放臣逐子,莫不叹息;见淫夫妒妇,莫不侧目;见令妃顺后,莫不嘉贵。是知存乎鉴戒者图画也。"③南齐谢赫《古画品录》中提道:"夫画品者,盖众画之优劣也。图绘者,莫不明劝戒,著升沉;千载寂寥,披图可鉴。"④张彦远在《历代名画记》中指出唐代人物画的教化功能:"以忠以孝,尽在于云台;有烈有勋,皆登于麟阁。见善足以戒恶,见恶足以思贤。"⑤宋代画论家郭若虚也提到绘画的教化功能:"盖古人必以圣贤形象,往昔事实,含毫命素,制为图画者,要在指鉴贤愚,发明治乱。"⑥明宋濂在《画原》中指出宋以前绘画主旨多为鉴戒,近乎经典图解。宋以后虽然文人的山水画、花鸟画成为绘画主流,但侧重发扬绘画教化功能的画家不乏其人。⑦

总之,具有长久影响力的礼制王权影响了先秦文图的内涵,也影响了先秦以后文图的内涵,它使中国文与图具有教化的倾向。中国的"象思维"也影响先秦以及先秦以后的文图的生成,它滋生了中国大量丰富的文图现象,使文学与图像具有了相通的可能性。先秦的文图内容局限于该时代的文化类型,该时代的巫官文化、史官文化和诸子文化为先秦的文图提供了宗教神话传说、历史人物事件以及以孔子为代表的周文化和以屈原为代表的楚文化内容。

先秦文图的形式也受制于该时代的物质文明和媒介,作为成熟的汉字即

---

① 郑午昌编著,黄保戊校阅:《中国画学全史》,上海书画出版社 1985 年版,第 11 页。
② 郑午昌编著,黄保戊校阅:《中国画学全史》,上海书画出版社 1985 年版,第 13 页。
③ 张彦远著,俞剑华注释:《历代名画记》,上海人民美术出版社 1964 年版,第 5 页。
④ 谢赫撰,王伯敏标点注译:《古画品录》,人民美术出版社 1959 年版,第 1 页。
⑤ 张彦远著,俞剑华注释:《历代名画记》,上海人民美术出版社 1964 年版,第 4 页。
⑥ 米田水译注:《图画见闻志·画继》,湖南美术出版社 2000 年版,第 12 页。
⑦ 如宋人杨复、清张惠言都画有《仪礼图》。

甲骨文的出现要到殷商时期，竹简出现促使汉字广泛流传，这要到春秋战国以后。所以在先秦很长一段时期里，文图关系是先图后文，图主文辅；在汉字诞生以前，文图一体，汉字诞生后，有了文字与图像的分离，才有了文图分体和文图合体。

第一章 先秦语言、文字与图像

　　文学是语言的艺术，文字是语言的记录。因此，中国文图关系研究应该由此开始。先秦时期文图关系的一个重要方面就是文字与图像的关系。文字与图像的关系的重要性，一方面表现在作为文图一体的文字与图像在中国文图关系史上处于重要节点，即汉文字独立以后，文字与图像从此分道扬镳，各自渐行渐远，由文字发展而成的文学从此迅速壮大，先秦原来文图一体的文图关系渐渐转向文图合体和文图分体；另一方面表现在文字中图像意识的存留和视觉性的存在影响了中国人的思维，也开启了后世中国书法与视觉造型的关系。先秦文字与图像的关系存有大量的史实材料，但相关理论缺乏。这些都让我们有理由在研究先秦文学与相关图像的关系之前，有必要先研究这一时期文字与图像的关系。而史前岩画、图形文字以及甲骨文中的视觉造型都是研究先秦文字与图像关系的较好切入口。

第一节 史前岩画图文一体研究

　　在数万年的漫长岁月中，人类在他们赖以生存的星球上留下了无数的印记。这些印记在当时是生存的必要，如今则成为人们触摸历史的密钥。人类的生活离不开交流与传承，在生产中获得的知识或者施行巫术时的仪式活动，都需要通过一定的符号来沟通。配合环境的变迁与人类的需要，许多我们今天称之为艺术的行为诞生了，其中就有被称为是"形象性史书"的岩画。[①] 在世界范围内，岩画的出现大约在四五万年前。根据有关资料分析，中国岩画可能会有万年的历史。[②] 岩画并不只是一种作为审美对象而存在的绘画艺术，这些图形更多地承载了叙述的功能。这种用来记事或叙事的图形，对于中国象形字的产生有着重要的作用，也有人认为岩画是古文字的母体。

---

① 岩画英文作 Rock Art，即岩石艺术，郦道元在《水经注》一书中称之为"画石"。其中包含 Rock Painting（狭义的以颜料绘制的岩画）与 Petroglyph（岩刻）两种类型。"形象的史书"出自盖山林语，参见盖山林：《中国岩画学》，书目文献出版社 1995 年版，第 18 页。
② 陈兆复：《古代岩画》，文物出版社 2002 年版，第 230 页。

现代的很多学者研究岩画，是将其作为"古代先民记录在石头上的形象性史书"来研究。在《世界新学科总览》中，编者就认为"岩画是古代人画或刻在岩石上的画，这些优美的艺术形象对于研究人类文明进程有着巨大的作用"[①]。我国岩画出现时间久、分布区域广泛、题材丰富、母题多样，揭示了远古人类的生产战争、社会生活、原始宗教、审美态度、娱乐计数以及符号绘画等真实生活状态，确实算得上是一部岩石图像史书。我们从原始岩画中撷取与叙事、文字等有关的部分作为研究对象，更多地探讨岩画中的文图关系。

一、史前岩画的题材

中国是发现岩画最早的国家[②]，早在北朝北魏时期，著名的地理学家郦道元就发现并记录了岩画。在其地理学名著《水经注》中，郦道元留下了二十余处与岩画有关的记录，所涉及的范围约有大半个中国；书中岩画的题材也丰富，约有七八种之多，涉及野生动物、神像与人面像、宗教与车辙武器等。我们可以通过这本名著认识到，岩画在中国分布非常广泛，并且早在北魏时期，人们就已经对其有了一定的认识。

从已经公布的资料来看，北从黑龙江，南至广西，东起大海之滨，西到新疆昆仑山，我国的大部分省份都有岩画的痕迹。岩画不仅仅有对当时先民的渔猎生活的反映，还有对他们宗教、图腾以及崇拜对象的描写。岩画是写实的，但也一定程度上表达了先民朴素、天真的审美意识。这种从写实到有特定情节、风格的转变，事实上也是先民进行情感表达的需要。从具象到形象性削弱再到失却了原本物象的符号类岩画，实际上是岩画题材的一种发展。

正如前文所说的，原始岩画并不只是一种艺术创作。原始岩画中的题材往往是生活化的、带有功利性的。其中对现实生活的描摹是主流，理想化的艺术放大则表现了作画者的祈愿。因此，原始岩画的题材不外乎是人们生活中会遇到的事与物，而很少有生造的形象。一些夸张的画作则表达了人们对世间物的乞求、崇拜与敬祭。

中国史前岩画的题材多样，按照母题的不同性质，大致可以分为自然（包括食物与天体等）、生产生活、原始观念、抽象符号等几大类。它们的共同特征就是取材于现实生活，围绕着人们的生活，又带有理想化倾向的夸张，饱含着先人对于理想生活的一种寄托与向往。

本章因研究的需要，从另外的一个角度对岩画进行划分，即划分成与文字起源无关的岩画和与文字起源有关的岩画。前者即图画本身没有重复规律性，同

---

① 金哲、姚永抗、陈燮君主编：《世界新学科总览》"岩画学"条，重庆出版社 1987 年版，第 341 页。
② 盖山林：《中国岩画学》，书目文献出版社 1995 年版，第 2 页。

时不易归纳与提炼,一幅图画表达一个完整的意思。尽管与文字关系不大,但此类岩画本身就已经是一种记录,通过观看岩画,人们可以直观地接收作画者遗留的信息,而不需要将图画转换成某种符号意义,再转换成信息。后者开始带有符号性质,出现的方式具有重复规律性并且可以通过归纳提炼找到共通的地方。

(一) 与文字起源无关的岩画

1. 具有指示作用的岩画

岩画是原始先民的一种创作,这种创作并非是无意识的。实际上,原始岩画有些是具有指示作用的。原始岩画的这种以画达意的方式相对直观,无须再次加工,因而与文人墨客借画以拟人拟事有很大区别。因为先民的生活方式相对原始,所以狩猎与放牧是他们生活中非常重要的环节。原始岩画记录了狩猎的对象、地点、方式以及放牧的场所、形式等,具有实用的价值。这些岩画是文明传承的需要,是原始的教科书。

动物题材的岩画是原始岩画题材中最常见的一种类型。学者盖山林就认为,表现各种各样的动物,是我国岩画的一种恒定题材,在各个地区的岩画画面中,几乎都出现过动物形象。[①] 由于各自所处的自然环境不同以及动物在人们生活中承担的作用不同,南北方岩画中的动物在形象上也有一定的差异性。由于气候的差异,出现在各地岩画中的动物也都有着地域特色,如北方的牛、马、骆驼与南方的象、野猪、猴类就截然不同。

在原始社会,先民接触的自然对象种类繁多,而只有动物题材的岩画如此大规模广范围地出现,其原因是值得深思的。一些考古学者认为,远古人类绘制动物题材的岩画,首先是由于对动物的崇拜,其次是为了猎取动物。[②] 而本章从文图关系角度出发,认为动物题材不约而同地在各地出现,是因为动物题材的岩画肩负了一定的指示作用,满足了实际生活的需要。动物题材的岩画记录了动物的形貌体态以及动物群体的大小,在没有文字与书本记录的原始时代,为了让后代对猎物有更进一步的了解,通过岩画记录所见是很有必要的。如图1-1所示,这幅动物群像中有马、岩羊、山羊、野牛与野猪,姿态、动静各有不同。即使没有见过这些动物,也能从岩画中体察出其外貌形态特征。

图1-1　动物群像　阴山乌拉特中旗岩画

---

① 盖山林:《中国岩画学》,书目文献出版社1995年版,第85页。
② 盖山林:《中国岩画学》,书目文献出版社1995年版,第94页。

岩画中记录的动物有单个的,也有三五成群的,是对动物习性的忠实记录。

除了直接摹写动物的,原始岩画中与先民生活息息相关的生产题材的岩画数量也不在少数生产题材主要涉及狩猎、放牧等生产活动。由于原始岩画的写实性特点,反映狩猎情况的岩画应该是出自狩猎时代,而放牧题材的岩画应该是来自畜牧时代。

狩猎岩画的内容包括狩猎的对象、狩猎的方式、所持的武器、行猎的姿态以及规模等等。狩猎武器是岩画中非常精彩的一部分,从中我们可以探知当时人类的一些想法和智慧。如使用圆形的箭头,是为了不让动物流出的血弄脏皮毛。在岩画中除了出现手持武器外,可能还有先人精心设计的陷阱。从我国北方狩猎岩画来看,行猎的规模不是一定的,人数比较随机,有独猎、两人猎、围猎和群猎等等。贺兰山岩画中就有放牧与狩猎的场景展示(见图 1-2)。

图 1-2　放牧与狩猎　贺兰山岩画

同狩猎一样的,放牧也是先人的主要谋生手段。放牧题材的岩画中,最常出现的就是牧羊图。一些北方岩画中还出现了牧羊犬与无人放牧图。随着水草的季节变化,牧人还要带着驯养的动物转场。[1]这些在岩画中都有生动描绘。图 1-3 所展示的是在大兴安岭原始森林中发现的先人牧鹿岩画。图中除了有主人与被驯服的鹿,还出现了猎人与猎犬。

图 1-3　牧鹿　大兴安岭原始森林岩画

这些岩画的作者相信,只要在图像上射击猎物,就能有助于实际的狩猎活动。所以这既是一种写实的描绘,也可能与原始的咒术有关系。[2]而制作狩猎、放牧的岩画,除了与获取猎物有关之外,大概也与传布生产经验有一定的联系。老一辈的猎人为了将狩猎与放牧的方法传承下去而作岩画,让年轻人在图形中学习生产技术。因此,这类图画也可以说是当时传授技术的手段之一,是原始的教科书。

---

① 盖山林:《中国岩画学》,书目文献出版社 1995 年版,第 103 页。

② 李淞:《远古至先秦绘画史》,人民美术出版社 2000 年版,第 18 页。

图1-4 战斗 阴山西地里哈日岩画

图1-5 舞者、狩猎与车辆 阴山乌拉特中旗岩画

2. 记录事件的岩画

南北方都出现过战争题材的岩画。漫长的原始社会中，由于夺取资源或氏族冲突等，战争并不鲜见。之所以将战争的情形记录下来，应该是为了纪念某次战争的胜利和炫耀自己的武力，当然还有传授如何布置阵法、克敌制胜的意义。[1] 因为岩画的篇幅有限，所以我们所看到的岩画中的战争都是小规模的居多。画面中的胜方一般较为高大且将士众多，而败方则矮小且人数较少。胜利者炫耀的心情跃然画上。如图1-4所示。战争题材的岩画内容相对来说比较复杂一些。从简单的人面岩画到稍微复杂一些的动物岩画再到战争岩画，人们所画的内容越来越复杂，因此对于画面的整体的把握以及架构就需要更多的努力。

在社会生产力极端低下的原始社会，人们在对抗大自然和自己想象出来的各种妖魔鬼怪的过程中，也创造出了具有感染力的舞蹈艺术。舞蹈的场合以及背景，可能是原始的宗教仪式，也可能是战争庆功活动的一部分。舞蹈形式"是一切宗教祭典的主要组成部分"，舞蹈是当时最发达的艺术。[2] 因此舞蹈也是我国岩画中最常见的题材之一，几乎在所有的岩画地点都能见到。岩画中的舞蹈规模不定，有群舞也有独舞。起舞的动因无外乎自娱与娱神两种。岩画上描绘的舞者虽然姿态古朴、动作拙简，但依然能看出舞蹈的大概动作，如图1-5所示。

岩画中记录的事件还包括一些祭祀活动。岩画不仅反映了远古人类的各种崇拜，也留下了他们对神灵祭祀与祈祷的场景，让人们得以一窥时人在此类活动中的情态。从岩画中，我们可以看到此类活动根据参与者的不同而有不同的类型，有些仅有被崇拜的对象，有些仅有参加祭典的人群，当然也有两者一并出现在岩画中的。要说明的是，关于祭祀的对象，南北方有一些不同。北方多拜祭动物，南方多祭祀河神。在众多的表现祭典活动的岩画中，以人的某个部分或者杀

---

① 陈兆复：《中国岩画发现史》，上海人民出版社1991年版，第284页。
② 盖山林：《中国岩画学》，书目文献出版社1995年版，第173页。

人作为祭典对象的画面并不少见。这一点也符合甲骨刻辞中保存的大量关于"人牲"的记载。[①]

战争、舞蹈与祭祀类型的岩画与具有指示作用的岩画不同,此类岩画是对某一核心事件的记录。其特点是:画面复杂,内容较多,信息量大。

(二) 与文字起源相关的岩画

在对岩画进行研究的过程中,人们发现岩画的某些图形符号与古文字之间存在相似之处。同样是象形拟物,岩画作品中有相当一部分与文字的起源相关。

1. 社会生活岩画

除了与生存相关的生产岩画,描绘先人的社会生活与娱乐的岩画也不在少数,它在一定程度上勾勒了先人生活的风貌。

人物与饰品一直都是先人们热衷于描绘的对象。随着人们认识水平的提高,对于动物的崇拜意识渐渐淡薄,绘制图腾的方式也开始改变,从原来的全部模仿写实渐渐转向象征性地简化表现,如用牦牛尾巴来表现牦牛,用羊角来代替羊,用羽毛制作的饰品来代替鸟类等等。这些装饰物表现的并不只是先人的审美观念,更多的是具有特定的社会意义,使不同的部族相互区分,是一种特定的象征。

值得一提的是,在我国北方,内蒙古、青海、宁夏和新疆等地,车骑题材的岩画开始出现。这类图像通常出现在交通要道附近,出现的时间也比较晚。骑马人岩画的出现表明人类很早就驯服了马,并将之作为一种运输工具。一些岩画反映出人们开始利用马车来拉猎物,虽然最初的轮子只是简单的整块圆木板。经过萌芽、发展与完备的过程,绘制车辆的岩画也在变迁。内蒙古草原上发现的车辆岩画与甲骨文中的车字几乎如出一辙[②],此结果引起了人们对于它们之间的源流关系的研究兴趣。[③] 这种相似佐证并强化了史前岩画图文之间的联系。

2. 原始崇拜岩画

岩画对于当今的人来说,是了解远古人类生活方方面面的一面镜子。一些岩画的作画目的与原始的宗教崇拜和当时人们朴素的信仰有关。此类岩画中有以崇拜的对象为作画内容的,如动物岩画、太阳以及其他天体岩画等;也有一种具有记录与传承意义的,如图腾样式的岩画等;还有反映庆典仪式的,如祭祀、祈祷岩画。这些题材的岩画并不仅仅是对现实的复制,有些更是经过了人类思维的加工,如一些总是重复出现,其实代表着一个氏族的图腾的图形。

---

① 盖山林:《中国岩画学》,书目文献出版社 1995 年版,第 162 页。
② 李彦锋:《中国绘画史中的语图关系研究》,上海大学博士学位论文,2010 年。
③ 宋耀良:《中国岩画与甲骨文、金文》,《文艺理论研究》1992 年第 3 期。

图1-6　人面太阳神　内蒙古地区岩画

正如前文所说,远古人类对于动物有一种崇拜之情。除了动物崇拜,天体也是远古人类崇拜的对象,最典型的就是对太阳的崇拜。古人对于太阳的崇拜,开始时是在器物上或者岩石上,绘画或凿刻太阳的形象,而后将之升级为神格,使之成为太阳神。远古人类对太阳与太阳神的崇拜同时存在。表现在岩画上,太阳的形象往往是环形加上环绕的射线;太阳神的形象往往是人面加上四周引出的光线,也有带着太阳光环的人的全身像或者一人高举着太阳。总之,这些形象往往都端正、大气,给人孔武有力的感觉。远古人类在刻画太阳形象的时候,有时候也加入了拟人的手法,将太阳崇拜与人面崇拜相结合,展现了人们对于太阳以及太阳神的想象(图1-6)。

远古人类认为一个氏族集团起源于或某动物,或某植物,或某物体,或某现象。这样的事物就成了他们的图腾。远古人类认识自我经历了一个漫长的过程。在此过程中,出现的一些图像往往十分怪异,被一些考古学家称之为“类人形”[1]。一些表现氏族图腾的岩画作品不再像动物岩画那样写实,往往经过了加工,体现了远古人类的想象力与创造力。先人的图腾崇拜也表现在了岩画上。一些头有动物形的岩画,往往代表了某一个原始氏族。殷商时期,表示图腾的方式也是在人头上加“草”形或“山”形。我国古文字中就有类似的图形,如“羌”字作人头上有羊形,即表示“羊图腾”[2]。这些图腾有的以人形为基础,有的提炼出动物特征,但都已经超越了写实的作品(图1-7)。人类文化的传承一直没有中断,这些氏族图腾经过长久的流传与继承,还出现在青铜器等器具上,与文字的产生、变体也有密切的关系。

图1-7　牛图腾　云南沧源岩画

① 李凇:《远古至先秦绘画史》,人民美术出版社2000年版,第22页。

② 盖山林:《中国岩画学》,书目文献出版社1995年版,第134页。

3. 抽象的符号岩画

远古人类的岩画大部分是以写实为主,所反映的多是直线的形象化的思维方式。当人们开始刻画一些较为复杂的图案的时候,一些符号开始重复出现,最终被赋予了特定的意义,也就是符号从具体的事物中被抽象出来了。同时,各地岩画中都出现了简化的情况,以乌兰察布岩画(图 1-8)与阴山岩画(图 1-9)中的羊形为例,二者都出现了描摹对象的简化。

图 1-8　乌兰察布岩画中羊形的简化

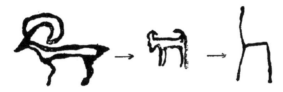

图 1-9　阴山岩画中羊形的简化

除了简化之外,抽象化也是符号岩画的一大特征。人类经历过很长一段没有文字的历史时期。当社会发展到一定阶段,便出现了以物件、图画、符号等原始人类可以识别的方式来记载事情的情况,如结绳记事等。其中,图画记事是重要的一部分。岩画主要是在文字产生之前,起着相当于文字的作用,即以图画的形式,记载了人类在懵懂时期体会到的最直接的感觉。人类一开始并没有数字的概念,后来出于生产的需要才产生了记数

图 1-10　岩画中的计数符号

的想法。从阴山岩画来看,我国古代北方的狩猎人很早就有了数的观念,产生了数学的萌芽。以竖形的符号来计数,这些数字也可以看作是人的手指头的象形图画(见图 1-10)。

这些刻画符号有些与仰韶文化中的陶器的记数符号类似。① 这些相似的符

---

① 李凇:《远古至先秦绘画史》,人民美术出版社 2000 年版,第 24 页。

号告诉我们,人类的思维方式有共通之处,所以我们能看到一些亘古不变的表达方式,如用圆圈来表示太阳,半圆表示月亮,用一人追着一马来表示追猎,用站立的躯体表示活的动物,用倒卧的表示已经死去的动物等等。画面的复杂要求与人类征服大自然的进程结合起来,需要岩画画面更抽象,更能蕴含意义。在内蒙古草原,由于岩画画面形象有的向抽象化、符号化发展,而导致了内蒙古草原第一种民族文字——古突厥文字的诞生,如图 1－11 所示。岩画中的各类符号,在变迁中逐渐规范化、程式化,虽然还不是文字,但至少已经具有了从图画向文字过渡的形态,具有很高的研究价值。

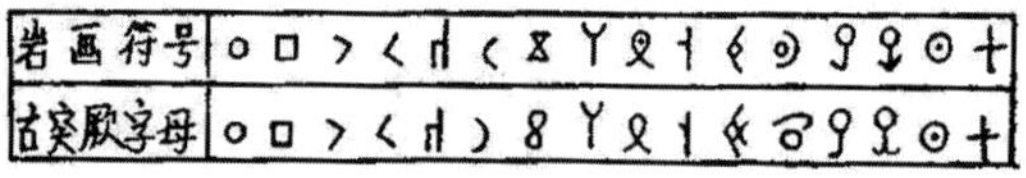

图 1－11　岩画符号与突厥字母的对比

可以说大部分的岩画都具有记事的作用,但人们即使按图索骥也无法给岩画作品做出一个绝对正确的解释,因为很多岩画中的要素并没有固定的含义。只有随着一些图形被赋予特定的含义,它们才被抽象化,并逐渐成为一种符号。

二、史前岩画中的文图关系

中国岩画作为世界岩画的一个重要部分,具有数量大、分布区域广、时间延续长、风格个性化等特点。中国岩画之所以具有这么强大的生命力,一方面是由于原始人类的需要,另一方面也是因为岩画强大的记述能力与传承能力。甚至有些学者将岩画当作象形字来看,正如学者高原所说:"岩画的第一层是物象层。就这一层而言,岩画是'画';岩画的第二层是文字层,就这一层而言,画是文字变出来的,因而岩画是'字'。"[1]岩画在史前人们的生活中应该具有一定的语言文本功用。认同了这一点,可以更好地为我们研究原始岩画中的文图关系奠定基础。

岩画是早期人类以及生活接近早期社会状态的人们的艺术,是我们理解早期人类历史的主要依据之一。[2] 史前岩画的出现与很多客观条件有关系。首先是适宜绘画的环境,如洞穴或相对平整的露天崖块。岩画是一种与周围环境浑然一体的空间艺术,因此南北不同的气候与地形条件也衍生了不同的岩画形式。其次是人类已经学会掌握的工具,如带有尖头的适合凿磨的石斧、石镞等石质的工具。[3] 第三还有原始人对涂料的掌握。无论岩画上的图像如何变化,其形体

---

① 高嵩、高原:《岩画中的文字和文字中的历史》,宁夏人民出版社 2007 年版,自序第 9 页。

② 李淞:《远古至先秦绘画史》,人民美术出版社 2000 年版,第 11 页。

③ 李洪甫:《将军崖岩画遗迹的初步探索》,《文物》1981 年第 7 期。

都脱不开写实的轮廓，所以其塑造的形象，通过领悟与比对，是能够看得懂的。因而，史前岩画具有世界性，是全球的"语言"，超越了时间，跨越了空间，表现出具有惊人相似性的内容与形式。

如果我们探索真正促使岩画产生的原因，就不得不回归到岩画本身的性质上来，即岩画既是一种以图形来记事的符号，又是一种用于施行巫术的图形。[①] 在文字诞生之前的史前岩画中，图像就是语言，语言就是图像，两者浑然一体。原始岩画既可以是语言的符号，作为历史的记录者存在，又可以是绘画图像，作为艺术的创作存在。

（一）作为语言符号的原始岩画

如果将岩画看作是一种语言符号，那是因为岩画具有很强大的叙事功能。"原始艺术，在现代人类看来是一种审美存在，这固然不错；但在原始人类的意识中，这些绘画只是一种载体，用来同自然、人以及超自然世界进行交际的符号。它们在极大程度上承担着语言的交际作用。"[②]最早的岩画可能是先民们看到阳光照射下来的影子而受到启发，获得了描画的灵感。他们希望能记录下眼中所看到的事物，尽管最初还只能描绘出一个平面的世界来。为了表辞达意，远古人类开始了岩画的创作。在考古学的领域中，岩画一直是被当作古代先民记录在石头上的形象性的史书来研究的。学者们认为这种绘制或者凿刻在岩石上的图画，犹如一种文字的记载。更进一步来看，岩画作为一种记载方式，甚至有超越现代成熟的语言的一面：由于人类思维方式上的一些相通之处，岩画的一些表达方式可以超越"方言"的差异。[③] 作为交流工具来说，图形的表达虽然可能会不够到位，但却足够直观。

岩画是一种常用的原始记事表意法，通过简单的笔触，凝固一个瞬间，以记述一件事情。岩画所具有的这种叙事能力，一定程度上弥补了语言文字诞生之前的先民对表达与传递信息的需要。尽管岩画本身并不是成熟文字，却承担了部分语言的作用。对于岩画的语言性质方面的研究可以从两个角度来看，其一是单个的岩画上的符号在形象上与语言的相通之处，其二是整幅出现或者连续出现的岩画图像组合所展现的事件叙述与记录的强大能力。

岩画上的单个符号，有些学者将之与文字的前身直接相联系。一方面，岩画的产生年份要早于文字，对于岩画时期的原始先民来说，岩画类似于文字。另一方面，从构形上看，岩画的图式与甲骨文、金文有着非常相似的地方，只不过甲骨文与金文比岩画更加抽象一些。"甲骨、金文的车字，恰恰是最早期的，也就是与

---

① 陈兆复：《古代岩画》，文物出版社 2002 年版，第 230 页。
② 俞建章、叶舒宪：《符号：语言与艺术》，上海人民出版社 1988 年版，第 89—90 页。
③ 陈兆复：《古代岩画》，文物出版社 2002 年版，第 9 页。

特殊形态下出现的马车岩画相似。这就不能不考虑到它们之间存在着源流关系了。"①"车"字应该是用象形的方法而创制的。先人在绘制岩画的过程中，一些经常出现的题材意象被程式化，进而抽象化，逐渐变成一种可以意会的约定俗成的符号，在形式上贴近文字的雏形，成为文字的起源。"一方面岩画中写实性的图形后来渐渐成为中国象形文字的来源；另一方面岩画中的抽象符号也往往为后来的文字所借鉴，这些符号，或是原始的记事，或是配合画面说明某种事件，或衬托某种神圣的图形，以及隐喻某种观念等等。"②通过不断地简化与抽象，岩画中的符号展现了与甲骨、金文惊人的相似之处。我们可以想象，在混沌之初，岩画的简单、质朴的造型足以满足原始人类生活、生产中简单的事件记述，满足人类的基本需要。如用刻画马、羊等兽的形象来指示猎物出现的位置、方向等。但随着人类对表达的需求不断升级，岩画中图形文字的抽象度也随之进阶。"经过信息传递的多次重复，使某一绘形与某一意义建立了固定的联系，形意关系带有了约定性，这才有了图画文字的性质。"③在抽象化的过程中，岩画内含的意义出现了迁移、扩大或缩小之后，一旦开始脱离了实物的轮廓，就离文字越来越近了。不仅仅是对口述的补充，更是一种独立的表达，这才是这一时期具有语言性质的岩画不同于图画的真正具有的独特性。④

岩画中单个符号的语言能力固然令人惊叹，但作为整幅的岩画，更具有叙事性。"人类曾经历过漫长的没有文字的历史时期，当社会发展到一定历史阶段，开始出现用物件、符号、图画等原始方法来记载事情，其中以图画记事为多。"这些事情被刻画在不同的载体上，其中就有岩石。他们"写实地或示意地表现物体、事件、动作或个别场面，如事件发生的年代、各种野生动物的形象、狩猎和放牧、部落之间的战斗，人们举行庆典和祈求神祇以及其他生活场面等等"⑤，比如阴山岩画中的一幅部落征战图（图 1-12）。这幅岩画双方阵营分明，气氛肃杀。胜者手持弓箭等武器，昂昂站立，负者惶惶，头身分离，还有一些零星的动物在四周奔跑。没有夸张的突出的人面或用于显示力量的不合比例的粗壮的上肢，这幅岩画的风格比较平实，完全只是对这次事件的实际情况的描写，没有某些神秘的超自然的宗教气氛。

图 1-12　部落征战图　阴山岩画

---

① 宋耀良：《中国岩画与甲骨文、金文》，《文艺理论研究》1992 年第 3 期。

② 陈兆复：《中国岩画全集·序言》，辽宁美术出版社 2007 年版，第 11 页。

③ 何九盈、胡双宝、张猛主编：《中国汉字文化大观》，北京大学出版社 1995 年版，第 7 页。

④ 李彦锋：《中国绘画史中的语图关系研究》，上海大学博士学位论文，2010 年。

⑤ 盖山林：《从图画记事谈阴山岩画》，《黑龙江文物丛刊》1984 年第 2 期。

东巴民族至今还使用纳西图像文字（图 1 - 13）来进行事件表述，他们看待图像就像看待语言文本一样，这正是对史前岩画的语言属性的佐证。从功能性来看，岩画的图像在这里就是一种语言文本，是对现实的记述。原始的岩画具有巨大的包容性，不仅包含图像，也包含语言。①

图 1 - 13　纳西图像文字

（二）作为图像的原始岩画

岩画就其本质来说，图像的成分要大于语言的成分。历来人们基本上将岩画看作是原始的艺术创作，也就是认为岩画是一种图画。单纯从形象性的角度出发，岩画确实是具有图像的性质。

首先，岩画始终与具体的物象相对应，具有绘画图像的形象性特征。它不像语言可以剥离开实物独立存在。岩画表现在人们面前的始终是一种直观的视觉形象造型。岩画的主要题材，无论是动物还是生产生活，抑或是图腾崇拜，岩画上的形象大部分都是直观反映人眼所见的现实生活。尽管有些岩画具有抽象化或者简化的倾向，但还是能够看出其所描摹的对象的痕迹。学者盖山林将岩画中的动物图像与真实的动物图像相比较，恰恰说明了岩画的这种与实物相似的形象性质。② 岩画图像不如语言符号那样任意，不能轻易地与具体物象剥离开。

其次，从结构上来看，岩画具有自觉不自觉的立体化的倾向。这是在图像与语言分野之后，图像独有的对空间表现的探索。具体来说，就是用平面中的上下空间的安排与形象的重叠等来体现三维纵深空间感。③ 我们往往在同一幅作品中看到远在天际的星辰与人面同时出现，这是用艺术的手法来加工画作。还有祭祀时，人们围成一圈，头朝外脚朝内，看似躺成一圈，实则是展现人们围成一圈跳舞的情形。又如岩画中的面具或人面像，鼻子部分有时候直接画成三角形，但也有时候会被涂黑，表现出鼻梁处的凸起（见图 1 - 14）。这究竟是一种无意识的写实还是有意识用阴影来表现立体的手法呢？ 笔者认为，由于这种手法出现的次数并

---

① 李彦锋：《中国绘画史中的语图关系研究》，上海大学博士学位论文，2010 年。
② 盖山林：《阴山岩画》，文物出版社 1986 年版，第 415—424 页。
③ 李彦锋：《中国绘画史中的语图关系研究》，上海大学博士学位论文，2010 年。

图 1-14　头戴鹿角的面具

不多,应该是一种无意识的行为。

第三,岩画的图像性质还体现在丰富多样的色彩方面,岩画并非都是黑白的。岩画的色彩既与当地的自然条件有关,也与一个民族的心理情感与精神状态有关系。云南沧源地区先人使用像血色一样的红色颜料,是因为他们认为红色是太阳、火焰与血液的颜色,可以赋予作品以生命。而崇尚白色的蒙古族则在阴山留下了白石灰颜料的作品,因为他们认为白色是纯净、圣洁的代表。用色彩入画,除了颜色本身之外,涂抹的粗细浓淡也是各有不同,这有时候与绘制岩画的地方也有关系。

(三) 文图一体的图像特征[①]

岩画中语言与图像的双重性质都有比较明显的证据,可见这两种性质不能轻易分离,并且,还给原始岩画带来了一些与其他原始艺术门类不同的特征。岩画中的文图一体导致了岩画图像呈现独有的特征:以画达意的第一人称式创作、思维加工带来的"顷间"艺术以及多重复合性等。

原始岩画的创作者是天然的艺术家。由于受到居住地、生活环境的局限,这些艺术家们的创作往往还停留在以我画写我心的阶段。这些作品是质朴而原始的,既非杜撰也非借鉴,完全复制自原始生活。岩画绘制者"在作画时,他们是全身心地投入,甚至把全副生命、全部信念和企望,都汇合到自己的艺术创作和自己的形象中去"[②]。只有真实见过的野兽才会出现在岩画中,只有真实经历过的狩猎过程才会被刻画得栩栩如生。岩画的构图,具有一种特别的角度。奔跑中的动物是四脚朝下,被猎捕的动物却四脚朝天,马车中的马的造型有些则是背靠背的。有些房屋是侧面的构形,三角形加方形的组合,有些房屋是俯视只见圆顶与漫射的线条。动物造型往往是人眼中所见的样子。图1-15中,二马头尾相对,实际上是二马并立,而人从一定的高度去看这两匹马。在绘画时,为了表现出两马并列状态,就把马从并立描绘成了

图 1-15　对马　阴山托林沟岩画

---

① 李彦锋:《中国绘画史中的语图关系研究》,上海大学博士学位论文,2010 年。
② 刘锡诚:《中国原始艺术》,上海文艺出版社 1998 年版,第 346 页。

对卧。

　　人类自身的形象更是千奇百怪,但无论多么奇怪的结构,其组成部分是相对完整的。从这些岩画的不同构形,我们想到人类幼年时期的画作。这种第一人称式的描述方式恰恰就是人们最原初的看待事物的方式。我们能够从岩画还原出作画者所处的位置与看此画的角度。有学者认为,原始人看待事物的角度才是"常态的眼睛",而非所谓的"'科学'的观察方法"。[①] 第一人称的绘画视点就是运用语言去对场景进行描述一样的直观。一些现代艺术家的作品中这种造型方式也不鲜见,如毕加索的作品《格尔尼卡》(图1-16)。《格尔尼卡》是毕加索最著名的作品之一,画面中牛头与人面仿佛被平铺开来,左右眼出现在脸的一侧,乍看不合理,但这正是画家直观地展示所看到事物的结果。

图1-16　格尔尼卡　毕加索　马德里国家索菲亚王妃美术馆藏

　　图像"顷间"是指绘制图像所选取的一个瞬间。岩画图像并非选择"最富于孕育性的那一刻"来进行表现,而是选择了相对一般性的"顷间"。这也就是说岩画所截取的瞬间,所描绘的停滞的时间点并非是最具有艺术张力的顶点巅峰时刻,而是生活中普普通通的一幅断面。此类一般性的倾向恰好证明了原始岩画的实用性特征,即岩画的主要目的是对事件进行描绘而非艺术表现。在岩画中,我们虽然能够通过想象模拟再现先民的激情与狂乱,但在画面造型方面,却始终是日常的。

　　岩画文图一体的第三个图像特征就是其多重复合形式的符号表达。岩画之所以存在着语言与图像的争议,是因为岩画自身是一个"多重感知对象的复合体"[②]。如福建仙字潭石刻,长期以来,对它的性质到底是文还是图有过激烈的

① 吕胜中:《造型原本·讲卷》,生活·读书·新知三联书店2002年版,第2、7页。
② 李彦锋:《中国绘画史中的语图关系研究》,上海大学博士学位论文,2010年。

争辩,大体上先后有文字、图画文字、岩画三种说法。① 仙字潭石刻的特殊性就在于,一方面它的主要图像近似人形,主题像是娱神的舞蹈,一方面它的笔触又粗细统一,很像是抽象化的图形示意符号。因而,对它的性质判断还未成定论。这种模糊不清的界限展现了岩画图像的多重复合性的特征,人们可以用多重视角来对其进行解读分析。这种感知甚至还会突破视觉直观性与听觉语言性,而与触觉、味觉有联系。② 因此,原始岩画的多重复合性,给我们提供了极大的想象空间。

第二节　图形文字文图一体研究

原始岩画究其根本来说,是一种图像。与之不同的,图形文字③可以算作是图像往文字过渡阶段的一种产物。这是一种亦图亦文的表达方式。图形文字是用作为整体的一幅作品来表达一个完整的意思,并且这种表达有重复惯性。但是我们无法用一个发音来对应这样一幅作品。图形文字虽然能表达意思,但无法分解为单个的词语,其对意义的表达有含混性,不能确切地表示出语言中所包含的单个词。因而这只是一个过渡阶段的产物。

近年来,文学理论研究领域中围绕文学与图像关系的相关论题开始不断涌现,文图关系研究成为其中一个热点命题。这一命题不仅蕴含着深厚的学术资源,而且具有很强的现实性。如果要研究文图关系,那么上古时期的图画文字(或称图形文字)是不能跳过的一个重点。我国著名的文字学家唐兰曾提出"三书说",其中的象形、象意文字就是上古时期图画文字。唐兰先生还指出:"文字的产生,本是很自然的。几万年前,旧石器时代的人类,已经有很好的绘画,这些画大抵是动物跟人像,这是文字的前驱。"④欧洲的格尔伯在《文字的研究》一书中提出人类文字(包括汉字)起源于某种整幅图画的理论——"图画文字说",这一假说一跃成为 20 世纪最具权威性的人类文字起源理论,影响深远,广泛流传。⑤ 随着人们抽象能力的不断增强,图像凝练为文字符号,而文字符号又生发出无穷的画面感,文字影响了图像的精气神,图像在审美意韵上贴近文字表达。总之,文图之间关系的源头可追溯到文图一体时期的图形文字上。

图形文字并不只是一种文字或单一的图像,而是以图形为文字的一种符号。

---

① 李淞:《远古至先秦绘画史》,人民美术出版社 2000 年版,第 74 页。
② 李彦锋:《中国绘画史中的语图关系研究》,上海大学博士学位论文,2010 年。
③ 本章所讨论的图形文字,其范围主要限定在文字出现之前的图形文字,并不包括文字成熟之后的图形文字。因此,本章研究对象基本上是周之前存在的图形文字。时段具体来说即史前晚期至西周早期。
④ 唐兰:《中国文字学》,上海古籍出版社 2001 年版,第 55 页。
⑤ 何丹:《论"图画文字说"的原始版》,《浙江大学学报(人文社会科学版)》2004 年第 5 期。

苏联语言学家伊斯特林指出,"图画文字"最重要的一条判断标准是:它必须是整幅的,不能分析出与语言中的词相对应的单位的图画。[①] 因此,不能单纯以文字符号的外部形态是否如绘画来作为图形文字的判断标准。杨晓能先生在《另一种古史:青铜器纹饰、图形文字与图像铭文的解读》[②]中着重研究的是青铜器上的图形文字,强调该图形文字是否具有"族徽"这一特殊功能。朱志荣《夏商周美学思想》[③]的研究对象包括了器皿、壁画以及文字等,其中文字已经是相对来说比较成熟的了。另有胡绍宗的《中国早期制像艺术》[④],依据视觉思维的"发育"逻辑,研究了人形的图符性表现。

本节研究的图形文字与上述图形文字的概念与内涵有交叉的地方,但都不完全等同。图形文字的性质应有以下三方面来定位:(1)具有一定的表达或描述事物、事件的能力;(2)形似绘画,不能与单一文字相对应的。如甲骨文已经是比较成熟的文字了,尽管形如画作,也不能划到图形文字的范畴中来。(3)出现于文图一体时期。本节以杨晓能对图形文字的梳理和鉴定为主,并不包括文图分体阶段的汉代之后到宋代印刷文明开始前的阶段。通过整理这一时期图形文字的发展历史,尝试着探讨这种文图一体的源头对中国人传统思维方式的一些影响。

一、图形文字的发展历史

在过去,考古学家们发现了不少类似文字的图形。包括史前文化中,陶器上的刻画符号、图画与雕塑(仰韶文化),太阳形纹饰(河姆渡文化)等等。龙山文化作为最重要的晚期史前文化的代表,其出土的文物中已经有一些类似文字的与占卜有关的刻符了。到了大汶口文化时期,图像记号出现了,而这些图像记号的广泛出现,表明这些符号作为一种图形文字正在普遍化与规范化。无论是仰韶、河姆渡、龙山还是大汶口文化,都有助于探讨图形文字的功能与出现的意义。[⑤]

(一) 图形文字的雏形,仰韶文化

早在旧石器时代晚期,人们已经开始用各种材料制作不同形式的装饰品。

---

① 伊斯特林著,左少兴译:《文字的产生和发展》,北京大学出版社 2002 年版,引言。
② 杨晓能著,唐际根、孙亚冰译:《另一种古史:青铜器纹饰、图形文字与图像铭文的解读》,生活·读书·新知三联书店 2008 年版。
③ 朱志荣:《夏商周美学思想研究》,人民出版社 2009 年版。
④ 胡绍宗:《中国早期制像艺术》,人民美术出版社 2011 年版。
⑤ 杨晓能撰,孙亚冰译:《青铜纹饰与图形文字的史前渊源》,载王宇信、宁镇豪、孟宪武主编:《2004 年安阳殷商文明国际学术研讨会论文集》,社会科学文献出版社 2004 年版,第 550 页。

有学者认为,这些装饰品可能是用来夸耀猎人的勇敢,也可能具有宗教意味。[1]这虽然还称不上是一种记录,但人类开始对自然有了一些认识,懂得了敬畏,并尝试去抵御或改变。到了新石器时期,认识程度与技艺熟练度都有一定的发展。陶器制作尽管比较生硬笨拙,但已经开始出现了简单的彩绘与陶塑的人、物作品。正是这一时期的积累,先民们摸索出了线条不同的几何造型,直线与弧线构成了圆形、三角形、方形等。

仰韶文化是黄河中游地区重要的新石器时代文化,于1921年在河南省三门峡市渑池县仰韶村被发现。仰韶文化的持续时间大约在公元前5000年至公元前3000年,分布在整个黄河中游从今天的甘肃省到河南省之间。[2]

仰韶文化主要有半坡、庙底沟两大类型。苏秉琦先生在1965年发表的《关于仰韶文化的若干问题》中,以庙底沟遗址和半坡遗址文化为例,分析了陶器上的鸟形图案,认为陶器上的鸟纹经历了从工笔的形似到写意的神似的转变(见图1-17)。[3] 从造型结构上来看,仰韶文化陶器上的鱼、鸟纹简洁,线条感强,比如半坡出土陶器上的人面鱼纹,它实际上是具有原始宗教含义的图形,又如庙底沟彩陶上的飞鸟,已经是完全图案化了的图像符号。[4] 总体来说,风格比较写实。

图1-17　庙底沟类型器物造型与图示

图1-18　陶器刻符摹本　陕西西安半坡出土

如果说飞鸟鱼纹是一种图形装饰的话,那么陶器刻符的出现是不是更贴近于图形文字呢? 20世纪50年代,在西安半坡遗址,考古工作者首次发掘出成批的新石器时代的陶器刻符(见图1-18)。这些符号笔画简单,组合规范。

除了半坡文化,河姆渡文化、大溪文化以及晚期的马家窑文化中,也出土了一系列的陶器刻符。这些刻符究竟是属于图画性质还是古老的象形字,一直以来也颇有争议。有学者认为这些符号只不过是工匠

---

[1] 李松:《中国美术史·先秦至两汉》,中国人民大学出版社2014年版,总论第2页。

[2] 王仁湘:《仰韶文化渊源研究检视》,《考古》2003年第6期。

[3] 苏秉琦:《关于仰韶文化的若干问题》,《考古学报》1965年第1期。

[4] 李松:《中国美术史·先秦至两汉》,中国人民大学出版社2014年版,第5、8页。

信手画成的标记,用以调节陶器制作中的工序。[①] 有学者认为这些符号具有宗教意味,也有学者认为这些符号代表某个氏族或家族的徽号。[②] 笔者认为,综合分析来看,这些陶器刻符正是图形文字的雏形。因为这些陶器刻符既没有读音意义,不能称之为文字,也并不写实,与飞鸟鱼纹有着鲜明的区别。如果说,这只是工匠随手画的标志,又似乎不能解释在不同的陶器上出现的类似形状的符号。

这一阶段的图形文字,还是以高度风格化的动物图案或人兽组合为主。

(二) 发展时期,大汶口—龙山文化

瑰丽的仰韶文化经过长达三千年的充分发展,孕育出了形式多样的彩陶。稍晚于仰韶文化,在黄河下游地区,原始文化也在蓬勃发展中,其中最有代表性的独特的文化类型就是大汶口文化,以及与之一脉相承的龙山文化。

此时期的制陶技艺较高,出现了精美的白陶与黑陶,器物的形态与材质也有了新的发展。在满足实用的前提下,器物的形状也开始有了特定的意义。如李松在书中说到的最有代表性的白陶水器——鬶,其基本样式为三足,造型看上去像是一只鸡,出水口尖而长,似鸟喙,而把手颇似翅膀。有研究者认为这种造型的水器正是古代礼仪中用于祼祭的鸡彝。然而这只限于造型上的暗示,而无模拟具象的表现,这也给观赏者留下了更多的想象空间。[③]

在大汶口文化的后期,同样出现了陶器刻符(图 1-19)。杨晓能先生在书中对大汶口地区的陶器刻符的特点进行了总结,得出了六大特点。[④] 除了肯定大汶口文化的刻符更加规范化与程式化,绝非族徽之外,明确提出,大汶口文化的刻画符号是真正的图形文字,并且"大汶口文化图形文字的构形特征超越了简

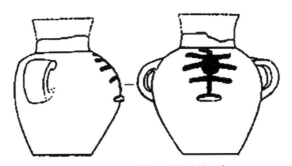

图 1-19 带有图形文字的陶壶 泰安大汶口出土

① 尚民杰:《柳湾彩绘符号试析》,《文博》1988 年第 3 期。
② 罗福颐:《近百年来对古玺印研究之发展》,西泠印社 1982 年版。
③ 李松:《中国美术·先秦至两汉》,中国人民大学出版社 2004 年版,第 27—28 页。
④ 杨晓能著,唐际根、孙亚冰译:《另一种古史:青铜器纹饰、图形文字与图像铭文的解读》,生活·读书·新知三联书店 2008 年版,第 115—119 页。

单的图画、符号或纹饰,其形式、结构与金文、甲骨文接近"[1]。李启良在《大汶口陶器刻符辩》中一文提出,从历史的观点来看,陶尊上的刻符既是古代巫术的实物例证,又是具有很高艺术价值的原始艺术品。大汶口文化的图形文字也因为与青铜时代早期的图形文字颇为类似而备受关注。[2]

在山东邹平丁公遗址发现的丁公陶文(见图1-20)是龙山文化时期刻绘符号的珍贵材料。除了陶器刻符,龙山文化时期的雕塑文物也被发现了很多,包括一些龙凤造型的玉雕以及大批造型可辨的动物形态陶塑,当然还有人物陶塑。这些作品造型成熟,风格从具象过渡到想象。陶器刻符也不再只是随意刻画,而是开始兼具有祭祀、叙事的功能。图形文字在这一时期得到了长足的发展。此外,这一时期的制陶工艺更趋完善,从解决生活实用到满足美观的要求,出现了不同形式、不同材质的陶器品类,为冶铜技术的萌生也创造了条件。[3] 这个阶段的图形文字具有浓郁的装饰色彩。

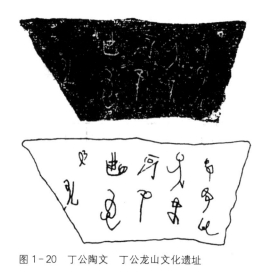

图1-20　丁公陶文　丁公龙山文化遗址

(三) 成熟时期,青铜时代

经过几千年的漫长发展,无论是技艺还是先民对世界的认识都达到了相对成熟的程度,因此在夏商周时期,青铜器上的图形文字形态成熟也就顺理成章了。

早在二里头文化时期,陶器符号种类已经超过了二十四种,比起甲骨文而言,这些符号更类似于史前的陶器刻画符号。这一时期,陶器上的纹饰开始有了

① 杨晓能著,唐际根、孙亚冰译:《另一种古史:青铜器纹饰、图形文字与图像铭文的解读》,生活·读书·新知三联书店2008年版,第117页。

② 李启良:《大汶口陶器刻符辩》,《文博》1992年第6期。

③ 李松:《中国美术·先秦至两汉》,中国人民大学出版社2004年版,第22页。

新的母题，鸟兽虫鱼、植物、人物以及龙凤等都不鲜见。这些母题很多后来都被移植到了青铜这一新载体上。因而，有学者认为，二里头文化是史前文化与商周青铜器装饰、图形文字之间的桥梁。[①]

到了青铜器滥觞的商代，图形文字开始出现于日用容器与武器上（见图1-21）。图形文字不再是单个出现，也开始有两个或两个以上的文字同时出现在一个器皿上。"商代晚期的青铜器图形文字有数百个种类，包括动物形象、人形或器官、物体（器物、武器、工具、交通工具等）、自然世界（山、水）、建筑物及其他复合形式。"[②]青铜铭文的排列常呈现为"亚"形，一组文字自成一体，即使有长篇铭文出现，这种形式也并没有被取代，而是多种形式共同发展。此时图形文字的叙事功能大大增强。另外，许多商代早期的青铜器图形文字颇有装饰意味。兼具装饰与叙事双重功能，正是图形文字从早期的线条画向甲骨文演化的过渡阶段的特点。

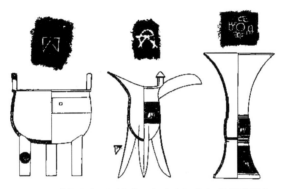

图1-21　青铜器与图形文字　河南安阳小屯17号墓出土

西周时期典型的铭文格式是长篇铭文（见图1-22）。在周代礼乐制度与等级观念支配下的铭文，不再有商代那种森严神秘的感觉，取而代之的是充满现实的、理智的色彩。周代的礼器逐渐走向定型化，鸟兽造型依然占有重要地位。尽管载体换了，但铭文的内容、风格与形式还是基本与前代类似。在漫长的青铜时代里，青铜器自身也有一个发展与延伸的过程。从青铜器的造型艺术和纹饰特点来说，就带有非常明显的时代精神。

这一阶段的图形文字已经趋向于多样化与象形化，并开始有了一些特定的规范化的描写。神话动物的题材也屡见不鲜了。

图形文字的发展历史事实上是基于先民认识自然的程度以及改造自然的能

① 杨晓能著，唐际根、孙亚冰译：《另一种古史：青铜器纹饰、图形文字与图像铭文的解读》，生活·读书·新知三联书店2008年版，第163页。

② 杨晓能著，唐际根、孙亚冰译：《另一种古史：青铜器纹饰、图形文字与图像铭文的解读》，生活·读书·新知三联书店2008年版，第177页。

图 1-22　西周青铜器铭文　陕西扶风庄白一号窖藏出土

力。从具象到抽象到想象,图形文字的内容不断扩展。从陶器到青铜器,图形文字的载体不断丰富。从单一符号到纹饰与表意,图形文字的功能性开始具有双重化的特征。

二、图形文字中的文图关系

图形文字在出现于不同载体的过程中,慢慢地开始演变,功能性越来越明确,展现出有迹可循的发展脉络。随着历史的发展和人类的需要,图形文字也渐渐分化为两个分支:一是偏向于符号性的汉字,如甲骨文、金文;二是偏向于装饰性的图像,构成青铜器图案的一部分,并影响了中国绘画。图形文字兼具两者的功能。

图形文字之所以会同时具有这两种功能,是因为图形文字主要是由线条组合构成的。而中西方最初出现的文字和绘画都是通过线条来完成的,因为线条具有清晰地表达客体轮廓和结构的功能。正是图形文字的线条性质影响了文字与绘画的摹写方式。

(一) 具有语言符号功能的图形文字

图形文字与文字最大的不同就是,图形文字形同画作,并且是通过组合来表达意思的,一般不分解为单个的字词。图形文字在传达符号性功能时有两种方式。

一种是以相对复杂的组合图形独立表达一个完整的意义,组合图形本身不可分解。图形文字往往以原始社会的陶器、玉石器和岩画等作为载体,主要特点是以图言说。文图两者之间不可剥离。看似是一幅图,实则记载了一段史,如赵宪章先生提到过的,人们从连云港将军崖岩画中解读出东夷部族关于“天·地·

人"及其三者关系的观念。仰韶文化中的彩陶作品上往往描绘了一条鱼或者一只飞鸟,表明这是渔猎的对象。这种类型的图形文字,不具有稳定的性质(每个陶器上的飞鸟与鱼不大可能是完全一致的),在表达不同的事件时,图形或者有变化。单个的图形文字往往是多义的,在不同的场合下所扮演的角色亦可能有不同。①

　　另一种则是古老的约定符号,如图腾、族徽等。一部分图形文字在刻画的位置上具有了固定的性质,重复出现在一些器皿相似的位置,如器皿的外底。图1-23 展示了在不同器皿的外底部出现的龙形图案。

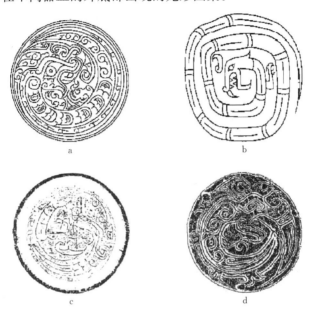

图 1-23　青铜器外底部的龙形图案
图 1-23-a　戈青铜盘外底　山西曲村出土
图 1-23-b　带龙形图像的青铜盘外底　北京保利艺术博物馆藏
图 1-23-c　青铜簋外底　美国华盛顿弗利尔美术馆藏
图 1-23-d　青铜尊外底　上海博物馆藏

　　这类图形文字也可以是组合出现的,组合形式可以是图形文字符号加上地名,也可以是图形文字符号加上职官名等。② 有时候,图形文字也只是作为匠人随手刻画的标记出现,或者为了表明器物的摆放顺序。如河南安阳侯家庄 1001号墓的三件青铜盉,其上分别铸有左、中、右三字,用于指明这一套器具在墓中或者祭祀时的摆放顺序。③

---

① 杨晓能著,唐际根、孙亚冰译:《另一种古史:青铜器纹饰、图形文字与图像铭文的解读》,生活·读书·新知三联书店 2008 年版,第 274 页。
② 林沄提出复合型图形文字的组合形式:(1)图形文字＋地名;(2)图形文字＋职官名;(3)多元性图形文字;(4)图形文字＋封号。见林沄:《对早期铜器铭文的几点看法》,《古文字研究》1981 年第 5 辑,第 46 页。
③ 梅原末治:《日本搜储支那古铜精华》(一),山中商会 1959 年版,图 1-2。转引自杨晓能著,唐际根、孙亚冰译:《另一种古史:青铜器纹饰、图形文字与图像铭文的解读》,生活·读书·新知三联书店 2008 年版,第 280 页。

此外,原始社会的先民在日常使用的器皿中,刻画一个这么丰富多样的图形文字世界,本身也是对外在世界的认识的反馈。杨晓能先生根据商代和西周早期的辞例和当时的宗教及祭祀习俗,认为青铜器上的单个图形文字大多数都是特定祭祀礼仪的标志,并做出了深入分析。胡绍宗在《中国早期制像艺术》①一书中也提到,古人认为只有在礼器上刻契他们的形象或传达的语言,才能更好地实现人神间交流的目的。由此观之,图形文字作为一种祭祀礼仪的标志也是具有一定的合理性的。

无论是哪一种形式,作为符号表达的图形文字在发展过程中都会经历一定的简化或者进一步附加的改变,以此来满足先民更深层次的表达需求。先民刻画的图形文字的形象,是他们视觉中的现实世界,无论是正面刻画的飞鸟还是人兽面纹都是对现实的一种反映。正因为这是先民眼中的世界的真实反映,我们才能认定图形文字具有某种符号性功能。通过约定,这些符号就被赋予了高于表象的意义,从表层的意义进一步深化,通过重复与完善,以表达更为深入的感受。

(二) 具有装饰性功能的图形文字

即使是具有符号性功能的图形文字,也可以看作是器具上的一种装饰。新石器史前时代,陶器、玉器上的刻绘符号形态多样,变化丰富,表现形式由简单趋向繁杂,由符号元素演变到汉字形态;符号在器物上的刻绘部位和符号的繁简度,也由随意性和简单化趋于有意识的复杂与多样化。先民对于装饰性的图形文字的美感衡量主要包括了位置、造型、题材等几个方面的内容。

图形文字所处的位置,从最初的具有随意性,到后期的青铜时代装饰于各个不同的位置,总体来说是放置得更具有目的性了。换句话说,就是更具有美学上的考量。在青铜器出现之前的图形文字,流行以器身为依据,运用线条“因材制宜”。人面与鱼形等往往是出现在盆器的内壁或者罐形物体的外部。鸟的侧面图案往往是在葫芦瓶的腹部等等。这些图案明显具有装饰的性质。图形文字的位置发展到青铜时期更是越来越考究,从外部发展到了青铜的内部,出现了外底动物、内底铭文的器皿。

图形文字在造型上,一直以来都是变幻多姿的。从中我们也可以感受到古代先民的智慧与对自然界的探索。一些陶器纹饰承载了当时人们重要的历史信息,记录了先人对日月轮回、季节更替、生老病死、信仰图腾、历法星象等的认识。通过符号的交织,展示出一个复杂的寓意。以星象为例,太阳纹是常见的题材,出现的次数多,且造型变幻多端,具有直观的性质。通过其造型的转换,来体现时间感,清晨与傍晚的太阳具有不同的轮廓。太阳纹也可以与其他的纹饰相结

---

① 胡绍宗:《中国早期制像艺术》,人民美术出版社2011年版。

合来表达日月轮回的含义,有些则展现了日出而作日落而息的日常生活。

图形文字的题材经过长久的发展,从一开始简单的飞鸟与鱼,又逐渐发展出复杂的神格化的龙形或人兽结合的形式。青铜器纹饰多以动物为题材,除自然界的虎、象、马、牛、鹿、羊、鱼、蛙、鸟、蝉、龟等,还有一些神话中的动物形象,如饕餮、夔龙等。青铜器上兽面形的图形文字,概括、洗练、造型特征突出,而兽面纹饰复杂、华丽、图形厚重、纹样变化丰富、装饰性强。两者具有相似的形象特征与表现手法。器物纹饰虽然有些还是以写实为主,显现与自然事物之间直接的联系,有些则变形到无法具体指出其对应物。如一些鱼纹、水纹、飞鸟纹图,只保留了参照物的某些特征,加入想象,形成完全不同的形状。

除了上面所说的几种之外,颜色以及阴影的运用,也是让图形文字更具有装饰性的手段。此外,不同的载体,纹饰的绘制手段也各有不同。陶器多用彩绘、刻画。玉器较坚硬,多用刻凿的手法。青铜器则以铸造为主。因为绘制手段的不同,所形成的图案也各有差异,有的是平面的图形,有的则是立体的图形。但无论如何,其风格与结构必须与所依赖的器物相统一,以达到装饰、象征的作用,并兼顾实用性。

第三节 甲骨文字中的图像造型研究

有这么一种说法,如果将殷商时期的甲骨文看作是中国文字产生的开端,或者将殷商文化看作是中国文化的源头,那么就好比是一个生来就长着白胡子的孩童。这只是学者们之间的笑谈,但其实隐含着,中国文字的诞生从来就不是一个短暂的事件,而是经历了若干个时代的锤炼,才以简洁成熟的刻画符号的形式出现在人们眼前。考古发现,刻画符号存在的年代久远,它们最初出现在岩壁与后来的甲骨上。早期与晚期的刻画符号,虽然形似,却不适宜被看作是同一种事物。只有一部分刻画符号由于人们在日常生活的交流中"巧合地"经常使用,逐渐演变为记录语言的文字。甲骨文非但不是普通的刻画符号,还可以说是各时代精华的结晶。甲骨文是一种相对成熟的文字,文字中带有视觉造型,因此也是文图一体研究中的重要部分。自此,图形文字派生出图画与文字两大流派,并且成了文字象形与图画美型的源头之一。

一、象形字的创造与分类

中国文化源远流长,唐兰先生曾说过,中国象形象意文字的完备,至迟也在五六千年以前。[①] 追溯如此历久弥新的文化产物的源头,我们接触到了殷商时

---

① 唐兰:《古文字学导论》,齐鲁书社 1981 年版,第 79—80 页。

期的甲骨卜辞与铜器铭文。商代文字里保存了很多的图画文字,但这些图画文字已经不再是图像,而是成熟的文字了。从图到字的演进并非无迹可寻,通过考察象形字的创造与分类,可以发现图像意识在其中发挥了决定性的作用。

(一) 象形字创造过程中的图像意识

前文中,我们探讨了岩画与图形文字。人类最初的创作并非天马行空的臆造,而是对现实生活中所见事物的忠实记录。事物的发展需要长时间的累积与适当的转变契机,从岩画到图形文字再到甲骨文上的象形字,皆遵循着"画成其物,随体诘诎"的规律,这是一条没有断开的脉络。作为一种古老的成熟文字,象形字的造字方法比较直观——用屈曲的线条将具体事物的形貌描绘出来。[①] 唐兰先生也认同文字的产生由绘画引起,他对这一过程有具体的描述:"人类由渔猎社会,进入了农业的社会,有了相当安定的居处,由小的部落积累成国家,有了剧烈的战争,交通一天一天地繁复起来,人与人间的关系也密切起来,许多歧异的语言混合起来,有了较普通较广泛的语言。在这个时候,有人画出一只老虎,任何人见了都会叫作'虎',画出一只'象',任何人见了都会说'象'。有了图画,加上了统一的语言,如其那时的文化已经发展到那种需要,就立刻有了文字。文字本于图画,最初的文字是可以读出来的图画,但图画却不一定能读。后来,文字跟图画渐渐分歧,差别逐渐显著,文字不再是图画的,而是书写的。书写的技术,不需要逼真的描绘,只要把特点写出来,大致不错,使人能认识就够了。"[②]

文字作为一种交流工具,要求生活中的大多数事物都要能够被其覆盖。容庚早年就曾说甲骨文的象形字,是找出最能体现对象特征的形态进行描摹的:"羊角像其曲,鹿角像其歧,象像其长鼻,豕像其竭尾,犬像其修体,虎像其巨口……因物赋形,恍若与图画无异。"[③]甲骨文中的象形字来源丰富。观察甲骨文中的象形字,就如我们对岩画或者图形文字进行分析的一样,它们大多来源自日常的生产生活。或取自天象,或来自地理,或采自植物线条,具有较强的写实性。尽管"恍若与图画无异",甲骨文的象形字与岩画还是不同的,它并不是原始图画,它是对对象的典型特点进行提取,简化并固定化,以探索更抽象化的表达;它也不同于"图形文","图形文"是介于图画与甲骨文之间的过渡形态,还带有装饰性的功能,而甲骨文淡化了装饰功能,突出了文字的符号功能。

象形字的来源,简单来说,有与人以及人的生产生活等社会活动有关的,如

---

① 王初庆:《汉字结构析论》,中华书局 2010 年版,第 74 页。

② 唐兰:《中国文字学》,上海古籍出版社 1979 年版,第 62—63 页。

③ 容庚:《甲骨文字之发现及其考释》,《国学季刊》1923 年第 4 期。转引自吴浩坤、潘悠:《中国甲骨学史》,上海人民出版社 1985 年版,第 116—117 页。

口▢，齿▦，舌▽，眉▽，目▽；有与动物有关的，如牛▽，羊▽，虎▽，鹿▽，鸟▽；有与植物有关的，如桑▽，生▽，禾▽，稻▽，米▽；有与自然现象有关的，如日▢，月▽，山▽，石▽，火▽等。

徐绍桢《六书辨》中曾云："象形之法……于稽其类，有仰观之形，有俯察之形；有正面之形，有旁面之形。之四者已尽画之能事。"[1]在描摹这些实物的形貌时，远古人类往往是从自己所处的角度与位置出发，就算是同一题材的对象，在取材的时候也有各种不同的角度，因而也随之产生了一系列有趣的字形，这在甲骨文的创造过程中是不可忽视的一个方面。如气▽形一望而知是仰观之形；鱼▽形则是俯视的造型；木▽形取的是正面的造型；马▽形则是旁面的造型，能看到马的头、身、蹄。

此外，甲骨文的创造过程，并不遵循某一个特定的规律。有些文字描绘的较为细致，有头有身有羽毛，如鸟▽形；有些则只保留了最具有代表性的某部分实物，如羊▽形，"上象角，下象四足及尾"[2]，只保留了羊头羊尾作为代表；有些则是描摹一个大体的外在形状，如山▽形。

甲骨文中的同一象形字常会出现"异体"的情况。[3] 盖因象形字并非一时一地的产物，也非全仗一人之力。马叙伦说："象形之文，皆为独体也。然征之金甲刻文，异体诐多，尤以动物之名为甚。盖由作者各从其意，正侧繁简，本非所拘也。然画成其物，不可分析，则其原则无以相异。"[4]同一物的象形表达在整合之前，往往会因为造字者取象的不同而有差异。下图1-25展示了各种不同写法的甲骨文中的"鸟"字。虽然在大体形态上差不多，但鸟喙的朝向、鸟羽毛的刻画以及鸟爪子的形态各有不同。

J09534	J09535	J09536	J09537	J09538	J09539	J09540
J09541	J09542	J09543	J09544	J09545	J09546	J09547
J09548	J09549	J09550	J09551	J09552	J09553	J09554

图1-25　甲骨文中的鸟形

① 丁福保：《说文解字诂林》，中华书局1988年版，第488—489页。

② 王筠：《文字蒙求》，中华书局1962年版，第16页。

③ "异体"情况即由于造字者取象的差异导致的不同造型的甲骨文表达同一个意思的情况。参见王初庆：《汉字结构析论》，中华书局2010年版，第73页。

④ 马叙伦：《说文解字六书疏证》卷29，上海书店1985年版，第15页。

象形字的创造是一个写实性与想象力交织的过程。作为一种文字,甲骨文中的象形字主要功能是记录语言,因而象形字尽管在初期造型相对混杂,后来也渐渐演化、变迁、分离、转嫁、固定,原先惟妙惟肖的实物象形在简单且通俗化的要求下,变成表达特定意义的符号,并流传至今。

(二)象形字分类过程中的图像意识

在已被识别的近 2000 字的甲骨文中,一些文字在形态与造型上有相似之处。我们推想,远古人类在造字的过程中已经有能力对同类事物进行归类并使用同样的符号来进行标记,因而,我们对象形字进行分类的时候,也应考虑到其原生性。王初庆在《汉字结构析论》中将甲骨文中的象形字分为两大类:一类叫作纯象形,顾名思义,就是一个独立的不可再分割的能代表具体实物的整体;另一类为象形变例,是在已经完成的象形字的基础上加以变通,以衍生新的象形字。[1] 按照"独体为文,合体为字"的标准,第一大类谓之文,第二大类则为字。

1. 纯粹的象形字

纯粹的象形字,在前文中,我们列举了若干。其形态,是不可分割的独体字,其意义,是代指一类或者某一个实物。这类纯象形字,笔者认为大体上产生的年代较久,全依古人的目力所及而造,也会随着视线角度的不同而造型不同。有些纯象形的笔法较为简洁,有些也颇为写意。古人在对所描述的实物进行观察之后,欲将此物描摹下来。有些会事无巨细地忠实记录,有些则只记录凸显出事物特征的某个部分。创造者主观上的认知的差异甚至可能会带来旁人解读上的误差,因此纯象形字的创造有偶然的成分存在。以图 1 - 25 中的鸟形为例,不同的创造者所见到的鸟的种类、当时的形态以及观察的角度都有不同,因而构思出来的鸟形图案也不同,但每种图案没有好坏高低之分。纯象形字创造的偶然性中也蕴含着必然性。无论是何种种类、什么形态的鸟,总归还是有翅膀与鸟喙等,大体的形态相差不大。因而,最终纯象形字可以达成统一。

2. 象形变例

象形变例一般有增体变例、省体变例、兼声象形三类。此三类都归于黄侃先生所说的"半字"[2]中。增体变例是指在原来的象形字的基础上,加上一些其他的笔画来与旧词进行区分或表达新的词语。由于新增加的笔画只用在此一处,因而这类变例并不等同于会意字。如足 𧿹 ,虽然是由口与止两部分组成的,但人之足在体下,从止口,只有二者结合才能表达足的含义,并没有其他的搭配组

---

① 王初庆:《汉字结构析论》,中华书局 2010 年版,第 74—78 页。

② "半字"指省变、合体象形、合体指事、兼声、复重等结构的字。参见黄侃:《黄侃论学杂著》,上海古籍出版社 1980 年版,第 3—4 页。

合。所谓的省体变例,正好与增体变例相反,是从已经成文的字中,省略掉一部分来表示一个新的意义。如"鸟字点睛,乌字则不。以纯黑,故不见其睛也"①。所以从鸟 字到乌 字,省其目。兼声象形是由于原本的图像易与别的字相混,不够明确而引起的变例,方式是利用图形对其进行注音。齿字由   变化为 ,增加了"止"以注音。

象形字是甲骨文的主要构成部分,其构造方式是以写实为主,维持并继承了先人原始的直观的思维方式。以象形为基础,将文字抽象化,从描摹的实物对象身上剥离开来,进一步衍生出"六书"。"六书"开始越来越多依靠想象,人类也借此才渐渐可以记录更深层次的感情。"六书"这个概念始见于《周礼·地官·保氏》:"保氏,掌谏王恶。而养国子以道,乃教之六艺……五曰六书。"②班固《汉书·艺文志》把六书之名定为:象形、象事、象意、象声、转注、假借,其中把指事字称为"象事",把会意字称为"象意",把形声字称为"象声"。许慎《说文解字叙》把六书之名定为:指事、象形、形声、会意、转注、假借。③ 北宋郑樵在《通志·总序》中云:"文字之本,出于六书。象形,指事,文也。会意,谐声,转注,字也。假借者,文与字也。"④众多的学者对六书进行了研究。六书反映的是战国末到汉代人们对汉字的使用情况和结构的认识,这种认识基本上是建立在小篆的基础上,因而对造字认识可能还不够完善。但是,它对于古文字,还是能够说明一些问题的。可以说,"六书"理论是我国文字研究史上的一个重大创见。

二、象形字与造型图像

在文字的定义中,有一项很重要的标准——独体为文,即凡是描绘物类或者事类的单纯的形体才叫作"文";合体为字,即由两个或者两个以上的"文"所构成的组合体叫作"字"。甲骨文本身就是一种象形字。不仅因为它以描摹事物的形态来表意,更因为它的几种造字方式皆是由象形演化而来。郑樵在《通志·六书略》中就曾明确地说:"六书也者,皆象形之变也。"我们研究甲骨文的象形字,实际上是以甲骨文中的象形造字这一类别作为研究对象。

作为一种题材来说,"人"长久以来都是艺术创作的最佳模特之一。岩画时期,人面像就出现在贯穿南北的各大岩画中,威武、勇敢的猎人造像以及战败后滚落的敌人的头颅也屡见不鲜,此外,象征着财富与人口数的手印、脚印也很难被人忽视。一些大型岩画中,人类的活动被刻画得历历在目,如舞蹈、祭祀等。

① 许慎撰,段玉裁注:《说文解字注》,上海古籍出版社 1981 年版,第 157 页。

② 郑玄注,贾公彦疏:《周礼注疏》,北京大学出版社 1999 年版,第 352 页。

③ 许慎:《说文解字》,中华书局 1978 年版,第 314 页。

④ 郑樵撰,王树民点校:《通志二十略》,中华书局 1995 年版,第 5 页。

到了图形文字的时期,无论是何种器物,都不会缺失"人"形的题材。"人"的造像不仅止于写实,更有所突破。半神人、半鸟人、半兽人以及人面底纹彰显了"人"这一永恒的造型母题。人们相信,这些与"人"有关的遗存,都是先民们对于祖先崇拜或者神灵崇拜的象征。正是这样一脉相承的延续,甲骨文中的"人"形造型的丰满与活跃也就顺理成章。

(一)与"人"相关的造型

甲骨文中,"人"字出现的次数并不少,形式也颇为多样。最初的"人"就是画一个人形,但随着人们认识的深入,人形也开始有了分类,除了简单的人形,还有人的动作,并且向着更为复杂的、探索人类的感情表达的方向发展。

表示人体器官的相关造型。甲骨文中,表现人体器官的相关造型较成熟,如口 🔲、齿 🔳、舌 🔳、眉 🔳、目 🔳、首 🔳、身 🔳。如牙齿的表达就是在口中增加四个小的齿形方块。这些造型的特点是一目了然,无须过多的解释。如果将这些字体造型与儿童画结合起来看,可能会发现二者之间的相通之处。[①]

与人的名称相关的造型。对人的名称进行描述的相关造型字的出现,表明人们不仅能够对自身器官的实物进行素描,还要首先对自我有一个认识,其次是对人际关系有比较基础的了解。在人与人之间,有等级与长幼之分,因而,造字者还需要在一个单独的甲骨文中表达这种差异性。可以说,描述人的名称的甲骨文需更高层次的抽象力与想象力。如母亲的"母" 🔳 字,着眼于母亲在哺乳时候的形态,《说文解字》中对"母"的解释就是"母,牧也。从女。象怀子形。一曰,象乳子也"[②]。其他的一些对人称进行描述的造型还有:父 🔳、儿 🔳、女 🔳、子 🔳。

与人的行为或情态相关的造型。与人的个体行为或者情态相关的甲骨文造型开始带有丰富的内涵。单纯从造型上来看,表示人的不同情态的象形字造型态势是不同的,比如"人" 🔳,造型是从侧面看过去的人影,表示一个普通的站立的人,而"大" 🔳 字,同样以人形来表示,选择了正面双臂张开、双脚叉开站立的人形,以表达大的含义。有的时候,为了表示人的局部器官的功能性和形体的特点,人们往往采用既勾勒其全体又特写局部的造型方式,如表现人的头顶的"天" 🔳 字和表现"从大而屈其首"的"夭" 🔳 字的着重点就有着细微的差别。还有一些表示动作与情态的甲骨文中的人字造型,如言 🔳、屎 🔳、老 🔳、页 🔳、妾

---

① 盖山林先生曾经将原始岩画与儿童画进行比对,得出"早期岩画与早期儿童图画都是在原始思维支配下制作的"结论。参见盖山林:《世界岩画的文化阐释》,北京图书馆出版社 2001 年版,第 412—414 页。

② 许慎:《说文解字》,中华书局 1963 年版,第 259 页。

【图】、若【图】、立【图】、交【图】、鬼【图】、包【图】、臣【图】。

（二）"人"形造型的叙事研究

"人"被描摹得越多,其所代指的意义内涵就越丰富。以占卜为主要目的的甲骨文系统中出现的人形造型往往与其地位与功用有关。侯外庐先生认为早期的"人"字一共有四种意义,分别是"指氏族先王""指王者称呼""氏族贵族君子通称""指官职称呼"。[①] 甲骨文中的"人"与我们所认为的人并不能够完全画等号。这里的几种代指告诉我们,甲骨文中的"人"代表着特定的社会阶层,人的写法是一个侧面拱手的形象,这个视觉符号代表了当时的人对此特定社会阶层的态度,是一个尊贵的象征。[②] 而这一观念也体现在了其他与"人"字相关的造型中,如"臣"字像一只竖立的眼睛形。人在低头时,眼睛即处于竖立的位置,正表示了对上位者的俯首屈从之意。

在甲骨文中,有相当一部分表现跪姿的字形,如祝【图】、母【图】、执【图】、飨【图】、奴【图】、邑【图】,等等,跪姿往往是一种降服与崇拜的表现,早期是用于表现祭祀活动、屈辱、供奉以及与母性相关的内容等。有些字形中,跪伏的只有一人,如"母"字,这是对母性崇敬的表现。有些字形中,出现的不止是跪着的人,还有动作,如"执"字似一人手持事物,"飨"字若两个跪伏的人举着祭品。这种象形的文字,可能也在某种程度上方便了当时下层人民对这些字的识别与理解。

中国的"礼"的起源可以追溯到很早,在远古时期,原始人就已经开始以他们认知中的具有某种象征意义的物品(可以是身体器官、天体或动植物),连同原始的舞蹈来构成种种仪式,用来表达自己的情感与愿望。[③] 当那些特定的姿态反复出现,成为常规化的仪式动作的时候,它们也变成了礼的一部分。[④] 可以说这些仪式也深植于"人"形甲骨文字中。

虽然这时的文字还未最后定型,"人"形的表现方式也受到视线的局限,只有正面、侧面两种,但不同的活动中的"人",呈现出了相当丰富的活动姿势。以"人"形为例,在文字的字形中,我们能够看到当时人的姿态与仪式,能够解读出先人对神祇与祖先的崇拜。一个小小的字形,就像是一把小小的钥匙,尽管不起眼,打开门来却是丰富灿烂的文化遗产。

先秦文图一体中语言与图像的结合孕育和强化了中国人的形象化思维,或者可以这样说,中国人的形象化思维跟其使用的汉字中的图像性是有关的。中国汉字造字中的象形字与会意字就有很明显的图像性。在研究甲骨文时,我们

---

① 侯外庐:《中国古代社会史论》,河北教育出版社 2000 年版,第 130—132 页。
② 胡绍宗:《中国早期制像艺术》,人民美术出版社 2011 年版,第 175 页。
③ 杨宽:《古史新探》,中华书局 1965 年版,第 234 页。
④ 胡绍宗:《中国早期制像艺术》,人民美术出版社 2011 年版,第 178 页。

就发现了甲骨文的造型与人们的视线有关。① 甲骨文中的一些造型艺术流传至今，依然寄存于汉字之中，这种文图一体的源头性的交织从心理上影响了中国人的视知觉心理。"如'日'字、'月'字，心理上是一种仰视的意象，尽管它们已不再像日形、月形；'水'字、'田'字，则变为俯视的意象。此事易明，但是同样作为'水'旁，'河''江''湖''泊'等字，在心理上是一种横向平面的视知觉；而'泪''瀑''淋''浇'等字中，'水'的意象则为一种由上而下的视知觉心理。这种由不同视知觉心理抽象而成的字或词，在人们认识这些字、词时又出现了心理上不同的视觉意象的还原，当然这些还原的意象是存在各种差异的。如果是拼音文字，这种字形上的视知觉的意象心理是无从谈起的。"②

除了单个的字，书法家程抱一对"木末芙蓉花"进行了分析，③认为这是一个较好的中国诗句中通过字形展现视知觉形象的例子。"按照顺序来读这几个字，人们会产生一种目睹一株树开花过程的印象[第一个字：一株光秃秃的树；第二个字：枝头上长出一些东西；第三个字：出现一个花蕾，'艹'是用来表示草或者叶（葉）的部首；第四个字：花蕾绽放开来；第五个字：一朵盛开的花]。"③这个例子非常精彩地说明了汉字的形象性可以给人直接的视觉形象，甚至不依靠对汉语的理解。

先秦文图一体的这种天然联系不只影响了语言与图像这一层面，对于以后文学与文学图像、文学与图像等层面也有影响。这是因为形象化思维方式是中国人"地生"④的一种思维方式。在经历了学习之后，形象化成为中国人的思维方式，这种思维方式会映射在其各种艺术创作中，尤其表现在中国作家在文字表达和文学创作过程中所具有的视觉性。这个视觉性表现在汉字具有的图画的特点，使文学创作的过程中始终存在"象"（物象、意象等）的伴随。李彦锋在其博士学位论文《中国绘画史中的语图关系研究》中指出，汉语言的文字具有视知觉意象，而这种视知觉意象对中国人生理上产生影响——左右半脑均衡。经过长期的渗透，中国汉语言的形象性特质使得中国人的大脑左右半球获得功能均势。⑤对于这种深刻的形象化思维方式，身在其中的中国人对这方面的感悟可能不如西方人深刻。西方人看到汉字首先不是从意义出发，而是纯粹以视觉的角度来体会，只觉得每一个汉字都像是一幅图画，一个比喻，一个象征或一首诗。确实，中国书法在一些人看来就像是抽象画一般。很多外国留学生常说"画汉字"，而

---

① 见本章第三节第一部分"象形字的创造与分类"。

② 姚淦铭：《汉字心理学》，广西教育出版社 2001 年版，第 73 页。

③ "木末芙蓉花"一段文字引自其著作《中国诗画语言研究》，涂卫群译，江苏人民出版社 2006 年版，第13 页。

④ 不是天生具有，是在文化传承过程中，比如学习书法笔画以及字形义后慢慢形成，所以姑且称为"地生"。

⑤ 李彦锋：《中国绘画史中的语图关系研究》，上海大学博士学位论文，2010 年。

不习惯说"写汉字"。中国的文学也就在这种汉字意象思维的基础上,创造了辉煌的诗、词、曲、赋等光辉艺术。中国古典诗歌中,审美意象往往是借物比喻,这正是中国式形象思维的一个证据。"象者,所以存意,得意而忘象"①,以象抒情正是中国诗人所擅长的方式。

　　总之,无论是先秦文图一体抑或是随着文字出现产生了文图分体和合体,文图之间的内在联系始终存在,因为这种联系已经渗透至中国人的生活以及思维中,而中国人形象化的思维又促进和维系了这种文图的内在关系。书法与绘画只不过是这一枝头上开花结果的表现。

---

① 王弼著,楼宇烈校释:《王弼集校释》,中华书局 1980 年版,第 609 页。

第二章　先秦文学与先秦图像

　　由于年代久远,传世至今的先秦图像很少,而传世的先秦图像与先秦文学发生关系的更是少之又少。在有关先秦图像中,能与先秦文学发生关系的主要表现在三个方面:一是金文与青铜器纹饰的关联,二是先秦神话与先秦美术的关联,三是《诗经·大雅》《楚辞·天问》与先秦壁图的关联。

第一节　金文与青铜器纹饰

　　中国汉字具有表意性特征。表意是汉字构形的主体,同时兼用示音构件和区别性记号构件。汉字是直接从原始图画脱胎而来的一套形象符号,这也是众多学者公认汉字是为数不多的自源型文字之一的原因。汉字具有视觉符号性,它的表意性来源于它的图画性。汉字形体以其所指谓的对象为依据复写汉族先民对对象的反映与认识,从而形成了以象形为基础的包括"象形""指事""会意""形声"等不同构造方式的表意体系。有不少学者甚至认为,汉字可以通过字形直接表达事物或概念的意义。[①]

　　在早期文明中,文字与图形符号两种表达手段可以相互借鉴,中国早期图形符号在其逐渐发展的过程中,孕育和形成了独特的写意性造型艺术风格。早期图形符号重写意而非写实的表达手法,使其构成了一个个意象母体,成了早期文字系统的临摹对象,奠定了早期汉字的表达基础,成为汉字写意型文字体系最主要的表达手段。与此同时,早期文字在形成初期,与图形符号既相互区别又相互渗透。在商周时期,青铜器纹饰以其图像化的形式展示着当时的宗教观,传播包罗万象的众神动物崇拜,既有着装饰的作用,又有传播早期青铜时代宗教信仰的功能。金文已经是完备的书写符号,用来记述占问或重大事件的信息。从造字形态上来说,许多图形符号进入到文字中成了早期文字的组成部分,同样的,许多早期文字也进入到图形符号中成了象形的标记和装饰符号。

　　青铜器纹饰的渊源来自新石器时代的陶器纹饰,如几何形纹、动植物纹等。新石器时代的陶器纹饰是由人们所见事物抽象、变形而来,而青铜器纹饰比它又

---

① 王微:《汉字的符号学特征及其人文学意义》,《中国环境管理干部学院学报》2008 年第 3 期。

更为抽象，写实性减弱，抽象性增强，更富于图案化，更加精细。一般整理方式是根据其内容，将青铜器纹饰分为三大类：动物类、几何形类、人物画像类。每一大类中又可细分为若干种，如动物类下可分为：饕餮纹、龙纹、蛇纹、鸟纹、其他写实性动物纹和省减变形动物纹；几何形类下可分为圆圈纹、涡纹、云纹、雷纹、三角纹等。

金文是指铸刻在各种青铜器上的文字，古人称铜为金，所以称为金文，又有吉金文字、钟鼎文、彝器文字、彝器款识之称。商周及以后各代都有这种铸刻文字，但是文字学上讲的金文，一般是指先秦时期的金文，即商周金文。金文与甲骨文一起呈现了汉字的早期状态。与甲骨文、简牍文、帛书、玉石文字、玺印文字等其他载体的文字字体相比，金文字体有着不可忽视的独特文学价值。对于金文最常见的分类是按照青铜器的器类，分为乐器、酒器、食器、盥洗器、工具、兵器等，每类又可以再加细分。大多数金文收录都是按照器类来收录的，这是从收录青铜器的角度出发的，而不是着眼于文字的分类。[①] 体现青铜器纹饰和金文的紧密联系的证据之一是：金文的分期在现有的有关青铜器的著作和考古著作中，通用的划分方式是根据青铜器纹饰的内容，也将其分为三大种类，一是动物类，二是几何形类，三是人物画像类。

关于金文的出现学术界中有两种见解：对于初期象形性很强的符号，一种把其看作文字，一种把其看作单纯的符号。例如王国维、唐兰、郭沫若、林沄等学者把这些象形性很强的符号看作文字进行研究，按照他们的见解，金文的出现时期可以追溯到商代早期。与之相反，容庚、沈兼士、张振林等学者主张把这些象形性强的符号只看作单纯的符号，按照他们的见解，金文出现在殷墟 2 期以后。不管哪种观点更为合理，本节的重点是探讨青铜器纹饰与金文之间的关系。

一、金文与青铜器纹饰在视觉形式上的关系

"纹"者"文"也，"文"既可以表示"纹理"，又有"文字""文章""文采"等意义。"文"源于"纹"——鸟兽之纹启发了古人的造字思维，人们开始用交错的线条组织成形形色色的汉字。"文"最初的形态"乂"留下了这种思维的痕迹，两道斜向交叉的线条成为所有文字和纹饰的起点。傅修延在《试论青铜器上的"前叙事"》中引用了这样一段话来说明"纹"和"文"的关系："遣画者，交道之画也。《考工记》曰：'青与赤谓之文。'遣画之一端也。遣画者，文之本义。彣彰者，彣之本义，义不同也。黄帝之史仓颉，见鸟兽蹄迒之迹，知分理之可相别异也，初造书

---

① 张晓明：《春秋战国金文字体演变研究》，山东大学博士学位论文，2005 年 11 月。

契,依类象形,故谓之文。(《说文》段注)物相杂,谓之文。(《周易·系辞》)。"①

商代早期的青铜器上没有文字,个别有铭文的,其铭文大都和纹饰划不清界限,实际上是一种起装饰作用的图形文字。并不是所有的青铜器都有铭文,商代二里冈期青铜器上至今没有发现明确的文字,殷墟早期青铜器也极少有铭文。铸有铭文的青铜器只是一小部分,而大部分的青铜器都有纹饰。文饰也是一种纹饰。图形文字繁荣于商末周初,其中表现动物的可谓"文"中有"纹",如羽纹、鳞纹、甲纹和翼纹等,"这些纹样使得动物类图形文字成了抽象与具象的中介——它们既有符号的抽象特征,又未完全蜕去禽兽的'毛皮'"②。商晚期和西周早期的金文象形程度很高,象形图画有时还留有一点残痕,代表家族象征的族徽时常会出现在作品的左下角,图画意味较浓的亚字形铭文的亚字框也经常出现在作品的下面,如王子午鼎铭右下角的图形,六祀邲其卣铭中处在正文下面的亚字框等。

青铜器纹饰和金文书风的发展是同步的。"商末的青铜器,崇尚繁缛华丽的纹饰,这种风格一直延续到西周前期。西周中期,……作风转趋简朴凝重③。与此同时金文书风也由多肥笔,象形程度高,书体雄浑有力,书风朴茂的商代晚期典型的波磔体风格转为肥笔意味减少,结构谨严,向线条化方向发展,不如前期那样夸饰。④汉字的亦文亦图性质,导致它的表意功能和美学功能无法截然分开。正是由于"纹"中有"文",所以青铜器上的"文"与"饰"无法分开,因为青铜艺术讲究的就是"以纹为饰"。青铜器上的纹状浮饰简称为"纹饰","纹"和"饰"通常被当作一个词,但是"纹"与"饰"还是有区别的,即"'饰'有'巾'形,趋于'装饰'一义,其工艺内涵不言而喻"⑤。

青铜器上的艺术表现手段很多,青铜器的图像研究工作必须结合铭文、器形和纹饰三个方面,不可偏废。铭文不但为青铜器注入了人文信息,它还自然而然地发挥起了"饰"的功能。郭沫若主张"一时代之器必有一时代之花纹与形式",他这样描述"以文为饰":"东周而后,书史之性质变而为文饰。如钟镈之铭多韵语,以规整之款式镂刻于器表,其字体亦多作波磔而有意求工……凡此均于审美意识之下所施之文饰也,其效用与花纹同。中国以文字为艺术品之习尚当自此始。"⑥

纹饰是远古宗教、巫神、图腾的孑遗,作为青铜器上的象符号,它与巫神相联系。商周器物纹饰的这种特点与其作为礼器,用于祭祀祖先神灵有关,也与图腾崇拜有关。纹饰内容有时同器物用途有很大关系。祭祀场面的肃穆,观念上对

①② 傅修延:《试论青铜器上的"前叙事"》,《江西社会科学》2008 年第 5 期。

③ 李学勤、郭志坤:《中国古史寻证》,上海科技教育出版社 2002 年版,第 192 页。

④ 苏维碧:《两周金文书法浅探》,浙江工商大学硕士学位论文,2010 年 12 月。

⑤ 傅修延:《试论青铜器上的"前叙事"》,《江西社会科学》2008 年第 5 期。

⑥ 郭沫若:《青铜时代·周代彝铭进化观》,《沫若文集》(第 16 卷),人民文学出版社 1962 年版,第 312 页。

神灵的尊崇,必然使得纹饰趋于神秘,令今人看去有触目惊心之感。金文则铭刻历史事实,与人相联系。青铜器纹饰与铜器铭文之间是一种并行的符号体系,纹饰属于巫神"象符号"系统,铭文属于"文字符号"系统,二者共同存在于青铜器上,形成一种和谐的氛围,青铜器的象符号和文字符号是共同在场、相互阐释的互文关系。因此,青铜器上面包括了两种意识,一种是巫神意识,一种是人的意识。通过发挥"效用与花纹同"的功能,"文"为自身赢得了成为艺术主体的机会。郭沫若说"以文为饰"标志着对"文"的审美意识开始萌芽。

"纹"之所以可以用来"饰",主要是因为在视觉图像上有某些潜在的联系。这也是青铜器上"图文并茂"而又浑然一体的原因。根据青铜器纹饰中纹样组织方式的规律或原则可以发现,"纹"与"饰"在视觉形式上的关系主要有以下几种[①]:

(一) 对称性、平衡性

青铜器纹饰既有对彩陶纹饰和玉器形制的继承,又有着显著的扬弃。在夏商周时期,青铜器的纹饰成了中国古代器皿纹的高峰,影响到后来的陶器和玉器纹饰以及其他造型艺术。青铜器纹饰具有对称性、平衡性、节奏感、连续性、主次分别、整体性等特征。

青铜器纹样具有对称性,最普遍的是以直线为轴左右对称,即图样的形状与位置均以直线轴为界而呈镜像反映。对称是早期绝大多数青铜器纹饰所必采用的方式。饕餮纹的对称轴一般均凸起成扉棱,又恰似其鼻梁。"夔纹、鸟纹组成的纹饰带也常采取在对称轴两边分别两两对称的形式。此外对于夔纹、鸟纹、独立蛇纹及至蝉纹等构成的横向纹饰带,还有采取在一对称轴左右两侧作方向相反的顺列反复的方式。"[②]如图 2-1 所示:

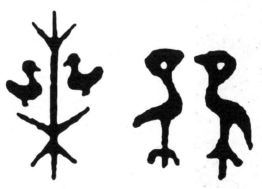

图 2-1 青铜器族徽中相对而立的两只鸟

① 观点启发自朱凤瀚:《古代中国青铜器》,南开大学出版社 1995 年版,第 411—413 页;傅修延:《试论青铜器上的"前叙事"》,《江西社会科学》2008 年第 5 期。
② 朱凤瀚:《古代中国青铜器》,南开大学出版社 1995 年版,第 412 页。

　　青铜器族徽中的 与早期文字中的"雔"字在造型上有相对应性，基本遵循了"按物绘形"的原则，两只鸟相对而立，除了眼部外，其他部分全部涂实。文字发展到小篆阶段后，部件的结构有所变化，具体形态由两鸟相对而立变为同向而立，这是由古文字由左到右的结构特点所决定的。这种部件结构的变化在金文和甲骨文中应该已经出现，到小篆时才固定下来。

　　有的学者曾指出，最早的纹样之所以多作轴对称，是由于任何民族对于动物和人类的颜面都有深刻的印象，而凡属脊椎动物，其颜面部分均自然对称，左右平均，对于一些庄严礼器装饰的处理，自觉有均齐与安足的必要，所以礼器取以颜面为主体，是很自然的表现。

　　青铜器上的兽面纹后来蜕化为变形兽面纹，它的特点是除了趋于变小的目纹和尚能辨识的鼻准线之外，其他部位都用意义不明的弧线表示，一般只能从整体上认出兽面的大致轮廓。轴对称布局能给人平衡、稳重、安定的感觉。不仅是纹样布局，即使是造型亦基本遵循这一原则。从造型结构上看，早期的金文也有此特点。此时铭文还带有象形意味，像兽面纹一样，不少"文"是左右对称的：如"天""大""宫""尊"（图2-2），把这些字沿着它们的"鼻梁"（垂直中剖线）对折，其左右部分基本可以重合。

图2-2　金文"天""大""宫""尊"

图2-3　妇好盘上的"妇好"铭文

　　这方面的例子不胜枚举。很多繁体汉字是左右对称的，例如表示方位的"東西南北中"和指代万物的"金木水火土"。

　　"殷墟出土的妇好盘，盘面中心满布的夔龙纹头部左右各置一'妇好'铭文，为了使画面看起来美观，制作者特意将两个'妇'字处理成对称结构（图2-3）。这类事例证明，出现在青铜器上的金文书法，不可能不接受青铜艺术的整体熏陶，如果没有在青铜器上度过自己的童年，中国的书法艺术很可能跳不出普通美术字的窠臼,无从获得那种自由奔放的生命感和力量感。"[1]早期的铭文由于书写材料显然已不同于龟甲兽骨,章法上因物附形,文字和器形相得益彰,铭文字距时大时小,同一作品内行距统一,每一行字中轴线统一,结构上讲究上下左右的对称,产生了一种平衡和谐的效果,为后世楷书章法奠定了基础。

(二)连续性、节奏感

青铜器纹饰有二方连续方式,是将一个单元纹样向左右反复连续伸展,构成带状图案。图案单元作有规律的重复排列,使得图案整齐而美观,并富有节奏感。单一纹样的二方连续方式有顺列反复也有颠倒的顺列反复,也有两种或三种纹样作间隔排列,如小屯妇好墓出土的妇好盘内壁是由龙、鱼、鸟三种纹样连续构成的一圈边饰。还有属于四方连续方式的、适用于大面积分布的纹样,代表就是兽面纹(图2-4)。

图2-4 青铜器兽面纹壶的腹部

青铜器纹饰具有连续性、节奏感,而金文同样具有这样的特点。初期金文有着较强的图画风格,但随着文化的发展,书写条件的进步,文字体态自然也在演进,其结果是终于抛掉了图画形式,并由方折经过圆折的笔势迅速向结构匀称、体态秀丽的线条化笔势迈进。金文变得屈曲圆转,圆晕浑厚,曲线开始增多,结体上也从一长形向圆形转变。线条圆,结体圆,拓印底子的外形圆,这或许跟不同的书写载体有关,而最终带来了书写风格的转变,产生了更多的动感。金文书法最重要的一点是以曲线代替甲骨文的直线:由于龟甲兽骨比较坚硬,甲骨文的笔画一般以直折为主,而金文多为刻模浇铸而成,其线条容易形成圆转之势。曲线有利于持笔者自如挥洒一气呵成,令书写过程中的气脉流通更为顺畅,那些"弯弯曲曲""奇奇怪怪"的曲线,既像是飞禽走兽的神韵姿态,又像是它们留下的运动轨迹。

关于文饰的连续和节奏性我们还可以从金文叠字、押韵、句式等方面看出来。金文的叠字的表现手法,使金文读起来有一种连绵不断的音律美,这些带有明显押韵性质的铭文用韵协调,音律和谐,读起来朗朗上口,增强了表达效果,同

---

① 傅修延:《试论青铜器上的"前叙事"》,《江西社会科学》2008年第5期。

时也开创了我国辞赋的先河,是我国韵文的最早表现形式。金文的这种书写、音韵、意境的规范化是和文字符号与图像仪式符号的分离,文字自身的相对独立有着密切联系的。不同于甲骨文的兆纹"象符号"占据主导地位,铜器上的铭文处于主导地位,这种由"象符号"到"文字符号"之间的主导地位的转变体现了文字在文化记忆中的地位不断增强。当文字从"象符号"中开始逐渐独立时,文字开始逐渐关注于自身书写规则的规范性,这也是为什么相对于甲骨文来说,金文的语法、修辞、句式、韵律都更规范的一个原因。①

如中山王厝壶上有"以飨上帝,以祀先王,穆穆济济,严敬不敢怠荒";叔尸钟"赫赫成汤,有严在帝所";迟父钟"用邵乃穆穆丕显宠光"。以上三例都运用了叠字的表现手法,使金文读起来有一种连绵不断的音律美。有些金文中大量采用四字句,如史墙盘铭文大都由四字句构成,"渊哲康王,勰尹亿疆。宏鲁昭王,广敲楚荆",这种四字句式在语音、词组、意境上都给人耳目一新的感受。这些四字句在语言上高低起落、抑扬顿挫、韵律和谐;在单音节词之间的组合上也体现出了简洁和富有表现力的特征;在意境上给人以回味无穷的意境美。

(三) 主次分别、整体性

由于一件青铜器上的纹样多不是一种,在几种纹样并用时,在主次纹样的位置安排、面积大小方面即有所区别,以突出主题纹样,同时又使辅助性的纹样能恰到好处地起到衬托的作用。例如在粗大俭省类饕餮纹两边放置两条侧面倒立的小夔龙,既填补了两侧的空白,又由于小夔龙的弱小,更反衬出饕餮纹的凶悍,同时亦减弱了正面饕餮纹造成的单调感。

以下是对一只青铜方壶的描述,可以更好地理解青铜器纹饰的主次分别、整体性。"(方壶)为典型的春秋早期的几何风格,装饰纹样以穷曲纹、环带纹为主,间以夔纹,采用多层装饰手法。如壶盖透雕环带纹,作莲瓣状,盖身饰夔纹,口沿又饰浅雕的环带纹,颈部再饰夔纹,但它不是简单机械的重复,而是加重浮雕层次的效果,壶身下的两层穷曲纹,也是以不断增强气势的环带纹盘绕器身,最后在圈足上以每边四个明快的垂麟纹作为尾声。全器多层次的装饰,使用的几乎是近似的主题,却能展开繁复而有强弱节奏的律动,一气呵成,并收到了多样统一的和谐效果。颈肩一对兽头形衔环捉手进一步打破了平滞的格局,使画面更富于对立的均衡感。"②

青铜器上的长篇铭文已经考虑到文与器的互相影响,既考虑整个章法布局,也要在现有的版面载体里考虑到字与字之间的组合。在同一篇文字里,笔画的肥瘦,结构的疏密,转折的方圆,位置的高下,主次有别,处处受了拘束,但却自然

---

① 石志勇《甲骨文金文文象关系比较研究》,中国海洋大学硕士学位论文,2010 年 5 月。
② 谢崇安:《商周艺术》,巴蜀书社 1997 年版,第 134 页。

而然地生出一种和谐的美来,才变成了一种有意味的线条艺术。大盂鼎铭文(图2-5)(拓片)是西周金文繁荣期的书法代表作。铭文的结体舒展大方,体式谨严,取势端庄,各部分的安排妥帖精严,轻重、俯仰、疏密、正斜都能有避有让,空间的分割上密下疏,差不多每字一格,没有一丝一毫的随意处,处理得十分精心,总是力求匀整平衡,一切的变化都寓于大体整齐的行列之中。①

这就是中国的书画同源,不管是青铜器的艺术制造者还是后世追求气韵生动的艺术家,都没有忘记书法与造型艺术相得益彰的创作原则。史前艺术诞生了书画同源的传统,也"奠定了商周艺术的要素和基础,这个基础使得古代文明受益无穷并影响至今"②。

总的说来,早期金文的造型来源于大自然中的万事万物,形态各异,丰富多样,具有最自然最质朴的构型,而到西周中后期以及秦以后

图2-5 大盂鼎铭文(拓片) 中国国家博物馆藏

到汉代的金文都或多或少地带上了匀称、工整的人工色彩,缺少了自然的趣味。商及西周早期的金文不同于西周中晚期所具有的成熟规范的形体,也不同于春秋战国时期的金文所表现出的华丽装饰之美,而是一种天趣盎然,笃厚沉朴之美,从字形的长短、大小、敧正、疏密、宽窄、肥瘦、参差不齐等方面来看,都能各尽字的姿态,富有自然之趣。商及西周早期金文的字形结构在"对立统一"方面也具有多样而充分的体现,通过与其他时期金文的比较,我们可以看到商及西周早期金文在敧正、疏密、开合、大小、收放、错落等方面具有多样的变化,通过对立统一的手法,来表现出协调、和谐的结构美,同时又不偏激于矛盾的任何一方面。③

二、青铜器纹饰与金文在内容上的关系

有学者指出:青铜器纹饰的含义和功能可分为三类:一是占卜的记录,这一部分数量很小。二是族徽和其他专用名称,诸如人名、地名、职业名称、氏族标

---

① 苏维碧:《两周金文书法浅探》,浙江工商大学硕士学位论文,2010年12月。
② 谢崇安:《商周艺术》,巴蜀书社1997年版,第43页。
③ 司燕飞:《商及西周早期金文的形式分析》,中国美术学院硕士学位论文,2011年5月。

记、神灵标记和国名等。一字多用是商周金文的一个特色,有些图形文字甚至与青铜器的主体纹饰相同。三是祭礼的标志或记录。此类应为图形文字的主要部分。① 除了上述提到的三类,还有一类需要注意的是青铜器纹饰上的图腾,这一类有和族徽相重合的部分,但是更多的是具有独特的含义和功能。上古三代帝王都与图腾崇拜有关,伏羲氏图腾为龙,炎帝部落图腾为"牛首人身",黄帝部落图腾为"熊",商部落为"玄鸟"等,这些都涉及图腾崇拜。金文从开始铸刻于铜器之上时就具有与"象符号"——铜器纹饰相并行的特征。

(一) 族徽

铸刻在青铜器上的金文也称铭文,取物勒工名之意。关于族徽这类特殊的铭文,学术界有多种称谓,如吴大澂、王国维的"象形字"说,容庚、唐兰的"图形文字说",沈兼士的"文字画"说,郭沫若的"族徽文字"说,林沄的"早期铜器铭文"说,高明的"徽号文字"说,裘锡圭的"族名文字"说,胡平生的"记名铭文"说,李学勤的"族氏铭文"说,张振林的"族氏文字""族氏记号"说,朱歧祥的"家族记号"说,刘雨的"特殊铭刻"说,林巳奈夫的"旗上之物"说。② 从各家关于此类铭文的称呼中可以看出,"图形文字"或"文字画"是从这种铭文写法的象形性出发;称为"早期铜器铭文"是因为此类铭文主要存在于商代和西周早期,这段时期是青铜器铭文的早期阶段;"族徽文字""徽号文字""族名金文""族氏铭文""族氏文字""家族标记"等称呼都是从判定这类铭文的性质出发,认为这些铭文都与族氏有关;"记名铭文"和"特殊铭刻"则主要考虑到此类铭文内涵较为复杂,不全都与族氏有关。当然,这些不同的称呼还涉及此类铭文是否为"文字"的争论。

青铜器铸刻铭文是从商代中期开始的,内容一般是族氏、作器者名、祭祀对象,其中族氏铭文写得图像化,追求美观效果。族徽有极强的象形性。确定以"族徽"为名是因为用"族"指代"族氏""族名",用词更为简洁。而"徽"字有标志、符号的意思,恰好将族徽文字这种近似图案象形性强的特点勾画了出来。③ 林沄先生指出,商周青铜器上的族徽不是图像而是文字,但它又有不同于一般文字的特点:第一,构成族徽的诸部分符号,虽本身均可考定为文字符号,但往往不按文字的排列方式而以特殊方式结合。第二,族徽和其他部分铭文的结合,有时也违反文字排列的常规。④

族徽通常单独铸于商周铜器,由一个或者几个象形性较强的文字组成,有时

---

① 杨晓能:《商周青铜器纹饰和图形文字的含义及功能》,《文物》2005 年第 6 期。
② 张懋镕:《一千年来商周青铜器族徽文字研究述评》,《新史学》2007 年第 2 期,第 158—159 页。
③ 张懋镕:《一千年来商周青铜器族徽文字研究述评》,《新史学》2007 年第 2 期,第 160 页。
④ 林沄:《对早期铜器铭文的几点看法》,中山大学古文字研究室编:《古文字研究》(第五辑),中华书局 1981 年版,第 41 页。

冠于铭文之首,有时系于铭文之尾,间或置于铭文中间。中国历史博物馆所藏的一件鬲,口沿内有一个字释为"亘",这是已知最早的青铜铭文。起初只是一两个字,郭沫若先生称之为"族徽",他在1930年发表的《殷彝中图形文字之一解》一文中指出:此等图形文字,乃古代国族之名号,盖所谓"图腾"之孑遗或转变也。[1]商周青铜器上的族徽文字,据统计,几乎占全部商周金文数量的一半[2]。

族徽文字以商代后期居多,西周前期占有一定数量,西周中期明显减少,西周后期趋于消亡,东周初期基本消失。族徽文字作为商人与商文化的重要标志,其在商周时代的变化,反映了商文化兴衰及其与周人及周文化的融合。因此,族徽文字研究是构成商周社会史研究的重要内容。时至今日,仍有部分学者认为族徽文字不是文字而是图形。有学者指出族徽文字与单纯的文字有区别,即刻写位置不固定,词位不固定,图形对称美观,形体不固定,不成文意,复合体的交错出现。

确实,不同的氏族和政体,分享相同的纹饰和以图形文字为代表的祭礼,是早期中国社会、文化和宗教的一个重要的特征。族徽文字有别于一般文字的原因就在于:族徽文字产生的年代早于一般文字,在发展过程中,出于族的徽号所具有的神圣性质,其变化幅度又较一般文字为小,所以,它更多地保留了中国早期文字的象形特征。按照中国文字来源于图画的观点,这类族徽文字更接近于图画,因此它与一般的文字有所不同。虽然在辨识上存在着一定的困难,但这并不能改变族徽文字属于文字的基本性质。

(二)图腾

饕餮、夔龙、玄鸟等这些事物大多与原始社会的图腾崇拜有密切的关系。原始社会人们大多把动物作为图腾崇拜物,伏羲氏图腾为龙,炎帝部落图腾为"牛首人身",黄帝部落图腾为"熊",商部落为"玄鸟"等,这些都涉及图腾崇拜和神灵崇拜。因此在古人具备青铜铸造工艺以后,就开始把这种崇拜对象铭刻在青铜器上,使其具有通天地敬鬼神的意义。

青铜器纹饰的发展有这样的一个过程。随着历史发展,纹饰逐渐减弱成富含意义的象征,文饰也越来越多。如:鱼的抽象化,由完整的鱼的形象逐渐演变为头尾缩小直至消失,躯干变为纯粹的几何图形;人由四肢人型变化为头部消失,只剩四肢,最后四肢完全变成大的折线;夔龙、夔凤、蟠螭等怪兽形象其怪异、可怖的意味已大大减弱,装饰意味渐趋浓郁(图2-6)。

① 张懋镕:《一千年来商周青铜器族徽文字研究述评》,《新史学》2007年第2期,第162页。

② 张亚初、刘雨:《商周族氏铭文考释举例——摘自〈商周青铜器族氏铭文的资料和初步研究〉》,四川大学历史系古文字研究室编:《古文字研究》(第七辑),中华书局1982年版,第31页。

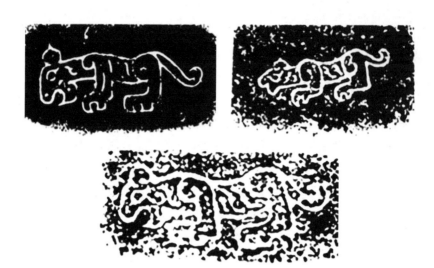

图 2-6　夏商周虎图形演变

　　这就说明随着生产力的发展、社会的进步、思想的解放,人们对神物敬畏有加的情感发生了改变。商周青铜礼器中所承载的是商周王室的权力。从当时统治者采取的特有的政治及精神统治手段着眼,可以看出饕餮纹样带给人的恐怖、狞厉的感受正是统治阶级意志的体现。饕餮纹具有鲜明的宗教文化特征,其多变形态下的稳定与统一,与商周宗教政治文化有着天然的联系。夏王朝的建立是我国社会进入奴隶社会的开始,奴隶社会便产生了阶级,人与人之间的关系发生了根本的变化。奴隶主为了维护和巩固自己的地位,把原始宗教加以提高和改造,使自然宗教转化为反映社会阶级压迫的宗教。饕餮纹两侧配鸟纹,与目、眉构成神像,用以强化祖神文化。作为礼制重要载体的青铜器,上面的人物与动物性纹饰和造型反映出人类思想观念及其转变意向。

　　商周青铜器上的纹饰和造型由神秘走向写实,由单调变为多样;人物与动物性纹饰和造型中的"人",由被动走向主动,由配角变为主角,这体现了由"天命不僭"到"天命靡常"的人本主义思想观念一步一步形成和确立。金文从开始铸刻于铜器之上时就具有与"象符号"——铜器纹饰相并行的特征。铜器上存在两种符号体系,一个是以铜器纹饰为代表的"象符号"系统,一个是以铭文为代表的"文字系统",在二者中"文字符号"意义逐渐占据主导地位,文字铭刻记忆的功能逐渐战胜图像铭刻记忆的功能,文字自身的价值开始显现并开始关注于自身规则的发展。[①]

　　(三) 祭祀及其他

　　周人将先祖的德彰功业、家族的功勋荣誉、对幸福的渴盼都铸刻于青铜器物上,这样,青铜器物就成为周人生命观念、文化心理的主要物质承载形式。《礼

----

① 石志勇:《甲骨文金文文象关系比较研究》,中国海洋大学硕士学位论文,2010 年 5 月。

记·祭统》云："铭者，论撰其先祖之有德善、功烈、勋劳、庆赏、声名，列于天下，而酌之祭器，自成其名焉，以祀其先祖者也。显扬先祖，所以崇孝也，身比焉，顺也。明示后世，教也。"①镂于金石而传其道，铭文一方面称颂先祖的盛德功业，另一方面，又有垂鉴后世子孙效法先祖的箴诚教化意义。

陈梦家在《西周铜器断代》中把西周金文的内容分为四种：（1）作器以祭祀或纪念其祖先的；（2）记录战役和重大事件的；（3）记录王的任命、训诫和赏赐的；（4）记录田地的纠纷与疆界的。② 商代晚期开始铭文增多，但最长也不过 48 字。西周从成王时期起，铭文显著增长，康王晚年大盂鼎 291 字，小盂鼎 390 字左右，古人说周人尚文，这是一种表现。西周时期是铭文大发展时期，长篇不少，如毛公鼎铭达 499 字，是铭文最长的青铜器。

西周早期铭文字体遒劲雄肆，中晚期转入笔势散漫，中庸内容增多，规范化的套话渐多。春秋以后铭文渐趋减少，战国时往往是"物勒工名"，罕见长篇铭文。这些铭文书体或粗犷或瘦劲，或工细或秀美，本身具有很高的书法欣赏价值。文字对于历史研究十分重要，一篇长篇铭文不亚于一篇《尚书》，可见其珍贵程度。而铭文本身又是我们鉴别断代的重要依据，因此金文"史"的性质更加突出。钟鼎彝器是有意流传后世的一种历史铭刻物，金文是钟鼎彝器上面的文字铭刻记录，如果缺乏文字表述后人则难以了解其内容，因此钟鼎彝器的金文带有了强烈的"史"的色彩。郭沫若曾指出："传世两周彝器，其有铭者已在三四千具以上，铭辞之长有几及五百字者，说者每谓足抵《尚书》一篇，然其史料价值殆有过之而无不及。"③清阮元也指出："古铜器有铭，铭之文为古人篆迹，非经文隶楷缣褚传写之比，且其词为古王侯大夫贤者所为，其重与《九经》同之。"郭氏把金文与《尚书》相比，阮元把金文与《九经》同列，可以看出金文浓重的"史"的性质是毋庸置疑的。史墙盘记述的内容共分两个部分，上部分追述周初文、武、成、康、昭、穆各王的功业，下部分记载的是微氏家族的发展史。颂鼎记载了一次完整的册命过程，是我国青铜器中的少见之宝。

青铜器纹样和铭文的形态是物质的，而同时它们的结合又是一种精神文化产品。毛公鼎是这方面物质和精神的杰出代表（图 2-7）。毛公鼎是中国二千八百多年前的一件宗庙祭器，器形作大口，半球状深腹，兽蹄形足，口沿上树立形制高大的双耳，浑厚而凝重，腹内铸有铭文 32 行，计 499 字，全文可分五段，为现存青铜器中铭文最长的一件。鼎铭记述了周宣王的诰诫，是一篇完整的册命。整个器表装饰十分整洁，显得素朴典雅，洋溢着一股清新庄重的气息，内容则反映了西周晚期文化思想的变革。

---

① 朱彬撰，饶钦农点校：《礼记训纂》，中华书局 1996 年版，第 732 页。
② 陈梦家：《西周铜器断代》，中华书局 2004 年版，第 400 页。
③ 郭沫若：《〈两周金文辞大系〉序文》，《郭沫若全集·考古编》第八卷，科学出版社 2002 年版，第 9 页。

图2-7　毛公鼎铭(拓片)　台北"故宫博物院"藏

商和西周奴隶主非常重视祭祀祖先,尤其周人,更多地在青铜器上表现其祭祀祖先的热情。他们通过青铜器上的铭文,不厌其烦地称颂祖先的"美德"。铸造青铜器的目的也是为了颂扬先人。周人的这种做法,与维护他们世家的地位有关。他们祭祀祖先,夸耀其功绩,目的就是要保持他们世家的尊崇地位,企图永世享受特权。作器铸铭,本质上也是"礼"的体现。西周奴隶主贵族相当重视青铜器铭文的作用,这是表示他们身份和地位的手段。奴隶主贵族把周王的恩赐以铭文的形式铸在青铜器上,当作享受特权的依据和家族的荣誉。商人和周人将文字刻在青铜器上,想让自己世世代代占有它,永远保存下去,他们相信自己的灵魂与器物一样永生不灭。他们希望子子孙孙都能将此器奉若珍宝。在青铜器上,那些夸张而神秘的动物纹样塑造了一种严肃、静穆与神秘的气氛,有可能是为了达到某种宗教目的,而刻铸在其上的铭文也应该是如此。至少刻铸铭文能够加强宗教力量,以便为当时奴隶主统治而服务。由此可以得知,铭文在本质上和青铜器上的花纹具有相同的功用。

随着礼制的发达,各铜器需要体现出其不同于其他铜器的意义,这就需要其他性质的符号加以表达。在文字符号已经出现并开始逐渐铭刻记忆的时候,文字符号开始担负起这种表达功能。从上面可以看出,虽然青铜器是作为礼教象征物来进行收藏,但是西周金文的内容大都与"人"有关,这里的"人"包括:王、先祖、其他诸侯及贵族等,都是"人"与"人"的交流,这些内容与"巫神"的联系都不是很紧密,反映了"人"的地位的强化和"神"的地位的弱化,也体现了人类的文化记忆由"图像符号"向"文字符号"转变的过程。①

三、金文与青铜器纹饰的三大特征

文字在不同的载体上,有着不同的表现特征,不同载体的青铜器上的图像、符号性不一样,表现在文字上也附着了载体的特征。青铜器断代与金文字形书体时代演变有一定关系。从铭文的内容出发对照历史文献找出可作青铜器断代的依据,这在青铜器断代工作中起着关键性的作用。另一方面,还可利用文字的形体和铭文的表现形式找出青铜器的断代标志。同时,不同地域青铜器的器类

---

① 石志勇:《甲骨文金文文象关系比较研究》,中国海洋大学硕士学位论文,2010年5月。

组合和器物形制虽然有很多相同特点,但是也有不同之处,青铜器地域上的特点反映在铭文上也有着特殊的艺术风貌。以下探讨一下青铜器纹饰与金文的三大特征联系,这三大特征为载体特征、时代特征和地域特征。

(一) 载体特征

文字特征表现在甲骨上跟在青铜器上显然是不一样,因为甲骨文字只是刀刻的,而金文是范铸而成的。同样,不同载体的青铜器上的文字也有着载体的特征,如在乐器上的字体规范且美观,而兵器上的字多随意草率。

初期青铜器上的文字,目的更为实用,有的是标明器主的族氏和祭祀的对象,有的是记载器物的由来,有的是说明器物的用途。文字尤其是钟鼎文字大多都是铸刻于器物的底部,文字的艺术美考虑得就欠缺些,文字显得正统而规范。而发展至春秋时期,青铜器得到使用者的重视,器物多在庄重肃穆的场合出现,上面文字虽仍以正统规范为主要风格,但也发展出姿态万千的美化藻饰类字体。

体现金文在青铜器上载体特征的代表是鸟虫篆。在春秋战国时代,一些青铜器尤其是兵器上的铭文往往在篆书的基础上回环盘曲,添加写画,并以各种图案花纹作为修饰。有许多还在刻文的凹线内用金错嵌,显得非常工整华丽。在这种铭文里,制作的、工艺的审美原则代替了表现的、即兴的书写,因此从本质上说属于金文的美术字。它们有的以鸟装饰,有的以虫装饰,有的以鱼装饰,也有的三者兼而饰之。人们习惯根据字形的装饰图案来给它们取名,但由于图案不一,名称也各不相同。秦始皇时代叫作"虫书"。这种书体常以错金形式出现,高贵而华丽,富有装饰效果,但变化莫测,辨识颇难(图2-8)。

图2-8 带有"鸟虫体"书写的祖诸父戈铭

鸟篆,笔画作鸟形,即文字与鸟形融为一体,在字旁与字的上下附加鸟形作装饰,如越王勾践剑铭。虫书笔画故作蜿蜒盘曲之状,中部鼓起,首尾出尖,长脚下垂,犹如虫类身体之弯曲,故名。鸟书与虫书都是以篆书为基础演变而成的一种美术字体。河南淅川下寺楚墓出土的青铜器铭文字体多数为篆书。早期字体浑厚遒劲,晚期则趋于纤细俏丽。而王子午鼎和王孙诰戈的铭文为鸟书。这里的所谓早期当指镈钟一类青铜器,而王子午鼎则已出现了较大的变化,字体多作波磔而有意求工,且出现了鸟书。这应当也是目前所见时间最早刻有鸟书的楚器铭文。

施谢捷《东周兵器铭文考释》对见于《殷周金文集成》《三代吉金文存》等收的三件东周时代的兵器铭文作了重新考析，纠正了过去的一些误释，并确认了"齐城造"戈铭字体是迄今尚未引起人们注意的另一种不同于楚、吴、越、宋等国的鸟虫篆。①

（二）时代特征

金文的产生和发展与青铜器的铸造息息相关。整个青铜器的发展史也是金文的发展史，如果整个青铜器发展的时代特征是一条明线，那么暗线则是金文发展的时代特征。青铜器纹样的发展转化暗合着青铜器金文的发展转化，不同时代青铜器有着不同的时代特征，同样，金文也体现出相对应的时代特征。郭沫若在《彝器形象学试探》一文中，对中国青铜器进行了时代划分：滥觞期、勃古期、开放期、新式期。他的目的是先让铭辞史实自述其时代，年代既明，形制与纹缋遂自呈其条贯也。郭沫若对青铜器形制和纹饰的分期，是建立在对青铜器铭义断代研究和考古发掘基础上的。②

在青铜器上铸铭文，始于商代。商晚期的金文的字数较少，几个字到十几个字，内容主要是记作器人名或纪念先人的称号，字形的象形程度很高，笔画有肥笔现象。西周初期青铜器形制以及铭文书风和商晚期一脉相承，"商末的青铜器，崇向繁缛华丽的纹饰，这种风格一直延续到西周前期。西周中期，……作风转趋简朴凝重"③。虽然西周早期铭文的内容有所增加（这很大程度上是决定于社会交往的需要），但书法风格是极为相近的。

西周时期是金文的鼎盛时期，西周初期的铭文书风秉承晚商余绪，但伴随社会生活的变化，出现了大量的长篇青铜器铭文，天亡簋、何尊、盂鼎、宜侯夨簋等都是铸有长篇铭文的重器。

金文的字体结构、形体笔势、书风特征、行款布局及字体架构等亦随之有了不同程度的变化。早期金文，笔画还有显著的波挑，但行款渐趋齐整。西周中期，中国进入了以礼乐文化为标志的文明时代，此时的器件不仅用来盛物，更多的是地位与权力的象征，其内容多为册命的记录，主要是封官、世袭等事，具有固定的格式。而这一时期金文呈加长趋势，书风也有了变化，笔画已少波挑，肥笔很少出现，笔画粗细划一，均匀圆润，布局完满，文字十分规整。西周中期金文字形已有较大的简化和线条化。到了晚期，金文已发展到高峰，夷、厉、宣、幽诸王时期的金文，呈现出多姿多彩的局面。厉王时期的散氏盘铭文（图2-9）古质盎

---

① 施谢捷：《东周兵器铭文考释（三则）》，《南京师大学报》2002年第2期。

② 马承源：《商周青铜器纹饰综述》，上海博物馆青铜器研究组编：《商周青铜器纹饰》，文物出版社1984年版，第1页。

③ 李学勤、郭志坤：《中国古史寻证》，上海科技教育出版社2002年版，第192页。

图2-9　散氏盘铭文

图2-10　虢季子白盘铭文

然,布白浑然天成,已开草篆之端。宣王时期的毛公鼎铭文用笔纯熟,字迹秀劲;虢季子白盘铭文(图2-10)字呈长形,横竖成行,雍容秀丽,疏朗整齐。

从文字的形体和铭文的表现形式中找出青铜器的断代标志来,这是使用文字学方法给青铜器断代的另一方面。"殷商铜器上的族氏铭文象形意味很浓,商末周初多用肥笔,吴、越、楚、蔡喜用错金鸟书,春秋钟铭字多细长,而不少文章在试图判断个别铜器的年代时,零散提到书体风格、或某些字的点画结构、或某些语词文例同某一标准器相似"①。青铜器作伪的重要方式之一即是制作假铭文,所以了解不同时期青铜器铭文的诸方面特征对于青铜器辨伪也是非常重要的。

商代早、中期青铜器纹样多是图腾族徽、图像文字,文字少而精美,与工美至极的青铜纹样协调呼应,能充分感受到其虔诚的宗教情感,具有神秘色彩。这类文字具有较强的象形性和装饰性,做肥厚丰腴的修饰式样,大面积填实的块面与线性点画构成强烈的对比。时代稍晚、篇幅较长的铭文,其特点是笔画收尾尖锐出锋,中间肥厚,收笔处时有波磔,笔势方折凝重,气象雄奇。西周金文的新秩序主要表现为线条的纯化与空间的秩序化。西周金文将商代金文线条具有的明显粗细变化以及肥硕的饰笔纯化为圆润匀一、洗练纯净的统一规范。在结字空间上改变商代金文字形大小悬殊,体态多变的自由随意性,阴阳消长、大小趋于统一,章法亦行列有序,整齐匀称。东周时期的书法一改西周金文浑穆凝重、厚实壮伟的风格,变得飘逸秀美,形体修长,线条圆柔,这是其主要的特点。②

铭文的时代特征还表现在:礼乐的兴衰不仅决定了礼器与乐器的历史变

① 张振林:《试论铜器铭文形式上的时代标记》,中山大学古文字研究室编:《古文字研究》(第五辑),中华书局1981年版,第52页。

② 司燕飞:《商及西周早期金文的形式分析》,中国美术学院硕士学位论文,2011年5月。

化,而且也决定了铸刻于礼器上的吉金文学的表现内容与文体形式的变化。青铜纹饰与图形文字不仅同源,而且发展也同步。从西周中期开始,铜器纹饰的内容和风格发生巨变,图形文字也随之衰落。这个变化实际上是受到政治与宗教影响的结果。西周王朝创立了天命说,用以解释及维护周克商的合法性。原来用以弘扬商王权威的青铜礼器失去了原有的功能,逐渐演变为主要反映社会身份的象征。商至西周早期的青铜纹饰及图形文字也随之丧失了它们以前拥有的功能及含义。青铜纹饰的演变和图形文字的消失,实际上是权力更迭,社会和宗教礼仪革命的反映。在周克商之后,之所以青铜纹饰和图形文字没有立即随着政权的更替而改变,是由于这一政权的更替为一突发事件,周王朝尚需要时间来创立和规划一套新的理念和宗教礼仪体系。

西周礼乐体制的成熟对应着"《尚书》体"吉金文学,春秋礼乐文化的下移对应着"诗体"吉金文学,战国时期"礼"的道德精神对应着"论说体"吉金文学。①

西周时期的铭文,有相当一部分为"诰命体",如毛公鼎铭文,整篇的叙事方式是以记言为主的训诫之词,体现了诰命一体的文体形式和率真硬朗的上古之风。这种记言的体例和方式影响了中国古代记言体史书的发展。章学诚在《文史通义》中极其精辟地道出了这种记言体吉金文学的特点,"古人事见于言,言以为事,未尝分事言为二物也"②。这种记言体例对《尚书》《国语》《左传》《战国策》的影响是显而易见的。西周时期的这种金文的浓郁的礼制色彩与《尚书》体式的形成是礼乐体制成熟的产物,与西周时期礼乐制度的实行是密切相关的。春秋时期礼乐在政治等级的约束下相对走向了独立,走向了文化的审美娱乐意义。礼乐的下移促进了礼乐文化的繁盛,促进青铜乐钟的极大发展。刻在这些乐钟上的吉金文字基本上以四言为主,讲究押韵,句式排列整齐,呈现较强的诗体特征。西周铭文中记载的祭祖祭天等仪式开始转向春秋时的宴飨礼仪,西周时期的训诰之辞、册命之辞被春秋时期的燕飨钟铭所取代,西周时期虔诚的祭天祭祖的情怀已经淡化,人的主体意识的觉醒使人开始更多地关注现实的人间世界,关注自我,这是人类社会发展史上的重大飞跃和进步,是觉醒的人性开始关注自身。战国时期的铭文,受战国时期散文的影响,出现了早期"论说体"散文的艺术特征。战国时期吉金文学长篇少见,仅中山王器等几篇,而且多为刻写,一洗以前的庄重稳健之风。战国时期的吉金文学讲究章法布局,结构谨严,层次分明,善于运用历史典故,具有显著的诸子散文的文风,有较强的论辩色彩。

(三) 地域特征

不同地域青铜器的器类组合和器物形制虽然有很多相同特点,但是也有不

---

① 连秀丽:《周代礼乐制度的兴衰与吉金文学的文体演变》,《学术交流》2010 年第 3 期。
② 章学诚著,叶瑛校注:《文史通义校注》,中华书局 1985 年版,第 31 页。

同之处。以楚铜器纹样与中原地区铜器纹样相较来说明①。相同方面有：纹饰的种类基本相同，均有龙凤纹、几何纹和其他动植物纹，同样是以各种龙纹为主要纹样；纹饰组成与结构基本相同，一件纹样往往由几种不同的纹样分作主纹与陪纹构成，或者主要由一种或两种纹样形成二方连续的或网状结构的纹样；纹饰的演变趋势基本相同，经历了简朴到繁复到简化；纹样的成形与表现手法基本相同，包括平雕、浮雕、镂雕、圆雕等铸造方法。不同方面有：有的楚器纹样尚未见于中原地区，似为楚独有之纹饰，如西周晚期的楚公豪戈中的黑椭斑纹，未见于中原铜器；纹饰结构上略有差异；同类纹饰的出现时间也有早晚之分。

关于楚铜器的铭文，郭沫若曾有过"南文尚华藻，字多秀丽；北文重事实，字多浑厚"的评价，②而楚文字就是南方文字的代表。楚铭文秀丽，体现在美术字体和艺术化的鸟虫书体，现有证据表明"鸟书创于楚国的可能性，实在比创于越国的可能性大得多"③。青铜器地域上的特点反映在铭文上也有着特殊的艺术风貌。齐在字体规整的基础上，长方的体势更加修长，笔画粗细均匀并且渐趋纤细，横平竖直，纵画加长甚至弯曲，强调体势的长方、结体的舒展大方、笔画的纤长或弯曲，风格上高雅端庄，形成了新的美术字体。秦则更为追求体势的方正与笔画的方折，已经显示出与其他地域明显不同的特点。即使与风格接近的中原字体比较，也能看出程度的不同。南方金文字体以楚为代表，体势取狭长，笔画微曲，字体面貌十分相似，亦已表现出明显的地域性特点。楚字体体势的狭长不同于齐、晋与秦，后三者的体势中始终含有"方"的成分，而楚字体中仅是"长"，结体上自然也就不像它们那样舒展。在春秋中期的楚字体中还不能找到其他地域整饬类字体的那种雍容大度的风格。④

总之，以甲骨文、金文为代表的早期文字对以青铜器纹饰和族徽为代表的早期图形符号构形特征的吸收，奠定了写意型汉字构形的基本面貌。可以说，早期文字继承了图形符号写意性的造型特色，又与图形符号在造型上相互渗透，二者以其不尽相同的社会功能和交互影响的符号构造组成了一个时代完整的文化符号体系。

第二节　神话人物与美术

在先秦文学中，先秦神话是其重要的一个组成部分。先秦神话为我们展现了原始先民的生活状态及其社会构成，是原始先民对自然界的猜测与想象，是先民最初思想意识的原始反映，也初步构成了华夏民族的早期思想系统。王孝廉先

① 刘彬徽：《楚系青铜器研究》，湖北教育出版社 1995 年版，第 278—282 页。
② 郭沫若：《〈两周金文辞大系〉序文》，《郭沫若全集·考古编》第八卷，科学出版社 2002 年版，第 16 页。
③ 刘彬徽：《楚系青铜器研究》，湖北教育出版社 1995 年版，第 589 页。
④ 张晓明：《春秋战国金文字体演变研究》，山东大学博士学位论文，2005 年 11 月。

生谈到中国神话的变迁时说:"应该是许多原因使古代的中国神话产生了流动变化而且发生了神话的解消、纯化、变形与异质化等现象,使得古代的神话一部分流入了古代政治社会的组织与道德意识里(如《书经》和《论语》),一部分流入了新起宗教哲学里(《老子》《庄子》《淮南子》等),一部分流入文学中(《诗经》《楚辞》),一部分流入当时的实用哲学中(《墨子》),一部分流入历史里(《左传》《史记》《书经》),另外极多的神话被零星片断地传承着,由十口相传而成文记载(《山海经》《穆天子传》)。"①先秦的神话传说不仅在这些书籍中有案可查,在先秦美术中也有迹可寻。先秦美术中的造型、纹样、色彩无不体现着先秦神话的魅力,先秦美术印证了这些神话传说的存在,同时这些神话传说也为先秦美术提供了许多素材。②

一、黄帝

祖先崇拜,在殷商的各种祭祀中已出现。具有英雄特征的祖先逐渐被神化,成为氏族的保护神。后来随着宗教观念的发展,这些祖先神的地位不断地被提高,逐渐成为该地区的最高主宰天神。由于天神是由祖先神所演化而来的,所以早期社会中的天神多兼有始祖神的身份。后来随着理性精神的发展,这些神话因子被先秦诸子历史化地整理编入古史系统中,而远古神话英雄变成了人间帝王。

黄帝作为氏族图腾神形象的出现。在甘肃地区的仰韶文化庙底沟类型的彩绘陶器中,就存在一种氏族的图腾神形象,考古学家称之为"人面蜣鱼纹"(图2-11),"它事实上就是《山海经》所描绘的黄帝形象"③。在春秋时代早期的一个姬周贵族女子的墓中出土的人首蛇纹玉佩,仍然可以看到其黄帝始祖的这种形象。④(图2-12)上述两件艺术品,虽然在细节刻画上已有区别,但两者的构图

图2-11 人面蜣鱼纹　　　　图2-12 刻有黄帝之形的玉佩饰

---

① 王孝廉:《中原民族的神话与信仰》,台湾时报文化出版企业有限公司1987年版,第45页。
② 本节所考察的是先秦文学中神话人物与先秦美术的关系,因此所列举的神话和美术都是围绕这一关系而展开,提及的先秦神话人物和先秦美术都是限定在先秦这一时间范围中,即秦以前的时代。
③④ 谢崇安:《商周艺术》,巴蜀书社1997年版,第3页。

意匠的雷同("人面蛇身,尾交首上"),却实实在在展示了一种形式风格乃至民族与文化的源流关系。

氏族图腾崇拜常与自然崇拜结合在一起,所以古史传说中的黄帝也以雷雨之神面目出现,"传说五天帝之中央天帝——黄帝,其母名为'附宝',在怀孕时遇到了闪电,感龙而生下龙族首领黄帝。传说黄帝之星座为'龙座',《太平御览》卷六引《大象列星图》:'轩辕十七星在七星北,如龙之体。'日本学者御手洗胜《关于黄帝之传说》认为,轩辕的名称是星座中的龙座。日本学者森安太郎《黄帝传说——中国古代神话之研究》认为:'黄帝的原始本体为雷龙,即雷雨之神。'……传说黄帝乃黄土之神,号称'黄龙'"[1]。

也有学者认为青铜器饕餮纹的终极象征是"帝"[2],而根据林巳奈夫的研究,中国商周青铜器上的饕餮纹要追溯到河姆渡文化时的太阳神形象,由此黄帝曾经作为太阳神形象出现过。这个太阳神的形象是"在一对背靠背的鸟的后面有一个带光芒的圆,从圆上伸出一个三尖形,其中还有纵向的细线"和"交颈的一对鸟仰头向上,在颈的交点上有镶有同心圆的圆形,圆的上半部突出有火焰状的东西。加画放射状的线形火焰的圆形无疑是天体,此外三尖形或向一方收敛的东西则是日蚀时所见之光",因而"在整体上可以看成是由一对鸟所支撑着的太阳神的图像"[3](图2-13)。

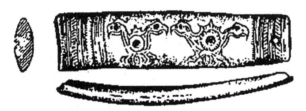

图2-13　饕餮纹

在古史传说中,黄帝有四面。《吕氏春秋》中有"黄帝立四面",注家各执一词。有人认为,黄帝使人四面而立以为佐,故曰立四面。有些学者指出,商代的人面方鼎[4],其作成四幅人面的造型装饰形式,应当是与黄帝四面的传说有关。这种人面像浅浮雕,神情严肃,有一股凛然不可侵犯的高贵气质,而且在方鼎上占据如此显要的位置,当然为神主。事实上,黄帝四面的艺术形象在商文化中十

① 林琳:《龙的起源和神话演变》,《文史杂志》2000年第3期。
② 段勇由"君迎牲而不迎尸","祭祀不为尸",推论祭牲的地位高于尸,并进一步推论出饕餮纹的终极象征是"帝"这一结论。参见段勇:《商周青铜器幻想动物纹研究》,上海古籍出版社2003年版,第155页。
③ 林巳奈夫:《所谓饕餮纹表现的是什么——根据同时代资料之论证》,樋口隆康主编,蔡凤书翻译:《日本考古学研究者中国考古学研究论文集》,日本东方书店1990年版,第162页。
④ 谢崇安:《商周艺术》,巴蜀书社1997年版,第62页。

分普遍。出自殷代遗存的陶器中,有做成四只人首的陶塑像,还有作于器盖上的鸟钮四人面,它们与上述的人面方鼎都有着对应的关系。

二、大禹

远古传说大禹(亦称夏禹、戎禹,夏后氏部落首领)属于龙族,龙是传说中的水神。水神是龙神类之中的一种,是鲧之子。据《山海经》及郭璞注记载,鲧偷"息壤"替人间堙塞洪水,被上帝派火神祝融杀死在羽山上,鲧的尸体三年不腐烂,被上帝知道,又派天神用吴刀剖尸,其后化为一条黄龙。[①] 在上古先民的心目中大禹是一位会治水的龙神。"禹"字,《说文》:"虫也。"段玉裁注曰:"夏王以为名,学者昧其本义。"[②]"大禹"的本义实为"大虫",即"句龙"。顾颉刚、童书业二位先生的《鲧禹的传说》认为:"禹"是有足的虫类。据近人考证,确是龙螭之属。[③] 所以,先秦青铜礼器的钟钩,就十分喜用"句龙"的形象(图2—14、图2—15),这实质上是反映了对龙图腾的崇拜。

图2-14　钟钩　　　　　　图2-15　句龙之形的钟钩

闻一多先生详举七事以证"夏为龙族":"传说禹自身是龙""传说多言夏后氏有龙瑞""夏人的器物多以龙为饰""传说夏后氏诸王多乘龙""夏人的姓和禹的名,其字都与龙有关""禹的后裔多属龙族""禹与伏羲同姓"。[④] 传说夏人姒姓,"姒"在古文字中就是龙(蛇)的象形,这是以图腾为姓氏的一个例证。《山海经》

---

① 袁珂:《山海经校注》,上海古籍出版社1980年版,第472、473页。
② 许慎撰,段玉裁注:《说文解字注》,上海古籍出版社1981年版,第739页。
③ 林琳:《龙的起源和神话演变》,《文史杂志》2000年第3期。
④ 闻一多:《伏羲考》,上海古籍出版社2006年版,第33、34页。

中有"有人珥两青蛇,乘两龙,名曰夏后开"[①],"开"即启,为夏禹之子。启在《山海经》中还是歌舞音乐之神,在战国的铜器花纹中就有神人拢龙的形象。战国的一件漆锦瑟乐器上就描绘了夏启的这一形象(图2-16)。

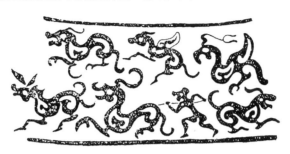

图2-16 神人拢龙纹饰

古史传说中把禹的父亲鲧描绘成一个治水失败的悲剧人物。古文献中有说大禹的父亲鲧治水失败,遭到舜帝的击杀,死后化为黄龙。然而,鲧也因其利民的举措受到夏商周三代人民的祭祀追崇。商周礼器中常见有盘,为祭祀演礼中使用的盛水器,古人认为龙往往与云水有关,神秘莫测,所以在水器中就习刻龙形的装饰纹样,如蟠龙纹,即作成兽面龙身,周边以鱼纹象征水渊,它应当就是三代崇奉的鲧的形象(图2-17)。兽面是一种神圣的王权和高贵的象征,该形象是王者与龙的复合体,即人神合一,身份非鲧莫属。

图2-17 鱼龙纹盘中的蟠龙纹

禹作为水神龙的形象在战国及汉代的文献中也有记载。《孟子·滕文公下》云:"当尧之时,水逆行,泛滥于中国,蛇龙居之,民无所定,……《书》曰'洚水警予'。洚水者,洪水也。使禹治之,禹掘地而注之海,驱蛇龙而放之菹……"[②]《淮南子·精神训》:"(禹)视龙犹蝘蜓。"[③]蝘蜓亦即蜥蜴别称,也是龙类。龙以水神的姿态出现于大禹治水的过程中。在后世传说中大禹的治水工程号称"龙门",大禹依靠众多龙族群体的积极参与和大力帮助,不但治好水患,还曾豢养龙。

三、伏羲、女娲

长期以来伏羲、女娲的身份及其关系问题是中国神话研究中的一个热点。

---

① 袁珂:《山海经校注》,上海古籍出版社1980年版,第414页。
② 焦循撰,沈文倬点校:《孟子正义》,中华书局1987年版,第447—448页。
③ 何宁:《淮南子集释》,中华书局1998年版,第534页。

闻一多曾在《伏羲考》中研究过："伏羲和女娲的名字，都是战国时才开始出现于记载中的。……二名并称者则始见于《淮南子·览冥》篇，也是汉代的书。"①在此文中，作者提到了关于伏羲和女娲的身份有三种学说：兄弟说、兄妹说和夫妇说。同时也论述了近代一些图像的发现与研究："这些图像均作人首蛇身的男女二人两尾相交之状，据清代及近代中外诸考古学者的考证，确即伏羲、女娲，两尾相交正是夫妇的象征。……在许多边疆和邻近民族的传说中，伏羲、女娲原是以兄妹为夫妇的一对人类的始祖。"②伏羲、女娲的神话传说在先秦的美术图像中得到了验证，而同时，正是由于先秦美术图像中"人首蛇身的男女二人两尾相交"的存在，神话传说反过来论证了图像中的人物存在："则二人中之一人为伏羲，自不成问题，因而诸家考释的重心大都皆在证明其另一人为女娲。他们所用的证据，最主要的是诸书所屡见提到的伏羲、女娲人首龙身（或蛇身）之说，与画像正合。总之，……是由确定图中另一人为伏羲的配偶女娲，因而证实了二人的夫妇关系。"③有关学者对《楚帛书》的释读向我们展示了战国中晚期在楚地流传的伏羲女娲创世神话的文本。它确认了伏羲女娲的配偶型创世神的身份，从而将伏羲女娲神话的文本记录时间上限提前到了先秦时代。"在传世先秦古书中似乎没有伏羲女娲关系的明确记载，甚至最早出现伏羲的《易·系辞》却不及女娲，最早出现女娲的《楚辞·天问》却不及伏羲，以至于使人怀疑二者初不相干。随着山东嘉祥武梁祠、河南南阳、四川郫县等地汉石画像中大量人首蛇身（或龙身）交尾状伏羲女娲像的发现与考定，多数人会相信伏羲女娲的配偶关系来源颇古，但材料上限毕竟不出有汉。现在，我们知道楚帛书的雹虡、女填即伏羲女娲，就可以将他们的配偶关系明确上推至先秦时代了。"④张光直在《中国青铜时代》中提到，据说安阳出土商代木雕中就出现了交蛇图案，似乎是东周楚墓交蛇雕像与汉武梁祠交蛇像的前身。⑤ 张斯鹏认为，若是如此，则"中国的交蛇崇拜至少可以逆溯至商代，不过，是否当时即已具体为伏羲、女娲二名，则尚有讨论之余地。"⑥

关于伏羲和女娲的神话传说有很多。伏羲氏，《周易·系辞》云："古者包牺（伏羲）氏之王天下也，仰则观象于天，俯则观法于地，观鸟兽之文与地之宜，近取诸身，远取诸物，于是始作八卦，以通神明之德，以类万物之情。作结绳而为网罟，以佃以渔，盖取诸离。"可见伏羲是父系氏族时代的一位创八卦、发明渔网的杰出首领。伏羲还会作曲、制作乐器，《世本·作篇》云："伏羲作瑟，伏羲作琴。"《世本·帝系篇》又载："伏羲乐曰《扶来》。"《楚辞·大招》云："伏戏《驾辩》，楚《劳

① 闻一多：《伏羲考》，上海古籍出版社 2006 年版，第 3 页。
② 闻一多：《伏羲考》，上海古籍出版社 2006 年版，第 4、5 页。
③ 闻一多：《伏羲考》，上海古籍出版社 2006 年版，第 5—6 页。
④ 陈斯鹏：《楚帛书甲篇的神话构成、性质及其神话学意义》，《文史哲》2006 年第 6 期。
⑤ 张光直：《中国青铜时代》，生活·读书·新知三联书店 1999 年版，第 374 页。
⑥ 陈斯鹏：《楚帛书甲篇的神话构成、性质及其神话学意义》，《文史哲》2006 年第 6 期。

商》只。"王逸注曰:"伏戏,古王者也,始作瑟。《驾辩》《劳商》,皆曲名。言伏戏氏作瑟,造《驾辩》之曲。"《世本·作篇》也载:"伏羲制以俪皮嫁娶之礼。"伏羲的主要贡献有:作八卦、作琴瑟、制嫁娶、结网罟、养牺牲。①

古代文献中最早出现的女神是女娲。女娲实是汉族文化中的创世大神。《说文解字》:"娲,古之神圣女,化万物者也。"②可见,女娲是一位女性始祖神。女娲有补天、立地、息洪水、除蛟龙、化育万物之功。在《楚辞·天问》里提到女娲:"登立为帝,孰道尚之? 女娲有体,孰制匠之?"③《山海经·大荒西经》云"有国名曰淑士,颛顼之子。有神十人,名曰女娲之肠,化为神,处栗广之野,横道而处",郭注云:"女娲,古神女而帝者,人面蛇身,一日中七十变,其腹化为此神。"④同时为造人之神、皋媒之神,可以说,女娲身兼"创世"及"文化"英雄的身份。因而《列子·黄帝篇》云:"庖牺氏、女娲氏、神农氏……有非人之状,而有大圣之德。"⑤

上述众多的文献都提到了伏羲、女娲,那伏羲、女娲的原始形象究竟是什么呢? 闻一多的《伏羲考》一文,精详论证伏羲及女娲实系远古民族的龙蛇图腾。这方面有后世大量美术图像可作为相关佐证,比如汉代以后出现的大量"人首蛇身"或"人首龙身"的伏羲女娲图⑥,再向前追溯,先秦也已经有这方面的美术记载。商末周初的人面蛇身盉被认为是远古民族蛇图腾崇拜的一个代表(图2-18),图中的造型,与"女娲古神女而帝者,人面蛇身,一日而七十变"的记载相合。

图2-18　人面蛇身盉

战国曾侯乙墓中有的箱盖边端,画有相互缠绕的人面蛇身形象,这一形象为远古的伏羲、女娲。同时箱画上天文图像穿插此神话,也有日月合璧、阴阳交会之含义,这与传说中伏羲、女娲主宰日月,是繁育人类的先祖吻合。曾侯乙墓五弦琴尾端琴面上的"人面神"图像(图2-19),两个"人面神"大同小异,肩和上肢由二龙(蛇)组成,似手舞双龙(蛇);下肢也作双龙,胯下则是两条双首龙蛇互相缠绕成"8"形。有学者指出这图的特点是:二神均为人面蛇(龙)躯;虽然是两个神,他们的关系很密切,图虽是画成两个分开的独体,但在下面一个神的底部,画

① 这段参考郭德维:《曾侯乙墓五弦琴上伏羲和女娲图像考释》,《江汉考古》2000年第1期。
② 许慎:《说文解字》,中华书局1963年版,第260页。
③ 洪兴祖撰,白化文等点校:《楚辞补注》,中华书局1983年版,第104页。
④ 袁珂:《山海经校注》,上海古籍出版社1980年版,第388—389页。
⑤ 杨伯峻:《列子集释》,中华书局1979年版,第83—84页。
⑥ 详见本书第四章第二节伏羲女娲母题部分。

了一道分隔线,将他们和别的图案分隔开来,表明此二神在一个区间,是一起的;此二神的面部不一样,一个绘了胡须,说明为男性,另一个未绘,就很可能是女性;二者躯体相同,表明同躯;此二神绘于五弦琴上,他们可能与乐器有一定的关系。根据伏羲和女娲在书籍中记载的形象、功绩等一系列的史料推证,"下部的人面神当为伏羲,他嘴上有胡须,他比上部的神画得瘦而高,正显出男子的特征;上部的神相对要矮而胖,没有胡须,显出女子的特征,故上部的神当为女娲。这样我们完全有理由断定,五弦琴上所绘的正是伏羲和女娲像"①。

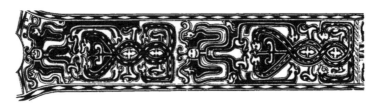

图 2-19　"人面神"图像

也有学者在自己的著作中探讨了伏羲、女娲的形象。陆思贤在《神话考古》中考据女娲为生育神。通过考古踪迹推断红山文化裸体孕妇是天地开辟之神,至少是红山文化古城古国的开辟神,与女娲"阴帝"的身份是吻合的,据此推断红山文化裸体孕妇为女娲神。(图 2-20、图 2-21)

　　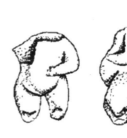

图 2-20　女神头像　　　　图 2-21　裸体孕妇像

这一论点得到了很多学者的呼应,如逯宏认为:"一号女神头像的下身部分在迄今为止'尚未发现'。其实,一号女神像并非没有下身,也许只是人们不认识她的下身:考古报告中提到了一种奇形怪状的'乳丁泥团构件'。原报告称之为'建筑构件'。但是,这块'乳丁泥团构件'的表面呈'漫圆形',有很强的肉感,与其它建筑构件'平直'的特征明显不同。所以,'乳丁泥团构件'未必是建筑构件,而更有可能就是一号女神像的下身残体——因为一号女神像最有可能就是'人

---

①　郭德维:《曾侯乙墓五弦琴上伏羲和女娲图像考释》,《江汉考古》2000 年第 1 期。

首蛇身'的始祖神'女娲'的塑像。"①

陆思贤在《神话考古》中还论述了女娲、伏羲作为生育神与被喻为生育象征的猪的形象之间的联系:"徐旭生先生怀疑豨韦就是女娲,因'女娲一名女希',甚确。希音晞,意为晞明之光。光气,如黎明前朦胧中的晨曦,与华胥、气母义例可通。但这位豨韦氏,与神话中的'封豨'有密切关系,是现实生活中的猪。"②(图 2-22)

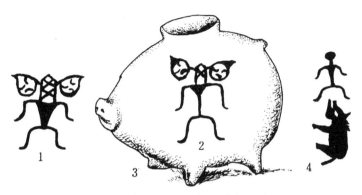

图 2-22　1、2 金文豨韦神像　3.猪形陶罐　4.金文"天猪"

上面提到伏羲是父系氏族时代的一位创八卦、发明渔网的杰出首领。西安半坡村出土的"人面网纹盆"是仰韶文化具有代表性的作品,其图案由"人面"和"渔网"组成,极有可能就是表达了人们对发明了渔网的伏羲的纪念。该彩陶盆上的"人面"带有类鱼形的装饰,与这一地区的原始居民的"鱼"图腾也是一致的。

"这是一件马家窑文化马厂类型的彩陶罐,人面采用浮塑凸出器表,一看是女性的头像,生育神应该是女性的,伏羲的原貌也应是女神;这头像的额上生角,是表示籽种的芽角,所以,这人头就代表了一粒籽种;她的下面是枝杆纹,是表示这颗籽种即将成为一棵茂盛的植物;但周围都是阴影,表示籽种还在土中;但阴影中有齿状的光芒纹,即羲光纹,应表示阳光雨露滋育着物的萌芽,故陶罐的右侧,画通亮的光芒纹;待籽种冒出地面,也便是伏羲氏诞生了。"③(图 2-23)

图 2-23　马厂类型的彩陶罐

商周出现的玉琮是祭地的礼器,它和女娲

① 逯宏:《"女娲补天"神话与"红山文化"考古关联之探析》,《鞍山师范学院学报》2006 年第 5 期。
② 陆思贤:《神话考古》,文物出版社 1995 年版,第 23 页。
③ 陆思贤:《神话考古》,文物出版社 1995 年版,第 30—31 页。

也有着千丝万缕的联系。《周礼》一书记载玉琮与女性相关：《春官》记"黄琮"用以祭地。《玉人》中记载"驵琮五寸，宗后以为权，大琮十有二寸，射四寸，厚寸，是谓内镇，宗后守之。……瑑琮八寸，诸侯以享夫人"。《周礼》的说法或有所本，由女性手镯发展而成的琮，在观念上与地母观念一致。在古代阴阳观念中，女性与方形大地同一属性，女性手镯变而为方柱体玉琮，遂使母性女神崇拜与滋生万物的大地之神合而为一。这种观念和传说中的创始女神女娲手执方矩也是相通的。[1]

四、西王母

较之中国神话传说中其他的女神形象，西王母在民间文学中更为人所熟识。故鲁迅在论及中国的神话与传说时说："中国之神话与传说……常引为故实者，有昆仑山与西王母。"[2]《山海经》关于西王母有三处记载："又西三百五十里，曰玉山，是西王母所居也。西王母其状如人，豹尾虎齿而善啸，蓬发戴胜，是司天之厉及五残。""西王母梯几而戴胜杖，其南有三青鸟，为西王母取食。在昆仑虚北。""西海之南，流沙之滨，赤水之后，黑水之前，有大山，名曰昆仑之丘。有神——人面虎身，有文有尾，皆白——处之。其下有弱水之渊环之；其外有炎火之山，投物辄然。有人戴胜，虎齿，豹尾，穴处，名曰西王母。"[3]

陆思贤在《神话考古》中论证了西王母的原型是虎，是人格化的"虎神"，或"虎豹之神"，并将西王母与女娲做比较，认为"人面蛇身"的女娲是"春神"，是"生育神"，而西王母是"秋神"，是"刑杀之神"，是"死神"。[4]

发现于我国西部地区马家窑文化的虎装人形纹彩陶装饰（图 2 - 24），可以印证上述观点。人头虎装彩陶器盖，盖钮塑成人头形，扁平猫头状脸面，满脸画垂直虎面条纹，头上突起两角类似猫科类的两个立耳，可称为人头虎面装，后脑下塑一条蠢蠢欲动的蛇，其实也可称为人头虎面龙尾。

图 2-24　虎装人形纹彩陶装饰

山东龙山文化玉雕上的神人纹的主要特点就是在人面的口部添加上野兽的獠牙。这和西王母"状如人，豹尾虎齿"相吻合。这种形式发展到商周时代，其结构变得更为规范严谨，冠饰显得更为典丽庄严，只是突出兽形獠牙和珥饰的特征不变。[5]

[1] 王朝闻：《中国美术史·夏商周卷》，齐鲁书社 2000 年版，第 190 页。
[2] 鲁迅：《中国小说史略》，上海古籍出版社 1998 年版，第 7—8 页。
[3] 袁珂：《山海经校注》，上海古籍出版社 1980 年版，第 50、306、407 页。
[4] 陆思贤：《神话考古》，文物出版社 1995 年版，第 108—119 页。
[5] 谢崇安：《商周艺术》，巴蜀书社 1997 年版，第 76 页。

五、太阳神

《诗经·商颂》有云:"天命玄鸟,降而生
商。"[1]来自东边商民族的祖先契,因其母吞食
鸟卵而出生。商族历史上受到特别尊崇的重
要人物王亥,其名"亥"的甲骨文结体中也显
示鸟图腾的象形:王亥的"亥"从亥从鸟,头上
有鸟的象形。"亥"分别出自共计甲骨 8 片、
卜辞 10 条中,其结体虽不尽相同,都无一例
外地把鸟形置于"亥"的头上(图 2-25),证明
商人认为上甲以后的诸王,不仅是王亥的子
孙,还是"受之天命"的商人始祖玄鸟的直系

图 2-25 殷祖王亥与神鸟合一之象

后代。甲骨文"亥"所体现的视觉意象,在商代玉器造型上亦复现。

《山海经·大荒东经》说:"有人曰王亥,两手操鸟,方食其头。"天津艺术博物
馆的一件商代玉佩,其图案即作成鹰攫人首,鹰的双翅又连着人的两臂之奇异造
型(图 2-26)。这一造型符合上述文字,体现了神鸟与人王合一的关系。商代
此类祖神崇拜,人与神鸟合一的造型很多。东夷民族也有以鸟、太阳、月亮、扶桑
为主体的图腾体系(图 2-27)。太昊是古代东夷部族的领袖人物,在神话传说
中,他是东夷部族崇拜的太阳神。关于少昊的文献记载较多,学者们考证其分布
区域是"以曲阜为中心的鲁中南地区"以及"鲁北中部地区"。太昊与少昊是同源
部族。相传少昊为嬴姓,太昊为风姓。太昊属于东夷族,东夷族的最高图腾本为
燕(即玄鸟),其神化形态即是凤。嬴姓之"嬴"非常有可能是"燕"的转音,如果这
样,那么它同风姓源出于"凤"。在东夷族的图腾中,在有些情况下,鸟就是太阳,
太阳就是鸟。

图 2-26 鹰攫人首玉佩

图 2-27 飞鸟负太阳纹

---

① 程俊英:《诗经译注》,上海古籍出版社 1985 年版,第 678 页。

太昊作为太阳神,其形象也是多变的。在神话传说中,太阳神还经常以鸟的形象出现。《山海经·大荒东经》中记载了"五采之鸟","日五色"与"五采之鸟"有共同之处,而"五采之鸟"又称"凤鸟",或许是暗示太阳神幻化成为鸟的形象来护佑其子孙。《左传·昭公十七年》:"少皞挚之立也,凤鸟适至。"童书业在《春秋左传研究》中分析:"太皞风姓之'风',即'凤'(甲骨文及古书中均有证)。少皞之立,凤鸟适至,二皞之世必相继。"[1]太昊以"风"为姓,实际上暗示了太昊与凤鸟的密切联系。太昊作为太阳神,其形象正是凤鸟。由此可见太阳神太昊常常以鸟的形象出现在其崇拜者的面前。带有鸟图腾柱图案的背壶也能够印证这一点,"这个图案的中心画一个大圆点,表示鸟的身体,又象征太阳,顶上伸出一个向左侧视的长喙鸟头,两侧用芒刺纹表示对称展开的翅膀,下面是两分叉的羽尾;这是扑翅待飞的鸟,且在左右张望,有雄鹰展翅之意,称它'太阳鸟'"[2](图2-28)。

图2-28　太阳鸟图腾柱

图2-29　玄鸟妇壶合文

总之,神话里的太昊、凤鸟、太阳神,它们的形象与其内涵是相互融合的,三者之间相互幻化,表现了东夷族的太阳崇拜。鸟图腾崇拜也是太阳崇拜的一种表现形式。龙山文化鬼脸足陶鼎,其三足酷似鹰头,塑出圆睁的双眼和坚利的喙部,俗称"鬼脸足"。另外,出土的商代晚期贵族墓群中的玉鸟和铜器上,也有很多鸟纹装饰。这些都是东夷部族鸟图腾崇拜的直接证据。

玄鸟妇壶为著名的商代青铜礼器,其上镌刻了一幅奇特的画像,古文字学家将之定为"玄鸟妇"三字的合文。看上去,是一位跪坐的女性,其头上的神鸟正衔着两个鸟卵一样的东西。它显然跟商人女祖简狄吞鸟卵而生下开国始祖契的神话传说有关。(图2-29)

商代裸女容器,有学者认为就是商人女高祖简狄,也即生育之神高禖的化身。"商人女祖简狄由于商周文化与民族的混同,所以后来也就成了贵族崇祀的祖母神和媒神。周初陆妇簋铭文,就记载了陆国贵妇为求子而向高禖之神铸献

---

① 童书业:《春秋左传研究》,上海人民出版社1980年版,第3页。
② 陆思贤:《神话考古》,文物出版社1995年版,第71页。

青铜礼器的史实,它与上述的裸女容器都具有同样的原始宗教功能。"①

连云港将军崖岩画中的太阳神群像,以人面鸟喙为主。群像各有自己的神态,表示的不是一种鸟类。有的神态温和,有的人面圆嘴歌唱,有的脸面似倒置,眼在下,嘴在上,有的构图很简单,用两个圆点一根短线就表示了眼和嘴。这些不同的神态,表示每位太阳神各有自己的个性。②

江西新干大洋洲出土玉羽人③与东夷文化深有渊源。玉雕羽人为叶蜡石制作,作侧身蹲踞状,鹰钩鼻粗眉,"目"字形大眼,戴鸟状冠,冠后垂三个用透雕手法制作的环链,下体雕出羽翼和鳞片纹。除了眼睛,其造型和装饰都与殷墟出土玉人不同。《墨子·非攻下》说:"有神人面鸟身,若瑾以侍。"徐旭生解作:高阳授命大禹征三苗时,句芒神手捧玉圭在高阳旁边侍立。④《山海经·海外东经》说:"东方句芒,鸟身人面。"《墨子》和《山海经》中所描绘的"鸟身人面"模样,与新干大墓所出玉雕羽人近似。又有湖北江陵天星观2号楚墓出土木雕漆羽人⑤,羽人人面鸟喙,双手前伸;羽人体后有一扇形鸟尾,双腿刻羽纹,双足为鸟爪,立于一凤鸟首上,凤鸟两腿弯曲。同墓的还有一蟾蜍和木雕鸟翅,很可能羽人、凤鸟、蟾蜍是上下套合的完整艺术品,它体现了战国贵族死后羽化登仙的追求。

六、后羿射日

《山海经·海外东经》说:"汤谷上有扶桑,十日所浴,在黑齿北。居水中,有大木,九日居下枝,一日居上枝。"《山海经·大荒东经》记载:"汤谷上有扶木,一日方至,一日方出,皆载于乌。"⑥《淮南子·本经训》中写道:"逮至尧之时,十日并出,焦禾稼,杀草木,而民无所食。猰貐、凿齿、九婴、大风、封豨、修蛇,皆为民害。尧乃使羿诛凿齿于畴华之野,杀九婴于凶水之上,缴大风于青丘之泽,上射十日而下杀猰貐,断修蛇于洞庭,禽封豨于桑林。万民皆喜,置尧以为天子。"⑦

战国曾侯乙墓中有一衣箱,箱盖上有图像和文字,一端绘两排蘑菇状云纹,余下部分又在中间再绘相对的蘑菇状云纹;另一端两侧各绘两株高大的树,共四树,分别有九至十一枝,每个枝头各有太阳形符号,其中两树上歇息二鸟,两树上站立二兽(一兽为人面),地面上下两处有弋射者,盖尽端有两条缠绕在一起的双首人面蛇。

对此有学者考释为后羿射日。箱画所绘在扶桑树端站立之鸟为日中乌,日

① 谢崇安:《商周艺术》,巴蜀书社1997年版,第62页。
② 丁义珍:《连云港市孔望山摩崖造像调查报告》,《文物》1981年第7期。
③ 邵学海:《先秦艺术史》,山东画报出版社2010年版,第196页。
④ 徐旭生:《中国古史的传说时代》,文物出版社1985年版,第102页。
⑤ 邵学海:《先秦艺术史》,山东画报出版社2010年版,第369页。
⑥ 袁珂:《山海经校注》,上海古籍出版社1980年版,第260、354页。
⑦ 何宁:《淮南子集释》,中华书局1998年版,第574—577页。

形符号代表"日",即由日中乌变化而成的符号栖于树上,十日分别轮值,烈日当空,灼焦禾稼,民不聊生。后羿仰天控弦,张弓射乌,以一只日中乌"堕其羽翼",概括表示射死九日,民以得生。另一树上作人面、兽身、赤色的怪物是有待射杀的猰貐,和它相对的那匹野兽,当是凿齿和封豨之属,两条大蟒是被后羿斩于洞庭的修蛇。古人常将日与月相连,箱画一端画有"后羿除日害",另一端似为"后羿除月害"。矮树上站立之兽,头身似虎,尾短似兔。《左传》中有"楚人……谓虎於菟"①。《说文》新附字:"楚人谓虎为乌㦎。"②㦎与树上似虎似兔之兽相似,此兽似为食月之猰貐,即《淮南子》所说的为羿所杀之猰貐。也有人认为,这幅漆画中的树有高矮之别,高树上金乌象征太阳,矮树上的兽象征玉兔,矮树就是桂树,双首人面蛇是伏羲和女娲。衣箱上的天象符号结合了神话图画,既反映自然对人类的威慑力,又体现借助神话人物寄托征服自然的愿望,将日月、神人融入其中,以表现天地阴阳、日月精华所包含的广袤深邃的内涵。至于图中"特别突出的蘑菇状云纹,或许与天地观念有关,下端的平弧形代表地,上方的卷云代表天,中间是天柱。它或许与昆仑山的神话有关,昆仑山之神奇并不在其高,而是它连通天地的作用。在一些文献中都有这方面记载,《十洲记》:'昆仑号昆陵,……形似偃盆,下狭上广,故名曰昆仑。……此乃天地之根纽,万度之网柄矣。'……《神异经》:'昆仑之山有铜柱焉,其高入天,所谓天柱也。'"③

　　1992年湖北沙市喻家台战国墓出土漆瑟彩绘④,其上绘画也似后羿射日的题材。瑟端画红黄色龙凤,其中一片漆画上除一只腾空的大鸟,还画有两树,左边一棵树上立有两只鸟,树下另立有一鸟。树上稍大的鸟衔有一蛇。右边一棵树上又画有两鸟,由于色彩暗淡,不易辨识。另有一片漆画上画有一凤鸟和一蛙形人,两旁画有龙蛇。据推测,这些绘画可能都与日月神话有关。

七、其他神话人物

　　长沙著名的楚帛画中间为文字,四周为图像。⑤《楚帛书》讲到开天辟地,再叙及定山陵、通洪水、成四时的过程。图像为十二个形式怪诞的神像与四棵树,上下左右,每边各为三个神,为一至十二月的神,神像都是非现实的奇异形状,多数都罕见于它处,有人面鸟身、长双长角者,有三头共一身者,有双蛇身者,有四头共二鸟身者,有鸟头兽身者,有犄角似牛者,等等,每个神像都由至少两种形象元素混合而成。图画是象征时序(四季)方位的灵物,它以四季分居四方,再以四

---

① 杨伯峻:《春秋左传注》,中华书局1981年版,第683页。

② 许慎:《说文解字》,中华书局1963年版,第103页。

③ 李淞:《远古至先秦绘画史》,人民美术出版社2000年版,第231页。

④ 邵学海:《先秦艺术史》,山东画报出版社2010年版,第398页。

⑤ 李淞:《远古至先秦绘画史》,人民美术出版社2000年版,第242页。

木表示四维,共同构成四方八位,十二神是一种与六壬十二神作用相似的"转位十二神",各有所当辰位,每个"值神"皆有题记;图中墨书则叙述了天象与人间灾祸的关系,四时和昼夜形成的神话,还涉及女娲、炎帝、祝融等时人信仰的神灵。画中艺术形象神秘、富于变化和幻想,文字交错铺陈。

曾侯乙墓棺椁图案中有神兽、卫士、动物纹,形象怪诞,琦玮谲诡。① 四面图像相互联系而又有区别。漆画图像大致可以分为三类:一是神像,分布在各处的众多正面角度的人兽混合形象;二是神兽像,以蛇、鸟、龙居多;三是卫士像,分布在两侧。

"如何理解这些图像?有学者将它们和《山海经》等文献进行对比,一一指出具体身份。如神像中有的出现鸟爪,认为这种像是《山海经》中所提到的水神禺疆,寓有镇水辟邪祈求获得禺疆呵护的目的。有的似蛇身,应为文献中屡屡提到的照耀太阴的烛龙。而人面蛇躯、头生两枚长角的是能平水土的'土伯'。那种立式的神像是死而复生的无启,漆画中出现此像,与祈望死者得以死而复生、长生不老的升仙思想有关。卫士像,认为其中人面兽身的一种形象是头戴熊首假面的古代'傩仪'中的方相氏,出现在打鬼的仪式中,而羊首怪物则是由百隶装扮的神兽。从《周礼》等文献可知,方相氏是傩仪的头领,其扮相是蒙熊皮或戴铜质的熊头面具,手执戈盾,率领由百隶扮演的神兽,通常于冬季进行盛大的驱鬼逐疫仪式。画在此处之意,寓有辟除不祥、祈求死者遗体免遭残害的目的。……人面鸟身的神像是羽人,旨在接引并卫护死者的灵魂升仙。在神兽像中,羽人上方的四只大鸟是灵魂升天的驾驭物——鸾凤,其他还有朱雀与白虎、啖蛇的秃鹙,以及鹿、穿山甲等动物,呈现了如《楚辞·招魂》所说的'蝮蛇蓁蓁''封狐千里''豺狼纵目,往来侁侁'的景象。"②

曾侯乙墓中衣箱上盖面和三个立面有绘画。盖面上画了四兽,均作回首反顾状,四兽之下描绘云纹。一侧立面描绘两兽相对,一兽背部绘一鸟伫立,另一兽的上方绘一鸟展翅,鸟后一人揪住鸟的尾巴,另一手持棍,似在打击飞翔的鸟。鸟的上下有圆点。考古报告认为:圆点是太阳,鸟或为日中金乌,后面击打者可能是夸父,画题为夸父追日图。(图2-30)③

图2-30 夸父追日图 随州曾侯乙墓

① 李凇:《远古至先秦绘画史》,人民美术出版社2000年版,第235、237、238页。
② 李凇:《远古至先秦绘画史》,人民美术出版社2000年版,第239—240页。
③ 邵学海:《先秦艺术史》,山东画报出版社2010年版,第397页。

《山海经》中有多处提到操蛇的神怪和鸾鸟："又东一百五十里,曰夫夫之山……神于儿居之,其状人身而身操两蛇,常游于江渊,出入有光。""洞庭之山……是多怪神,状如人而载蛇,左右手操蛇。""雨师妾在其北,其为人黑,两手各操一蛇,左耳有青蛇,右耳有赤蛇。"①"西海陼中,有神人面鸟身,珥两青蛇,践两赤蛇,名曰弇兹。""北海之渚中,有神,人面鸟身,珥两青蛇,践两赤蛇,名曰禺彊。""又有神衔蛇操蛇,其状虎首人身,四蹄长肘,名曰彊良。""开明西有凤皇、鸾鸟,皆戴蛇践蛇,膺有赤蛇。"②战国铜器上的这些与蛇有关的神怪之像,并不是某一种神的特征,而是一种神性的标志。也有日本学者指出,这些神像均是让人恐惧、具有威力之神。战国有翼神像③,神像为正面的人脸,五官俱全。头顶有双角,角为蛇行,鸟身,有双翼,两手为曲线形,各握一蛇。神像左右各立一神鸟,神鸟有长冠似鹿角,双足抓一蛇。又有射鸟图④,图为一人首鸟身的神怪手挽弓箭射杀一巨鸟,神怪和巨鸟头形相同,神怪似系有冠形饰,着短裙,小腿后有一尖状突出物。神怪与巨鸟之间,有圆形,似为太阳,下有两只方向相反的两足虬。

先秦神话人物在先秦美术中是有迹可寻的,先秦美术中的纹样、色彩、符号、图像,如云气纹、鸟纹、太阳纹等与神话传说密切相关。

"就现有的考古学成果来看,原始图像包括人体装饰、陶器纹饰、史前雕塑和原始岩画等,题材涉及自然和社会、天文和地理、狩猎和农事、祭祀和礼仪、生殖和战争。它们和语言的关系明显地表现为'以图言说'的特点,即用图像表达人类的所见所闻、所知所行、所想所信。也就是说,图像应当是原始先民的最主要的语言符号(并非所谓'结绳记事')。这就是'语—图'关系在口语时代的基本体态——'文图一体'。"⑤先秦美术的纹样符号承载了现象世界的大量信息,并承担了分类、归纳、概况、综合、抽象等高级思维任务,原始先民"观物取象",通过这些形象符号来反映、认识、解释、理解现象世界,非常具有直观性,形成了一种特有的"直观抽象"——以形象思维为主、抽象思维为辅的思维方式。而在表象思维的基础上,运用"直观抽象"顿悟因果关系,成为中国人思维的基本法则,同时也决定了中国传统艺术,特别是平面描绘艺术,自诞生起就具有丰富的人文内涵。先秦美术中形式与风格的迁演也影响了中国传统艺术精神,对宇宙及人生的关照,取一种俯视自然的态度。⑥

古夷人将对太阳的崇拜与对自己部族的领袖崇拜合二为一,太昊成为部族

---

① 袁珂:《山海经校注》,上海古籍出版社 1980 年版,第 176、263 页。
② 袁珂:《山海经校注》,上海古籍出版社 1980 年版,第 401、425、426、299 页。
③ 李淞:《远古至先秦绘画史》,人民美术出版社 2000 年版,第 168 页。
④ 李淞:《远古至先秦绘画史》,人民美术出版社 2000 年版,第 170 页。
⑤ 赵宪章:《文学和图像关系研究中的若干问题》,《江海学刊》2010 年第 1 期。
⑥ 参考冯天瑜:《中华元典精神》,上海人民出版社 1994 年版,导论、结语、第 3 章第 2 节等。

的太阳神。"事实上,还在大汶口文化早期阶段,海岱地区彩陶纹样母题中多见的圆点和圆圈,已透露出清醒的太阳文化意识。……大汶口文化晚期,大汶口遗址出土的彩陶背壶、双鼻壶和彩陶罐上的黑白同心圆及红色大圆点,更一向被认为是典型的太阳纹饰。""王因、大墩子彩陶都见到一种毛边菱形的纹样母题……其毛边是光芒状,中间的菱形有可能是太阳的变形,或者菱形加毛边象征太阳照耀大地。"①用良渚文化十件玉器上的刻画符号可以证明早在良渚文化时期中国已有创世神话。董楚平在《中国最早的创世神话》中认为这些玉器上大多绘有鸟、山、日、月的刻画符号,他联系《述异记》所载盘古死后化生时"头为四岳,目为日月",认为"盘古开天,属卵生神话、'宇宙蛋'创世神话"。他还断言良渚玉器上的图案反映了当地先民的创世神话观念,勾画的是一幅宇宙模式:"半球形的天穹,盖着周边圆形的大地,天地吻合。天地间有高山连接。这种宇宙模式,符合上古时代人类对天地的直觉印象,也符合《山海经》等文献的宇宙观。"②虽然对这些刻画符号的释读目前在学术界意见尚不一致,但可以反映出,这些和先秦神话传说存在千丝万缕的内在联系。

先秦美术中的造型也和神话传说联系密切,像饕餮、肥遗、夔、龙、虬,这些神怪动物的名字,都是在神话记载中出现过的,很多造型本自犀、象、牛、羊、鸱鸮等形象,却又非一般的鸟兽,而是一种神物,其形象的构成是多种动物特征的综合体。今人约定俗成地使用其为动物纹样的名字,但是是否当时古人也这样称呼他们,不得而知。例如"鸱鸮以蟠蛇为翼,羊以大乌为肩,象以饕餮为四腿,由于集中了不同动物的特性,因而也就是超凡的了。而设计者至此犹未满足,总是在器身上满满地施加各种纹饰,造成神秘的幻象。有的一器之上,纹饰多达一二十种"③。

江陵出土的虎座飞凤背上插上丫杈的鹿角,产生出双翼扑打不停的奇异幻象,江陵马山楚墓所出的各种丝织品、刺绣,凤舞龙飞,与《楚辞》一样,充溢着浪漫主义神话色彩。此外还有大小禽鸟、龙蛇、夔、象、蝉等,抽象的圆涡纹、四瓣花纹、云霄纹等与神话密切相关。除了这些符号、纹样、造型,有的先秦美术图像直接以神话为表现内容,如三足乌、月中蟾蜍、卜辞中的"东母""西母",《山海经》中的有关帝俊、羲和的形象,伏羲女娲传说,盘古开天辟地的传说以及天灾与救世的神话。这些源自神话故事的绘画图像也遍布铜器、石刻画像、建筑装饰等美术类型,为先秦美术提供了素材。先秦美术与先秦神话传说人物的关系并不仅仅是反映与被反映的关系,同时也有相互印证的关系。如伏羲和女娲的传说,很多学者从先秦美术中找到了印证先秦典籍中的有关伏羲、女娲的形象描述,而同

① 张富祥:《东夷文化通考》,上海古籍出版社 2008 年版,第 99—101 页。
② 董楚平:《中国最早的创世神话》,《杭州师范学院学报》1998 年第 2 期。
③ 王朝闻:《中国美术史·夏商周卷》,齐鲁书社 2000 年版,第 20 页。

时，正是由于先秦美术图像中"人首蛇身的男女二人两尾相交"的存在，神话传说反过来论证了图像中的人物存在。

史前至战国早期，先秦美术绘画几乎都是"地毯式"构图与"剪影法"造型：画面充实，内容填满整个器物，塑造物象的大致轮廓，给人一个似是而非的意象。铜器和漆器画像大体如此，作品显得饱满充实。这种类似平面装饰的审美趣味在当时主导着绘画活动。

以曾侯乙墓为例，其中漆棺的图案很复杂，但是设计并不严密，图案是随手勾勒的，有的力图对称，却未能完全对称，整个画面结构不够严谨。表现人物时，因为通过人物形象表现故事情节，用线就显得力不从心，那么地毯式构图与似是而非的剪影法相结合（因为剪影法造型最大特点就是形体互不重叠），就可以将那些可能谬误百出的线都隐没在剪影中，这样，我们看到的只是一个具有大体关系的外形，即构图的大杂烩与造型的概约性。另外，如撞钟击磬图的钟槌在撞钟者的胸部留下两道阴线，这也证明那时的画家有了前后意识和处理空间的方法，体现了绘画艺术逐渐成熟的迹象。① 绘画艺术的进步，显示了轴心时代的文化特点：一、情感退于次位，理性上升到主位；二、抽象概念渐趋明确、固定，分类也愈加清楚；三、原始思维中那种不受任何规则制约的想象力，逐渐受到一定科学与哲学法则的规范；四、具有从前人积淀的思想资料出发，自觉地进行知识重组的能力。② 曾侯乙墓出土的数件漆衣箱，其上纹样和绘画交错，如夸父追日图、后羿射日图等作为装饰元素与纹样一同起到了美化衣箱的作用。这就说明先秦的绘画艺术已由单纯的"幼童的绘画"向纹样发展，又从纹样发展到"纹间叙事"。先秦的"幼童的绘画"已进化为"少年的绘画"。"这时漆器上的纹样与装饰在风格上无所滞碍，无所轩轾，体现绘画萌出纹样的最初状态。"③其中的绘画还科学地解决了空间存在问题，即立体和透视问题。中国式的透视学是东方文化的精粹，发展到宋代，便以"远"这个概念而代之。

先秦美术是中国传统艺术的开篇和重要组成部分，它深刻影响了中国艺术的基本走势。青铜器上的"元书写"构成了叙事活动的逻辑起点。傅修延在《试论青铜器上的前叙事》中通过对"纹和饰""编和织""空和满""圆和方"和"畏和悦"等五对范畴的讨论，梳理出"前叙事"与后世叙事之间的内在联系。④ 可以说先秦美术是先秦文学"元叙事"的起点。先秦美术的纹饰和造型由神秘走向写实，由单调变为多样，人物与动物性纹饰和造型中的"人"，由被动走向主动，由配角变为主角，这也体现了由"天命不僭"到"天命靡常"的人本主义思想观念一步

---

① 邵学海：《先秦艺术史》，山东画报出版社 2010 年版，第 413 页。

② 冯天瑜：《中华元典精神》，上海人民出版社 1994 年版，第 104 页。

③ 邵学海：《先秦艺术史》，山东画报出版社 2010 年版，第 414—418 页。

④ 傅修延：《试论青铜器上的"前叙事"》，《江西社会科学》2008 年第 5 期，第 24—44 页。

一步形成和确立。

第三节 《诗经·大雅》《楚辞·天问》与壁图

先秦部分文学作品依据壁图而作也是先秦文图关系密切的重要表现。由于时代的变迁，先秦的建筑在今天已不复存在，当时绘制于宫殿墙壁上的壁图早已湮没于历史的风尘，但是通过考察文献资料和出土遗址等我们可以发现：《诗经》和《楚辞》中部分作品的创作与先秦宗庙祠堂中的壁图有很大的关系，这些壁图既有对祖先歌功颂德的"图赞"，也有对神话传说的想象物化，而这些作品则是对这些壁图的摹写。下面将以《诗经》中的《大雅》和《楚辞》中的《天问》为个案分别加以分析。

一、《诗经·大雅》与壁图

《诗经》按照体裁和风格的不同可以分为风、雅、颂三类，其中与先秦壁图关系密切的篇章主要集中在大雅和"三颂"中。大雅三十一篇基本上都属于贵族诗歌，其创作年代大多数在西周前期，也有一小部分产生在西周末期，朱熹认为"大雅"是朝会之乐，风格威仪典重、庄严肃穆。《诗经》中的"颂"分为《周颂》三十一篇、《鲁颂》四篇和《商颂》五篇，颂是宗庙祭祀的乐歌，不但配合乐器，采用典重的乐调演唱，而且带有舞蹈，《毛诗序》称之为"美盛德之形容，以其成功告于神明也"。作为祭祖颂歌和周族史诗的大雅和颂，展示了周代礼乐文明的发达和祭祀文化的流行，先秦时期的统治者重视祭祀，《左传·成公十三年》就曾提出"国之大事，在祀与戎"[①]，保存在大雅和"三颂"中的祭祀诗，大多以祭祖、歌颂祖先为主，或叙述部族发生、发展的历史，或赞颂先公先王的德业，总之是歌功颂德、祈福禳灾之作。

据文献记载，我国最早的宫室壁画出现在商代，《说文·反质篇》引《墨子》佚文说，殷商时期"宫墙文画""锦绣被堂"，而从周代开始，天子宣明政教的明堂周围就已经画有壁图，学者伏俊琏认为商周时期有一种把历史上的著名人物或重要故事图画于庙堂，以供人瞻仰或引以为戒的传统，[②]庙堂也通常被称为"明堂"，根据目前的西周金文资料记载，西周时期已有先祖的画像。我国古代贵族阶层所建宗庙往往绘制先祖画像以供祭祀，据《周礼》等古文献的记载，西周时期的宫殿寝室、宗庙明堂等居室门墙上都有壁图。按照当时的技术水平和礼仪需要，用壁图的方式纪念先祖符合《诗经》"大雅"和"颂"的成文体例。《诗经·周

---

① 杨伯峻：《春秋左传注》，中华书局 1981 年版，第 861 页。
② 伏俊琏：《先秦两汉"看图讲诵"艺术与俗赋的流传》，《天水师范学院学报》2008 年第 6 期。

颂·我将》序云:"《我将》,祀文王于明堂也",《周礼·考工记·匠人》曰:"夏后氏世室……殷人重屋……周人明堂。"可见"明堂"是当时重要政治活动及祭祀典礼的场所,《淮南子》中也有:"文王周观得失,遍览是非。尧舜所以昌,桀纣所以亡者,皆著于明堂。"可见先秦阶段绘制于明堂之上的壁图有其政治、仪式等实际功能。最能说明问题的还有《孔子家语》中的一段描述:"孔子观乎明堂,睹四门墉,有尧舜之容,桀纣之象,而各有善恶之状、兴废之戒焉。"[①]此外还有周公辅成王,召见诸侯的图像,这不仅证明当时有壁图的存在,而且还表明壁图除了担任具有审美功能的艺术角色外,还兼有警示告诫的作用,"经夫妇,成孝敬,厚人伦,美教化,移风俗"的政治教化功能也得到了很好的体现。

目前有关《诗经》与先秦壁图的相关研究较少,主要有北京师范大学李山教授提出的"图赞说",他认为《诗经·大雅》中的《大明》《思齐》《绵》《皇矣》《生民》《公刘》等篇章都是周王大祭祖先之时面对宗庙壁图上祖先人物及其业绩的述赞之辞,并提出了三重证据论证"图赞说"的科学性。[②] 他所提出的三种证据主要表现在:其一,《大明》和《皇矣》中多次出现的"此"和"维此"这两个近指性限定词可以表明诗人面对的是宗庙中的壁图;其二,《大明》《皇矣》《生民》《公刘》部分章节之所以具有强烈的画面感,正是由于它们是宗庙壁图语言拓本的缘故;其三,诗篇表述地理名谓之时显示的方位意识也是图赞说的证据之一。可以说李山的"图赞说"是在细读《诗经·大雅》的文本之后,从微观层面来说明其与壁图的关系的,笔者将着重从大雅中出现的大量状态形容词入手,从语言学的角度分析其确为参照壁图而作的依据,并在此基础上从宏观方面探寻这些作品与先秦壁图之间的文化关联。

《诗经·大雅》的相关篇目中出现了数量众多的名词和形容词作叠根的状态形容词,笔者初步统计如下表:

篇目	名词和形容词做叠根的状态形容词	数量
《文王》	亹亹　翼翼　济济　穆穆	4
《大明》	明明　赫赫　翼翼　洋洋　煌煌　彭彭	6
《绵》	绵绵　翼翼　膴膴　陾陾　薨薨　登登　冯冯　将将	8
《棫朴》	芃芃　济济(2次)　峨峨	4
《旱麓》	济济　莫莫	2
《思齐》	雍雍　肃肃	2
《皇矣》	闲闲　言言　连连　安安　茀茀　仡仡	6

---

① 王肃注:《孔子家语》,上海古籍出版社 2019 年版,第 85 页。
② 李山:《〈诗·大雅〉若干诗篇图赞说及由此发现的〈雅〉〈颂〉间部分对应》,《文学遗产》2000 年第 4 期。

续 表

篇目	名词和形容词做叠根的状态形容词	数量
《灵台》	濯濯 逢逢	2
《生民》	旆旆 穟穟 幪幪 唪唪 叟叟 浮浮	6
《行苇》	泥泥 戚戚	2
《凫鹥》	熏熏 欣欣 芬芬	3
《公刘》	显显 穆穆 皇皇 抑抑	4
《卷阿》	颙颙 卬卬 翙翙 蔼蔼 菶菶 萋萋 雍雍 喈喈	8
《云汉》	虫虫 兢兢 业业 赫赫 炎炎	5
《烝民》	翼翼 肃肃 业业 捷捷 彭彭 锵锵 骙骙 喈喈	8
《韩奕》	奕奕 彭彭 锵锵 祁祁 訏訏 甫甫 噳噳	7
《江汉》	浮浮 滔滔 汤汤 洸洸 明明	5
《常武》	赫赫(2次) 明明 业业 啴啴 绵绵 翼翼	7

由上表可以得知,《诗经·大雅》中出现了相当数量的名词和形容词作叠根的状态形容词,与祭祖颂歌和周族史诗密切相关的18篇中共出现了89次,这些状态形容词或是描摹人物情态,或是形容植物状态,或是细致刻画场景中的画面和声音,总之都是对画面感的刻意强调,表明这些诗篇的作者在创作之时是有所参照的,而参照的对象就是明堂中的祖先画像及歌颂其丰功伟业的场面。

考察大雅与先秦壁图的关系一定还要联系当时的西周文化制度史。孔子曾说:"郁郁乎文哉,吾从周。"在殷礼和夏礼的基础上,周礼更加理性化和文明化,主要有两点表现:

首先,周代对教育的重视程度很高。周代的教育体现文雅、恢宏的气象,它将人的修养放在第一位,主要是培养君子,建立明德观念,《诗经》中的《皇矣》《公刘》《生民》《绵》等篇具有相同的特色。以《皇矣》为例,诗中大力宣扬太王、王季和文王的明德,以王季之德为例,"因心则友,则友其兄""其德克明,克明克类,克长克君",不难看出其教化意义。然而,教育必须要有场所,夏就已有专门的场所,称为校,殷称为庠,周称为序。而公刘时期已出现的明堂,不仅是布政、祭祀的地方,也是教育的地方,教育的直接目的就是培养从政人员,受教育者是贵族子弟,强调他们对祖先之德的继承,为了提高教育的效果,作为传达信息的媒介,图像的教育比口头语言或文本更加具象、直观,因此将明堂之上的壁图作为教化工具符合当时的需求。

其次,周代在祭祀方面的仪式性更强。早期人的意识形态演进是图腾型宗教——神型宗教——帝型宗教的演化,相应的仪式包括图腾型仪式——神型仪式——帝型仪式,进行仪式的地点包括空地——坛台——宗庙,祭祀仪式中的器物包括刻有图腾的器物——虚构神灵的画像——宗庙中先祖、先王的壁画,从对图腾、神灵的崇拜转向对帝王即具体个人的崇拜,上述变化在很大程度源于先民在与自然的相处中,人对自然逐渐具有某一方面的可控性。以农事祭祀为例,中国农业有着悠久的历史,周文化对农耕极为看重,周代祖先后稷对农业的重视以及在农业上取得的伟大成就引导周族的兴起和发展,这样的历史事实在《诗经》中有体现,《大雅·生民》就体现了劳动人民的聪明才智和理想愿望,对后稷功业的赞颂,对周族事业兴旺的讴歌。另外,祭祖颂歌的诗主要是片断叙事,《生民》重点刻画种植谷物和祭祀上帝部分,《绵》中刻画建筑宫室的场景,《大明》中的牧野之战等等,文章的叙述连贯性不强,在故事情节的完整、生动、曲折方面就会有所欠缺,要想激发对祖先的崇敬,除了进行重点刻画,具体直观的场景设置也必不可少,这样才能让人印象深刻,因此先祖的替代物——壁图也就成为祭祀当中不可缺少的事物。

舒里安曾对图画的功能进行过如下评述:"大自然的多样化是更容易安置在图画里而不是在话语里的。当然,话语在信息传输时表达得清晰,有目的指向;然而多样性在话语里更容易失去。……话语有可能比图画真实或更真实,但是,同被现实性大大净化过了的话语比较起来,图画中包含的观点具有更丰富的色彩、更丰富的内容,也更鲜艳夺目。"①作为《诗经》中的祭祖颂歌和周族史诗,单纯的文字化表述转化为内容丰富的壁图可以使意义更加形象化,而隐藏在《诗经》文本和壁图背后的宗周礼乐文明则因文字的记载而更显得发人深省。

二、《楚辞·天问》与壁图

《楚辞》中与先秦壁图关系最为密切的篇章首推《天问》,东汉王逸《楚辞章句·天问序》云:"屈原放逐,忧心愁悴;彷徨山泽,经历陵陆;嗟号昊旻,仰天叹息。见楚有先王之庙及公卿祠堂,图画天地山川神灵、琦玮僑佹(又作谲诡),及古贤圣怪物行事。周流罢倦,休息其下,仰见图画,因书其壁,呵而问之。以泄愤懑,舒泻愁思。"②按照王逸的说法,当时的楚国已经拥有规模宏大的宗庙壁图,屈原的《天问》正是在参观了这些楚先王庙与祠堂的壁图之后有感而发,进而"呵壁"问天的情感流露,"呵壁说"也由此发轫。王逸有关《天问》的题解时代最早,深刻影响了宋代洪兴祖的《楚辞补注》和屈复的《楚辞新注》等著名注本。钱澄之也赞同"呵壁说",他在《庄屈合诂》中评价道:"王逸《小序》甚明,因祠堂壁上画有种种奇怪故事,随其见,一一呵问之。"笔者认为,若要论证《楚辞·天问》与先

---

① 瓦尔特·舒里安著,罗悌伦译:《作为经验的艺术》,湖南美术出版社 2005 年版,第 268 页。
② 黄灵庚疏证:《楚辞章句疏证》,中华书局 2007 年版,第 995—998 页。

秦壁图之间的关系需要明确两个问题：一是屈原时代的楚国神庙与祠堂是否已经具有规模宏大的壁图？二是《天问》是否为屈原依据壁图而作？

有关第一点：战国时期是否已经具有规模宏大的壁图，可以从相关文史资料的记载和近年来的考古新发掘中寻找依据。宜侯矢簋铭文载："武王成王伐商图，遂省东国图。"郭沫若的解释是：两图当是图绘之图，古代庙堂，每有壁画，此所图内容，为武王成王两代伐商，并省其国时事。战国成书的《庄子·田子方》中记载了一个画师"解衣磅礴"的故事，《韩非子·外储说左上》中也有齐王和客关于画犬马与画鬼魅难易的对话，出自《新语·杂事》的成语"叶公好龙"，叙述了好龙者叶公子高"门庭轩庸，皆画龙形"，表明当时确有壁图且技艺水平成熟。李德裕在《重写益州王长史真记》中也谈道："然楚国祠庙，鲁王宫室，暨北邦文翁旧馆，皆图历代卿相，粲然可观。"[1]楚国将历代卿相这种人物画作也绘制于墙壁可能是当时的一种旧制，因此战国时代文化发达的楚国庙堂内有壁图是完全可能的。

从遗存的实迹来看，湖南长沙战国楚墓出土的大量器物和图画表明，楚国文化在战国期间已经发展到了很高的程度。1942 年长沙东郊子弹库出土的楚缯书、1949 年长沙陈家大山楚墓出土的《人物龙凤图》和 1973 年长沙子弹库一号墓出土的《人物御龙图》，浪漫大胆，蕴意深厚，虽然由于资料的匮乏，时至今日我们依然不能判断出这些帛画所讲的神话故事的具体情况，但是这些具有浓郁玄幻色彩的画面构成明显是一个神话场景的展现。其中的《人物御龙图》帛画中部分偶用了金白粉彩，人物用流畅的线条勾描，再施以平涂和渲染，画中龙、鹭、舆盖基本用白描勾勒，它为我们侧面了解先秦金碧辉煌的楚国壁图提供了一定的实证。

有关第二点：《楚辞·天问》是否确实是屈原观照壁图而作？我们需要结合屈原当时的身份经历和《天问》的文本自身来加以分析。根据孙作云的考证，他认为《天问》是屈原在楚怀王三十年秋被流放以后北上流浪，至汉北之前，舟行路过鄢、郢都，在舟停泊时参观了郢故都的楚宗庙见壁画而作，[2]有学者考证，屈原曾经掌管楚国公族屈、昭、景三氏谱牒，主持宗庙祭祀典礼，因此我们可以断定他对宗庙祠堂具有相当丰富的背景知识，屈原在《离骚》中有一段涉及身世的描写："纷吾既有此内美兮，又重之以修能。扈江离与辟芷兮，纫秋兰以为佩。"[3]屈原评价自己在先天不凡的基础上又注重后天的培养，使得自己德才兼备，因此他在《天问》中提出的数量庞大的疑问背后的神话传说和历史事件都是源于自身知识的丰富，这点毋庸置疑。《天问》开篇时的"白蜺婴茀，胡为此堂？安得夫良药，不

① 饶宗颐：《澄心论萃》，上海文艺出版社 1996 年版，第 287 页。
② 孙作云：《〈天问〉的写作年代及地点》，《天问研究》，河南大学出版社 2008 年版，第 12 页。
③ 黄灵庚疏证：《楚辞章句疏证》，中华书局 2007 年版，第 46—55 页。

能固臧?"一句即是参照壁图而作的明证。"白蜺婴茀"指的是白云缭绕的样子,这种摹态状物的方式明显是因为受制于在明堂之中看到壁图才会如此,因为按照物理常识,白云不会在宗庙祠堂之内出现,而在壁图中却很容易借助于白色的彩绘表现出来,所以王逸注释此句时强调了是屈原见壁图而作:"蜺,云之有色似龙者也。茀,白云透迤若蛇者也。言此有蜺茀气透移相婴。何谓此堂乎?盖屈原所见祠堂"。《天问》中的其他一些句子,如"雄虺九首,鯈忽焉在?何所不死?长人何守?靡蓱九衢,枲华安居?一蛇吞象,厥大何如?黑水玄趾,三危安在?延年不死,寿何所止?鲮鱼何所?鬿堆焉处?羿焉彃日?乌焉解羽?"等,都是因为屈原见了壁图上"山川神灵""怪物行事"壁图而书写的山川神怪类"说明书"。①

长诗《天问》全篇共有 374 句,1553 个字,一共提出了 172 个问题,从内容上推断,壁图的第一部分为描绘太古时代的自然界,第二部分为带有神话离奇色彩的传说故事,第三、四、五部分则指向了历史兴亡和政治事件,②我们从《天问》的内容可知该篇涉及的容量可谓浩大,这样一篇一气呵成的直抒胸臆之作如果没有观照一定的图画很难创作出来,而且《天问》中出现了很多无主语的情况,孙作云认为这或者是由于故事人人皆知故而无须主语,或者是壁图上有署名所以被有意省略,笔者认为还有一种可能是屈原创作《天问》之时思维处于联想状态,尤其是很多历史人物的故事并不真实表现于墙壁之上,只是他的联想,因此不需要将主语面面俱到地和盘托出。

值得注意的是,《楚辞》中除了《天问》与壁图有着直接的关系之外,《九歌》和《招魂》与图像的关系也十分密切,这和当时战国的文化息息相关。当时的楚国在习俗和审美趣味上明显地表现出不同于中原文化的特点,《汉书·地理志下》中将其概括为"信巫鬼,重淫祀"③,崇尚巫风的习气自朝廷到民间无处不在。贵族阶层崇信巫祭,现在出土的材料多有证明。王逸《楚辞章句·九歌序》云:"其俗信鬼而好祠,其祠必作歌乐鼓舞,以乐诸神。"④受巫文化影响深远的楚国文化审美趣味倾向于奇异浪漫,很多艺术形式也受此影响,如王逸所记载的庙堂壁画,楚"凤夔人物帛画",刻画在器物、帛画上的楚舞造型,以及出土的编钟等,都富有飘逸、艳丽、深邃等美学特点。《九歌》描写楚巫迎神送神,古代巫术必须借助于图画,《九歌》中出现的"东皇太一"及许多鬼神在当时和后世都是本有其图,在祭祀之时被悬挂,是作为一种形象化的象征物出现的,这也是《楚辞》与图像有密切关联的一种体现。

① 黄灵庚疏证:《楚辞章句疏证》,中华书局 2007 年版,第 1060—1074 页。

② 温肇桐:《屈原〈天问〉与楚国壁画》,《江汉论坛》1980 年第 6 期。

③ 班固撰、颜师古注:《汉书》第 28,中华书局 1964 年版,第 1666 页。

④ 黄灵庚疏证:《楚辞章句疏证》,中华书局 2007 年版,第 742—743 页。

通过上文的分析可以看出,《诗经》中《大雅》的部分诗篇和《楚辞》中的《天问》实为参照宗庙祠堂中的壁图而作,"因图制文"的模式因其产生于朝会和祭祀等特殊场合而具有一定的特殊性,不管是"图赞说"还是"呵壁说"都强调了它们的产生与图像有着千丝万缕的关联,这也是先秦文图关系密切的重要表现之一。

先秦阶段文图关系密切的一个主要原因就是当时的图像不仅类型丰富,而且起着普遍的教化和传播功能。有关图像的重要作用,《历代名画记》引陆机论云:"宣物莫大于言,存形莫善于画。"张彦远本人也认为:"记传所以叙其事,不能载其容,赞颂有以咏其美,不能备其象,图画之制,所以兼之也。"①强调了图像在记录历史事件、人物容貌、风俗习惯中比文字具有更强的张力。先秦经历了一个由原始文化向理性文化嬗变的过程,《礼记·表记》中"殷人尊神,率民以事神,先鬼而后礼"②表明当时对巫祭文化的重视,因此这一阶段的文学内容常常涉及到祭祀、礼仪和天象等,《诗经》中一些祭祖的诗歌,如《大雅·生民》等就是宫廷巫师的作品。先秦壁图通常所在的明堂是各种仪式进行的场所,文学所涉及的内容同时也成为壁图形象化阐释的对象,很多贵族创作的祭祖颂歌和史诗类作品同样表现祭祀、礼仪和天象也就成为一种必然,部分先秦文学作品与先秦壁图由此产生关联。

先秦文学与先秦壁图这种特殊的文图关系的形成和当时的图像媒介也有关系。先秦壁图主要绘制在宫廷建筑的墙面,这类墙面外边涂抹的白灰适合作画,先秦制砖技术的发展使得壁图上开始出现质朴的色彩。③ 汉代壁图在工艺上和内容上都较之先秦壁图有较大进步,汉赋中与壁图有关的作品有王延寿的《鲁灵光殿赋》、刘歆与王褒的《甘泉宫赋》和李尤的《辟雍赋》等。东汉造纸术的发明不仅对于书籍的保存有很大影响,也深刻影响了绘画的载体。魏晋南北朝、隋唐五代、宋元明清的纸质绘画成为主流。由于朝代更替频繁,保存有壁图的明堂之类建筑物极易毁于战火,墙壁自身材料的特性也使得它不容易像汉画像石被埋藏于地下进而得到很好的保存,因此先秦之后,壁图这种特殊的绘画模式被帛画、汉画像石、汉画像砖、纸质绘画等逐渐取代,文对图的模仿和演绎也逐渐发展为"语图合体"等其他形式。

---

① 张彦远著,俞剑华注释:《历代名画记》,上海人民美术出版社 1964 年版,第 4、5 页。
② 朱彬撰,饶钦农点校:《礼记训纂》,中华书局 1998 年版,第 792 页。
③ 侯晓斌:《从材料的使用和制作工艺看中国古代壁画的变化与发展》,《文博》2011 年第 4 期。

第三章　先秦文学图像母题概说

　　先秦文学对后世文学影响很大,先秦文学也给后世绘画创作提供了取之不竭的主题和题材。本章从文体学的角度把先秦文学划分为神话传说、诗歌和散文,然后就这些文体中有哪些文学题材、人物形象成为后世的图像母题展开论述。

第一节　神话传说中的图像母题

　　先秦神话传说中的图像母题主要保存在《山海经》《楚辞》《列子》《庄子》等书中。

　　对西王母有文字记载的先秦文献有《山海经》《穆天子传》《庄子》等。从先秦到东汉,文献中西王母的神话形象发生了很多变异,先是在《山海经·西山经》中西王母是作为氏族或部落神的形象出现,成书于战国末期的《山海经·大荒西经》中的西王母则作为宇宙神的形象越来越突出。在先秦时代也出现了西王母传说的传承,具体表现在《穆天子传》①中的西王母。《穆天子传》卷三记载了周穆王会见西王母的情景:"吉日甲子,天子宾于西王母。乃执白圭玄璧以见西王母。……乙丑,天子觞西王母于瑶池之上。西王母为天子谣,曰……西王母又为天子吟曰:徂彼西土,爰居其野。虎豹为群,与鹊于处。嘉命不迁,我惟帝女……天子遂驱,升于弇山,乃纪丌迹于弇山之石而树之槐。眉曰:西王母之山。"②西王母在这里虽还保留着"虎豹为群,与鹊于处"的习性,但已不是《西山经》中所描写的"豹尾虎齿而善啸"的形象,她懂外交礼仪,接见周穆王,颇似"人王"。这是经过传说传承者之手,通过历史与神话的结合,西王母神话与中原文化的结合,原来神话性质的西王母被大大地人化了。作为传说传承中的西王母在汉代进一步被人化,她与东方的仙话结合在一起,比如与后羿的传说结合在一起,她成了

---

① 《穆天子传》是晋代人从战国魏襄王墓中发现的先秦古书(《汲冢书》)之一。作者不详。它有可能是战国时魏国史官对周代历史传说的记载,也有人认为它是晋人的伪托。《穆天子传》比较详细地记载了周穆王从洛阳出发,沿着晋、陕、甘、青进入新疆,到达西王母之邦并与该邦女首领西王母相见的情景。

② 王天海译注:《穆天子传全译·燕丹子全译》,贵州人民出版社1997年版,第62—63页。

能赐长生不老之药,给这个世界带来太平、祥瑞的祝福之神。

随着西王母神话向传说的过渡,西王母的形象也由此发生了变异,由原来似人非人、半人半兽的怪物形象渐渐演变成与常人没有什么不同的面貌,并与地上的帝王有着交往;与之相应的,原来神的性格也渐渐发生了变化,由满面狰狞、掌握惩罚之神,西汉以后渐渐变成了给这个世界带来太平、祥瑞的祝福之神,再到东汉末年以后又变成了神仙长生术与道教教义和经典的传授者。

由于西王母身份的多重性使其同时拥有历史形象、道教形象、民间形象与文学形象,并且,西王母神话系统的复杂性不仅体现在其源头、形象本身的复杂,上层和民间信仰变异的复杂,也体现在其图像系统、图绘流变的多样与复杂。

汉代离先秦不远,汉画像中的西王母形象往往以宇宙神或掌握不死之药的神仙形象出现。到了魏晋南北朝时期,西王母的图像出现在甘肃酒泉西北部戈壁滩上的墓顶和墓壁上。

宋代以后,出现了以西王母为主角的祝寿图。比如,"南宋四大家"之一的刘松年所绘《瑶池献寿图》,描绘了西王母仙乐世界的献寿场景。宋方椿年《瑶池献寿图》绘西王母所居瑶池,群仙腾云、驾浪、乘鸾鸟前来贺寿,热闹吉祥。画面整体艳丽精细,典雅纯熟。

元代开始,蟠桃图、王母祝寿图非常多。如元代画家张渥所绘《瑶池仙乐图》,王寅的《王母赠寿图》,清代"海上画派"代表画家任伯年的代表作《群仙祝寿图》等。

明清西王母图像更多以版画的形式出现在《山海经》诸图本中,比如蒋应镐、汪绂、成或因等绘本中。

伏羲女娲故事也成了后世图像的母题。伏羲女娲是先秦神话故事中的神,记载在《山海经》《楚辞》《周易》等书中。在先秦文献记载中,伏羲教导人们从事农牧、渔业生产,女娲则教导人们婚姻嫁娶、人伦秩序,他们手中的规与矩既是生产工具,又是社会秩序的象征。

到了汉代,在汉代阴阳思想的影响下,属于不同神话系统的伏羲、女娲结合在了一起,两者的图像也由一神构图演变成两神同时构图,成为对偶神。

汉画像石中有伏羲女娲图,主要出现在石砖或石墓的石阙、门柱、石壁上,起到保佑墓主、庇佑生者的心理作用。

东汉中后期,随着西王母信仰高峰的到来,伏羲、女娲开始与西王母共同构图,伏羲、女娲继而进入西王母长生世界,成为其中的生育神。伏羲、女娲此时保留的基本形态是人面蛇身、蛇尾相交、手执规矩。

作为绘画作品的伏羲女娲图在宋元明清画家的笔下不再限于对偶神两尾缠绕的形态,而是回归分开构图,分别展现各自的神话功绩,常用一幅图表现一个神话故事,其"人化"现象非常突出。如,宋代画家马麟《伏羲坐像》中的伏羲是散发、披鹿皮的男性形象,元代李康《伏羲像》中的伏羲是完全的人形。明末清初萧云从笔下的女娲,呈现的是盘曲蛇形身躯的柔弱女性形象,但却在托石补天,这使该形象充满了使命感与悲壮感。晚清任伯年《女娲炼石图》中所绘的炼石的女娲接近仕女形象。现代画家傅抱石、范曾也画过《女娲补天图》。

《楚辞九歌》中的湘君、湘夫人及河伯神话故事也成了历代绘画的图像母题。由于《九歌》在中国文学史上举足轻重的地位,湘君、湘夫人又被演绎成神话故事,历代表现湘君、湘夫人的绘画作品很多,许多文人画家都画过湘君、湘夫人的主题绘画。

宋代李公麟根据《昭明文选》所选录的《九歌》六篇,依序图绘"东皇太一""云中君""湘君""湘夫人"等六篇,各篇之间以该篇的原文区隔,左图右书。元代张渥的《九歌图》对《九歌》的处理则与李公麟不同。张渥画《九歌》中之神祇"东皇太一""云中君""湘君""湘夫人"等十一段,共二十人。李公麟笔下的湘君、湘夫人有男有女,突出了二湘是配偶神的特点。元代文人画进一步成熟,这一时期湘君、湘夫人主题绘画更加注重文人审美旨趣的追求,如张渥所描绘的湘君、湘夫人,人物形象多以流畅的线条造型,清秀飘逸而富有动态之美,给人一种强烈的视觉美感,且两位都是女性。

与宋元时期相比,明清时期的湘君、湘夫人绘画出现了多样化的创作形式,不仅出现了版画、素笺、设色等多种表现形式,而且在艺术风格上出现了对色泽的追新。比如文徵明的《湘君湘夫人图》更加注重绘画的效果。此图形象地表现了湘君、湘夫人在空中款款而行的动态,给人以飘飘若仙之感。明清画家图绘过湘君湘夫人神话题材的还有陈洪绶、萧云从、门应兆、任熊(图3-1)等。现代画家中,张大千画过《湘君湘夫人图》[①],傅抱石画过多幅《湘夫人图》[②]。

图3-1 湘夫人图 任熊
上海博物馆藏

河伯是古代汉族神话中的黄河水神,原名冯夷,也作"冰夷"。《庄子·大宗师》:"冯夷得之,以游大川。"[③]《山海经·海内北经》:"冰夷人面,乘两龙"。[④]《楚辞·九歌》中河伯出行的描述是"乘水车兮荷盖,驾两龙兮骖螭",[⑤]与《山海经》中的形象相同。

汉画像《河伯出行图》有好几幅,大都气势宏伟,以河南南阳王庄汉画像馆收藏的《河伯出行图》(图3-2)为

---

① 《湘君湘夫人图》:立轴,纸本水墨工笔白描,纵63厘米、横40厘米,1949年作,藏处不详。

② 《湘夫人图》:轴,纸本,设色,纵105.2cm、横60.8cm,1943年作,现藏故宫博物院。

③ 郭庆藩编,王孝鱼点校:《庄子集释》,中华书局1995年版,第247页。

④ 袁珂:《山海经校注》,上海古籍出版社1980年版,第316页。

⑤ 黄灵庚疏证:《楚辞章句疏证》,中华书局2007年版,第934页。

例。图中刻绘四条大鱼曳引大车,车上高竖华盖,坐者两位,一是驭者,一是河伯。在鱼车的左右各有一游鱼策应夹道,鱼车的前面则是两神怪一持盾、一操刀为车开道,鱼车的后面则是两护卫拿着戟骑着鱼断后。

图3-2　河伯出行图　汉画像石　河南南阳王庄汉画像馆藏

　　《楚辞·九歌》被历代画家图绘,作为《九歌》中的一重要神仙河伯也被历代画家所重视。《九歌·河伯》是祭祀河伯的祭歌,歌中没有礼祀之词,而是讲述河伯与女神相恋的故事,这大约是楚人淫祀的传统,以恋歌情歌作为娱神的祭词。

　　宋代画家李公麟绘有河伯,他高超的白描手法勾勒出河伯出行时的飘逸,突出河伯乘坐的坐骑是两条龙(图3-3),头上以荷叶为华盖,忠实于文本对河伯的描述:"乘水车兮荷盖,驾两龙兮骖螭。"赵孟頫《九歌图》(图3-4)中的河伯形象显得粗犷。

图3-3　九歌图册(局部)　李公麟
　　　　所藏不明

图3-4　赵松雪九歌图(局部)　赵孟頫　美国弗利尔美
　　　　术馆藏

　　元代除赵孟頫外,张渥等也画过《九歌图》。传世的张渥《九歌图》有好几幅,现存于上海博物馆和美国克利夫兰博物馆的河伯图所乘坐的都不是龙,而是白鼋,只不过鼋头的朝向不一,上海博物馆本的是朝向左,克利夫兰博物馆本的朝向右。张渥所依据的是《九歌·河伯》中的另一描写河伯的场景:"鱼鳞屋兮龙堂,紫贝阙兮珠宫,灵何为兮水中? 乘白鼋兮逐文鱼,与女游兮河之渚,流澌纷兮将来下。"①

相较于李公麟绘画中场面的繁复,赵孟頫河伯形象的粗犷,明末清初的陈洪绶对河伯形象的处理,没有繁复的配景,再加上他对河伯形象的表现和衣纹的处理显得清秀脱俗,仅用图像下方逶迤绵长的龙来暗示河伯是水神,这些都显示了他纵逸的才能。

"黄帝问道于广成子"神话记载在《庄子·在宥》篇:"黄帝立为天子十九年,令行天下,闻广成子在于空同之上,故往见之,……"②"黄帝问道于广成子"神话故事后来成为后世绘画母题。

南宋翟汝文、金代道士杨世昌、明代傅涛都绘有《崆峒问道图》。元代赵孟頫、明代石锐绘有《轩辕问道图》。明代画家戴进的《洞天问道图》,也是这方面同类题材的杰作。

第二节　诗歌中的图像母题

《诗经》《楚辞》都属于先秦诗歌。

《诗经》中的《豳风》《唐风》成了后世的图像母题。《豳风》7篇产生于豳地——中国古代农业的发源地,在《诗经》所有篇目中,《豳风》诗饱受历代画家的关注,故有关豳诗,特别是《七月》的美术作品非常丰富。晋明帝司马昭和唐阎立本曾分别绘有《豳诗七月图》《豳风图》,但已散佚。宋马远画《豳风图》一卷,此《豳风图》取材于《七月》诗,整卷画被分为17段,从而也就构成了17个情节。虽然每段画的内容各异,但刻画的主体鲜明,表现的主旨统一,它更加具体地反映了贵族与劳动人民之间的阶级差异。

宋马和之绘有《豳风图》。画卷共分7段,依据原诗而来。元代有林卷阿的《豳风图》。明代谢时臣也作有《豳风图》,清代唐岱、沈源也曾合笔绘《七月》图。清代还有根据《豳风·七月》题材而图绘的传世的吴求的《八月剥枣》和《缝衣》图,黄钺的《豳风介寿图》以及《豳风十二月图册》,以及早已亡佚、仅见于画史著录的诗经图,如黄甲云《豳风盛衰循环图》、张坦的《豳风图》和管希宁的《豳风图》等。

《唐风》也是《诗经》中常被后世描绘的一个主题。《唐风》共12篇。宋马和之绘有12幅《唐风》图,如《蟋蟀》《有杕之杜》《无衣》《绸缪》《羔裘》等图。清代乾隆时期的《御笔诗经图》也绘有《唐风》,虽与马和之的《唐风》两者存在差别,但此两卷《唐风图》均由12个段落构成,图绘之顺序、内容都分别与诗相对应。不过,

① 黄灵庚疏证:《楚辞章句疏证》,中华书局2007年版,第938—941页。
② 郭庆藩编,王孝鱼点校:《庄子集释》,中华书局1985年版,第379页。

马和之据毛诗绘制《唐风图》,而《御笔诗经图》的作者在绘制《唐风》时取部分《诗集传》之意并在某些方面抛弃了马氏的构图和内容。

值得一提的是,清代画家陈尹绘制有《毛诗图》粉本册页,该册页合集共12册,木板封、底,夹页裱装,现藏于北京市文物研究所图书室。此册页是为《毛诗正义》所配绘的诗意图册,按毛诗的顺序依次分为国风、大雅、小雅和颂四大部分。该册页是继马和之《毛诗图》、清代宫廷画院《御笔诗经全图》之后的又一《诗经》全图。

《楚辞》中的图像母题表现在《楚辞·离骚》中的屈原形象。"朝饮木兰之坠露兮,夕餐秋菊之落英。"①屈原与餐菊成为后世图像的一个母题。"屈原既放三年,不得复见,竭知尽忠,而蔽障于谗。心烦意乱,不知所从。往见太卜郑詹尹曰:'余有所疑,愿因先生决之。'"(《楚辞·卜居》)②屈原卜居及屈原问渡也成为后世图像的母题。《楚辞》中很多篇记载了屈原的行踪,如《九章·涉江》篇提道:"余幼好此奇服兮,年既老而不衰。带长铗之陆离兮,冠切云之崔嵬。被明月兮佩宝璐。世混浊而莫余知兮,吾方高驰而不顾。……乘鄂渚而反顾兮,欸秋冬之绪风。步余马兮山皋,邸余车兮方林。"③比如《离骚》篇提道:"回朕车以复路兮,及行迷之未远。步余马于兰皋兮,驰椒丘且焉止息。"④再比如《哀郢》篇提道:"去故乡而就远兮,遵江夏以流亡。出国门而轸怀兮,甲之鼂吾以行。"⑤《渔父》篇记载:"屈原既放,游于江潭。行吟泽畔,颜色憔悴,形容枯槁。"⑥上述诸篇中屈原足迹曾至汉北、沅、湘等地,记录了屈原的行程与内心经历,后世画家把绘制屈原行程以及反映其内心经历的图像统称为《屈原行吟图》。

元代以屈原及其作品为题材的绘画有郑思肖的《屈原餐菊图》等。有的画稿现今不存,但题画诗仍能证明有这些作品的存在,元代题画诗有王恽的《屈原卜居图》、黄溍的《屈子行吟图》等。

明代是屈原画像创作的高峰,其画像不仅以传统绘画的形式,如吴伟《屈原问渡图》、项圣谟《芳泽流芳图》,更以书籍、印刷品的方式流行。明代陈洪绶创作《屈子行吟图》就是其为《楚辞·九歌》配插图而所画的12幅版画中的一幅。

到了清代,黄应谌作《屈原卜居图》、张若霭等作《屈子行吟图》。现代画家傅抱石画有多幅《屈原行吟图》。

《楚辞》中的图像母题也表现在《楚辞·九歌》中的山鬼等民间传说。山鬼的传说流传于沅湘间的各个民族。在这些传说中,山鬼都是以丑陋、凶恶的形象出

① 黄灵庚疏证:《楚辞章句疏证》,中华书局2007年版,第157—158页。
② 黄灵庚疏证:《楚辞章句疏证》,中华书局2007年版,第1861—1865页。
③ 黄灵庚疏证:《楚辞章句疏证》,中华书局2007年版,第1338—1354页。
④ 黄灵庚疏证:《楚辞章句疏证》,中华书局2007年版,第223—226页。
⑤ 黄灵庚疏证:《楚辞章句疏证》,中华书局2007年版,第1396—1399页。
⑥ 黄灵庚疏证:《楚辞章句疏证》,中华书局2007年版,第1896—1899页。

图3-5　山鬼图　罗聘
清华大学美
术馆藏

现。屈原的《九歌·山鬼》中所描绘的山鬼千百年来使人们对山鬼的形象充满了无尽的想象。画家们用他们的画笔勾勒出他们心目中的山鬼。元代的张渥把山鬼描绘成"披薜荔""带女罗""乘赤豹"且手执灵芝兰草的少女形象。

在明代陈洪绶的笔下，山鬼则变成了面露丑陋的男性形象。清代萧云从又恢复了山鬼的美丽形象，在萧云从笔下山鬼变成了温婉的女性。

清代画家罗聘图中的山鬼（图3-5）形象别具一格，此图中的山鬼不同于张渥《九歌》中的半裸野女形象，而是一位仪态万千的秀美女子，若不是身上绘有薜荔，身后伴有猛虎，几乎被认为是一位大家闺秀。现代画家傅抱石等也延续了山鬼婀娜多姿的女性形象。傅抱石在1945—1946年间画过数幅山鬼图，特别是在1946年秋季所画的《山鬼图》放弃了诗文中所描绘的"雷填填兮雨冥冥""风飒飒兮木萧萧"之图景，一改以往山鬼的幽怨形象，而呈现出温柔清新的女神形象。在他的构图中，山鬼身披色彩鲜艳的薜荔衫、菟丝带，目眺左方，眼含秋波，略露微笑，悠然立于巫山之巅，多了几分青春柔美之气。

第三节　散文中的图像母题

先秦散文既包括诸子散文，比如《论语》《庄子》，也包括历史散文，比如《左传》《春秋》《吕氏春秋》等。先秦散文中成为后世图像母题的一些内容主要集中在诸子散文，比如《庄子》中的庄生梦蝶故事、孔子见老子故事、渔父故事。相对来说，先秦历史散文中的一些内容成为后世图像母题的并不是很多，主要原因是宋代以后文人画成为绘画的主流，文人画主要表达画家内心个人的某种情怀和高逸精神，而先秦历史散文主要涉及官方的历史题材和朝廷的历史人物，不是很适合用来抒发画家内心的个人情怀，所以先秦历史散文带有故事性的内容成为后世图像母题的并不多，不过，也有若干历史故事比如《战国策》中的"荆轲刺秦王"、《左传》中的"赵氏孤儿"、《吕氏春秋》中的"叔齐伯夷采薇而食"等故事成为后世文图的母题。在汉画像中，由于去秦时间不远，汉画像的墓主在画像中又要表现儒家美德和忠君等思想，所以先秦历史散文中的很多历史故事性题材和历史人物成为汉画像的母题，此类图像包括历代帝王类，如周文王、太姒、伯邑考、武王发、周公旦、蔡叔度、霍叔处、康叔封、冉季载、秦始皇等；圣贤忠义类故事，如孔子见老子、孔子击磬于卫、完璧归赵、鸿门宴等。而"周公辅成王""荆轲刺秦王""二桃杀三士""鸿门宴"的先秦历史故事在汉画像中反复被描绘和演绎,尤其"周公辅成王"和"二桃杀三士"的故事是汉画像石、画像砖中常见的题材,特别是山东南部,这里正是春秋时期鲁国——周公和他的后代的故地,全国其他地区汉画中的"周公辅成王"题材大概都是从这里流传出去。"周公辅成王"讲述的是一个忠臣的故事,"二桃杀三士"的主题也是君臣伦理,只不过二者一正一反,从两个方面展现了维护君臣之道的重要性。

　　先秦散文中有关孔子向老子问礼的事记载很多。《庄子》《吕氏春秋》《礼记》等都有记载,《庄子》中有关这方面的记载高达五处。孔子一生曾多次向老子问礼。第一次是鲁昭公七年(前 535)孔子 17 岁时,地点是在鲁国的巷党,《水经注·渭水注》载:"孔子年十七问礼于老子。"《礼记·曾子问》载:"孔子曰:'昔者吾从老聃助葬于巷党,及土恒,日有食之。'"第二次是在春秋昭公二十四年(前518)孔子 34 岁时,地点在周都洛邑(今洛阳),《史记》有记载。第三次是周敬王二十二年(前 498)孔子 53 岁时,地点是在一个叫沛的地方。《庄子·天运》:"孔子行年五十一而不闻道,乃南之沛见老聃。"汉代的汉画像首先以图像的方式记载了孔子见老子的故事。据统计,发现"孔子问礼于老子"的汉画主要分布于山东嘉祥齐山、宋山等地,在陕西也发现一幅。现以山东嘉祥齐山出土的"孔子问礼于老子"的汉代画像石为例(图 3-6):该画像上层右端是孔子率弟子 20 人晋谒老子,左端老子拄曲足杖面向孔子,后有弟子 7 人,孔子与老子之间有一顽童即项橐,作顽皮状。上层画面一列共 30 人,左起第 8 人手扶曲木杖,以礼迎宾,其榜题为"老子也",身后 7 人手捧书册;左起第 10 人与老子相向站立,其袖子中露出一个禽头,这是准备向老子献的礼物——大雁,榜题为"孔子也"。《仪礼·士相见礼》云"下大夫相见,以雁",[①]孔子把雁作为初会老子时赠送的礼物,表达了对老子的敬意。

图3-6　孔子见老子图(局部)　汉画像石　武氏祠藏

---

① 彭林整理,王文锦审定:《仪礼注疏》,北京大学出版社 1999 年版,第 116 页。

元代有吴睿的《老子授经图卷》(图 3 - 7)。此图为白描,附于吴睿纸本隶书老子道德经卷前,有清乾隆、嘉庆、宣统内府诸收藏印。画中老子皓首白眉,坐于树下高床之上,衣饰精致华美,宽松长袍多流纹状装饰,极具仙风道骨。旁立一侍者,拱手立于树下,孔子则躬身前跪于床前,状甚虔敬。

图 3-7　老子授经图卷　吴睿　美国大都会艺术博物馆藏

明代有佚名、无款的《孔子问老子图》。此图背景为野外山林中,孔子、老子相向坐于树下人石上。孔子面右,旁立二侍从,皆拱手恭立,一回首左视,一目视前方。老子在画面右侧,面向左,身边为三侍者,二人捧器物身向外,一人拱手斜向内立。老子与孔子相距数米,似正做交谈,身旁为古树幽兰,气氛安谧娴静。

清代巫琏绘有《孔子见老子图》。画面中老子毛发尽白,长须及腰,大耳阔额,斜坐于地上,一手撑地,一手置于腿上,认真而安详地望着问道的孔子,孔子则拱手跪于地上,执礼甚卑,面带笑容,作谦恭问道状。画面设色偏明亮,人物衣纹粗线条勾勒,人物表情则细致描绘,繁简得当。现当代画家范曾等绘有《孔子问礼于老子图》。

"庄周梦蝶"故事记载在《庄子·齐物论》中,"昔者庄周梦为胡蝶,栩栩然胡蝶也,自喻适志与! 不知周也。俄然觉,则蘧蘧然周也。不知周之梦为胡蝶与,胡蝶之梦为周与? 周与胡蝶,则必有分矣。此之谓物化"。①在所有有关"梦蝶"的图像当中,最著名的应是元代画家刘贯道所作的《梦蝶图》(图 3 - 8)。画中庄子躺卧在树荫下,仰睡在木床上,胸口衣襟随意敞开,右手持一扇,双脚肆意安放,右脚随放于脚垫之上。该画把庄子不拘一格、狂放肆意的性格表现得淋漓尽致。画面

图 3-8　梦蝶图　刘贯道　美国王己千先生怀云楼藏

① 郭庆藩编,王孝鱼点校:《庄子集释》,中华书局 1985 年版,第 112 页。

一丝不苟,笔法浓淡相宜,人物形象和物件塑造得栩栩如生,画面意境优美安详。

明代陆治所画的《梦蝶图》(图3-9)也颇具特色。此图选自陆治的《幽居乐事图》图册。图中的庄子在树荫下正合抱双手依石而眠,而他的衣饰则用寥寥几条浅色的线条勾画出来,显得非常地古朴自然,头上两只蝴蝶自在地游乐于树梢之间,配合着庄子安然的神态,一个悠然的美丽梦境就这样跃然纸上。整个画面简洁深邃,用笔飘逸简

图3-9 梦蝶图 陆治 故宫博物院藏

练,设色淡雅温润,意境高远深妙,散发着迷蒙的气息,给人一种闲适幽远的感觉。在明代,除了绘画作品《梦蝶图》之外,还有作为图书版画的《梦蝶图》,以《程氏墨苑》的《庄生化蝶》和《夷门广牍》里的《庄周蝴蝶梦》两图最为有名。

明末清初董小宛绘有《蝴蝶图》(图3-10)。画轴底部于几丛寒草之中勾勒出几株菊花与枯枝,画轴上部则有几只蝴蝶零落地徘徊其中,两只靠近菊丛扑粉,另有两只则盘旋上空兀自飞舞,画面上方左侧书有作者题识:"玉板轻敲度翠拢,置身常在乱花中。枝头扑粉多情思,始信庄周梦不空。"并在其后提到此画作于"乙酉年夏日",正是明亡后,董小宛随夫南下逃亡之时。此画应是作者借助"庄周梦蝶"故事中的蝴蝶喻义来表达画者在历经了祖国山河破碎、人生颠沛流离之后,深觉人生如梦,变化无常之感。

清代画家恽寿平绘有《春风蝴蝶图》。画作右下角有作者题词:"小窗坐掩南华卷,闲写春风蛱蝶图。"说的应是作者于闲暇之中,偶读《庄子》有感,遂凭画寄意。画作篇幅不大,选取了无边春色中的一处幽静小景入画,以微见著。画作中,一丛生机勃勃的花草由画面右侧伸展而出,一只褐色的蛱蝶悠闲自在地飞舞于花间草丛,潇洒肆意。

图3-10 蝴蝶图 董小宛
无锡博物馆藏

清代还有黄慎所画《庄周梦蝶图》、蒋廷锡绘有《蝴蝶图》。蒋廷锡画作左侧著有画者题识:"烟圃吟秋兴不

孤,花间残梦绕庭芜。秋窗共掩南华卷,闲写滕王蝴蝶图。"由此可见此图也应是作者以"庄周梦蝶"中的蝴蝶所蕴含的喻义而创作的,画中的蝴蝶美丽灵动,悠游自在,可以看出作者深谙寓言故事中"蝴蝶"所蕴含的逍遥自由之意。

先秦文献记载中的"渔父"故事成为中国文学史与绘画史中重要的母题。

先秦的文献记载中已经有与渔父相关的内容,即渔父的文学原型或历史原型,较为人熟知的有《庄子·渔父》《庄子·秋水》《楚辞·渔父》、姜太公等。

《庄子·渔父》一文写一渔父"下船而来,须眉交白,被发揄袂",①听孔子弦歌鼓琴,并与孔子及子贡、子路对话。《庄子·秋水》中"钓于濮水"的庄子则是一个淡泊名利、鄙弃权势、逍遥避世的钓者形象。屈原的《楚辞·渔父》写屈原与渔父的对话,以对比的手法表现二人的观念冲突。

宋代文人画渐渐流行,文人画多取材于山水、花鸟、人物。在山水花鸟题材中,文人画的画家偏爱梅兰竹菊、木石,在人物画的题材中则偏爱古代高士和隐逸之士,作为中国古代隐逸文化符号的象征"渔父"自然成了文人画描摹的对象,画家也借着画渔父图来抒发自己的"性灵"或个人的高逸精神。宋代有马远的《秋江渔隐图》《寒江独钓图》,许道宁的《渔父图》,李唐的《清溪渔隐图》等。

元代有诸多画家借渔父图抒发内心情感,如吴镇、姚绶、倪瓒、王蒙、朱德润、萨都剌、赵雍、盛懋等。其中吴镇常以"渔隐"为主题,在当时是以画渔父图而著称的画家。画史记载吴镇曾绘许多幅《渔父图》,而存世《渔父图》为四幅,分别藏于故宫博物院、台北"故宫博物院"、上海博物馆和美国大都会艺术博物馆。

清代的渔父图有黄慎的《归舟图》《渔父图》,王翚的《秋山渔隐图》,任颐的《渔父图》,黄鼎的《渔父图轴》等。黄慎为扬州八怪之一,山水学吴镇,兼学倪瓒、黄公望,书法学怀素,传世作品有《芦雁图》《归舟图》《渔父图》等。

也有若干历史故事如"荆轲刺秦王""重耳复国""叔齐伯夷采薇而食"等成为后世图像的母题。

先秦有叔齐、伯夷,他们耻食周粟,采薇而食,饿死于首阳山。《吕氏春秋·诚廉》首先记载了伯夷、叔齐不食周粟的对话:"伯夷、叔齐闻之,相视而笑曰:'嘻,异乎哉!此非吾所谓道也。……今天下暗,周德衰矣。与其并乎周以漫吾身也,不若避之以洁吾行。'二子北行,至首阳之下而饿焉。"②西汉的司马迁在《史记·伯夷列传》中,又补充了伯夷、叔齐因不食周粟而采薇而食的细节,"武王已平殷乱,天下宗周,伯夷、叔齐耻之,义不食周粟,隐于首阳山,采薇而食之。及饿且死,作歌。其辞曰:'登彼西山兮,采其薇矣。以暴易暴兮,不知其非矣。神农、虞、夏忽焉没兮,我安适归矣?于嗟徂兮,命之衰矣!'遂饿死于首阳山。"③伯

①　郭庆藩编,王孝鱼点校:《庄子集释》,中华书局 1985 年版,第 1023 页。

②　吕不韦著,陈奇猷校释:《吕氏春秋新校释》,上海古籍出版社 2002 年版,第 640—641 页。

③　司马迁:《史记》卷六十一,中华书局 2012 年版,第 2123 页。

夷、叔齐采薇而食的故事成了后世的图像母题。

南宋李唐的《采薇图》是较早反映伯夷、叔齐故事的。画面中央有一巨石,侧身相对坐着两个人,画面的右方是一位抱膝安坐、神态老成持重的男子,大概是长兄伯夷,他正侧着头仔细聆听叔齐的谈论,表情庄重肃穆;叔齐靠近画面中心,身体斜倾,面向右方,右手撑地,正向兄长诉说着什么。两者均面容清癯,身体瘦弱。环绕巨石四周的是松树,其树干奇崛如铁、挺拔坚硬,尤其两棵处在画面前景,给画面增添荒僻古寒。

南宋的梁楷也画有《采薇图》。梁楷,祖籍东平(今属山东),居钱塘(杭州)。宁宗嘉泰间(1201—1204)曾为画院待诏,善画人物、山水、道释、鬼神,在南宋画院有很高的声望。画中的正上方是千仞壁立,在千仞壁立下方是坐在巨大平石间的衣着朴素的叔齐、伯夷,他们面对面盘腿而坐,旁边放着篮子,大概用来放置所采摘的薇菜。画面意境高远,设色淡雅,人物线条简练。

清代吕焕成(1630—1705)画有《深山采薇图》(图3-11)。吕焕成是清代初年"吴门画派"的代表人物之一,字吉文,号祉园山人,浙江余姚人,擅长画人物、山水,兼画花卉。《深山采薇图》所描绘的场景是伯夷、叔齐正走在茂密的深山小道上,在寻找薇菜,围绕他们的是四周苍翠挺拔的古树。在这一题材上,画家所描绘的瞬间与其他画家明显不同。清代还有石涛的《采薇图》和苏六朋的《西山采薇图》。现代著名画家绘制伯夷、叔齐采薇的故事则有张大千的《落日采薇图》、溥儒的《倚杖采薇图》、黄胄的《采薇图》等。

"荆轲刺秦王"的故事记载于《战国策·燕策三》"燕太子丹质于秦"这一章。荆轲是战国末期有名的侠客,燕太子丹请其行刺秦王,救燕国于水火之中,整篇故事由"谋划刺秦""易水送别""廷上行刺""刺秦失败"四部分组成,其中"廷上行刺"被图像反复描绘,是故事中最惊心动魄的一幕。孔子在《论语·卫灵公》中认为:"君子义以为质,礼以行之,逊以出之,信以成之。"[1]孟子在《孟子·告子上》中提出:"生亦我所欲也,义亦我所欲也;二者不可得兼,舍生而取义者也。"[2]在中国传统思想文化中"义"是君子之道,是中国传统文化和价值体系中的

图3-11 深山采薇图 吕焕成 所藏不明

① 阮元校刻:《十三经注疏》(清嘉庆刊本),中华书局2009年版,第5469页。
② 阮元校刻:《十三经注疏》(清嘉庆刊本),中华书局2009年版,第5987页。

重要范畴。荆轲"其言必信,其行必果,已诺必诚,不爱其躯"①的精神品质和人格符合儒家"舍生取义"的道德标准,他进入"忠义之士"之列,"荆轲刺秦王"的故事蕴含了儒家忠义之道,不仅成为史传文学的故事母题,也成了图像表现的母题。汉代各个地区出土的石刻或壁画都有"荆轲刺秦王"这一主题,"廷上行刺"被图像反复表现,这是因为"汉代历史故事绘画通常是选择决定性顷间来进行表现,选择决定性顷间体现在造型形象上就是对事件发展过程中关键动态的描绘,反映在受众主体感受中就是所谓的'速度''力量'和'气势'"②。"荆轲刺秦王"的汉代绘画主要采用"同发式构图",这类图像"画家仅利用一个场景便将整个故事作摘要式的展现;在其中,故事里的主要人物只要出现一次,而他们的动作和出现的物件便代表了故事情节在不同时间中发展的情况"③。

河南唐河针织厂墓出土了西汉时期的"荆轲刺秦王"汉画像石,图中出现了三个人物,荆轲、秦王以及侍卫。图中荆轲举剑刺向秦王,秦王大惊,断袖,一旁的侍卫大惊失色,图像截取了秦王惊险一刻的表现,这是"激情达到顶点前的一瞬",剑距离秦王的头颅很近,秦王狼狈后仰,情况危急。最右边的荆轲镇静自若,大义凛然,与秦王及侍卫形成对比。图像填补了秦王、荆轲以及侍卫的动作,展现了荆轲的"勇"、秦王的"怕"和侍卫的"惊"。这里以同发式构图只展现了故事中的高潮,与文献相比较,"图穷匕现"和"荆轲身披重伤"的画面并没有出现,这是因为画家受限于狭小的空间,并且要以最简洁的画面来诠释整个故事,所以画家选取了最有戏剧性的一幕进行表现。

东汉武梁祠西壁画像中"荆轲刺秦王"图选取了秦王绕柱走,荆轲行刺的瞬间情景。画像上出现了"榜题",对画面形象"演绎"内容进行扼要说明,这里也采用了同发式构图法构图。画像上侍卫拦腰抱住荆轲,荆轲双手上举,怒发冲冠,秦舞阳惶恐伏地,秦王绕柱回首,这些动作鲜明地呈现了荆轲的英勇、秦舞阳的怯懦、秦王的惊恐。整幅画面被柱子一分为二,左边是秦王,右边是秦舞阳、荆轲、侍卫三人,"匕首入柱""樊於期之首"也都集中于图像的右半边。左右画面的一紧一松,与秦王的危机化解、荆轲的刺杀失败相对应。画像极力突破空间的局限,尽力展现故事中的事物,暗示前后情节,将更多的内容包含在图像上,构图中潜藏着引人联想的契机。"刚刚还庄严肃穆的王庭在图穷匕见后立即陷入一片混乱。生与死、追与逃、止与行这些矛盾一下子都纠葛在一起,犹如一块石子投入平静的水面,溅起了水花四射。这件石刻中的人物,也都是以柱子底部为中心向四方呈放射状运动。在表现惊恐万状上,这件石刻的趋势和布势都极为

---

① 司马迁:《史记》,中华书局 2010 年版,第 7737 页。
② 李彦锋:《论汉代绘画与决定性顷间的选择》,《民族艺术》2011 年第 2 期。
③ 陈葆真:《〈洛神赋图〉与中国古代故事画》,浙江大学出版社 2012 年版,第 71—72 页。

成功。"①

四川江安二号魏晋石棺中也有一幅"荆轲刺秦王"的画像，图像中比首已经飞入柱上，秦王割袖而逃，一手高举利剑正对荆轲，荆轲在柱子右侧，双手指向秦王，怒目而视。图像仅仅选取了荆轲、秦王两人对峙，其余人物没有出现，图像截取了荆轲"引起比首提秦王，不中，中柱"，秦王举剑将要"复击荆轲"的时刻。画工们尽力在凝固的空间中描绘流动的时间，丰富图像的内容。

魏晋南北朝时期，史粲的《燕民送荆轲图》着重表现了"易水送别"之景，展现荆轲的忠义之情，这与魏晋南北朝时期政权更迭频繁、战乱纷争不断息息相关，这一时期涉及忠义题材的绘画很多，图像今天已经看不到了，只能在古籍中找到记载。

"重耳复国"的故事记载于《左传》，晋公子重耳被骊姬陷害，遭受祸难，出逃，路经狄、卫、齐、曹、宋、郑、楚、秦，在秦穆公的帮助下重回晋国，成为一代霸主。复国之路道阻且长，重耳经历过无礼的对待，也曾沉迷于声色犬马之中，依赖着自身的信念和有勇有谋的门客，他突破种种考验，重返晋国，完成霸业。重耳作为流亡公子，因其特殊身份和突出才干，参与政治活动，从而影响春秋时期的天下格局和历史进程。重耳复国故事中的众多女性也成为后代文学和图像所表现的重点，《烈女传》中曹僖氏妻、齐姜、怀嬴都有收录，并且在后世的《列女图》也有所表现。

《列女仁智图》传东晋顾恺之所作，后为南宋人临摹，现藏于故宫博物院。仁智卷共收集 15 位烈女故事，此卷为残本，其中"僖负羁之妻"的故事保存完整。《列女仁智图》画卷中每组人物都是独立的故事，继承了汉代构图，主要在人物的面像和姿态上加强了动作和表情的刻画，人物的衣服纹理进行了细致描摹和淡墨晕染，画卷中"语图"合体，文本和图像互相注解，讲述故事。"僖负羁之妻"的故事中，曹僖氏妻慧眼识人，认为重耳他日必得晋国，告知负羁要善待重耳。在图像中，负羁和妻子相对，负羁双手外翻，一手捧食盒要送给过曹的晋文公。

南宋李唐有画作《晋文公复国图》，图画共分六段，以连环画的形式描绘了"重耳复国"的故事，李唐精于山水画和人物画，最初以卖画为生，南宋恢复画院之后，经人举荐，进入南宋画院。图像中人物的衣服和纹理细致圆润，树石描摹郁郁葱葱，富有生机。图像每段都有《左传》原文的行楷书题字，画卷中一共是六个故事。《重耳复国图》"采用横卷绘画形式，纵向较短而横向较长，此使得欣赏者无法将画面全局摄入眼底，故只能分段欣赏。此种形式决定的观赏方式迫使欣赏者不得不产生欣赏上的时间差异，过程是逐渐推移的，画面中可以包含不同的节奏及段落，形成较大的情感变化。比如，晋文公一路辗转，或受冷遇而忧，或受礼遇而喜，或复国踌躇满志等情感经画卷一一道来并不突兀，其中蕴含的情感变化更为丰富"②。

---

① 顾森：《秦汉绘画史》，人民美术出版社 2000 年版，第 266 页。
② 王瑞：《从〈晋文公复国图〉看中西绘画的差异》，《旅游纵览》（下半月）2016 年第 1 期。

　　宋元之际，文人画的出现使得"语图合体"，虽然李唐的《晋文公复国图》仍然是对文本的描绘，但是图像与文字互动大大增加，这些文字不仅具有功能性，区分画面中一个个结构单位，而且也与图像相结合作为人物内心与行为的旁白，共同将故事讲述完整。图像与文字相串联，形成了视觉上的缓冲。与《左传》的叙述相比较，《晋文公复国图》在情节上也出现了些许变化，"怀嬴奉匜"这一段图像中，怀嬴并无愠色，与《左传》文中怀嬴的大怒有出入。《晋文公复国图》为李唐奉宋高宗之旨所作，李唐在图像中对怀嬴的改写，我们看到了李唐对怀嬴的处理，体现封建伦理教化的深意，也表现了宋高宗对怀嬴烈女身份的认知与欣赏，对忠义、贤明女子的赞赏。

　　《左传》原文："及宋，宋襄公赠之以马二十乘。"画面（见图3-12）左上角题词可以清晰地看见这句话。上图画面中晋文公乘坐马车，狐偃、赵衰、魏武子、司空季子等人伴其左右，追随他到了宋国，图像右侧宋国人骑马前来迎接。图像按照原文绘制，又补全了文中留白，晋文公的门客追随其至宋，贯穿了前后情节。

图3-12　晋文公复国图·及宋　宋襄公赠之以马二十乘　李唐　美国大都会艺术博物馆藏

　　"及郑，郑文公亦不礼焉"这段故事对应的图中画面（见图3-13）是晋文公和门客被郑国挡于门外，叔詹向郑文公进谏，廷上叔詹弯腰进谏郑文公，郑文公立于柱后，叔詹的诚恳与用心良苦通过他充满诚意的动作表现出来，郑文公的固执己见、刚愎自用也通过叔詹反衬出来。

图3-13　晋文公复国图·及郑　郑文公亦不礼焉　李唐　美国大都会艺术博物馆藏

　　"及楚,楚子飨之"这段故事叙述的是楚成王设宴款待了重耳,两人最终达成退避三舍的协议。图像(图3-14)中并没有表现楚成王与晋文公两人对坐交谈的场景,而是选择了重耳及其门客在去秦国的路上进行表现和刻画,文字更好地为图像进行注释,串联前后故事情节。图像中随从人数、车马数量的增加,从侧面表现了楚王对晋文公的支持以及两人在战略上的合作。图像与文字结合,文字直接将故事进行解释说明,而图像则更注意表现其中的因果联系,将文字没有表达的内容也进行填充。

图3-14　晋文公复国图·及楚　楚子飨之　李唐　美国大都会艺术博物馆藏

　　"秦伯纳女五人,怀嬴与焉"这段故事对应《晋文公复国图》(图3-15)中三女围绕在晋文公的身边,为之"沃盥",另外两人则从廷中走向晋文公,人物背景的空白更好地将观者的目光集中于晋文公身上。图像中的女人神情柔和,环绕在晋文公身边,这是图像对于文字的改写。在这里,图像对文字不再是简单的模仿和翻译,而是表达了一种对女性的规劝,原本怀嬴发怒的场景变成了一片祥和。"画面并没有表现秦穆公、晋文公'英雄相惜'的'亲切友好'气氛,而反映的是'怀嬴奉匜沃盥'的情节。晋文公和秦穆公所赠予的五个女子,疏密有致地'陈列'在画面中,最右边的是怀嬴,她正趋步向前,端着一盘水,她右边有一女子,好像也拿着一件器皿;而晋文公正弯腰洗手,手刚刚从盘中拿出来。三人大致形成三角形,成为整画面的中心。最左边的应该是文嬴,她站在门口,还没下台阶,默默地看着眼前的一切。"①结合李唐的时代背景以及宋高宗的主张,我们看到《列女图》在宋代流传并且被临摹,宋代建立以来禁止宫廷后妃列席外朝、结交大臣,女性被政治所排斥在外,在构图上《晋文公复国图》怀嬴的形象也结合了《列女图》的构图和风格。

　　"及河,子犯以璧授公子"这段故事对应的图(图3-16)中是子犯与晋文公两人在黄河边上,子犯请辞。画面中子犯与晋文公位于图像的右侧,松树将门客与他们俩分开,构图上观者将更多的目光投向子犯与文公,重点突出,左侧一人撑舟于河上,平衡左右画面。

---

① 邱才桢:《宋代绘画中的女性形象与观念——以晋文公复国图中怀嬴形象为例》,《四川文物》2009年第5期。

图 3-15　晋文公复国图·秦伯纳女五人　怀嬴与焉　李唐　美国大都会艺术博物馆藏

图 3-16　晋文公复国图·子犯授璧　李唐　美国大都会艺术博物馆藏

图 3-17　晋文公复国图·朝于武宫　李唐　美国大都会艺术博物馆藏

　　"朝于武宫"这则故事对应图（见图 3-17）中晋文公在武宫神庙里朝见群臣的场景，图像中晋文公坐于车乘之上，侍从拥其入武宫神庙，队伍浩荡，图中暗示了晋文公复国成功。图像选取了重耳进入武宫神庙的一刻，具有暗示性，是故事高峰来临之前。原文只有"丁未朝于武宫"六个字，画面则选取"朝见"的准备期来进行描绘，"犹抱琵琶半遮面"既满足了观者的期待视野，又暗示了结局的完满。

　　先秦文学的图像母题很多，以上仅撷取的是先秦神话传说、诗歌、散文中几个具有代表性的例子，其余的一些文学图像母题因在专书如《诗经》《楚辞》等研究中会有涉及，这里从略。

后世画家也特别喜欢以先秦的神话传说作为绘画对象，如《山海经》中的西王母故事，《楚辞·九歌》中的湘君、湘夫人及河伯神话故事等，成为后世画家图绘的喜爱题材，这与神话传说本身充满神奇，远古又蕴涵着中华民族集体的心理和想象有关。

第四章　《山海经》文图关系

　　《山海经》不仅有文字，而且有图像，开了中国有图有文的叙事传统的先河。《山海经》图的流传与演变非常复杂，因为古图已佚失，后世所作图像也有散佚的情况，脉络难以理清，而且到后世有个人创作的《山海经》图，也有模仿前人的《山海经》图，对同一事物的描摹相差甚大，难以分辨。《山海经》的文字难以阅读和理解，《山海经》图更是在流传的过程中变得扑朔迷离，复杂难辨。袁珂在《山海经校注》的序言中说："吾国古籍，瑰玮瑰奇之最者，莫《山海经》若。《山海经》匪特史地之权舆，乃亦神话之渊府。以历时久远，编简失次，字伪句脱，向称难读。"①袁珂肯定了《山海经》极高的文化价值，然而由于它年代久远，在编纂流传过程中早已失真，内容很难为后世理解。后人想要读懂与更深入地研究《山海经》，当然离不开《山海经》图这种图像化的表现形式，因为图像本身也蕴含着丰富的文化信息与意味。

　　关于《山海经》图，顾颉刚先生在《山海经中的昆仑区》中说："这部书本来是图画和文字并载的，而图画更早于文字。"②古老的《山海经》是一部有图有文的书，然而原始的古图，汉所传图，晋代郭璞、陶渊明所见过的图以及六朝、唐宋各朝记载中的《山海经》图都没能流传下来，现在能见到的明清诸家的《山海经》图本就成了主要的研究对象，其中保留着原始的《山海经》图文叙事传统。《山海经》图为我们铺展了上古原始时期中华先民眼中的世界万物与思维模式，使我们了解上古神灵、动植物、异兽、神话人物、奇异的人与国。图像中的形象保留了大量原始思维的痕迹，粗犷稚拙，扭曲夸张，甚至充满怪诞，这正是原始中华文明的写照，后人可以从图腾、宗教、叙事、民族、符号、文与图的关系等方面进行大量研究。《山海经》图对《山海经》研究有着重大意义。

　　古代研究者更多地注重对《山海经》的校勘、作注、笺疏、释义，而当代学者更多地关注到《山海经》的文图关系。《山海经》的古图是否存在，如果存在，其源头及性质如何，《山海经》到底是依图而文，还是据文绘图，历朝历代《山海经》及《山海经》图的流变、沿革情况如何，各个版本《山海经》图之间的比较、图像与古图的

---

① 袁珂：《山海经校注》，上海古籍出版社 1980 年版，《序》第 1 页。
② 顾颉刚：《山海经中的昆仑区》，《中国社会科学》1982 年第 1 期。

关系、《山海经》图的种类，以及国外《山海经》文图关系研究的情况等等，这一系列文图关系问题成了当代学者关注的焦点。马昌仪是当前《山海经》文图关系研究的先行者之一，主要成果是把长期以来只重视《山海经》文本解读的视角扩大，引领《山海经》图像与文本关系的研究，并与海外《山海经》研究者形成"对话"关系，拓展了比较研究的视野。由此《山海经》被置于图文叙事的传统中加以全新的研究，通过文图的整体分析，《山海经》文本的某些问题得到了新的阐释，《山海经》图的源头、变异、流传等信息得到了梳理，上古先民的思维模式、文图关系的传承情况、图文叙事的内涵等问题也更好地呈现在了当代视野中。她在 2001 年出版了专著《古本山海经图说》[1]，2003 年出版了《全像山海经图比较》[2]，2007 年出版了《古本山海经图说》（增订珍藏本）[3]。此外她还有研究《山海经》文图关系的一系列文章，对其他研究者有着很大的启发作用。本章就在这些学者研究的基础上对《山海经》的文图关系进一步详细地描述，以此揭示《山海经》与《山海经》图的内在复杂关系和《山海经》文图关系的特点。

第一节　历代《山海经》图与《山海经》

目前传世的《山海经》图基本上都是明清以后的，明以前的仅有文献记载，已有学者如沈海波在《略论〈山海经图〉的流传情况》[4]一文中推断了历史上《山海经》图亡佚的时间大致是在汉宣帝至汉成帝之间，并对魏晋时期流传的新图问题做了探讨。张祝平在《宋人所论〈山海经图〉辩证》[5]中对舒雅摹绘的《山海经》图、欧阳修所描述的《山海经》图、薛季宣所见《道藏》本《山海经》图、朱熹推论的《山海经》图等进行了梳理辨证与比较。马昌仪《山海经图：寻找〈山海经〉的另一半》[6]一文较多地提及明清人及近人对《山海经》图的推测，而没有提及明以前的学者。本节就在上述学者研究的基础上从明以前文献记载的《山海经》图及明清传世的《山海经》图两方面来论述它们与《山海经》的关系。

一、明代之前的《山海经》文图关系

明代之前的《山海经》图像几乎均未传世，究其原因，一是明代之前的《山海经》图几乎均已亡佚、失传，不可复得；二是《山海经》长期属于小传统，并非主流

---

① 马昌仪：《古本山海经图说》，山东画报出版社 2001 年版。

② 马昌仪：《全像山海经图比较》，学苑出版社 2003 年版。

③ 马昌仪：《古本山海经图说》（增订珍藏本），广西师范大学出版社 2007 年版。

④ 沈海波：《略论〈山海经图〉的流传情况》，《上海大学学报》2000 年第 5 期。

⑤ 张祝平：《宋人所论〈山海经图〉辩证》，《中国历史地理论丛》2001 第 4 期。

⑥ 马昌仪：《山海经图：寻找〈山海经〉的另一半》，《文学遗产》2000 年第 6 期。

文学的一支,因此明代以前的画家很少以《山海经》作为文人画的主题,这一点使其区别于先秦其他文学图像,例如传世《楚辞》《诗经》图像中有一部分就是明代之前的。因此,我们只能从相关文献记载中寻找明代之前《山海经》文图关系的脉络。

(一) 汉代之前《山海经》文图的关系

《山海经》并非作于一人一时,而是经历漫长的历史时期,不断增益成书的。

汉代之前,《山海经》的文本仍在形成过程之中。直至西汉末年,刘歆进行校勘整理,形成了《山海经》定本。他在《上〈山海经〉表》中写道,《山海经》出于唐虞之际,其作者是禹和益——后世据此形成了传统的观点。现代学者则对其形成年代和作者提出了各种假说,当今多数学者同意其创作时间大致在战国到秦汉之际,且《山经》更早于《海经》。今日我们看到的《山海经》共十八卷,包括《山经》五卷、《海经》八卷、《大荒经》四卷和《海内经》一卷,共计三万一千余字。这几个部分的性质并不相同,是在流传过程中渐渐合编到一起的。

汉代之前《山海经》文图关系的突出特点是先图后文。

关于《山海经》古图的面貌与性质如何,学界观点并不一致,有禹鼎图说、地图说、壁画说、巫图说、职贡图说、天文历法图说等多种观点,其中学界多认为《山海经》古图就是禹鼎图或者巫图,产生于原始时期宗教、祭祀、巫的信仰与文化。

禹鼎图、宗庙壁画、巫图等,都是最原始状态的《山海经》古图。

明代注家杨慎《山海经后序》云:

《左传》曰:昔夏氏之方有德也,远方图物贡金,九牧铸鼎象物,物物而为之备,使民知神奸,入山林不逢不若,魑魅魍魉莫能逢之。此《山海经》之所由始也。神禹既锡玄圭,以成水功,遂受舜禅,以家天下。于是乎收九牧之金以铸鼎,鼎之象则取远方之图,山之奇,水之奇,草之奇,木之奇,禽之奇,兽之奇,说其形,著其声,别其性,分其类。其神奇殊汇,骇世惊听者,或见或闻,或传闻,或恒有,或时有,或不必有,皆一一书焉。盖其经可守者,具在《禹贡》,奇而不法者,则备在九鼎……太史终古藏古今之图,至桀焚黄图,终古乃抱之以归殷。又史官孔甲,于黄帝姚姒盘盂之铭,皆辑之以为书。则九鼎之图,其传固出于终古孔甲之流也,谓之曰《山海图》,其文则谓之《山海经》。至秦而九鼎亡,独图与经存。①

这里他主要论述的是《山海经》古图、"远方之图"、"禹鼎之图"及"孔甲辑鼎铭之图",《山海经》图是由九鼎图演化而来的,经文是对图的说明。

余嘉锡疑屈原所见古先王之庙及公卿祠堂中的壁画即《山海经》图,与《山海经》经文有着对照、呼应的关系。

就先秦时期《山海经》文与图的先后关系,袁珂先生的观点很有代表性:"《山

海经》尤其是以图画为主的《海经》部分所记的各种神怪异人,大约就是古代巫师招魂之时所述的内容大概。其初或者只是一些图画,图画的解说全靠巫师在作法时根据祖师传授,自己也临时编凑一些歌词……于是有那好事的文人根据巫师歌词的大意将这些图画作了简单的解说,故《海经》的文字中,每有'两手各操一鱼'(《海外南经》)……这类的描述,见得确实是说图之词。"①

《山海经》是先有图后有经文,这一点已获学界的大部分认同。对于古图无论持哪种观点,"先图后文"这一点是得到普遍认同的,即古图与经文的关系是,图像产生在先,继而"据图写文",产生《山海经》经文。古图亡佚后所绘的《山海经》图则是"据经绘图"。其中,汉画像石中经常可见《山海经》故事,如汉代画像石、画像砖、石棺上的伏羲女娲图、西王母图等,它们与《山海经》经文的关系比较特殊,图像的刻画并非直接作用于经文,而是基于上层统治者与民间对伏羲女娲、西王母的信仰而产生。通常经文描述简略,只反映了作品写作之时的神话内涵,而在画像石上,多种图像元素任意组合出现,内容大大超过文字。这是由于《山海经》神话的广泛流传使上层与民间对其形成了零散的、综合的印象,继而刻绘的图像反映了多段文字、传说的结合。

(二) 汉代至魏晋南北朝的《山海经》文图关系

清代毕沅在《山海经新校正》中指出,《淮南子·地形训》与《海外经》在描述远国异民时,内容上大致吻合,但方位与叙述顺序并不相同,"是汉时犹有《山海经图》,各依所见为说,故不同也"。所以,汉武帝时《山海经》图尚存。

西汉刘歆校订《山海经》一十八篇,形成了《山海经》定本,由此经文相对固定,图像却依旧经历着不断的变化。然而经历两汉、三国、西晋多年的战乱与动荡,此《山海经》定本散佚良多,不复原貌。

刘歆在《上山海经表》中曾说:"侍中奉车都尉光禄大夫臣秀领校、秘书言校、秘书太常属臣望所校《山海经》凡三十二,今定为一十八篇,已定……孝宣帝时,击磻石于上郡,陷得石室,其中有反缚盗械人。时臣秀父向为谏议大夫,言此贰负之臣也。诏问何以知之,亦以《山海经》对。其文曰:'贰负杀窫窳,帝乃梏之疏属之山,桎其右足,反缚两手。'上大惊。朝士由是多奇《山海经》者,文学大儒皆读学,以为奇,可以考祯祥变怪之物,见远国异人之谣俗。"②可见当时(汉哀帝时)有刻于壁上的、与《山海经》内容相符的图像——贰负之臣。然而这篇《上山海经表》却未具体言及《山海经》有图。其实,刘向、刘歆父子在校经时并没有提及《山海经》图,应该图已不存。到了汉明帝赐王景《山海经》《河渠书》《禹贡图》来治水时,只提及《禹贡图》,当时《山海经》应该只剩经文了。所以推测《山海经》

---

① 袁珂:《袁珂神话论集》,四川大学出版社 1996 年版,第 15 页。
② 袁珂:《山海经校注》附录,上海古籍出版社 1980 年版,第 477—478 页。

图亡佚的大致时间为西汉晚期。

东晋初年,郭璞在刘歆校订的《山海经》文字文本的基础上,从文字、训诂入手,对其做了系统全面的整理、编辑与注解。郭璞在《注〈山海经〉叙》中自曰"为之创传",袁珂先生在《中国神话史》中说:"《山海经》的有注,确实是从郭璞开始的;郭璞之前,未有闻焉。"①学界一般认为,郭璞是第一个系统地注释《山海经》的学者,所以他的注解最接近《山海经》的原始面目。

郭璞有如"图亦作牛形""画似猕猴而黑色""画似仙人也""亦在畏兽画中""今图作赤鸟"等注文,"郭璞所说的'畏兽'指的是那些有威力的神与兽……'畏兽画'最鲜明的特征是,具有辟凶邪、御妖厉、辟兵刃的功能,因而带有巫图的性质。古代的畏兽画,赖《山海经》得以保存"②。所以,马昌仪认为,郭璞在注中和《山海经图赞》中提到的"畏兽画"即他当时所见《山海经》图,他是在看到图后写作《山海经图赞》的。清代郝懿行在《山海经笺疏·叙》中曰:"然郭所见图即已非古。古图当有山川道里。今考郭所标出,但有畏兽、仙人,而于山川脉络即不能案图会意,是知郭亦未见古图也。"③古图在战乱中已亡佚,郭璞所见《山海经》图并非古图。

郭璞在《山海经图赞》中用注文描述动植物的形状、性质、作用,解读地理资源、远国异民,阐释神兽与神话。其图赞主要是"一物一咏"的形式,四言句、六句为赞,就形状、功用、典故等方面来解释《山海经》中的一个具体事物,对经文进行补充说明。

另外,前凉文王张骏也曾为《山海经》作图赞,有《山海经图画赞》一卷,约成书于东晋咸康年间。"张骏所作《山海经图赞》与郭璞的《图赞》有时难辨,现明确为其所作者只有二则:1.飞鱼。'飞鱼如鲋,登云游波'。(《御览》九三九)2.駮。'敦山有兽,其名为駮,麟形一角'(《初学记》29 马第四)"④。

晋代诗人陶渊明在隐居时曾写了《读〈山海经〉十三首》的组诗,其一是:

> 孟夏草木长,绕屋树扶疏。
>
> 众鸟欣有托,吾亦爱吾庐。
>
> 既耕亦已种,时还读我书。
>
> 穷巷隔深辙,颇回故人车。
>
> 欢然酌春酒,摘我园中蔬。
>
> 微雨从东来,好风与之俱。
>
> 泛览《周王传》,流观《山海图》。
>
> 俯仰终宇宙,不乐复何如。

---

① 袁珂:《中国神话史》,上海文艺出版社 1988 年版,第 365 页。

② 马昌仪:《从战国图画中寻找失落了的山海经古图》,《民族艺术》2003 年第 4 期。

③ 郝懿行:《山海经笺疏》,上海古籍出版社 2019 年版,第 428 页。

④ 转引自张祝平:《〈山海经〉图、图赞、图诗》,《古典文学知识》2001 年第 5 期。

我们注意到,陶渊明在读《穆天子传》和《山海图》时是"泛览""流观",当然这与他隐居的心境有关,但也在一定程度上表明他不像司马迁那样对其中的"怪物"充满疑惧,也不像刘歆、郭璞那样恭敬地将其看作史实,而是将此二书的内容理解为神话,用欣赏、审美的眼光来阅读的。陶渊明所见图,应该是古图亡佚后,魏晋有人根据经文补绘的。

郭璞和陶渊明所见《山海经》图已经佚失,没有流传下来。

上文提及的郭璞所见图、张骏所见图与陶渊明所见图都是晋所传图,应该是《山海经》图失传后有人根据经文的内容补绘的,与古图相差甚远。郭璞所注"今图作赤鸟"的"今图"正是为了与古图区别开来,说明其所见非汉时之图。

清代注家毕沅曰:

《山海经》有古图,有汉所传图,有梁张僧繇等图。十三篇中《海外》《海内》经所说之图,当是禹鼎也;《大荒经》已下五篇所说之图,当是汉时所传之图也,以其图有成汤、有王亥仆牛等知之,又微与古异也。据《艺文志》,《山海经》在形法家,本刘向《七略》以有图,故在形法家。又郭璞注中有云"图亦作牛形",又云"亦在畏兽画中"。又郭璞及张骏有图赞。陶潜诗亦云:"流观山海图。"[1]

他认为,《海外经》与《海内经》所说之图是禹鼎图,《大荒经》以下五篇所说之图是汉代所传图,并粗略梳理了图的历史沿革。古图亡佚后,后世之人依据经文重绘《山海经》图,由此,《山海经》文图关系经历了转折——由"依图写文"变为"据文绘图"。

陶渊明《读〈山海经〉十三首》其二为:

> 玉台凌霞秀,王母怡妙颜。
> 天地共俱生,不知几何年。
> 灵化无穷已,馆宇非一山。
> 高酣发新谣,宁效俗中言![2]

这里的西王母是陶渊明"流观《山海图》"后所写,"王母怡妙颜",把经文中"人、神、兽合一"的西王母描绘成了身处仙境的"妙颜"女性神的形象,与经文所述有了很大差距。可见古图亡佚后,后人所绘图像带有明显的时代印迹与画家自己的理解,已经失真。正如萧兵所说:"陶潜所写的西王母……神气活现,都已是魏晋时代神仙思想的产物,决不会是《山海经》及其原图的情貌。"[3]

通过众多著录、文献记载与历代研究者之笔,可知南朝梁武帝时,张僧繇根据经文重绘了"山海图"247 幅,乃异物兽形图。

---

① 郭璞注,毕沅校:《山海经》,上海古籍出版社 1989 年版,第 8 页。
② 陶渊明著,逯钦立校注:《陶渊明集》,中华书局 1979 年版,第 133 页。
③ 萧兵:《楚辞文化》,中国社会科学出版社 1990 年版,第 443—444 页。

（三）唐宋元时期的《山海经》文图关系

张祝平在《宋人所论〈山海经图〉辩证》[1]中对宋代学者关于《山海经》图的说法进行了梳理与辩证。他指出，关于舒雅摹绘的《山海经图》主要见于以下宋代目录学著作的著录：郑樵《通志·艺文略》的著录、晁公武《郡斋读书志》的著录、王应麟《玉海》引《中兴书目》《崇文总目》《郡斋读书志》著录、马端临《文献通考·经籍考》引晁公武《郡斋读书志》著录。

其中，王应麟《玉海》引《中兴书目》《崇文总目》《郡斋读书志》著录为：

《中兴书目》山海经图十卷　本梁张僧繇画，咸平二年，校理舒雅铨次馆阁图书，见僧繇旧踪尚有存者，重绘为十卷，又载工侍朱昂《进僧繇画图表》于首。僧繇在梁以善画著。每卷中先类所画名，凡二百四十七种。（原注：其经文不全见。《崇文目》同舒雅修。《晁氏志》："图十卷，舒雅等撰，或题曰张僧繇画，妄也。"）[2]

由以上著录及相关信息可以得知张僧繇重绘及舒雅摹绘《山海经》图的大致情况：张僧繇是南朝梁武帝时的著名画家，"画龙点睛"这个故事可见其绘画功力之深。他在当时曾画《山海经图》。到了宋代，韩熙载的门人舒雅入朝修书时见到张僧繇的旧图，摹绘了十卷。宋代的《中兴馆阁书目》记载了这一消息："《书目》又有图十卷，首载郭璞序，节录经文而图其物，如张僧繇本，不著姓名。"[3]另外，由"每卷中先类所画名，凡二百四十七种"可推测张僧繇和舒雅的绘图是动物植物、神怪异兽、远国异民等一幅一幅的图，应该不是大幅的地图、山川图、地貌图。

由于张僧繇重绘及舒雅摹绘的这两种图皆已失传，后人只能由文献的相关记载得知他们曾经重绘过《山海经》图，并从明清的图文版本《山海经》看到古图、张僧繇绘图、舒雅绘图等版本的图像历经增删修绘而遗留的痕迹。

张彦远《历代名画记》中列举了 97 种"古之秘画珍图"："古之秘画珍图固多散逸，人间不得见之，今粗举领袖，则有……山海经图（六，又钞图一）……大荒经图（二十六）。"[4]而此处所列多为书籍插图，所以《山海经》图是被看作插图性质的，并且他并未言及《山海经》图具体的面貌如何。

晋陶渊明有《读山海经十三首》，宋欧阳修也有《读山海经图》的诗：

> 夏鼎象九州，《山经》有遗载。
>
> 空蒙大荒中，杳霭群山会。
>
> 炎海积歊蒸，阴幽异明晦。

---

[1] 张祝平：《宋人所论〈山海经图〉辩证》，《中国历史地理论丛》第 16 卷第 4 辑，2001 年。

[2] 王应麟：《玉海》卷一五《地理》，广陵书社 2003 年版，第 280 页。

[3] 王应麟：《玉海》卷一五《地理》，广陵书社 2003 年版，第 280 页。

[4] 张彦远著，俞剑华注释：《历代名画记》，上海人民美术出版社 1964 年版，第 76—82 页。

奔趋各异种，倏忽俄万态。

群伦固殊禀，至理宁一概。

骇者自云惊，生兮孰知怪？

未能识造化，但尔披图绘？

不有万物殊，岂知方舆大？①

比较两位诗人读《山海经》图后的感受，我们发现，与陶渊明仅仅描写自己"流观《山海图》"的宁静生活不同，欧阳修的诗歌比较详细地描绘了他所见图的面貌。

首句"夏鼎象九州，《山经》有遗载"，诗人认为《山海经》的古图是禹鼎之图，而他眼前所见图应该非古图、禹鼎图，因为古图早已佚失，他自己所编《集古录》一书也没有禹鼎之图。"空蒙大荒中，杳霭群山会。炎海积歊蒸，阴幽异明晦。奔趋各异种，倏忽俄万态。"这是描绘《山海经》图画内容的几句，气势壮观磅礴，场面苍茫缥缈，勾勒出了一幅山川地理的全景图。所以欧阳修所见《山海经》图并非神兽精怪图，而是地理全景图，与舒雅所绘相差甚远。

南宋哲学家薛季宣也曾见过《山海经图》："是书流传既少，今独《道藏》有之，又《图》十卷，文多阙略。世有模板张僧繇画《山海经图》，详于《道藏》图本，然《道藏》所画不出十三篇中，模本画图有《经》未尝见者。按五《山经》山多亡佚，意僧繇画时其文尚完，不然后人传托之名不可知也。不敢按据模本，姑以《道藏》经图，参校缮写藏之。"②

另外，朱熹对《山海经》图也进行了一些推测："予尝读《山海》诸篇，记诸异物飞走之类，多云'东向'，或云'东首'，皆为一定而不易之形，疑本依图画而为之，非实记载此处有此物也，古人有图画之学，如《九歌》《天问》皆其类。"③"问《山海经》，曰'一卷说山川者好。如说禽兽之形，往往是记录汉家宫室中所画者，说南向、北向，可知其为画本也。'"④朱熹认为，《山海经》的经文中有"东向""东首""南向""北向"等描述方向的词，所以《山海经》像《九歌》《天问》那样，是依照图画而为文的，并且由于有方位词，原始的图像应该是山川地貌图，经文是用来描写图上各个事物的方位的。

概括而言，宋代的《山海经》图有以下几种：宋真宗时，舒雅根据张僧繇的残图重绘《山海经》图十卷，乃异物兽形图。《中兴书目》载无名氏《山海经图》十卷，有图有文，乃异物兽形图。欧阳修所见图，乃山川地貌图。薛季宣所见图，十卷，《道藏》藏，乃异物兽形图。由于古图亡佚已久，这些图应该皆为"据文绘图"而成。

---

① 欧阳修著，李逸安点校：《欧阳修全集》卷五十三，中华书局 2001 年版，第 749 页。

② 薛季宣：《浪语集》卷三十《叙山海经》，清文渊阁《四库全书》本。

③ 郭齐、尹波点校：《朱熹集》，四川教育出版社 1996 年版，第 3715 页。

④ 黎靖德编：《朱子语类》，中华书局 1986 年版，第 3278 页。

　　总而言之,明代之前《山海经》文图的关系,不断经历着纵向的"史"的变化,大致是由依图写文到图、文各自变化发展,再到经文基本固定,到图像亡佚,最后到据文绘图。

　　经文的传承还算平顺,偶有脱文、衍文、残缺、错字与字句变化等情况。相对经文,图像的演变与传承可谓"命途多舛""容貌难辨"。笔者认为这主要有以下几点原因:

　　首先是图像相对经文而言更易变。经文记载于一定的平面媒介,即使有变化,幅度也不会太大,而图像被刻绘于器物、石壁、画卷,甚至是更多承载物,历经岁月变迁与战乱,不复原貌,难以长存。

　　其次是《山海经》图有原始巫图、禹鼎图、壁画、石像、山川地图、异物兽形图等多种面貌与性质的图,相对经文而言更多样化,在历史变迁中难以理清其脉络。

　　再次,经文在西汉基本固定,而较原始的图像却在西汉末年亡佚,此后历代补绘的图像也多失传,我们只能从历代文人、研究者的文字记载中寻找线索来推测图像的样貌,并且只有明清时期的某些《山海经》图可以成为我们确实能见的研究对象。

　　最后,据文绘图的历代画家在绘图时多是基于自己对经文、注文的理解,加以生活经验,借鉴前人作品,用自己的绘图笔法与技巧所作,脉络庞杂。

　　值得注意的是,性质不同的各部分经文是在历史进程中逐渐合编到一起的,从原始时期到之后历代出现的图像的性质也不同,经文与图像又不断经历着增删、变异甚至亡佚后的补作,自身变化扑朔迷离,《山海经》全书经文也并非都有图像相对应。这些众多的因素导致《山海经》文图关系纷繁复杂,因此笔者在此只能对其进行大致概括。

二、以胡文焕本、蒋应镐本为代表的明代《山海经》图与《山海经》的关系

　　目前传世《山海经》图中年代最早的当属成书于明初的《永乐大典》卷九一〇中的两幅插画:《海外东经》的奢比尸图(见图4-1a)和《海内北经》中的据比尸图(见图4-1b)。图4-1a中的释文为"奢比之尸在大人国北,兽身人面大耳,珥两青蛇,云肝俞之尸",图4-1b中的释文为"海内昆仑虚北有据北之尸,其人折颈被发一手",整体而言,图像、释文与经文都是吻合的。由于是插图的性质,它们应该是明之前画家的作品。

　　在马昌仪先生的《古本山海经图说》和《古本山海经图说》(增订珍藏本)中,她按照经文十八卷的顺序,采用图说的方式展示《山海经》的经文及图像,一神(或多神)一图一说,即由图、经文、解说三部分共同解读一物。"图像主要来源于

图 4-1a 奢比尸
《永乐大典》卷九一〇

图 4-1b 据比尸
《永乐大典》卷九一〇

明清不同时期的十六种《山海经》图本,它们用图画讲故事的方式各不相同,有以山川、神兽为背景的情节式讲述;有一图一说相互配合的讲述;有穿插于十八卷经文中的讲述;有辅以郭璞图赞的讲述;等等。不同背景、不同形貌的神和兽在讲述同一个《山海经》故事⋯⋯"①在展示一个事物时,作者把不同版本对此事物描绘的图像同时呈现,展示了"一神多图"的现象。由于增订珍藏本相对更完整、成熟,以下以其收录的文图为例来阐释明代《山海经》诸图本的特点及《山海经》图与《山海经》的关系。

(一) 胡文焕《山海经图》版本

如今所见胡文焕《山海经图》是郑振铎先生的藏书,1994 年 10 月由上海古籍出版社出版,收于八卷本的《中国古代版画丛刊二编》第一辑。《山海经图》是胡文焕所编《格致丛书》中的一种,是目前所知最早的《山海经图》刻本,于明万历二十一年刊行。

此图本的编排并不按神、兽、鸟、虫分类,无明显分类准则。图本是 16 开本,合页连式,共有 133 图,有 110 幅见于《山海经》,神祇 16、异域 2、怪兽 52、奇禽23、鳞介(鱼蛇虫)117。(马昌仪统计)

该图本图说并举,图在右,说在左,图无背景的刻画,右上方有神名。图像整体风格古朴简约,画家通过细腻的线条对奇神异兽进行近距离描绘,画面留白较

① 马昌仪:《古本山海经图说》(增订珍藏本),广西师范大学出版社 2007 年版,前言第 1—2 页。

多。胡本突出的特点有：选图标准独特、图说独特、图文吻合程度不高等。

选图标准独特体现在白泽、和尚鱼、角兽、世乐鸟、比目鱼、比肩兽等 23 个神、兽在《山海经》中没有相关的经文记录，而胡文焕把它们也编进了图本中——即胡本选图超出了《山海经》经文的范围，并且，胡文焕会根据自己的理解，把相关图像收入图本中。例如《中次十二经》中夫夫山的山神于儿，是人身、身操两蛇、出入有光的形象，而胡本所收登山神俞儿的图是身材很小的一个人骑着一匹马。显然在胡文焕的理解中，两个神是同一个，但《中山经》中的山神于儿和为人指路的登山神俞儿并不是同一神。

胡本的图说是一个亮点，有时与经文不符，图像与经文的吻合程度也不高。

胡文焕经常会在图说中表明自己独特的观点。比如关于雨师妾，历来注家有着不同的看法：国名、部族名、雨师之妾等等。胡文焕图说曰："屏翳在海东之北，其兽两手各拿一蛇，左耳贯青蛇，右耳贯赤蛇；黑面、黑身，时人谓之雨师。"[1]在此他表达了自己的观点：雨师妾是雨师屏翳。

胡文焕将分析结合描述同一神、兽的多段经文，适当扩充或改变经文的内容。如《西山经》中的陆吾"虎身而九尾，人面而虎爪"，《海内西经》中的开明兽"身大类虎而九首，皆人面"，《大荒西经》中的人面虎身神"人面虎身，文尾，皆白处之"，三者都是昆仑山山神，实际是同一个神。胡文焕图说曰："昆仑之丘有天帝之神，曰陆吾，一名坚吾，其状虎身人面九首，司九域之事。"此图说结合了几段经文的描述并略作改变，其中"九首"与《西山经》中的"九尾"不符，所以胡本中陆吾的图像与众不同，是"九首"而非"九尾"。

胡文焕也会参考历史典籍、神话传说与注家的解释，并描图，起到对经文补充与解释的作用。如胡本图说对狌狌的描述是："鹊山有兽，状如禺，类猕猴，发垂地。江东山中亦有，名猩猩，能言。"[2]而《南山经》经文是"招摇之山……有兽焉，其状如禺而白耳，伏行人走，其名曰狌狌，食之善走。"[3]胡本图说的"类猕猴"是对"禺"的解释，"能言"来自相关古书的记载，是对狌狌特点的补充。

所以，胡文焕的图说是综合一段或多段《山海经》经文、郭璞的《图赞》、相关典籍及文献记录等提供的信息，同时合并《山海经》中同类或相似神、兽的特征，进行适当的取舍而写成的，其图像也因此而呈现出不同于经文的面貌。

除了图说的原因导致图像与经文不符外，胡本图像本身有时与经文的吻合程度也不高，例如对巴蛇的刻画——"巴蛇食象"是很著名的传说，经文中也提到这点，所以巴蛇的突出特点是体型巨大，能吞象。但胡本的图中哪来的"巴蛇吞象"呢？巴蛇的确被画得很大，居于画面的主导位置，但口中吞食的并不是大象，

---

① 马昌仪：《古本山海经图说》第九卷《海外东经》，山东画报出版社 2001 年版，第 487 页。

② 马昌仪：《古本山海经图说》第九卷《海外东经》，山东画报出版社 2001 年版，第 2 页。

③ 袁珂：《山海经校注》，上海古籍出版社 1980 年版，第 1 页。

倒像是老鼠,与蒋本的图在吻合、准确程度上相比可谓逊色不少(见图4-2、图4-3)。再如,《大荒北经》经文曰"又有神衔蛇操蛇,其状虎首人身,四蹄长肘,名曰彊良",胡本图中的彊良只衔蛇,不操蛇,与经文也不符。

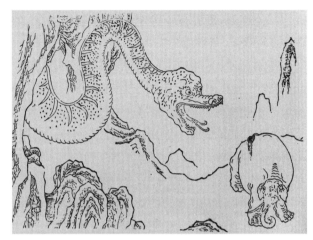

图4-2 巴蛇 胡文焕本　　图4-3 巴蛇 蒋应镐本

另外,由于文字传抄的错误而导致图像变异的现象在胡本中经常发生,且在明清诸版本中,胡本最为明显。如胡本图说关于𫛭斯云:"灌题山有鸟,状如雌雉反面,见人乃跃……"而《北山经》经文曰:"有鸟焉,其状如雌雉而人面,见人则跃……"这里,胡本中"反面"明显写错了,应该是"人面",而画工依据胡本图说,没有将𫛭斯画成人面的鸟。

分析渊源关系可知,胡本是《山海经》图历史传承链条中非常关键的一环。它上承明代之前的图本,下启明清诸图本——康熙吴本、乾隆吴本、近文堂吴本、成或因绘图本、毕本、郝本、禽虫典、神异典、边裔典、上海锦章图本等,都处于胡本的传承系统中。表现在具体的图像上,这些摹本、摹本的摹本,甚至摹本的摹本的摹本,与胡本都有着渊源关系,因此图像或多或少都有相似之处,并且,胡本当时还传到了日本,江户时代绘制并刊印了《怪奇鸟兽图卷》,其中的一些图像见于胡本。[①]

---

① 日本江户时代根据《山海经》图与文绘画的《怪奇鸟兽图卷》彩色图本是彩色长卷,长13.12米、纵27.5厘米,图像连接成卷,个别图像有重叠。其76幅图有66幅见于胡本,马昌仪推测,日本画家在绘图时可能参考了胡本。此版本的构图特点是:背景较少,留白较多,于空白处用中文写奇神异兽的名称,每个图像的上部有草体墨书的解说词。图像主体是对奇神异兽的特写刻画、静态呈现,带有古朴宁静的日本风味,就像是年历中的图画,每一张详细描摹一种奇兽。由于胡本流传到日本发生了一定的变异,加之日本画工的不同理解,《怪奇鸟兽图卷》与经文也出现了部分游离现象。日本著名《山海经》研究专家伊藤清司在文唱堂株式会社2001年版《怪奇鸟兽图卷》前撰写了《关于怪奇鸟兽图卷的解说》一文。关于中日《山海经》图的对比研究,马昌仪在《中日山海经古图之比较研究》一文中提供了一个新的研究素材——日本下的西出土绘画板上的一幅《山海经》图,图像所绘为著名的"贰负臣危"的故事(见图4-43),同时,她指出除了《怪奇鸟兽图卷》外,日本尊经阁文库还有一部与《山海经》图有关的《天地瑞祥志》图本。

第四章 《山海经》文图关系

117

（二）蒋应镐《山海经（图绘全像）》版本

蒋应镐《山海经（图绘全像）》十八卷于明万历二十五年刊行，绘者是江苏广陵蒋应镐、武临父，镌者是刘素明、李文孝。此图本是金陵派插图式刻本，合页连式，共 74 幅图，每图有一到五六个神、兽，共 346 例：神灵 73、异域 49、畏兽 113、奇禽 59、鳞介（鱼蛇虫）50、神山 2。（马昌仪统计）

蒋本是独创性很强的一个图本，突出的风格与特点有：

首先，与其他某些版本仅仅刻画神、兽的外形相比，蒋本的绝大多数图都有场景的设置。画面整体一般是中景，留白较少，画面丰富多彩。

蒋本图像的背景一般是树林、水流、岩石、山体、植物等，于其中加入画面的主体——奇神异兽，读者对它们生活的环境便一目了然。比如器的背景有山、树木和水流，表现了它生活在山林中；虎蛟的背景是水流和河岸的石头，读者一看便知它生活在水中；《西山经》西王母的背后有大团云雾和山体，表明了她是住在山中的天神。

郝懿行在《山海经笺疏·序》中曾推测"古图当有山川道里"，蒋本的这种有环境刻画的图像，一方面使读者更清晰直观地读懂《山海经》的经文与图，一方面也可谓对古图的一种"回归"。明代诸图本中，只有蒋本描绘了经文中所出现的"神山"——列姑射山和蓬莱山。

其次，蒋本图像的动态性、故事性、完整性在明代诸图本中是很大的亮点。

画家以神祇鸟兽为中心进行工笔细描，奇神异兽在他的笔下得到了动态呈现，加上对大幅背景的细致描绘，画面感、故事感极强。如"讙头国"，其他版本的图基本是单单静态描绘长着鸟喙和翅膀的讙头国人手里拿着一条鱼，而蒋本却为其设置了场景与故事：讙头国人在水中捉捕鱼虾，读者看到画，就如同读一个动态的小故事（见图 4-4、图 4-5）。

图 4-4　讙头国　蒋应镐本

图 4-5　讙头国　蒋应镐本

蒋本总能较完整地呈现画面，如《聂耳国》经文曰："聂耳之国在无肠国东，使两文虎，为人两手聂其耳。县居海水中，及水所出入奇物。两虎在其东。"[1]明代诸版本图像中，只有蒋本画出了经文中的"两文虎"。再如犬戎国图像中，蒋本绘

---

① 袁珂：《山海经校注》，上海古籍出版社 1980 年版，第 237 页。

出了"有一女子,方跪进杯食"。① 与神话有关的神祇的随从、车驾、手杖等也与神的主体共同构成了完整的故事画面。例如在水神冰夷的图像中,画家不单单刻画冰夷,还加入了两条龙,形成了"冰夷人面,乘两龙"这一完整的故事画面(见图4-6)。

图4-6 冰夷 蒋应镐本

蒋本中奇神异兽如果是"人面",通常比其他版本更接近人类真实的"表情",尤其是"眼神"的刻画,令人印象深刻,例如各版本的赤鱬图(见图4-7至图4-12):

图4-7 赤鱬 蒋应镐本

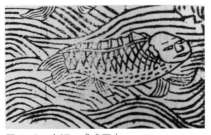

图4-8 赤鱬 成或因本

图4-9 赤鱬 康熙吴任臣本

图4-10 赤鱬 汪绂本

① 马昌仪:《古本山海经图说》第八卷,山东画报出版社2001年版,第469页。

119

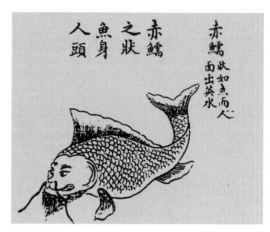

图 4‑11　赤鱬　《禽虫典》　　　图 4‑12　赤鱬　上海锦章图本

观察各图,蒋应镐所绘赤鱬,脸部有着类似人类的生动神情,尤其是眼睛,而其他版本中,赤鱬基本是无表情的怪鱼形象而已,呆滞且刻板。类似的"表情",我们还可以在这个版本的很多图像中发现,如鸟身龙首神有点愁眉苦脸,窫窳在他的笔下整个是人的头部和微笑的表情了。这一特点,使蒋本中的山川植物、神兽动物、主次物象都被赋予了生命,与其他诸版本相比更生动有趣,令人难忘。

蒋应镐的绘图还存在某种相对固定的"模式",突出表现在背景与神兽主体的关系、同一类事物相似的绘图表现手法,例如对形形色色的山神的刻画(见图4‑13 至图 4‑16):

蒋本的山神形象众多,共 33 例,仔细观察会发现这些图像在造型设计和构图方式上非常相似。这些山神都是类似人类的站姿,多数是正面,极少数侧身,多数形象是鸟、龙、猪、蛇、羊、马、牛、兽的一部分与人面、人身、人形的结合,这样的结合有 28 例。画家用简约的笔触勾勒了山神所处的环境,主要是山体、岩石、植被等,有时会在山神身后绘上云雾。所有这些元素便构成了蒋本绘图相对固

图 4‑13　人面牛身神　蒋应镐本　　　图 4‑14　马身龙首神　蒋应镐本

图4-15 龙身人面神 蒋应镐本　　　　图4-16 龙身鸟首神 蒋应镐本

定的"模式"——在描绘同一类事物时,通常采用相似的造型设计、构图方法与画法。

蒋本针对不同经文的同一神兽,会绘制多幅图,这也是其特点之一,如其根据经文的变化将窦窳的变异一一呈现。

笔者通过对明代诸图本的对比研读总结出,蒋本与经文的符合程度是最高的。如《北山经》的诸犍,"其状如豹而长尾,人首而牛耳,一目……行则衔其尾,居则蟠其尾"①,在各版本图像中,蒋本与经文最符合:人面,牛耳,一目,身子像豹,衔着尾巴,画出了经文描述的每个特征,而其他版本的图像,都有不符合或者不到位之处。再如《海外北经》的柔利国,"……为人一手一足,反膝,曲足居上。一云留利之国,人足反折"②,即这个国家的人只有一手、一足,而且向上弯曲,像折断了一样。明代诸版本的图像,大多都画不出"反折"的特性,手和脚还是和正常人类一样,只有蒋本和成或因本刻画得比较像折断。

除此之外,蒋本在环境的设置及细节的刻画上也很注意与经文的吻合。只要经文中出现"出入有光""其光如日月"等,蒋本都通过在神、兽背后刻画光或火的方式表现出来,如泰逢、耕父、于儿、夔,等等。其他图本并不刻画此类环境背景,或者不能每次都呈现,并且,一段经文中若出现与神、兽主体相关的坐骑、植物等,蒋本会将其组合起来一并呈现。例如《海外西经》中一臂国的经文中有一目一手的虎纹的黄马,蒋本所绘一臂国之民,就骑在一目、一前腿的虎纹马之上,而康熙吴本和汪本仅仅刻画了人,没有画出一臂国的黄马。同样的例子还有奇肱国,蒋本画出了经文中的文马和两头鸟。《海外南经》的不死民,蒋本画出了不死树,突出了"长命、不死"这个主题与特点。

《山海经(图绘全像)》十八卷出自杭州著名木刻家刘素明之手,刘素明能绘善刻,其创作年代为明万历和天启年间,主要活动于江浙一带,刊刻时常署名"素

① 袁珂:《山海经校注》,上海古籍出版社1980年版,第73页。
② 袁珂:《山海经校注》,上海古籍出版社1980年版,第232页。

明刊"。他为南京师俭堂刊刻了许多戏曲作品,如《鼎镌陈眉公先生批评西厢记》《词坛清玩西厢记》《玉簪记》《六合同春》,也在苏州与南京等地刊刻了一些小说,如《古今小说》《警世通言》《金瓶梅》等。图4-17展示的是其中的"灌灌"图。《朱订西厢记》也是刘素明自绘自刻的作品,图4-18展示了其中的一幅插图。可以看出,两者在绘图与刊刻的笔法技法、线条形态与整体风格上非常相像,带有吴越地区清秀、细腻、婉约的美感,所以蒋本在绘图、刻艺上都可谓用心之作,质量上乘。

图4-17　灌灌　蒋应镐本

图4-18　《朱订西厢记》插图
　　　　　《乘夜逾墙》

此外,传世的明代《山海经》图本还有王崇庆的《山海经释义》图本与《山海经》日本刊本。

王崇庆《山海经释义》图本十八卷,王崇庆释义、董汉儒校、蒋一葵校刻,明万历二十五年始刻,万历四十七年刊行,一函四册,第一册是《图像山海经》,共75幅图。此版本除了第九图多了一个"尸鸠图"外,其余74幅图几乎和蒋本完全相同,所以马昌仪推测王本是根据蒋本重新摹刻的,在她的《古本山海经图说》(增订珍藏本)中也因此仅列出王本中的"尸鸠图"。

明《山海经》日本刊本十八卷,一函四册,图像按照经文的顺序穿插于经文中,所以是插图式的刻本,共74图。卷前有杨慎《山海经图序》,书中附带供日文读者阅读的汉文训读。该版本也以蒋本为摹本。

(三) 明代《山海经》文图关系特色

关于《山海经》的古图,以鲁迅和袁珂为代表的学者认为,《山海经》最初只有图画,根据古代巫师祭祖招魂送魂禳灾时用的巫图画成,巫辞一开始是口传,后来由人记录下来成为《山海经》的文字部分。袁珂在《袁珂神话论集》中说:"《山海经》尤其是以图画为主的《海经》部分所记的各种神怪异人,大约就是古代巫师招魂之时所述的内容大概。其初或者只是一些图画,图画的解说全靠巫师在作法时根据祖师传授,自己也临时编凑一些歌词……于是有那好事的文人根据巫师歌词的大意将这些图画作了简单的解说,故《海经》的文字中,每有'两手各操一鱼'(《南外南经》)……这类的描述,见得确实是说图之词。"①所以,《山海经》的古图有巫图的性质,这一观点也已被学术界普遍接受。

与古图"经文是对巫图的说明"的性质不同,明代的《山海经》图是明代的画家、刻工根据《山海经》经文自行创作与绘制的图像,并且带有鲜明的时代特色、世俗特色,与《山海经》古图已经有相当大的差别了。

尽管时间相距久远,但明代《山海经》图与古图的渊源关系还是存在的。首先两者都是图文叙事,可见这一形式得到了较好的保留。整体来说,明代诸图本在形象的刻画、线条的描绘、画面的布局来看,还是比较古朴的,与古本原始、怪诞的特点相差不会太大,除了某些图本中神、兽身上偶尔出现的明代服饰之外,并没有太多显露时代特征,并且,我们会发现,明清图本中有一些图非常相似,可能在缺失的流传链条上,它们以同一个古本为底本,其中缺失的联系,有待学术界的进一步考察。也就是说,尽管古本缺失,时间间隔久远,并不能排除明代图本与古本的源流关系。明代"据文绘图"而成的各《山海经》图本可谓对古图的继承与超越。

明代《山海经》文图关系的特色还在于,各版本在构图形式、文图编排形式、文图位置关系与比例关系等方面有着自己的方式与特点。

明代各图本中,胡本的图像独立成卷,合页连式,右页是图,左页图说,一神一图一说,笔法精细、清晰;蒋本是插图式刻本,图像按经文顺序穿插于经文中,合页连式,每图中有数个神兽,有背景的刻画,生动活泼、情节性、完整性强;王本除第一图外,与蒋本相同,图像穿插于经文中;日本刊本以蒋本为摹本,在编排形式、构图形式等方面与蒋本基本相同。所以,明代《山海经》文图的展现方式主要是"合页连式的右页图像、左页图说"与"图像穿插于经文中"两种,图像与文字主要处于"分离""独立"的状态,还未得到充分"融合",不方便读者阅读。

三、以吴任臣本、汪绂本为代表的清代《山海经》图与《山海经》的关系

(一)吴任臣注《山海经》诸图本

我们注意到,马昌仪在《明清山海经图版本述略》②中指出,目前她所见的明清两朝至民国初年带图的十六个版本的《山海经》中,《山海经广注》《增补绘像山

---

① 袁珂:《袁珂神话论集》,四川大学出版社 1996 年版,第 15 页。
② 马昌仪:《明清山海经图版本述略》,《西北民族研究》2005 年第 3 期。

海经广注》《山海经绘图广注》均为吴任臣注，其地位可想而知。

清吴任臣在《山海经图跋》中写道："右《山海经图》五卷，凡一百四十四图：为灵祇者二十，为异域者二十有一，为兽族者五十有一，为羽禽者二十有二，为鳞介者三十。奇形怪物，靡不悉陈；异兽珍禽，灿然毕具……旧舒雅咸平图十卷，计二百四十二种，今登其诡异，以类相次，而见闻所及者，都为阙如云。"[1]所以，吴任臣所处康熙年间，舒雅图尚存，吴任臣《山海经广注》的图五卷是取舒雅绘本重绘的（而舒雅的图是根据梁张僧繇绘图所重绘），吴任臣把舒雅的 242 幅图除去常见的，"登其诡异"，即袁珂所谓"富有神话意味的精粹"[2]，形成 144 幅图，并采用与张僧繇相同的、把神兽分类置于卷首的编图格局。袁珂称此举"使我们见到古图精神的大概……对保存我国古代文化艺术所作的贡献是相当大的"[3]。

吴任臣注《山海经广注》康熙图本是清代最早的《山海经》图本，康熙六年刊行，共 144 幅图，采用一神一图的编排格局。此版本在传承链条上起到了承上启下的重要作用：它的相当一部分取自明代的胡本（吴本 144 幅图中近一半的图采自胡本），而之后的乾隆吴本、近文堂吴本、毕本和郝本都是以该版本为摹本的。

此版本图的构图方式是，右上角写神名并辅以经文，无背景，留白多，用细腻的线条进行近距离描绘。

吴本借用胡本的图像时，多数情况是照搬，有时会稍加改动。如《南山经》的鲏，康熙吴本和胡本的图像在造型、构图上基本相同，但吴本将胡本的蹄改成了鱼鳍（见图 4 - 19、图 4 - 20）：

图 4 - 19　鲏　胡文焕本　　　　　　　图 4 - 20　鲏　康熙吴任臣本

① 转引自马昌仪：《山海经图的传承与流播》，《广西民族学院(哲学社会科学版)》，2004 年第 2 期。
② 袁珂：《中国神话史》，上海文艺出版社 1988 年版，第 391 页。
③ 袁珂：《中国神话史》，上海文艺出版社 1988 年版，第 391—392 页。

然而，吴任臣在采用胡本图像时，有时会忽略胡本图说、图像与经文不符的特性，把胡本图像不加修正直接照搬。如《海外西经》的乘黄，胡文焕图说有误，经文的"其背上有角"到了图说中成了"其背上首角"，胡本的画工因此画出了头上一角、背上两角的三角神马。吴任臣近文堂图本的图说是"背上有角"，而乘黄图却和胡本图像一样，有三个角。日本图本、毕沅图本、上海锦章图本都在胡本的传承链条上，都出现了图说与经文相符而图像不符的现象。

吴任臣注《增补绘像山海经广注》乾隆图本一函六册，有图144幅，采用一神一图的解说方式，图的右上方有神名并有解释。

吴任臣注《增补绘像山海经广注》近文堂图本一函四册，有《山海经》图第一卷至第五卷、《山海经广注》正文第一至第十八，卷首有柴绍炳《山海经广注序》、吴任臣《山海经杂述》（缺《自序》《读山海经语》与《山海经图跋》）。该版本的图像，右写神名与经文（有时无），无背景，留白多，对奇神异兽进行近距离的静态的描绘，与其他版本相比，图像相当简易粗糙。

例如《西山经》的举父（见图4-21），对其描绘如同简笔画，寥寥几笔，仅勾画出基本的轮廓外形，毛发用几根短线描画，非常粗糙。《大荒西经》中的三面人（见图4-22），不仔细看的话，看不出头有三面。《西山经》的鸟鼠同穴（见图4-23），按经文，画面中应该是鸟和鼠这两只动物共处一穴。近文堂图本中的鸟用短线简略画成，无脸部特征，依稀辨认出这是一只禽类。鼠的刻画就更潦草了，鼠脸本是长而尖，图中却是圆而宽，带上几根须，让人误以为是猫。

图4-21 举父 近文堂图本　　图4-22 三面人 近文堂　　图4-23 鸟鼠同穴 近文堂图本
　　　　　　　　　　　　　　　　　图本

所以，该版本是民间的粗本，与官刻的康熙吴本、乾隆吴本相差甚远，不仅图像粗糙，文字错讹也多，然而它拙稚、活泼、粗犷的风格却令人印象深刻。

清《山海经绘图广注》四川成或因绘图本是明清诸图本中难得的巴蜀刻本，与目前相对多见的吴越刻本有很大的区别。

传世《山海经绘图广注》是四川顺庆海清楼版，咸丰五年刻印，吴志伊注，成或因绘图，共四册。

虽然此书采用吴任臣的注解，但对比会发现，其图像与康熙吴本、乾隆吴本与近文堂吴本关联不大，看不出源流关系，与蒋本却有许多相似点，主要体现在编排格局、背景设计、构图造型等方面。例如对《西山经》鼓的描绘（见图4－24至图4－26），蒋本图像中鼓两手举起，站姿，类似人类，成或因本的鼓与其极其相似。而吴本的鼓则是面向右，人面、龙身，整体是龙形。成或因绘图本更接近蒋本。

图4－24　鼓　蒋应镐本　　　　图4－25　鼓　成或因本　　　　图4－26　鼓　胡文焕本

类似的例子还有《海内北经》的犬戎国、《大荒西经》的夏后开图等（见图4－27至图4－30）：

图4－27　犬戎国　蒋应镐本　　　　　　图4－28　犬戎国　成或因本

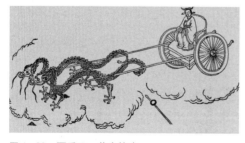 

图4－29　夏后开　蒋应镐本　　　　　　图4－30　夏后开　成或因本

马昌仪推测，成或因绘图本是采用吴任臣的注文和蒋本的图，并借鉴蒋本对图像进行重绘而成的。成或因图本突出的特点有：

与细致婉约的吴越图本相比,巴蜀地区的成或因绘图本呈现出粗犷夸张的特征,见《海外东经》毛民国、《大荒西经》嘘的图像(见图 4-31、图 4-32):

图 4-31 毛民国 成或因本　　　　图 4-32 嘘 成或因本

它的许多图带有宗教元素——龙形、圆光、云雾等,这是其他版本鲜见的。其对山神的刻画通常带有圆光。佛教中,佛、菩萨、诸圣神头后的光圈的学名叫圆光,通俗来说,就是佛光。圆光是佛道行的最好体现,修为到一定程度、拥有高深法力的神佛会出现佛光。所以,成或因在绘图时融入了民间的想象、宗教的元素。

成或因图本还带有浓郁的世俗风味,与原始、怪诞的《山海经》古图相差甚远。

例如《海外西经》的女子国。女子国在水中,只有女子。成或因本的女人国图中(见图 4-33),画了 27 个女子,24 个在水中沐浴,3 个站在岸边穿着整齐,手持扇子望着沐浴者。这一场景基本是写实的、世俗的描摹,尤其是岸上女子,其画法类似仕女图,与《山海经》古朴、原始的整体风貌很不协调。而成或因所绘帝二女图,其构图与造型基本参照蒋本,独特之处在于人物偏丰满,服饰和头饰透露出时代信息,且头部带有圆光,所以其在为神话人物绘图时融入了民间对于神女的想象(见图 4-34)。

图 4-33 女人国 成或因本　　　　图 4-34 帝二女 成或因本

图4-35　犬戎　成或因本

在此图本中，我们还会经常看到类似下面犬戎图的《山海经》图。犬戎是一个国家，犬戎之民人面兽身。画面中的人强壮彪悍，手持武器，头后有火焰圆光，让人联想到了民间于农历新年贴于门上的、用于保护家宅平安的门神的形象。门神是民间信奉的保护神之一，成或因在绘图时也融入了此元素。

（二）汪绂《山海经存》图本版本

汪绂原在江西景德镇画碗为佣，之后刻苦自学成为东南名儒，他对《山海经》进行文字考释，并亲自手绘神兽426例。此版本是插图式编排格局，图像上有神名，无背景居多，但有时也有简洁的背景，一般是中景。汪本的突出特点有：

基本与目前所见诸图本都不同，乃画家汪绂的创意之作。汪本并不存在相对固定的刻画模式，其山神每个都不同，大多是俯身、侧面的姿势呈现，可谓汪绂独创之作。其选择的角度也与明清诸图本不同，例如对女娲的刻画，蒋本、成或因图本、《神异典》都是选择其原始形象的角度——人头、蛇身，而汪绂却选择绘画"女娲之肠十人"，以示是女娲所化。

汪绂绘图之余在注中也会阐明自己的见解。例如《海内经》的钉灵国，经文曰："有钉灵之国，其民从膝以下有毛，马蹄善走。"[1]汪绂注曰："钉灵国亦作丁灵，出貂。其人多毛，以皮为足衣，如马蹄而便走，即后世之靴是矣，非真马蹄也。"所以汪绂认为，钉灵国人的足部并不真的是马蹄，经文的"马蹄"仅强调其善走的特点，"钉灵国的形象，显然是古人对北方骑马民族半人半马的幻想写照"。[2]

汪绂不仅勾勒奇神异兽的轮廓，而且用类似"写实"的手法对其进行细致的描绘，突出体现的是毛发特别多，由一笔一笔的线条精心绘出，所以有时会觉得他所画的图特别黑，线条烦琐，难以看清，如《西山经》的𩇕、《北山经》的居暨等，线条都过于多且密，让读者看不清其轮廓、外形特征和面部特征，不方便读者读图。

另外，值得注意的是，为了使读者直观地看懂图，汪绂会将文字及一些指示符号加入图中，对不可见的、抽象的事物进行说明，这在明清诸图本中是独一无二的。

《西山经》的神磈氏，即西方天帝少昊，"主司反景"，即其神职是观察西落的

① 袁珂：《山海经校注》，上海古籍出版社1980年版，第463页。

② 马昌仪：《古本山海经图说》（增订珍藏本），广西师范大学出版社2007年版，第1090页。

太阳反照到东边的景象是否正常。汪绂为了表现这一点，用一个圆圈表现太阳，在其中写上"日"字，从其中散发出两条线表示太阳光，标注"反景"二字，神魂氏的目光对着太阳。这样一来，读者就很容易理解（见图4-36）。而在表现符惕山山神、主司风云雨的江疑时，汪绂标注了"雨"和"风"，指示出了江疑袖口所出为雨水和风。风用波浪线表示，从上绵延而下（见图4-37）。经笔者统计，堵山山神天愚、光山山神计蒙、东方之神折丹、南方之神因因乎、羲和浴日、常羲浴月、神红光等，汪本都在图中绘出了标注符号。

图4-36　神魂氏　汪绂本

图4-37　江疑　汪绂本

　　汪本图像与经文的吻合程度也比较高。例如《海外北经》的跂踵国民，其足部是特殊的，用脚尖走路，脚跟不着地，又说他们的脚反着生。诸图本中只有汪本画出了其脚不着地的特点（见图4-38）。《海外东经》的雨师妾，也只有汪本把其身体涂黑，画出了其"黑身人面"的特性（见图4-39）。又如《大荒南经》的盈民国和季厘国，其国民分别以木叶为食、以兽为食。汪绂将叶子和野兽描绘了出来，以表示其食物，也突出了这两个国家的特点。

图4-38　跂踵国　汪绂本

图4-39　雨师妾　汪绂本

《古本山海经图说》及《古本山海经图说》(增订珍藏本)在展示汪本的图像时,有一些小问题。例如,卷六《海外南经》及卷七《海外西经》是后人余家鼎、查美珂补绘的,书中却未加以分别,仍作"汪本""清·汪绂图本"。

此外,传世的清代《山海经》图本还有七八种。

毕沅《山海经》图本以康熙吴本为摹本,共144幅图,图无背景,右配神名和经文,上配郭璞图赞,绘图线条精细,使事物呈现静态特写。

郝懿行《山海经笺疏》图本以毕本为摹本,图5卷,共144幅,置于卷首,图上有神名与经文,配有图赞。此版本的独特之处在于它是红绿套色印刷,即将这两种颜色的文字、图像印在同一承印物上。这让我们想到鲁迅对《山海经》的回忆:"这四本书,乃是我最初得到,最为心爱的宝书。书的模样,到现在还在眼前。可是从还在眼前的模样来说,却是一部刻印都十分粗拙的本子。纸张很黄,图像也很坏,甚至于几乎全用直线凑合,连动物的眼睛也都是长方形的。……《山海经》也另买了一部石印的,每卷都有图赞,绿色的画,字是红的,比那木刻的精致的多了。这一部直到前年还在,是缩印的郝懿行疏。木刻的却已经记不清是什么时候失掉了。"[1]木刻的版本印刷和图像都很粗糙,也许和近文堂民间粗本有关,或者是民间所绘。而鲁迅也明确说明后来所买的石印本正是郝懿行版的缩印本。

《古今图书集成·博物汇编·禽虫典》附有以《山海经》为题材的插图,插图上有神名,有时加以经文与后人注解。插图主要在第53卷、第54卷异鸟部,第123卷、第124卷、第125卷、第126卷异兽部,第149卷、第150卷异鱼部,第180卷蛇部。《禽虫典》对背景的刻画比较到位,画面较满,但线条不细致。

《古今图书集成·博物汇编·神异典》第25卷中岳嵩山之神部、第27卷南渎江水之神部、第28卷海神部山川诸神部、第29卷山川诸神部、第34卷龙神部收《山海经》山川诸神图像,每图配有图说,注文采自吴任臣等注家,图像一般采自明清各图本,并加以背景的增添和整体的润色,较多使用虚线描绘。

《古今图书集成·方舆汇编·边裔典》收描绘《山海经》远方异民的插图52幅,造型、构图等与众不同。如大人国图中,蒋本和汪本画了两个体型较大的人,突出大人国"为人大"的特点,而《边裔典》却独树一帜地画了一人坐着,持刀削船。

此外,20世纪初也有一些《山海经》图本。《山海经图说》上海锦章图书局民国八年(1919)图本有图5卷,共144幅,一页上描绘有多个神兽,图和注解来自毕本,有兽名和经文,并附有活字排印的图赞。在毕本的基础上,此版本进行了一定的修饰,笔触细腻,线条清晰,更接近现代人的审美标准。上海久和斋也印行了《新出山海经希奇精怪后本》,现藏匈牙利东方艺术博物馆,图上的妖精、怪物与原始意义下的《山海经》经文差距甚远。出土于日本下的西遗迹的木简(图

---

① 鲁迅:《鲁迅全集》第二卷,人民文学出版社2005年版,第255页。

4－40)——绘画板上所画的用绳子绑着的人像，被学界认为与《山海经·海内西经》所记载的贰负臣危在疏属山被处刑场面相似。这块木简的年代相当于中国的唐代。

图4－40　日本下的西绘画板上的《山海经》图像（临摹图）

（三）清代《山海经》文图关系特色

与明代"据文绘图"的《山海经》图相似，清代的《山海经》图仍然是清代的画家、刻工根据《山海经》经文自行创作与绘制的图像，带有鲜明的时代特色与世俗特色。

明清《山海经》图与《山海经》古图应该存在着某种渊源关系，并且清代与明代的某些《山海经》图本之间有着传承关系。

马昌仪在《山海经图：寻找山海经的另一半》[1]《明刻山海经图探析》[2]和《明清山海经图版本述略》[3]中列举出了她所见过的明清至民国初年带图的《山海经》版本，笔者据其归纳出了明清各版本之间的渊源关系并绘图如下：

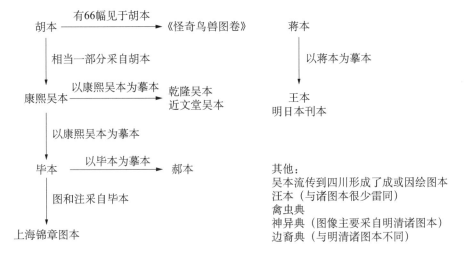

传世的明清《山海经》诸图本有一些相似之处。

例如，明清的《山海经》图主要刻画神、兽的外形，很少绘出其性质、特点与功能，并且，明清诸图本不太讲究绘图的美感，其主要作用是用图的形式使久远的《山海经》经文形象可感，使民众对那些不可得见的奇神异兽、神话人物有大致的

<hr />

① 马昌仪：《山海经图：寻找〈山海经〉的另一半》，《文学遗产》2000年第6期。

② 马昌仪：《明刻山海经图探析》，《文艺研究》2001年第3期。

③ 马昌仪：《明清山海经图版本述略》，《西北民族研究》2005年第3期。

形象的了解,并供阅读、鉴赏、品味。

同时,明清某些《山海经》图本的民间性、世俗性突出,有时带有宗教元素与时代特征。在蒋本的图中,我们经常可以看到神兽、人物面部的笑容与细致的情节刻画。在近文堂吴本中,我们看到了绘图与刻画的粗糙、抽象、简陋,显然这是出自民间的下层画工与刻工之手。在成或因绘图本中,我们看到了神头部后面的圆光,女子穿戴的明清服饰,神、兽面部类似门神、保护神的表情,世俗元素、宗教元素浓郁。所以,在绘图笔法、刻工技术、图像元素等诸多方面,可以感悟到某些图本的民间性、世俗性色彩。

还有一个相似点是,传世的明清《山海经》图多出自吴越地区,只有成或因绘图本是难得的巴蜀图本,这是一个值得关注的现象。

马昌仪在《从越地山海经图谈到民间文化的保护》[①]中写道,"在目前所见到的 16 种明、清时期流传于国内外的各种版本中,我发现一个十分有趣的现象,几部重要的、有影响的《山海经》图本,其绘画者、校编者、刻印者大部分都是吴越地区人",例如张僧繇、胡文焕、蒋应镐、武临父、吴任臣、毕沅、刻工刘素明等。[②]

清代《山海经》文图关系的特色主要在于,诸版本的《山海经》图有着各自相对固定的编排形式、构图模式、绘图笔法与风格特色,其中图像与文字的编排形式、搭配方式、位置关系与比例关系互相有所区别,与明代的图本也不同。

清代诸图本中,康熙吴本、乾隆吴本、近文堂吴本处于同一传承链条上,图像基本雷同,采用无背景的一神一图的呈现方式。其中,近文堂吴本是民间粗本,线条格外粗糙、简略,这体现了不同地域的不同画工、刻工手下会出现不同风格与质量的作品。四川成或因绘图本采用吴任臣的注解,参考了蒋本的绘图,并融

---

① 马昌仪:《从越地山海经图谈到民间文化的保护》,

　　文章地址:http://wen.org.cn/modules/article/view.article.php/c1/1706

　　引用通告:http://wen.org.cn/modules/article/trackback.php/1706

② 为什么《山海经》图和吴越文化有着如此密切的关系呢?《山海经》图本之所以多出于吴越地区,与当时吴越地区的版画发展状况及整体文化氛围有着密不可分的联系。明清时期,印刷、刊刻技术提升,发行业繁盛,版画这种艺术形式在民间大受欢迎,所以针对《山海经》出现了这么多绘图版本,并在民间广为流传。"明万历时期,被称为古版画的黄金时代……逐渐形成了以福建建阳为中心的建安派版画,以江苏南京为中心的金陵派版画,以安徽歙县为中心的新安派(亦称徽派)版画,以杭州为中心的武林版画和以苏州为中心的苏松版画……"(马昌仪:《明刻山海经图探析》,《文艺研究》2001 年第 3 期。)戴健、李昌集在《明下叶吴越刊刻中心与通俗小说》中对有资料记载刊刻过知名小说的吴越书坊及小说刊刻的情况进行了列表整理,吴越有 69 家书坊曾刊刻过小说。"据张秀明《中国印刷史》,明代各地的书坊,建阳84 家,金陵93 家,苏州67 家,杭州24 家,吴越书坊总数为 154 家……另据缪咏禾《明代出版史稿》,当时之书坊数目略有增加:建阳86 家,金陵104 家,苏州67 家,杭州36 家,则吴越有书坊207家……"(戴健、李昌集:《明下叶吴越刊刻中心与通俗小说》,《明清小说研究》2003 年第 2 期。)吴越地区版画盛行,自然集中并吸引着大批画工与刻工,同时其文化氛围浓厚,民间读者群体也相对庞大,这些都推动着吴越地区版画的创作、印制与传播。

入了巴蜀地区粗犷、圆润的绘图笔法和民间想象,是独特的巴蜀地区的民间版本。汪本按十八卷经文的顺序依次插图,其图像出自画家汪绂之手,线条细腻,独具匠心,质量上乘。《古今图书集成》几个本子的《山海经》图则是插图的性质,采用有背景的一神一图的形式,背景刻画的很细致。《怪鸟奇兽图卷》是图像连接的彩色长卷,一神一图,带有浓郁的古朴、宁静的日本风味,线条细腻,读起来效果更佳。上海锦章图本采用的是一页上排列多个神、兽的编排方式,类似连环画,在毕本的基础上加以修饰,少了一些古朴的韵味。

在这里,明代与清代各图本的编排形式、构图形式以及图像与文字的搭配方式是值得注意的一个问题。笔者绘制如下两张表格进行归纳:

版　　本	编排形式	构图形式
胡本	图像独立成卷	合页连式,一神一图一说
蒋本	图像按经文顺序穿插于经文中	合页连式,每图中有数个神、兽
王本	除第一图外,与蒋本相同	与蒋本相同
日本刊本	与蒋本相同	与蒋本相同
康熙吴本	图像按神、兽、鸟、虫、异域分类置于卷首	有一半采自胡本
乾隆吴本	五卷《山海经》图按类别置于第一册和第二册	一图一神
近文堂吴本	有《山海经》图第一卷至第五卷	一图一神
成或因本	大部分与蒋本相同	一图一神或一图多神
毕本	第一册为《山海经》图	一图一神
郝本	图五卷,置于各卷之首	一图一神
汪本	图穿插于经文中	一图一神或一图多神
《禽虫典》	以插图的形式编排于各卷各部	一图一说
《神异典》	以插图的形式编排于各卷各部	一图一说
《边裔典》	版画插图	一图一神
《怪奇鸟兽图卷》	彩色长卷,图像连接成卷,个别图像有重叠	一图一神
上海锦章图本	图五卷,置于十八卷经文之首	一页多神

版　　本	文字与图像位置关系	文字与图像占整体画面比例
胡本	合页连式,右页是图,左页是图说	一页绘图,一页图说
蒋本	图像穿插于经文中	图像穿插于经文中

版　　本	文字与图像位置关系	文字与图像占整体画面比例
王本	除第一图外,与蒋本相同	图像穿插于经文中
日本刊本	与蒋本相同	图像穿插于经文中
康熙吴本	图像右上角有神名、经文解释	图像是画面主体
乾隆吴本	图像右上角有神名、经文解释	图像是画面主体
近文堂吴本	图像右上角有神名、经文解释	图像是画面主体
成或因本	与蒋本基本相同	图像穿插于经文中
毕本	图像右上角有神名、解释,上方有郭璞图赞	各一半
郝本	图像右上角有神名、解释,上方有郭璞图赞	各一半
汪本	图像右上方有神名	图像是画面主体
《禽虫典》	图在右,经文在左	各一半
《神异典》	图在右,经文在左	各一半
《边裔典》	图像右上角有神名	图像是画面主体
《怪奇鸟兽图卷》	神、兽上方有神名与草体墨书的解说词,整体而言是文字在上,图像在下	各一半
上海锦章图本	图像右上角有神名、经文,上方有郭璞图赞	各一半

可以看到,明清《山海经》诸图本的编排形式是非常多样的,有独立成卷的,有穿插于经文中的,有分类置于卷首的,有连接成卷的,因此,图像与经文在不同的组合方式下也呈现了多种样貌。明代多为合页连式,即由两页组成一图,清代则不是。诸图本的构图形式主要是以一图一神为主,而一图多神、一页多神都是比较新奇的形式,带来独特的读图体验。

同时,文字与图像的位置与比例关系在明清《山海经》各图本的演变中也发生了改变。概括而言,整体趋势是,由明代合页连式的右页图像、左页文字,到图像穿插于经文中,到清代图像与文字组成整体的一幅画面,这正显示了图像与文字由"分离"到"融合"的过程,并且,图像一开始"独立"于文字呈现,之后少量的文字出现在图像右上角,成为图像的辅助说明,再之后文字数量变多,在整体画面中的比例增加,与图像几乎各占画面一半。因此,文字比例逐渐增加,"说图"的功能越来越突出,这在一定程度上方便了读者的阅读。

第二节　《山海经》文图母题的历代演变

《山海经》诞生后,历史上不同时期有对《山海经》的图绘,从而形成了《山海经》的一些文图母题,比如伏羲、女娲、西王母等母题。

一、伏羲、女娲母题及其图绘流变

(一)《山海经》等典籍文字记载的伏羲、女娲

伏羲、女娲是古代神话中著名的对偶神。

《山海经》中,"伏羲"见于《海内经》的两段:

有九丘,以水络之……有木,青叶紫茎,玄华黄实,名曰建木,百仞无枝,有九欘,下有九枸,其实如麻,其叶如芒。大皞爰过,黄帝所为。①

西南有巴国。大皞生咸鸟,咸鸟生乘釐,乘釐生后照,后照是始为巴人。②

这里的"大皞",郭璞、吴任臣、郝懿行等学者都解释为伏羲,袁珂《中国神话传说词典》对"太昊"词条的解释是:"即'伏羲'。"③民间传说中,太昊、伏羲是一体的,所以此处《山海经》所记"大皞"乃伏羲,第一段说明了大皞与"木"的关联,第二段则记载了其与巴国、巴人的渊源关系。

其他古籍对伏羲也有丰富的文字记载:

伏羲氏作瑟,造《驾辩》之曲。(《楚辞·大招》,王逸注)④

古者包牺氏之王天下也,仰则观象于天,俯则观法于地,观鸟兽之文,与地之宜,近取诸身,远取诸物,于是始作八卦,以通神明之德,以类万物之情。(《易·系辞下》)⑤

太皞,伏羲氏以木德王天下之号,死,祀于东方,为木德之帝。(《吕氏春秋·孟春纪》,高诱注)⑥

东方木也,其帝太皞,其佐句芒,执规而治春。(《淮南子·天文训》)⑦

伏牺氏以木德王天下。天下之人未有室宅,未有水火之和,于是乃仰观天文,俯察地理,始画八卦,定天地之位,分阴阳之数,推列三光,建分八节,以爻应气,凡二十四气,消息祸福,以制吉凶。(《太平御览》卷七八引《春秋内事》)⑧

大迹出雷泽,华胥履之,生庖牺。(《太平御览》卷七八引《诗含神雾》)⑨

木德风姓,八卦创焉。龙瑞名官,法地象天。庖(牺)厨祭祀,罟网鱼败。瑟以象时,神德通玄。(《太平御览》卷七八引曹植《庖牺赞》)⑩

---

① 袁珂:《山海经校注》,上海古籍出版社 1980 年版,第 448 页。

② 袁珂:《山海经校注》,上海古籍出版社 1980 年版,第 453 页。

③ 袁珂编著:《中国神话传说词典》,上海辞书出版社 1995 年版,第 61 页。

④ 黄灵庚疏证:《楚辞章句疏证》卷十六,中华书局 2007 年版,第 2775 页。

⑤ 黄寿祺、张善文著:《周易译注》,上海古籍出版社 2001 年版,第 572 页。

⑥ 吕不韦著,陈奇猷校释:《吕氏春秋新校释》,上海古籍出版社 2002 年版,第 4 页。

⑦ 何宁撰:《淮南子集释》,中华书局 1998 年版,第 184 页。

⑧⑨⑩ 李昉编纂,夏剑钦等校点:《太平御览》第一册,河北教育出版社 2000 年版,第 671 页。

太昊师蜘蛛而结网。(《抱朴子·对俗》)①

以上典籍记载的伏羲,是东方天帝,是掌管春天之神,他手拿圆规、结绳、作瑟、制曲、画八卦,木神句芒是其属神。以上文字记载除"木德"外,与《山海经》所记载的伏羲没有明显的继承关系。

古籍记载中的女娲,形象也颇为丰富:

女娲有体,孰制匠之?(《楚辞·天问》)王逸注:"传言女娲人头蛇身,一日七十化,其体如此,谁所制匠而图之乎?"②

有神十人,名曰女娲之肠,化为神,处栗广之野。横道而处。(《山海经·大荒西经》)郭璞注:"女娲,古神女而帝者,人面蛇身,一日中七十变,其腹化为此神。"③郭璞《图赞》曰:"女娲灵洞,变化无主。肠为十神,中道横处。寻之靡状,谁者能睹。"④

黄帝生阴阳,上骈生耳目,桑林生臂手,此女娲所以七十化也。(《淮南子·说林训》)⑤

往古之时,四极废,九州裂,天不兼覆,地不周载,火爁炎而不灭,水浩洋而不息,猛兽食颛民,鸷鸟攫老弱。于是女娲炼五色石以补苍天,断鳌足以立四极,杀黑龙以济冀州,积芦灰以止淫水。(《淮南子·览冥训》)⑥

娲,古之神圣女化万物者也。(《说文解字》)⑦

古之国君,制造笙簧。礼物未就,轩辕纂成。或云二君,人首蛇形。神化七十,何德之灵。(《太平御览》卷七八引曹植《女娲赞》)⑧

俗说天地开辟,未有人民,女娲抟黄土作人,剧务,力不暇供,乃引绳絚于泥中,举以为人。故富贵者黄土人也,贫贱凡庸者,絚人也。(《太平御览》卷七八引《风俗通》)⑨

文字记载中的女娲,是生化万物、抟土造人、炼石补天、掌管婚姻、制笙簧的女性开辟神,主要功绩是造人和补天。女娲神话在一定程度上保留了母系社会的印记。

汉之前,伏羲、女娲分属不同神话系统,女娲是始祖神,伏羲是东方之帝与文化英雄,两者联系微弱,各有神绩。而到汉代,他们逐渐固定成对偶神,如王延寿

---

① 王明:《抱朴子内篇校释》,中华书局 1980 年版,第 43 页。

② 黄灵庚疏证:《楚辞章句疏证》卷四,中华书局 2007 年版,第 1132—1133 页。

③ 袁珂:《山海经校注》,上海古籍出版社 1980 年版,第 389 页。

④ 马昌仪:《古本山海经图说》,山东画报出版社 2001 年版,第 575 页。

⑤ 何宁:《淮南子集释》,中华书局 1998 年版,第 1186 页。

⑥ 何宁:《淮南子集释》,中华书局 1998 年版,第 479—480 页。

⑦ 许慎著,段玉裁注:《说文解字注》,上海古籍出版社 1981 年版,第 1084 页。

⑧⑨ 李昉编纂,夏剑钦等校点:《太平御览》第一册,河北教育出版社 2000 年版,第 672 页。

《鲁灵光殿赋》曰"伏羲鳞身,女娲蛇躯"。这一转变主要是受社会风俗、阴阳观念的影响:"伏羲、女娲的对生对立,以及手中、形象上的附属物都表达了其作为阴阳文化象征符号的意味,成为阴阳思想的图像载体,成为阴阳运动、变化、发展的象征与说明。"①

伏羲、女娲都是在《山海经》中出现的,他们虽然到汉代逐渐固定为对偶神,但要梳理两者关系的源头,还是要回到先秦时代,尤其要注重两者在《山海经》和先秦相关文献中的记载,所以本书以此作为《山海经》的文图母题。

汉代之后典籍的文字记载中,伏羲、女娲是兄妹,也是夫妇,民间传说也是如此:

> 宇宙初开之时,有女娲兄妹二人在昆仑山,而天下未有人民。议以为夫妻,又自羞耻。兄即与其妹上昆仑山,咒曰:"天若遣我二人为夫妻而烟悉合;若不,使烟散。"于烟即合。其妹即来就兄乃结草为扇,以障其面。今时取妇执扇,象其事也。(李冗《独异志》)②

> 女娲本是伏羲妇,恐天怒,搞炼五色石,引日月之针、五星之缕把天补。(《全唐诗》卷三八八,卢仝《与马异结交诗》)③

> 女娲,伏羲之妹。(《路史·后纪二》注引《风俗通》)④

(二) 伏羲、女娲神话图绘流变

伏羲、女娲图像在画像石、帛画等之上都有普遍表现。

汉代,对伏羲、女娲这对对偶神的尊崇使其进入丧葬礼俗,在画像石、画像砖、石棺上体现出来,在石阙、门柱、壁上经常出现,主要起到保佑墓主、庇佑生者的心理祈望的作用。

从时间上来说,从西汉初期到东汉晚期,伏羲、女娲图像总体呈现由少到多、由单独构图到对偶构图、由不固定图式到相对固定图式的演变趋势。地域分布上,山东和四川是汉画像石伏羲、女娲图像相对较丰富完整的地区。

以下展开伏羲、女娲神话图绘流变这一部分时,笔者从画像石、壁画、帛画、文人画等方面选取各个历史时期的代表性图像(这些图像或是能代表某时期伏羲、女娲图像的基本形态与特点,或是有其独特之处),并着重进行文图关系阐释。

伏羲、女娲图像最初并不多见,且两者较多单独构图,对偶构图到后期才产生。典籍文字记载中,伏羲、女娲由分别的神话系统结合到一起,汉画像

---

① 程万里:《汉画伏羲女娲图像艺术学研究》,《艺术百家》2012年第4期。

② 李冗、张读,张永钦等点校:《独异志 宣室志》,中华书局1983年版,第79页。

③ 中华书局编辑部点校:《全唐诗》(增订本),第六册,中华书局1999年版,第4396页。

④ 罗泌:《路史》卷十一,钦定四库全书本,第16页。

图4-41　伏羲女娲　南阳汉画馆藏[2]

石中,两者的图像也由一神构图演变成两神同时构图,这种演变,应该是汉人阴阳思想的产物。[1]

汉早期伏羲、女娲单独构图,画像石上只有女娲,而图4-41的伏羲、女娲图像是分别刻在相对应的两块石砖上的,并未共同构图,当然已经表明他们是对偶神。伏羲、女娲单独构图的意义可能原始一些,那时两者神职不同,处于各自发展的神话故事,还未完全固定成对偶神。此时图像中的伏羲、女娲呈现人面蛇身(或鳞身)的基本形态,与《山海经》等典籍的文字记载相符。

固定成对偶神后,两者经常对偶构图,此时呈现的特点是,有些图像中伏羲、女娲腰身以上为人形,腰身以下为蛇身(偶有龙身),呈蛇尾缠绕的状态,只是交尾的形态和圈数略有差异,这些图像主要出现于东汉,盛行于东汉中后期,这种构图形式可看作汉画像石中伏羲、女娲的基本形态。西汉伏羲、女娲在图像中基本不交尾,当然交尾与否与地域也相关。

远古时期常用蛇形来描述先祖,《山海经》经文所记与蛇形相关的人、神的数量就相当可观,这也许与原始部族图腾崇拜有关,加之伏羲、女娲为对偶神,两尾缠绕寓意创造人类、阴阳结合、生殖繁衍,这也许就是蛇尾缠绕的寓意。"原始社会,女性的社会地位主要来自生育能力,蛇是卵生动物,生育力特别强,女娲的蛇身就有了这方面的联想和寄托。"[2]

王延寿《鲁灵光殿赋》有"伏羲鳞身,女娲蛇躯"的描述,大部分画像石中伏羲的"鳞身"和女娲的"蛇躯"几乎无异,均为蛇身,少部分是龙身。两者交尾的形态有竖八字形、竖螺旋形、横八字形、圈形、"X"形、心形等,圈数也不等。

图4-42　伏羲女娲汉画像石图

---

① 伏羲女娲人首蛇身,左右对视,女娲居左,头梳髻,伏羲居右,头戴冠帽。两者手中各擎一物举过头顶,双足呈兽爪状,蛇尾缠绕处有玄武,玄武昂首伸颈。
② 汪小洋:《汉画像石中的女娲》,《文史知识》2007年第4期。

图 4‑42 徐州汉画像石中,伏羲、女娲交尾四段呈竖螺旋形,这种螺旋形交尾是画像石中最常见的,蛇尾的鳞片刻画得非常清晰,画面整体呈现很强的动物性,人面人身不明显。有趣的是,画面底部两侧的两个小人也是蛇身,如此一来,这个画面表达生殖崇拜的意味非常明显。1996 年四川合江县张家沟出土的东汉羿求药画像石棺上的伏羲、女娲交尾呈横八字形,各捧日、月。

图 4‑43 武梁祠石室后壁小仓西侧画像

重庆璧山区蛮洞坡崖墓出土的画像石,伏羲、女娲是完整的人面人身,但与众不同的是于生殖器处各接一条蛇,同样表达了生育子孙的愿望。安徽宿县褚兰镇墓山孜出土的画像石上刻画的伏羲女娲呈现独特的相交方式,严格地说并非交尾,而类似于"首尾相连",围绕着画面中央的莲花作舞动状。

具体分析伏羲、女娲共同构图的图像,两者多为面对面,偶有相背和正面像,并且多为伏羲在左,女娲在右。两者手里所持物件也有变化,或伏羲持矩、女娲持规(有时伏羲持规、女娲持矩),或伏羲捧日、女娲捧月(日中多绘三足鸟,月中多绘玉兔、蟾蜍与桂树),或手执灵芝草。除此以外还可能有圆璧、羽人、朱雀、九尾狐、星宿符号等描绘其间。

图 4‑43 中的伏羲、女娲分别手持矩和规,相背而行,两尾相交,是比较少见的呈现背对状态的图像。伏羲、女娲分别手捧日、月也是构图形式之一,这应该是阴阳思想的产物,四川新津宝子山汉代石棺画像,两者对视、交尾,伏羲捧日,女娲捧月。由于神话中有非常著名的"生十日、浴日"的羲和与"生十二月、浴月"的常羲,图像对其有分别手捧日轮和月轮的刻画,所以有时难以辨别是生育之神伏羲、女娲还是日月之神羲和、常羲。另外,四川、河南地区画像石上伏羲、女娲交尾部分有时可见玄武,如河南南阳新野樊集乡出土的东汉画像砖。玄武为北方神,此处与对偶神相结合,更突出地体现了吉祥昌盛、阴阳结合的寓意。

此时期画像石、画像砖、墓壁上的伏羲、女娲,普遍是对其人面、蛇身(或鳞身)的刻画,尤其注重交合的蛇尾,花样繁多,有强烈的生殖崇拜意味。对照文字发现,无论是"伏羲氏作瑟,造《驾辩》之曲""始作八卦""师蜘蛛而结网",还是女娲"一日七十化""炼五色石以补苍天""制造笙簧""抟黄土作人",文字记载中两神的原始神职与功绩都在图像呈现形式中消失,仅保留"伏羲鳞身,女娲蛇躯"的基本外形特征,与"规矩""玄武""日月"随机组合构图。其中《淮南子·天文篇》有伏羲"执规而治春"的文字记载,其他典籍中无女娲手执矩的记载,也没有伏羲、女娲与玄武、日月关联的文字记载,应该是基于这对对偶神的特性,为表现阴阳与生育主题,在图像中另外配上的。此时文与图的内容可谓极少数重合,多数相异。

东汉中后期,随着西王母信仰高峰的到来,伏羲、女娲开始与西王母共同构图,逐渐形成相对固定的构图模式,也在一定程度上使伏羲、女娲在图像系统中降低了地位。关于伏羲、女娲与西王母的关联,典籍中并无文字记载,所以此处共同构图仅仅是基于自上而下的西王母信仰,伏羲、女娲继而进入西王母长生世界,成为其中的生育神。伏羲、女娲此时保留的基本形态是人面蛇身、蛇尾相交、手执规矩。

图4-44中伏羲、女娲与西王母上下共同构图,所占画面比相当,女娲、伏羲人面蛇身,分别持规、矩,相对,并未交尾,由一神左右环抱,这位神可能是天帝或者盘古。西王母在高座上端坐,基本处于画面中心,左右有捣药的玉兔。图4-45中西王母位居画面锐顶部分正中,彰显其至高无上的地位,而交尾的伏羲、女娲到了第二层最右端,与上古各神、各帝王横向一一排列,其地位显然与西王母不能相比。山东滕州市西户口出土画像石中西王母于第一层正中端坐,伏羲、女娲于其两侧交尾四段,贯穿整个三层画面。画面全景显然围绕西王母展开,西王母着重突出刻画,作为对偶神、生育神的伏羲、女娲进入了西王母的长生世界,却服从于西王母的长生、升仙主题。到了山东微山县两城镇出土画像石中,西王母高大形象的左右侧刻画了交尾的伏羲、女娲,这种刻画方式就像是在刻画侍者、童子,伏羲、女娲完全成了图像的配角。

汉画像石中伏羲、女娲地位不及西王母,究其原因,可能是社会发展使生殖繁衍的愿望不再那么迫切,而汉人对西王母的信仰崇拜到达了巅峰,女娲原本是

图4-44　沂南汉墓墓门
东立柱画像·
伏羲女娲

图4-45　武梁祠西壁画像·伏羲女娲

有多方功绩的大神,此处只能与伏羲成为西王母长生世界的生育神,"在已有高度文明的汉代,仍然保留着动物的身型,这对她的宗教地位是不利的……从生育的角度看,女娲为西王母信仰增加了人类繁衍的内容,但同时,她作为大神的地位不仅有所降低,而且还失去了部分独立神的内容"①。

东汉之后,随着社会变革,信仰和礼俗变化,画像石、壁画中的伏羲、女娲图像产生了变异,并逐渐减少。

两汉伏羲、女娲信仰与形象达到巅峰,产生了深远影响。"一方面,一些边远地区到了隋唐时期的伏羲、女娲形象还带有深深的汉代烙印;另一方面,由于佛教的传入和兴起,加快了伏羲、女娲世俗化的进程,二氏开始向着人化的方向渐变……这就形成了同一时期伏羲、女娲在内地和边远地区两种不同形象'共生'的现象,这也直接反映出二氏形象发展的进程。"②

汉人的墓葬文化流传至少数民族政权统治地区,伏羲、女娲图像也发生了变化,色彩艳丽、构图奇异、线条飘逸,呈现出独特的地域风格。

伏羲女娲也分别出现在北魏大同沙岭7号墓墓道图、西魏莫高窟286窟壁画以及高句丽晚期吉林五盔坟四号墓图中,他们的形象有少许变异,大同沙岭7号墓墓道图中的伏羲女娲的面容、服饰体现了一些鲜卑族特色;莫高窟285窟壁画(图4-46)伏羲、女娲面容不清,手中日、月和规、矩都有刻画,但生了双足,蛇尾分离,飞舞感十足,此图注入了宗教含义,创作上应该受到了河西壁画影响;吉林五盔坟四号墓图中的伏羲女娲图两者生双翼飞舞,两尾分离。此时期,蛇尾相交的图像大幅减少,可见这对对偶神的生育崇拜功能逐渐减退。

至于帛画,1972年湖南长沙马王堆1号墓出土的西汉初期的帛画是目前所知最早的有女娲图像的帛画(见图4-47)。

图4-46 莫高窟285窟壁画·伏羲女娲

图4-47 马王堆T
形帛画·女娲

---

① 汪小洋:《汉画像石中的女娲》,《文史知识》2007年第4期。
② 李丹阳:《伏羲女娲形象流变考》,《故宫博物院院刊》2011年第2期。

此 T 形帛画本是出殡时所用旌幡,作用是导引死者的"天国之路"。其由上至下同时描绘了天上、人间、地下的场景,各种神、人、兽贯通画面,神话世界与现实世界融合交织,色彩浓艳。在 T 形帛画的顶部中央、日月之间,有一人面蛇身的形象,红色长尾缠绕周身,学者多认同其为女娲。此处女娲居于画面高处正中处,彰显了其生化万物的始祖神的崇高地位。

20 世纪至今,考古工作者在阿斯塔那、哈拉和卓等地墓葬中发现了二三十幅绘于绢、麻布上的伏羲女娲图,大多位于夫妻合葬之墓。这些伏羲女娲图多为与棺形相似的上宽下窄的倒梯形,虽在颜色、人物服装及形态上有不同之处,但整体构图非常类似(例图 4-48 至图 4-50)。

 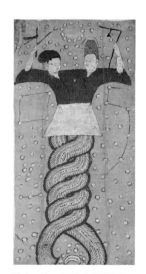 

图 4-48　伏羲女娲帛画　　　　图 4-49　伏羲女娲绢画　　　　图 4-50　伏羲女娲绢画

帛画多绘伏羲、女娲为人身蛇尾,交尾成螺旋状(各图缠绕圈数不同),互相对视,着袍衫,同着一条裙裾。多数情况下伏羲居左,女娲居右,靠近对方一边的手搭住对方肩部或腰部,伏羲戴幞头,左手执矩(有时矩上有墨斗),女娲束高髻,右手执规。画面其余于伏羲、女娲头间绘日,尾间绘月,有时也有星辰布满画布,偶有日内绘三足鸟、月内绘玉兔蟾蜍、星斗相连的细致勾绘。整体画面重形求实,简练粗犷,生动古朴,充满原始神秘韵味,在敷彩、线条、人物服饰、人物面容等方面还带有西域特色。

帛画中的伏羲、女娲仅仅保留了文字记载中"人面蛇身"的传统,至于蛇尾交合、手执规矩、日月星辰的刻画,则是后世基于伏羲、女娲生殖对偶神的信仰所加,文与图的内容仍然是极少数重合。

到唐宋元明清画家的笔下,伏羲、女娲终于露出了"本来面目",即此时的绘画不再限于对偶神两尾缠绕的形态,而是回归分开构图,分别展现神话功绩,常用一幅图表现一个神话故事,"人化"现象非常突出(见图 4-51 至图 4-54)。

图4-51 伏羲坐像（局部）
马麟 台北"故
宫博物院"藏

图4-52 伏羲像 李康 故宫博物院藏

图4-53 女娲像 萧云从

图4-54 女娲炼石图（局部）
任伯年 所藏不明

　　此时文字记载中的伏羲"始作八卦""执规而治春"，女娲"炼五色石以补苍天""抟黄土作人"等神话故事在文人画中多有表现，文字叙述寥寥数字，感情色彩淡薄，画家却多将伏羲、女娲绘成完整的人形，并绘出情节，着意表现两神神绩与崇高精神，可谓寓情于图。比如，宋代画家马麟笔下的伏羲是散发、披鹿皮的男性形象，呈坐姿，左足边有一只龟，右足边是八卦图，坐像上方有文字曰："继天立极，为百王先；法度肇建，道德纯全；八卦成文，三坟不传；无言而化，至治自然。"这段文字与相关典籍记载中的伏羲形象是吻合的，可谓对伏羲部分神绩的说明与赞美——伏羲"为百王先",神绩是"至治自然",使"法度肇建""八卦成文"等。图中的八卦图也正是表明伏羲"始作八卦"。李康笔下的伏羲是完全的人形,他坐于石上专心画八卦图,圣人风范呼之欲出。萧云从笔下,拥有盘曲蛇形身躯的柔弱女性托石补天的形象充满了使命感与悲壮感。任伯年所绘炼石的女娲接近仕女形象,其所着服装被绘成坚硬的山石状,与嶙峋的山体互相呼应,充溢着力量感,借古喻今,独具匠心。

明清《山海经》诸图本的女娲图有两种,常见的是人首蛇身的原始形象,如蒋本、成或因本、清《神异典》(见图4-55至图4-57),这种图与郭璞所注"女娲,古神女而帝者,人面蛇身"的文字相符;而汪绂绘女娲之肠十人,以表示是女娲之肠所化(见图4-58),与《山海经·大荒西经》经文"有神十人,名曰女娲之肠,化为神,处栗广之野,横道而处"①,郭璞《图赞》"女娲灵洞,变化无主。肠为十神,中道横处。寻之靡状,谁者能睹"②的文字相符。

图4-55　女娲　蒋应镐本

图4-56　女娲　成或因本

图4-57　女娲　《神异典》

图4-58　女娲之肠十人　汪绂本

① 袁珂:《山海经校注》,上海古籍出版社1980年版,第389页。
② 马昌仪:《古本山海经图说》,山东画报出版社2001年版,第575页。

伏羲、女娲神话的文图关系整体呈现以下一些特点：

首先，有关伏羲、女娲的图像记载与文字记载绝大部分相符，可谓相互印证，偶有细微出入。由于《山海经》对伏羲的记载十分简略，只保留了伏羲这位神话人物极其稀少的信息，而其他众多典籍对伏羲有具体详细的记载，所以后世的伏羲图基本与《山海经》经文无关，而与其他典籍的文字记载有较好的文图互仿关系。

在古籍中，能够看到伏羲"执规而治春"的文字记载，在画像石、帛画中，却是有时伏羲执矩、女娲执规，有时伏羲执规、女娲执矩，看似文图不是很符合。事实上，神话在民间极易发生变异，更不用说是同为绘图工具的规和矩，它们一个画方，一个画圆，很容易被混淆，也可能是工匠的疏忽造成。一般认为，伏羲、女娲手中所执规、矩是社会秩序与权力的象征，与"天圆地方"或"外圆内方"观念相吻合，以表征其规范社会的崇高地位。人类始祖、配偶神、执规和矩——这些元素被绘于画像石上、帛画上，被置于墓葬中，在一定程度上反映了古人的天地观和生死观。另外，"女娲，古神女而帝者，人面蛇身""伏羲鳞身，女娲蛇躯"这样的文字记载，在图像中的表现是伏羲女娲人面人身、蛇尾缠绕。文字并未表明两者的状态是蛇尾缠绕，却由于伏羲女娲为对偶神的普遍信仰在图像中用蛇尾交合的形式表现他们是夫妇，是生育神，以表达繁衍子嗣的愿望。由于对此描述的文字的缺失，各图中蛇尾缠绕的圈数也不同。并且，伏羲的"鳞身"与女娲的"蛇躯"在图中区别不明显，基本相同，偶有伏羲被绘成龙身。

第二，相比于文字对伏羲、女娲神话及其关系的记载，图像资源更为丰富，分布地域广泛，数量也相当可观。其中有趣的是，文字与图像有不同步的现象，即古籍对伏羲、女娲的文字记载带有很强的修辞色彩与情感色彩，尤其是汉代之后，这对对偶神、生育神在文字记载（如李冗《独异志》、卢仝《与马异结交诗》等）中动物性较弱，无论在情感还是行为上都更接近人。但伏羲、女娲在图像中的蛇尾始终没有褪去，只有明清时期偶有画家将其画作完全的人身，这种动物性在图像中一直得到了保留。所以，相对文字而言，伏羲、女娲图像的传承之链更稳定，文字与图像都会随着社会信仰而变化，文字的变化可能相对更剧烈。

第三，整体而言，伏羲、女娲神话的原始内容，即伏羲结绳、作瑟、制曲、画八卦，女娲生化万物、抟土造人、炼石补天、制笙簧等，在图像中并未得到充分的展现，数量较少，而对这对生育神的图像表现极其丰富，到了后期描绘女娲炼石补天与造人的图像才丰富起来。

第四，从共同构图的角度看，汉之前，伏羲、女娲还未完全固定成对偶神，普遍单独构图；两汉时期，伏羲、女娲常共同构图，东汉中后期常与西王母共同构图；东汉之后，伏羲女娲图像逐渐减少，且逐渐回归到单独构图。这种演变应该是"追随"着各个历史时期社会信仰、阴阳观念、生育观念等而演变的。

最后，伏羲、女娲神话形象的表现在地域上有差异，如伏羲女娲是否交尾、交尾形态有差异,伏羲女娲手持物件、服饰、发饰有差异,是否与西王母共同构图有差异,这与地域文化信仰、伏羲女娲神话的地域变异、外来思想影响等都有关系。

二、西王母母题及其图绘流变

(一)《山海经》等典籍文字记载的西王母

西王母神话是古代神话系统中极其重要的一部分。

有关西王母的来历,自古众说纷纭。对西王母有文字记载的早期文献有《庄子》《山海经》《穆天子传》《淮南子》《易林》《史记》《汉武帝内传》等。

早在殷商卜辞中就出现了"西母"二字,西周青铜器上也有"王母"二字,但由于资料匮乏,难以证明与西王母有直接关系。

战国时期《庄子·大宗师》有"夫道,有情有信,无为无形……西王母得之,坐乎少广,莫知其始,莫知其终"的记载,此处其是一位得道不死的仙家。

《山海经》记录西王母的文字有三处:

西海之南,流沙之滨,赤水之后,黑水之前,有大山名曰昆仑之丘。有神——人面虎身,[有]文[有]尾,皆白——处之。其下有弱水之渊环之;其外有炎火之山,投物辄然。有人戴胜,虎齿,[有]豹尾,穴处,名曰西王母。此山万物尽有。(《大荒西经》)①

又西三百五十里,曰玉山,是西王母所居也。西王母其状如人,豹尾虎齿而善啸,蓬发戴胜,是司天之厉及五残。(《西山经》)②

海内西北陬以东者。蛇巫之山,上有人操杯而东向立。一曰龟山。西王母梯几而戴胜杖。其南有三青鸟,为西王母取食。(郭璞注:又有三足鸟主给使)在昆仑虚北。(《海内北经》)③

三段文字中西王母的形象并不相同,按照袁珂先生认定的成书年代的顺序来看:《大荒西经》描写的西王母是人面、虎身、虎齿、豹尾、戴胜的形象,且是穴处。此处经文曰"有人",与上文的"有神"对比可知此处文字记载的西王母是人,并没有归为神,基本是原始野蛮人的形象。接着《西山经》所记西王母住在玉山,虎齿豹尾,擅长长啸,整体样子像人类,蓬发上戴着玉胜,是掌管瘟疫刑杀的天神。由"有人"变成了"其状如人",且神职被写出,袁珂称之为"从野蛮人到怪神的西王母的形象便终于完成了。这是《山海经》内部进行的一次西王母形象的演化"④。《海内北经》的西王母,倚靠在一几案旁,头戴玉胜,手持一杖,三青鸟为

---

① 袁珂:《山海经校注》,上海古籍出版社 1980 年版,第 407 页。
② 袁珂:《山海经校注》,上海古籍出版社 1980 年版,第 50 页。
③ 袁珂:《山海经校注》,上海古籍出版社 1980 年版,第 306 页。
④ 袁珂:《中国神话史》,上海文艺出版社 1988 年版,第 47 页。

西王母取食。"几是古时候对有才德的老者表示尊重的专门设施之物,也是古代文明的重要表征之一。"①此处的西王母俨然是有王者之气的女性形象。

在《山海经》中,西王母的形象经历了多次变异,可见《山海经》经文并非一人一时所作,经历着不断地增删与变异,其带有的信息也比较零散,后人据此形成了对西王母形象的大概感知。这是西王母形象的第一次演变。

袁珂在《中国神话史》中写道,"西王母"本应是国名或者族名,"西"表示西边这个方位,"王母"是外来语言的译名。但"王母"这两个字的译称在汉字的"作用"下成了"王母"一词,从古至今人们多将西王母理解与想象成西方的王母这一形象。周穆王拜见西王母的民间传说故事被写进了《穆天子传》,继而又有人将其写进了编年体通史《竹书纪年》,自此西王母"女性人王"的形象基本确定。这是西王母形象的第二次演变。

到西汉《淮南子·览冥训》"羿请不死之药于西王母,姮娥窃以奔月"②、司马相如《大人赋》"低回阴山翔以纡曲兮,吾乃今目睹西王母。暠然白首戴胜而穴处兮,亦幸有三足乌为之使。必长生若此而不死兮,虽济万世不足以喜"③、《史记·赵世家》"缪王使造父御,西巡狩,见西王母,乐之忘归"④的文字,到之后《汉武帝内传》"以玉盘盛仙桃七颗,大如鸭卵,形圆青色,以呈王母"⑤的描写,西王母褪去严酷外形与神性,演变成有不死之药的仙人。

东汉中期,与女性主仙西王母相对应的男性主仙东王公被创造出现,至此西王母神话基本稳定。

从先秦到东汉,西王母的神话形象有三重变异,由远古人兽面貌合一的怪神,到女性人王,再到掌握不死之药的仙人,西王母传说也先后有"主刑杀""掌管不死之药""庇佑吉祥""昆仑仙境"等主题,这正体现了"由野而文,是一个不可抗阻的演化公例"⑥。东汉中后期,"西王母"由于"长生不死"主题被纳入道教神仙体系。六朝时期,其成为道教重要仙真。之后受道教思想与民间传说的影响,西王母形象逐渐女性化、温和化,成了住在昆仑山瑶池的慈祥的"瑶池金母",当然她是以多重形象出现在人们视野中。到《西游记》第五回"乱蟠桃大圣偷丹,反天宫诸神捉怪",瑶池举行蟠桃大会,此时的她已是慈祥年老的王母娘娘。

西王母这一神话形象并非单独出现,她的神话系统是逐渐形成的。西王母的随侍动物,最基本的"配置"是三青鸟、三组鸟、玉兔、蟾蜍和九尾狐。

《山海经》对三青鸟的文字记载有三处,《西山经》记载了三青鸟的栖息

---

① 袁珂:《中国神话史》,上海文艺出版社 1988 年版,第 47、48 页。

② 何宁:《淮南子集释》,中华书局 1998 年版,第 501 页。

③ 司马相如著,金国永校注:《司马相如集注》,上海古籍出版社 1993 年版,第 100 页。

④ 司马迁:《史记·赵世家》,中华书局 1959 年版,第 1779 页。

⑤ 旧题班固撰:《汉武帝内传》,清文渊阁《四库全书》本。

⑥ 袁珂:《中国神话史》,上海文艺出版社 1988 年版,第 50 页。

地——广圆百里的三危之山,《大荒西经》记载了三青鸟的外貌与分别的名称,《海内北经》则记录了其神职是为西王母取食。郭璞《图赞》曰:"山名三危,青鸟所解。往来昆仑,王母是隶。穆王西征,旋轸斯地。"陶潜《读山海经》第五篇:"翩翩三青鸟,毛色奇可怜。朝为王母使,暮归三危山。我欲因此鸟,具向王母言。在世无所须,惟酒与长年。"①郭璞在注文中加入了经文中并未出现的三足鸟("又有三足鸟主给使"),并认为它也是供西王母差遣的神鸟。玉兔在文献中或者与月亮有关(如张衡《灵宪》"月者,阴精而成兽,象兔蛤焉"),或者与长寿有关(如葛洪《抱朴子》"虎及鹿兔,皆寿千岁,寿满五百岁著,其毛色白"),②或者与捣药有关(如《太平御览》引汉乐府诗"采取神药山之端,白兔捣成虾蟆丸")。蟾蜍在文献中除与玉兔一样是月精外,还与不死药有关(如葛洪《抱朴子》"肉芝者,谓万岁蟾蜍……此二物得而阴干末服之,令人寿四万岁"③)。这两者自然与西王母产生联系。在《山海经》中出现三次的畏兽九尾狐后来逐渐演变成子孙兴旺、吉祥的象征,也成了西王母神话中的一员。

汉代,它们一起成了西王母图像的基本组成部分。

(二) 西王母神话图绘流变

西王母形象的演变几乎贯穿了整个中华文明,其身份的多重性使其同时拥有历史形象、道教形象、民间形象与文学形象,并且,西王母神话系统的复杂性不仅体现在其源头、形象本身的复杂,上层和民间信仰变异的复杂,还体现在其图像系统、图绘流变的多样与复杂。

近半个多世纪来,我国河南、山东、江苏、四川、陕西、山西等地出土了众多与西王母相关的汉代文物,有画像石、画像砖、壁画、祠堂、玉器、铜镜等,尤其是东汉中期之后,西王母图像出现频率特别高,这为我们打开了西王母神话研究的新途径。

研究西王母在汉画像石中的形象的代表学者有鲁惟一(Michael Loewe)、巫鸿、李凇、信立祥、汪小洋等。鲁惟一研究了山东画像石中的线刻图像等,巫鸿则略去作者、年代、真实性存疑的《山海经》《穆天子传》等资料,关注"西王母作为阴的象征""西王母与昆仑""从超自然的存在到宗教偶像""西王母和长生王国"等多个方面,从艺术史的角度解读西王母图像。李凇在《论汉代艺术中的西王母图像》中归纳:"西王母的图像形式衍变大致可划分为两个阶段:1. 西汉后期至东汉初期,西王母为四分之三侧面角度,为'情节式'构图;2. 东汉初期至中期,西王母为正面角度,左右有对称的侍从,为'偶像式'构图;东汉中期以后,普遍出现

---

① 陶渊明著,逯钦立校注:《陶渊明集》,中华书局 1979 年版,第 135 页。
② 王明:《抱朴子内篇校释》卷三,中华书局 1980 年版,第 41 页。
③ 王明:《抱朴子内篇校释》卷十一,中华书局 1980 年版,第 182 页。

有翼像。"①信立祥在《汉代画像石综合研究》中大致归纳出三个发展阶段：汉哀帝建平四年之前，西王母被普遍认为是昆仑山的刑法凶神，因此画像石上有象征长生不老的仙山昆仑山，却没有西王母（如山东临沂金雀山9号汉墓出土的汉武帝时期帛画图像）；汉哀帝建平四年至东汉中期，西王母褪去了可怕外形和神性，成为仙人世界的主人公，在画像砖、铜镜纹饰等器物上大量出现，且有九尾狐、玉兔、三足乌等神兽环绕周围；东汉中期至东汉晚期，"作为与西王母相对应的男性仙人，东王父（亦称东王公）终于在群众性造仙运动中被人们创造出来，并在祠堂东侧壁最上层的仙人图中得到表现"②。汪小洋则以东王公的出现为标志将西王母图像系统的演变划分为两个阶段："第一阶段，东汉中期以前，西王母和以她为中心的神仙世界出现，这是西王母中心的形成阶段。第二阶段，东汉中期至东汉晚期，东王公进入西王母神仙世界，这是西王母至上神的努力阶段。"③以上学者的相关研究很好地为西王母图像研究拓展了视野。

笔者在西王母神话图绘流变这一部分选取的例图主要是为某一方面的特点及演变情况提供实证，大致分为民间的画像石、画像砖、铜镜及大传统中的一些绘画作品。其中就汉画像石中的西王母形象，笔者做了较为详细的解读，因为其数量之多、样式之多、内涵之丰富一直受到学界关注，既是西王母神话图绘的源头，也是西王母神话文图关系研究的重点。

笔者通过研读《中国美术分类全集·中国画像石全集》④及相关图像资料，从以下几个方面大致概括了西王母汉画像石的特点及演变情况：

1. 画像石上的西王母

关于西王母图像形式的衍变，笔者同意李凇的看法，即由西汉后期至东汉初期的四分之三侧面角度，到东汉初期至中期的正面角度，再到中后期的有翼像。对此笔者要补充的是，东汉后期陕西、山西部分画像石上的西王母是左向或右向的，这是一个特殊的现象。

西王母在图像中的形象、位置是笔者考察的重点。

西王母在画像石中多为正面相，位于顶层，坐于所在层组的正中，左右两侧有仙人羽人、持物侍者、蟾蜍、捣药的玉兔、三足乌、三青鸟、九尾狐等形象，并有其他神兽围绕。

画像石中西王母的形象及图像主题也在逐渐变化。

西汉后期至东汉初期，西王母多为凭几而坐，正面端坐，图像内容主要是有人向西王母朝拜或持仙草跪献，有细微的"情节"；东汉中期，西王母除了凭几而

① 李凇：《论汉代艺术中的西王母图像》，湖南教育出版社2000年版，第312页。

② 信立祥：《汉代画像石综合研究》，文物出版社2000年版，第156页。

③ 汪小洋：《汉画像石中西王母中心的形成与宗教意义》，《南方文物》2004年第3期。

④ 中国画像石全集编辑委员会编：《中国美术分类全集·中国画像石全集》第八卷，河南美术出版社2000年版。

坐,有时会坐于神山仙树上,图像内容多为侍者跪奉;东汉后期,西王母所坐之处有榻上、云上、交龙之上、树下、华盖笼罩下的天柱悬圃之上、云形华盖下、山字形山峰顶的瓶状高座上,某些图像中的西王母戴华胜,头梳高髻,或肩生双翼,或手举不死草,或拱手,显示出极高的威仪,又有羽人执三珠果侍奉,或持曲柄伞盖罩在西王母头上,或有仙人献玉浆、朱草,或有求不死之药者。《绥德墓门楣画像》(东汉,1955年5月陕西省绥德征集,拓本见《中国画像石全集·陕西、山西汉画像石》图版153)上更是出现了端坐于由三只仙鹤牵引的车上的周穆公。此外,四川画像石上的西王母多坐于龙虎座上,带有鲜明的地域特点。此时的西王母画像石无论背景、外形、动作还是"情节",可谓达到了"错综复杂"的顶点。

西王母画像石主要是长生主题,有些于仙境中也融合了人间世界的刻画,如车骑、宴饮、游戏、历史故事等,仙界与现实世界相连。

2. 画像石上的东王公

东王公这一男性仙人的由来在文献中找不到明确的记载,其发展演变轨迹可追溯至远古神话与先秦信仰。东王公进入西王母图像世界的时间,信立祥和汪小洋在相关专著与论文中都提到过,大致是在东汉中期。进入的主要原因是汉人阴阳平衡的观念:"为西王母配上东王公,表现出统治阶级对西王母图像系统的接受和改造的痕迹,现实社会的结构对画像石的构图产生了影响,这也是汉画像石与现实生活密切联系的一个标志。"[1]东王公出现之前,与阴的象征西王母相对应的是风伯,主要原因是他能兴风带人升天。

图4-59　沂南汉墓中室八角立柱画像·东王公、西王母　所藏不明

西汉晚期,西王母画像石中已经有东王公的身影。东汉中后期,东王公与西王母经常被对称刻画于墓门立柱、墓室墙壁、祠堂两侧的最高位置,且两者经常坐于神仙树上,蟾蜍、捣药的玉兔、九尾狐、神鹿及各类侍者、仙人围绕周围。例如图4-59中刻西王母、东王公两神坐于山顶的瓶状高座上,东王公抱琴状物,西王母拱手,均头悬华盖,周围有众多童子、奇禽、异兽、神怪。

3. 画像石上西王母神话系统的图像元素

随着西王母形象在民间的流传,有关她的传说故事也得到不断地润色、增添,西王母世界逐渐丰富,相应地其"图像系统"也增加了许多元素。

据笔者粗略统计,西汉西王母画像石上已有玉兔、凤鸟、仙人等形象。东汉

---

[1] 汪小洋:《汉画像石中西王母中心的形成与宗教意义》,《南方文物》2004年第3期。

西王母画像石的图像元素,初期有神人、三足鸟、九尾狐、神兽、持便面侍者、持仙草笏板人物、朱雀、持规女娲、贯胸人等;中期有执彗门吏、羽人、仙人、九尾狐、鹿、翼龙、翼虎、持便面侍者、龙、虎、玄武、怪兽、持仙草侍者、蟾蜍、鸟首人身侍者、玉兔、伏羲、女娲、朱雀、博山炉等;后期有羽人、玉兔、翼龙、人首鸟身侍者、执三珠果羽人、蟾蜍、众多远古神话人物、献御浆仙人、献朱草仙人、肩生双翼仙人、马身龙、凤鸟、伏羲、女娲、华盖、青鸟、侍女、门吏、狐狸、人面兽、龙、四头鸟、鸡头人、仙鹤、羊、马驾、云雾、祥云、山丘、植被、卷云纹、双菱纹、连弧纹等。

可以看到,西王母图像系统在两汉是逐渐丰富起来的,图像元素与日俱增。其最基本的图像元素乃《山海经》等典籍文字记载的三足鸟、三青鸟、羽人、九尾狐、玉兔、蟾蜍等,继而进入图像系统的诸多神人、灵兽、侍者,并没有明确的文字为证,应该是随着不断变异、增益的民间传说被绘入的。这里有几个值得注意的现象,其一是西王母身边侍者的面貌逐渐多样,世间人物也参与进来;其二是东汉后期图像中加入了昆仑山的环境刻画如云雾、山峦、植被等以及人间情景的刻画,使仙界和人间混为一体;其三,画面中的纹路也逐渐多样化,使图像更为丰富美观。

武梁祠西壁画像是含有众多图像元素的代表,卷云纹、双菱纹、连弧纹等多种花纹将画面自上而下分为五层,西王母端坐于顶层锐顶部分的正中,左右有玉兔、蟾蜍、羽人。第二层自右至左依次刻画交尾的伏羲女娲、祝融、神农、黄帝、颛顼等,其左皆有榜题。第三层画四组孝子故事,第四层画几则历史故事,第五层画一辆车骑左向行。

4. 画像石画面分层情况

汉代西王母画像石的画面基本都分层,各层容纳不同图像元素。

画面分层的整体演变趋势是由简及繁,形式逐渐丰富。西汉末及东汉早期分层较简单,画面自上而下或自左至右分为三组、五组,东汉中后期分层变复杂,尤其是后期,画面自上而下可能分为两层、三层、四层、五层甚至八层,更有一幅画面中同时左右分层、上下分层。

与此同时,西王母与东王公在图层中的位置也在不断变化。西汉后期至东汉中期,西王母与东王公基本被刻于画像石画面的第一层、上部,而东汉后期,其位置不断浮动,除了第一层,还可能处于第二层、二三两层、一二两层、左侧第二层等位置。这说明,图层偶有浮动现象,但西王母在图像中的中心地位已经确定。

汉代西王母画像石主要存在于石阙、墓葬、墓门立柱、石祠堂、石棺等之上,尤其是东汉中晚期的出土文物尤为丰富,东汉中期集中于墓门左右立柱,东汉晚期则集中于石祠堂之壁。

目前发现的西王母汉画像石分布于我国十六个省市自治区,主要在山东、苏北、河南、四川、陕西、山西等地,且各地都有一两块分布集中区,总体而言与东汉道教策源地相吻合。其中,山东南部、江苏北部、河南的西王母图像的年代自西汉末年至东汉末年,陕西、山西、四川地区的西王母图像的年代则是从相对较晚的东汉中后期开始。

除画像石外,铜镜也是西王母、东王公图像的重要载体,在此简略说明。

西王母形象出现在铜镜中,最早是新莽时期,其在铜镜图像中的中心地位自西汉末至东汉逐渐确立,初始时期对应的男神主要是吴王,后来与东王公成对配置。西王母图像主要出现在画像镜和神兽镜这两类铜镜上,前者多为浅浮雕,主题单一,后者多为高浮雕,多神集于一镜。铜镜中的图像元素与画像石类似,有羽人、玉兔、车马、龙虎、神人等。铜镜中的西王母、东王公形象经历了从无到有、由简及繁的过程,后期所占画面比例逐渐变小,直至消失。

汉代铜镜上有铭文,其中也有"西王母"字样,如"河南南阳市博物馆藏东汉灵帝建宁元年镜铭文:'建宁元年九月九日丙午,造作尚方明镜,幽涑三商,上有东王公、西王母,生如山石,长宜子孙,八千万里,富且昌,乐未央,宜侯王,师命长,买者大吉羊(祥),宜古市,君宜高官,位至三公,长乐央'"[1]。这段吉语铭文清楚表明东汉民众会通过西王母来表达长寿、升官、多子孙、多福的祈望。

其实,墓葬中的铜镜主要是日常用品,而非明器,这为研究民间信仰及日常审美提供了一定的实物资源。

在汉壁画墓中,目前只有洛阳偃师辛村新莽壁画墓和洛阳卜千秋壁画墓中有西王母图像出现,且其不处于中心地位,与画像石有很大差别。

此外,众所周知,汉代中期之后佛教传入中国,相关题材的图像在一定程度上影响到西王母图像,如果将汉代早期佛教图像与西王母图像相比较,可以发现两者之间有密切关联,"汉代早期佛教图像与西王母图像相似,均多出于丧葬情境,结合前述时空分布规律推测,早期佛教图像很可能是沿着西王母图像的既有仪轨进入这些特定的丧葬情境。两类图像的相对位置存在相对、置换和并列三种较密切的关联……图像志方面,存在标志性特征互相借用、共享相似的图像结构等情况。其中,早期佛教图像实践基本保持了自身的图像志特点,而在其实践较多、力度较大的四川地区,在一定范围和程度上影响并刺激了主流西王母图像的变化与发展"[2]。

西王母这一神话形象在汉代的文图关系呈现几个突出的特点:

与"据文绘图"的明清《山海经》图不同,汉代的"文"与"图"之间有西王母信仰这条不断变动的纽带,即图像的刻画并非直接作用于文字,而是基于上层统治者与民间对西王母的信仰与认识从而产生。无论是《山海经》对西王母作为原始冷酷怪神的三段简略的记载,《穆天子传》等带有虚构色彩的传记、史书对其女性人王形象的稍带情感的记录,还是《汉武帝内传》《大人赋》等作品对掌握不死之

① 王子今、周苏平:《汉代民间的西王母崇拜》,《世界宗教研究》1999 年第 2 期。

② 王苏琦:《汉代早期佛教图像与西王母图像之比较》,《考古与文物》2007 年第 4 期。

药的仙人西王母的华丽描述,每段文字都是简略的,只反映了作品写作之时的西王母神话。而在汉画像石上,可能在西王母周围刻画了三足乌、三青鸟等文字记载中确与其有关的神灵,还有捣药的玉兔、九尾狐、贯胸国人、伏羲、女娲、凤鸟、羽人等《山海经》等典籍中有文献记载,却未直接表明与西王母具体关系的神灵神人,甚至还有神鹿、朱雀、玄武、龙等民间信仰中的吉祥神灵,这些图像元素随意组合出现,内容大大超过文字。所以大致而言汉代西王母神话文图关系的典型特征就是西王母神话的广泛流传使上层与民间形成了对其零散的、综合的印象,继而刻绘的图像反映了多段文字、传说的结合。

其次,图像的分层、图像元素、画面内容整体呈由简及繁的状态,西王母的新形象与旧形象交织共存,共同演变发展,加之东王公的加入,使得文图关系日益复杂。以 1970 年河南郑州新通桥发掘的汉墓中的《西王母与玉兔》与《九尾狐与三足乌》两块画像砖与 1786 年山东省嘉祥县武宅山村北出土的画像石相比为例:

《西王母与玉兔》与《九尾狐与三足乌》是西汉末至东汉早期的作品,武氏祠左石室屋顶前坡东段画像则是东汉中晚期的作品。就画面大小来说,前者仅为8 厘米×9 厘米,后者有 140 厘米×167.5 厘米。就刻画工艺来说,前者粗糙简略,后者精细复杂。就画面内容来说,前者很简单,西王母侧身,身边只有一只捣药的玉兔,另一块上有九尾狐和三足乌,综合而言只有神话系统中的基本要素;后者则分上下两层,下层的右上部分刻西王母、东王公端坐于云上,周围有男女侍者,中部有卷云及众多羽人,此外还有马车、人物等,由于刻画内容太多,甚至难以看清与分辨。于是,西王母画像石规模、工艺、内容等方面由简及繁的变化可见一斑。伴随着图像的这种变化趋势,文图关系也渐变复杂,例如前期的图像可从文字记载中找到对应形象,一一对应,而后期某些图像元素难以理清与明确的文字的对应关系,可能更多是因民间信仰习俗而与西王母"长生不死""祈福祈寿"主题相关联,加之新老形象的混合,文图关系愈发多样化。

文字记载中的西王母神话、传说都有一定情节,尤其是西汉"仙化"后的西王母,而汉画像石中"偶像式"的刻画占多数,内容基本是对西王母、东王公的朝拜、跪献、侍奉,很少出现类似"羿请不死之药于西王母,姮娥窃以奔月"(《淮南子·览冥训》),"王母以四颗与帝,三颗自食"(《汉武帝内传》)的生动情节。虽然西王母在汉代已经女性化、温和化,但画像石却着重刻画其威严,这与其在汉代崇高的地位有关,也与画像石的性质有关——画像石被配置在祠堂、墓葬中,不仅有装饰作用,主要还是为了表达让祠主、墓主死后升仙到昆仑山的愿望。

基于西王母传说在各个地域的变异,不同地域刻绘的西王母图像呈现出各自特点,添加了一些元素,与"文字"有轻微游离。例如各地图像上侍者的进献物、执用物各不相同,三珠果、酒浆、芝草集中于嘉祥地区,便面集中于滕州地区;四川地区画像石上的西王母多坐于龙虎座上,陕西、山西地区画像石上的西王母、东王公则是坐于灵芝状的悬圃之上，东王公还头戴三梁冠，手举仙实，东汉后期陕西、山西部分画像石上的西王母与众不同地呈现左向或右向。

汉代可谓西王母信仰崇拜的高峰，信仰者遍及上层统治者至下层民众，人们在其身上寄托了长寿健康、平安吉祥、子孙满堂的祈望，加之厚葬风俗的普遍，使得汉代成为西王母图像极其多的一个时期。

汉之后，受道教思想与民间传说的影响，西王母形象逐渐变温和、慈祥，成了住在昆仑山瑶池的"瑶池金母"，深受民间尊重与喜爱。图像也随之变化，西王母的穿着、容貌更接近人，图像内容与世俗生活更加贴近，吉祥赐福色彩愈发浓烈。

甘肃酒泉西北部戈壁滩上分布着魏晋、十六国大面积墓葬群，以酒泉丁家闸五号墓为例（见图4-60、图4-61），墓室前室的顶和壁连通，满绘壁画，顶部绘复瓣莲花，其下几层分栏作画，顶部以下的第一层绘天上，东顶绘东王公，南顶绘白鹿、羽人，西顶绘西王母，北顶绘神马。第二、三层绘人世，有燕居行乐、车运出游、耕作劳动等生产生活场景。第四层绘承载大地的四只巨鼋。壁画内容可谓丰富多彩，是神话故事与人世生活的完美结合，有很高的历史、艺术价值。敦煌莫高窟第249窟窟顶北坡的西王母部分的图像，也是异彩纷呈。

图4-60　东顶所绘东王公（局部）　　　图4-61　西顶所绘西王母

由于西王母神话的"仙化"，西王母信仰逐渐与道家思想融合，西王母成为地位很高的道教女神。

北宋《云笈七签》中的《王母授汉武帝真形图》一文提到了《五岳真形图》的传授，此图相传是西王母由三天太上之处所得，后来传给汉武帝的秘宝。"西王母在与《人鸟山真形图》相关的道教书写传统中，也扮演了一位与人鸟山之原始天王共同刻铭天书的道教女神。《玄览人鸟山经图》一文中描述西王母到人鸟山拜诣元始天王：'西王母初学道，诣元始天王。三千年道成德就，应还昆仑之山。临去，辞元始天王，共刻铭人鸟山上，虚空之中，制作文字，字方一丈，悬在无中，以接后学,于今存焉。'"①

上层社会向往长寿、不死,文人墨客、画家也希望生命永恒,于是,不仅在民间、下层,在大传统、上层社会中,象征着长寿、升仙、永生的西王母也逐渐稳定成较为主流的形象,主流文化中有关西王母的文字记载和图像描绘也开始多起来。比如,传说中农历三月初三为西王母诞辰,这一日群仙皆来为其庆寿,王母会在其居住的瑶池设蟠桃宴酬谢众仙。蟠桃与西王母相关的记载,最早出现在晋张华的《博物志》:"母笑曰:'此桃三千年一生实'"②,所以仙气弥漫的瑶池、贯通天地的昆仑山、象征着长生的蟠桃、西王母的寿辰都关联起来,经常被绘入图中。从底层百姓到文人阶层到官员、帝王,人人都企盼在西王母的庇佑下长寿安康,于是蟠桃图、瑶池图、祝寿图、仙乐图这些与长寿相关的绘图逐渐成为大传统中西王母图的主体,且这些创作主题经久不衰,文图关系也在继承中演变。

唐宋之后一变以往对西王母"偶像式"的描绘,转向对瑶池、昆仑山总体环境及献寿场景的刻画,大传统中西王母形象的基调由此显现。《山海经》经文中那个"戴胜,虎齿,[有]豹尾,穴处""豹尾虎齿而善啸,蓬发戴胜""梯几而戴胜杖"的兽、神结合的西王母形象早已褪去,慈祥、仙力无边的女性神形象跃然纸上。③画家多依据人世间的盛会,想象而描绘出仙界的蟠桃盛会。此时画家所绘之图与汉代《淮南子》《大人赋》《史记·赵世家》《汉武帝内传》等文献记载的西王母仙人事迹紧密相关,与《山海经》经文中原始的西王母形象相去甚远。

"南宋四大家"之一的刘松年所绘《瑶池献寿图》(见图 4-62),描绘了西王母仙乐世界的献寿场景,场面辽阔饱满,山石与松树刚劲有力,人物流畅细致,人与景完美融合,可谓笔精墨妙、清丽典雅。至于画中主要人物,美国学者斯蒂文·列特(Stephen Little)认定其为周穆王和西王母:"这幅画描绘了周穆王见西王母的故事,这个故事最终是关于自我认知和超凡的。图画中,周穆王和西王母面对面坐在阶地上,周围有侍女。画面背景是群山起伏的地形,代表着昆仑山仙境。前景中,在一个有顶的场地中,

图 4-62 瑶池献寿图 刘松年
台北"故宫博物院"藏

---

① 黄士珊:《写真山之形:从"山水图"、"山水画"谈道教山水观之视觉型塑》,《故宫学术季刊》第 31 卷第 4 期。

② 张华原著,祝鸿杰译注:《博物志全译》,贵州人民出版社 1992 年版,第 205 页。

③ 袁珂:《山海经校注》,上海古籍出版社 1980 年版,第 407、50、306 页。

周穆王的马车和随从在巨石和树林中等待着他。"①

宋方椿年《瑶池献寿图》绘西王母所居瑶池，群仙腾云、驾浪、乘鸾鸟前来贺寿，热闹吉祥。画面整体艳丽精细，典雅纯熟。

元代开始，蟠桃图、王母祝寿图非常多。

图4-63为元代画家张渥所绘《瑶池仙乐图》，画家以白描手法，淡加敷色，描绘了一幅瑶池仙境。画中四位年老寿星正恭迎西王母，西王母乘祥云而来，身旁侍女手捧盛有仙桃的盘子。画中瑶池、陡崖、古树交相辉映，山水与人物完美融合，有吉祥、和谐之感。

斯蒂文·列特还认为，至少从元代开始，凤凰成为西王母一个关键性的象征物。《山海经·南山经》描写凤凰曰："首文曰德，翼文曰义，背文曰礼，膺文曰仁，腹文曰信。是鸟也，饮食自然，自歌自舞，见则天下安宁。"②凤凰在中国文化传统中是四灵之一，是百鸟之王，代表了仁瑞，此时与西王母相结合，使西王母更添吉祥色彩。例如图4-64中，西王母身着华袍，站姿庄重，面向右边，双手合起作拜见状，应该是面向更高的道教尊神。侍女手捧象征长寿与吉祥的蟠桃。可以看到，西王母头上所戴金冠的中心有一只凤凰。图4-65中，西王母乘五彩凤凰，飞于祥云之上，雍容自在，旁有侍女，精美的彩色刺绣工艺使得这幅作品更显华贵。西王母与凤凰的关联，未见于《山海经》及其他典籍的文字记载，应该是后

图4-63　瑶池仙乐图　张　图4-64　祈求长生图　作　图4-65　西池王母　作者不详　台北
渥　台北"故宫博　　者不详　台北　　　　"故宫博物院"藏
物院"藏　　　　　"故宫博物院"藏

① Stephen Little, Shawn Eichman. *Taoism and the arts of China*. Chicago：The Art Institute of Chicago，2000：157.

② 袁珂：《山海经校注》，上海古籍出版社1980年版，第16页。

人认为凤凰寓意吉祥,将两者合绘的。

《西游记》第五回"乱蟠桃大圣偷丹,反天宫诸神捉怪"关于王母娘娘以及蟠桃会的描写,使其形象更深入人心,此时画家绘西王母的纯熟技艺也可谓到达了高峰。

图4-66是明刊本《月旦堂仙佛奇踪》中的西王母图,其服饰与面容完全与凡人无异,慈祥端庄,两侍者一持便面一捧仙桃,三人乘祥云而来。明代唐寅所绘《王母赠寿图》是其代表作之一,西王母手持仙草,与身边的仙鹤对望,并配有题画诗"蓬莱弱水三千里,王母蟠桃一万年。凤鸟自歌鸾自舞,直教衔到寿尊前",长寿吉祥的寓意非常浓郁。明代的《蟠桃长寿仙会图》绘仙山祥云、亭台楼阁、松柏桃林、众仙齐聚,场面宏阔,端庄神圣。

到了清代,这类祝寿图、蟠桃图、仙乐图无论在数量上还是质量上都有了明显提升,画面更恢宏大气、明丽多彩,图像元素也更多样、复杂,由单景的人物描绘走向全景式的盛筵描绘。

"海上画派"代表画家任伯年的代表作《群仙祝寿图》描绘了各路神仙齐赴王母娘娘蟠桃盛会的景象。整幅图构图精妙,规模宏大,46个人物分布于左右连贯的十二幅屏上,活泼逍遥,既独立成画,又浑然相连。整幅画色彩鲜明,很好呈现了西王母神话的仙乐主题,同时在人物造型上凸显了民间特色。图4-67《王母庆寿图》中绘出了几十位神仙,西王母端坐高处观看表演,众多仙人演奏乐器共同庆祝,寿宴可谓恢宏盛大至极。王文亭所绘《王母庆寿图》(图4-68)中,各路神仙齐聚盛会,画面金碧辉煌。

到了明清《山海经》诸图本,西王母慈祥的面容褪去,仙气缭绕、吉祥和谐的图像又回归了古朴(见图4-69):

图4-66 西王母图

图4-67 王母庆寿图
作者不详
所藏不明

图4-68 王母庆寿图(局部)
王文亭 美国圣路易
斯美术馆藏

图4-69　西王母　蒋应镐本《西山经》

明清《山海经》诸图本中的西王母，文图关系高度吻合。《西山经》记载的西王母是带有兽形特征的天神，配合文字，蒋本绘出了其戴胜、虎齿、豹尾、人形的特征，且用云雾体现其天神的身份；汪本的西王母不见虎齿、豹尾，更具人形，头戴的胜刻画独特，面部表情慈祥。《海内北经》记载的西王母戴胜、持杖，三青鸟为其取食。配合其文字，蒋本图中的西王母豹尾虎齿，头戴玉胜，持杖，右有青鸟，素服，坐姿，接近人类的样态。成或因本的构图与蒋本类似，背景刻画原始气息减弱，而西王母在他笔下完全是人类的样貌，且有趣的是她坐在席子上。相对而言，蒋本较好地保留了西王母最原始的形象。此外，蒋本和汪本专门描绘了三青鸟和三足鸟，这在明清诸图本中是难得的，可见这两个版本刻绘者的用心。

由原始《山海经》等典籍的文字记载，到因民间传说而被记入传记、史书，再到后世文学作品的润色，在文明中得到数千年的积淀，西王母成为民间信仰中地位非常高的神仙。其图像也在数千年间源源不断地涌现，图像的风格往往因各时期增添了一些主观色彩而呈现出不同样貌，总体趋势是西王母形象由严肃、有威仪的女性主神逐渐变成温和、慈祥的仙女，在道教系统乃至整个文化传统中含有吉祥、长寿的象征意义。

与相对传统规范的文字记载相比，图像创作者可以在当时思维观念影响下主观构建人、神、仙共存的境界，同时增添一些民间元素与文化想象，文图互文空间由此得到扩充。图像在一定程度上又是对传承而来的文本的凝缩，通过组合配置、分层刻画等形式再现或重构了西王母神话。

在西王母神话的文图关系中，我们发现，文图中西王母新形象的出现，并不意味着旧形象的消失，两者共存共发展，迎合不同信仰群体，所以其文图关系逐渐呈现纷繁复杂的特点。汪小洋认为："汉代存在着两个西王母，一个是体现着主流社会长生思想仙化的西王母，一个是主流社会之外长生思想的神化西王母。这两个西王母虽然有着相互重叠的内容，但是，汉代不同社会阶层的宗教需要决定了两个西王母还是存在有不同的宗教价值取向。因此，两个西王母就提出了不同的终极关怀以及形成了不同的传播特征。"①即西王母画像系统在汉代演化为两种，一是民间图像系统，一是上层社会图像系统，具体而言，汉画像石表现的

---

① 汪小洋：《汉墓绘画中两个图像系统的讨论——主流社会天界图像与民间社会仙界图像的比较》，赵宪章主编《文学与图像》第二卷，江苏教育出版社2013年版，第131页。

是民间社会仙界图像,汉墓壁画表现的是主流社会天界图像,这说明上层信仰与民间信仰会形成不同的文图传承之链。同时,各个时代思想观念及审美需求在不断转变,凝结成一套模式、一条纽带,由于西王母图像并非直接作用于文字,而是以这条纽带发生主要作用,导致"图像与文字之间复杂的关系造成了某种张力。一方面存在着图像对文字的有效阐发,另一方面又存在着图像对文字的曲解和转义"①,所以图文轻度游离、图像信息多于或少于文字信息都是普遍的现象。加之每份图像只选取一个时间点,前后传承之链若不清楚,会导致读图困难。

西王母的文字记载比较零散,也经历着不断的变异,图像的绘制由汉代涵盖这一神话系统方方面面的"全景式"描绘,到汉代之后抽取其中的精华部分进行"精简式"描摹(蟠桃、侍者、仙境),与文字和西王母信仰吻合度较高。正如"现存的文献告诉我们她是怎样被构思的,现存的图像显示给我们她是怎样被理解的"②,两者共筑一个丰富多彩的西王母神话系统。

三、其他神话母题及其图绘流变

除伏羲女娲神话、西王母神话以外,《山海经》中还有其他著名、广为人知的几个神话母题,比如刑天神话等,这一部分对这些神话母题及其图绘流变进行研究。

(一) 刑天神话母题及其图绘流变

陶渊明的"刑天舞干戚,猛志固常在"(《读山海经十三首》)③,让我们认识了"刑天"这位神话英雄。如今,刑天被普遍视为勇猛悲壮、不屈不挠、反抗权威的一个英雄神话形象。

然而,由于时代久远,原始宗教传统断裂,神话文本本身处于不断的变迁状态,后人多是按照寥寥几个字的、零碎的神话文本来理解刑天神话,或是通过口耳相传的方式来传承神话故事,原始的刑天形象被大量异化、附会、误读。在此我们需要努力还原他的本来面目。

《山海经·海外西经》:"形天与帝争神,帝断其首,葬之常羊之山,乃以乳为目,以脐为口,操干戚以舞。"④这段文字是《山海经》对刑天的记载,故事简略,结构单一。郭璞《山海经图赞》曰:"争神不胜,为帝所戮。遂厥形天,脐口乳目。仍挥干戚,虽化不服。"⑤

首先,关于刑天名字的由来与写法,并不被普遍正确理解。"刑天",并非初始

① 周宪:《"读图时代"的图文"战争"》,《文学评论》2005 年第 6 期。
② 简·詹姆斯:《汉代西王母的图像志研究》,《美术研究》1997 年第 2 期。
③ 陶渊明著,逯钦立校注:《陶渊明集》,中华书局 1979 年版,第 138 页。
④ 袁珂:《山海经校注》,上海古籍出版社 1980 年版,第 214 页。
⑤ 马昌仪:《古本山海经图说》,山东画报出版社 2001 年版,第 438 页。

人名。袁珂在"刑天"的词条中是这样解释的:"刑天原作形夭,形夭于义无取,刑天即断首之义"①,他在《山海经校注》中说:"天,甲骨文作 ꝺ,金文作 ꞓ,□ 与 ꞓ 均象人首,义为颠为顶,刑天盖即断首之意。意此刑天者,初本无名天神,断首之后,始名之为'刑天'。或作形夭,义为形体夭残,亦通。惟作形天、刑夭则不可通。"②所以,"刑天"是动宾结构的名词,其由来是"天"被"帝"断首后,便称之为"刑天"。

这里的断"天"首的"帝",袁珂的观点是:"珂案:刑天,炎帝之臣;刑天之神话,乃黄帝与炎帝斗争神话之一部分,状其斗志靡懈,死犹未已……则刑天者,亦犹蚩尤夸父,奋起而为炎帝复仇,以与黄帝抗争者也。常羊山北,经历数地即是轩辕国,轩辕,黄帝之号,则葬首常羊之刑天所与'争神'之'帝',岂非黄帝而何?"③而蔡先金在《"刑天"神话的历史解读》一文中提出了不同的观点,"争神"事件的真相是商、周部族在更替过程中的对立与斗争——"早在商周之际确实发生过一次激烈的宗教变革,而变革的主体就是周族至上神'天'与商族至上神'帝'之间的斗争……商人崇拜的最高神祇称(帝)不称(天),而周人称(大)不称'帝'……'帝'是商族的保护神,导源于商部落的祖先崇拜,是商人图腾(玄鸟)的影子。'天'是周族的保护神,导源于周人对自然之崇拜。"④

至于经文中的"干戚",郭璞的注文写很明白:"干,盾;戚,斧也",干戚是兵器。"操干戚以舞",可谓刑天神话的核心意象,袁珂认为是"蚩尤与夸父丧亡后,乃又有刑天舞其干戚,'与帝争神'"⑤,即刑天被砍头后仍手持兵器继续战斗。蔡先金则认为刑天神话属于巫术神话向宗教神话过渡时期的一种神话类型,积淀在刑天神话中的干戚之舞,蕴含巫术宗教因素……干戚舞是一种武舞,右手执"干",左手执"戚"……这在连云港将军崖岩画中就发现许多巫术的形象和"皇舞祭天""执干戚舞"的傩舞场面……"干戚舞"本为威严而肃穆的事情,是一种古老的部族巫术仪式,可以显示部族的神秘威力,象征部族之胜利,其精神实质是以巫术行为象征部落不灭。⑥许多学者也持类似观点,例如王贵生在《刑天精神本源新探》中说:"'干戚之舞'就是从史前时代的部落战争中产生的一种战争巫术舞蹈,旨在以舞事神,施展威力,以神秘感应克敌制胜……用作乐舞的干戚,则是具有'专职'性质的神圣礼器,既属于盾斧又不同于普通兵用盾斧。《周礼·大司乐》'羽龠干戚,乐之器也',是其谓也。"⑦他还在文中阐述了刑天干戚之舞的现实印迹。刘正平在《〈山海经〉刑天神话再解读》中写道:"刑天操干戚而舞,就是

① 袁珂:《中国神话传说词典》,上海辞书出版社1985年版,第145页。
② 袁珂:《山海经校注》,上海古籍出版社1980年版,第214页。
③ 袁珂:《山海经校注》,上海古籍出版社1980年版,第215—216页。
④ 蔡先金:《"刑天"神话的历史解读》,《东岳论丛》2008年第1期。
⑤ 袁珂:《山海经校注》,上海古籍出版社1980年版,第216页。
⑥ 蔡先金:《"刑天"神话的历史解读》,《东岳论丛》2008年第1期。
⑦ 王贵生:《刑天精神本源新探》,《甘肃教育学院学报》2003年第1期。

在争神失败之后,希冀用具有巫术性质的干戚之舞来达到威慑对方、继续维护部族生存和宗教信仰的目的。"①

《韩非子·五蠹》记载,舜曾用干戚舞征服了有反抗倾向的有苗部落:"当舜之时,有苗不服,禹将伐之。舜曰:'不可,上德不厚而行武,非道也。'乃修教三年,执干戚舞,有苗乃服。"②所以笔者更赞同"舞干戚"是巫术仪式的观点。

综合而言,笔者认为这段关于刑天的经文文本的正确意思是,"天"与"帝"争夺至上神的地位,"帝"砍断了"天"的头,受了刑的"天"被葬在常羊山上,然而他以双乳为眼睛,以肚脐为嘴巴,操干戚而跳干戚舞。

其实,人们更多是从陶潜《读山海经十三首》这首诗歌来认识刑天的,其十为:

> 精卫衔微木,将以填沧海。
> 刑天舞干戚,猛志固常在。
> 同物既无虑,化去不复悔。
> 徒设在昔心,良辰讵可待!③

宋代曾纮与周必大对第三句是"形夭无千岁"还是"刑天舞干戚"产生争论,形成了聚讼的局面,延续至今。

如今,陶集通行本均将"形夭无千岁"记作"刑天舞干戚",人们也多知后者。刑天也被人们普遍认定为"猛志固常在"的具有反抗精神的英雄神话形象。

那么,刑天神话母题的文图变迁情况是怎样的呢?

在考古文物中,可以探寻到与"刑天"有关的痕迹。例如被初步鉴定为新石器时代文化遗产的云南沧源岩画中有与"执干戚而舞"类似的图像。岩画中刻绘的先民两臂张开,一手持盾,一手操戈状武器,两腿叉开呈站立或下蹲姿势。刘正平在《〈山海经〉刑天神话再解读》中指出,他们的头顶是"光芒四射的太阳,似乎在舞蹈,可能是在举行祭祀太阳神的仪式……先民往往通过将人物的头刻画成为光芒四射的太阳形象来表示太阳神崇拜。与这些太阳神形象相比,刑天除没有头、手中的武器稍有差别外,非常相似。因此,认定刑天的头就是太阳神崇拜的标志有一定的依据"。④ 此外,国内外出土的文物中有许多类似案例,如广西宁明花山岩画、内蒙古阴山岩画、西伯利亚岩画、四川琪县麻塘坝岩画、大汶口出土的陶纹等。

云南晋宁石寨山古墓群出土的M14:1铜鼓的腰部也刻有"执干戚而舞"的

---

① 刘正平:《〈山海经〉刑天神话再解读》,《宗教学研究》2005 年第 2 期。
② 清·王先谦集解:《韩非子》,上海古籍出版社 2015 年版,第 539 页。
③ 陶渊明著,逯钦立校注:《陶渊明集》,中华书局 1979 年版,第 138 页。
④ 刘正平:《〈山海经〉刑天神话再解读》,《宗教学研究》2005 年第 2 期。

图4-70　晋宁铜鼓执干戚舞人

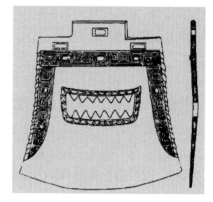

图4-71　标本333大型钺

图案(见图4-70)。刻绘图案中的舞者头戴羽冠,一手执干,一手执戚。开化铜鼓与广南铜鼓刻绘的图案也基本类似,只是仅有一手执武器。汪宁生在《试论不对称形铜钺》中指出,在玉闸铜鼓、黄夏铜鼓、印尼异型钺等诸器上也刻有类似的图像,这种钺"在当时社会生活中,它似更多地用于宗教活动之中,常和盾牌一起成为人们表演战舞或举行宗教仪式的一种'道具'"①。

　　国光红《刑天考》一文指出,江西新干大洋洲遗址出土的古器物,除常见者外,皆与刑天有关。他认为,刑天与枭阳原是一神,刑天的戚即标本333大型钺(见图4-71)。"标本067巨目圆睁,双圆相套,正是刑天双乳之象……枭阳操钺,而刑天'操干、戚而舞',钺与戚古实同物无别。这样,神话中刑天所操之戚便在打着枭阳唇印记的大型钺上找到了着落。"②

　　《古本山海经图说》(增订珍藏本)中收录了明清各版本的"刑天"图。各版本的"刑天"图乍一看很相似,仔细看则有细微差别。刑天都是无头、以乳为目、以脐为口、一手拿斧一手拿盾的基本造型,两腿叉开,一脚蹬地,一脚抬起,动感十足,就像是在跳舞。蒋本和成或因绘图本上,刑天的身体部位被细致地画成了人脸,有眉毛、鼻子、嘴和胡须,而其他版本画法相对简略,只有眼睛和嘴。刑天持干戚的手、方位、动作基本相似,只有成或因绘图本中刑天身体的朝向及手拿干、戚的顺序相反,且其对身体"面部"和干、戚的刻画最细致。最为奇特的是除了《神异典》,其他图本中的刑天都被画上了"草裙"。整体而言明清图本中刑天的造型诡谲怪诞,原始气息浓厚,极易让人联想到宗教祭祀、远古文明。除了成或因绘图本融合了民间想象与世俗风味外,其余都较好地绘出了刑天的原始面貌。康熙吴本和汪本的刑天看来甚至是"有表情"的,或是微笑或是露齿,这让后世的读者更是被这"笑容"迷惑了。

---

① 汪宁生:《试论不对称形铜钺》,《考古》1985年第5期。
② 国光红:《刑天考》,《中原文物》1994年第1期。

如此传承而来,刑天在我们头脑中基本就是无头、以两乳为目、肚脐为口,手中持武器在战斗的英雄神话形象。

《山海经》关于刑天神话的文字记载很简略,变异也小,却得到了各种各样的解读,这些解读多是误读,所以刑天神话文图关系突出的特点是,在远古岩画、器物上能够看到与刑天相关的原始意义的"舞干戚",在误读基础上绘制的刑天图无法体现原始经文的真实含义。

与文字相伴的刑天图像,从考古文物上的干戚、远古岩画上的神秘舞蹈,到明清诸图本上"面带微笑"的散发原始气息的刑天图,到当代连环画本中豪气万丈、怒气冲天的英雄刑天,到当代艺术中彩色的、动态的、多种材质表现的刑天,刑天的形象不断融入民间想象,由最初的宗教、巫术意义转为英雄、战神形象,越来越立体饱满。

(二) 夸父神话母题及其图绘流变

夸父逐日是一个耳熟能详、壮烈磅礴的神话故事。

《山海经》关于夸父神话的文字记载有好几段:

夸父与日逐走,入日。渴欲得饮,饮于河渭,河渭不足,北饮大泽。未至,道渴而死。弃其杖,化为邓林。(《海外北经》)①

大荒之中,有山名曰成都载天。有人珥两黄蛇,把两黄蛇,名曰夸父。后土生信,信生夸父。夸父不量力,欲追日景,逮之于禺谷。将饮河而不足也,将走大泽,未至,死于此。应龙已杀蚩尤,又杀夸父,乃去南方处之,故南方多雨。(《大荒北经》)②

应龙处南极,杀蚩尤与夸父,不得复上,故下数旱。旱而为应龙之状,乃得大雨。(《大荒东经》)③

《山海经》还有夸父国的相关文字:"夸父国在聂耳东,其为人大,右手操青蛇,左手操黄蛇。邓林在其东,二树木。一曰博父。"(《海外北经》)

当然《山海经》中的夸父还为某兽名,此处需做区别。

夸父神话还见于多种古文献:

夸父不量力,欲追日影,逐之于隅谷之际,渴欲得饮,赴饮河渭。河渭不足,将走北饮大泽。未至,道渴而死。弃其杖,尸膏肉所浸,生邓林。邓林弥广数千里焉。(《列子·汤问》)④

夸父与日相逐走,渴饮水河渭,不足,北饮大泽,未至道渴而死。弃其策杖,

---

① 袁珂:《山海经校注》,上海古籍出版社 1980 年版,第 238 页。
② 袁珂:《山海经校注》,上海古籍出版社 1980 年版,第 427 页。
③ 袁珂:《山海经校注》,上海古籍出版社 1980 年版,第 359 页。
④ 杨伯峻:《列子集释》卷五,中华书局 1985 年版,第 162 页。

化为邓林。(《博物志》)①

和丘在其东北陬,三桑、无枝在其西,夸父、耽耳在其北方。夸父弃其策,是为邓林。(《淮南子·坠形训》)②

应该说,《山海经》中的两则故事相互补充,已经形成了比较完整的神话叙事,众多关于夸父的文字记载皆源于它。

从文意上看,夸父是两耳贯穿两蛇、两手抓两蛇的巨人英雄形象,他逐日时万分口渴,喝光了河水,最终还是渴死,手杖化成了一片桃林。其另一形象是与蚩尤共同对抗黄帝、最终失败的悲剧性英雄。

袁珂《中国神话传说词典》对夸父与夸父国词条的解释是,夸父是炎帝之裔,在黄帝、炎帝战争中助蚩尤攻黄帝,后被杀,其后代组成夸父国,同时他认为追日的夸父"是产生于父权制氏族社会的神性英雄"③。臧克和从"夸父"的词源入手,探究《说文解字》中的夸父意象。他指出,"夸父"是"规矩"的转语,"'夸父逐日'的本事是远古时代人们观测天象,以太阳在太空运行距离的单位划分,进行时间单位的把握,确定时序季节以及每天的时间单元切割"④。韩高年从神话文本中几个关键词语的训释入手,试图纠正主观臆想导致的误解。他指出:"'入日'是商代太阳崇拜仪式……'杖'以及由'杖'所变化而成的'邓林',即是上古山地居民用以观测日影之'标尺'……夸父逐日神话与殷商日神崇拜有密切的关系,反映了早期商民族对太阳运行规律的探索。"⑤这些可谓对这则神话原始意义的较好解读。

综合而言,夸父神话的变异趋势是从"被应龙杀""逐日而亡"等看似矛盾的多方位叙事到"逐日"的单一叙事,这也许是由于古代神话流传至今的定型化过程中只选取了原始叙述中最精华、最体现民族精神的部分,女娲补天、精卫填海、愚公移山等均是如此。所以,原始的夸父是一个非常复杂的形象,要用先民信仰与思维去探究,并了解其在口耳相传中的变异。

夸父逐日神话的象征意义正如袁珂先生所说:"夸父的牺牲遗留给人的不是悲哀的印象而是振奋的感情:此其所以为积极的浪漫主义,为强有力的壮美动人的神话……应当看作是古代劳动人民对光明和真理的寻求,或者说,是与大自然竞胜、征服大自然的那种雄心壮志。"⑥正因为如此,夸父在世人心中有着崇高地位,历来为文人赞颂。如晋陶渊明《读山海经十三首》"夸父诞宏志,乃与日竞走。俱至虞渊下,似若无胜负。神力既殊妙,倾河焉足有。余迹寄邓林,功竟在

---

① 张华:《博物志》卷十,中华书局 1985 年版,第 63—64 页。

② 何宁:《淮南子集释》,中华书局 1998 年版,第 359—360 页。

③ 袁珂:《神话论文集》,上海古籍出版社 1982 年版,第 29 页。

④ 臧克和:《〈说文解字〉中的"夸父"意象》,《学术研究》1995 年第 5 期。

⑤ 韩高年:《"夸父逐日"的仪式结构及其文化内涵》,《西北民族研究》2006 年第 2 期。

⑥ 袁珂:《古神话选释》,人民文学出版社 1979 年版,第 148 页。

身后"①,郭璞《图赞》"神哉夸父,难以理寻。倾河逐日,遁形邓林。触类而化,应无常心"②,唐柳宗元《行路难》"君不见夸父逐日窥虞渊,跳踉北海超昆仑"③,陈独秀《感怀十二首》"夸父走虞渊,白日终相待"。

夸父逐日神话的图像,在明清之前不多见。战国时期曾侯乙墓中某漆衣箱(见图4-72)的一立面绘对立的两兽,一兽背上有飞翔的鸟,鸟的上下各有一圆点,鸟后方有人拽其尾,或用条棍状物体击打鸟。有学者认为"圆点是太阳,鸟或为日中金乌,后面击打者可能是夸父,画题为夸父追日图"④。

图4-72 夸父逐日图 曾侯乙墓 衣箱漆画

图4-73 夸父逐日 蒋应镐本

蒋本的夸父逐日图是历来最为人熟知的一幅,较好地展现了夸父的原始面貌——"珥两黄蛇,把两黄蛇",体型巨大,服饰也是原始状态。夸父面向太阳呈奔跑状,太阳也占据了一定比例,云雾缭绕中读图者能感受到扑面而来的洪荒气息和英雄气概。成或因版本的构图参照蒋本,其特点是夸父的面部及服饰刻画带有明清时期的民俗色彩,且日中画入了三足鸟。夸父国的图像皆为用一人来

① 陶渊明著,逯钦立校注:《陶渊明集》,中华书局1979年版,第137页。
② 马昌仪:《古本山海经图说》,山东画报出版社2001年版,第470页。
③ 柳宗元:《柳河东集》,上海人民出版社1974年版,第734页。
④ 邵学海:《先秦艺术史》,山东画报出版社2010年版,第397页。

表现整个族群,所以图中都只刻画了一位身材高大、两手分别操蛇的夸父国国民,略有树木、山石等环境点缀,而《边裔典》中的服饰明显带有时代印记。综合而言明清各版本图像与经文记载相符,蒋本仍是反映这则神话初始状态的最好图本。

可以看到,夸父神话图像演绎的整体特点是体现民族精神的抽象刻画较少,"珥两黄蛇""逐日"等原始神话情节的具象描摹较多。夸父神话的文图关系相对而言比较简单,基本都是据经绘图,文图关系高度吻合,这也许是由于这则神话在传承过程中普遍受到世人据文会意的理解,由多重神话叙事定型成单一的"逐日"神话。如果其文字记载多样、阐释变异繁杂,相信如今见到的夸父图像会呈现更多面貌。

(三) 精卫神话母题及其图绘流变

精卫填海是家喻户晓的一个神话故事,我们最初是通过口耳相传或是连环画、动画片等图像艺术了解到它。

回归到《山海经》文本。《北次三经》曰:"又北二百里,曰发鸠之山,其上多柘木。有鸟焉,其状如乌,文首、白喙、赤足,名曰精卫,其鸣自詨。是炎帝之少女名曰女娃,女娃游于东海,溺而不返,故为精卫,常衔西山之木石,以堙于东海。"[1]郭璞《图赞》曰:"炎帝之女,化为精卫。沉形东海,灵爽西迈。乃衔木石,以填攸害。"[2]《山海经》经文描述中的精卫是一种奇鸟,头部有花纹,白喙,红色的足爪,叫起来像是叫唤自己的名字,是炎帝小女儿女娃所化之鸟。女娃在东海游玩时溺水而亡,便变成精卫鸟,衔西山的树枝石子投入东海,欲把东海填平。

《山海经》所记精卫的故事到西晋张华的《博物志》再度出现:"有鸟如乌,文首,白喙,赤足,名曰精卫。昔赤帝之女名女媱,往游于东海,溺死而不返,其神化为精卫。故精卫常取西山之木石,以填东海。"[3]这段记载与《山海经》经文基本相同,是单纯的神话转述。

到了南梁任昉所编《述异记》,精卫神话有了一定变化:"昔炎帝女溺死东海中,化为精卫……偶海燕而生子,生雌状如精卫,生雄如海燕。今东海精卫誓水处,曾溺于此川,誓不饮其水。一名鸟誓,一名冤禽,又名志鸟。俗呼帝女雀。"[4]这段记述应该是精卫填海在民间流传演变而成,新增的内容是精卫遇海燕生子,且誓不饮溺水之地之水,有誓鸟、冤禽、志鸟、帝女雀等别称。任昉之后,精卫填海神话基本不再有补充。

关于精卫填海神话,学界对此也是众说纷纭。

---

[1] 袁珂:《山海经校注》,上海古籍出版社 1980 年版,第 92 页。
[2] 马昌仪:《古本山海经图说》,山东画报出版社 2001 年版,第 253 页。
[3] 张华原著,祝鸿杰译注:《博物志全译》,贵州人民出版社 1992 年版,第 73 页。
[4] 转引自袁珂:《中国神话传说词典》,上海辞书出版社 1985 年版,第 423 页。

茅盾先生在《中国神话研究 ABC》一书中说："精卫与刑天,属于同型的神话,都是描写象征那百折不回的毅力和意志的。这是属于道德意识的鸟兽的神话。"①袁珂的观点是："这一神话表现了遭受自然灾害的原始人类征服自然的渴望。神话的主角是一个溺海而死的少女的灵魂变的小鸟,不管是否有后来流传演变的改动,这个神话带着母权制氏族社会的痕迹,则是没有疑问的。"②也有学者认为,精卫填海是一个关于月亮盈缩母题的神话。与此相对,段玉明提出"'精卫填海'或是一个关于太阳沉没的神话。与殷商的历史加以联系,我们有理由怀疑它蕴涵了一段商亡的悲痛。在这个神话里,女娃是太阳的象征,也是商的象征,它的沉没隐喻了商的覆灭"③。龚维英先生则指出,"从女娃溺死东海化鸟的重要情节看,她是东夷炎帝蚩尤氏的少女……'精卫填海'的水火不相容,底蕴系表现男女两性间的分裂与冲突……精卫鸟衔木石填海,表示在男性向母权制发动强大攻势之际,女性不甘心失败,作绝望的反扑"④。

精卫神话作为以女性形象为主体的神话,其闪光点在于"众多的帝女角色中没有哪个像精卫这样带有强烈的精神品格——鸟誓、冤禽、志鸟,这些名字预示了她具有成为多重人格内涵之象征的可能……这就使精卫弱小的形象成了勇于同命运抗争、百折不挠的人格力量的象征,同时也不可避免地折射出不惜为信念牺牲的殉道者的悲壮色彩。这种品质,在以儒家明哲保身的人生态度为主流的中国社会向来是最缺乏的,因此精卫就成为一个闪耀着特殊光彩的原型,隐现在后代的文学中,并经常成为精神理想的化身"。这则神话蕴含的独特精神,使得精卫"常作为志鸟形象与愚公对举,就像作为冤鸟形象与杜鹃对举一样"⑤。

精卫填海神话的文字记载寥寥,也许其本身的文学价值并不突出,但这一悲壮神话逐渐在不死、复仇、不屈、专精多层语意上演变成锲而不舍、坚贞不渝、铮铮傲骨的崇高精神的象征,精卫作为神话原型在文学史中为历代文人歌咏、慨叹,积淀成民族精神的象征,传承至今,所以其文学史意义非常突出。晋陶渊明的"精卫衔微木,将以填沧海。刑天舞干戚,猛志固常在"已成千古名句,奠定了精卫形象的主基调,正如荣格所说是"包含着对某一原型意象的无意识的激活,以及将该意象精雕细琢地铸造到整个作品中去"⑥。历代写诗吟咏精卫的还有王建、岑参、韩愈、晏殊、文天祥、顾炎武、曾国藩、黄遵宪等。

精卫神话为人熟知,历来除了诗词歌赋,也有以其为题材的绘图。

《古本山海经图说》(增订珍藏本)第 432—434 页展示了明清诸版本的精卫

① 玄珠:《民国丛书第四编·中国神话研究 ABC(下)》,世界书局 1929 年版,第 57 页。

② 袁珂:《中国神话史》,上海文艺出版社 1988 年版,第 26 页。

③ 段玉明:《亡国之痛的记忆——"精卫填海"神话母题探析》,《中华文化论坛》2005 年第 1 期。

④ 龚维英:《"精卫填海"神话深层蕴涵及其他》,《求索》1993 年第 1 期。

⑤ 蒋寅:《作为文学原型的精卫神话》,《北京师范大学学报》2010 年第 1 期。

⑥ 叶舒宪选编:《神话——原型批评》,陕西师范大学出版社 1987 年版,第 101—102 页。

图4-74 精卫填海马蹄杯

图。明清精卫图的构图都非常简单,多为单纯绘鸟,没有明显表明精卫与其他鸟类的不同,只有蒋本和成或因绘图本有少量的背景,并绘出了其常衔的树枝。因此这一时期的精卫图普遍没有呈现出精卫神话的具体内容与精神内核,仅仅把其画作异鸟。

把视线投向明清时期的民间器物,杯子、食具、粉盒、挂花、文案摆件等诸多器件上都有"精卫填海"的身影(见图4-74),可见其深受民间的欢迎。民间表现精卫填海,多选用有色彩的绘法或精细的雕工,画面主体多为精卫鸟和海浪,精卫鸟在器件上身材娇小,精致可爱。此处呈现了"填海"这一神话故事的内容。

概括而言,精卫填海神话的文字相对固定,在口耳相传中变异较小,在民间理解中也清楚明了,这在《山海经》的神话记载中是稀有的现象。精卫填海的图像表达,都围绕着"精卫鸟""填海"的主题展开,演变大致是由单纯的异鸟刻画到增加情节刻画,越来越贴合民间对这则神话故事的整体性、融合性的理解。

精卫填海这个古老的神话故事在图像的作用下得到了一定的延续,但是明清之际的精卫图多绘鸟的外形,偶尔有所衔树枝、海浪的刻画,情节缺失,感情色彩淡薄,读图者难以从中感受到精卫鸟渺小身躯与浩瀚大海的强烈对比,难以感受到这个填海神话蕴含与传达的精神意义。与图像相比,这一神话原型通过口耳相传、相关诗词等语言、文字形式积淀而成的精神理想象征,也许更深入人心。

笔者在写作中发现,伏羲、女娲、西王母神话的图像几乎贯穿了中国古代各个历史时期,数量繁多,形式多样,而刑天、夸父、精卫神话的图像稀少,无论是主流文化中的美术作品,还是民间美术、民间工艺。

这一现象的产生,也许是由于《山海经》是记载刑天、夸父、精卫神话较为源头性的典籍,这几个神话形象有鲜明的精神内涵,为后世熟知,但因其神话本身的内容有限,其影响的范围、意义也有限,故而多为其经文配图,保留于《山海经》各版本,因此我们基本只能从目前留存下来的明清《山海经》诸图本中看到这类图像。而关于伏羲、女娲、西王母,在《山海经》文字记载的前后,其神话内容与神话系统得到不断的扩充、变异,伏羲、女娲主要作为对偶神、生育神,西王母主要作为庇佑长生、护主升仙的道教仙真,在中华文明中地位崇高,影响深远,其神话也在与各地域文化、道教文化、民间传说等其他文化的碰撞中产生了丰富的文化内涵和想象空间,在主流文化与民间文化中都深受欢迎,以其为主题的图像创作因此经久不衰,文图关系也历来受到重视。

另外,刑天、夸父、精卫神话都有着崇高的精神内涵,渗透进了中华民族精神,主流文化诗人用诗歌咏赞这些神话人物的现象很普遍,但主流画家却很少为其绘图。这一现象的原因可能是《山海经》等典籍所记神话的内容极其有限,导致刑天、夸父、精卫这些神话人物难以用画笔具体描摹,而神话的精神内涵却较易为诗歌等语言、文字形式所传达、歌咏。由此可见文与图在表征方面的一些差异。

虽然刑天、夸父、精卫神话的古代图像稀少,但在现当代,以其为主题的文图关系在继承的基础上焕发了新的活力,也获得了重要地位。

第三节 《山海经》文图关系的特点及其地位

一、《山海经》文图关系的特点

(一) 由分离到融合共生的演变过程

纵观《山海经》文图演变的时间轴,由原始古图时期图像产生在先、描述性文字产生在后,到汉代经文定本形成,图像却依旧经历变异,汉代至清代不断有人根据经文内容补绘、重绘或摹绘《山海经》图,呈现出的整体趋势是由文图分离到文图互仿再到文图融合共生,具体而言,先是文、图分别呈现,到合页连式的右页图像、左页文字(见图4-75),到图像穿插于经

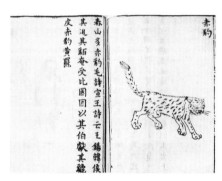

图4-75 胡文焕《山海经图》版本

文中,再到图像与文字共同呈现于一幅画面(见图4-76、图4-77)。

图4-76 郝懿行《山海经笺疏》图本

图4-77 《山海经图说》 上海锦章图书局图本

《山海经》的文图由分离到融合共生的发展趋势有其必然性，首先是因为文图的互仿。

我们可以看到各时代不同的"互仿"关系，即经文和《山海经》图通过"语象"和"物像"的相互唤起、模仿。古图时期基本是文对图的演绎，即"依图而文"，之后则主要是图对文的模仿，即"据文绘图"——汉画像对伏羲、女娲、西王母、刑天、夸父、精卫等神话人物的刻画以及明清诸图本就是其中的典型。此外，也可以看到文图的互相影响与作用——文或是图的素材、基础，或是图的阐释、说明；图是文的直观呈现，有时还能增删甚至改变文的形态与内涵；同时两者在互仿、共生中还能补足对方叙事的薄弱与缺失。

其次是由于文与图的分离造成了各自阅读困难，而文图共生能带来最大化的统觉共享与叙事效果。

《山海经》经文就其含义解读来说，是比较困难的，寥寥数字的经文难以让人充分理解所记事物的具体样貌、特征与象征意义等，而图像能通过线条的勾勒使人产生直观的感知，与此同时，《山海经》图多数只能勾勒神兽的基本外形，绘不出其特点与功能，加之诸多神兽的原始性、多样性、复杂性，读图者在没有文字解释的情况下很难解读其具体意义，混淆也经常发生。例如图4-78，就图而言，它是人面牛身马足的兽，读图者无法在只看到图的情况下说出它是什么，有何特性，有何故事，甚至看它"面带笑容"，认为它无害。事实上，它是神话中被贰负之臣所杀的窫窳，在《山海经》经文中多次出现，集多种兽形于一身，形象发生了多次变化，总体是食人的兽，画家分别为其配图展示了其演变的全过程。所以，仅看图像却想要完整解读可谓举步维艰，必须同时读经文、读神话资料、读其他配图才能获得较为完整的意义。

图4-78　窫窳　蒋应稿本

先秦到两汉时期，图像占据了强势地位，《山海经》图地位突出，起着传承与教化的功能，而后来文字比例增加，由少数几个辅助性文字到占据画面一半的神名、经文，由"图主文辅"到"图文相当"，文字的"说图"功能越来越突出。张彦远《历代名画记》曰："记传所以叙其事，不能载其容，赋颂有以咏其美，不能备其象，图画之制所以兼之也。"[1]与文本相比，图像绝不是辅助性的、附属性的叙事艺术，它叙事的真实性、还原性、生动性甚至大大高于文字本身，而当两者结合起来，文图互释、共生，往往能获得最丰富的历史文化内涵。

（二）文学色彩、感情色彩淡薄，情节、意境弱

如同汉赋与汉画像石同样呈现出恢宏瑰丽的风格与奇崛的想象空间，凸显汉代的文化气度与品质，《山海经》经文与图像也时常相伴呈现出洪荒拙稚、诡谲奇幻的上古文明的特征。

《山海经》虽然存有大量远古神话，但文学性、情节性、艺术性并不突出，感情色彩也淡薄，与之相配合，《山海经》图也有同样特点。在经文的只言片语及图像对形形色色山神、动物、神话人物、远国异民的描绘中很难看到主流文学与绘画作品中常见的情节、意境、抒情性、"托物言志"或"以形媚道"。

在图文叙事中，《诗经》图、《楚辞》图、《洛神赋》图等的文学图像是多景并置的，有人、物、风景和故事情节，而明清《山海经》图的图像叙事多是单景式的，一神一图，且故事性相对较弱。蒋本与成或因绘图本有着较好的情节性、场景性和完整性，因此并不是说《山海经》没有故事性和场景性，而是由于人们长久以来把这本书看成瑞兽书和神异书，而不是主流文化中的文学书，绘图与读图的时候并不太注重其文学性，只有某些与神话相关的图像才会有突出的故事性。

图 4 - 79　山鬼　陈洪绶

举例来说，屈原的《九歌·山鬼》是著名的篇目，学界对"山鬼"这一形象的来源与意义形成了不同的说法：瑶姬、精怪、山神、人鬼等，其中最为普遍接受的是"山神——巫山神女说"，因此与《山海经》的山神可以做一些对比。

屈原《九歌》中的"山鬼"，呈现在了许多画家笔下，明清时期以此为题材的绘画作品有明陈洪绶，清萧云从、罗聘、任熊等人绘的《山鬼图》。

图 4 - 79 是《九歌图》木版画集的《山鬼图》，陈洪绶绘，黄建中刻，初刊于崇祯十一年，重刊于康熙三十年。陈洪绶笔下的山鬼是男性形象，披头散发，衣衫褴褛，像是一个流浪

---

① 张彦远：《历代名画记》，上海人民美术出版社 1964 年版，第 4 页。

汉。而画家萧云从笔下的山鬼是女性山神出行的形象,他忠实于原文"乘赤豹兮从文狸,辛夷车兮结桂旗""雷填填""猿啾啾"的场景描写,描绘了豹车、花狸、辛夷、桂花饰旗、雷神、猿猴等。罗聘画的山鬼则是一位柔美的女性,身上有薜荔,身边有猛虎。

再来看看《山海经》中的山神们,以蒋本和成或因绘图本为例,见图4-80、图4-81:

图4-80 兽身人面神 蒋应镐本

图4-81 兽身人面神 成或因本

蒋本中山神形象众多,在造型设计和构图方式上非常相似,且画家用简约的笔触勾勒了山神所处的环境,主要是山体、岩石、植被等,有时会在山神身后绘上云雾。成或因绘图本中山神的头部后方通常带有圆光,说明他在绘图时融入了民间的想象、宗教的元素。

对比发现,同为山神,明清画家笔下的"山鬼"与《山海经》中的山神们有着很大的区别:明清的《山鬼图》呈现出了较强的文学性、故事性,情感色彩浓郁,场景设置丰富,而明清的《山海经》图文学性、故事性较弱,注重神、兽外形的呈现,而不注重描绘出经文内容。

究其原因,屈原作品的文学性、抒情性很强,且具有独特的绘画美,例如《九歌·山鬼》是一首祭歌,描述的是女山鬼的容貌与她的故事,画家在图像中便会展示与突出其华美的文字与动人的情节。相比之下,《山海经》经文的文学性、故事性相对较弱,在漫长的传承与流播过程中《山海经》并不被看作主流文学书,因此明清《山海经》图更多是与民间、世俗融合。因此,明清《山海经》图突出的是宗教性、民间性,而非文学性、故事性。

（三）突出的民间性

由于多记载奇珍异兽、远古神话,《山海经》及其图长期在民间流传,《山海经》图在民间文化、民间画家与刻工、民间思维的多重作用下不断演变,具有突出的民间性与宗教性。

《山海经》图有宫廷、文人士大夫画家、民间刻工等多种版本,也形成了不同刻本,其中大部分是民间刻本,并且更多时期是在民间流传,其美术是民间美术,而非文人传统。

明清《山海经》图本的刻绘者、阅读者、流传者多为民间百姓,因此在绘图笔法、刻工技术、图像元素等诸多方面,可以感受到突出的世俗色彩。例如清代近文堂吴本的绘图与刻画极其粗糙抽象,显然出自民间下层画工与刻工之手;成或因绘图本中经常可见山神头部后面有圆光,女子穿着明清服饰,神兽面部有类似门神、保护神的表情……这些与上层宫廷绘画、文人士大夫绘画存在着显著差别。

笔者在明清《山海经》图的文图对比阅读过程中发现一个有趣的现象,并将其概括为"人面现象",即《山海经》图中的神、兽有时会被画成人类的面孔,且人面画法奇特,各版本也具有各自的特点,在历史传承过程中,人面也会发生一定改变。

例如《南山经》的类有些版本就画成了人类面孔,经文曰:"有兽焉,其状如狸而有髦,其名曰类,自为牝牡,食者不妒。"[1]明清各版本图像大致按照时间顺序排列,见图4-82至图4-86:

图4-82 类 胡文焕本

图4-83 类 日本图本

---

① 袁珂:《山海经校注》,上海古籍出版社1980年版,第5页。

图4-84　类　蒋应镐本

图4-85　类　成或因本

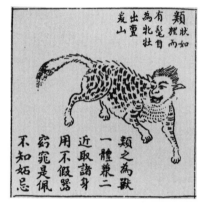

图4-86　类　上海锦章图本①

　　"类"在各版本中有两种形貌：蒋本、日本图本、成或因绘图本和汪本是兽形，胡本、近文堂本和上海锦章图本为人面兽形。经文和图赞、图说中没有类是人面的记载，却被刻画成人面，而且在传承过程中越来越像人面。

　　又如《南山经》的鴸，经文曰："柜山……有鸟焉，其状如鸱而人手，其音如痺，其名曰鴸，其名自号也，见则其县多放士。"②蒋本、成或因绘图本、汪本中的鴸，都是外形是鸟类，但足如人手。胡本、日本图本、毕本、上海锦章图本中的鴸，同样是鸟身、足如人手，却带有人类的头部——那五官、神情、头发甚至胡须，分明是人类的头。《南山经》的经文没有说到鴸是人面的，却被某些画家画成了人面。究其原因，可能是画家参考了相关的古籍记载、民间传说、图赞图说、注家注解等，从而将鴸鸟定义成了人面——《事物绀珠》云："鴸身如鸱，人面人掌。乙酉岁夏六月，有鸟止于杭之庆春门上，三目，足如小儿，面若老人，其鸣曰鴸，或以为即

① 图4-84至图4-86采自马昌仪：《古本山海经图说》（增订珍藏本），广西师范大学出版社2007年版，第25—28页。
② 袁珂：《山海经校注》，上海古籍出版社1980年版，第9页。

鹩鸟也。"①胡本图说云:"长舌山有鸟,状如鸥而人面,脚如人手,名曰鹩。"吴任臣、毕沅、郝懿行三图本的图释也说:"状如鸥而人面人手。"②

同时,也有经文说是人面,图像却没有表现出来。如《西山经》的凫徯,经文描述明确是"其状如雄鸡而人面"③,而汪本的凫徯不是人面。又如《南山经》的颙,经文曰:"令丘之山,有鸟焉,其状如枭,人面四目而有耳,其名曰颙,其鸣自号也,见则天下大旱。"④汪本的颙也是非人面。

另外,神、兽的传说多样、多变,导致其形象碎片化、拼贴化、易混淆,形成不了权威的、完整的形象描述,也会使其在图像呈现方式下复杂多样,是否人面也变化不定。《大荒北经》的九凤就是一个典型。

不仅作为兽的"类"有"人面现象"化倾向,纵观明清《山海经》图,画家在绘图时常把人类的头发、面部、手部、足部、身体等与神、兽、蛇、鸟、虫等形象进行组合、拼贴、变异,出现了人、神、兽于一体的形象。正如马昌仪所说:"画家通过人与动物器官的加减、异位、交错、夸张、变形,重新组合,构成了形形色色的神与兽的画廊。"⑤

马昌仪在《明刻山海经图探析》中说:"与商周青铜器兽面纹(旧称饕餮纹)所流露的那种肃穆狰狞冷漠的气氛完全不同,明版《山海经图》所弥漫的是一种以人为主体的祥和协调的气氛,既不神圣,也并不神秘。这种微笑造型或许受到明代流传极广的吉祥题材的民间版画与年画模式的影响,更主要的是体现了明代吴越画家和民众对《山海经》、对人的生存本质,即所谓人本精神的独特理解。《山海经图》所展示的是儒、佛、道以外的一种中华文化,以这些形象和造型表达人们对人与自然,对天、地、人关系的看法,以这样的方式与天地沟通,与自然协调,与山水、动物、植物对话,进行交流。在这些山海经图中,保留下来了大量原始思维的遗韵。这种原始思维尽管来源于《山海经》母本,但以图像的方式形象地加以再现,突出了其中的人本特征,却是明代画家的个人创造。"⑥

明清《山海经》图多出自民间画家,尤其是吴越地区的民间画工、刻工之手,自然带有民间的烙印——主要体现在民间对《山海经》的想象和理解,以及具体形象的刻画方式。明清时期民间的口耳相传以及异形思维给予神、兽重新的定义与描摹、变异与增色,在神、兽的面部、身体加入了民间的想象元素,拉近了原始状态的《山海经》与当时民间想象的距离,《山海经》图中的"人面现象"正是这种民间性的突出表现。画家和刻工给神、兽刻画人面与人的表情,就如同画版画

①② 马昌仪:《古本山海经图说》,山东画报出版社 2001 年版,第 28 页。

③ 袁珂:《山海经校注》,上海古籍出版社 1980 年版,第 35 页。

④ 袁珂:《山海经校注》,上海古籍出版社 1980 年版,第 18 页。

⑤⑥ 马昌仪:《明刻山海经图探析》,《文艺研究》2001 年第 3 期。

与年画那样自然,使读者也能普遍接受。

(四) 多向度图绘及图像传承中的多渠道和多变性

《山海经》图绘的多向度表现为它有名物图、地理图、人物图等多种面貌、性质的图。同时,相对经文而言,《山海经》图更多样化,有原始巫图、禹鼎图、壁画、石像、山川地图、异物兽形图等多种形式,其图像传承也是多渠道性的。西王母画像系统在汉代演化为两种,一是民间图像系统,一是上层社会图像系统,具体而言,汉画像石表现的是民间社会仙界图像,汉墓壁画表现的是主流社会天界图像。所以,并非所有画家的绘图模式和风格是在同一传统的脉络中继承并图绘的,可能来自不同的传承渠道,混杂融合,在历史变迁中难以理清脉络。

图像呈现的多变性集中体现在《山海经》图的"一神多形"现象,即在各版本《山海经》图中,同　神、兽、异民会呈现不同形态,图像视觉模式发生多次变化。它又分为两种情况,一种是同一神、兽、异民在历史传承、传说演化中发生变异,从而导致形象的不同;另一种是同一神、兽、异民在不同画家笔下得到不同呈现。

马昌仪在《古本山海经图说》(增订珍藏本)的前言中说:"明清时期的山海经图主要是画家与刻工根据《山海经》文本创作的作品;经文的不确定性,文字错讹,画工对经文的不同理解,甚至经文标点的不同,都能导致新图像的产生。"①

笔者分析认为,"一神多形"产生的原因主要有同一画家依据经文多次绘图、经文的简略性与不确定性、不同画家综合信息不同并选择性绘图等。

某神、某兽在《山海经》中可能先后多次出现,每次出现时经文并不一定相同,这种情况下,画家会根据不同的经文绘制不同的图。

例如狌狌。《山海经》经文对狌狌的描绘,有好几处。《南山经》:"招摇之山,有兽焉,其状如禺而白耳,伏行人走,其名曰狌狌,食之善走。"②即狌狌像猿猴,耳朵是白色的,能伏行,也能像人一样走路。《海内南经》:"狌狌知人名,其为兽如豕而人面,在舜葬西。"③即狌狌是人面猪身的样子。《海内经》:"有青兽,人面,名曰猩猩。"④即狌狌是人面青兽。

《古本山海经图说》(增订珍藏本)的第4—7页列出了明清不同版本中狌狌的图像,这里列举蒋本和成或因绘图本的图像,见图4-87至图4-89:

---

① 马昌仪:《古本山海经图说》(增订珍藏本),广西师范大学出版社2007年版,前言第2页。

② 袁珂:《山海经校注》,上海古籍出版社1980年版,第1页。

③ 袁珂:《山海经校注》,上海古籍出版社1980年版,第275页。

④ 袁珂:《山海经校注》,上海古籍出版社1980年版,第452页。引文中的猩猩极有可能指的是狌狌,下同。对于狌狌是否就是猩猩,学界观点不一,有的认为狌狌是长着人脸的猿兽,所以就是猩猩;有的则认为狌狌更像猴子,因为《南山经》中提到有白耳,而亚洲猩猩一般是没有白耳的。

图4-87 狌狌 蒋应镐本《南山经》

图4-88 狌狌 蒋应镐本《海内南经》

　　不同画家的笔下,狌狌有着不同的形貌。蒋本《南山经》图中,狌狌完全是猴形,站姿,面部、四肢、尾巴甚至它的动作等都与今天我们看到的猿猴非常类似。而在蒋本《海内南经》的图中,狌狌有着人脸,甚至带有人类的表情,身子却类似于猪,肥大丰满,四肢也是按照猪形刻画。成或因本《南山经》中的狌狌拥有的不是动物的面部,而是接近于人类的脸,手和足都是按照人类的手指和脚部来描绘的,乍看起来就是一个怪异的人,但它拖着一条动物的毛茸茸的尾巴,即所谓"人形兽尾"。而成或因本《海内南经》的图中,狌狌也成了人面、猪身的样子。所以,由于狌狌在《南山经》经文中被描述成"如禺而白耳",到《海内南经》经文中又被描

图4-89 狌狌 成或因本《海内南经》

述成"如豕而人面",画家也相应地根据经文的变化又绘了一幅图。同样的例子还有蒋本画家根据两段关于駮的不同经文画了两幅駮的图像,一个有角,一个无角。

　　也就是说,即使是先后出现的同一神、兽,画家也是根据具体的变化的经文来刻画其样貌的,图像与经文呈现着"流动的吻合"状态。

　　经文的不确定性也会导致图绘的多变性。经文太简略、不够细致,造成了画家绘图时对特定意义的联想、扩大,构成了浮动的、变化的语义空间与情境结构,加之

177

画家创作时不同的认识理解，就形成了不同的图像元素，导致了图像间的差异。

如《北山经》的肥遗（蛇），经文曰："有蛇一首两身"①，即一条拖着两尾的蛇，但没有具体指出其头部如何，身体部位如何，于是不同版本的肥遗，有的是蛇头双身蛇，有的是鸟首双身蛇，有的是蛇头蛇尾，但加了龙身，有的是鸟首蛇身，加了禽类的足部与鸟类的羽翼。又如《海内北经》的驺吾，经文曰："林氏国有珍兽，大若虎，五采毕具，尾长于身，名曰驺吾，乘之日行千里。"②经文中的"大若虎"，说的是驺吾的体型像虎一样大小，却没指出其具体外形如何，经文不确定，使得各版本的驺吾图呈现出如马、如虎两种形态。

最后，画家根据经文创作图像时不仅仅会参考经文中的信息，还有许多其他信息，例如注释者的话语、古代相关典籍、神话、民间传说、文化传统、摹本的图说与图像、其他版本的图像，有时还加入自己的认识，这些信息得到综合，才成为画家构想与创作的原料与基础，不同的组合方式也就导致了不同图像的产生。

例如，对于《南山经》瞿如的外形，经文写得非常清楚："祷过之山……有鸟焉，其状如鸡，而白首、三足、人面，其名曰瞿如，其鸣自号也。"③而各版本的瞿如在头和足的数量和形态上并不统一：蒋本和《禽虫典》中的瞿如是人面一首三足鸟，胡本、日本图本中则是三个鸟头、两足。汪本、郝本、上海锦章图本中，则是一首三足鸟，头是鸟类的头部。为何各版本在"数量多少""人面与否"等方面与经文不符合？

回头看胡文焕图说："祷过山有鸟，状如鸡，似凫脚而小，长尾白首，三面二足，名曰瞿如，其鸣亦自呼。"④图说已经和经文有差别，一个是"三面、二足"，一个是"三足、人面"，而图像又与图说相符，所以笔者推测此现象是由于胡文焕形成了自己独特的图说，或是其图说有误，图像也因此成了"三面二足"。胡本在传承链条上居于重要位置，日本图本以胡本为摹本，所以和胡本图像类似。而之后的郝本、上海锦章图本也处于胡本的传承链条之上，两者却对瞿如作了重新的演绎：一首三足，非人面。两幅图的右边有神名与经文："瞿如，状如鸡而白首三足，出祷过之山。"上配有郭璞《图赞》："瞿如三手，厥状似鸡。"⑤可见，《山海经》的经文也是处于细微的变化中的，此处经文描写瞿如不是人面，图中的头部也被绘成禽首，而非人面。

此外，不同时期画家在《山海经》图像传承链条上都对经文、注解、图说、摹本等蕴含的信息进行了不同方式、原则的综合与加工，并绘制成图像，从而读者眼前的图像呈现出了不同样貌，甚至差别甚大。

---

① 袁珂：《山海经校注》，上海古籍出版社 1980 年版，第 78 页。

② 袁珂：《山海经校注》，上海古籍出版社 1980 年版，第 315 页。

③ 袁珂：《山海经校注》，上海古籍出版社 1980 年版，第 15 页。

④⑤ 马昌仪：《古本山海经图说》，山东画报出版社 2001 年版，第 46 页。

再如《南山经》的彘，经文曰："浮玉之山……有兽焉，其状如虎而牛尾，其音如吠犬，其名曰彘，是食人。"①经文中"状如虎、牛尾"的彘，到了图像上，就几乎每一幅都不同了。②

蒋本的彘是虎身、牛尾，与经文相符。胡本和《禽虫典》的彘是人面的，有人类的头发、四只耳朵，身子和四肢如猴，带有虎毛的纹理、牛尾巴。两张图造型基本相似。胡文焕图说曰："浮玉山有兽，状如猴，四耳，虎毛而牛尾，其音如犬吠，名曰长彘。食人，见则大水。"③胡本图说与经文不符，图像倒是与图说相符。近文堂图本因为是民间粗本，画得非常粗糙，用短的线条刻画，大致看出彘是人面、猴形，至于是否有耳朵，有几个耳朵，尾巴是什么样的、毛发如何，看不出来。图右有兽名和经文："彘，状如虎而牛尾，音如吠犬，是食人，出浮玉山。"图说是"状如虎而牛尾"，图像上呈现的却是爬行的猴。上海锦章图本中彘的造型基本和胡本相似，但它是猴面，只有一对耳朵。成或因本的彘，整体类似一只老虎。汪绂笔下的彘体型肥大，身子像熊，却带有虎爪和牛尾。日本图本中的彘是头部和身子像虎，足部和爪子像猴，更引人注目的是它带有独角。

可以说，彘的图像与经文的游离程度是很大的。经文的"虎身、牛尾"，为何添加或改变了那么多元素——人面、猴身、四耳、熊身、带角，并且它们以何种规律和原则组合起来？

笔者认为，成或因本和汪绂本是民间画工参考一些版本的图像后绘制的独立作品，成或因本参照了蒋本，所以整体与经文保持一致，彘是虎的样子，只是少了"牛尾"；汪本的彘有虎爪和牛尾，体型却偏肥，这也许是绘画的方式、技巧的不同导致的，最终使画面整体看起来不像虎而像熊。其他几个版本都处于胡本的传承链条上，胡本的图说曰彘是"猴形、四耳、虎毛、牛尾"，也据此形成了胡本的彘的形象，所以以胡本为摹本的几个版本的彘也是猴形，至于耳朵的数量和人面，可能是由于刻画不清的原因，在流传过程中被修改了，由四耳变成了两耳，由人面变成了猴面。日本图本也许加入了民族神话元素。

所以，"彘"经历了经文变化、图说变化、历史传承变化等，甚至传至日本，由日本画家重新描绘，由此形成了错综复杂的"信息"网络，简练概括成"图像元素"的话，有"虎身""牛尾""人面""猴身""四耳"等，最终画面如何呈现，取决于身处不同时代、不同地域、不同文化传统的画家如何选择与组合这些"图像元素"，并把自己的理解绘制出来。

此外，笔者还发现一个有趣的现象，即经文中没有相关描写，图像却有相关刻画，即"图像信息多于经文描述"这一现象。明清时期的《山海经》图多为画家

① 袁珂：《山海经校注》，上海古籍出版社1980年版，第46页。

② 马昌仪：《古本山海经图说》（增订珍藏本），广西师范大学出版社2007年版，第59—63页。

③ 马昌仪：《古本山海经图说》，山东画报出版社2001年版，第34页。

根据经文描绘而成,那为何经文没有写到,图像却能够绘制?

一是因为相关典籍、典故、传说、前人注释等被画家接受,这些资料被画家融入了图画创作的过程。如汪本《山海经存·海内南经》图中狌狌的足部穿着草鞋,这一点经文没有描述到,其他版本的图像也没有。袁珂《山海经校注》对狌狌与草鞋的关系有相关注解:

> 珂案……李贤注引《南中志》云:"猩猩在此谷中,行无常路,百数为群。土人以酒若糟,设于路。又喜屩子,土人织草为屩,数十量相连结。猩猩在山谷,见酒及屩,知其设张者,即知张者先祖名字。乃呼其名而骂云:'奴欲张我!'舍之而去。去而又还,相呼试共尝酒。初尝少许,又取屩子著之。若进两三升,便大醉。人出收之,屩子相连不得去,执还内牢中。人欲取者,到牢边语云:'猩猩汝可自相推肥者出之。'竟相对而泣。"①

笔者推测,汪绂通过典故、民间传说等对狌狌有所了解,将狌狌"爱屩"的这个特点画进了图中。

二是因为画家有时会将自然界常识、自己的认识融入《山海经》绘图,稍作发挥。如汪本的人鱼与众不同,不像普通的鱼类,更像爬行动物,与今天我们所见娃娃鱼相似。郭璞注曰:"人鱼即鲵也,似鮎而四足,声如小儿啼,今亦呼鮎为鯑。"②所以人鱼应该就是自然科学归类中大鲵属的一种,俗名娃娃鱼,是生活在淡水中的两栖动物。也许汪绂本人见过人鱼,或对其外形有相当的了解,才会比其他版本画得更接近人鱼的本来面目。

三是与经文相比,图像更接近图本编者、画者的注解与图说。如上文提到胡本的瞿如"三面、二足",而非如经文所说"三足、人面",就是由于胡本图像更接近于胡本图说。

最后,经文的不确定性也会导致图像绘出经文没有描写到的内容。如《西山经》的人面鸮。经文曰:"崦嵫之山,有鸟焉,其状如鸮而人面,蜼身犬尾,其名自号也,见则其邑大旱。"袁珂在《中国神话传说词典》中写道:

> 郭璞于"其名自号也"下注:"疑此脱误。"郝懿行云:"'疑此脱误'者,既云'其名自号',而无其名,故知是脱。"③

所以此处经文也许有阙脱,经文的不确定性就使人面鸮在各版本图像中呈现出不同的形象:蒋本和成或因绘图本中的人面鸮是人面、狗尾、展开翅膀飞翔的鸟类。汪本图中,右侧写兽名为"名自号",是人面的鸟类。胡本、吴任臣近文堂图本、上海锦章图本中的人面鸮,则是人面、兽身、狗尾、有翅膀的奇异兽类。

此外,有的图像未能准确地将经文"图像化",有的图像在描摹和流传过程中

---

① 袁珂:《山海经校注》,上海古籍出版社 1980 年版,第 275—276 页。
② 马昌仪:《古本山海经图说》,山东画报出版社 2001 年版,第 66 页。
③ 袁珂:《中国神话传说词典》,上海辞书出版社 1985 年版,第 8 页。

发生轻度变异,有时经文的变化会导致图像随之而变……以上诸多因素导致图像对经文产生不同程度的游离,轻者可能在头、目、足、尾的数量与形态上产生一些差别,由此各版本图像之间也形成了差异,重者可能使图像的多处对经文有较大程度的游离,甚至矛盾。所有这些使得《山海经》文图关系中图像的样貌、传承呈现出多变性的特征。

(五)先图后文

同为先秦典籍,中国文学图像史上著名的《诗经》《楚辞》的大部分是"先文后图"①,而《山海经》古图与经文的关系却是"先图后文",这是先秦时期《山海经》文图关系突出的特点。

《山海经》是一部有图有文的经典,然而由于年代太过久远,其经文和图像在历史的长河中不断经历着佚失、增删、流传与变异。明清延续至今的《山海经》图与《山海经》的古图相差甚远。

古图的源头、性质究竟如何? 马昌仪在其《山海经图:寻找〈山海经〉的另一半》中曾指出:"历代注家和研究者对《山海经》古图的推测,大致可归纳为禹鼎说、地图说、壁画说和巫图说四种。"②"禹鼎说"认为,禹鼎图与《山海经》及《山海经》古图有着渊源关系。《山海经》与另两本地理书一起被用来导山治水,且多次被列入史部地理类,"地图说"因此推测《山海经》的古图是地图,《山海经》有着地理书的功用。"壁画说"推测,《山海经》古图的一部分是古代的壁画、雕刻、画像石。"巫图说"认为,《山海经》最初只有图画,根据古代巫师祭祖招魂送魂禳灾时用的巫图画成,巫辞一开始是口传,后来由人记录下来成为《山海经》的文字部分。

此外还有两种推测:"职贡图说"和"天文历法图说"。"职贡图说"的代表学者是王以中、贺次君,主要观点是《山海经》图与后世职贡图的性质相类似,可谓职贡图之始祖。《山海经》研究者刘宗迪则提出了"天文历法图说",他认为《海经》是一部被人遗忘的"天书",讲的是上古天文历法制度,《海经》的古图不是地图,而是天文历法图。

关于《山海经》古图的面貌与性质如何,学界观点并不一致,但无论是禹鼎图、地图、壁画、石像、巫图、职贡图还是天文历法图,"先图后文"这一点是得到普遍认同的,即古图与经文的关系是,图像产生在先,继而"据图写文",产生《山海经》经文。古图亡佚后所绘诸性质、形式、面貌的《山海经》图则是"据经绘图"。

我们不妨将先秦时期《山海经》"先图后文"的文图特点与《诗经》《楚辞》《周易》等典籍做一比较。

---

① 也有部分内容是"先图后文"的,如《诗经》的雅、颂部分,《楚辞》的《天问》等。
② 马昌仪:《山海经图:寻找〈山海经〉的另一半》,《文学遗产》2000 年第 6 期。

关于《诗经》的雅、颂部分"先图后文"的特点，学者李山从诗中人物特定的称谓方式、诗篇特定的画面感、诗篇表述地理名谓时的方位意识等方面推测《诗经·大雅》中《大明》《思齐》《绵》《皇矣》《生民》《公刘》等篇什是"周王大祭祖先时，对宗庙壁图上祖先人物及其业绩的述赞之辞"①。

至于《楚辞》的《天问》，王逸最早将宗庙壁画与其联系起来。余嘉锡在《四库提要辨证》中写道："案王逸《天问章句》云：'屈原放逐，见楚有先王之庙及公卿祠堂，图画天地山川神灵，琦玮僪佹，及古贤圣怪物行事，周流罢倦，休息其下，因书其壁，何而问之'。疑古先王之庙及公卿祠堂其所图者，即《山海经》图也……"②屈原见庙堂壁画而写作《天问》，这一观点受到聂石樵、游国恩、张纵逸等学者的支持。史学家吕子方曾说："屈原宗庙里壁画故事的脚本就是《山海经》，而且主要是《大荒经》。这不仅因为《天问》的内容许多取材于《山海经》，更重要的是，他看了描绘《山海经》的壁画故事以后才写出了这篇著名作品来的。"③

《楚辞》其他一些篇目也可能是"先图后义"的，如饶宗颐先生曾提到"我怀疑《远游》和《九歌》之类都是因图而制文"④。伏俊琏认为："《大招》《招魂》等招魂词……往往可以同《山海经》对照来读。《招魂》中所描写的怪兽异物，王逸《楚辞章句》多处注明见于《山海经》。那么，当时楚国的招魂者（巫觋）手中可能也持有这种怪兽、怪物图，或者是在绘有此类壁画的宫室中，面对图画诵唱图上的内容。"⑤

高亨先生曾就《周易》的文辞与图像的关系提出假设：

余疑《周易》先有图像，后有文辞，若《山海经》《天问》之比。以乾卦言，初九云"潜龙勿用"，初本绘一龙伏水中，后乃题其图曰"潜龙"，断其占曰"勿用"。九二云"见龙在田，利见大人"，初本绘一龙在田间，后乃题其图曰"见龙在田"，断其占曰"利见大人"……总之，凡取象之辞皆似原有图。即记事之辞亦或原有图，《山海经》《天问》，其图有若干故事，是其例。准此而论，则《周易》之成书，当有三阶段：有卦形，有图像，而无文辞，此第一阶段也；有卦形，有图像，兼系文辞，此第二阶段也；有卦形，有文辞，而删图像，此第三阶段也。⑥

所以，《诗经》《楚辞》《周易》等先秦典籍的文与图应该都经历了多次变异，都有文字、语言对图像进行模仿、述赞、诵唱的现象。每部典籍都由不同性质、内容的部分组成，这些部分的文图关系不尽相同，有些是"先图后文"，有些则是"先文后图"。相对而言，先秦时期《山海经》"先图后文"的文图特点是很明显的，且"依

① 李山：《〈诗·大雅〉若干诗篇图赞说及由此发现的〈雅〉〈颂〉间部分对应》，《文学遗产》2000年第4期。
② 余嘉锡：《四库提要辨证》，中华书局1980年版，第1119页。
③ 吕子方：《〈山海经〉杂记》，《中国科学技术史论文集（下）》，四川科学技术出版社1984年版，第113页。
④ 饶宗颐：《图诗与词赋》，《湖南省博物馆四十周年纪念论文集》，湖南教育出版社1996年版，第81页。
⑤ 伏俊琏：《上古时期的看图讲诵与变文的起源》，《新世纪敦煌学论集》，巴蜀书社2003年版。
⑥ 高亨：《周易古经今注》，中华书局1984年版，第51、52页。

图写文"的目的性、仪式性、赞颂性可能相对弱一些,现实功用性则强一些。

二、《山海经》文图关系的地位

《山海经》文图关系是先秦乃至整个中国文图关系史范围的重要一部分,它突出的原始思维性、非主流文学性、民间性及涉及大量原始神话图文都决定了其不可替代的位置。

《山海经》书中与图中的神灵异兽、远国异民以粗犷稚拙、怪诞夸张、野性朴素的形态进入现代人的视野,为我们展示了中华先民原始思维下的世界,展示了远古时期对自然、对天地人关系的理解。

与文人传统下的诗画关系、文图关系相区别,《山海经》文图是非主流文学状态的文图,在中国文学图像关系史中,是不可或缺的独特的一支。

同为先秦文学典籍,我们不妨比较一下《山海经》与《诗经》《楚辞》如何各自展现相似的文图主题。

《山海经》与《诗经》相似的文图主题是《诗经》文本也有如《山海经》经文那样对草木虫鱼、地理农业的记载,延伸出的图像也有名物图、地理图,在一定程度上也如《山海经》图那样起到再现的功能。对《诗经》动植物进行考校形成的图学文献的现存代表作为清徐鼎的《毛诗名物图说》与日本冈元凤的《毛诗品物图考》。《毛诗名物图说》对雎鸠的介绍采用一图配一些解释性文字的形式,上图下文,在一定程度上与某些《山海经》图本非常相似。

两者的差别除了《山海经》文图的文学性、故事性相对较弱以外,主要体现在对文本的选择上。《山海经》图多为异物兽形图,每图为配合一段经文所绘,图像尽可能穷尽展现神、兽的特点。而《诗经》图像是有选择地展现文本内容,可能分别依据诗句、篇名、译注作图,甚至会偏离文本。吴求的《八月剥枣》《缝衣图》以及《御笔诗经图》之《周南·樛木》《豳风·鸱鸮》等就是依据诗句或篇名作图。究其原因,可能是《诗经》的文学性较强,语言抽象而多意,多用比,导致了意义的复杂性,又因画家的理解不同呈现出截然不同的样貌。

《山海经》与《楚辞》文图关系的不同点突出表现在,由于《楚辞》的文学性、抒情性很强,美感突出,《楚辞》图也因此有画面美、情节美的特点,而《山海经》单景式的神兽描绘情节欠缺,美感有限。同时,《山海经》文图感情色彩较淡,而《楚辞》文本本身普遍带有作者的强烈情感——主要是慨叹、感怀、郁郁不得志,画家也因此常画《楚辞》图表达自身感怀与志向,如赵孟頫、陈洪绶、萧云从、周璕等,于是《楚辞》图可以传达出强烈的感情色彩,并且与《诗经》绘图相同,画家对《楚辞》绘图的选材也存在着个人倾向性。一般而言,《楚辞》中被画得最多的是《九歌》,屈原代表作《离骚》的图像数量远不及《九歌》,《九歌》图中最常见的是单幅的二湘图和《山鬼》图。此外,《九章》《天问》《远游》《渔父》等名篇仅有少数代表

《诗经》《楚辞》也涉及名物图，有"一神一图"的图像模式，但因画家是文人，充满了文人画气息，而《山海经》文图长期不在主流文学中，画工、刻工来自民间，图像也在民间流传，更多时候被看作记载着大量巫术、神话、宗教信息的书。在明代的一些类书中收有《山海经》的经文及图片，如明代徽州制墨大师程大约编纂的刻版墨谱《程氏墨苑》。《程氏墨苑》是万历年间徽州版画的代表作，收山川、草木、禽兽、佛道等诸多名墨图像，在当时产生了较大影响。可见，《山海经》文图在明代民间流传甚广，并且由于《山海经》保留了一部分民间宗教和巫术，道教的某些文与图分享了《山海经》的一些资源，所以《山海经》更多时候不是以专书的形式，而是作为一种信仰为明代中下阶层所熟知。再如《明代通俗日用类书集刊》搜集了明代通俗日用类的书44种，这些书区别于官修大型书籍与文人学者私撰书籍，主要提供下层民众日常生活、实践教育、文化娱乐需要的实用信息，明末清初民间的《山海经》图像就收在便民图纂十六卷的《诸夷门》内，可见其民间性特征。

所以《山海经》文图更多是民间思维下的文图，凝缩着民间生活的印记，承载着民间的艺术需求与审美观念，表现着民间的风尚与地域特色，寄托着民间的愿望感情，是文野互渗的综合性的艺术文化，是中国历史文化珍贵的遗藏。

《山海经》保留了大量古神话资源，无论是经文还是图像的记载，它是民族精神的传承者与发扬者。

《山海经》文图在文化传承与交流上也有重要意义，突出表现在其流传到日、韩等国，图像表现发生了一定变异，日、韩等国在文图关系理解、神兽形象审美、绘图气质风格等方面都与中国《山海经》图存在着差异。这方面学界日益重视之。

以往的《山海经》研究主要是囿于文字部分，从多方面解读文字传达的文化信息，是平面化的、封闭性的解读，而《山海经》文图关系的研究，则把《山海经》研究推向了综合性的解读，从图像、文字、考古等方面开拓了研究的视野。《山海经》文字与图像之间存在对照、交合、游离，甚至矛盾的现象，这说明了两者之间存在复杂的互动关系。从读者接受的角度而言，由于图像可以使文字形象化，人们更多是从图像而非文字接受《山海经》，所以《山海经》文图关系的研究可以使读者通过文字和图像更准确、全面地读懂这部千古奇书。

古代的《山海经》这种文图关系也深深影响当代并在当代的《山海经》文图关系中得以传承与创新，表现领域非常广泛，如绘画、雕塑、连环画、插图等。以绘画和雕塑为例。当代许多知名画家将《山海经》神话故事作为绘画题材。比如精卫填海题材，驰名江南画坛的"韩氏五虎"的老大韩澄笔下的精卫填海是女性神的形象，目光坚定，手托石块，欲以填海。画面色调深沉，充斥着古朴的洪荒气息。著名书画家陈大愚的水墨精卫填海图则是仕女图的样貌，体态丰腴的女性神手边飞着白色的精卫鸟，画面左侧配以顾炎武的《精卫》诗："我愿平东海，身沉心不改。大海无平期,我心无绝时。"当代画家吴玉阳的纸本工笔画《精卫填海》则另辟蹊径,用西方绘画中的天使形象来表现中国远古神话。这一阶段,精卫填海画面的主体以女性神为主,图像表现更多元化,画面构图、画面内容、使用工具等方面都因画家各自的理解及绘画风格的不同呈现出不同风貌。

在当代雕塑中,《山海经》神话母题经常得到艺术化的呈现与创新。例如夸父神话由于其独特的精神感召力,在当代艺术中得到了诸多创新与表现,尤其是景观雕塑(见图4-90)。雕塑作品常用动态飞奔的人体表现逐日状态,用球体、环状、圈状表现太阳,两者在空间中通过凹凸、弧度、包容等形式结合共存,与其说是"逐日"不如说是"与日相融"。《山海经》经文中充满洪荒气息的逐日故事,在现代雕塑的演绎下增添了昂扬的生命力与律动的艺术张力。

图4-90 夸父逐日雕塑 山东招远凤凰岭公园

通过上述当代《山海经》文图关系丰富多样的展示,我们看到了《山海经》对当代的重要影响。在涉及文图方面,其他经典文本,如《诗经》《楚辞》等,它们并没有《山海经》在当代活跃,这在一定程度上说明了《山海经》文图关系的重要性、《山海经》所记载的神话传统的重要性。

可见,我们只有了解了传统中的《山海经》文图关系及其历史流变,才能更好地理解当代的《山海经》文图关系,并能更好地在继承中创新。

第五章 《周易》文图关系

宋人郑樵在《通志二十略·总序》中说:"《易》虽一书,而有十六种学,有传学,有注学,有章句学,有图学,有数学,有谶纬学,安得总言《易》类乎?"又说:"图,经也;书,纬也,一经一纬,相错而成文。图,植物也;书,动物也,一动一植,相须而成变化。见书不见图,闻其声不见其形;见图不见书,见其人不闻其语。图,至约也;书,至博也,即图而求易,即书而求难。古之学者,为学有要,置图于左,置书于右。索象于图,索理于书。故人亦易为学,学亦易为功。"①可见,《周易》图对《周易》解读的重要性。

学界已注意到《周易》中的文,包括卦爻辞的文学性,也注意到《周易》中的图,包括易图与数的合体,但少有论及两者的关系。而通过对这两者关系的探讨,我们更清楚地看到先秦时代两者在《周易》中的关系、地位以及这种文图关系对后世文图关系的影响。本章就是对这方面的探讨。本章分成两节,一节是从总体方面来探讨《周易》的文、图以及双方的合成过程,另一节则具体探讨易图与文学性卦爻辞之间的关系。

第一节 《周易》文图关系总论

近年来,文图关系研究成为学界研究带图像的语言文本的一个热点。中国古代语言文本往往伴随图像,中国古人读书时有左图右书的传统,清胡渭在《易图明辨题辞》中说:"古者有书必有图,图以佐书之所不能尽也。凡天文地理,鸟兽草木,宫室车旗,服饰器用,世系位著之类,非图则无以示隐赜之形,明古今之制。故《诗》《书》《礼》《乐》《春秋》皆不可以无图,唯《易》则无所用图,六十四卦二体六爻之画,即其图矣。"②宋代郑樵所编的《图谱略》述图书之源流,以目录学的方式记录了宋以前的各种图。汉初的马王堆帛书及4—12世纪多种文字的写本、印本的敦煌文献,它们所包含的大量图文书用实物的形式强有力地佐证了中

---

① 郑樵撰,王树民点校:《通志二十略·图谱略》(下册),中华书局1995年版,第1825页。
② 郑万耕著:《易图明辨》,中华书局2008年版,第1页。

国古代文化图文并茂的情况。① 学界对先秦经典文图关系的探讨主要侧重于文学经典,比如《诗经》与诗经图、《楚辞》与楚辞图,也有对带有文学性色彩比较浓的《山海经》文图关系的探讨,而对《周易》文图关系的探讨几乎没有②。

用图而求易的象数之学,在易学史上产生了重要的影响。历史上也有从文学角度解读《周易》的,如汉代的《焦氏易林》用诗歌的方式对《周易》进行解释,尤其近年来从文学角度研究《周易》的越来越多。③ 但很少有学者把文与图结合在一起对《周易》进行研究,所以造成了这方面研究的十分匮乏。

学界之所以对这方面研究十分匮乏,一方面来自《周易》中的图、文的特殊性,它不同于学界一般所理解的文学与图像的关系,另一方面也在于缺乏有效的研究视角,笔者尝试运用近年来兴起的语图符号学④对《周易》文图关系做一论略。为了更好地理解《周易》中的文、图,首先有必要对中国文、图的起源及与《周易》中的文、图关联作一探讨。

一、中国文、图的起源及与《周易》文、图的关联

中国古代成熟的文字体系的出现当以殷商时期出现的甲骨文为标志,在甲骨文出现之前中国古代已有文字,但这种文字是不成熟的,是类似于文字的符号,比如半坡、马家窑、姜寨等仰韶文化遗址中发现的"陶文"。许慎在《说文解字》中所记载的属于仰韶文化的黄帝时期文字已比较成熟,这一说法当系传说和穿凿附会,"黄帝之史仓颉,见鸟兽鲼迒之迹,知分理之可相别异也,初造书契,百工以义,万品以察"⑤。仓颉以鸟、兽足迹形状别异来取象造字则意味着象形文字的出现,但实际上在那一时期出现完整的象形文字是不可能的,黄帝时期属于仰韶文化时期,黄帝之史仓颉所造的文字相当于"陶文"。古人之所以把文字的

---

① 20 世纪 70 年代初,在长沙马王堆汉墓出土大批帛书、帛画、简牍等,带有图的书如《导引图》《太一祝图》《地形图》《府宅图》《居葬图》等。敦煌各种类型写本中的图像,戴仁认为有以下几种,《佛名经》《地藏菩萨经》《十王经》等绘图经卷,《瑞应图》《白泽精怪图》等神怪图,《灸经》中的人体穴位图,相书中的相图,《丧礼服制度》中的礼制物事图解,密教佛像、手印、占卜、堪舆书中的说明性附图,道教符箓等等。Jean-Pierre Drège, Du texte à l'image: les manuscrits illustrés, Jean-Pierre Drège (ed.), *Images de Dunhuang*,转引自余欣:《索象于图　索理于书:写本时代图像与文本关系再思录》,《复旦学报》2012 年第 4 期。

② 笔者在知网上仅检索到与此相关的一篇,王志阳的《中国文化中的文学与图像关系新论——以〈周易〉〈诗经〉为例》(载《兰州学刊》2013 年第 10 期),但该篇没有就《周易》文图关系做出专论,而是泛谈《周易》先有卦象后有卦爻辞即所谓先有图像后有文学这一粗糙结论。

③ 这方面以陈良运为代表,有《周易与中国文学》(百花洲文艺出版社 1999 年版)、《论〈周易〉的文学思维》(《周易研究》1995 年第 1 期)等论著。

④ 语图符号学属于符号学的一种,近年来在国内外刚刚兴起,它主要研究语言与图像、文学与图像的符号关系,揭示这两者的互文、共通及其内在差异。

⑤ 许慎:《说文解字叙》,上海古籍出版社 1981 年版,第 753 页。

发明托古于黄帝时期的仓颉,以及把造字之事演绎为神话,"颉有四目,仰观垂象。因俪鸟龟之迹,遂定书字之形,造化不能藏其秘,故天雨粟;灵怪不能遁其形,故鬼夜哭"①,正是为了夸大造字的重要性和神圣性。

图像也诞生在黄帝时期,"史皇,黄帝之臣也。始善图画,创制垂法,体象天地,功侔造化,首冠群工。不亦宜哉。见《世本》,与仓颉同时"②。唐代张彦远在《历代名画记》中提到图像与文字差不多诞生在同一时期。不过,张彦远在另一处则强调了这一时期诞生的图像和文字实质上两者还同属于刻画符号时期,"颉有四目,仰观垂象。……是时也,书画同体而未分,象制肇始而犹略。无以传其意,故有书;无以见其形,故有画"③。"书画同体而未分"表明了文字和图像都起源于线条的刻画。潘天寿在《听天阁画谈随笔》中谈到书画渊源之关系时也提到了线条是书画同源的基础:"然考吾国初期文字,以墨线为表达,象形为组成,与原始绘画,实同一渊源。故吾国文字学者及绘画史论家,均有'书画同源'之说,以此也。是后虽分道扬镳,独立体系,仍系兄弟手足,有同气连枝之谊,至为密切,迄今犹然。"④在潘天寿看来,文字发展越来越抽象,后来文字与自然物在相似性上分道扬镳,而图像还保持着与自然物的相似性,但两者在线的抒情性上还保持着关联,即书法与绘画的关联。所以,在文、图的开创时期,文字和图形同享线条,在文字和图像的各自独立发展过程中,虽然汉字有了声音、图像有了色彩,但线条在汉字(书法)和图像(如先秦帛画、壁画)中还保持着重要性,对前者而言,线条构成了汉字的视觉造型,对后者而言,线条描制了图像事物的形状和空间位置。

我们再来看上述文、图与《周易》文图的关联。如果说刻画符号成为文和图共同的起源,那么卦象就保留了刻画符号的特点,卦象的制作就在图像和文字之前,《周易·系辞下》云:"古者包牺氏之王天下也,仰则观象于天,俯则观法于地,观鸟兽之文,与地之宜,进取诸身,远取诸物,于是始作八卦,以通神明之德,以类万物之情。"⑤宋韩拙在《山水纯全集·序》中具体描述了从卦象到图画再到文字这一进程。他先论述了三皇时间序列中排首位的伏羲创造了卦象以及图画诞生在卦象之后,"夫画者,肇自伏羲氏画卦象之后,以通天地之德,以类万物之情"⑥。接着又论述了三皇中的黄帝时期史皇仓颉相继创造图画和文字,"嗣于黄帝时,有史皇、仓颉生焉。史皇状鱼龙龟鸟之迹,仓颉因而为字,相继相更而图

---

① 张彦远著,俞剑华注释:《历代名画记》,上海人民美术出版社 1964 年版,第 2 页。

② 张彦远著,俞剑华注释:《历代名画记》,上海人民美术出版社 1964 年版,第 83 页。

③ 张彦远著,俞剑华注释:《历代名画记》,上海人民美术出版社 1964 年版,第 2、3 页。

④ 潘天寿:《听天阁画谈随笔》,转引自潘公凯编:《潘天寿谈艺录》,浙江人民美术出版社 2011 年版,第 72 页。

⑤ 朱熹注,王玉德、朱志先整理:《周易本义》,凤凰出版社 2011 年版,第 87 页。

⑥ 冯晓林:《历代书画关系论导读》,中国商业出版社 2016 年版,第 112 页。

画典籍萌矣。书本画也,画先而书次之"①。在这段话中明确了仓颉因受史皇的图画影响而创造文字,并得出结论,"书本画也,画先而书次之"。可见,《周易》中的卦象出现时间较早,它诞生在文字和图画出现之前,《周易》由文字组成的卦爻辞则出现得较迟,要到西周时期②,它要经由文字本身的发展,即文字发展成系统的成熟文字殷墟甲骨文之后,才有可能积字成句,积句成篇;它也需要先前所累积的占卜材料,比如一些甲骨文所记载的商代内容,这些商代内容为占卜记事而刻,甚至记录在文献典册上③。另外,由于图像对汉字造字的影响,所以汉字中的很多象形文字带有视觉造型,尤其体现在用篆书写的甲骨文、青铜器文以及战国竹书中。唐张彦远甚至把以图识理的卦象与以图为底的文字放在一起,与作为以图指形的绘画并称为图载的三大指向。④

二、《周易》中的文与图

学界已关注到《周易》中卦爻辞的文学性。这方面的专著就有陈良运的《周易与中国文学》、黄玉顺的《周易古歌考释》、张善文的《周易与文学》等。⑤《周易》卦爻辞中蕴含着诗歌、散文、寓言等已成为《易》学研究领域人们的共识。⑥高亨和李镜池先生分别指出了这种文学的渊源,高亨指出,《周易》本是散文作品,由于受民歌的影响,加之筮人有背诵卦爻辞的需要,所以其中带有了相当浓厚的诗歌色彩。李镜池《周易通义·明夷》指出,引古代包括民歌在内的诗歌为

---

① 冯晓林:《历代书画关系论导读》,中国商业出版社2016年版,第112—113页。

② 汉代的司马迁认为是周文王创作了卦爻辞,他在《史记·太史公自序》中说:"昔西伯拘羑里,演《周易》"。今人高亨和李镜池都认为卦爻辞是西周卜史和巫史所作,"古代算卦,一般是巫史的职务。巫史们在给人算卦的时候,根据某卦某爻的象数来断定吉凶,当然有些与事实偶然巧合的地方,这就是他们的经验。他们把一些经验记在某卦某爻的下面,逐渐积累,成为零星的片段的筮书,到了西周初年才有人加以补充与编订,《周易》古经至此才告完成。所以实际说来,《周易》古经不是一个时期写定,更不是出于一人之手。我们从它的内容和形式观察,它的完成当在西周初年"。(高亨:《周易古经今注(重订本)·旧序》,中华书局1984年版,第6页。)"我们现在认为《周易》的编著,出于周王朝的卜史之官,成书年代,约在西周晚期。"(李镜池:《周易探源·序》,中华书局1978年版,第3页。)无论是周文王,还是西周卜史和巫史,他们都属于西周时期的人物。

③《尚书·多士》:周公告商王士:"惟尔知,惟殷先人有册有典,殷革夏命。"

④ 这是张彦远引颜光禄的话:"颜光禄云:'图载之意有三:一曰图理,卦象是也;二曰图识,字学是也;三曰图形,绘画是也。'"(张彦远:《历代名画记·叙画之源流》。)

⑤ 陈良运:《周易与中国文学》(百花洲文艺出版社1999年版);黄玉顺:《周易古歌考释》(巴蜀书社1995年版);张善文:《周易与文学》(福建教育出版社1997年版)。

⑥ 老一辈的易学研究者如李镜池在《周易筮辞考》(收入李镜池著,《周易探源》,中华书局1978年版)一文中曾指出卦爻辞中有比兴式的诗歌,高亨有专篇论文《周易卦爻辞的文学价值》(收入高亨著,《周易杂论》,齐鲁书社1979年版)谈这方面。晚近有邹然《论〈周易〉卦爻辞的文学价值》(《周易研究》1997年第1期)、程刚《〈周易〉卦爻辞的文学性——〈周易〉与文学关系研究综述之二》(《河南科技大学学报(社会科学版)》2012年第2期)。

占,叫作谣占,属当时的象占之一,这就是说,引诗为占是占筮的一种传统。《周易》引诗为占的手法,成为后世占筮之书的基本体例,如见诸后世小说中的诗签,反证了《周易》引用诗歌的事实。①

既然《周易》中的卦爻辞存在文学性,文学性的卦爻辞中必然存有语象。②《周易》中由文学性卦爻辞产生的语象具体表现在天地之象(自然之象)、人工造物之象(器具之象)以及人心营构之象,前者是一种客观性存在的物象,后者是现实世界中未存在的想象之象。章学诚把《周易》中的象分为"天地自然之象"和"人心营构之象",并强调了两者的关联,"人累于天地之间,不能不受阴阳之消息。心之营构,则情之变易为之也。情之变易,感于人世之接构而乘于阴阳倚伏为之也。是则人心营构之象,亦出天地自然之象也"③,"人心营构之象,有吉有凶,宜察天地自然之象而衷之以理"④。

《周易》中的图主要指易象,即卦象和爻象。卦象和爻象有模拟的功能,所谓"天垂象,见吉凶,圣人象之"⑤,"象也者,像此者也"⑥,"像此"就是类似于此,故动词"象"强调"似"。这个"似"指形式和类的相似,即图像符号与现实世界具有形式和类的某些相似性。具体地说,《周易》作者所作的八卦之象是有形的,因为制作过程中通过身体与世界建立联系——"仰则观象于天,俯则观法于地,观鸟兽之文,与地之宜"⑦,通过"近取诸身,远取诸物"的方式在日常生活和经验世界中与卦爻象建立关系,视乾为首,视坤为腹,视艮为手,视兑为口,视坎为耳,视离为目,就是"近取诸身"的结果,把乾、坤、艮等与天、地、山加以类比,是"远取诸物"的表现。这样,八卦就有了"以通神明之德,以类万物之情"的能力。

八卦之象也具有象征指涉之义,以此物带出彼物,所谓"爻也者,效此者也。象也者,像此者也"⑧,"是故《易》者,象也;象也者,像也"⑨,唐孔颖达《周易正义》说:"谓卦为万物象者,法像万物,犹若乾卦之象,法像于天也。"⑩卦象可以"法象

---

① 详见高亨:《周易杂论·周易卦爻辞的文学价值》(齐鲁书社 1979 年版);李镜池:《周易通义·明夷》(中华书局 1981 年版)。

② "语象"(verbal icon)作为文学理论术语,首见于美国新批评代表人物之一维姆萨特,意为"一个与其所表示的物体相像的语言符号",是在语言生成过程中所成的象,最终让读者在阅读文本时头脑中出现"清晰的图画"(Cf. W. K. Wimsatt, The Verbal Icon: Studies in the Meaning of Poetry, Lexington: University of Kentucky Press, 1954)。本书不用形象而用语象这个词主要突出语言的图像性,突出语言与图像的关系,也符合本文从语图符号学这一角度处理《周易》中的文与图。

③ 章学诚:《文史通义·易教下》,上海古籍出版社 2015 年版,第 6 页。

④ 章学诚:《文史通义·易教下》,上海古籍出版社 2015 年版,第 6—7 页。

⑤ 黄寿祺、张善文:《周易译注》,上海古籍出版社 2001 年版,第 556 页。

⑥ 黄寿祺、张善文:《周易译注》,上海古籍出版社 2001 年版,第 569 页。

⑦ 黄寿祺、张善文:《周易译注》,上海古籍出版社 2001 年版,第 572 页。

⑧ 黄寿祺、张善文:《周易译注》,上海古籍出版社 2001 年版,第 569 页。

⑨ 黄寿祺、张善文:《周易译注》,上海古籍出版社 2001 年版,第 579 页。

⑩ 王弼注,孔颖达疏,李学勤主编:《周易正义》,北京大学出版社 1999 年版,第 303 页。

万物",就如乾卦可以象征天,这说明了作为图式的卦象与爻象所具有的象征含义。

另外,《周易》中的图与数字联系在一起。《周易》称为象数之学,说明的就是象与数的紧密联系,表现在卦象和爻象用数字来表述。

首先,从易象形成的源头来看,与数关系密切。楼宇烈认为:"爻象'━ ━'是由'六'这个数目字演变而来的,它的原始意义就是筮数六,以后成为筮数中一切偶数的代表……爻象'━'是由数目字'一'演变而来的,它的原始意义是筮数一,以后则成为筮数中一切奇数的代表,这是无可怀疑的。"①李零认为:"中国早期的易筮,从商代、西周到春秋战国,一直是以一、五、六、七、八、九这6个数字来表示……用一、八表示的卦爻,即今本《周易》卦爻的前身,到西汉初年仍在使用。"②

其次,阴阳爻作为数字的抽象,应当无疑义:"天下无数外之象,无象外之数。既有象,则得一之、二之而数之矣。既有数,则得以奇之、偶之而象之矣。是故象数相倚,象生数,数亦生象。象生数,有象而数之以为数;数生象,有数而遂成乎其为象。"③王船山认为,三、六爻代表着天地万物生成之数,天地万物生成之数对应着天地万物的生成,"道之见于数者,奇偶而已矣。奇一偶二,奇偶合而三。故八卦之画三,而数之分合具矣……三亦奇也,偶其所奇而六,故六十四卦之画六,而天地之德合……二其三,三其二,而奇偶之变具矣"④。用"奇偶合而三"的三爻象征数的完整,所谓"数之分合具矣";用"三亦奇也,偶其所奇而六"的一卦六爻来象征万物的形成,所谓"天地之德合"。在先秦时代,《周易·说卦》作者也已意识到这一点:"昔者圣人之作《易》也,幽赞于神明而生蓍,参天两地而倚数,观变于阴阳而立卦,发挥于刚柔而生爻,和顺于道德而理于义,穷理尽性以至于命。"⑤

再者,从世界事实本身来看,象先数后,但从《周易》本身来看,是数在象先,数正是万物之理在象中的体现,数在象先不仅仅表现在"大衍之数五十,其用四十有九"⑥,整个顺序是先用五十根蓍草按照特定规则,推出阴阳正变之数(即九、八、七、六之数),按数以求卦,依卦断吉凶。整个过程是先得出卦数,然后由数及卦,再由卦得象;"也表现在易象生成的过程",六爻的第次生成依赖于数,先数而后象,先下而逆上。简而言之,卦画作为一个符号,它的意义是确指于数的,《易传》中有对筮算手法的描述,《周易》中的数是筮法操作的结果,是两仪、四象、八卦的具体表达手段,它是描述后天物象及其规律的工具。易学发展到宋代后,

① 楼宇烈:《易卦爻象原始》,《北京大学学报(社会科学版)》1986年第1期。

② 李零:《中国方术考》,东方出版社2001年版,第258页。

③ 王夫之著,王孝鱼点校:《尚书引义·洪范一》,中华书局1962年版,第88页。

④ 王夫之:《周易外传·系辞下传第六章》,中华书局1977年版,第227—228页。

⑤ 周振甫:《周易译注·说卦》,中华书局1991年版,第298页。

⑥ 黄寿祺、张善文:《周易译注》,上海古籍出版社2001年版,第548页。

象数之学进一步发展，数主要指筮数，包括大衍之数，天地之数，后来的先天之数，后天之数。卦象也进一步细分，"圣人以象示人，有八卦之象、六爻之象、象形之象、爻位之象、反对之象、方位之象、互体之象，七者备而象义穷矣"①。

印象与观念的区别在于印象是"有力量和有生气的"，因为它与经验和具体场景联结，而观念只具示意而没有具体的场景和细节支撑而走向抽象，《周易》中的图像是一种奠基于数之上的图式，虽有模拟和象征万物的功能，但因是对万物的形式和类方面的模拟和象征，不涉及具体情节和场景，因而是一种观念，而《周易》中的卦爻辞则是一种印象，因它呈现具体场景和细节。

三、《周易》文图合体的形成及其特征

先人对用文图结合的方式来表征这个世界已有自觉的认识，"《易》有圣人之道四焉：以言者尚其辞，以动者尚其变，以制器者尚其象，以卜筮者尚其占"。② 这里言与象是并立的，都是圣人借助两种符号——语言符号和图像符号来把握宇宙万物，总结和概括宇宙的运行规律、人事和社会的运行法则。

先人在日常实践中已不自觉把这两者放在一起，"圣人设卦观象，系辞焉而明吉凶"，"是故君子居则观其象而玩其辞，动则观其变而玩其占。是以'自天佑之，吉无不利'"。③ 观象与玩辞在先人那里一起使用。先人甚至将文与图作为鸿蒙劈破，天地从兹清浊的依据。古之有"龙图献体，龟书呈貌"之说，"河出图，天地有自然之象。洛出书，天地有自然之理"。④ "取象乎河、洛，问数乎蓍龟，观天文以极变，察人文以成化。"（《文心雕龙·原道》）⑤ 在图与书两者的关系上，古人认为："图，植物也。书，动物也。一动一植，相须而成变化。见书不见图，闻其声不见其形；见图不见书，见其人不闻其语。"⑥

如果说，以上是先人为《周易》文图合体提供了认识论和心理学上的依据，那么先人在《周易》的编撰过程中把文、图放在一起则给《周易》文图合体提供了文本依据。

《周易·系辞》提到了八卦为伏羲所作，司马迁在《史记·太史公自序》中提到了周文王演为六十四卦，并作卦辞和爻辞。卦辞和爻辞中讲到周文王以后的历史事件和历史人物，这又说明《周易》成书非出于一时一人之手，但不管怎样，在春秋战国时代，作为图文合体的《周易》文本已稳定下来。后来还加上《易传》。

---

① 黄宗羲著，谭德贵等校注：《易学象数论·提要》，九州出版社 2007 年版，第 5 页。
② 黄寿祺、张善文：《周易译注》，上海古籍出版社 2001 年版，第 553 页。
③ 黄寿祺、张善文：《周易译注》，上海古籍出版社 2001 年版，第 531 页。
④ 郑樵撰，王树民点校：《通志二十略》（下册），中华书局 1995 年版，第 1825 页。
⑤ 王叔琳注，李详补注，杨明照校注拾遗：《增订文心雕龙校注》，中华书局 2000 年版，第 2 页。
⑥ 郑樵撰，王树民点校：《通志二十略》（下册），中华书局 1995 年版，第 1825 页。

《周易》的文图合体过程中呈现出以下几个特征：

首先，文与图的有机融合。《周易》中的文与图有着内在融合的基础，李建中说："《周易》是哲学著作，却采取了'画'与'诗'的言说方式。卦象和爻象是画，卦辞和爻辞是诗。"①强调了作为图像的卦象与作为爻辞的文所具有诗情画意。

从历史来看，《周易》文图形成过程中就是以有机的方式融合在一起的。一开始先形成卦图，而卦爻辞的形成则是一个漫长的过程。直到西周的《周易》编者"观象"系辞，卦爻辞才获得一个相对稳定的生命形态。从这一点来看，《周易》成书之际，卦爻符号早已不是其初始状态，它已经是一个绵延已久的文化体系。有学者统计："相比而言，二五两爻，吉辞最多，合计占 47.06％，几达总数之半；其凶辞最少，合计仅占 13.94％。这种现象，显然不是出于偶然，必定与爻位有关。"②这六十四卦、三百八十爻，在《周易》成书之际就已经在人的意识中呈现为一个整体化的图示了。卦爻辞的编纂本身就是对卦爻符号的一种阐释，一种接受，卦爻符号不是独立存在，而是向卦爻辞开放着的意向性存在，卦爻辞本身也不是一个纯客观的存在，卦爻辞的产生和编纂，与其说是辞与符号的机械牵连，毋宁说是文字表意的视阈和卦爻符号视阈的融合。有学者认为："卦爻辞是有语义可寻的语句，但其语义的内涵已经发生了重大改变，每个语句脱离了历史故事和民间歌谣的原生背景，与命运判词互相夹杂，对应于卦爻画图形，变成了卦爻画的所指（signified），变成了神灵的意旨，而曾为故事、曾为歌谣的往事渐被淡忘。另一方面，卦画也因有了卦爻辞语句的对应，有了可寻释的语义，由无所规定的神秘符号变成了有所意指的符号（symbols），成为与'所指'相对应的能指（significant）。"③

概言之，《周易》用六十四个卦象和卦辞、爻辞，共同揭示了天地万物的形貌、特点、联系、运动变化的普遍规律，表现了圣人对天地万物的理解和把握，以及圣人的伟大品德。

其次，在文图关系中，图像占主导地方，文是对图的说明。人们在占断吉凶同时，开始重视生活中的经验教训、道德修养及事物变易的法则。这样，就间接地变成从自然现象和人类生活中的各种关系来考察卦爻辞。卦爻辞中所包含的语象世界与原来象数构成的卦象、爻象就形成了文图关系，是文对图的解释。图具有神秘性，到了《易传》那里，进一步把卦爻辞哲理化、概括化、系统化，变成了用义理来解释卦象。

在上古时期，在文字系统还不完全成熟的情况下，图像似乎比文字在表意达意方面更具优越性，至少先人是这么认为的。《周易·系辞》提道："书不尽言，言

---

① 李建中：《古代文论的诗性空间》，湖北人民出版社 2005 年版，第 55 页。

② 黄沛荣：《易学乾坤》，杨庆中：《周易经传研究》，商务印书馆 2005 年版，第 58—59 页。

③ 吴前衡：《传前易学》，湖北人民出版社 2008 年版，第 153 页。

不尽意。然则圣人之意,其不可见乎? 子曰:圣人立象以尽意,设卦以尽情伪。系辞焉以尽其言。变而通之以尽利,鼓之舞之以尽神。"①显然,按这段话的意思,书是不能充分去表达言的,言也不能充分表达意,有些幽深的东西需要通过"象"来表达——"立象以尽意",而不是言辞,言辞有它的局限性,立"象"的目的在于尽意。宋代易学家邵雍也强调"象"的重要性:"有意必有言,有言必有象,有象必有数。数立则象生,象生则言著彰,言著彰则意显。象、数则筌蹄也,言、意则鱼兔也。得鱼兔而忘筌蹄,则可也,舍筌蹄而求鱼兔,则未见其得也。"②邵雍强调象(图像)与文字(言)都非常重要,对图像的解释离不开文字,但文字最终还是为图像的解释服务。

不过,对于成熟于战国及汉初的《易传》作者来说,言和象在他们那里是并重的,都是圣人体道、明道的重要途径,"《易》有圣人之道四焉:以言者尚其辞,以动者尚其变,以制器者尚其象,以卜筮者尚其占"(《周易·系辞》)③。这里言与象是并立的,都是圣人借助这些来把握世界,总结和概括宇宙的运行规律、人事和社会的运行法则。而且文在文图关系中也发挥着特别的作用。《周易·系辞》提到"圣人之情见乎辞","系辞焉以尽其言",说明系辞可以"吟咏情性"、抒发主体情感,这是图像所不能及的。唐张怀瓘《书断·上》云:"夫卦象所以阴骘其理,文字所以宣载其能。卦则浑天地之窈冥,秘鬼神之变化。文能以发挥其道,幽赞其功。是知卦象者,文字之祖,万物之根。"④又肯定了文字在达道、言志方面的能力。

再者,文与图都围绕卦德进行。最初的象数是为卜筮服务的,是占筮迷信的附庸,但随着春秋战国象数学的拓展,象数不断规范化、逻辑化、系统化,人的理性和思维的力量不断得到提高,象数逐渐走出卜筮的藩篱,演变成为表征宇宙万物和人事变化的符号体系,并在以后形成一种专门的学问——象数之学。由象数转向义理、由卜筮转向哲学过程中,卦象和卦德在中间起着极其重要的作用。"卦象和卦德在《周易》定型过程中是两个重要的发展阶段,同时也是《周易》向哲理方向迈进的两个比较突出的环节。由数而变符,积符而成象,象生而显德,德立而义起,晓义由辞达。数→符→象→德→义→辞,这便是《周易》逻辑发展的几个阶段。"⑤王夫之也认为数和象描述了具体事物的存在、相互关联及运动,在具体事物的存在、相互关联和运动中有具体事物的性质,即"德"。这"德"就是道实现于个体自身,"道,体乎物之中以生天下之用者也。物生而有象,象成而有数,数资乎动以起用而有行,行而有得于道而有德"⑥。后来的卦爻辞也是围绕卦德

① 王弼撰,楼宇烈校释:《周易注校释》,中华书局 2012 年版,第 244 页。

② 邵雍著,郭彧整理:《邵雍集》,中华书局 2010 年版,第 146 页。

③ 黄寿祺、张善文:《周易译注》,上海古籍出版社 2001 年版,第 553 页。

④ 董诰等编:《全唐文》卷四三二,中华书局 1983 年版,第 4405 页。

⑤ 周立升主编:《春秋哲学》,山东大学出版社 1989 年版,第 84 页。

⑥ 王夫之著:《周易外传·卷一》,中华书局 1977 年版,第 1 页。

进行。最终卦象和卦爻辞都是为了寻求卦德即玄奥的宇宙人生之道，这就是《周易·系辞》所说的"探赜索隐，钩深致远，以定天下之吉凶，成天下之亹亹者，莫大乎蓍龟。是故天生神物，圣人则之"[①]。

第二节　易图与文学性卦爻辞关系研究

《周易》在形成之初虽然是一部占卜之书，《周易》的卦爻辞是为解释卦象而生，《周易》的卦图也区别于一般性的美术图像，但这不妨碍我们研究《周易》文图关系中的具体个案，即易图与文学性卦爻辞之间的具体关系。本节就是对这方面的探讨。

一、易图与文学性卦爻辞文图关系在存在形态上的特殊性

《周易》中的卦图（象）与解释卦图的文学性卦爻辞可以构成一种文图关系，但这种文图关系具有它的特殊性，这种特殊性表现在两个方面。

首先，从文图关系的存在形态上，易图与文学性卦爻辞的关系属于文图合体，它与其之前的岩画、铭文、象形文字不一样，它们属于文图一体[②]，虽然易图也兼具了图像符号和语言符号的双重特性，但在易图与文学性卦爻辞关系中，易图突出的是图的性质，而卦爻辞突出的是语言符号的性质。它也与1942年在湖南长沙子弹库战国楚墓中出土的楚国缯书（画）不一样，楚国的缯书带有插图，中间是两大段文字，四角画有草木，四边画有十二月神，每边画三个，它是一种文图混合体。在双方关系上，楚国缯书所画的插图与其书写既构成整体，内容上具有关联，但各自又具有相对独立性。[③] 易图与文学性卦爻辞的关系也与其稍后的《诗经》《楚辞》的文图关系不一样，后者是在文图分离中后世图像对《诗经》《楚辞》中的语象的访问和模仿，如宋代马和之的诗经图与《诗经》的关系、明代陈洪绶的《九歌图》与《九歌》的关系。

其次，从文图关系的最终目的来说，易图与文学性卦爻辞的关系的最终目的

---

① 转引自周振甫译注：《周易译注·系辞上传》，中华书局1991年版，第247页。

② 比如，以铭文为代表的既是一种图形符号，也是一种语言符号，有关这方面的研究请参见周展：《先秦文图一体研究》，南京大学文艺学硕士学位论文，2012年。

③ 楚国缯书书写的内容涉及四时（季）、昼夜形成的神话以及驱鬼辞邪，这些书写内容与所绘的十二月神像有相互说明的地方，十二月神像象征十二月，其时序排列顺时针转向；神像造型含意复杂，有人认为是当时楚人崇拜的四方神祇，或与驱疫、赶鬼的方相氏、十二神兽有关；另一方面楚国缯书书写的内容含义广泛，也涉及神像之外的其他方面，如天人感应、占卜、趋吉避凶的思想以及敬神、敬祖等，而十二月神像作为绘画已具有绘画本体的意义，比如已有自己的绘画语言（如线条、色彩等）和绘画造型，所以它们各自又具有相对的独立性。详参林树中：《缯画的主题内涵及其艺术风格》，《中国书画》2006年第8期。

也与同时期一般的文图关系,比如《山海经》与《山海经》图、《诗经》与《诗经》图的关系不同。对于《山海经》与《山海经》图、《诗经》与《诗经》图,双方的图与辞在展现自身的同时,也在相互说明和解释对方。但在《周易》的卦图与卦爻辞关系中,图与辞在这种关系中自身并没有被太多的观照,所以从严格意义上讲,易图不是绘画,它缺少绘画的人文性、诗性和笔墨,无法在绘画层面展开和阅读;解释易图的文学性卦爻辞所构成的文学场景也与先秦同时期的作品《诗经》《楚辞》中的文学场景在功能和指向方面不一,《诗经》《楚辞》中的文学性场景描写,侧重于文学场景和情感本身,它不是为了服务于某一卦图和最终服务于某一抽象的意,即通过展现某一形而下具体的场景来表达某一形而上宇宙之理。总之,《周易》中的图与辞都不是为了展现自身,在双方关系中卦爻辞的存在是为了解释卦爻象,而卦象(图)无法图示和解释卦爻辞,卦图和语辞合在一起,最终都是为了说明卦德即圣人之意。那么,对创作《周易》的作者来说,为什么圣人之意或天地之道必须要借助卦象和卦辞才能展现呢? 首先,言辞无法尽圣人之意,所以必须要设立卦象,这从设置卦象的目的可看出来,"子曰:'书不尽言,言不尽意。'然则圣人之意,其不可见乎? 子曰:'圣人立象以尽意,设卦以尽情伪。'"①《系辞》的作者在这里明确提出,圣人之意很难描述,需要"立象以尽意,设卦以尽情伪",那么圣人之意为什么很难描述? 原来圣人之意不同于《山海经》《诗经》中的作者通过作品所要表达出来的意,圣人之意是一种奥妙复杂的宇宙之道,那么为什么卦象就能尽意、尽情伪呢? 在《系辞》的作者看来,圣人就是察觉到天下事物的复杂、变化以及所包含的秩序,欲通过创造一套卦象系统模拟天地万物的复杂、变化以及所包含的秩序,所谓"圣人有以见天下之赜,而拟诸其形容,象其物宜,是故谓之象",即圣人用卦爻象来显示天下事物的复杂,用卦爻象比拟天下事物的形态,象征天下事物的变化、秩序。《系辞》的作者也提到:"古者包牺氏之王天下也,仰则观象于天,俯则观法于地,观鸟兽之文,与地之宜,近取诸身,远取诸物,于是始作八卦,以通神明之德,以类万物之情。"②圣人通过仰观俯察,从周边事物中提取"象"——"近取诸身,远取诸物",创作出八卦(天、地、雷、风、水、火、山、泽八种物象),借此会通神妙明显的(天地万物)的德性,以此分类区别天地万物的情状,所以易象是对客观事物的模拟,兼顾了事物的外表及本质、原理,具有高度的概括性和代表性,"是故易者,象也。象也者,像也","易简天下之理得矣"。

那么既然设立了卦象(图),为什么还要设立卦辞呢? 这可从卦辞三方面的功用来看,首先,卦象(图)不能尽言的,需要通过卦辞来尽之,所谓"设卦以尽情伪,系辞焉以尽其言","是故卦有大小,辞有险易。辞也者,各指其所之",有了卦辞可以更好地明象、尽意。其次,作为图像的卦图在图示方面无法充分展现行动

---

① 朱熹注,王玉德、朱志先整理:《周易本义》,凤凰出版社 2011 年版,第 85 页。
② 朱熹注,王玉德、朱志先整理:《周易本义》,凤凰出版社 2011 年版,第 87 页。

的吉与凶,而卦辞可以做到这一点,尤其《周易》很注重叙事逻辑,重视行动与后果之间存在的吉凶因果关系,但行动与后果之间的吉凶因果关系无法在图式中充分展示出来,它需要通过卦爻辞明确展示,系辞的作者也是这样认为的,"辩吉凶者存乎辞……是故卦有小大,辞有险易",[①]"系辞焉以断其吉凶"。再者,圣人在某一方面的情感也无法用图式展现,《周易》的作者创作此书是为了"能通天下之志""能成天下之务",而创作背后也隐含了作者对人类处境的某种担忧,面对生生不息的宇宙世界,因着人的有限,人无法确知自己的前途和命运,在变化的时势和人生吉凶面前,人也无法作出正确的判断和选择,所以《周易》的作者有感于此,创作此书:"《易》之兴也,其于中古乎? 作《易》者,其有忧患乎?"[②]在《系辞》另一处,作者也提到,作《周易》的目的是"明于忧患与故"。在面对具体的某一人生处境尤其涉及人生吉凶、变化的场景中,《周易》作者也有情感表达,就如《系辞》作者所总结的:"爻象动乎内,吉凶见乎外;功业见乎变,圣人之情见乎辞。"[③]圣人的思想情感从卦爻辞中显现,以困卦的爻辞为例,困卦初六爻辞是困于刑狱,九二是困于酒食,六三是困于不幸的遭遇,九四、九五皆困于贵人。困卦描述的是人生各种困境以及困境中给人带来的不安之情,困卦的作者心系这些困境,他认为处困而中正,即困而不失去正确处置困境的方法,困境是可以慢慢过去的,最终困境中的人会化险为夷,这是作者创作困卦的用意:"《困》:亨。贞大人吉,无咎。有言不信。""《象》曰:泽无水,困。君子以致命遂志。"《系辞》的作者直接点出"《困》以寡怨",即通过《困》卦的学习可以让处在困境中的人减少怨恨。圣人的情也体现在一些卦的爻辞描写中,如《屯》上六:"乘马班如,泣血涟如。"爻辞中提到了骑着马来抢婚的人粗暴和野蛮,那些被劫持的女子非常不愿意嫁给对方,以至于哭得非常悲惨,血泪交流,暗含了作者对其的同情。

由卦爻象以及卦爻辞配合组成的图文体《易》书,是否一定就能揭示奥妙复杂的圣人之意、宇宙天地之道呢? 在《系辞》的作者看来,那是一定的,"子曰:夫《易》何为者也? 夫《易》开物成务,冒天下之道,如斯而已者也"[④],"《易》与天地准,故能弥纶天地之道"[⑤],"夫《易》,圣人之所以极深而研几也。唯深也,故能通天下之志;唯几也,故能成天下之务;唯神也,故不疾而速,不行而至"[⑥]。为了更好地说明圣人之意,也需要把卦象、卦爻辞及与其他结合起来,"《易》有圣人之道四焉:以言者尚其辞,以动者尚其变,以制器者尚其象,以卜筮者尚其占"[⑦]。在

① 朱熹注,王玉德、朱志先整理:《周易本义》,凤凰出版社 2011 年版,第 78 页。
② 朱熹注,王玉德、朱志先整理:《周易本义》,凤凰出版社 2011 年版,第 90 页。
③ 朱熹注,王玉德、朱志先整理:《周易本义》,凤凰出版社 2011 年版,第 86 页。
④ 黄寿祺、张善文:《周易译注》,上海古籍出版社 2001 年版,第 556 页。
⑤ 黄寿祺、张善文:《周易译注》,上海古籍出版社 2001 年版,第 535 页。
⑥⑦ 黄寿祺、张善文:《周易译注》,上海古籍出版社 2001 年版,第 553 页。

《系辞》作者看来,卦爻辞与卦爻象结合在一起可以从不同角度把圣人之道揭示出来,卦爻辞中含有包括吉凶判断的言辞,卦爻象中包含了模拟天地万物的卦象,也包含了揭示事物发展变化的"位"和"势"的爻象,而爻象的制作过程由筮占而来。

二、易图与文学性卦爻辞的文图关系

要认识易图与文学性卦爻辞的文图关系,首先要对易图与文学性卦爻辞的特性有一定的认识。

对于《周易》卦爻辞,居乃鹏把它分成三部分:设象辞、记事辞和占断辞,并认为设象辞与《诗经》的比兴相通,[①]说明了部分卦爻辞文学性强,与《诗经》文辞有着密切的关系。李镜池进一步把古代文化依次分为:卜辞时期、《周易》卦爻辞时期与《诗经》时期,[②]说明了《周易》的文学性卦爻辞是《诗经》文辞的前身,只不过《周易》卦爻辞的形象性是为了说理,而不是展示形象本身,因为形象在直观和感染力方面胜于概念和抽象的图符,所以《周易》的作者借用卦爻辞的形象性来更好地展示易象背后所蕴含的哲理。正因为考虑到形象的重要性,《周易》的卦爻辞在形象展示方面丰富多彩。从形象的内容来看,《周易》的卦爻辞展现了社会生活的各个方面,有歌咏两性生活的,有歌咏生产劳动的,也有歌咏战争、祭祀、商旅活动的;[③]从形象的来源看,卦爻辞中的象既有来自自然界的形象和现象,也有来自社会中的人或人事,形象中既有实象,又有虚象。这些形象最终都是为了说明象征义理、作为思想图示的易象。

易象(图)本质上是一种图式,不具有绘画性,它以一阴、一阳的六根爻象的不同组合来比拟自然界万物力量和位置的变化,用八卦作为对世界万物的分类和高度概括。

易象的高度概括性、抽象性与文学性卦爻辞的具体形象性在双方关系上形成了一般与个别、模糊与具体、图式与语符的关系。由于前者是抽象的、高度概括的,后者是具体的、个别的,在相互文图解释方面又仅是以后者说明前者,前者不图解和规定后者,这导致了双方在文图内容的对应方面是松散的。

易图与卦爻辞在文图内容对应方面的松散还表现在同一卦辞对应的有可能是不同卦的卦爻。比如,泰卦的最下面爻初九是阳爻,与否卦的最下面爻初六阴爻爻辞竟然相同,前者的爻辞是"初九,拔茅茹,以其汇;征吉"[④],后者的爻辞是

---

① 参见居乃鹏:《周易与古代文学》,《周易研究论文集》第四辑,北京师范大学出版社 1990 年版。

② 参见李镜池:《周易探源》,中华书局 1978 年版,第 47—48 页。

③ 刘金万认为,《周易》有 80 多个故事,参见刘金万:《从文学的角度看〈周易〉》,《西北师大学报(社会科学版)》1983 年第 3 期。

④ 黄寿祺、张善文:《周易译注》,上海古籍出版社 2001 年版,第 107 页。

"初六,拔茅茹,以其彙;贞吉,亨"①。爻辞的意思是:茅茹叶形似枣,拔时很难辨认,但如果按照种类来分辨,就能辨认清楚,拔到茅茹草了。所以,用有分类的经验和知识去做事,结果就好,就吉利。再比如,帝乙归妹即殷王帝乙把女儿嫁给周文王的和亲政策故事,分别在泰卦和归妹卦的六五爻中出现,但两者的卦辞内容却差不多一样。泰卦六五爻的爻辞:"帝乙归妹以祉,元吉。"《象》曰:"'以祉元吉',中以行愿也。"帝乙的女儿嫁给姬昌,属于下嫁,是一种纡尊降贵的行为,表示出了帝乙女儿谦让柔顺的美德。这一和亲政策,也使两国度过了一段和平时期,这是一件大好事情。归妹卦的六五爻爻辞:"帝乙归妹,其君之袂,不如其娣之袂良;月几望,吉。"《象》曰:"'帝乙归妹','不如其娣之袂良'也。其位在中,以贵行也。"从卦象上看,六五居于卦中的君主之位,帝乙的女儿身居此位,但归妹卦的六五爻卦辞却说,帝乙的女儿在嫁时其所穿的衣裙还不如陪嫁的侧室的衣裙艳丽华美,但她却不以容饰取悦于人,也不凭着父亲的君主之位而自视甚高,其行为方面不偏不倚,符合此爻所在的位置,所以《象》曰,"其位在中,以贵行也"。

　　易图与卦爻辞在文图内容对应方面的松散也表现在解读卦爻辞所描述的场景旨向含义上,即使是同一卦爻辞并指向同一卦象,不同时代的读者在领受对应的卦爻象含义上意见不一。也就是说,语辞在解释卦象时,因卦象不是对卦爻辞的模仿,所以言辞与卦象在双方图像和语象互访上关系不紧密,读者对卦象含义的解读也无法通过是否模仿语言中的象进行,所以对卦象的解读没有太多的制约,这导致《周易》中的易象(图)的含义(卦德)存在着不确定性和模糊性,虽然有卦爻辞一起与卦象完成对某一卦卦意的解释,但因着卦象自身在含义方面存在着模糊和不确定性,所以,最终导致读者在同一卦爻辞领受上对卦爻象作出不同的解读。以井卦为例。井卦最初所拟之象,与水井有关,井卦的卦爻辞中就出现了井田、水井以及修井等内容。《系辞传》说:"井,德之地也。"一个水井、井田的存在状态以及修井等行为背后蕴藏着井卦的含义,历代的易学家一直都在挖掘《井》卦蕴含的"井德"。唐孔颖达说:"此卦(指《井》卦)明君子修德养民,有常不变,终始无改,养物不穷,莫过乎井。故以修德之卦取譬,名之井焉。"②孔颖达认为,圣人设立井卦,就是一种立象尽意,通过"井象"让人模拟"井德",这"井德"包括君子修德、养民、有常、养物等。孔颖达对井卦的解读延续《易传》与王弼的《周易注》对于井卦的伦理化、政治化解读,其基本阐释方向在孔颖达时代虽已基本确立,③但这并不意味着对涉及某一爻象的具体解释时,后世的易学家都要遵循

① 黄寿祺、张善文:《周易译注》,上海古籍出版社2001年版,第116页。
② 孔颖达:《周易正义》,《十三经注疏》本,中国书店1987年版。
③ 程刚在《苏轼的象象与意象——以〈苏氏易传·井〉卦释义与"井"象为中心》一文中具体描述了以孔颖达为代表的主流易学家对井卦卦德的解释有"养而不穷""井有常德""中正高洁""举贤任能"等,见程刚:《苏轼的象象与意象——以〈苏氏易传·井〉卦释义与"井"象为中心》,《西华大学学报(哲学社会科学版)》2012年第1期。

这一卦德进行,因为卦爻象自身的含义依然蕴藏着某种开放性和不确定性。比如,井卦中的九三爻爻辞是"井渫不食,为我心恻;可用汲,王明并受其福"。爻辞大意是,已被整治的清洁的水井,本可以用来被饮用的,但却不见有人来,这使我倍感凄恻。《周易·象》这样解释的:"'井渫不食',行恻也;求'王明',受福也。"司马迁在其《史记·屈原贾生列传》中借井卦这一爻象讽刺楚怀王不能唯贤是用,感慨屈原怀才不遇:"怀王以不知忠臣之分,故内惑于郑袖,外欺于张仪,疏屈平而信上官大夫、令尹子兰。……《易》曰:'井渫不食,为我心恻;可用汲,王明并受其福。'王之不明,岂是福哉!"①孔颖达在其《周易正义》中也以此爻谈到养贤问题,"井渫而不见食,犹人修己全洁而不见用,使我心中恻怆,故曰'为我心恻'也……井之可汲,犹人可用。若不遇明王,则滞其才用。若遭遇贤主,则申其行能。贤主既嘉其行,又钦其用,故曰'可用汲,王明,并受其福'也"②。一些文学作品在使用"井渫不食"成语时表达的也是怀才不遇之慨,汉王粲《登楼赋》云:"惧匏瓜之徒悬兮,畏井渫之莫食。"清钱谦益《第三问》中道:"屈子者,得《诗》之真者也。当怀王之时,井渫不食,不知其主之不悟,而忧思彷徨,睠顾宗国。"③但苏东坡在解释这一爻象时则与上述不同,他不是围绕贤人不被任用、贤人怀才不遇这一令人心恻现象展开对这一爻象的解释,他重点关注的是怀才不遇者在面对这种困境时的态度,他认为,即使有他人对怀才不遇者的遭遇富于同情和惋惜,但怀才不遇者自身并不需要自恻,也没有必要自恻,他解释了其中的原因:"'渫',洁也。九三居得其正,井洁者也。井洁而不食,何哉?不中也。不中者,非邑居之所会也,故'不食'。井未有以不食为戚者也,凡为我恻者,皆行道之人尔,故曰'行恻'。'行恻'者,明人之恻我,而非我之自恻也。"④在苏东坡看来,之所以贤人未被任用无须自怨自艾,就如清洁的水井"未有以不食为戚",是因为问题不是出在自身,而是环境使然,恶劣的环境使贤人无法发挥自己的才能,贤人节操上的高洁也不是小人所能够容忍的,所以现实中贤人怀才不遇、被排挤乃在情理之中,就如"井则非敝漏之瓮所能容"⑤。

易图与文学性卦爻辞除了在文图内容的对应方面具有松散特点外,双方的文图关系也呈现出多向度特点。这一多向度特点表现在一卦之中某一爻位的爻象与爻辞的关系,也表现在整个卦象与卦辞、整体的爻象与整体的爻辞关系。

一卦之中某一爻位的爻象与爻辞的关系。如,大过卦的九二爻辞:"枯杨生稊,老夫得其女妻;无不利。"九五爻辞:"枯杨生华,老妇得其士夫;无咎无誉。"⑥

---

① 司马迁:《史记》卷八十四,中华书局2012年版,第2485页。

② 孔颖达:《周易正义》,《十三经注疏》本,中国书店1987年版。

③ 杨寄林、宋大川、金山主编:《中华状元卷2:大明状元卷》,山西教育出版社2002年版,第774页。

④ 苏东坡:《东坡易传》,吉林文史出版社2002年版,第216页。

⑤ 苏东坡:《东坡易传》,吉林文史出版社2002年版,第216页。

⑥ 黄寿祺、张善文:《周易译注》,上海古籍出版社2001年版,第236、239页。

前者用枯萎的杨树生出嫩芽新枝比喻一个老汉娶了个少女为妻,后者用枯萎的杨树开出艳美的鲜花来比喻一个老太太得了个小伙子为夫。按一般的婚姻,老夫配少女与老妇配少男是不太好的,连《象》的作者也说"'老夫女妻',过以相与也",即老夫女妻,相配是错误的;"'枯杨生华',何可久也。'老妇士夫'亦可丑也。"即老妇士夫的婚姻是丑陋的,是不会长久的。但因这两个卦爻处在大过卦九二、九五位置,而九二居下卦之中位、九五居上卦之中位,卦爻的位置是刚中,象征君子守正中之道,①若行事者态度和举止得当,是可以拨乱反正的,所以,《大过》九二爻的占断辞是"无不利",九五爻的占断辞是"无咎无誉"。

整个卦象与卦辞的关系。"八卦以象告,爻象以情言"(《系辞》),八卦用象来告诉人,卦爻辞照具体情况来说话,由六爻组成的六十四卦各自由两个三爻组成的八卦组成,这每一六十四卦的卦也可以分成上下卦或内外卦,通过上下卦或内外卦的卦象构成,就可以看出这个卦是否"刚柔杂居","而吉凶可见矣"。以泰卦、否卦为例。比如泰卦,乾下坤上,卦辞说:"小往大来,吉,亨。"此卦是天气向下,地气上升,此卦因遵循天地之道,上卦(坤卦)与下卦(乾卦)所代表的天地阴阳之气彼此交接,万物生成,推而广之,其他事物和社会力量若遵循之,小往大来,最终结果是"吉,亨"。否卦则是坤下乾上,由于此卦天气在上,地气在下,天气地气不交接,万物不生长,上下不通气,导致秩序混乱,不利君子做事,所以此卦卦辞说:"否之匪人。不利君子贞。大往小来。"意思是说,干坏事的是坏人,不利于君子占问,大的去了小的来。

整体的爻象与整体的爻辞的关系。《周易》当中有些卦的卦爻辞若把它们的爻辞与占断辞断开,不是各自分开自左至右阅读,而是所有卦辞放在一起自上而下阅读,那么,一卦当中的卦爻辞是可以作为古歌的整体来研究的。② 以此思路,我们就会发现,有些卦比如乾卦、咸卦的整个爻辞与整个爻象就构成了整体对应的文图关系。乾卦的特性是强健,乾卦的卦辞以龙的具体变化过程(潜龙、见龙、惕龙、跃龙、飞龙、亢龙)以及龙在不同位、势中的状态、作用——"潜龙勿用,阳在下也;见龙在田,德施普也;终日乾乾,反复道也;或跃在渊,进无咎也;飞龙在天,大人造也;亢龙有悔,盈不可久也"③,来说明事物的力量在发展中的壮大以及过犹不及的道理。而乾卦处在不同位置的爻象体现了这一发展趋势。乾卦的所有爻象都是阳爻,初九爻是阳气潜藏,对应潜龙,然后随着事物的发展壮

---

① 《系辞》的作者提到:"六爻相杂,唯其时物也。其初难知,其上易知:本末也。"初爻代表事未成,上爻以示事的结局,"二多誉","五多功",二爻五爻居中,以示行中之道,故多荣誉,多有功绩;"四多惧,近也",四爻近五爻,五爻为尊贵之位,故近尊贵之位之人,多恐惧,"三多凶",乃是因为三爻居内卦之上,过中,故多凶险。可见,六个爻象所居位置,二爻和五爻所居之位是比较好的。(黄寿祺、张善文:《周易译注》,上海古籍出版社2001年版,第598—599页。)

② 参见傅道彬在《〈周易〉爻辞诗歌的整体结构分析》(《江汉论坛》1988年第10期)中对这方面的分析。

③ 王弼著,楼宇烈校释:《周易注·上经·乾》,中华书局2012年版,第2页。

大，一直到九五爻，事物发展到完全成熟、壮大即"飞龙在天"的地步，当事物进一步发展，就有可能物极必反，由盛转衰，这就是上九爻用"亢龙有悔"来表示，《象》曰："'亢龙有悔'，盈不可久也。"咸卦的爻辞则直接通过对男女身体的接触过程来表达情爱的信息："初六，咸其拇；……六二，咸其腓；……九三，咸其股，执其随；……九五，咸其脢；……上六，咸其辅颊舌。"①初六，轻轻触摸她的脚拇指；六二，温柔抚摸腿肚子；九三，爱抚她的大腿，紧紧握住她的膝盖；九五，轻柔地拂过她们腰背；上六，亲她的脸颊和嘴舌。在这一过程中，爻辞以抚摸"拇""腓""股""随""脢""辅""颊""舌"身体的八个部位来表现男女情感交集的渐进过程。咸卦的爻象初六是开始，六二是双方的情感有了一定的发展，此爻得中、正，但由于此爻是阴爻，作为被动的一方女方虽然对对方也有感觉，但不能立刻回应男方的追求，要等一等，所以此爻的占断辞是"凶，居吉"，意思是说学会等待，居家不出才会吉祥，若盲目乱动则可能有凶险。九三爻是阳爻，位在下卦上爻，此爻显得男方非常主动，但这种主动容易发展成冲动和急躁，结果变成男方的过于执着——执其随，在女方没有完全配合、男方一厢情愿的情况下，男方这种行为是唐突的，结果是被女方拒绝，所以这一爻的占断辞是"往吝"。九四是咸卦的主爻，是阳爻，是上卦的开始，在下卦中男方的一直坚持和以诚心感动对方，从长远来看，是对的，结果在上卦本爻中女方终于有了正面积极的回应，爻辞的描述是"憧憧往来，朋从尔思"，本爻的占断辞是"贞吉，悔亡"，即男方对女方这份情感变得纯正美好，男方因着坚持和诚心感动对方，在情感上免于了将来的悔恨。九五，得中，得正，双方情感发展到这一步，已很深，双方对这份情感也无怨无悔了，所以此爻的占断辞是"无悔"。上六是上卦最后一爻，是阴爻，女方在这场男女情感交往中已完全答应了男方，对对方也一往情深，所以双方的情感浓到深处，双方身体接触的亲密度也在此爻中达到最高，此爻的爻辞是这样描述双方的身体接触的——"咸其辅颊舌"，即双方开始亲对方的脸颊和嘴。

三、对易图与文学性卦爻辞文图关系的评价

《周易》中的卦象（图）是一种象征，"天地之道，贞观者也；日月之道，贞明者也；天下之动，贞夫一者也……爻也者，效此者也；象也者，像此者也"②，"爻也者，效天下之动者也。是故吉凶生而悔吝著也"。③ 卦爻和卦象效法的都是天地之道，天地之道中包含了自然之道也包含了人道，所谓《易》之为书也，广大悉

---

① 黄寿祺、张善文：《周易译注》，上海古籍出版社 2001 年版，第 259—263 页。
② 朱熹注，王玉德、朱志先整理：《周易本义》，凤凰出版社 2011 年版，第 86 页。
③ 朱熹注，王玉德、朱志先整理：《周易本义》，凤凰出版社 2011 年版，第 88 页。

备。有天道焉,有人道焉,有地道焉,兼三才而两之,故六"[①],带出触类旁通或秘响旁通,通过感通进行。以咸卦为例,咸卦卦象,兑上艮下;兑为泽,为悦,为少女;艮为山,为止,为少男,所以是泽山咸。从自然事物看,山上有泽,水向下渗透,交相感应之象;从人伦上看,是少男下于少女,有青年男女恋爱之象;在精神层面上的表现,是内止而外悦,有发乎情而止乎礼之象;从阴阳的气性看,艮为阳卦,其气上行,兑为阴卦,其气下降,两者之气亦有交相感应之象。所以此卦卦象可从自然事物、人伦、精神、阴阳等角度进行解读,而卦爻辞所展现的或是自然场景,或是社会场景,其涵义是清晰而具体的,它参与了对卦爻象某一类涵义的确认,比如咸卦的卦爻辞讲述的是男女身体的接触过程,确认了咸卦卦象包含有青年男女恋爱之象。所以从这个角度来看,易图与文学性卦爻辞的文图关系是比较特殊的,它的特殊性表现在易图的象征性、抽象性决定了易图本身所蕴含的开放性和不确定性,虽然有对应的文学性卦爻辞对其图像意义和涵义的解读具有规范性和指认性,但毕竟是有限的,即使卦爻辞展现的是某一自然场景或社会场景,但也仅仅是对对应的某一易图某一类现象的总结,感性形象和它所表达的意义之间可以建立习惯的或约定俗成的联系,但还是对这一易图所蕴藏的其他类现象背后的涵义无法进行直接对应揭示,但这并不意味着卦爻辞与其完全毫无关涉,卦爻辞通过自身展示的某一类现象可以让读者得到启发,触类旁通,通过"形式的相似性"或"家族的相似性",寻索到这一卦象中所包含的其他层面的人类现象及其背后的秩序、得失。

易象的不确定性和开放性,实际上也是《周易》作者不得已而为之。圣人之意具有私密性,必须通过语言传递出来,但语言的传递毕竟有限,这有限不仅表现在语言无法穷尽万物,也无法完全传递圣人之意,所谓"言不称物,文不逮意",尤其圣人要揭示天下万物变化之道,所以只能用符号性的图式,而不可能用绘画性的图像,因为后者是场景性的、经验性的展示,嵌入日常世界,无法指向某一抽象的类;另外,语言是在时间序列中展开的,所以语言的阅读和意义的生成是一种历时性的,在表达共时性方面比较不足,而《周易》作者不但要传达时间意识,也要传达空间的位与势,所以易图可以弥补语言上述的欠缺。

同样,卦爻象在表达圣人之"意"的时候也有其不可克服的缺陷,因着自身的开放性和不确定性,可能会导致读者无意的或有意的创造性的误读,从而不能准确传达圣人之"本意",卦爻象也无法对卦爻辞进行具体图示,这使双方在文图内容对应方面具有松散性。

由于易图不是绘画,缺少绘画的人文性、诗性和笔墨,它的设立是为了传达卦德(圣人之意);卦爻辞具有文学性因素,也有文学性的场景展示,但这些展示不是为了场景和情感本身,而是服务于对某一卦象的解释,图和辞在这种关系

---

① 朱熹注,王玉德、朱志先整理:《周易本义》,凤凰出版社2011年版,第91页。

中自身没有被太多地观照，它不同于魏晋以后中国的诗画关系。魏晋以后，诗画关系成为中国古代文图关系的主要表现方式，题画诗、诗意画、图像诗、文图合一的文人画，成为中国古代诗画关系的主要表现形态。在诗画关系中诗歌的文学性场景和绘画本身都被关照，并相互访问和模仿。

第三节　《周易》及其衍生的文图形式在后世的影响

《周易》图像是对宇宙的感通，所谓"仰则观象于天，俯则观法于地，观鸟兽之文，与地之宜，近取诸身，远取诸物，于是始作八卦，以通神明之德，以类万物之情"[①]。《周易》中卦辞、爻辞同样是对宇宙的感通，是先民日常生活世界和经验的总结。这两种感通虽然呈现方式不一——前者用图式，偏向于抽象和认知，后者用诗歌和散文，偏向于情和意，但最终都是表达先人对宇宙、天下、人生的一种根本认识。正因为《周易》的图式是一种宇宙之大理，[②]它与后世主流文化中的图像，比如魏晋以后兴起的山水画是不同的，卦图比起绘画不仅缺少形状变化也缺少色彩，卦爻辞在文学性方面也比不上后世诗歌，作为宇宙之大理的图式卦图也无法通过"画意"增进卦爻辞的诗情，所以在汉代据传是焦延寿创作的《焦氏易林》中作者直接把卦图去掉，全部以四言诗的方式通过文学性的场景来展示《周易》原卦及变卦后的卦爻辞世界。这些因素导致在魏晋以后当用文图表达文人的审美情怀和个人情趣时，诗画结合的文图表现方式渐渐成为主流，而作为一种抽象和总括的"以通神明之德，以类万物之情"[③]的卦图以及当初用来占卜记录的卦爻辞这种文图类型不被文人和画家使用。

实际上，即使在文图中展示思想性的场景或文学性的情景，后世找到了更切合的表达方式。如果是为了表达一种思想的场景，作为一定程式的图式的卦象在表达思想方面确实有其局限，"许多易图，确实都自以为括尽了天底下的一切道理，并且把这些道理作成一个可形诸图像的模式。依这些图像，则事物的进程就像数数一样，一之后只能是二，二之后只能是三，一个生动、复杂的世界成了一个刻板的世界"[④]。如果是为了展示一种文学性的场景，《周易》中的很多卦爻辞文学性不强，因为在先秦时期《周易》这本书本是占卜之书，是由卜、巫人员根据多种占卜方式编纂而成的，卦象辞包括象占、谣占、史事、占筮实录等，在魏晋以

---

①③　朱熹注，王玉德、朱志先整理：《周易本义》，凤凰出版社 2011 年版，第 87 页。

②　濂溪先生曰："无极而太极。太极动而生阳，动极而静。静而生阴，阴极复动。一动一静，互为其根。分阴分阳，两仪立焉。"……故"圣人与天地合其德，日月合其明，四时合其序，鬼神合其吉凶。君子修之吉，小人悖之凶。故曰：'立天之道，曰阴与阳。立地之道，曰柔与刚。立人之道，曰仁与义。'又曰：'原始反终，故知生死之说。'大哉易也，斯其至矣！"（朱熹、吕祖谦：《近思录·卷一·道体》，斯彦莉译注，中华书局，2011 年版，第 1、2 页。）

④　李申：《易图考》，北京大学出版社 2001 年版，第 252 页。

后,主流的文图结合主要是诗与画的关系。不过,围绕《周易》,准确地说是围绕《易传》一些经文解释而形成的《河图》《洛书》《太极图》和《先天图》在后世产生广泛影响。

首先是《河图》《洛书》。"河图"这个词首见于《尚书·顾命》,指的是一种玉石,"大玉,夷玉,天球,河图在东序"①。《洛书》首见于《周易·系辞》:"河出图,洛出书,圣人则之。"在先秦和汉代早期文献中,还有一种"绿图",实质是《河图》。《墨子·非攻下》载:"泰颠来宾,河出绿图,地出乘黄。"②《吕氏春秋·观表》篇也提到:"绿图幡薄,从此生矣。"③陈奇猷经过多方考证,最终也认为"'绿图'即'箓图',为预言之书无疑"。④"观上所引诸书,"箓"与"图"皆出于水中(秦王所持"绿图",系卢生入海还时所奏,则亦出自水中也),可推知箓之所以制为高筐,图之所以锻作铁物,盖取其易于保存,将以传之其人。"⑤至此,在《系辞》中记载的《河图》《洛书》指的是预言祸福的书、带有文字的图,之所以能在水里被打捞上来,乃是刻在竹简上的"箓"、锻作铁物的"图",不怕水浸,易于保存流传,"河出图,洛出书,圣人则之"。到了汉代,《河图》多与帝王受命有关,具有了政治乃至文化上的重要意义,因此在汉魏广受关注。在西汉中后期开始,受谶纬神学的影响,儒生对《河图》《洛书》的解释开始与八卦、龙马、神龟、伏羲等联系在一起。班固在《汉书·志·五行志上》中解释"河出图,洛出书"时引用了刘歆的解释,刘歆把《河图》与伏羲、八卦联系在一起,"刘歆以为虑羲氏继天而王,受《河图》,则而画之,八卦是也;禹治洪水,赐《雒书》,法而陈之,《洪范》是也"⑥。张衡《东京赋》:"龙图授羲,龟书畀姒。"⑦把《河图》《洛书》与龙马、神龟联系在一起,魏何晏在《论语集解·子罕》篇论"河不出图"时引孔安国语"河图八卦是也"⑧,南朝皇侃疏曰:"圣人王,则有龙马及神龟负应王之图书从河而出为瑞也,如龙图授伏羲,龟书畀姒禹也。"⑨再次明确了"龙马及神龟负应八卦之图书从河而出"。唐代孔颖达撰《五经正义》,在其《周义正义》卷首第二《论重卦之人》中引用他人观点后也认同"伏羲得《河图》而作《易》"的结论。到了宋代,刘牧以新的文图形式即黑白点数的形式展示《河图》《洛书》,"认为《河图》、《洛书》不是载'天神言语'的书,因而是无字的。这就是刘牧的结论。在这样的思想基础上,他创制了黑白点《河图》《洛书》"⑩,"夫'河图'之数,惟四十有五,盖不言土数也……'洛书'则五十五数,所以成变化而著形器者也"⑪。突出了《系辞》所记载的"天地之数","凡天地之数

① 慕平译注:《尚书》,中华书局 2009 年版,第 287 页。

② 孙诒让:《墨子间诂》,中华书局 2001 年版,第 152 页。

③④⑤ 陈奇猷:《吕氏春秋新校释·下》,上海古籍出版社 2002 年版,第 1433 页。

⑥ 班固著,颜师古注:《汉书·卷二十七上·五行志第七上》,中华书局 1962 年版,第 1315 页。

⑦ 张衡著,张震译校注:《张衡诗文集校注》,上海古籍出版社 2009 年版,第 103 页。

⑧ 何晏注,皇侃疏:《论语集解义疏》(丛书集成初编),商务印书馆 1937 年版,第 120 页。

⑨ 何晏注,皇侃疏:《论语集解义疏》(丛书集成初编),商务印书馆 1937 年版,第 120 页。

⑩ 李申:《易图考》,北京大学出版社 2001 年版,第 164 页。

⑪ 刘牧:《易数钩隐图》,施维、邱小波主编:《周易图释大典》,中国工人出版社 1995 年版,第 24—25 页。

五十有五"。到了朱熹把黑白点阵《河图》《洛书》(见图5-1)放在其《周易本义》的卷首,正式表明八卦起源于《河图》《洛书》,也强调了象由数设,数则来自《河图》。

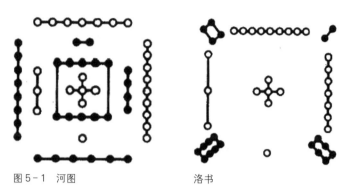

图5-1　河图　　　　　　　洛书

《系辞》:"易有太极,是生两仪,两仪生四象,四象生八卦。""从汉代起,《易传》那段话就被作为讲宇宙演化的典范,或者说是汉代人借用这段话讲宇宙演化。两仪被理解为天地或阴阳之二气,四象、八卦,则被理解为从太极、元气然后两仪剖分到万物生成的中间阶段。这样的理解一直继续到宋代。"[1]北宋的周敦颐据此画成了《周氏太极图》(见图5-2),在该图中作者对易传的解释融合了阴阳和五行思想,先无极而太极,然后分阴分阳,两仪生焉,随着阳变阴合而生水火木金土,再随着"乾道成男,坤道成女",二气交感而化生万物。但《周氏太极图》没有画出四象和八卦。

南宋杨甲《六经图》中的《太极图》(见图5-3)则标出了四象和八卦,四象为金木水火,然后通过四象生出八卦,八卦方位取《说卦》所言。

图5-2　周氏太极图[2]

图5-3　太极图

---

① 李申:《易图考》,北京大学出版社2001年版,第68页。

② 周敦颐:《周敦颐集》,谭松林、尹红整理,岳麓书社2002年版。

到了明初,赵㧑谦在《六书本义》中首次公布了阴阳鱼图,明后期章潢在《图书编》卷首的第一幅图就是《阴阳鱼图》,但章潢称之为《古太极图》(见图5-4)。章潢认为,这《古太极图》的优点之一就是避免了以往易图使太极、阴阳、八卦分离的缺点,比如说太极生两仪,并不意味着两仪产生之后太极就不见了,"又岂两仪生而太极遁,四象生而两仪亡,八卦生而四象隐,两仪、四象、八卦各为一物,而别有太极宰其中,统其外哉"。①

图5-4 古太极图

《易传·序卦传》讲述了万物生长的先后秩序以及所对应的卦,"有天地然后万物生焉。盈天地之间者唯万物"②,天地,指的是乾坤两卦,所以这两卦置于经首,接着是屯卦,因为"屯者,物之始生也"。在《易传·说卦传》里又提到了八卦的方位,"天地定位,山泽通气,雷风相薄,水火不相射;八卦相错。数往者顺,知来者逆,是故《易》逆数也"③。朱熹在《周易本义》卷首引用邵雍解释:"邵子曰:'乾南、坤北、离东、坎西,震东北,兑东南,巽西南,艮西北。自震至乾为顺,自巽至坤为逆。'"首次载于《周易本义》卷首的《伏羲八卦方位图》即《先天图》或称《先天八卦方位图》据此而成,它与《文王八卦方位图》即《后天图》相对,《文王八卦方位图》也是根据《易传·说卦传》而画成,但依据的是《易传·说卦传》另一处对八卦方位的说明:"震东方也……巽东南也……离也者明也,万物皆相见,南方之卦也……乾,西北之卦也……坎者水也,正北方之卦也……艮东北之卦也。"④

无论伏羲的八卦方位,还是文王的八卦方位,易学家可以在此基础上推演出伏羲六十四卦图或横图形式的《先天六十四卦横图》⑤,或这两者与太极图结合,称之为太极八卦图,如杨甲《六经图》中的《太极图》事实上就是太极八卦图,或与《河图》《洛书》结合,如清代李光地在《周易折中》中所列的《先天卦配〈河图〉图》和《后天卦配〈河图〉图》等。这些图像之间的不同组合、变形产生了数以百计的易图。

围绕《易传》一些经文解释而形成的《河图》《洛书》《太极图》和《先天图》,对道教中的语言图像文本形成也产生重大影响。⑥ 因影响深远,涉及广泛,这里只

---

① 来知德撰,姚国华、柯誉整理:《周易集注》(下册),九州出版社2012年版,第585页。

② 黄寿祺、张善文:《周易译注》,上海古籍出版社2001年版,第646页。

③ 黄寿祺、张善文:《周易译注》,上海古籍出版社2001年版,第617页。

④ 黄寿祺、张善文:《周易译注》,上海古籍出版社2001年版,第620页。

⑤ 朱熹撰:《文渊阁四库全书·别本周易本义》经部六,易类,台湾商务印书馆1986年版,第709页。

⑥ 道教的丹图、《无极图》、《太极先天之图》等受《周氏太极图》影响,具体论述请参见李申:《易图考》(北京大学出版社2001年版,第51—61页)。易学家刘牧的《易数钩隐图》曾在明代被编入《正统道藏》洞真部灵图类。

列举易图对道教坛图形成的影响。

　　道教中的图形文本"坛图"本质上与易图一样,要以视觉的形式确立和设置宇宙空间的秩序、方位及变化过程,其对宇宙空间本质的理解深受《周易》的影响,甚至一些坛图直接用易图作为视觉构成元素。在图文的合成方面,道教的"坛图"与《周易》采用视觉与文字混合的方式以及图主文辅也是一致的。两者也存在继承中的变异,《周易》卦图是与数式合成一体,用卦辞说明、爻辞演绎,而道教的圣坛图结合阴阳五行学说,以《周易》卦图配图像中的空间方位,有些空间还设有经像,整幅图再加以文字说明,如《三元斋坛图》(图 5-5)和《坛门图》(图5-6)。

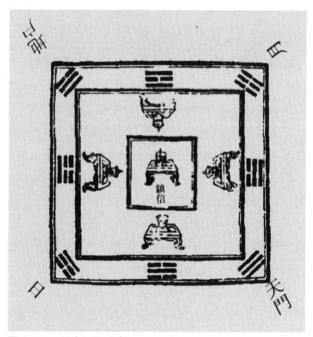

图5-5　三元斋坛图(局部)

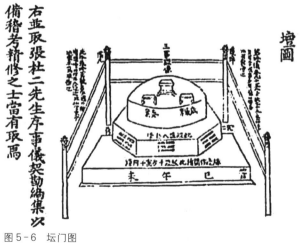

图5-6　坛门图

北周武帝宇文邕敕纂的《无上秘要》是目前所知最早的道教类书,收录了一张坛图,画面中以八卦定八个方位,四个处在不同方位的道士围绕中心敬拜。成书于12世纪的《道门定制》,保留了一张三层中心式坛图。中坛周边有八卦符号。这样设计与象征宇宙时空方位有关。整个道场可比拟为宇宙之体,与道、人的身体相呼应。

上述这些图中,图式主导一切,文字仅是对图像的说明,或是对坛图空间内容的具体解释,《三元斋坛图》中的文字描述了坛的颜色、空间层次及物件的数量——"以红泥为坛,三层,上顿青几案五只,每只上各放香炉一座"(《无上秘要》卷五十二,明正统道藏本),《坛门图》中最上层的三尊神像中旁注"三尊经像",或是对坛图图式的出处及传承做一标示,《坛门图》最左边几行字标注:"右并取张杜二先生序事仪契勘编集以备稽考精修之士当有取为。""张杜二先生"当指唐代张万福、杜光庭道士,说明这幅坛图参考了唐代两位道士对斋场空间的理解。

通过以上对《周易》文图关系的研究,我们可以得出以下几个结论:

《周易》的文图或象数在解读《周易》的意义方面还是重要的,王船山就肯定言与象之间可以相得益彰,"若夫言以明象,相得以彰,以拟筌蹄,有相似者。而象所由得,言固未可忘已。"他反对王弼重象轻言、重意轻象地用义读《周易》的方法,他也知道作为符号的象(卦象和爻象)仅是事物的表征和替代物,不是事物本身,"夫蹄非兔也,筌非鱼也。……舍筌蹄而别有得鱼得蹄之理,舍象而别有《易》之涂邪?"[1]因此,他强调"圣人之示人显矣。因像求象,因象成《易》"[2]。

就《周易》本身的文图结合形式来说,它对中国古代文图结合形式并没有产生广泛的影响,原因是从中国文、图发展历史来看,它们各自处于开创时期,不够完善和成熟,在魏晋以后随着诗画的成熟,诗画的结合成为中国传统主要的文图结合方式。但这样说,并不意味着周易的卦图背后所体现出来的时空观与诗画中的时空观没有关联。《周易》作者对卦图的处理更多体现的是对空间运动方式的重视而不是对空间存在本身思考。[3] 为了反映宇宙之变易,《周易》的作者设置了一卦中六个爻象,通过六个爻象的不同变位来象征事物的发展变化,这种偏重于空间运动方式的思考导致了用时间来统摄空间的一种图像处理艺术,由《周易》集中体现的中国哲学的时间性特点影响了中国绘画的发展,使中国绘画呈现出时间性的本体特征,魏晋以后的中国绘画主流山水画也不例外。从这一角度来说,先秦文图关系中的图像通过卦象和爻象所在的不同位置所展现出来的时间性与山水画中通过移步换景、散点透视所要展现出来的时间性在哲理上是一

---

① 王夫之著:《周易外传·系辞下传》第三章,中华书局1977年版,第213页。

② 王夫之著:《周易外传·系辞下传》第三章,中华书局1977年版,第214页。

③ 已有学者注意到这一点,"中华文化思维对时间充满了偏爱。……尽管中华古人在构建宇宙观时当然不会无视与抹煞空间的存在,但更偏重于对空间之运动方式即时间而不是对空间存在本身的思考。"(王振复:《大易之美》,北京大学出版社2006年版,第76页。)

脉相承的,都是为了展现那生生不息、大化流行的宇宙大道。所以,在更深层次上,《周易》中的文与图与魏晋以后的诗与画在各自文图关系中共同来表达宇宙之道、气,并通过在图像中展现一种时间性是相通的。

在宋以后《周易》文图关系更多体现在《河图》《洛书》《太极图》《先天图》等对《易传》一些经文的图解中。宋以后出现了以图解《易传》的倾向,它是汉象数易的一种发展形式。陈抟是这方面的创始人,"陈抟以先天图传种放,放传穆修,穆修传李之才,之才传邵雍。放以河图、洛书传李溉,溉传许坚,许坚传范谔昌,谔昌传刘牧。穆修以太极图传周敦颐,敦颐传程颢、程颐"①。明汪仲弘绘《九重图》《南北二极图》《山海与地全图》《十二支宫属分野宿度图》《列星图》《古今州域新旧河道图》等。仲弘自谓:"事关天地阴阳,非图不显。自设卦观象,以至河洛呈祥,图书之说,有自来矣。篇内所问,圆与方与二曜列星,不为图以明之,即巧历不能析其精。顾其书藏自灵台,非草野之所获见。……其稗官野史之说,谶纬术数之学,非高良鸿硕之所传者,不敢载入,以示罔敢妄干昭代之明禁云尔。"②虽然宋以后的以图解《周易》恢复和强调了图像在直观认知宇宙之大理方面的重要性,但宋代以后易学中与图像匹配和对应的文字仅仅是一种概念和语词(如图5-3),而不是《周易》通过爻辞的文传递出一个情节、一个故事和场景,失去了《周易》文图关系中情、意、知的相互补充和感通。《周易》强调感通之道,感通之道以情意为动力,宋代以后易学中的文图关系虽然展现了宇宙之大道,但里面缺少了情意,这与宋代以后的易学家不重视情采性的文是有关系的。

《周易》文图关系在先秦主要表现在《周易》中的卦象与卦爻辞关系上,而宋以后的以图解易主要是对《易传》的图说和图示。南宋朱震《汉上易传》收集了《易传》的各种图说,如《河图》《洛书》《伏羲八卦图》《文王八卦图》《太极图》《六十四卦相生图》等。在《汉上易传·卦图》的开头,朱震阐明了这些图像的目的,"《卦图》所以解剥《彖》《象》,推广《说卦》,断古今之疑,发不尽之意,弥缝《易传》之阙者也"③。这些图像可以弥补《易传》文字记载的不足,可以起到断疑、直观和发不尽之意的作用。正如王柏所说:"太极无形无象,本不可以成图,然非图,则造化之渊微又难于模写,不得已画为图象,拟天之形,指为太极。"④先秦的卦图体现为图式上,而《易传》的图则主要体现在图表和图解上。宋代以后出现的《太极图》《先天图》是汉代以来易学家长期关注气的研究而不是物的研究的结果,也就是说,卦象此时不是在仅仅是某一象征物历程的某一阶段,那是《周易》

① 脱脱等撰:《宋史·列传第一百九十四·儒林五·朱震传》,第八册,卷四百三十五,中华书局 1936 年版,第 3465 页。

② 转引自崔富章:《楚辞书目五种续编·楚辞图谱提要》,上海古籍出版社 1993 年版,第 375 页。

③ 朱震撰:《汉上易传》,九州出版社 2012 年版,第 292 页。

④ 黄宗羲原著,全祖望补修,陈金生等点校:《宋元学案》,第一册,卷十二《濂溪学案下》,中华书局 1986 年版,第 509 页。

本身要关注的,卦象成为象征阴阳二气消长运动全程的某一阶段,那是他们对《易传》部分着力阐发的。

另外,易图对道教的一些图像尤其坛图也产生了影响,但《周易》的作者对卦图的处理更多体现的是对空间运动方式和空间位置的重视,爻数是对天地万物生成之数的象征和对应,卦由六爻成,每爻位置不同,但每一位置均由阴爻或阳爻构成,这样数与位之间存在着非常密切的关系。对一卦而言,数必有位,位必有数。位载数,数奠位。而道教的坛图是对空间存在本身的思考,突出的是仪式功能。

第六章　《诗经》文图关系

　　《诗经》，又称《诗》或《诗三百》，是我国第一部诗歌总集，总共收录从西周初年至春秋中叶大约五百多年的三百零五篇诗歌。自《诗经》文本产生以后，后世画家们对《诗经》进行了图绘补充，它们可分为两类：一类是艺术性的绘画，另一类则是带有实际用途的名物图与地理图。相较于《楚辞》图以及《山海经》图，《诗经》图的数量较为稀少，这与《诗经》文本本身巨大的影响力相悖，而帝王的权威也许正是导致《诗经》图像数量骤减的直接原因。可见，由于《诗经》浓厚的政教导向，使得第一类绘画带有一定的局限性，比如图画数量的有限、政教内涵太过浓重等等。

　　本章共分四个部分。通过梳理美术史内外《诗经》图与《诗经》的关系，以及以历代《豳风》图与两卷《唐风》图为例，论述《诗经》母题中的文图关系，从而总结出《诗经》文图关系中展现出的特点，包括图像对文本的选择，以及多类型图像的呈现，比如名物图和地理图等等，揭示《诗经》文图关系在中国文学图像关系史上的特色与地位。通过对《诗经》的文本及其图像发展历程的系统描述和梳理，反映出《诗经》图在不同历史阶段所具有的特点，分析经济、政治背景对《诗经》图产生的影响。

　　伴随着《诗经》日渐增长的传播力与影响力，以《诗经》为主题的图像也应运而生。《诗经》图何时绘成今天已无从知晓，但从文献中看，它始于刘褒的《云汉图》与《北风图》，而止于清朝时乾隆命画家绘制的《御笔诗经全图书画合璧》（以下简称《御笔诗经图》），其中，《御笔诗经图》全卷共包含画三百一十一幅。值得一提的是，在历代《诗经》图发展过程中，汉至唐代与明代一些绘画作品（如祝寿图）仅有文献记载，没有图像传世。以画家而论，图绘较为丰富与完整的当属南宋马和之《诗经》图和清朝乾隆时期的《御笔诗经图》；以作品而论，《豳风》《唐风》这两个主题深受历代画家的喜爱，故《唐风》图和《豳风》图，尤其是《豳风》中的《七月》图，画作不断。《诗经》图延续了文本说教的性质，其创作的目的起劝儆的作用。

第一节　历代《诗经》图与《诗经》

　　整理了历代《诗经》图像以及与《诗经》图像相关的文献后可知，由于古代图像难以保存,历代《诗经》图至今可以分为两类:一类是有文献记述但已看不到传世图像的,一类是既有文献记载也有传世图像的。其中,有文献记述但没有传世图像的《诗经》图始于汉代。

一、文献记述中的《诗经》图

(一) 汉至唐代的《诗经》图

古代以《诗经》为主题的美术作品不在少数。扬之水在《马和之诗经图》一文中推测有关《诗经》的图画在很早就出现了,战国铜器上对某些事物的刻画、意境的描绘大约与《诗经》中《小雅·宾之初筵》《豳风·七月》等篇目相符,但这些图画中并没有出现榜题或任何说明,令后人很难考证画之用意。

《历代名画记》三卷《述古之秘画珍图》中首先记载了已散逸的《诗经》图,包括《韩诗图十四》《诗纬图一》,这些作品只留下了画名,而画之年代、作者、内容皆不详,仅知晓《韩诗》是汉时燕人韩婴所传《诗经》。①

《历代名画记》四卷中记载,刘褒曾以《大雅·云汉》中"倬彼云汉,昭回于天"一句作《云汉图》,"人见之觉热",又以《邶风·北风》篇作《北风图》,"人见之觉凉"。可见刘褒画技之精湛。②

魏晋南北朝之时,以《诗经》为题材绘图之风潮非但没有消减,还愈发浓厚了。晋明帝司马绍善书画,尤善画佛像,"彦远曾见晋帝《毛诗图》,旧目云羊欣题字,验其迹,乃子敬也"③。司马绍还有《豳诗七月图》。至于晋卫协,文献这般记载:"顾恺之《论画》云:'《七佛》与《大烈女》皆协之迹,伟而有情势。《毛诗北风图》亦协手,巧密于情思。'此画短卷八分题……"④小字注:"《诗北风图》、《史记伍子胥图》、《醉客图》……《诗黍稷图》……"⑤但如今《诗经》中没有《黍稷》篇,注释为《甫田之什》:"黍稷稻粱,农夫之庆。"⑥有学者推测可能以《王风·黍离》代替。南朝宋陆探微有《诗新台图》和刘斌传于世的《诗黍离图》,南朝"梁有毛诗图三卷,毛诗孔子经图十二卷,毛诗古圣贤图二卷,亡"⑦。

从上可看出,及至南朝梁,有关《诗经》图的文献记载皆非常简略,除了《豳风七月图》《毛诗北风图》《诗新台图》《诗黍稷图》等能找到对应的诗篇来,其余名为《毛诗图》的图卷,无从落实画的内容、年代等,只能根据只言片语做出模糊的判

① 张彦远著,俞剑华注释:《历代名画记》,上海人民美术出版社 1964 年版,第 77—78 页。
② 张彦远著,俞剑华注释:《历代名画记》,上海人民美术出版社 1964 年版,第 85—86 页。
③ 张彦远著,俞剑华注释:《历代名画记》,上海人民美术出版社 1964 年版,第 92 页。
④ 张彦远著,俞剑华注释:《历代名画记》,上海人民美术出版社 1964 年版,第 94 页。
⑤⑥ 张彦远著,俞剑华注释:《历代名画记》,上海人民美术出版社 1964 年版,第 95 页。
⑦ 魏徵等:《隋书》第 4 册,中华书局 1973 年版,第 918 页。

断。而当时图画之精妙也只能从文献中领略,如顾恺之在《论画》中如此描述《北风图》:"美丽之形,尺寸之制,阴阳之数,纤妙之迹,世所并贵。神仪在心而手称其目者,玄赏则不待喻。"①

除了取诗意作画的美术作品外,在魏晋南北朝时期还出现了陆玑的《草木虫鱼疏》,书中对动植物的外貌、产地、功能等进行了详细的解说,开创了名物图这一图说《诗经》的方式。这种新形式在唐代同样得到继承,如《毛诗草木虫鱼图》二十卷、《毛诗物象图》等都是这个时代的产物。

唐代的《诗经》图日益减少,为文献所书的仅有成伯玙和程修己两人的作品,其中,郑樵《图谱略·记无》中有成伯玙之《毛诗图》和《毛诗草木虫鱼图》,而郑樵之《图谱略》中载有《毛诗指说》一卷和《毛诗断章》二卷,而程修己有《毛诗草木虫鱼图》和古贤君臣之像,朱景玄在《唐朝名画录》中这样写道:"宝历中修己应明经擢第。大和中,文宗好古重道,以晋明帝朝卫协画《毛诗图》草木鸟兽古贤君臣之像,不得其真,遂召修己图之。皆据《经》定名,任意采掇,由是冠冕之制,牛植之姿,远无不详,幽无不显矣。"②

(二) 宋元明三朝《诗经》图

及至宋朝,《诗经》图的数量又呈现上升趋势,传高宗和孝宗书毛诗三百首,令马和之为其文配图,于是《小雅南有嘉鱼篇图》《小雅鸿雁之什六篇图》《毛诗陈风图》《唐风图》《鹿鸣之什图》《闵予小子之什图》《周颂清庙之什图》《豳风图》《鲁颂三篇图》《鄁国四篇图》等作品便应运而生,元林子奂、明文徵明、清吴求都有《豳风图》等。

除上述马和之画的《诗经》图在宋代颇有影响力之外,《石渠宝笈初编》中记录了宋代李公麟画《豳风图》一卷,也有宋人画《周南诗意》图,《石渠宝笈三编》曰:"绢本……设色画,分十二段。一,画像,题曰:宣圣、卜子夏、毛苌。右楷书。毛诗,昔孔子删古诗三千余篇,取其三百一十一篇,以授子夏。秦楚之际亡其六。汉兴,传诗者四家,曰齐诗,曰鲁诗,曰韩诗,曰毛诗。其后齐鲁韩世所不用,唯毛诗今所遵用。"③

元明两朝与《诗经》有关的绘画作品数量不多且少有新的突破,原因如下:首先,元明《诗经》图受南宋马和之影响颇深,所以模仿与赋予图画新的内容或意义成为马和之以后《诗经》图发展的主旋律;其次,这也许与《诗经》文本浓厚的政教色彩和它本身的文类有关,"尤其当画家与文人之间的互动频繁,甚至文人与画家的身份已难以划分清楚时,截取律诗或绝句的句意以绘成自己胸中的诗

---

① 张彦远著,俞剑华注释:《历代名画记》,上海人民美术出版社 1964 年版,第 106 页。
② 朱景玄撰,温肇桐注:《唐朝名画录》,四川美术出版社 1985 年版,第 23 页。
③ 故宫博物院编:《钦定石渠宝笈三编》第 4 册,海南出版社 2001 年版,第 263 页。

意图,或许比较令人向往,故图绘经典的意愿自然降低。"①但仍有一些绘画以文献阐述的形式呈现,它们依次如下:明代董其昌画有《衡门卷》,有文献记载云:"是夕临衡门篇,复展为长轴,加远山数峰,兼用北苑意。"②明代仇英画《豳国十篇卷》,《墨缘汇观录》卷四之《名画续录》曰:"绢本,设色,临马和之,经项氏所藏。"③

《诗经》文本意义发生逆转的图像表现便是祝寿图的出现,元明两朝有多位画家以《诗经》为题材绘祝寿图。明代王世贞有《题柏舟画卷赠高母》:"谁言卫风荡,乃有共姜妇,谁言吴趋薄,亦有高令母。当时髧髦歌栢舟,今日青灯照白头。纵令淇澳清澈底,争似胥江不肯流。"④

元人郭界绘有以豳诗为题材的祝寿图《豳风介寿图》:"几列肴核,二老并坐举觥,子妇侍。"⑤他还亲自书写《豳风》诗内的诗句。

明朝倪元璐也以豳诗为主题,绘《豳风八图赞为蒋八公宫庶太夫人寿》,诗曰:"一章耕馌:有见冀缺,相敬如宾。一耕一馌,可以观人。二章求桑:此弱女子,西陵功臣。中襄衣被,下教丝纶。三章载绩:敬姜勖勤,漆室怀本。得其道者,彰施补衮。四章缵武:猎武多功,猎文多藻。不如猎德,猎德难老。五章室处:智足远患,道在持盈。入此室处,是以攸宁。六章介寿:双成奏笙,飞璚击缶。胡麻青精,何如春酒。七章播获:获播相环,贞尽元起。甲子十周,周又复始。八章凿冰:藏冰启冰,阴阳道浃。请进一觥,坐观调燮。"⑥

还有明人程敏政取材于《小雅·鹿鸣》,绘有《鹿鸣燕会图为旌德江溥贡士赋》:"宴罢宾兴日未斜,顾然丰采动京华。大鹏水击三千里,雏凤文腾五色霞。秋月再分丹桂粟,春风偏上紫荆花。相期更写琼林会,趁取才人两鬓鸦。"⑦

(三) 清代亡佚的《诗经》图

清代早已亡佚、仅见于画史著录的《诗经》图,有黄甲云《豳风盛衰循环图》、张坦的《豳风图》和管希宁的《豳风图》。

黄甲云,字唱韩,号芦船,河南襄城(今平顶山襄城)人。顺治五年(1648)拔贡,任乐安县(今山东广饶)知县。有异才,能诗,著有《楚游草》《潍阳草》,且对"六书"深有造诣,撰有《字母世系》《字母字解》,对汉字的演变探本究源;工书,作真草书法,独创一体,大或径丈,小若蝇头,皆造极精妙,一时学其书者,谓之习黄

---

① 吴璧雍:《从诗经图发展史看清代乾隆〈御笔诗经图〉》,《故宫学术季刊》2002 年第 3 期。

② 故宫博物院编:《钦定石渠宝笈三编》第 5 册,海南出版社 2001 年版,第 395 页。

③ 《墨缘汇观录》第 3 册,中华书局 1985 年版,第 246 页。

④ 王世贞:《钦定四库全书·弇州续稿(一) 卷九》第 1282 册,商务印书馆 1986 年版,第 110—111 页。

⑤ 故宫博物院编:《钦定石渠宝笈三编》第 10 册,海南出版社 2001 年版,第 97 页。

⑥ 倪元璐:《钦定四库全书·倪文贞集 卷十七》第 1297 册,商务印书馆 1986 年版,第 206—207 页。

⑦ 程敏政:《钦定四库全书·篁墩文集(二) 卷八十》第 1253 册,商务印书馆 1986 年版,第 608 页。

体;善画,所画人物,仅寸许,眉目衣冠精彩生动,不亚唐宋作手,山水纯以天行,当其合处,机趣横生。

鲁骏《宋元以来画人姓氏录》记载,黄甲云"顺治间以拔贡授乐安知县,莅任后,相其土田作丘田法,绘《丘田图》,若千亩为一丘,内除川陆坟墓道路若干,比丘以尽一邑之田,庶田无隐而赋可均。上之大府,大府以闻,天子奇之,图留览,特设屯田御史,依法尽画山左地。会世祖晏驾,御史劾以才长性刻,遂罢归。屏居城东,亲督耕桑,暇以笔墨遣兴,所作《豳风盛衰循环图》,多依理道"①。据描述,《丘田图》很可能是将安知县内的土田,按一定的比例,较为准确地以山水画法来绘制地图,估计是介于地图与山水画之间的地图山水。顺治帝晏驾后,因被御史弹劾,黄甲云罢归,隐居于城东,亲督耕桑,暇以笔墨遣兴,绘写《豳风盛衰循环图》。但此图已佚,又限于资料,想此图依据《七月》诗,参与切身体会,描绘了农桑耕织诸事,而言"多依理道",乃指图绘耕织诸事极符合实际的农事生产。

张坦,字怡度,号青萝,浙江平湖人。冯金伯《国朝画识》仅简略记道:"(张坦)从云间沈士充游,尽得其法,有《豳风》《桃源》诸图,为时所珍。"②

管希宁,字幼孚,号平原生,江都(今江苏扬州)人。冯金伯《墨香居画识》记述也极为简略:"少习制举,以嬴疾弃去,乃涉猎诸史百家,旁及金石,而于书画尤所究心,书兼篆、籀、真、行,写山水极幽冷之致,差病其弱。人物一意马和之,典雅古淡,出乎尘埃之外,曾画《豳风》一卷,每章作小篆书经冠其前,即令和之为之亦不过是。"③可知管希宁人物师法马和之,又仿马和之《豳风图》之形制,每章前以小篆书诗文于卷首。

二、传世图像中的《诗经》图与《诗经》的关系

(一) 以马和之为代表的宋代《诗经》图与《诗经》的关系

"南宋初年的巨大劫难使社会各阶层都不同程度地承受着它的凄惨后果,南渡之初臣民对徽宗崇尚道术、贪图享乐、玩物丧国的指责,使得高宗不得不面对严酷的社会现实,安危所系,政事为要。内忧外患下重建政权、重整伦常的政教宣传变得迫在眉睫。"④在此政治背景下,南宋出现了一批以爱国主义和政教宣传为主的绘画,而马和之的《诗经》图正是在后者的影响下应运而生。

---

① 鲁骏:《宋元以来画人姓氏录》,卢辅圣主编:《中国书画全书》第 13 册,上海书画出版社 2000 年版,第 599—600 页。

② 冯金伯:《国朝画识》,卢辅圣主编:《中国书画全书》第 14 册,上海书画出版社 2000 年版,第 594 页。

③ 冯金伯:《墨香居画识》,卢辅圣主编:《中国书画全书》第 14 册,上海书画出版社 2000 年版,第 723 页。

④ 薛晔:《皇室溺好与市民趣味——南宋山水画风成因研析》,《当代中国画》2007 年第 4 期。

清代孙承泽如此形容宋高宗："虽未见高宗之画,然所书九经及马和之补图《毛诗》,又非宣和所能及也。"①马和之是《诗经》图发展历程中的重要人物,他不仅拥有数量可观的《诗经》图作品,且为后人临摹最多。虽然每个时代的画家在模拟马和之《诗经》图时都加入了个人不同的视角与理解,但终究是以马画为蓝本。

马和之,钱塘(今浙江杭州)人,宫廷画院画家,绘《诗经》图十余卷,包括《唐风图》《豳风图》《陈风图》《节南山之什图》《鹿鸣之什图》等等,所有画作都采用左图右诗、先文后诗的形式,画之内容包括山水、人物、花鸟等,其画作有些寄情于自然万物间,有些则带有暗讽的内涵。马和之的生卒年月并没有被详实地记载,有关他具体活动的时期,也存在着不一样的说法。关于马和之以《诗经》绘图的记载,最早呈现于南宋陈善《杭州志》中:"马和之,钱塘人,绍兴中登第。善画人物、山水,笔法飘逸,务去华藻,自成一家,高、孝两朝深重其画。《毛诗》三百篇每篇俱画一图,官至工部侍郎。"②庄肃《画继补遗》载:"马和之,字则未闻,钱塘人,世传其习进士业。善仿吴装,孝宗甚喜之。每书《毛诗》三百篇,令和之写图,颇合上意。画迹留人间极多,笔法飘逸,务去华藻,自成一家,故其间亦有疏阙处。"③元夏文彦在《图绘宝鉴》中也有类似的形容,只是在此文献中,马和之除了擅长画人物、山水外,还善画佛像。

以上三人的描述几乎是对马和之的生平、绘画风格、技巧等较为完整的概括了。虽然史料对马和之的记载甚为有限,但我们依然可以从中得出几点结论:其一,从"每书《毛诗》三百篇,令和之写图"中可以看出马和之绘《诗经》图并非完全自发自愿,而是应皇帝之命而作;其二,这些绘画作品能够在南宋时期产生,也源于高宗和孝宗对艺术的热爱之心和保护之心;其三,吴装即吴道子,将马和之与吴道子相提,比作"小吴生",可见其绘画技巧之精湛。

除其他来源外,我们今天能够看到的马和之《诗经》图很多都来自《宋画全集》和《中国绘画全集》两部系列丛书,部分篇目和收藏情况如下:

（《宋画全集》）（第六卷）

小雅南有嘉鱼篇图	绢本　设色	波士顿艺术博物馆
豳风图	绢本　设色	大都会博物馆
小雅鸿雁之什六篇图	绢本　设色	大都会博物馆
陈风图	绢本　设色	大英博物馆
周颂十篇图	绢本　设色	上海博物馆

---

① 孙承泽撰,白云波、古玉清点校:《庚子销夏记》卷三,上海古籍出版社 1991 年版,第 35 页。

② 孙岳颁:《御定佩文斋书画谱　卷五十一》第 819 册,商务印书馆 1986 年版,第 213 页。

③ 庄肃:《画继补遗》,人民美术出版社 1963 年版,第 4 页。

唐风图	绢本　设色	辽宁省博物馆
鹿鸣之什图	绢本　设色	故宫博物院
闵予小子之什图	绢本　设色	故宫博物院
周颂清庙之什图	绢本　设色	辽宁省博物馆
毛诗陈风图	绢本　设色	辽宁省博物馆
豳风图	绢本　设色	故宫博物院
鲁颂三篇图	绢本　设色	辽宁省博物馆
鄘国四篇图	绢本　设色	广西壮族自治区博物馆
小雅节南山之什图卷	绢本　设色	故宫博物院
周颂十篇图	绢本　设色	上海博物馆
陈风十篇图	绢本　设色	上海博物馆

从以上列举中我们可以看到，《诗经》图的画稿已散佚于世界各地。其中，现有近二十卷卷轴收藏于各国博物馆中：三卷在美国的博物馆中，一卷在大英博物馆中，十多卷被中国四间博物馆（广西壮族自治区博物馆、辽宁省博物馆、上海博物馆、故宫博物院）收藏。论及马和之《诗经》图之特点，可以两点说明。

1. 技法之精。马和之的绘画技巧主要受两位画家影响颇深，一位是李公麟，一位则是吴道子。其《毛诗陈风图》尾部附董其昌长篇跋文，当中说道："宋侍郎马和之画《毛诗》三百篇，高宗书传之，流传人间，余所见十六卷矣。马和之学李龙眠，而稍变其法，以标韵胜，不独洗刷院体，复欲去伯时骨力蹊径而凌出其上，如深山道士，专气致柔，飘然欲仙，鸡犬拔宅，遥隔尘境。真画家逸品也。"① 可以看出，被誉为"宋画第一"的李公麟曾是马和之学习的对象，马和之承其潇洒的笔触、文静的画风，有过之而无不及。

安居静处之乐是马和之《诗经》图独到的气质所在，但上述庄肃、夏文彦等皆不约而同提到马和之的笔法"飘逸自然"。静态输入却动态输出，这样的效果由马氏独创的"蚂蝗描"决定。"蚂蝗描"是马和之依照吴道子的兰叶描而来，它依据笔迹形状命名，"所画线条两头轻，中间重，且时断时连，人称'蚂蝗描'，树木枝叶用笔屈曲生动，没有起止顿挫之迹，柔曲随意，确似蚂蝗浮游，飞动而流利。树干亦以'蚂蝗描'勾写，再以淡墨皴染，局部加勾浓墨。所画人物衣纹笔法圆转飘逸，天真烂漫，而姿势位置又很妥帖得当"②。"蚂蝗描"是中国人物画"十八描"之一，本是用来表现衣服褶皱的描法，而马和之却将此用法扩展到树干、枝叶、水

---

① 严文儒、尹军主编：《董其昌全集》，上海书画出版社2013年版，第284页。
② 顾平：《沚阜文存》，辽宁美术出版社2014年版，第51页。

纹中,使绘画对象的线条不再僵硬、呆板,而显示出笔法的流畅与随意,原本静止在画中的人物、鸟兽、花草的形态也愈发灵动、可爱起来,既富动感又颇有生机。清代王瀛为"蚂蝗描"这个名称配上图例,流传至今。描法是绘画之基础,故"蚂蝗描"之重要性也愈发突出。

构图之简也是马和之技法精湛之表现。马氏擅长弱化背景,简练构图,这样的风格开南宋画家之先河,以《唐风图》最为突出。《唐风图》全卷共包含十二幅图,画面布局与内容舍繁就简,常有留白,远景多以空白或淡墨的山景为主,人物主要用全景的形式呈现。比如《羔裘》中仅有四人一车,《有杕之杜》中只画四人一树,《鸨羽》中有四只鸟与一株植物,除了主体之外,这三幅画其他的部分均以空白呈现。马和之的此种技法同样也延续到其他的作品中,如《陈风图》中的《月出》,《豳风图》中的《伐柯》《破斧》等等。

2. 真伪之辨。由于部分《诗经》图中同样的篇目出现在不同的博物馆中,大致可以说明马和之有些作品如今已真伪难辨。依照前面关于对马和之生平的介绍,除了宋庄肃一人以外,并没有确凿表示画中的书法到底出自谁手,庄以"孝宗甚喜之,每书《毛诗三百篇》,令和之写图,颇合上意"一句认为画上的书法是孝宗所为,宋陈善只指出"高孝两朝,深重其画""善画人物、山水",元夏文彦在其基础上增加了善画佛像之长,而元汤垕并未提及此方面。据传马和之的《诗经》图是根据高宗和孝宗书写的《毛诗三百篇》而作,数量颇为可观。我们今天所见到《诗经》图,据徐邦达先生的考证,文和图多为伪作,其文《赵构书马和之画〈毛诗〉新考》为后人的研究提供了很多有用的线索。他发现宋代十余卷的《诗经》图水平参差不齐,有时一幅画中竟出现混杂的笔迹,可见并非出自一人之手。徐认为《诗经》图中包括山、水、石、草的任何细节无一可以与真迹《后赤壁赋》图相媲美,他以笔法和结构优劣为评判标准,将《毛诗》书分为三等,而"名列'第一等'的也不过是笔法稍挺秀,结体稍稳一些,都不能和《徽序》、《曹娥》跋等同。至于是否即孝宗赵眘(慎)书,则因孝宗小楷书找不到确真的样板,所以无法辨定……那么,书既不是高宗之笔,其画当然也不可能为和之所作的了"[①]。话虽至此,但马和之《诗经》图的研究仍在继续,因为画作的存在本身就是一种价值。

论及马和之所绘《诗经》图与《诗经》的关系,有以下几点可供参考:

首先,马和之根据《毛诗诂训传》之意作画。虽然现在已无从知晓马和之补图的具体时间,但马画中流露出的说教色彩的信息仍然非常丰富,比如《小雅·鹿鸣》和《陈风·东门之枌》等等。

其次,脱离《毛诗诂训传》,画家根据诗句的意义直接作画。比如在《小雅·鹿鸣之什》图之《伐木》中,《毛诗诂训传》传达的意义是"燕朋友旧故也",而马和之则取"伐木丁丁,鸟鸣嘤嘤,出自幽谷,迁于乔木"一句,绘二人在山林间采伐树

---

① 徐邦达:《赵构书马和之画〈毛诗〉新考》,《故宫博物院院刊》1995 年第 1 期。

木,并同时为树上一只鸟所吸引的场景;又如在《小雅·节南山之什》中的《节南山》一图中,马和之并未依《毛诗诂训传》中"家父刺幽王也"一句绘图,而是取诗句"节彼南山,维石岩岩",把《节南山》绘成一幅风景画,画面中有巍巍群山与细细流水。有学者认为,这种择诗句画图的方式可能受到了北宋诗意图的影响。

再次,绘画脱离政教色彩,画家根据诗的篇目名称进行创作。以《豳风·鸱鸮》《唐风·鸨羽》《陈风·防有鹊巢》为例,这三幅画的构图都很接近,不同的只是树木、草石的布局、鸟儿种类的变化,马和之仅画了篇名中提到的意象,并未涉及诗意,也看不出任何劝说的目的。而《小雅·祈父之什·黄鸟》图也是相同的构思,只是画面中多了一位面对着树招手的老人罢了。若比较明代萧云从临马和之的《陈风图》与清朝《御笔诗经图》中的《防有鹊巢》便可发现,这两幅画与马画几乎相同,它们都源自马和之的《陈风图》,从此也可见此构图样式以及马氏《诗经》图的影响力与重要性。而如此构图之巧思可能是"马和之运用郑玄所谓'托物起兴'的修辞法,将因以起兴的自然之景或物,以经验法则画出,形成既是兴也是比的关系",①从而用栩栩如生的动物意象代替感伤的情绪,部分解决了《诗经》语言过于抽象的难题。

南宋院内画家包括李唐、刘松年、李嵩等,他们崇尚"青绿巧整",绘图时常用"斧劈皴",下笔有力,风格大气粗犷;院外画家则有马远、梁楷等,他们随意泼墨,多用"点染"的笔法,他们绘画的目的在于寄托自己的感情、陶冶情操,院内外两派互相影响。马和之取之于二者,又有别于二者,如上所述,其《诗经》图主体鲜明,构图不繁复,画家想要表达的情绪也都清晰跃然于纸上,一目了然。整卷作品既有画家诗情画意的写意山水,也有借人物浓墨重彩地抨击朝廷,有写实的一面也有率性的作为。

马和之是《诗经》美术图史上的重要人物,在他之前,已无《诗经》图流传于世,在他之后,其《诗经》图又成为后世争相临摹的对象。马和之画了多少《诗经》图如今已不得知,其真赝也难以辨别,但不可否认的是马和之的艺术造诣,他将古代美术图中可能出现的形象,包括山水、人物、花草、鸟虫等全部吸收进《诗经》图中。马氏作画风格如同其身世一样简洁明了,其作品层次清晰、主次得当,没有复杂的构图,也没有恢宏的场景,呈现出的是鲜明的形象、突出的情感和内涵,让观者一目了然。至宋代,文人画理论日趋完善,文人画的特色即画中既有文人的情趣又有文人的思想,马和之吸收了文人画之独特,使其《诗经》图更加大放异彩。

（二）元明两朝《诗经》图与《诗经》的关系

元明朝仍有少量《诗经》图产生,以绘画形式表现的有林卷阿和文徵明取材

---

① 吴璧雍:《从诗经图发展史看清代乾隆〈御笔诗经图〉》,《故宫学术季刊》1991年第3期。

于《豳风》诗所绘的《七月图》，以及谢时臣的《豳风图》和《鹿鸣嘉宴图》。《石渠宝笈三编》中对谢时臣之《鹿鸣嘉宴图》作如下描述："浅设色，画甘蕉丛竹，山石流泉，群鹿呦鸣。六人席地环坐，宾主献酬，极酒醴笙簧之谊。自题：鹿鸣。"[1]与南宋马和之极简的绘图风格相较，此图尤显作者笔法之精微，它贴合诗意，择诗句"呦呦鹿鸣，食野之苹。我有嘉宾，鼓瑟吹笙"而作，虽然这幅画的主体是鹿和人，但和下述林卷阿等画家一样，谢时臣将笔墨主要集中在对人物身后高大树木的雕琢上，树上的每一枝每一叶都清晰呈现。这幅图还展现出至明时，部分《诗经》图的政教性逐渐淡化，画家凭自己的主观想法在画面中增添景致使其转变为更具观赏价值的风景画，由于画家多喜爱于诗外增添景物，又融入传统的绘画风格，使得政教性诗意图之诗画对应关系显得更为丰富生动且紧张复杂。文本《小雅·鹿鸣》反映了"朝廷燕飨群臣嘉宾"[2]的热闹场面，而经由谢时臣之手，则变为一幅拥有"甘蕉丛竹，山石流泉，群鹿呦鸣"的表意山水图卷，原本诗中具有的"以尽群下之情"[3]政教意义已不复存在。

　　清代萧云从也曾临马和之《陈风图》（图6-1）："设色画，各有篆书标题。"[4]萧云从，字尺木，精通书画，其《离骚图》《太平山水图》皆流芳百世。萧云从之《陈风图》一卷内含十幅，其中画的内容与构图几乎都与马画如出一辙，题名以篆书书写，并省略了马画右侧文字性的抄录。

图6-1　陈风·东门之枌　萧云从　所藏不明

　　其余有关《豳风》的画作将在本章第二节中详述。

　　综上所述，元代和明代的《诗经》图不但数量与说教色彩都呈下降的趋势，且画的内容也发生实质性改变，直至乾隆以帝王之权威命词臣与画家共同完成以《诗经》为素材的绘画，又再度加强了《诗经》图的政教色彩。《御笔诗经图》既继

① 故宫博物院编：《钦定石渠宝笈三编》第5册，海南出版社2001年版，第284页。

② 裴普贤、糜文开：《诗经欣赏与研究》，三民书局1985年版，第32页。

③ 朱熹著，赵长征点校：《诗集传》卷九，中华书局2011年版，第129页。

④ 故宫博物院编：《钦定石渠宝笈三编》第2册，海南出版社2001年版，第167页。

承了马和之《诗经》图的部分内容与构图,也是《诗经》图发展的终点。

(三) 以《御笔诗经图书画合璧》为代表的清代《诗经》图与《诗经》的关系

清代宫廷的诗经图创作,主要集中在康熙、乾隆、嘉庆三朝。作为关外少数民族,入主中原,接受汉族文化,渐被汉化。康熙、乾隆、嘉庆三帝,汉文化的修养和造诣都极高,自然十分熟悉作为儒家经典的《诗经》。在他们的御命之下,宫廷画院奉旨创作了大量的《诗经》图。其中乾隆朝的画院最为兴盛,成就也最大,可以说是清代院画的顶峰,继马和之《诗经》图以后,至清乾隆时期又出现了完整的《诗经》图,这就是《御笔诗经全图书画合璧》(以下简称《御笔诗经图》)。乾隆帝弘历也雅好丹青艺事,经常授旨宫廷画家作画,当时的诗经图,主要是由弘历授旨而创作的。

康熙朝的《诗经》图

康熙朝时,翰林画家焦秉贞曾据《诗经·周南·麟之趾》绘《麟趾贻休图》,收入《历朝贤后故事图》册。此图册乃焦秉贞绘写历代贤后淑妃的历史故事画,共十二开:葛覃亲采、含饴弄孙、教训储王、戒饬宗族、禁苑种谷、麟趾贻休、女中尧舜、亲掖銮舆、身衣练服、孝事周姜、约束外家、濯龙蚕织。这些历代的贤后淑妃,有的勤俭仁厚、贤淑孝顺,有的不涉政权、不佞外戚,给后世妃嫔树立了良好的楷模和榜样。每开对页有梁诗正所书弘历在皇子时期所作的诗句,记录了图中人物的事迹及评价。

第六开《麟趾贻休》乃取材于《诗经·周南·麟之趾》:"麟之趾,振振公子。于嗟麟兮! 麟之定,振振公姓。于嗟麟兮! 麟之角,振振公族。于嗟麟兮!"[1]关于这首诗的解释,历来有不同的说法,《毛诗序》和朱熹《诗集传》说是对文王后妃及其宗族子孙秉性仁厚的赞叹;闻一多认为这是一首婚礼纳征之诗;高亨认为这首诗可能是孔子所撰《获麟歌》,本事见于《左传·鲁哀公十四年》;今人一般认为此诗是对奴隶主贵族的阿谀逢迎之词。细绎全诗,这是一首颂赞性质的诗歌,是对诸侯家族昌盛的祝贺和祝愿。

不过焦秉贞这幅《麟趾贻休图》,其旨意显然是承自《毛诗序》和《诗集传》。《国风·周南》中的十一首诗篇,《毛诗序》认为《关雎》言后妃之德、《葛覃》言后妃之本、《卷耳》言后妃之志、《樛木》言后妃逮下(即无嫉妒之心)、《螽斯》言后妃子孙众多、《桃夭》言后妃之所致(即"不妒忌,则男女以正,婚姻以时,国无鳏民也")、《兔罝》言后妃之化、《芣苢》言后妃之美、《汉广》言文王德广所及、《汝坟》言文王道化行,最后一篇《麟之趾》,《毛诗序》言:"《麟之趾》,《关雎》之应也。《关雎》之化行,则天下无犯非礼。虽衰世之公子,皆信厚如《麟趾》之时也。"[2]认为

---

① 程俊英、蒋见元著:《诗经注析》,中华书局 1991 年版,第 28—29 页。
② 转引自周振甫:《诗经译注》,中华书局 2010 年版,第 16 页。

《麟之趾》乃《关雎》德政之效应。朱熹《诗集传》基本上沿袭《毛诗序》,论《周南》十一首诗道:"此篇首五诗皆言后妃之德。《关雎》举其全体而言也,《葛覃》《卷耳》言其志行之在己,《樛木》《螽斯》美其德惠之及人,皆指其一事而言也。其词虽主于后妃,然其实则皆所以著明文王身修家齐之效也。至于《桃夭》《兔罝》《芣苢》,则家齐而国治之效。《汉广》《汝坟》,则以南国之诗附焉,而见天下已有可平之渐矣。若《麟之趾》,则又王者之瑞,有非人力所致而自至者,故复以是终焉,而《序》者以为'《关雎》之应'也。"①

《毛诗序》认为《关雎》等篇乃言后妃之德,朱熹则指出诗中"君子""淑女"乃指周文王及其正妃太姒。太姒,有莘氏之女,周文王之妻。当初,周文王造舟为梁,亲迎于渭河。及入室,太姒仰慕长辈之德,效法太姜、太任之德行,勤劳节俭,进于妇道,文王治外,太姒治内。与文王产下十子,其中包括周朝建立者周武王姬发。因其贤良淑德,与太姜、太任合称"周室三母",《列女传·母仪传》特为之纪传。因太姒具有《关雎》诸篇里所称颂的德行,作为这种德政的化行,即为《麟之趾》的颂美之辞:子孙繁衍,而且仁厚贤能。焦秉贞题画名为"麟趾贻休",即言太姒因《关雎》《麟之趾》等诗篇所传颂的仁德,给后世留下了显赫的声名。

康熙朝独尊程朱理学,熊赐履担任康熙帝的经筵日讲官时,提倡程朱理学,著《学统》一书,尊程朱为正统。翰林画家焦秉贞绘《麟趾贻休》(图6-2),显然受到了朱熹《诗集传》的影响。《麟趾贻休》将《麟之趾》中的麒麟与《毛诗序》《诗集传》里的本事,绘之于同一画面:宫苑之内,巨松之下,一麒麟回首望向太姒,

图6-2 麟趾贻休图 焦秉贞 故宫博物院藏

---

① 朱熹著,赵长征点校:《诗集传》卷一,中华书局2011年版,第10页。

而太姒亦欣悦专注地看着阶下的麒麟，身后的女官侍女，也指着麒麟轻声议论。麒麟是传说中“麕身，牛尾，马蹄”“不践生草，不履生虫”的仁兽，南宋严粲《诗缉》道：“有足者宜踶，唯麟之足可以踶而不踶”“有额者宜抵，唯麟之额可以抵而不抵”“有角者宜触，唯麟之角可以触而不触。”[①]朱熹《诗集传》将《麟之趾》一诗诠释为颂文王、后妃之仁厚，对麒麟仁厚之性大为赞美，将“振振”解释为“仁厚貌”，道：“文王后妃德修于身，而子孙宗族皆化于善，故诗人以麟之趾兴公之子。言麟性仁厚，故其趾亦仁厚；文王后妃仁厚，故其子亦仁厚。”[②]焦秉贞画上的题跋，就录入了朱熹的注释：“诗人颂太姒仁厚之德，曰：‘麟之趾，振振公子。’注曰：‘麟，性仁厚，故其趾亦仁厚。文王后妃仁厚，故其子亦仁厚。’”因此《麟趾贻休》通过描绘《麟之趾》的诗意及毛诗序、《诗集传》所解释的本事，达到其政治教化的目的。

乾隆朝的《诗经》图

乾隆四年春到十年夏（1739—1745），乾隆皇帝携词臣与画院诸臣一起完成了《御笔诗经图》三十册，历时七年。除了《诗经》原有的三百零五篇以外，乾隆帝还依照朱熹《诗集传》之意补笙诗六篇，[③]共计三百一十一篇。此画册现藏于台北“故宫博物院”。

据《石渠宝笈初编》中记述，《御笔诗经图》第三十册《商颂五篇》末幅有乾隆帝跋文：“宋马和之善画人物山水，供奉高、孝两朝，尝取《毛诗》三百篇，篇为一图以进，至今脍炙艺林。特流传零落，未睹完璧为憾。向在书舍，稍解六法，辙欲追拟全图，有志未逮。御极后偶值几余，检内府书画旧迹，得所图《毛诗》若干篇，笔法飘逸，务去辞藻，洵如画史所称。爰敕画院诸臣，规抚笔意，旧有者临之，已缺者补之。”[④]

据上文描述，乾隆帝为马和之“脍炙艺林”之精湛技艺所震撼，遂起图绘《诗经》全图之意。《御笔诗经图》以临摹马和之《诗经》图与补绘为主，少有原创的部分，故图画部分并无多少创新之处，技巧方面则少量运用了马和之独创的“蚂蝗描”，而书法则可能有部分是由裘曰修用乾隆笔意书写而成。不同于宋高宗的是，《御笔诗经图》之《小雅之什》完全根据《诗集传》而作，内容与原文本完全不同，因此也就不按《毛诗诂训传》书写了。但与元明两朝部分绘画内容与文本意义相去甚远相较，《御笔诗经图》重新回归诗意，与马画相近，它或依据《诗集传》，或取题名或诗的内涵为素材，再加上《诗经》一贯带有的政教色彩，因此《御笔诗经图》兼具艺术情绪与政教作用结合的独特属性。

---

① 严粲：《诗缉》卷一，《文津阁四库全书》第 25 册，商务印书馆 2005 年版，第 215 页。

② 朱熹：《诗集传》卷一，中华书局 2011 年版，第 9 页。

③ 朱熹在《诗集传》中将《南陔》《白华》《华黍》《由庚》《崇丘》《由仪》统称为“笙诗”。

④《钦定四库丛书 · 石渠宝笈初编》卷二十，第 824 册，商务印书馆 1986 年版，第 555 页。

从绘画的创作角度上来看，《御笔诗经图》以临摹马画为主，但除此之外它还有其他的特点。《诗经》中有一些过于抽象的文字描述，描述的对象或是某种情绪，或是一番议论，它们有时无法用图案直接呈现出来，于是《御笔诗经图》中就出现了为迁就诗意而把看似无关联的人、事、物置入一幅画面的情况，给不同场景的拼凑提供了可能性与合理性。《唐风·葛生》画一仰头凝望天边的女子，其哀愁的情绪与诗意相合，但为了配合"葛生蒙楚，蔹蔓于野"这句诗，《御笔诗经图》利用云气，在与女子相对的另一个时空里画上一片蔓延开来的植物，和整幅画的气氛不相称。《邶风·柏舟》也是如此，它是一首怨诗，其画面格局与《葛生》别无二致，只见画中有一女子背对着窗口坐于屋内，屋外矗立着参天大树，云气后也是为了配合诗句"彼柏舟，亦泛其流"而画的柳树旁的柏舟，与诗意、画意皆不相符。

云气这一意象为《御笔诗经图》开创了有别于之前《诗经》图的构图方式，画家用云气表意和分隔现实与幻想两个时空。云气的出现同时也表明《御笔诗经图》与马和之《诗经》图之间并非是纯模仿的关系。《唐风图》全卷十二幅，云气在其中共出现六次，分别为《山有枢》《绸缪》《羔裘》《无衣》《有杕之杜》《葛生》，此外其他篇目还有《周南·卷耳》《召南·草虫》等等，足以说明云气在《御笔诗经图》中的独特性与重要性。《邶风·泉水》曰："毖彼泉水，亦流于淇。有怀于卫，靡日不思。娈彼诸姬，聊与之谋。出宿于泲，饮饯于祢。女子有行，远父母兄弟。问我诸姑，遂及伯姊。出宿于干，饮饯于言。载脂载辖，还车言迈。遄臻于卫，不瑕有害？我思肥泉，兹之永叹。思须与漕，我心悠悠。驾言出游，以写我忧。"[1]这首诗写出了嫁到别国的卫女思乡却归不得的焦虑与哀愁。诗中涉及的人物有父母、兄弟、诸姑、伯姊等等，但画中仅出现了一位神情黯淡的女子和一位紧随其后的仆人，站在院子内的女子左侧有一堵高墙，可能意味着她不是自由之身，其双目望向一团云气，云气的后面有山有水，与院内的景致并不相称，结合诗来看，山河似乎象征着女子日思夜想的故乡。在这里，云气的两端分别呈现了现实与幻想两个不同的情境，云气出现在此幅画中的意义与诗意是相符的。《唐风·山有枢》是一首讽刺诗，它嘲笑了守财奴贪婪却小气的秉性，他们剥削人民以满足物欲，但又舍不得享用。而《御笔诗经图》（图6-3）中呈现的仅仅是三个说话的人，一团云气，以及云气后的几株植物、屋顶及上面的几片砖瓦。画中的三人头挨着头，表情严肃，配合上他们身后的建筑，似在秘密地谈论朝廷之事，并非邻里间的闲聊。不过，光凭图像我们并无法判断出绘画提供的信息，只能猜测或想象云气后露出的屋顶可能是三人的谈话内容。《邶风·谷风》是一首表达弃妇哀伤情绪的诗，在《御笔诗经图》（图6-4）中，画的左下角有一被群树环绕的小屋，里面有桌有凳，还坐着一位抬头沉思的女人，画的右下角有湍湍河流，右上角则是

---

① 程俊英、蒋见元著：《诗经注析》，中华书局1991年版，第107—109页。

图6-3　唐风·山有枢　御笔诗经图　台北"故宫博物院"藏

图6-4　邶风·谷风　御笔诗经图　台北"故宫博物院"藏

另一个家园,似要映衬诗句:"泾以渭浊,湜湜其沚。宴尔新婚,不我屑以,毋逝我梁,毋发我笱。我躬不阅,遑恤我后?"①而弃妇的房屋、树丛、流水和远方的家园之间有一团纽带状的云气。在上述三幅画中,云气不但创造出了真实世界与虚拟世界,把想象图像化变为可能,也为意义相近的诗提供统一的构图模式。

　　清乾隆时《御笔诗经图》三十册给《诗经》图的发展历程画了一个句号,它改变了左图右书的形式,即以左书右图形式呈现,比起宋代与明代的《诗经》图,《御笔诗经图》无论构图、内容或笔触都显得简单、粗糙,它有以下三个特点:1. 当涉及讽刺、思念、想象等内容时,画家多会运用云气这一意象,其功能有二,一则连结现实与想象两个不同的时空,二则使不相关的场景出现在同一幅画中变得合

① 程俊英译注:《诗经译注》,上海古籍出版社1985年版,第61页。

理。不难发现,云气缔造出近似的画面布局,在大多数的图绘中,云气由左上斜至右下,占画面三分之一左右的篇幅。而对云气的运用则表现出绘画形式与内涵难以统一的矛盾,有学者根据《豳风·狼跋》推断,以为这样的构图可能出自马画。2.《御笔诗经图》中还出现了人物集体议论式的场景,在图绘具有讽刺含义的诗时常用。3.《御笔诗经图》的政教色彩较之于宋高宗时期更加强烈。由于《御笔诗经图》是对马和之《诗经》图的模仿,故两者在画面格局与内容处理等方面会有一些相同的特点,但也有不同,由前所述,马和之《诗经》图是《诗经》图发展史的高峰,《御笔诗经图》虽是对马画的模仿,但也是对马画的传承,其对后世的影响不容忽视。

(四) 清代民间的《诗经》图

自东汉以来,《诗经》图的创作历久不衰。历代以来,《诗经》图主要创作于宫廷画院内,而且一直延续着诗教传统,如清代乾、嘉两朝宫廷画院内的《诗经》图创作,尤盛于一时。在宫廷画院之外,清代民间的《诗经》图创作亦不少,著录于画史的有黄甲云《豳风盛衰循环图》,张坦、管希宁、吴求等人的《豳风图》,单畴书的《邠风图》,陈尹的《毛诗图》粉本册页,以及潮汕《豳风》屏风画,而考据学的兴起,又促使徐鼎《毛诗名物图说》一书的诞生,由日本传入中国的冈元凤的《毛诗品物图考》,亦风靡一时,直至鲁迅时,犹为童蒙读物。不过,相较于画院内《诗经》图浓厚的政教意味,民间的《诗经》图沿着明代诗经图的发展,无关诗教。

传世的清代民间《诗经》图有吴求的《豳风图》、单畴书的《邠风图》、陈尹的《毛诗图》粉本册页等。

吴求,生卒年不详,休宁人,初名俅,字彦侣。能诗善画,人物学仇英,笔墨工丽,每一稿成,举国仿效,人假其名以赡厚利而怡然不怪,人服其雅度。"所作《豳风图》、《十饮图》,思致隽迈,并堪垂久。"①

吴求《豳风图》,包括《八月剥枣》和《女手缝裳》两帧,因首幅《八月剥枣》取材于《豳风·七月》诗,常合称为《豳风图》。均绢本设色,纵26.5厘米,横23.6厘米,现藏于南京博物院。

单畴书②,字演先,又字惟访,号砺峰,高密(今属山东)人,康熙进士。有传世的《邠风图》,绢本设色,纵112.5厘米,横53厘米,现藏于山东省青岛市博物馆。"邠"通"豳",《邠风图》即《豳风图》。

陈尹③,字莘野,号云樵,青浦(今属上海)人,年岁不详,少从学于上海李藩。

---

① 张庚:《国朝画征录》,浙江人民美术出版社2011年版,第69—70页。

② 单畴书生平传略可参阅,山东省高密市政协文史资料委员会编:《高密文史资料选辑·第15辑·明清进士传略》,2001年,第191—196页。

③ 陈尹生平简介可参阅,冯金伯:《国朝画识》,卢辅圣主编:《中国书画全书》第10册,上海书画出版社2000年版,第602页。

"李藩,字介人,江苏华亭人。古肆见有绢本弄璋叶吉图,直帧,笔意工整而少卷轴气。"①古时,把生子称为"弄璋之喜",把生女称为"弄瓦之喜","弄璋叶吉图",即婴戏图,只是图中婴儿是男孩。这种画往往是为迎合市民需求而绘,祝贺得子或祈求得子。从这点来看,李藩很可能是民间画师。陈尹与李藩同邑,随其学画,世人赞其画艺青出于蓝。

陈尹《毛诗图》粉本册页,现藏于北京市文物研究所图书室,被定为善本图书珍藏。因尚未能亲至北京查阅此图书,也未见相关的图像资料,相关介绍仅见陈平、王继红《清陈尹绘〈毛诗图〉粉本册页合集》②一文。

《毛诗图》粉本册页合集共十二册,木板封、底,夹页裱装。此册页是为《毛诗正义》所配绘的诗意图册,按毛诗的顺序依次分为国风、大雅、小雅和颂四大部分。第十二册鲁颂、周颂册首扉页加贴一纸题识:"毛诗图画三百零六图,国风六本,小雅上、中、下三本,大雅一本,鲁颂、商一本(案:商下夺一颂字),周颂一本,共计十二本。"每册封面木板正中皆有刘位垣所书的长条金箔题签,分别为:毛诗图、国风一(以下毛诗图三字从略)、国风二、国风三、国风四、国风五、国风六、大雅、小雅上、小雅中、小雅下、周颂、鲁颂、商颂。

《毛诗正义》共载诗三百一十一首,其中六首是有声无词的笙诗。《毛诗图》粉本册页共三百零六幅图,陈尹几乎每诗皆配一图(不过,陈平、王继红于文中并未指出所缺的是哪五首诗)。据陈平、王继红介绍,陈尹《毛诗图》中的人物、山水、树木、房舍等皆以白描墨线勾勒,既未作色,也未加渲染、涂晕,许多树木只以虚点圈出点叶范围而留下空白,显然属于画师正式作画前所勾勒的画稿、粉本,因此画集弥漫着一种粗率、简放的气韵风习,但人物不乏高古格调,简放中洋溢着萧散俊逸的丰采。册内每幅图均为对开合页,除极少数题录诗名外,余均不题所配诗名,亦不题画者名款,唯在第十二册最后一幅《商颂·殷武》诗图的左上方题款:"乾隆岁次己酉之秋,陈尹沐手敬绘。"旁钤上白下朱两方合文名章:"陈尹"。该图左下方另有白文收藏印"刘位垣印"和朱文印"宽夫心赏"两方。两印为同一人,"宽夫"为刘位垣之号。陈尹此画作于乾隆己酉五十四年(1789)秋,比《御笔诗经全图》要晚四十四年,但以个人之力完成三百零五图,虽说是粉本,也可以说是工程浩大了。如有机会,将马和之《毛诗图》、清代宫廷画院《御笔诗经全图》、陈尹《毛诗图》三者进行比较,分析其对同一首诗的诠释,将是一件有意义和有趣的事。

第十二册册尾橘红色洒金纸上有清道光年间藏家刘位垣一短两长三则跋

---

① 杨岘:《迟鸿轩所见书画录》,卢辅圣主编:《中国书画全书》第12册,上海书画出版社2000年版,第49页。

② 此文发表于《文物天地》1992年第4期。本章关于陈尹《毛诗图》粉本册页的介绍,即摄取自此文。特此说明,并致谢意。

语。第一则跋语，首先引用《画史汇传》转引的《青浦县志》中陈尹的简介："陈尹，字莘野，号云樵……学画于上海李藩，作人物、山水、花鸟，最初甚为工细，后又疏老，有出蓝之誉。王原祁尝评其画云：'前无十洲（仇英），后无章侯（陈洪绶），可入神品。'"后又跋云："古昔图毛诗者，众矣！或状草木虫鱼，或写器物宫室，或画《云汉》，或绘《豳风》；多则联篇，少惟数句求，如龙眠图《孝经》、虎头之图《列女》。无篇不载、全部可称者，曾未之闻也。盖精于鼎说者，不必工于绘事；而善于肖物，不必乐于考求。况篇什众多，稽参不易；经营惨淡，位置颇难。非三年穷经，不能落笔；较十日画水，尤费苦心。此经师有待于画师，而画学罕通夫经学矣。青浦陈莘野先生既研笺疏，更妙找摹，乃殚精神，悉为熔铸，不识几经寒暑，始获成此规模。其中考据精详，敷陈安贴，能兴观者之鉴诚，极得作者之性情。不独为艺苑之奇珍，直是葩经之羽翼。此图旧为朱笥河先生家物。道光癸卯腊尾售于市贾，吾以四十金购得，贮之经室，以为至宝。大兴刘位垣。"①下钤白文印"刘位垣"、朱文印"卜研斋印"。刘位垣在跋中谈及为毛诗全部配图的不易，在于通于经者未必精于绘事，而精于绘事者罕有通于经者，盛赞陈尹以画学、经学两相稽考后为毛诗配全图之功德。刘位垣在跋尾提及此册页原藏于朱笥河家，道光癸卯二十三年（1843）腊月月尾购于市贾。

时隔数日，癸卯除夕时，刘位垣又题一短跋："极草草，极了了，名手之粉本可珍。慎勿目为削去之藁，子子孙孙逸斿永宝。癸卯除夕，宽夫记。"刘位垣确实视之为至宝，赞《毛诗图》册页虽为粉本，极草草，极了了，不可轻视为削去之稿本，亦足可珍，并希望子孙孙孙永宝之。

次年孟春上九日（正月初九），刘位垣又题以长跋，引孙承泽《庚子销夏记》，说明南宋时就有马和之绘制毛诗图的传统，跋末尾下款云："甲辰孟春上九日坐砚山老屋灯下重题。""甲辰"，即道光二十四年（1844）。三次题跋，前后相隔仅十数天，刘位垣欣喜宝重之情，显而易见。

据首则长跋，刘位垣购藏此画之前，由朱笥河家藏。朱笥河，即清代著名学者朱筠。朱筠，字竹居，大兴县人。乾隆甲戌（1754）进士，选庶吉士，授编修。后历官侍读学士、安徽学政、四库全书纂修官、福建督学等。

在该画册中有一张夹页题识，题识文字写在《同治束鹿县志》的弃页背面，内容同样是《青浦县志》里有关陈尹的简介。据此猜测，在《同治束鹿县志》弃页背面书写题识的人，可能是刘位垣之后的另一位藏家。

据谢巍记载，后此画册又为近代辽阳吴瓯收藏："是本早年曾得北京张次溪先生函告，谓曾见此写本，钤有吴氏藏印，并有跋。书诗一首，绘图一帧，凡三百五十幅（笔者按：应为'三百零五幅'之误）。闻尚存世，俟访。"②现在，为北京市

---

① 赵禄祥主编：《中国美术家大辞典》（下卷），北京出版社 2007 年版，第 1061 页。

② 谢巍：《中国画学著作考录》，上海书画出版社 1998 年版，第 504 页。

文物研究所图书室收藏。

《诗经》名物图在清代也取得重大发展，这与当时乾嘉学风有关。宋代，因"舍传求经"的学风，《诗经》名物学往往疏于考据，元明两代大抵步宋人后尘。到清代，学儒倡导"汉学"，注重考据，在前人的成果上，爬罗剔抉，综核名实，取得远远胜过前代的成就。乾嘉学派大兴，《诗经》名物训诂也随之大盛，徐鼎在这种学风中，搜罗典籍，实地查证，绘图作文详解《诗经》名物，成《毛诗名物图说》九卷，图文并举地图绘了《诗经》里的动植物。

乾隆、嘉庆年间，"事必有征，文必有本"的考据之学盛极一时："乾、嘉之际，汉学之帜，遂风靡一时，讲求修身行己治国成人者之风，远不如研究音韵、文字、校勘、金石、目录之学者之盛。虽经学家有古文、今文，西汉、东汉之区别，然亦承乾、嘉之风而演进，仍以汉学相高，一涉宋、明心性之谈，则相率而嗤之矣。"[①]考据学，亦即汉学，刘师培曾评道："是则所谓汉学者，不过用汉儒之训故以说经，及用汉儒注书之条例以治群书耳。"[②]乾嘉考据学对清代文艺都有很大的影响，徐鼎《毛诗名物图说》就是在这样的背景下诞生的。

《诗经》之赋、比、兴，往往涉及大量名物，故孔子在肯定《诗经》"迩之事父""远之事君"的功能外，又指出其"多识于鸟兽草木之名"（《论语·阳货》），这就涉及诗经学的一个重要学术支流——名物学。北宋欧阳修曾言："草木虫鱼，《诗》家自为一学。"[③]历代以来，对《诗经》中各种名物的考释和索解，著述颇丰，或于注疏中夹集诸多名物的申说，或于"雅学"一类的释辞专书中包含各种名物的解诂，或于专以考释《诗经》名物的著作中疏解诗中名物，如三国吴陆玑的《毛诗草木鸟兽虫鱼疏》、宋代卞京的《毛诗名物解》、王应麟的《诗草木鸟兽虫鱼广疏》等等。徐鼎《毛诗名物图说》也是一部专以考释《诗经》名物为旨意的著作。

徐鼎[④]，字峄东，号雪樵，乾隆年间人。颖敏好学，为吴县优贡生，曹地山尚书曾于玉峰考评士子，徐鼎诗、古制艺、书、画皆列第一，名噪一时。其画山水初学谢林村，后宗石田翁，秀而不薄，厚而不滞，可称脱尽画习。尝自跋其画云：有法归于无法，无法复归有法，乃为大成。书学山谷，诗宗唐人，著有《毛诗名物图说》及《霭云馆诗文集》。嗣子某不克，家以穷困卒，撰著散佚，莫可问矣。清代《国朝画识》的作者冯金伯素仰其名而未识面，及至乾隆庚戌（1790）夏三伏，与徐鼎相晤于柏庭方丈，读画论诗，遂成莫逆之交。徐鼎束发（十五岁）后，其兄授以

① 柳诒徵：《中国文化史》，中国文史出版社 2015 年版，第 877 页。

② 章太炎、刘师培等撰：《中国近三百年学术史论》，上海古籍出版社 2006 年版，第 165 页。

③ 欧阳修：《欧阳修全集》卷一百二十九，《笔说·博物说》，中华书局 2001 年版，第 1969 页。

④ 徐鼎生平简介可参阅，冯金伯《墨香居画识》，卢辅圣主编：《中国书画全书》第 10 册，上海书画出版社 2000 年版，第 716 页；蒋宝龄《墨林今话》，卢辅圣主编：《中国书画全书》第 12 册，上海书画出版社 2000 年版，第 959 页。

《毛诗》三百篇，"辄遇耳目闻见之物，忻然有所得，乃欲博考名物，搜罗典籍，往来书肆不惮烦，不揆梼昧，编而辑之，阅二十年矣，尤恐于格致、多识之说未精详也。凡钓叟、村农、樵夫、猎户，下至舆台皂隶，有所闻，必加试验，而后图写，即分注释于下。异同者一之，窒碍者通之，烦碎者削之，谬讹者正之，穿凿附会者汰之，止欲于物辨其名，于名求其义，得诗人类取托咏之旨而后安"①。对《诗经》中的名物，徐鼎通过搜罗典籍，又再加以查证，然后再图写之，费二十年之功，最终纂辑成《毛诗名物图说》一书。

徐鼎在《发凡》中说，诗教，自兴观群怨君父之外，而终以多识草木鸟兽之名，所以"不辨名，胡知是义；不见物，胡知是名"，故以图说为经纬，置图于上，分列注释于下，把名物形状和文字考订结合起来。据《毛诗名物图说》整理者王承略的说明②，该书有两个版本传世，一是稿本，现存于国家图书馆，一是乾隆三十六年（1771）坊刻本。稿本，卷首为凡例、目录，已残缺不可读。正文依鸟、兽、草、木、虫、鱼顺序排列，其后为礼器、乐器、杂器、兵器、冠服、衣裳、佩用、车制等图，皆绘图于上，图下作文字考释，全书圈点涂抹较为严重，显为未定之本。特别是礼器以下诸图，或有其名而无其图，或有其图而无其释，至于目录中提及的定星图、十五国风地理图等，皆未及措手。坊刻本，首自序，次发凡，次总目，次正文，正文依鸟、兽、虫、鱼、草、木为序排列，顺序与稿本不同，且仅此六类而止，不及礼器以下诸图。但文字较稿本更为丰富完整。徐鼎在自序中曾言，《毛诗名物图说》分为九卷，先出鸟兽虫鱼草木，其他如祢冠裳车旂等，则后续梓行。可知徐鼎是将稿本中初步定稿的部分，先以版刻，后再计划刊行礼器等图。但是徐鼎是否实践他的计划，今已不可考知，流传于世者，唯《毛诗名物图说》"鸟兽虫鱼草木"九卷。

《毛诗名物图说》共九卷，其中鸟、兽、虫、鱼各一卷，草三卷，木二卷，一物一图，共二百五十五幅图画。徐鼎诗、制艺、书、画在校士中均列第一，这样的文学艺术修养，无疑有助于考释、图绘名物。现通行的是坊刻本的影印本，书中所见均为木版画，从图画来看，鸟兽虫鱼等动物的图像较为逼真，而草木等植物的图像，可能因木版画的缘故，于花、果、叶等细节的描写，有的还是比较粗陋的，但图文相参，不但可多识草木虫鱼之名，亦多有可资观玩欣赏之处。

自徐鼎《毛诗名物图说》之后，以图文考释《诗经》名物的著作，还有清代传到中国的日本冈元凤的《毛诗品物图考》。

日本冈元凤《毛诗品物图考》撰于日本光格天皇"天明甲辰"，相当于我国乾隆四十九年（1784），晚于徐鼎《毛诗名物图说》十三年。《诗经》是最早一批传入日本的中国典籍之一，在东瀛传播和接受研究的历史，超过了一千四百年。③

---

① 徐鼎纂辑，王承略点校：《毛诗名物图说》，清华大学出版社2006年版，第1、2页。
② 王承略的《整理说明》，载于2006年清华大学出版社出版的《毛诗名物图说》，第5—6页。
③ 参见王晓平《日本诗经学史》，学苑出版社2009年版，前言第1页。

图6-5　毛诗品物图考·荇菜　冈元凤

《诗经》触于物而动于情,但流传既久,名物不核,使读诗者滞其义,或觉不近于人情,故冈元凤觉得"名之与物,不可不辨"。但是,世代变迁,异称殊训,注家所传,本亦不同,以至疑以混淆,莫之能正,末说纷纭,愈出愈乱,名之不明,物其竟晦。所以冈元凤决定"订其讹,征其实……毛、郑、朱三家为归,有异同者,会稡群书而折之,采择其物,图写其形,要以识其可识者耳,而不可识者阙如,庶为读《诗》之一助也"。① 吉浪速木孔于书后跋记道:"友人冈公翼有慨于兹,说《诗》之暇,遍索五方,亲详名物,使画人橘国雄写其图状,系以辨说,装为三策。於戏! 考据之博,拟肖之真,所谓说《诗》辨物者,于此乎可以备资正焉。"② 这本由冈元凤纂辑、橘国雄绘图的《毛诗品物图考》,依次分成草部、木部、鸟部、兽部、虫部、鱼部等七卷,每卷先列诗文、传次,次及"郑笺""孔疏"、朱熹《诗集传》等,兼引其他著作,辨以己意,最后附图以作说明。书中共计有草木虫鱼鸟兽图像二百二十四幅,虽同为版图,但较徐鼎《毛诗名物图说》中的图像更为精细真切,可赏性也更高(见图6-5)。《毛诗品物图考》自传入中国后,在光绪、宣统之际几度印行,光绪丙戌年(1886)时将付石印时,翰林院编修戴兆春曾为之欣然作序,赞叹道此书有《尔雅》所不及载、《山海经》所不及详者。直至近代,鲁迅在《阿长与〈山海经〉》一文,犹记其自从得到《山海经》后,开始搜集绘图的书,陆续买了一批有图的书和画谱,如《尔雅音图》《点石斋丛画》《诗画舫》等,其中就有一本《毛诗品物图考》,可见此书在中国的普及程度。

第二节　《诗经》主要文图母题的流变

《诗经》文图母题,指《诗经》文本中的某个情节或人物形象延续至历代《诗经》图中。以《诗经》为题材的著名文图母题有《豳风》《唐风》《陈风》等等,本章主要按照时间顺序分析《豳风·七月》的图像流变,以及探讨两卷《唐风图》的相同之处与变化。

① 冈元凤纂辑:《毛诗品物图考》,中国书店1985年版,第6—7页。
② 冈元凤纂辑,王承略点校:《毛诗品物图考·原书跋》,山东画报出版社2002年版,第257页。

一、《豳风·七月》母题及其图绘的流变

豳诗七篇产生于豳地——中国古代农业的发源地,在《诗经》所有篇目中,《豳风》诗饱受历代画家的关注,故有关豳诗,特别是《七月》的美术作品非常丰富。时至今日,我们已经无法看到所有和《豳风》有关的美术作品,但是通过一些传记、文学作品、图册等的记载,我们也可以挖掘出近乎完整的历代《豳风》图资料①:

(朝代)作者	名称	馆藏/文献出处	保存情况
(晋)晋明帝司马绍	《豳诗七月图》	《历代名画记》	散佚
(唐)阎立本	《豳风图》	《五杂俎》	散佚
(宋)李公麟	《豳风图》	《石渠宝笈初编》	未详
(宋)马远	《豳风图》	(美)克利夫兰美术馆	传本
(宋)马和之	《豳风图》(五卷)	故宫博物院等	传本
(元)赵孟頫	《豳风图》	《文宪集》等	未详
(元)塔斯布哈	《豳风图》	《元史·高宣传》	未详
(元)陈琳	《豳风草木虫鱼图》	《书画传习录》	未详
(元)林卷阿	《豳风图》	私人收藏	纸本
(元)盛懋	《豳风图》	《石渠宝笈初编》	未详
(明)文徵明	《豳风图》	上海博物馆	绢本
(明)周臣	《豳风图》	(美)普林斯顿大学博物馆	纸本
(明)谢时臣	《豳风图》	《石渠宝笈初编》	绢本
(清)黄甲云	《豳风盛衰循环图》	《宋元以来画人姓氏录》	未详
(清)郎世宁、唐岱、沈源	《豳风图》	《国朝院画录》	未详
(清)唐岱、沈源	《豳风图》	《石渠宝笈三编》	绢本
(清)乾隆、董邦达	《豳风图》	《石渠宝笈初编》	绢本
(清)管希宁	《豳风图》	《墨香居画识》等	未详
(清)吴求	《豳风图》	南京博物院	绢本
(清)张坦	《豳风图》	《国朝画识》	未详
(清)周鲲	《豳风图》	《石渠宝笈初编》《国朝院画录》	未详
总计:		25	

---

① 表格参考自方小壮:《林卷阿与豳风图》,上海书画出版社 2009 年版,第 194 页。

"国以民为本也,而民之至苦莫甚于农。"①"无非欲始子孙之观之者,居畎亩之间,则当知效此而不惰;食朝廷之禄,则当知致此之不易也,其治谋之道远矣!"②自古以来,农事乃民生之本,为政者关心之重,在《诗经》众多篇目中,以农业为题材的作品——《豳风·七月》——尤其受到历代画家的关注,凌云翰曰:"欲知王业艰难处,尽在《豳风·七月》诗。"③谢时臣、马远、马和之、林卷阿、文徵明等多位画家都图绘之。

《七月》是《豳风》,也是《诗经》中最长的一首诗,全篇八十余句,它从七月开始,详细记录了豳地人民一年四季的习俗与生活面貌:农耕的辛苦、女子"殆及公子同归"的伤悲、劳动果实落入谁手的担忧,以及最后农事完成,觥筹交错的盛况等等,甚至连庄稼的种类,打枣、煮豆等细枝末节都被作者循循道出。《诗集传》引王氏之词曰《七月》之义为"仰观星日霜露之变,俯察昆虫草木之化,以知天时,以授民事。女服事乎内,男服事乎外,上以诚爱下,下以忠利上。父父子子,夫夫妇妇。养老而慈幼,食力而助弱。其祭祀也时,其宴飨也节"④。《毛诗诂训传》曰:"《七月》,陈王业也。周公遭变故,陈后稷先公风化之所由,致王业之艰难也。"⑤依据图像可以判断出,多数《七月》图依《毛诗诂训传》所画,为体现执政者的艰难与困苦。不过因为篇幅的限制,各画家选择的诗句不尽相同,因而也构成同首诗、不同画的格局。

宋马远画《豳风图》一卷。此《豳风图》取材于《七月》诗,整卷画被分为十七段,从而也就构成了十七个情节。虽然每段画的内容各异,但刻画的主体鲜明,表现的主旨统一,它更加具体地反映了贵族与劳动人民之间的阶级差异。画中共有四人,他们衣衫褴褛,两人端着竹筐,另两人拿着工具在凿地,而背景仅由近景的一块石头和远处的一棵小树苗组成。画的右侧配诗数句:"二之日凿冰冲冲,三之日纳于凌阴。四之日其蚤,献羔祭韭。"相传画上的诗句皆为高宗所书。

宋马和之绘《豳风图》,全卷共分七段,依据原诗而来。《七月》诗场面盛大,细节繁多,不易用图案表现,马和之并未像张择端一样把它描绘成巨型长卷,而是在图(图6-6)中用三十人左右的篇幅强调了贵族与劳动人民之间的阶级差异。马氏《七月》的构图颇为讲究,首先映入眼帘的是画面中央的农耕者,右侧是秀丽风景,有人劳作其中,有人游玩于山水之间,画面左侧则有人奏乐赏乐,有人喝酒怡情,此番场景与田地里辛苦劳作的人形成鲜明对比。与诗相较,这幅画只吸收了其中的主旨——贵族阶级重享乐,种田人儿农活忙,而省略了季节的变化

---

① 宋濂:《钦定四库全书·恭题豳风图后》,《文宪集 卷十三》第1223册,商务印书馆1986年版,第629页。

② 倪谦:《钦定四库全书·倪文僖集 卷二十四》第1245册,商务印书馆1986年版,第475页。

③ 凌云翰:《钦定四库全书·柘轩集 卷一》第1227册,商务印书馆1986年版,第763页。

④ 朱熹注,赵长征点校:《诗集传》,中华书局1958年版,第121—122页。

⑤ 李学勤主编:《毛诗正义》卷八,北京大学出版社1999年版,第489页。

图 6-6　豳风图·七月(局部)　马和之　故宫博物院藏

以及烧菜、酿酒,以及盖屋顶、裁制衣裳等一系列琐碎的活动,画家把诗中的多时空、多场景融合进单幅画卷上。《七月》图与马和之其他作品一样,淡雅脱俗却准确生动地反映了如等级差异这样的现实问题,既有情节描写,又有深刻内涵。

　　谢时臣也作《豳风图》。谢时臣,明代画家,字思忠,号樗仙,擅长画山水。清代《石渠宝笈》记载其作有《豳风图》,"宣德镜光笺本,着色画,无款,左方中有时臣一印,轴高六尺一寸,广三尺四寸"①。这本是一首贵族宴会宾客的诗,在谢时臣的笔下却饱含田园气息。画家对自然背景——山、树、农田等的刻画远胜于人物和情节,此画与诗相关的部分只在画面三分之一处有所展现,穿着体面的两位主人正接待着客人。

　　林卷阿,字子奂,号优游生,师从画家方从义与诗人张率,生卒年月不详,活动于元中期以后,其传世作品非常稀少。林卷阿《豳风图》现今共有四种版本:"一是 1995 年美国纽约苏富比拍卖公司秋季拍品,以七十万美元落槌,杨仁恺先生称之为'海本',亦称'美国本';二是杨仁恺先生的《国宝沉浮录》之《元人林子奂〈豳风图〉浮沉原委》一文考定为真本的'南本',亦称'天津本';三是 2006 年 7 月 16 日,北京大唐国际拍卖有限公司于京广中心的拍品,以 1000 万元人民币拍出,称'大唐本';四是今现世北京的'京本'。"②而这四个版本,尤其是"京本"和"南本"的真伪,一直备受质疑。《豳风图》内现存五幅画,各幅纵向都为 26.5 厘米,宽度则不等。有别于其他画家,林子奂取豳诗每一篇的首句为题名,如"七月流火""鸱鸮鸱鸮""既破我斧""伐柯如何""九罭之鱼鳟鲂",篇目的顺序与《豳风》文本顺序一致,但缺少《东山》与《狼跋》两篇。画卷卷首有乾隆帝亲笔

① 张照、梁诗正编撰:《文渊阁四库全书·石渠宝笈(二)》,子部一三一,艺术类,台湾商务印书馆 1986 年版,第 499 页。
② 方小壮:《林卷阿与豳风图》,上海书画出版社 2009 年版,第 28 页。

图6-7 七月流火(局部) 林卷阿

书"王业始基"四个大字,并钤盖"乾隆御笔"的玺印。除《鸱鸮》图外,就属《七月流火》图(图6-7)和马画的差别最为明显:首先,林卷阿不但增加了树木、灌木等各类植物的数量,他在此图中还常用皴法这一笔法。皴,原指皮肤受冻或吹风后的干裂,后成为画家表现草、木、树、石、峰峦之纹理、阴阳的一项基本技能。在《七月流火》图中,他恰当地运用了皴法里"解索皴"的技法,在对山坡、山冈的刻画上不但顾及线条的粗疏有致,还兼顾了墨色的浓淡;其次,林卷阿还将笔墨更多地运用在对自然环境的塑造上。在他的画中,自然与人的融合也非常突出,比如行走于山林间的劳动人民。而马画更加突出人物的细节,如地位、生活状态,甚至面部的细微表情。与马画相同的一点是,悠然自得赏乐、奏乐的贵族依然集中于画面的左侧。

除了政教色彩,有人亦看到了林卷阿诗画间的关系,周傅说:"诗咏性情,本乎心也。画绘其事,寓其迹也。诗自'国风',至于今日,历二千余载,学者因训诂以求其心,固难矣。欲验其迹者,非图绘其事,乌能使人兴起其良心耶?是则因其迹以究其心,则性情之妙,愈可见矣。今观林子奂所画'豳风'之诗,莫非重王业、救暴乱、去奸恶、美良臣、忠王室之诗也。使诗之意形于画,画之意原于诗,诗得于言意之表,画得于笔法之外。宛如周公之德,亲被于世。善观者,兴起于二千载之下。因其迹以究其心,则斯画之作,不为无益。岂但绘事而已哉?"[1]周傅

① 故宫博物院编:《钦定石渠宝笈续编》第1册,海南出版社2001年版,第364页。

不但看到了林卷阿豳风画中的政治要素，也顾及了诗与画相辅相成的对应关系——"使诗之意形于画，画之意原于诗"。

同绘《七月》的还有文徵明。文徵明，明代人，在绘画、书法、文学等领域均有较为高深的造诣，其书法师从李应祯，绘画则师从沈周。其《七月》图取诗两段，分别为："六月食郁及薁，七月亨葵及菽。八月剥枣，十月获稻；为此春酒，以介眉寿。""二之日凿冰冲冲，三之日纳于凌阴。四之日其蚤，献羔祭韭。九月肃霜，十月涤场。朋酒斯飨，曰杀羔羊。跻彼公堂，称彼兕觥，万寿无疆！"[①]画卷纵111.7厘米，横52.7厘米，上海博物馆藏。此画与马画内容相近，只是文徵明也注重对自然环境的描绘。

清朝唐岱、沈源也曾合笔绘《七月》图（图6-8）。清代《石渠宝笈》曾记载："唐岱、沈源合画《豳风图》一轴；绢本……设色画，《七月》全篇诗意。"[②]两位画家笔触细腻，人物虽微小但也能够辨别。他们用人物的小将大自然的气势磅礴体现得淋漓尽致，却也与壮阔的天地形成鲜明对比，人们脸上没有任何表情的呈现，却以人类之千姿百态（挑水、犁地、赶牛羊、拉车等等）写照日常生活，服装颜色以蓝、灰、白三色为主，与卷纸的黄色和树丛的墨绿色有明显反差，可以清楚判断，并不会出现景与人混为一体的状况。而这幅合笔画的构图也经过精心的安排，比如人物阶级的区分，室外多是辛勤劳作的底层人民，而在屋内多是喝茶、聊天、享受生活的贵族，此处与马画意同。

图6-8 七月 唐岱、沈源 台北"故宫博物院"藏

---

① 程俊英、蒋见元著：《诗经注析》，中华书局1991年版，第413、415页。
② 故宫博物院编：《钦定石渠宝笈三编》第7册，海南出版社2001年版，第175页。

　　除《御笔诗经图》以及沈源、唐岱合笔《豳风图》一轴外,清朝乾隆时仍有其他数卷《豳风图》,均取材于《七月》诗。郎世宁、沈源、唐岱绘《豳风图》一轴:"郎世宁恭画庐舍,唐岱恭画山水,沈源恭画人物。"①《张照书豳风周鲲绘图》一卷,"凡二幅,前幅宣德笺本行楷书豳诗,全篇款云'张照敬书',下有张照心正笔正二印,后幅素绢本着色画诗图,款云'周鲲恭画',下有周鲲联印,卷高六寸二分,广二尺八寸八分,二幅同。"②还有《御制豳风图并书》一册,与《御笔诗经全图》同时间绘制:"御笔绘人物,董邦达补树石舍宇,书画各八幅。"③

　　综前述,若对照文本来看,马和之的《七月》图笔意更加准确,而后两幅《七月》图的构思与构图则有模拟的痕迹,林卷阿、文徵明在内容上效仿马画,但都增添了树木、河流的要素,而"水"的意象并没有出现在其他《七月》图中。唐岱、沈源之合笔画效仿了林子奂对自然的重视与突出,人物虽不够突出,但每个人的身份与地位依旧可以通过他们的肢体语言辨认出来。

　　吴求,清朝人,字彦侣,历史记载不多。他的两卷《豳风图》现藏于南京博物院,一幅题为"八月剥枣"(图6-9),另一幅名为"缝衣图",尺寸与前幅同。与前述《豳风图》不同,吴求的《豳风图》构图简略,绘图时选择文本的角度独特,以突

图6-9　八月剥枣　吴求　南京博物院藏

① 故宫博物院编:《钦定石渠宝笈三编》第9册,海南出版社2001年版,第74页。
② 《钦定四库丛书·石渠宝笈初编》卷六,第824册,商务印书馆1986年版,第209页。
③ 《钦定四库丛书·石渠宝笈初编》卷二十,第824册,商务印书馆1986年版,第563页。

出人物为主,尤其是女性,背景有三两棵树和几块湖石,红色、蓝色的服饰使画面不致单调,还颇有几分雅的意味。

这两幅画是以民风民俗为题材的仕女画。《八月剥枣》图依然来自《豳风》中的《七月》篇:"八月剥枣,十月获稻;为此春酒,以介眉寿。"①剥,通"扑",此处剥枣也是打枣的意思,枣和稻都是酿春酒的原料,而醇香的春酒常作祝寿、祈福用。画中众人以两棵枣树为中心各自忙碌着。

一位老妪正在指导旁边身系红腰带、手持长竿的女子如何打枣,她头发花白,目光淡定从容,俨然几位女子中的领导者,而老妪左侧头戴蓝色发饰的女子则将衣角兜起,头微仰,等待着收获掉落的果实。一位蓝衣女子蹲在这三人之间,她伸出一只手指引孩童向前爬行,眼中充满着关怀,而另一位女子边把采下的枣子倒入背篓,边侧身温柔地看着在地上玩耍的孩童,笔者猜测其中之一可能是孩子的母亲。而画面左侧的持竿女子看着老妪,似是在听取其宝贵经验。吴求的《七月》图取材角度不同,画中呈现的和谐与优雅是其他试图表现等级差异的《七月》图所没有的。

这两幅画主要模仿了仇英鲜丽明艳的仕女画风但又有新发展,人物姿态自然娴雅,用线轻细,设色淡雅,造像清瘦而秀丽,具有典型的清代风格。这两幅画虽然画的是民风民俗,然而人物衣着华丽,姿态端庄娴雅,气氛安乐祥和,尤其是《女手缝裳》,将背景设于布置有假山曲阑的后花园里,显见非田家风俗画里的村妇。两幅画各钤一朱文长方印"臣求",据此猜测,吴求很可能曾供奉于清廷内府,这两幅仕女图或为奉旨而作。若果如此,那吴求《豳风图》就应划归为宫廷画院内的作品了。

单畴书,康熙五十四年(1715)由进士任赣榆知县,五十八年(1719)署任海州知州。历官大理寺正卿,后迁御史,累官户部右侍郎,官至尚书。卒于雍正七年(1729)农历六月。单畴书能诗,命意镂词,清真雅正,有《敦本堂诗钞》传世。

单畴书在《邠风图》轴(图6-10)中自题:"曰杀羔羊,跻彼公堂,称彼兕觥,万寿无疆。己卯秋七月,砚潭子为虹如亲家作邠风图,□□具次以题之。单畴书。""邠"通"豳",《邠风图》即《豳风图》。这幅画作于康熙己卯年(1699)秋七月,是单畴书为其亲家虹如所作,图写了《七月》末句"曰杀羔羊,跻彼公堂,称彼兕觥,万寿无疆"的诗意。但与马和之《七月》篇图描绘公堂宴饮的场景不同,《邠风图》长幅立轴,画高山密林,一座公堂正掩映在枝丫光秃的树林里,而山脚溪流处,一群人正抬着各种牲礼向公堂走去,岁末的祭祀燕飨就要开始了。历代《豳风图》多描绘耕织的情景,单畴书这幅《邠风图》的构图方式,则类似于明代周臣

---

① 程俊英译注:《诗经译注》,上海古籍出版社1985年版,第268页。

图6-10　邠风图　单畴书
青岛市博物馆藏

《毛诗图》，但《毛诗图》侧重于人物活动，而《邠风图》更侧重于山水，以点景人物来揭示诗意。

清朝嘉庆年间，以《诗经》为题材的绘画，有黄钺《祥徵协庆图》册里的《豳风介寿图》，以及《豳风十二月图》册。

黄钺，乾隆五十五年（1790）进士，授户部主事，后与和坤意左，告假回芜，"掌教皖南北书院十载"。黄钺工诗文书画，著有《壹斋集》《奏御集》等，还仿司空图《二十四诗品》，撰有画论《二十四画品》传世。所绘山水，有萧云从余韵，为嘉庆帝和道光帝所赏识，在当时与院画家董浩并称，也时常奉帝命作画。《祥徵协庆图》册共有十二开，每开一幅，蝴蝶装，均纵28厘米，横34.2厘米，纸本设色，现藏于台北"故宫博物院"。这图册是为了庆寿而作的，十二幅绘图有中《豳风介寿图》，其中第十二幅款："臣黄钺恭绘"，钤印二："臣""钺"。这十二幅画，皇子绵宁题诗前六幅，第六幅上绵宁款："子臣绵宁奉敕敬题"，钤印二："子臣""绵宁"；皇子绵恺题诗后六幅，第十二幅上绵恺款："子臣绵恺奉敕敬题"，钤印二："子臣""绵恺"。"绵宁"，是道光帝的旧名，即位后才改为"旻宁"。可知，黄钺《祥徵协庆图》册是奉嘉庆帝颙琰旨命而作，绵宁、绵恺也是奉旨题诗。《豳风·七月》有"为此春酒，以介眉寿""称彼兕觥，万寿无疆"句，[①]后人常以此为贺寿之辞，元代郭畀曾据"为此春酒，以介眉寿"而绘《豳风介寿图》，清朝时流入内府，藏于长春园狮子林园。黄钺《豳风介寿图》画中茅舍数间，村篱落落，坐落于河岸两边，远处良田数顷，高山巍峨，一道城墙宛似铜墙铁壁横跨于山脉之间，而河之两岸，右岸数人正欲过桥赴寿宴，队尾的两人抬着一坛春酒，犬马尾随其后，左岸两人立于河边，远远地隔岸相迎，一派宁静安详的乡村风景和淳朴和睦的风俗人情。画上绵宁题诗道："欲卜丰年象，图成七月诗。春和于耤日，秋肃筑场时。蔀屋盈宁庆，公堂宴飨宜。称觥同华祝，万寿仰无期。"

《豳风十二月图》册，共三十六开，每开一幅，折装，绢本设色，均纵36.4厘米，横33.3厘米，右幅纸本，尺寸同本幅。后幅叶三开，每开二幅，折装，纸本，尺寸同本幅。均无款印。画者不详。每幅册页均有一"图说"，为张师诚所书，后幅叶还有张师诚的楷书长跋。现藏于台北"故宫博物院"。

---

① 程俊英译注：《诗经译注》，上海古籍出版社1985年版，第268-269页。

此外,也以豳诗为题材的祝寿图,元人郭畀,明朝的王世贞、倪元璐、程敏正等都分别绘有此类作品,本章第一节中已详述。

综上所述,从南宋马和之开始,以《豳风》,尤其是其中的《七月》为主题的绘画出现了多样化的格局。图画中有表现为政者方知百姓苦的主题,到元朝时画家在绘画同类诗歌题材时,则引申作祝寿之用。直至清朝乾隆帝命画家绘《御笔诗经图》,《诗经》图的政教性格又再度得到展现。

二、《唐风》母题及其图绘的流变

《唐风》诗共十二篇,本节选择讨论马和之《诗经》图与乾隆时《御笔诗经全图》中的《唐风图》的原因在于,较之其他篇目,《御笔诗经图·唐风》模仿的痕迹并不明显,两卷存在着较大的差别。此两卷《唐风图》均由十二个段落构成,图绘之顺序、内容都分别与诗相对应。传世马和之《唐风图》有三本,分别收藏于辽宁省博物馆、日本京都国立博物馆和故宫博物院,这三本中,以辽宁省博物馆藏本为最佳。全卷纵 28.7 厘米,横 827.1 厘米,而乾隆时期《唐风图》的具体尺寸尚不知晓。此节欲从两卷《唐风图》入手,比较其中的异同。

首先,两画内容与内涵皆不同。譬如《蟋蟀》《有杕之杜》《无衣》等三幅。《蟋蟀》一诗感叹一年的期限将至,蟋蟀快要终了,诗人感叹着人们要及时行乐,要时刻不忘时间的飞快流逝和平日里的辛劳,好乐而不虚度。马和之画体现了"蟋蟀在堂,岁聿其莫……好乐无荒,良士瞿瞿……"几句。整首诗如一则寓言,诗人借蟋蟀这一具体的对象抒情,表达某种感时伤怀的情绪,但抽象的感情常难以借图像表示,故蟋蟀并没有出现在画中,马和之巧妙地以四个人物替之。诗中有关季节的信号都通过些许细节流露出来:比如树木旁稀松散落的落叶和亭中一位凝神侧听、似乎在捕捉蟋蟀振翅声音的人。《诗集传》曰:"唐俗勤俭,故其民间终岁劳苦,不敢少休。及其岁晚务闲之时,乃敢相与燕饮为乐。而言今蟋蟀在堂,而岁忽已晚矣。当此之时而不为乐,则日月将舍我而去矣。"[1]《御笔诗经图》的作者取部分《诗集传》之意并抛弃了马氏的构图和内容,不仅人物数量由马画的四人增至七人,且景致、人物的行为也发生了变化。在此画中,远方有山近处有人家,院子里的茅草屋内围坐着五人,气氛其乐融融,十分和谐、融洽,这与马画中人物表情的黯然、严肃,与原诗想要表现的秋之萧条很不一样。

其次,两画内容不一,但内涵与诗相对应,这一类的画作相对比较多。比如第二篇《山有枢》,马画中的一钟一鼓、一马一车恰对应了"子有钟鼓,弗鼓弗考"和"子有车马,弗驰弗驱"两句。画面整体结构协调、平衡,画中共有四人,在其右侧和中间处有两人分别牵着车与马,而画面左侧有两人在旁指点、议论,似带有

---

① 朱熹注,赵长征点校:《诗集传》,中华书局 2011 年版,第 87—88 页。

嘲讽的意味。此讽刺之意正与《毛诗诂训传》所言同："刺晋昭公也。不能修道以正其国，有财不能用，有钟鼓不能以自乐，有朝廷不能洒扫，政荒民散，将以危亡，四邻谋取其国而不知，国人作诗以刺之也。"①而如上文所述，《御笔诗经图》中只画有三个交头接耳的人、一团云气、砖瓦和几株植物，虽与马画不同，但欲表现的意义依然没变。第五篇《绸缪》一诗，诗之内容有关婚姻，诗之语言生动活泼、婉约细腻，极具生活气息，整首诗都在抒发愉悦的情感，并未有具体特定的对象。在马和之的《绸缪》图（图6-11）中，画中老夫所处的空间仍是大自然，他的头微微仰起，脚边放着荆条，双手握着牧草，脸上挂着浅笑，眼神闪烁着，好像对未来充满希冀，此景与诗中"今夕何夕，见此粲者。子兮子兮，如此粲者何！"的美妙意境相符。而《御笔诗经图》中《绸缪》图的内容更加丰富，一位老夫昂首望向云气后面的家园，虽然两幅画的内容有别，但表达的思想感情几乎一致。

图6-11 唐风·绸缪 马和之 辽宁省博物馆藏

此外，两幅《绸缪》图也说明了当文字较难转化为视觉图像时则需画家推敲诗意，对图像进行适当主观的补充，使文字与图案相辅相成。第七篇《羔裘》也是如此，诗曰："羔裘豹祛，自我人居居。岂无他人？维子之故！羔裘豹褎，自我人究究。岂无他人？维子之好。"②关于此诗，朱熹曰："不知所谓，不敢

① 转引自周振甫：《诗经译注》，中华书局2010年版，第149页。
② 程俊英等著：《诗经注析》，中华书局1991年版，第321—322页。

强解。"①《毛诗诂训传》曰："《羔裘》,刺时也。晋人刺其在位不恤其民也。"②可见马画似乎满足《毛诗诂训传》所云。直观马和之的画(图 6 - 12),旁观的路人对孤独自傲的乘车者冷眼相待,诗中并没有出现马车的意象,而马和之则在画中加以补充,卿大夫出行用马车也是合理的。《御笔诗经全图》中的《羔裘》图再度用到云气以表幻想之象,与马画不同的是,画中两位衣着朴素的百姓用议论的方式讽刺位在云气后"羔裘豹袪"的贵族。显然,马和之依旧用增补意象的方法明确画意,而《御笔诗经全图》仍以云气表意。

图 6 - 12　唐风·羔裘　马和之　辽宁省博物馆藏

第八篇《鸨羽》,《毛诗诂训传》曰："昭公之后,大乱五世,君子下从征役,不得养其父母,而作是诗也。"③而马画(图 6 - 13)只依诗名作画,马和之依据诗中"肃肃鸨羽,集于苞栩""肃肃鸨翼,集于苞棘""肃肃鸨行,集于苞桑"三句诗绘出四只鸨羽,这幅作品看似只以篇名为主题而绘,但后人也对它的画意展开了主观的猜测。画中,两只鸟儿悠然栖息于枝头,好似诗中高高在上、高枕无忧的统治者,而另外两只鸟儿正从远方飞来,好似替王室做事的贫苦农民。除了主观推敲出的寓意外,这幅画的构图也不同于其他。画面左侧,画家用浓墨绘出苍劲有力的树干和枝桠,而右侧除了两只盘旋于上空的鸨羽外,空白占据了整幅画面大约三分之一的空间,此处的留白令人遐想,引人深思。而《御笔诗经图》(图 6 - 14)则依《毛诗诂训传》画出征役的场景。又如《采苓》,两画都依题意绘几人立于山林之中,与诗本来的讽刺之意并无关系。

再者,两画内容相近,与诗的内涵也相同。《唐风》第十一篇《葛生》,马和之绘一名女子独坐闺中,隐隐绰绰可看到她身后的床榻和锦衾,女子面对着屋外的

---

① 朱熹注,赵长征点校:《诗集传》,中华书局 2011 年版,第 91 页。
② 李学勤主编:《毛诗正义》卷六,北京大学出版社 1999 年版,第 393 页。
③ 李学勤主编:《毛诗正义》卷六,北京大学出版社 1999 年版,第 395 页。

图 6-13　唐风·鸨羽　马和之　辽宁省博物馆藏

图 6-14　唐风·鸨羽　御笔诗经图　台北"故宫博物院"藏

湍湍流水和矮树丛,若有所思。此情景恰对应诗句:"角枕粲兮,锦衾烂兮。予美亡此,谁与独旦。"[①]在《御笔诗经图》(图 6-15)中,一名女子站在屋檐下,倚柱凝望着院内大树的枝丫,意境与马画相似,但画的内容已不如马画全面,"角枕"与"锦衾"两个意象并没表现出来,故仅凭图画本身并不能准确判断其中的内涵。除了《御笔诗经图》中云气后的植物与整个画面显得格格不入之外,两幅画的内涵实则是差不多的。而两幅《椒聊》图无论从构图还是内容上看都几乎相同,似乎是《御笔诗经图》模仿马和之作。《诗集传》谓此诗"不知其所指",故马和之绘一君子面对着一株椒聊,以表"椒聊之实,蕃衍盈升"。第三篇《扬之水》,马画与《御笔诗经图》在内容与内涵上异同并存,相同之处即两幅画都包含共同的元

---

① 程俊英译注:《诗经译注》,上海古籍出版社 1985 年版,第 213 页。

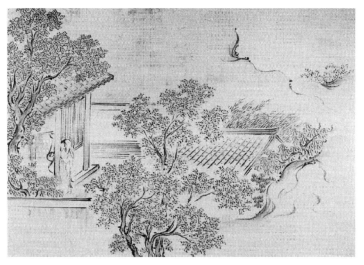

图6-15 唐风·葛生 御笔诗经图 台北"故宫博物院"藏

素——树木、河流和人;而差异则在于人物的状态——马画中只有一人临水并呈若有所思状,而《御笔诗经图》中则出现了三个议论的人,与《山有枢》中的人物状态相近,以及后世画家在《御笔诗经图》中增添的意象,即云气、城墙等等。在构图上,马和之仍延续了他简洁明了的构图风格,而《御笔诗经图》中画家又以云气作为想象的分界线,略显生硬和凌乱。还有《杕杜》也是如此。

综上,两卷《唐风图》异同共存,虽然《御笔诗经图》采用了马和之《诗经》图简明的构图模式,但马和之所绘的画面情节和其用笔特点并未完全为《御笔诗经图》吸收。此外,云气这一意象构造出的新形式也使《御笔诗经图》之《唐风图》在继承马画的基础上,更保有自己时代的色彩。

第三节 《诗经》文图关系的特点

文配图的形式在中国古代并不少见,《楚辞》《山海经》等著名先秦文学作品都有图像伴之。虽然《诗经》图的数量有限,但随着《诗经》图像的发展,其中的一些特点也逐渐呈现出,本节即对这些特点展开分析。

一、《诗经》图对文本的选择

《诗经》图的特别之处在于图像对文本的选择,在上述以《诗经》为蓝本的图像中,有依据传注画图的,也有依据诗句或篇名作图的,还有与《诗经》相关文本偏离的图像,大致分为以下四种情况:

(一)画的内容或内涵与《诗集传》或《毛诗诂训传》的诠释相合,比如上述马和之《唐风》中《绸缪》《山有枢》，还有《小雅·鹿鸣》《陈风·东门之枌》等等，都依据《毛诗诂训传》作画。《绸缪》中对将来的期盼之情，《山有枢》中讽刺晋昭公之意，以及《鹿鸣》中宴会嘉宾的盛大场面都通过图像淋漓尽致地表现出来。《东门之枌》是一首讽刺诗，诗曰："东门之枌，宛丘之栩。子仲之子，婆娑其下。榖旦于差，南方之原。不绩其麻，市也婆娑。榖旦于逝，越以鬷迈。视尔如荍，贻我握椒。"①据《毛诗诂训传》之意，它反映了陈幽公时期，男男女女舍弃旧业，聚集在一起载歌载舞的热闹场景，马画亦按照此意绘图，画中有男女群聚，有女子翩翩起舞，也有驻足观望的过客，所有人的脸上都挂着怡然自得的表情。

（二）仍依据《诗集传》或《毛诗诂训传》的释义作图，若遇到难以用图像表现的情况时，则依诗句创作。《御笔诗经图》之《邶风·匏有苦叶》就是如此。"匏有苦叶，济有深涉。深则厉，浅则揭。有瀰济盈，有鷕雉鸣。济盈不濡轨，雉鸣求其牡。雝雝鸣雁，旭日始旦。士如归妻，迨冰未泮。招招舟子，人涉卬否。人涉卬否，卬须我友。"②诗歌涉及葫芦、雌鸡、鸣雁、我过不过河等场景，此诗大体上是一首等候未婚夫赶快过来迎娶的诗歌，毛亨认为这首诗"刺淫乱之诗"，"《匏有苦叶》，刺卫宣公也。公与夫人并为淫乱。夫人，谓夷姜"。③ 由于图像只能呈现诗歌语象直接呈现出来的场景，无法在同一空间中呈现诗歌语象背后的隐喻空间，即无法通过视觉呈现雌雁、雌鸟的呼朋引伴所隐喻的夷姜的不守妇道行为，所以画家难以直接用图像表现此诗为"刺淫乱之诗"，因此只按照"招招舟子，人涉卬否"一句画出此图，只见站立于船首的船夫一边撑船一边向岸边回眸之人招手。

（三）单纯按照诗篇的题名或诗句而绘画。比如吴求的《八月剥枣》《缝衣图》，《御笔诗经图》之《陈风·防有鹊巢》《秦风·黄鸟》《周南·樛木》《豳风·鸱鸮》等等。《周南·樛木》诗曰："南有樛木，葛藟累之。乐只君子，福履绥之。南有樛木，葛藟荒之。乐只君子，福履将之。南有樛木，葛藟萦之。乐只君子，福履成之。"④此诗有祝贺新郎之意，比喻女子嫁给丈夫，而画中表现了诗中反复出现的樛木和葛藟两株植物，映衬了诗句，但它单纯是一幅自然图景，图像中丝毫未透露诗句间的喜悦之情。《豳风·鸱鸮》诗表达了母鸟的坚毅与困苦，有寄托之情，但图画（图6-16）中只有两株树、几块石头和一只飞翔的鸟，明显是按题名而画。

（四）《诗经》图与《诗经》相关文本原有的内涵偏离，并演变成为带有其他意义的图绘或书籍。虽然多数《诗经》图或多或少保留了《诗经》文本的内容与意义，但无论绘画对文本是何种程度的依从，《诗经》语言的抽象使得图案和文字的关系不仅仅局限于以文作图的简单对应，诗与画分离的情况仍会出现，图画与诗

---

① 程俊英等著：《诗经注析》，中华书局 1991 年版，第 365—366 页。
② 程俊英等著：《诗经注析》，中华书局 1991 年版，第 87—89 页。
③ 李学勤主编：《毛诗正义》卷二，北京大学出版社 1999 年版，第 137 页。
④ 程俊英译注：《诗经译注》，上海古籍出版社 1985 年版，第 9 页。

图6-16　豳风·鸱鸮　御笔诗经图　台北"故宫博物院"藏

名、各种注解皆不相符。吴求的《豳风图》之二《缝衣图》（图6-17）源自《魏风》中《葛屦》一诗："纠纠葛屦，可以屦霜？ 掺掺女手，可以缝裳？ 要之襋之，好人服之。"①画中有四位头系蓝色发带的女子，三位坐着缝衣，一位站着捧衣，左侧是

图6-17　缝衣图　吴求　南京博物院藏

—————————
① 程俊英译注：《诗经译注》，上海古籍出版社1985年版，第184—185页。

几棵芭蕉树,右侧则有几块造型优美的湖石,可见此地环境清静幽雅。画中女人们考究的衣着、打扮,以及气定神闲的神态也与诗原来的内涵——缝衣女对"好人"的讽刺不相一致;又如明人的祝寿图(王世贞《题栢舟画卷赠高母》、倪元璐《豳风八图赞为蒋八公宫庶太夫人寿》、程敏政《鹿鸣燕会图为旌德江溥贡士赋》);还有下述的名物图与地理图,等等。

综上,《诗经》图体系的构成并非完全依照《诗经》文本而来,而是在参照注解的基础上,根据《诗经》文本绘出。以上四种情况使《诗经》图自身的特色更加鲜明,同时,除了美术图之外,《诗经》也发展出了其他类型的图绘,比如名物图与地理图。

二、多向度文本与多类型图绘

虽然多数《诗经》图脱离不了政教化色彩,但从《诗经》文本延伸出的图像类型则是多样化的,它们大抵分为两类:一类是从绘画这一艺术角度对《诗经》进行的解读,另一类则是百科全书式或词典式的图解《诗经》,比如名物图和地理图,而这两类图备受关注的原因、产生的意义以及影响又是什么呢?

论及从绘画角度出发的《诗经》图,其特性与《诗经》文本息息相关。《诗经》民歌式的语言风格和其带有的历史意义本应纳入文学和史学的范畴,而浓重的政教色彩却把"文学性的三百篇完全圣经化"[1],为此作为经、史、文三种特性合一的多向度文本,《诗经》在转变为图像的过程中继续延续了其政教性。据《历代名画记》记载,有关《诗经》的图像最早见于汉桓帝时刘褒的《云汉图》与《北风图》,但是这幅图除观赏的功能外,还带有劝说的目的,所以《诗经》图带有说教的性质也就不足为奇。但由于部分《诗经》的文本语言过于抽象,难以用图像表现,故《诗经》文本在图像化的过程中时常采用直接诠释的方法,比如图绘题名或部分诗句,从某种程度上来说带有插图的特点,只有一些绘画具有原文本的内涵。

而名物图和地理图则与前述的政教性没有关联,它虽然也依据《诗经》文本创作,但它主要体现的是客观再现的功能。"孔子语学诗之益曰多识于鸟兽草木之名,若是乎博物之学亦圣人所不废也。"[2]《诗经》内容丰富,不仅有抒情、表意、讽刺的诗篇,更包含了自然科学领域的知识。《诗经》内各种鸟、木、虫、草、兽、鱼和地名的出现表示周人对农业和地形的熟悉,而名物图和地理图利用视觉图像使抽象文字形象化、直观化,以图绘的形式再现客观世界,它不仅从一定程度上还原了周时代的自然环境,也为后人对《诗经》内动植物、地名及地理方位的研究

---

① 吴璧雍:《从诗经图发展史看清代乾隆〈御笔诗经图〉》,《故宫学术季刊》2002 年第 3 期。
② 顾栋高:《钦定四库全书·毛诗类释》第 88 册,商务印书馆 1986 年版,第 1 页。

提供了更为丰富的素材。

对《诗经》名物的专著研究起初以文字解说为主。它兴起于吴陆玑的典范之作——《毛诗草木鸟兽虫鱼疏》二卷,此书将包含草木鸟兽虫鱼的诗句分别列出,随后附上相应的解释与分析,包括名物的名称、特性、生产地、功能等等。此后类似的著作多从之。名物之理论研究属宋、明、清三个朝代成就最高。可考文献有王应麟《诗草木鸟兽虫鱼广疏》、冯复京《六家诗名物疏》、姚炳《诗识明解》、多隆阿《毛诗多识》,等等。《诗经》中涉及动、植物的图像描绘始于唐,唐朝时对其中植物、动物的考校逐渐自成体系,这个时期的图学文献有《毛诗草木虫鱼图》《毛诗物象图》《吉日诗图》等。这些文献如今都已不见。唐朝之后还有多部图学力作,以清徐鼎《毛诗名物图说》(图6-18)和日冈元凤《毛诗品物图考》(图6-19)为代表,两者虽然体例相似,文献之间却也存在着差异。清徐鼎的《毛诗名物图说》中记载了鸟38种,兽29种,虫27种,鱼19种,草88种,木54种,全书皆为一图搭配百余字的注释;日本汉学家冈元凤的著作同样对以上六类进行解析,每篇以原文、原诗、解说配合较为粗糙的图像构成,形式上更为丰富,但解说相较于前就显得简略许多。徐鼎与冈元凤这两部具有总结性质的著作,在诗经名物图研究中都有着典范作用。除此之外,现代也不乏名物图学著作,包括台湾学者潘富俊的《诗经植物图鉴》,高明乾等著的《诗经动物释诂》《诗经植物释诂》等等。

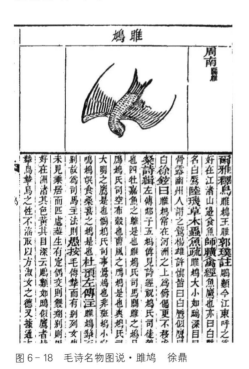

图6-18 毛诗名物图说·雎鸠 徐鼎　　　　图6-19 毛诗品物图考·关关雎鸠 冈元凤

据《历代名画记》之第三卷《述古之秘画珍图》记载,张衡和裴秀分别绘有《地形图》和《地形方丈图》①,这说明在中国古代,地理图与美术图是并存的。张彦远在此卷中还写道:"吴王赵夫人,丞相赵达之妹,善书画,巧妙无双……孙权尝叹魏蜀未平,思得善画者,图山川地形,夫人乃进所写江湖九州山岳之势。夫人又于方帛之上,绣作五岳列国地形……"②由此可见,赵夫人所绘的地形图运用于军事领域,与前述的美术图并没有冲突。《诗经》之《国风》中,除《周南》和《召南》外,其他均产生于黄河流域。可以看出,《诗经》中不但动植物种类繁多,且涉及水路丰富。其中,文本中提到的河流大致就有二十多条,其中,黄河无疑是对生态及周边环境影响最大的水流。其次,《诗经》中还常出现湖泊和湿地,"于沼于沚"(《采蘩》)、"陂泽之陂"(《泽陂》)、"隰桑有阿"(《隰桑》)、"隰则有泮"(《氓》)等字眼都与之有关。除此之外,洲、渚、丘、沚等也不容忽视。后人对《诗经》中出现的地形也用图像的方式加以表达,比如宋代杨甲撰、明代陈仁锡编著的《六经图·十五国风地理图》(图6-20),清代尹继美《诗地理考略》二卷图一卷,以及清雍正梓《十五国地理图》等等。作者们在这些图画中清楚标明东、南、西、北四个方位,以及用形状和文字标识出国家名、地名、山丘、海域等等。地理图为科学领域或人类的实际生活所用,当属实用地图,而实用性地图与传统艺术范畴的绘画实则已分离,这也是地理图与传统意义上的绘画走向成熟的标志。

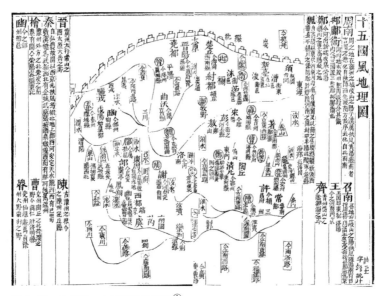

图6-20　六经图·十五国风地理图①

---

① 张彦远著,俞剑华注释:《历代名画记》,上海人民美术出版社1964年版,第80页。

② 张彦远著,俞剑华注释:《历代名画记》,上海人民美术出版社1964年版,第90—91页。

③ 杨甲撰,毛邦翰补,陈仁锡编:《六经图》,明天启六年(1626)刊本,六卷8册,载图三百二十。内容为:1.大易象数钩深图;2.尚书轨范撮要图;3.毛诗正变指南图;4.周礼文物大全图;5.仪礼制度示掌图;6.春秋笔削发微图。

除了《诗经》伴有名物图之外，画家门应兆也画《楚辞》中的十六幅香草图。可见，虽然名物图与地理图确实存在着研究的价值与积极的意义，它们的出现也更加便于人们认识当时国家的生态环境，但二者仅是一种客观的描述，并不是文图关系探讨的重点，故在此不多加赘述。

第四节 《诗经》文图关系背后的文化政治因素

本章第三节研究了《诗经》图在模仿和演绎《诗经》过程中所展现出来的几个特点，或者说几个方面的文与图的关系。若与《楚辞》与《楚辞》图、《山海经》与《山海经》图以及其他的文与图的关系比较发现，《诗经》的文与图关系所展现出来的特点与其背后的文化政治因素有关。

《诗经》之所以成为多向度文本并拥有多类型图绘乃在于《诗经》文本的特殊地位，它既是经学文本，也是诗歌文本。在官方影响下历代对其的注疏有了不同的解释，既有《毛诗诂训传》，又有《毛诗正义》，也有《诗集传》，这些影响了画家对《诗经》的不同理解。有些画家更是在皇帝直接干预下进行《诗经》图创作。可以这么说，在中国历史上，没有一个文学文本像《诗经》那样绘制成图时受官方重视。南宋马和之《诗经》图和清朝乾隆时期的《御笔诗经图》都背负着皇帝的命令和要求，即宋高宗与乾隆的政治意图、立场。明代张丑在《清河书画舫》中提及高宗和马和之："高宗尝云：作书当写经书，不惟学字，又得经书不忘，或每书毛诗虚其后，命和之图焉。"[1]虽然南宋马和之对《诗经》之图学发展贡献颇大，且业内人士对其画作的价值已加以肯定，但同时代的画家们并没有对马和之飘逸、潇洒的画风产生过多共鸣，他的绘画倒是更加博得帝王的赏识。

同样，乾隆皇帝也在影响着《诗经》及《诗经图》的生成。笙诗六首被形容为"有声无词"，在朱熹《诗集传》中此六首只有题名并无内容，而乾隆却凭主观意愿补诗六首，改变了《诗经》原来的格局。经典之作通常很少甚或不会被改变，乾隆此举已在强调皇室的权威，而其补诗的内容更加能够反映出这一点。《由庚》在《毛诗诂训传》中有序云"万物之生各得其宜也"，乾隆诗曰："在上曰天，在下曰地。君君臣臣，父父子子。在下曰地，在上曰天。父父子子，君君臣臣。由其仪矣，物则熙矣。仪其由矣，物则休矣。"[2]此番具有劝征性质的语言不但与诗序不和，更暗示了皇帝高高在上的地位，增添了教化色彩。在乾隆的授意下，清代画家所绘的《御笔诗经图》政教宣示的影响力较之前更为强大。图依《诗集传》而非《毛诗诂训传》而绘，有学者指出，这可能与乾隆帝刚即位时受程朱理学思想的影响有关，但是到了乾隆中期，这一理论由于部分不符合君主专制的需要而受到遏

---

[1] 张丑：《钦定四库全书·清河书画舫卷十上》第817册，商务印书馆1986年版，第386页。
[2] 赵尔巽等撰：《清史稿》卷九十八，《志七十三·乐五》，中华书局1977年版，第2913页。

制。另外,《御笔诗经图》或部分或完全配合《诗集传》之释义择诗句创作,若遇释义不明时,则依诗意作画,这也与其政教性格相关。

为使"王业之艰难"的观念深入人心,如第二节所述,清时乾隆还令沈源、唐岱合笔《豳风图》一轴,郎世宁、沈源、唐岱绘《豳风图》一轴,以及周鲲画、张照书《豳风图》一卷,它们都取材于《七月》诗。另还有与《御笔诗经图》全三十册同时出现的《御制豳风图并书》一册,梁诗正等为此画题跋:"既以积岁之功为诗经全图,复念豳风七月陈王业之艰难,所言农夫红女,趋事附时,勤力务本,尤为亲切有味。爰御楮翰,分章为图,系诗左方,装成巨册。"①可见,乾隆时期借《诗经》作图的政教色彩要比宋高宗时强烈许多。

"要想在百废待兴的南宋新王朝的宫廷内生存,画家必须有精湛的技艺和技巧,符合宫廷文化建设的需要,才是庙堂艺术生存的首要条件。另外统治者的文化背景和嗜好也是举足轻重的左右力量。"②综上,南宋马和之的《诗经》图和乾隆时期的《御笔诗经图》之所以能够把《诗经》如此完整地诠释出来,是与阶级构成、政治体制、经济状况和社会发展动向密不可分的。

《诗经》图虽继承了《诗经》文本的政教色彩,但这也并不影响后人对图画的欣赏,"比如《毛诗》中《小雅鸿·彤弓之什》卷的《鸿雁》篇,原诗主题为'兴'(以鸿雁安集为兴起,归结到周宣王之能安集人民,以颂帝德),但画家作图时,却避开主旨不去表现,而仅作芦荻沙渚间的一群飞鸣宿食的大雁,以虚作实,以'比'代'兴'。……这样能使展阅者不觉得画面平铺直叙,无复余味。正由于它避免了封建说教,所以至今还令人愿意欣赏"③。

《诗经》图在宋代所呈现出来的萧简风格、静穆有序画面,以及明清《诗经》图对自然景物的强调,反映了不同时代的《诗经》图受时代文化思潮的影响。在马和之的《诗经》图中,他淡化戏剧性场面,画面静谧,多运用人物的肢体与神情表达诗意,着重表现事物的内在秩序和人物的内在安静。沈亚丹认为:"马和之正是借助于一系列绘画基本语汇及其独特组合方式,直观地显现出理气之化育与流转,并运用构图、笔墨以及抽象人物造型等种种视觉语言,直观呈现出理的亘古不变和气的转瞬即逝……在这种动静转换中,人物形态的敬与静,贯穿于所有画面之寥廓高远与笔墨聚散飘逸之始终。"④

相较于宋代画家受理学影响在绘画中表现事物的共性而不是个性,明清画家更重视对自然景物的细致描绘。"元明清三代,沿宋代之变而愈甚,山水成为最主要的绘画题材,竹木花鸟也占据重要位置,人物画远不如前者兴盛,以自然

---

① 吴璧雍:《从诗经图发展史看清代乾隆〈御笔诗经图〉》,《故宫学术季刊》2002年第3期。

② 薛晔:《皇室溺好与市民趣味——南宋山水画风成因研析》,《当代中国画》2007年第4期。

③ 徐邦达:《传宋高宗赵构孝宗赵昚(慎)书马和之画〈毛诗〉卷考辨》,《故宫博物院刊》1985年第3期。

④ 沈亚丹:《〈诗经图〉:一个宋儒的诗学图像文本》,《文艺研究》2012年第9期。

作为绘画的主体已成不可逆转的趋势。"①在文徵明、林卷阿、谢时臣，以及沈源、唐岱合笔的四幅《豳风图》中，他们用小的人物、浓重的笔墨突出自然的雄伟气势，从而诗的内容与意义也稍显被弱化。此类绘画的特点是，欣赏者在观画时会不由得身临其境，仿佛可以呼吸到丛林里的新鲜空气，看到远处的悠游白云、绵延高山。

通过对《诗经》图像的发展史进行梳理，我们看到了不同时段《诗经》图呈现出的多样状态、文本政教性对图像的影响，以及两者在发生碰撞时产生的融合与矛盾，从而也在思考带有说教性质的文本是否会抑制图像的数量和对图像的发挥余地造成影响。虽然画家在绘制《诗经》时为政治所束缚——应皇帝所邀约，如宋徽宗与马和之，乾隆皇帝与《御笔诗经图》的绘制者，但通过整理《诗经》图像，我们依然能从中挖掘出它丰富的内涵和应有的价值，从而对《诗经》文图关系有了更深入的理解。

无论《诗经》图产生于何时代，它们都依据《诗经》原文本和研究《诗经》的著作，如依《诗集传》《毛诗诂训传》等而作，或单纯按照题名、诗句作画等。可以看出，文本对图像的影响是直接又深入的，而《诗经》图对《诗经》的作用却微乎其微，甚至没有，所以，虽然历代画家能够用各式的绘画技巧将抽象的文本内容图像化，并且能够把文本描述模糊的部分在图画中进行适当的补充，但《诗经》中丰富、抽象的情感与繁杂的细节显然又被一张画纸限制了。

吴璧雍在《从诗经图发展史看清代乾隆〈御笔诗经图〉》中说："表现诗义是图绘《诗经》的前提，但《诗经》独一无二的形式和长久以来的政教性格，反使原具抒情性质的诗歌走入曲折复杂的释义之路，有的甚至变得抽象而难解。然而绘画具体的图象性，可表现目光所及之山水、花鸟、人物或一段历史故事，却很难将历来对《诗经》所赋予的教化意义呈现出来。因此，诗经图的历史虽然漫长，毕竟无法与北宋末期以后发展出来的诗意图争锋。"②宋代以后随着诗意图的兴起，《诗经》图最终让位给诗意图，虽然在帝王的帮助下曾经辉煌过，但最终还是走向没落。由此可见，在中国美术史上，只有少量的《诗经》图进入了主要美术作品的行列，大多仅仅沦为带有政教性质的美术图以及带有客观解说性质的图像（如名物图、地理图）。

---

① 邓乔彬：《有声画与无声诗》，上海社会科学出版社 1993 年版，第 35 页。
② 吴璧雍：《从诗经图发展史看清代乾隆〈御笔诗经图〉》，《故宫学术季刊》2002 年第 3 期。

第七章　《楚辞》文图关系

　　在中国文学史上占重要地位的《楚辞》历代注释、研究的很多,但从后代绘制的与《楚辞》相关的图像角度入手进行的"楚辞学"研究却仍处在探索阶段。本章立足于历代《楚辞》图的基本形制,分析画家创作图像的时代、政治、文化背景等对绘画作品的影响以及画家本人的艺术特色、精神追求等对绘画作品的影响;探讨针对同 ·部文本的绘画作品的变化过程,图像与文本文意相关程度为何高低不同等问题。透过这些楚辞图绘,也能从另一个角度发现不同时代,不同读者对《楚辞》文本的文学接受情况存在差异。

　　《楚辞》图像研究中有待挖掘的地方还有许多。姜亮夫在他的《楚辞书目五种》图谱提要中指出,《楚辞》图主要包括四类:一曰法书;二曰画图;三曰地图;四曰杂项,杂项一类诸如天象、芳草、酒令诸端主要是作为读"骚"之助。[①] 历代与楚辞相关的图像,据姜亮夫先生《楚辞书目五种》和《楚辞书目五种续编》大约就有八十余种。单以《九歌》为例,后代关于《九歌》的图画包括了历史上较为著名的"九歌图",例如李公麟《九歌图》、马和之《九歌图》、钱选《临龙眠九歌图》、赵孟𫖯《九歌书画册》、张渥《九歌图》、陆谨《离骚九歌图》、文徵明《湘君湘夫人图》、仇英《九歌图》、周官懋《九歌图》、董其昌《九歌图》、陈洪绶《九歌图》、萧云从《九歌图》、清乾隆壬寅内廷门应兆补绘的萧云从《钦定补绘离骚全图》等。与作者屈原相关作品包括:郑思肖《所南翁一百二十图诗集》中《王孝伯痛饮读〈离骚〉图》、陈洪绶《饮酒读骚图》、华嵒《秋棠读骚图》,清人吴藻还曾创作关于《饮酒读骚图》的杂剧作品等。

　　为了便于分析,本章中将《楚辞》图分成了两部分:第一部分是与《楚辞》文献文本相对照,生发而作的一系列作品,如历代《九歌图》、明代《沧浪濯足图》《湘君湘夫人图轴》《离骚图》等。我们暂将此类称之为"楚辞内部图像";另一部分是一些画家、书法家,在阅读《楚辞》后,为作者屈原对理想的不懈追求和为此九死不悔的精神所感发而创作的一系列图像,如历代《屈原像》《屈子行吟图》,还有描摹阅读《楚辞》作品场景的《饮酒读骚图》、明代汪仲弘绘制的《九重图》《南北二极图》《十二支宫属分野宿图》《日月五星周天图》《太阳平道之图》《列星图》《明魄晦

---

① 姜亮夫:《楚辞书目五种》,中华书局1961年版,第366页。

朔弦望图》等天文、地理图。文章的内容也将从《楚辞》图本身,扩展到《楚辞》的作家图,追问这些图像之所以以这样的"面目"展现在我们眼前的原因,挖掘作者本人、时代政治文化等因素对图像的影响。

第一节　历代《楚辞》图与《楚辞》

历代《楚辞》图很多。1953 年,著名文学史家郑振铎辑"楚辞图"197 幅①并作《楚辞图解题》,对历代有代表性的部分楚辞绘画做了初步的整理和介绍。同期,阿英发表《屈原及其诗篇在美术上的反映》②,该文对历代以屈原及其作品为题材的美术作品(绘画、织绣、碑刻等)做了较为系统的介绍和评价,所论画家及其作品远较《楚辞图解题》为多。饶宗颐《楚辞书录·图像第四》著录李公麟以来的"楚辞图"及其汇刊本共 21 种,考证甚详。此后,姜亮夫《楚辞书目五种·楚辞图谱提要》③及崔富章《楚辞书目五种续编》④"图谱提要"部分著录历代屈原画像和"楚辞画"之作者、版本、各家序跋等,有很高的文献价值,涉及的绘画远多于《楚辞》图收录。

因限于篇幅,在列举某一时期《楚辞》图时本书只选择这一时期绘制《楚辞》图的代表性画家,即使选择这些代表性画家的《楚辞》图分析时也只选择传世的图像,对于只有文献记载没有图像传世的作品存而不论,而这一时期其他画家的《楚辞》图在需要提到的时候在正文中也仅文献存目⑤;本书对《楚辞》图的挑选及其与《楚辞》关系的研究下限于清代,现代以来如徐悲鸿、傅抱石的《楚辞》图及其与《楚辞》的关系不在本书的研究范围内。

从前人已整理的历代《楚辞》图像目录可知,《楚辞》图在中国美术史上能大放异彩是从宋代李公麟创作《九歌图》以后。自从李公麟创作《九歌图》以后,元、明、清均有优秀画家对此题材不断地进行再创作,有的是追步李公麟的白描技法,沿袭传承;有的则独树一帜,另辟蹊径,均为后世留下了珍贵的艺术佳作。本书对《楚辞》图的分析就以李公麟创作《九歌图》开始,在开始分析李公麟创作的《九歌图》之前,先分析为何在宋代迎来了《九歌图》创作的第一次辉煌。

---

① 郑振铎:《楚辞图》,人民文学出版社 1955 年版。

② 阿英:《屈原及其诗篇在美术上的反映》,《阿英文集》,生活·读书·新知三联书店 1981 年版,第 592—601 页。

③ 姜亮夫:《楚辞书目五种·楚辞图谱提要》,中华书局 1961 年版。

④ 崔富章:《楚辞书目五种续编》,上海古籍出版社 1993 年版。

⑤ 要全面了解各个时期的《楚辞》图像文献存目,可参考姜亮夫:《楚辞书目五种·楚辞图谱提要》,中华书局 1961 年版,第 366—403 页;张克锋:《屈原及其作品在绘画创作中的接受》,《文学评论》2012 年第 1 期。

一、李公麟《九歌图》及其背景

《楚辞·九歌》是一组饱含浓重神话色彩的文学作品,它通过缥缈瑰丽的意境,优美的语言,超群的想象力,深得历代读者的喜爱。几千年来,众多读者都被《九歌》的巨大的艺术魅力所打动,但由于年代久远,文献资料有阙,围绕《九歌》的许多问题至今尚未形成定论。单以《九歌》的题材而言,就已是历代楚辞研究学者所探讨的重点问题。之所以对此加以赘述,是因与本书重点探讨的关于后代阐释《九歌》而形成的书法、绘画作品等有着重要的关系。就目前的研究现状来看,《九歌》的主题主要可归纳为这几种说法:最早普遍的看法是《九歌》是祀神曲。根据源自王逸《楚辞章句》卷二《九歌章句·第二》:"怀忧苦毒,愁思沸郁,出见俗人祭祀之礼,歌舞之乐,其词鄙陋。因为作九歌之曲。上陈事神之敬,下见己之冤结,托之以风谏。"[①]认为这是屈原改编过的祀神曲[②]。第二种看法认为九歌是屈原奉楚怀王之命创作,用以祭祀众神:"'穆于上皇'战胜秦国,收复失地,是楚辞九歌十一章的主题思想。"[③]第三种看法将《九歌》推断为屈原杂凑所成,后编成集主要是表达他个人的思想情绪,借此抒发胸中的不平之气。第四种看法是姜亮夫先生提出的,他认为:"盖新九歌者,实楚民间歌舞乐神之喜剧,其词句、乐调、舞容及所崇祀之神灵,扮演之巫觋,皆确然为楚人民之故俗,屈子为之润色修订,使祀神有词,升歌迎神有词,合奏送神有词,而其名则不妨虚拟虞夏以来之旧曲也。"[④]关于对《九歌》性质的定位,本书在这里不做进一步细致分析,但不管是哪一种定位,《九歌》中诗歌意蕴的丰富性、缥缈高逸的艺术形象以及延经历代楚辞学家的分析揣摩,吸引了不同的艺术领域的创作者来发挥他们的想象力,对《九歌》进行二度创作,他们用图画的艺术形式来展现自己心目中的《九歌》中神仙、鬼神形象或祭祀场景。

有些学者认为,早在汉代画像砖、墓室壁画、马王堆一号汉墓彩绘等考古发现中就有关于《九歌》的蛛丝马迹,这种推测还有待进一步的证据来证实。明代画家萧云从的《楚辞图·凡例》云:"屈子有石本名臣像,暨张僧繇图。俱丰下髭旁,不类枯槁憔悴之游江潭者也。又见宋史艺作《渔父图》,李公麟作《郑詹尹图》,皆有三闾真仪。"[⑤]若萧云从的说法得到确证,那么早在南朝时,张僧繇和史艺已创作了与屈原和《楚辞》相关的艺术作品。饶宗颐先生还指出,《山海经》图

---

① 洪兴祖:《楚辞补注》卷二,《九歌章句·第二》,中华书局1983年版,第55页。

② 参见汤漳平:《试论〈九歌〉的性质及成因》,《中州学刊》1982年第5期。

③ 见孙长叙:《〈楚辞·九歌〉十一章的整体关系——〈楚辞九歌通体系解·事解〉之二》,《社会科学战线》1978年第2期。

④ 姜亮夫:《重订屈原赋校注》,天津古籍出版社1987年版,第135页。

⑤ 姜亮夫:《楚辞书目五种·楚辞图谱提要》,中华书局1961年版,第390页。

中已有洞庭帝女图（即湘妃），曹植《画赞序》云"尝从观画。过虞舜之像，见娥皇女英"①，此即汉时的舜与二妃图。晋庾阐写过《二妃像赞》，可见顾恺之所绘《沅湘图》可能就与二湘有关。简言之，从三国至唐为"楚辞"题材绘画萌芽期，到了宋代，"楚辞图"的描绘就得到了广泛的传播和发展，宋代著名文人画家李公麟绘制的《九歌图》为最早将《楚辞·九歌》"化文为图"并获得广泛影响的第一人。

李公麟（1049—1106），字伯时，初隐居于龙眠山，自号龙眠山人，庐江舒县（今舒城）人。他的父亲曾做过大理寺丞，一生钟爱书画，也曾有丰富的书画藏品。在这样的环境中，李公麟从小就接触到许多大师的作品，正是这种环境培养出了他高古的艺术气质。后李公麟在熙宁（1068—1077）年间中进士，为中书门下后省删定官。元符三年（1100）重归老于龙眠山。他所作《山庄图》②，是历代珍藏的画作。他善画人、马、佛像，师从吴道子。《画继》记载："画之六法难于兼全，独唐吴道子，本朝李伯时始能兼之耳。然吴笔豪放不限，长壁、大轴出奇无穷；伯时痛自裁损，只于澄心纸上运奇布巧。未见其大手笔，非不能也，盖实矫之恐其或近众工之事。"③他继承并发扬了吴道子"白描"的技法，使其成为一种有着他自己独特风格的艺术表现手法。南宋的《画录广遗》云："博古善画，尤长于佛神人物。率不入色，而精微润澈，六法该畅。世谓王右丞后身。有《离骚九歌图》……传于世。"④

伯时所作《九歌图》的版本较多，宣和御府收藏画目，记载伯时作品百十幅，中有九歌图，这说明在宋时其作品已入御府。历世著录，传本至多。张青父称"赝鼎满天下"，《九歌图》摹画的版本不下百千，姜亮夫认为有两个版本为真："然诸家考论，自庋藏源流，图中跋识，可确指为真品者有二。一为绢本，一为纸本。纸本即曾入宣和内府者，凡为十一段，伯时自书《九歌》全文，即赵兰坡所藏，止描鬼神之像，而无景界者。其一为绢本，则依《文选》所选六神：东皇太乙、少司命、云中君、湘君、湘夫人、山鬼六段。有山水树石屋宇等景界，而曹纬书《九歌》原文者也。明张丑《清河书画舫》考之详矣。"⑤孙承泽《庚子销夏记》云："龙眠作画，凡临古则用绢素，自运则不设色，独用澄心堂纸。《九歌图》载在《宣和画谱》，上有'宣和中秘'印。纸系澄心堂。画法灵秀生动，……龙眠收藏法书极多，留心书学，所书《九歌》，隶法劲逸，在宋亦称第一。"⑥

但其真迹如今已流失，流传下来的多为同时代的画师临摹作品。其一为故

① 转引自俞剑华编著：《中国画论美编》，人民美术出版社 1986 年版，第 12 页。

② 《龙眠山庄图》亦称《山庄图》，是宋代杰出画家李公麟的白描山水画。画面表现的是由建德馆至垂云片的龙眠山庄图景。

③ 邓椿、庄肃：《画继》，人民美术出版社 1964 年版，第 27 页。

④ 姜亮夫：《楚辞书目五种·楚辞图谱提要》，中华书局 1961 年版，第 360 页。

⑤ 姜亮夫：《楚辞书目五种·楚辞图谱提要》，中华书局 1961 年版，第 369—370 页。

⑥ 孙承泽撰，白云波、古玉清点校：《庚子销夏记》卷三，浙江人民美术出版社 2012 年版，第 53 页。

宫博物院所藏甲本,九图,图中绘一百六十人,有景界。据《石渠宝笈》著录:素笺本,墨画。又御笔分段书《九歌》,卷高一尺四寸,广二丈二尺六寸。民国二十三年(1934),《故宫周刊》曾影印此版本;其二为故宫博物院馆藏乙本,曾为霍邱裴氏所藏,赵雍书赞;其三,黑龙江博物馆藏孙承泽旧藏本,纸本,十一图,止描鬼神之像而无景界;其四,辽宁省博物馆馆藏王樨题跋本,白描,九段,有山水树石屋宇等景界。由此可见,伯时所创《九歌图》基本分为两种,一是有景界,另一是无景界。虽然流传诸多的《九歌图》作品均为后人伪作,但起码在这些临摹李公麟的图画中我们还能品味出"白描"技法的生动传神之处。

为何会在宋代产生以屈原的文学作品《楚辞·九歌》为蓝本的绘画作品?原因是复杂的,而且肯定带有一定的历史偶然性,但重回到当时宋朝的历史语境中,从社会文化背景、人文风气的角度考量,我们发现这种偶然性之中也带有必然因素。

首先,宋代经济发展稳定、城市繁荣。各种文化业都在逐步发展壮大,当然,绘画业也不例外。在此基础上,文人士大夫的地位得到了极大的提升,宋朝对文官的招录也达到了前所未有的程度。整个士大夫阶层的社会管理和文化创造都处于非常好的历史时期。在物质富足的层面上,他们就有更多的精神层面上的追求。正如苏轼在为同时代的松陵人朱象先画中题跋所说的:"能文而不求举,善画而不求售。曰:'文以达吾心,画以适吾意而已。'"①对精神层面更深层次的探索就是优秀的文学作品、艺术品所产生的必要条件。

其次,在此基础之上,宋朝的绘画材质有了很大的改进,这也是文人画理论和技法形成的重要原因之一。无论是毛笔、墨的发展,还是造纸技术的发展,都为绘画的材质形成助推之力。特别是记载李公麟的作品时,多数文献都提到了"澄心堂纸"。所谓"澄心堂纸",这种在历史上久负盛名的纸张,实为一种特殊的皮纸,最初始于五代南唐后主。"澄心堂"本为南唐李昇节度金陵时闲居和处理事物的场所。到南唐后主李煜时,由于他喜爱书画,特别设立了官局来制造优秀的纸张,取名"澄心堂纸"。这种纸张在当时专供御用赏赐群臣,后南唐灭,开始流入社会。"澄心堂纸"质地洁白、平滑、厚重、坚韧、易受墨,被蔡襄誉为"纸中第一品"。文献记载李公麟作画,多用此纸。在"澄心堂纸"上作画,能更加便于发挥他白描技法的优势。文人画注重以书入画,书画之间用笔用墨同法的原理,可使绘画笔法具有书法用笔的趣味,使文人们更加重视纸的运用,因此纸遂代替绢而盛行。

最重要的一点,李公麟的文人画意识,是和他与同时期著名的文学家的交往有着极大的关联。他与苏东坡、黄庭坚交好,曾一同郊游,品鉴诗歌、书画作品,

———————————————

① 苏轼:《书朱象先画后》,茅维编,孔凡礼点校:《苏轼文集》(全六册)卷七十,中华书局1986年版,第2211页。

许多文献都记载了北宋文人雅士集会的场景，文人雅士集会多以诗歌、绘画消遣唱酬。山谷诗就有《题伯时画揩痒虎》《题伯时画观鱼僧》等；苏轼曾与李公麟合作《憩寂图》①。追求综合修养之风在北宋日渐形成，苏东坡曾在《文与可画墨竹屏风赞》中提到"与可之文，其德之糟粕。与可之诗，其文之毫末。诗不能进，溢而为书，变而为画，皆诗之余"。"画"和"文"两者的关系是互相促进的，在统一的精神内核的关照下，诗、书、画、印综合一体，触类旁通，自然能达到更高的艺术境界。"文以达吾心，画以适吾意"是文人画的要义。如果说苏轼是宋代文人画的灵魂人物，那么李公麟则是宋代文人画在实践中的有力推行者。《宣和画谱》卷七称他："博学精识，用意至到，凡目所睹，即领其要。"相传李公麟曾创作过《西园雅集图》，描绘文人交往的场面。他自己对自己的评价："吾为画，如骚人赋诗；吟咏性情而已，奈何世人不察。"②为何李公麟能首开先河，以屈原的作品入画？廖栋梁教授在研究屈原形象的历史建构时，就指出宋人加强塑造了屈原的"忠君爱国"典范形象。宋代开始出现图绘《九歌》的画作，实有其时代背景因素。

仅以《九歌》观之，王逸认为《九歌》为屈原所作；后世注解者如朱熹等，亦均强调屈原借《九歌》寄托情志的精神，屈原的忠君爱国形象贯彻于《九歌》之中。有文献记载苏轼曾行书《九歌》，米芾行书《离骚》。在当时文人圈子内，大家以自己最擅长的方式来表达心目中对于屈原"虽九死其犹未悔"精神的敬仰，而李公麟选择了绘制《九歌图》，以此表达他内心的情感。

二、宋元《九歌图》及其与《九歌》的关系

《宣和画谱》卷五第一次记载了李公麟在人物画史上的地位："吴晋以来号为名手者，才得三十三人，其卓然可传者，则吴之曹不兴，晋之卫协，隋之郑法士，唐之郑虔、周昉，五代之赵岩、杜霄，本朝之李公麟。"③李公麟后，以《九歌》入图的绘画形式就这样流传了下来。南宋马和之绘有《九歌图册》。元钱选绘制《临龙眠九歌图》。元赵孟頫也曾书《九歌》并绘图一卷，白描，画书相间。明杨士奇《东里续集》云："楚三闾大夫屈原爱君忧国，惓惓之忠遭罹谗邪，放逐以卒，古今所悲。予尝于秘府见李伯时画《九歌》，今又见赵文敏之画于李祭酒时勉所，大同而

---

① 宋《憩寂图》，上海博物馆藏，作品尺寸：22.80×23.10厘米。关于此幅《憩寂图》题材的来历，清代吴荣光在图后尾纸中作有题跋，跋中指出宋苏东坡与李伯时曾根据杜甫诗意合作憩寂图，之后，宋元人仿者甚多。另清查慎行《补注东坡先生编年诗》："子由诗叙云：元祐三年，子瞻、伯时为柳仲远作《松石图》，取杜子美诗'松根胡僧憩寂寞'诗句之意，复求伯时画此，目为《憩寂图》"。

② 《宣和画谱》卷七《人物三·李公麟》。

③ 卢辅圣主编：《中国书画全书》第二册，上海书画出版社1993年版，第76页。

小异,亦各极其趣也。"①赵孟頫死后追封"魏国公",谥号"文敏",说明杨士奇见过赵孟頫的《九歌图》,并且赵孟頫《九歌图》同李公麟的并无太大差异,均为白描作品。

元代还有一位著名画家,一生中绘制过多组《九歌图》,他就是张渥。张渥,字叔厚,号贞期生。元淮南人,生年不详,约卒于 1356 年。张渥多才多艺,但屡试不第,遂专心于诗画,于元顺帝年间在江淮苏杭一带从事艺术活动,著有《九歌图》《湘君湘夫人图》等,他以白描人物著称于世,在人物画不很兴旺的元代,他的创作显得尤为突出,是一位着意表现《九歌》题材的著名人物画家。他临摹李公麟本,有"妙绝当世"之称,但是他画中的人物形象,却别具作者巧思,卷首绘有憔悴忧伤而意志坚定的屈原像,表现了画家对诗人的同情和崇敬,这在李公麟原作中未曾见到,对于"东君"和"国殇"等诗章段落作了突出的刻画,这也是李公麟原作中没有描写的。张渥的《九歌图》有好几个版本,本书征引的是"吉林省博物馆"馆藏的版本。该本为张氏以赠言思齐之物,元吴睿、孟思篆九歌本文。明詹景凤《东图玄览》(《佩文斋书画谱》九十九引)云:"吾休刘氏世藏有二卷,一为元人张叔厚摹龙眠居士《九歌图》。孟思以小篆书九歌。皆能品。"②清安岐《墨缘汇观名录》云:"张渥临李龙眠《九歌图》,吴睿书词卷,白宋纸本。凡十接。高八寸五分,长一丈五尺六寸。白描法龙眠,笔墨苍劲,前画屈原像,卷首篆书'楚屈原像'四字。后乌丝界行,篆书《渔父》一首。后图首篆'九歌图'三字。每图题名皆篆书。图后歌词逐段有乌丝界行,隶书甚精。"③另一版本为元至正二十一年(1361)张渥《九歌图》褚奂隶书词本,共十一段,末有褚奂款识。这一版本也被郑振铎收录在他的《楚辞图》④中。

值得注意的是,在二十年间,张渥自己创作的不同版本的《九歌图》⑤也有不少的变化,这与他不断钻研《楚辞·九歌》分不开。张渥对《九歌》的创作日臻成熟,而品画之人通过对张渥《九歌图》不同版本对比也能加深对《九歌》的理解。总体来说,张渥是在临摹李公麟《九歌图》的基础之上,加入了自己的创造与想象。吴升在著录吴睿"隶书词本"时,对它所做的评价便是"人物景象,别具思致"。薛永年教授曾撰文《谈张渥的九歌图》⑥就曾对这个版本画做过细致的分析。张渥所加入自己创新的部分归结起来有三:卷首加入的屈原图,表达了对

---

① 转引自王原祁纂辑:《佩文斋书画谱》卷八十五,文物出版社 2013 年版,第 3984 页。

② 卢辅圣主编:《中国书画全书》第 4 册,上海书画出版社 1993 年版,第 89 页。

③ 安岐:《墨缘汇观录》,粤雅堂丛书本,清光绪元年(1875)刻。

④ 郑振铎:《楚辞图》,珂罗版精印,1953 年版,辑录宋李公麟《九歌图卷》、元张渥《九歌图卷》、明文徵明《湘君湘夫人图》、明陈洪绶《九歌图》、清萧云从《离骚图》、清门应兆《补绘离骚图》,凡六种。

⑤ 张渥传世作品有《九歌图》存世三个版本,分别藏于吉林省博物馆、上海博物馆及美国克利夫兰博物馆。三图在人物布局上略有不同,但笔法完全一致,用笔流利潇洒,人物意态生动有致。

⑥ 薛永年:《谈张渥的〈九歌图〉》,《文物》1977 年第 11 期。

作者的崇敬追思;对《东君》《国殇》进行了突出刻画;根据内容需要对背景做了详略处理。阿英评价其"人物风度,线条钩勒,确极佳妙"。

此外,据画史丛书记载还有一些宋、元画家曾以"九歌"作画,但距今年代久远,许多文献已失传,或流失于海外,但从上述提到的图像中,我们仍然可以看出这个时期的《九歌图》特点。宋元时期的《九歌图》主要运用了白描技法。张彦远认为:"然今之画人,粗善写貌,得其形似,则无其气韵,具其彩色,则失其笔法,岂曰画也! 呜呼! 今之人,斯艺不至也……笔墨混于尘埃,丹青和其泥滓,徒汙绢素,岂曰绘画? 自古善画者,莫匪衣冠贵胄、逸世高人,振妙一时,传芳千祀,非闾阎鄙贱之所能为也。"①

唐代绘画对色彩有追求,画家在绘画中体现了入世精神。而宋代李公麟追求的则是高古飘逸,自然要同这些艳丽色彩相区别。故李公麟以白描的手法,更能体现他的简远清淡。他专用墨线,用墨的千变万化来追求画面的意境。其实,白描技法在宋代之前就运用到了绘画之中。张彦远在《历代名画记》中记载,吴道子善于运用这种方法,但当时这种方法只作为起稿的"粉本","每画,落笔便去",这说明,白描在当时只是作画的一个步骤,而不是一种独立的绘画形式。②而李公麟将此技法发展,将线条的运用发挥扩大,使其成了一种极富表现力的艺术形式。

宋元《九歌图》与《九歌》的关系首先表现在同一画家在处理《九歌》题材时采用了不同的图像数目及形制。薛永年在《谈张渥的九歌图》文中提到,李公麟《九歌图》大致可分三类:一、有景本,除了描绘《九歌》中的鬼神,也描绘了地面上祭祀的人群场面;二、无景本,虽称之无景本,但也并非无景,只是着重强调了人物性格的刻画,简略地以背景衬托;三、六段本,它是根据《昭明文选》所选录的《九歌》六篇所绘。只画《东皇太一》《云中君》《湘君》《湘夫人》《少司命》和《山鬼》六段。③ 这个也和上文中提到的相传苏轼曾经行书《九歌》的段落相同,同样以《文选》节选出的六段为参考。从这一点可以看出,画家将文学作品用图画呈现的方式,很大程度上是参考当时重要的文学选本或注释版本的。因忠实原文程度不同,画家所绘的各个时期的《九歌图》也就呈现出了不同的风貌。如李公麟的其中一个版本比较特殊,画家采用中国传统叙事画所使用的"异时同图"的结构,把不同时空中发生的事情结合到一幅图中,在一幅画面内展现不同的背景。仔细分析,可发现李公麟这个版本《九歌图》还是尽量忠于原著原文的,并且遵循了王逸注解的情况。朱熹尝云:"《九歌》诸篇,宾主,彼我之辞最难辩解。"④各个篇目

---

① 张彦远著,俞剑华注释:《历代名画记》,上海人民美术出版社 1964 年版,第 24—25 页。

② 张彦远著,俞剑华注释:《历代名画记》,上海人民美术出版社 1964 年版,第 178 页。

③ 薛永年:《谈张渥的〈九歌图〉》,《文物》1977 年第 11 期。

④ 朱熹撰,蒋立甫校点:《楚辞集注》,上海古籍出版社 2001 年版,第 182 页。

人称指代名词所涉指的对象，也会影响对于《九歌》的作品性质与写作精神的整体理解。根据王逸的注解，《九歌》的祭神之辞中蕴含的是屈原的忠君爱国之志。清人胡敬《西清札记》曾记他欣赏过的李公麟《九歌图》云："篇中皆按逸注分图。"①这个版本为纸本水墨手卷，依序图绘"东皇太一""云中君""湘君""湘夫人""大司命""少司命""东君""河伯"和"山鬼"，各篇之间以该篇的原文区隔，左图右书。

这个版本的"东皇太一"忠实于原作，将祭祀的场景生动地表现了出来，图画可分为上下两个部分，正如上文中提到的，天上、人间在画面中并置呈现。《九歌·东皇太一》中的诗句："瑶席兮玉瑱，盍将把兮琼芳；蕙肴蒸兮兰藉，奠桂酒兮椒浆。"②虽然祭祀行礼者为世人，但观图中衣带飘扬，人物神情坦然肃穆。图像的右半部分呈现出的就是"扬枹兮拊鼓，疏缓节兮安歌"的奏乐场景。

《九歌·东君》描述了太阳神英雄威武的形象，文中描述了这样的场景：晨曦在东方升起，日神抚摸着白马准备启程，驾驭着龙车行进，当雷声驶过人间之上时，地上的人们欢乐地舞蹈歌唱，流连着、沉醉着忘却了归去，弹起琴瑟，敲起编磬向着太阳欢呼。整篇文章都强调了大地上的人对伟大的太阳神的赞颂。大地承蒙太阳的恩泽，一次次战胜了灾难。同样的，李公麟画面也是出现了并置的场景，值得注意的是，画家并没有把"神"的形象作为画面重点，而着重体现地上欢愉演奏的场景。而图画右上角的"东君"形象则被放在远处，虽然所占画面的篇幅不大，但仍不失为画面引人注意的重点。

张渥《九歌图》对《九歌》的处理则与李公麟不同。张渥的不同卷本图式大致是相同的，但也有着细小的差别。张渥画《九歌》中之神祇"东皇太一""云中君""湘君""湘夫人""大司命""少司命""东君""河伯""山鬼""国殇""礼魂"十一段，共二十人。吉林省博物馆卷上的书诗者吴睿在题跋中明确说道："淮南张渥叔厚临李龙眠《九歌图》为言思齐作。"因此可知，张渥的创作是追溯于李公麟本的。在"东皇太一"图（图7-1）中，张渥则干脆完全将地面上的情景忽略，只着重刻画出神仙形象。神仙飘逸之态多通过服装和自若的神态来体现。身后绘一仕女，这是原文不曾有的，此处的添加是为了凸显"东皇太一"形象的威严之感，仿佛多了几分"人味"，少了点李公麟"全景版"的"仙气"。其实张渥此版本，是临摹李公麟的其中一个版本《九歌图》所绘，其中出现的画面中的人物差异等，很可能是李本中就存在的，但是人物意境间的差异，我们还是能够明显感受到的。

张渥《九歌图》以李公麟本为依据，增加了对《国殇》的图像描绘，并且丰富了《东君》的表现力。在《九歌》中，《国殇》是这组诗歌的末篇，一首描述战争场面的诗歌，也是追悼战亡战士的一首挽诗。为何李公麟没有把这篇融入《九歌图》中

① 胡敬：《西清札记》，《胡氏书画考三种》，浙江人民美术出版社2015年版，第380页。
② 黄灵庚疏证：《楚辞章句疏证》卷三，中华书局2007年版，第746—759页。

图7-1 九歌图·东皇太一 张渥 上海博物馆藏

去？这大概与李公麟本人的气质有关。他以白描为技巧的绘画形式，追求的就是高古飘逸的风格，可以说《九歌》这组诗歌中的仙人形象正暗合他追求的艺术气质，而这篇《国殇》却更偏重写实，突出了战士的英雄气概和高昂的热情，故此将此篇目舍去。很显然，对《国殇》图绘中，张渥运用苍郁笔法，略施渲染而成几株参天大树，以及树下身穿甲胄挥戈而前的勇士，铠甲的明亮与树石的阴郁形成了鲜明的对比，从而突出了人物的形象。张渥的《云中君》图绘部分，作品追求的也是高古飘逸风格，图中云中君衣裾飘飘，线条清晰灵动有力。

三、明清《楚辞》图概况

明清《楚辞》图首先呈现出多样性。明代绘画在艺术流派方面，涌现出了许多以地区为中心、以风格相区别的绘画派系。浙派主要继承了南宋院体风格的宫廷绘画，而吴门派和松江派、苏松派则延续了文人画的风格。水墨山水和写意花鸟勃兴。另外，民间绘画，尤其是版画，在明末呈现出繁盛的局面。在继承宋元版画传统的基础之上，版画艺术产生了明显的飞跃。明代版画的繁盛，有着诸多方面的因素。在当时雕版手工业发达的安徽、江苏、浙江、福建地区，形成了具有地域特色的雕版中心和流派。社会上对书籍的大量需求，也刺激了书籍插图的迅猛发展，特别是市民文学，如小说、传奇、戏曲的流行，使小说、戏曲插图尤其获得了广阔的市场，数量和水平居于首位。直到明末清初，版画也始终久盛不衰，除了风格多样流派纷呈之外，而且在制作技艺上也突飞猛进，许多文人画家如陈洪绶，萧云从等人都参与版画设计制作，大大提高了版画本身的艺术性。因此，明代《楚辞》图呈现出多样化的新变，对比宋、元时期多以墨笔白描的绘画，明清表现《楚辞》作品的艺术形式更丰富。明代以降，注解屈原作品成为抒发国家忧思、感喟怀才不遇、投射个人身世的渠道。仅以《九歌》来看，王逸认为《九歌》为屈原所作，后世注解如朱熹等人亦均强调屈原借《九歌》寄托情志的精神，屈原的忠君爱国形象贯彻于《九歌》之中。前文提到的《九歌》图画，均为纸质或绢本，到了明代，由于各方面因素的共同促使，版画《九歌图》作品诞生。陈洪绶、萧云从是明末《楚辞图》创作的代表人物，他们的作品别具品格。明清较有名的《楚辞图》还有文徵明的《湘君湘夫人图》、董其昌的《九歌图》、仇英的《离骚九歌图》、杜堇的《离骚九歌图》、周官的《九歌图》、清丁观鹏《九歌图》、周玙的《九歌图》、门应兆的《离骚图》等。

可见，虽《楚辞》中的画题已被前人所绘，但是后代的画家还是不落窠臼，达到各自心中精妙的意境。

罗振常《陈萧二家绘离骚图·序》云："昔屈子彷徨山泽，见楚先王及公卿庙堂中图绘神灵贤圣怪异之事，爰书壁而问之，即《天问》也。夫当日既因图而作《骚》，读者苟不以图参之，欲明其旨趣得乎？余所见《离骚图》，绘者有李龙眠、陈章侯、萧尺木三家，李、陈均图《九歌》，萧则兼及《天问》。论其笔意，则龙眠高古，章侯奇诡，尺木谨严，同绘一图，而落墨不同，为状各异。其不肯苟且沿袭，而能自用其心思，以各臻妙境如此，古人所为不可及也。李图为画卷，藏家珍重，仅获一观"。[1] 所以这里有必要重点介绍一下陈洪绶和萧云从的《楚辞图》创作。

陈洪绶（1599—1652），字章侯，号老莲，诸暨人。事见《佩文斋书画谱》《画史汇传》诸书。陈洪绶创作九歌十一幅，及屈原像一幅，前有老莲自序。《退庵金石书画·跋》记载陈氏有《饮酒读骚图轴》。以版画形式为《楚辞》作插图，始自陈洪绶。陈洪绶传世的作品有两种：一种是绘画原作，一种是木刻插图。评论其绘画成就，也应该分开来说。在传统的卷轴画方面，陈洪绶是一位全能的画家，山水、人物、花卉皆精能，是多面手，并且创造了自己的个人风格；在版画方面，其成绩尤为突出，能冲破传统思想的局限，将自己的艺术才能和民间文学创作结合起来，划时代地创作出大量的版画作品，从而推动了版画艺术的长足进展。陈洪绶的作品，无论从内容看，还是从形式看，都充溢着作者独特的个性。从内容方面看，除一部分是传统的仕女题材外，大部分是士大夫阶级的隐逸故事，其中尤以陶渊明、王羲之等人的故事为多，当然，这是和他当时的思想感情分不开的。最值得我们注意的，是他描写人物的特殊表现形式，他强调对人物的个性表现，运用大胆的夸张手法。这种独特的绘画风格，不仅明代没有过，就是明代以前的人物画家中也没有过。所以张庚在《国朝画征录》上给他作了"盖三百年无此笔墨"

---

[1] 罗振常：《陈萧二家绘离骚图》（蟫隐庐影印本，1924年），转引自姜亮夫：《楚辞书目五种·楚辞图谱提要》，中华书局1961年版，第385页。

的评价。①

作品《九歌图》是陈洪绶在萧山与来风季学习《楚辞》时创作的,全图十一幅,附《屈子行吟图》一幅,均为白描笔法。目击明末的黑暗统治,国事日非,人民横遭压榨,陈洪绶对《九歌》一诗寄予了深深的依恋。他为《九歌》作插图,是在明万历四十四年丙辰(1616)他 19 岁的时候。这是他给萧山来钦之所著的《楚辞述注》所作的插图。图在书前,自成一卷,前面有陈洪绶和来钦之的序言。陈洪绶在《九歌图》的序文中说:"丙辰,洪绶与来风季(字钦之)学《骚》于松石居。高梧寒水,积雪霜风,拟李长吉体,为长短歌行。烧灯相咏。风季辄取琴作激楚声。每相视,四目莹莹然。耳畔有寥天孤鹤之感。便戏为此图。两日便就。呜呼!时洪绶年十九,风季未四十。以为文章事业,前途于迈;岂知风季羁魂未招,洪绶破壁夜泣。天不可问,对此宁能作顾、陆画师之赏哉!"②

陈洪绶《九歌图》是在崇祯十一年(1638)来钦之《楚辞述注》付梓时作为插图付诸木刻的,在当时影响甚广。③ 陈洪绶的创作颠覆了之前李公麟、张渥等人的形象创作,自创形象,别具风格。各神身长自五厘米到七厘米,但须眉毕露,服装、物件、云、火及蛟龙均刻画形象,入木三分,在服装纹饰上显现出典雅的装饰趣味。不同于李公麟的舒缓稳健,作品强调一种郁结之气。陈洪绶确立自己的方向,建立了属于自己的白描风格。可以说陈洪绶是继李公麟之后,又一个将白描升华为一种具有独立审美意义的艺术形式的大师。通过线条的浓淡、粗细、虚实、疾徐、刚柔,曲折表达事物的形体、质感、量感,构成形神皆备的艺术形象。

我国绘画,由元代文人画自立系统之后,就和宋代传统的写实风格对立起来。士大夫阶级提倡的绝俗的、放逸的、出世的文学趣味的绘画,明朝画家也没能跳出这种思想束缚。明心见性的理学思想又使陈洪绶减弱了对现实的直接反映。从他专门以汉魏六朝故事为表现题材看,说明元明以来客观存在的社会现实环境本质没有改变,因而绘画风格也就没有改变,他也随着前人的规范发展了下去。但是又必须看到,陈洪绶生活在政治黑暗腐败的明王朝的末期,又经历了清军入关改朝换代的战乱年月,民族矛盾和阶级矛盾空前尖锐。他憎恶当时黑暗腐朽的社会现实,也看不起那些争名逐利、丧失气节的权贵,但他又没有正面揭露和反抗现实的勇气,于是就通过描绘历史故事来曲折地寄寓自己的理想和政治态度,这就是他画古代隐逸故事的原因。他曾为他的老友周亮工画了《归去来图卷》,以规劝周不要做官,就充分说明了他画这类题材的目的。

陈洪绶的作品深刻地刻画了爱国诗人屈原的崇高形象。他所作的《屈子行

---

① 张庚:《国朝画征录》,乾隆四年(1739)睢州蒋泰、汤之昱校样本。

② 陈洪绶著,吴敢点校:《陈洪绶集》,浙江古籍出版社 1994 年版,第 10 页。

③ 陈洪绶:《九歌图册》,民国间刻套印本,尺寸:14×19.8 厘米。

吟图》,是他所作版画《九歌图》十二帧之一。陈洪绶景仰屈原的为人,也热爱屈原的作品,在他为屈原《九歌》所作的插图中,寄寓了崇高的理想和高洁的情操。至于他的作品风格,历来被认为是以汉唐画像为宗师。从他流传下来的作品看,无论在勾线还是在构图中,汉画像的成分就表现得更多些,唐画的成分比较少,唐朝写实的风格,并未发现在他的作品中。他曾在明宫大内临过阎立本的《历代帝王像》,他的作品如《博古叶子》[①]等,在用笔的技法和布局上,也充分表现出与阎氏的渊源关系,同时他也深受宋代李公麟的影响。他在青年时代,下过一番摹古的工夫,但他的临摹不是一味的模仿,而是经过自己的吸收理解。他曾再三地临摹唐代周昉的画,不肯罢休,有人问他原因,他回答说:"此所以不及者也。吾画易见好,则能事未尽也,长史画至能,而若无能,此难能也。""其画法古人最上乘,不入吴下一派。"[②]这就是说,他的画,虽然宗法汉唐,而又能脱出古人畦径,自出机杼,不流于明末吴派绘画。

图 7-2　九歌图册·大司命　陈洪绶

陈洪绶的《九歌图册》初刊于崇祯十一年戊寅(1638),重镌于清康熙三十年辛未(1691),由安徽歙县名手黄建中雕版,共图版十二幅(包括《九歌》十一篇各一幅,《屈子行吟》一幅)。他创作的《九歌图》,源自《九歌》的词彩丰丽、意境惝恍的内容,赋予丰富的想象力,在一勾一勒中加以感情的描写,创造了严肃而又优美的人物形象,超出了宋、元作家李公麟、张渥的塑造畦径,从而独树一帜。例如《大司命》(图 7-2)一幅,以简练的笔锋,婉丽而遒劲的线条,创造了大司命高冠长髯、庞眉深目的正直而可亲的形象。《河伯》一幅,用图像下方逶迤绵长的龙来暗示河伯是水神,相较于李公麟场面的繁复,赵孟頫河伯形象的粗犷,陈洪绶的河伯人物形象清秀脱俗。

上述作品都是陈洪绶的早期创作,虽然笔法与以后的作品相比显得纤弱,没有繁复的配景,但对人物形象的表现和衣纹的处理,都显示了他纵逸的才能。他将版画艺术推向雅致、脱俗一面,而《屈子行吟图》一幅,更以高度的想象能力,塑造了伟大的爱国诗人屈原的庄严形象,直到现在也无人能及。

纵观历代画家对于《九歌图》的创作,创作动机最自觉、阐述最明确的,当属明末清初的萧云从(1596—1673)。云从字尺木,号无闷道人,又号石人,安徽当

---

① 陈洪绶:《博古叶子》,上海古籍出版社 2015 年版。
② 毛奇龄:《西河文集(西河集)》卷七十九,清文渊阁《四库全书》本。

涂人。曾于崇祯十二年、十五年两度考中副榜，赴金陵应试期间与复社人来往，参与复社。晚年居金陵，号钟山老人。山水得倪、黄法，自成一家。兼长人物。亦精六书六律，诗文自娱。有《梅花堂遗稿》。他终身未仕，以卖画为生。《离骚》《九章》《天问》《远游》，仅有原文及章句小叙。其有图者，只《卜居》《渔父》各1图，《九歌》9图，《天问》54图。每图后各载原文，并为之注。其注重在阐明作图之意而已。目录中还载有《远游》五图，可惜亡佚。

萧云从的绘画成就主要体现在两个方面，一是山水，一是人物。山水代表作主要是34幅《太平山水图》，人物画的代表作是64幅《离骚图》。沈祥龙在《过萧尺木墓》中对《离骚图》评价甚高："家国沧桑一慨中，离骚图就思无穷。遗民老去诗心苦，古壁长留画本工。"[①]萧云从曾绘有《远游》5图，但因战火被毁，而《香草图》则"有志未逮"。《离骚图》的初刊时间应是在顺治四年（1647）萧氏回到芜湖之后不久。乾隆四十七年（1782），清高宗在四库呈览时得见《离骚图》，惜其佚阙不全，命补绘其余各篇插图，由四库馆绘图分校官门应兆耗时两年完成，除临摹萧氏原作64幅外，又补绘了91幅，共计155图，名为《钦定补绘萧云从离骚全图》[②]，但门应兆《钦定补绘萧云从离骚全图》只存图而舍萧云从的注文及序跋。

四、明清《楚辞》图特点及其与《楚辞》的关系

明清楚辞图呈现出了多样化的趋势，而且不再拘泥于自宋代李公麟所开创的白描手法，大胆创新，别具匠心。尤其是陈洪绶的作品，个人风格极为明显。此时注释《楚辞》的注本也逐渐增多，题画诗等更是层出不穷，这都从另一侧面反映出人们对《楚辞》的接受情况。而画家对于文本描述的不同，既可以体现出画家独特的艺术风格，也可以看出在创作《楚辞》图时，艺术家的意图也不尽相同。

萧云从原绘、门应兆补绘的《离骚图》是美术史家公认的中国古代最完整且艺术水平最高的《楚辞》插图本。屈原诗歌是后世画家重要的人物画题材之一，自宋代李公麟《九歌图》之后，很多大家如赵孟頫、文徵明、仇英、陈洪绶等都相继有作品问世，除陈洪绶之外，大多是因循李公麟的路子。萧云从不仅继承发展李公麟的优秀传统，绘了《九歌图》，还拓展题材，第一次尝试作《天问》插图，并用一年时间画成一部《离骚图》。

在《离骚图》的序文中，萧云从首先肯定了图像与经籍并重的教化功能："宋

---

① 转引自徐世昌编选：《晚晴簃诗汇》卷167，退耕堂刊本。

② 门应兆：《钦定补绘萧云从离骚全图》，乾隆年间编纂《四库全书》时，由门应兆在萧云从原绘《离骚图》基础上补绘辑成，见《楚辞全图句注》，屈原、宋玉著，萧云从原绘，门应兆补绘，周殿富编选，安徽人民出版社2013年版。

郭思画论,始例规鉴,谓其与六籍同功,四时并运也。夫有图而后有书,书义有六,而象形、指示犹然图也。六经首易,展卷未读其词,先玩其象矣"。在萧云从之前,图绘《离骚图》的作者大有人在,萧云从作《离骚图》既为了以图像的形式传达经典的内涵,便对那些不遵循文义的作品有所不满,"近九歌图,不大称意。怪为改窜;而天问亦随笔就稿"。① 不知道萧云从所不能接受的画作,是否暗指陈洪绶的作品? 陈洪绶的《九歌图》相较萧云从的作品,确实有失严谨。二者序文中所提及的作画之初衷,就显示了很大的差距。"陈洪绶的《九歌图》固然是无可比拟的杰作,萧云从的作品,则以其对古人思想风貌的努力求索而另具价值。同样是生逢末世,怀着荒凉的心情,陈洪绶对屈原的作品进行了完全个人化的自由发挥,展示着士大夫的幽愤孤崛;萧云从则以学者式的严谨,力图复原屈原笔下的原风原貌。"②

由于作画初衷和对屈原作品忠实程度的不同,陈洪绶和萧云从的《九歌图》在图像风格、构图模式和忠实原文上呈现出了不同的差异。萧云从也突破了陈洪绶的构图模式,陈洪绶等仅正面突出主神,而萧云从除表现主神外,还把巫觋从者亦作为表现的重要对象。构图形式多样,有一神一图、二神一图的,还有一神多人一图的,且注意画面的疏密处理。在图像人物造型上,确实萧图显得线条生动灵活,人物表情丰富,如他描绘的《九歌图·云中君》一幅,云神驾龙车,头偏向祭者,并将龙头也牵向祭者。龙身、龙车和云神的一部分隐藏在云中,说明云神暂时降临,倏忽而去,游览四方,而象征云在天空飘荡,来去不定之意。云神和龙的形象刻画都富有感情。在画面的下方,萧云从写两祭者手捧祭品,相对跪于地上,头仰向云神,表现出无限虔诚的神态,深厚的感情,同时也有叹息忧伤的神情。

萧云从《离骚图》有近八千字的注文和序跋,可以说在文图结合方面是一个创新。清代学者王先谦评萧云从图,在《东华续录》中说:"博考前经,义存规鉴,颇合古人左图右书之意。"姜亮夫提到萧云从的"《九歌》九图者,合'两湘'为一图,'两司命'为一图也。以与陈老莲《九歌图》校,则老莲独表所歌主神,而尺木则繁及巫觋从者,仪仗背影。老莲笔意简古、俊美,尺木精细斟酌。老莲体认,稍涉谲诡,容有所短,然富于故事性,而尺木用力真实,考据精慎,特有独到。"③强调了萧图"用力真实,考据精慎",当代学者潘啸龙等认为"萧云从在图绘之前曾仔细研读屈原作品以及王逸《楚辞章句》、朱熹《楚辞集注》、柳宗元《天对》和杨万里《天问天对解》等,并作精慎考据。萧云从《离骚图》作为配诗的插图,可以说是在忠实原作的前提下,运用纷纭的艺术想象,以生动传神之笔,展现其才思的精品佳

---

① 姜亮夫:《楚辞书目五种·楚辞图谱提要》,中华书局1961年版,第389页。

② 孟晖:《潘金莲的发型》,江苏人民出版社2005年版,第311页。

③ 姜亮夫:《楚辞书目五种·楚辞图谱提要》,中华书局1961年版,第387页。

构"①。这些都说明了在完全忠实于文本《九歌》方面,云从的《九歌图》具有典范性。

潘啸龙列举了萧云从画图时忠于原文的几个实例:"萧云从谨遵诗句原意,在《湘君湘夫人》图中,让湘君驾飞龙在上("驾飞龙兮北征"),湘夫人策骏马于下("朝驰余马兮江皋"),中间杂布各种芳草;《大司命少司命》图,则是大司命乘龙在上("乘龙兮辚辚,高驰兮冲天"),少司命手持翠旍在车盖之下("孔盖兮翠旍"),云雾、山石点缀其间。二湘、二司命两两相望,彼此观照,各具情致。萧云从采韩愈、洪兴祖之说,以湘君为娥皇、湘夫人为女英,故所绘均为女性形象。萧云从注云:'此篇极尽情致,皆本于天性彝伦而出之,岂拾香草于江沅者哉!'鉴于《湘君》《湘夫人》诗篇情致的绵缈,萧云从主张表达其'天性彝伦'。萧云从认为少司命同大司命一样,亦是阳神,故均绘为男性形象。图中大司命表情安详,气韵生动。少司命虽仅绘其背影,然正如萧云从注文所云:'阳阿晞发,浩歌临风,孔盖而拥幼者,则又望其诛除凶秽,休庇善良,而宜为民之所取正也。'其所表现的,正是'竦长剑兮拥幼艾,荪独宜兮为民正'(《少司命》)之诗蕴。二图之神均面容温善,姿态从容,与祀神的祥和气氛正相符合。"②

在《天问》图方面,萧云从也非常注重文本的考据,今人郑振铎说:"特别是他的《天问图》,全部洋洋洒洒的五十四幅,无一懈笔。一方面需要通过十分精细的考据,一方面也需要繁重绵密的功力,的确是一部光辉的大作品。"③门应兆补绘的 91 幅《离骚图》,在忠于原文方面也做得不错,郑振铎称赞其虽是宫廷画家,"但功力很深,绘写这些插图时,颇费了一番考据与意匠经营的工夫",得出了"在人物和故事的处理上,是成功的"这样的结论。同时,明清这些图像文本中传递出作者对绘画劝诫作用的重视,尤其表现在门应兆特别绘制《香草图》16 幅对应于《楚辞》中的各种香草,《楚辞》各篇是借香草以喻君子的,自然这些《香草图》也借香草之芬芳比喻君子之高洁。

五、总结

历代《楚辞》图与《楚辞》的关系呈现出以下几个特点:

从绘画的题材来说,画家在以《楚辞》为题材时,是具有选择性的。学者张克锋总结了历代《楚辞》图在选材方面的倾向性,总体而言,《九歌》入画最多,在《九歌图》中,作为单幅图出现的以"二湘"图和"山鬼"图最多,"王逸《楚辞章句》认为

① 潘啸龙等:《萧云从〈离骚图〉及序跋注文研究》,《安徽师范大学学报》(人文社会科学版)2012 年第 3 期。

② 潘啸龙等:《萧云从〈离骚图〉及序跋注文研究》,《安徽师范大学学报》(人文社会科学版)2012 年第 3 期。

③ 郑振铎:《楚辞图·序》(珂罗版精印,1953 年),转引自姜亮夫:《楚辞书目五种·楚辞图谱提要》,中华书局 1961 年版,第 399 页。

屈原作品有《离骚》、《九歌》(十一篇)、《天问》、《九章》(九篇)、《远游》、《卜居》共二十四篇，《渔父》《大招》'疑不能明'。在这些作品中，被画得最多的是《九歌》，既有组图，也有单幅，而单幅基本上是'二湘'图和《山鬼图》……《离骚》虽为屈原最具代表性的作品，但以此为题材的绘画除门应兆所绘三十二图外，仅有董其昌《离骚图》、郑燮《九畹图》、范曾《离骚》插图等数幅，画者及作品数量非《九歌》能比。以《九章》为题材除门应兆所绘(共九幅)外……其余诸篇很少见诸绘画。萧云从画《天问》图达五十四幅，为历代之最，此外以《天问》为题的画很少……以《远游》为绘画题材者，仅萧云从、门应兆二人。以《大招》为题材者仅见门应兆所绘七幅。以《卜居》为题材者有元代佚名和清代黄应谌的《屈原卜居图》。以《渔父》为题材者仅南朝宋史艺的《渔父图》、元代的《屈原渔父图》、明人吴伟的《屈原问渡图》等。不过，宋元以后画家所画不计其数的《渔父图》或多或少地都受到过屈原《渔父》的影响。"①确实，由北宋著名画家李公麟绘制的《九歌图》成了元明时期《九歌》题材绘画的标准范本，元人钱选、赵孟頫、张渥，明人董其昌、杜堇、仇英等，均是在李公麟《九歌图》的基础上，或作为范本临摹，或进行发挥和新创的。作为神话题材的《九歌》在宋、元、明、清时期确有很多画家绘之，这一题材成了古代文人画家珍视的题材之一。

历代《九歌图》既体现了不同时代画家对《九歌》的理解和诠释，又展现了不同画家的精湛技艺和个性风格。这些《九歌图》的绘画作品组成了《九歌》中的神话形象群体，在中国卷轴人物画史上这种集中于某一神话题材进行创作的现象是罕见的。在中国人物画系列中，表现题材主要是帝王功臣、仕女名媛、文人隐士等，除画像石外，在卷轴画中表现神话人物形象的作品较少。

历代画家对《九歌》的爱好也说明了绘画题材具有因袭性。李公麟的《九歌图》开创了以《九歌》为绘画题材的先河，创造了众多的绘画人物形象和场景，激发后人模仿和学习，历代画家对《九歌》的创作大多也停留在模仿和沿袭李公麟《九歌图》上，由于缺乏创新，导致了绘画在这方面的程式化，在对李公麟《九歌图》临摹过程中，张渥成就最大。

在图像如何反映文学作品上，历代画家受到他们各自所生活的时代的学术思潮、氛围及文化语境的影响。一些画家在考虑怎样用图画方式呈现《楚辞》题材这一问题上，很大程度上参考了当时《楚辞》的重要文学选本或注释版本。学者张克锋认为："李公麟绢本《九歌图》共六图——东皇太一、少司命、云中君、湘君、湘夫人、山鬼，是因为《文选》只选此六篇；学术界有一种影响较大的观点，认为湘君、湘夫人即舜之二妃娥皇、女英，故历代绘画中，绝大多数都将湘君塑造为女子；学术界对'山鬼'形象的看法不一，宋元以前楚辞家多据《国语》《左传》而认为是男性山怪，清代学者顾成天首倡'山鬼'即'巫山神女'之说……与此相应，明

---

① 张克锋：《屈原及其作品在绘画中的接受》，《文学评论》2012 年第 1 期。

代以前画家笔下的'山鬼'有的为男,有的为女,而清代以后基本上为女……学术界普遍认为'云中君'为云神,故历代画家笔下的'云中君'都站立于云端。"①

他们以《楚辞》为绘画题材,背后大都蕴藏着个人对时代的感怀和自身的沉郁悲痛。作为宋宗室的赵孟頫屈节入元,画《九歌图》及屈原像,一方面赞扬屈原忠君爱国,另一方面也暗含对自身抛弃操守的悔恨,因此在绘画中抒发心向往之而实不能至的无奈。陈洪绶创作《九歌图》及《屈子行吟图》时年仅 19 岁,那一年是万历四十四年(1616),距明亡不到 30 年。明朝灭亡前夕的 1643 年,他又作《饮酒读骚图》,题云:"老莲洪绶写于杨柳村舟中,时癸未孟秋。"这是他乃避乱南下时所作。言之慨然。"②陈洪绶再一次借《离骚》表达心中的悲慨。明清的画家也是如此,萧云从作《离骚图》64 幅,始于明末,成于清初,其《九歌图跋》云:"取《离骚》读之,感古人之悲郁愤懑,不觉潸然泣下。"③郑振铎说:"(萧)尺木为明遗民,故绘离骚以见志;仅署'甲子'而不书'顺治'年号。"④显示萧云从在易代变乱之际,坚守遗民志节的节操。也有学者读出了萧云从《离骚图》背后的沉痛和悲愤,"萧云从《离骚图》以《楚辞》作为载体,表现其忠正之义与清俊之节;在其笔墨中灌注的这种沉痛和悲愤,也正是他图绘精神所在"⑤。清代画家周玙作《九歌图》,其友也从其画中读出周玙个人的况味,"余因深服周子之品高,而又服其艺之精妙如此,世虽有知之者,恐亦未知其用心之独苦也。夫屈子乃切于忧国者,而忠不见用,故发之歌骚,以明厥志。周子绘斯图,或亦有所谓也"⑥。

不仅如此,这些画家通过绘制屈原像来表达自身的某种感怀,如张渥绘《屈原像》,陈洪绶绘《屈子行吟图》《饮酒读骚图》,萧云从绘《三闾大夫卜居渔父图》。明代楚骚研究专家陆时雍在《读楚辞语》中曾说道:"昔人谓痛饮读《离骚》,酒以敌愁,《骚》以起思。"⑦他指出一方面,饮酒可以浇铸怀才不遇、仕途坎坷的牢骚苦闷;另一方面,《离骚》中蕴含的忧患意识、不同流合污的高洁志行、对"美政"理想的执着追求、对人生的深刻思索等屈骚精神,则发人深思。因此,后人将饮酒与读《骚》并举,既有追求名士风度的成分,也有抒发身世之感、自觉接受屈骚精神的成分。他们借饮酒以浇铸怀才不遇的苦闷、困顿处境的焦虑,通过读《骚》体味屈原沉郁哀怨的情思、坚定执着的志向,从而展示以屈原为精神典范和不屈服世俗的决心。李公麟曾创作过《西园雅集图》,描绘文人交往的场面。他自己对

---

① 张克锋:《屈原及其作品在绘画中的接受》,《文学评论》2012 年第 1 期。

②③ 姜亮夫:《楚辞书目五种・楚辞图谱提要》,中华书局 1961 年版,第 391 页。

④ 郑振铎:《劫中得书记》,上海古典文学出版社 1956 年版,第 7 页。

⑤ 潘啸龙等:《萧云从〈离骚图〉及序跋注文研究》,《安徽师范大学学报》(人文社会科学版)2012 年第 3 期。

⑥ 见《石渠宝笈》卷四,转引自崔富章编著:《楚辞书目五种续编・楚辞图谱提要》,上海古籍出版社 1993 年版,第 374 页。

⑦ 陆时雍:《楚辞疏》附录《读楚辞语》,明缉柳斋刻本。

自己的评价："吾为画如骚人赋诗，吟咏性情而已，奈何世人不察，徒欲供好玩耶？"①因侧重考虑文中所传达出的意境，抒发自己胸中的块垒，画家们要将自己的个人艺术风格贯穿到作品中去，这给历代《楚辞图》风格的多样化提供了可能，在这些画家当中，陈洪绶创作出来的《屈子行吟图》最为典范，画家将个人强烈的主观色彩添加到绘画作品中去，他所创作的屈原形象颠覆了以往屈原的个人形象，为读者留下了深刻印象。

第二节　《楚辞》文图母题的历代流变

《楚辞》对后世文学影响很大，也成了后世画家尤其是文人画家非常喜爱的绘画题材之一，由此而产生了众多的《楚辞》文图母题。

一、湘君、湘夫人母题与图绘的流变

（一）湘君、湘夫人原型考辨

湘君、湘夫人的主题绘画取材于屈原《楚辞》中的《九歌》。由于《九歌》在中国文学史上举足轻重的地位，以及湘君、湘夫人多被演绎成后世神话故事的原型，因此历代表现湘君、湘夫人的绘画作品可谓层出不穷，以致成为文人墨客笔下常见的画题之一。许多文人画家如李公麟、马和之、赵孟頫、钱选、张渥等都画过湘君、湘夫人的主题绘画。本书综观历代作此画题的名作，尝试分析不同时期画作手法风格的流变形式，进一步展示古代人物绘画的风格和传统。

与《九歌》的其他篇章相比，《湘君》《湘夫人》更易受到画师的青睐，《湘君湘夫人图》《湘灵鼓瑟图》的数量多于《东皇太一图》《云中君图》等，相关的题咏作品在《九歌图》题咏中也是较为突出的。《湘君湘夫人图》《湘灵鼓瑟图》处于相同的大背景中，既与《湘君》《湘夫人》有关，又与舜、二妃的神话故事有关，只是两者在塑造人物形象时各有侧重。《湘君湘夫人图》是《九歌图》整体中的一部分，取材于《九歌》文本，图中人物形象、意境、情感的描写深受屈原的影响；《湘灵鼓瑟图》则不拘于《湘君》《湘夫人》的文本，直接源于舜、二妃的神话传说，因此，画面更为具体鲜明，意旨也更为明确。

纵观历代画家的《湘君湘夫人图》，可以发现图中人物形象在性别、数量上颇有不同。有的《湘君图》为男性，有的《湘君图》为女性；有的《湘夫人图》为一人，有的《湘夫人图》则是两人。取材于相同文本的《湘君湘夫人图》，为什么会呈现这种差异呢？这种图画表现之间所呈现的差异，固然与画家自身的学识修养有

---

① 潘运告主编，岳仁译注：《宣和画谱》卷七《人物三·李公麟》，湖南美术出版社 2002 年版，第 157 页。

关，但代表《楚辞》学发展程度的《楚辞》注本无疑也发挥了重要作用，画家对《楚辞》注本的接受不同，影响其笔下人物形象的展现。

《楚辞》学者关于湘君、湘夫人的所指，历来众说纷纭，至今尚未达成共识。本书不提出新的观点，只就现今有关材料进行梳理，来把握人们对湘君、湘夫人认识的变化，从而寻求图与图之间呈现差异的原因。古文献中明确记载湘君、湘夫人所指的有：《史记·秦始皇本纪》记述始皇南巡，"（始皇）乃西南度淮水，之衡山、南郡。浮江，至湘山祠。逢大风，几不得渡。上问博士曰：'湘君何神？'博士对曰：'闻之，尧女，舜之妻，而葬此。'于是始皇大怒，使刑徒三千人皆伐湘山树，赭其山"①。刘向《列女传》卷一："有虞二妃者，帝尧之二女也。长娥皇，次女英。……舜陟方死于苍梧，号曰重华。二妃，死于江湘之间，俗谓之湘君。"②《史记》《列女传》认为湘君是二妃。其中秦始皇距屈原所处时代较近，秦博士学识渊博，因此其说更接近湘君、湘夫人的原貌。

《礼记·檀弓记》："舜葬于苍梧之野，盖三妃未之从也。"郑玄注："《离骚》所歌'湘夫人'，舜妃也。"③舜的三个妃子中有两个妃子是尧的女儿。张华《博物志》："洞庭之山，帝之二女，尧之二女，曰湘夫人。舜崩，二女啼，以涕挥竹，竹尽斑。"④又曰："吾山，洞庭之山，是也，帝之二女居之，曰湘夫人。"⑤郑玄、张华认为湘夫人就是二妃。

司马贞《史记索隐·秦始皇本纪》："夫人是尧女，则湘君当是舜。"⑥此说认为湘夫人为尧女，而湘君为舜帝，在当今影响较大。

韩愈《黄陵庙碑》："尧之长女娥皇为舜正妃，故曰君；其二女女英自宜降曰夫人也"，"《礼》有'小君'，明其正自得称君也"。⑦韩愈认为湘君为娥皇，湘夫人为女英，朱熹从其说。

明了学者对湘君、湘夫人的观点后可知，赵孟頫、张渥、文徵明等画家绘《湘君湘夫人》为二女，受韩愈、洪兴祖、朱熹等人的影响；李公麟、萧云从则受"湘君湘夫人为配偶神"观点的影响。《湘君湘夫人图》中出现人物形象的差异，正是历来《楚辞》学者对湘君、湘夫人的不同认识在《楚辞》图中的反映。

通过很多现存的《湘君湘夫人图》题咏、《湘灵鼓瑟图》题咏，可发现诗人涉及湘君、湘夫人、湘灵时会呈现两种现象：一种将诗建立于舜与二妃凄美动人的爱情故事之上，以舜、二妃的相思情愁为情感基调运用神话中"苍梧、九嶷山、斑竹、

① 司马迁：《史记》，中华书局 1959 年版，第 248 页。
② 王照圆：《列女传补注》，华东师范大学出版社 2012 年版，第 1—2 页。
③ 朱彬撰，饶钦农点校：《礼记训纂》卷三，中华书局 1998 年版，第 90 页。
④ 张华：《博物志》卷十，中华书局 1985 年版，第 63 页。
⑤ 张华：《博物志》卷六，中华书局 1985 年版，第 38 页。
⑥ 王照圆：《列女传补注》，华东师范大学出版社 2012 年版，第 249 页。
⑦ 韩愈著，刘真伦等校注：《韩愈文集汇校笺注》，中华书局 2010 年版，第 2317 页。

弹瑶瑟、潇湘"等典型意象进行烘托，另一种认为湘灵是自然神，诗中的情感对象模糊，故事背景不详。

（二）湘君、湘夫人图绘变迁

传世《湘君湘夫人图》中较为著名的有李公麟、赵孟頫、张渥、文徵明、萧云从等几家。"墨花阁霞上宝玩集册第十一图，纸本。白描。有对版乐乡记云：'伯时作画，多不设色，此白描湘君、湘夫人。绾髻作雪松云绕，更细如针芒，佩带飘飘凌云，云气载之而行。真足照映千古。'对题即书离骚经二则，款为'嘉靖丙辰正月谷旦，长洲文徵明篆于玉兰堂，乐乡记。'"①

这飘飘凌云、遗世独立的形象，正是知识分子内心的精神写照。

李公麟《湘君湘夫人图》原画已不传，现有《湘君图》摹本展现的画面是近处水中的舟上有四人，二女端坐，船头船尾各一船夫，与舟平行的远处岸边有一戴冠的男子；另一岸边有四人，全为女性。《湘夫人图》摹画的是岸上荷屋的正中，一男子端坐，远处水边一男子远望。

元承宋代之绪，湘君、湘夫人的话题盛而不衰，赵孟頫、钱选、张渥等都做过此题。文人画的一个突出的特点就是突出强调知识分子的精神世界，因此，作画时便格外重视对象的神韵与气质，画家往往通过画作来表达文人淡泊、无争的境界。所以此时的湘君、湘夫人画，伦理说教的意味就逐渐减弱，而更突出了作者的审美观，以及通过人物内在的精神风貌与气韵，传达本人的精神追求。宋元时期众多的湘君、湘夫人主题绘画都是以李公麟的白描《湘君湘夫人图》为参照，《庚子销夏记》评价李伯时的画："昔人称其人物似韩滉，潇洒似王维。若论此卷之妙，韩、王避舍矣。他不具论，即湘夫人一像，萧萧数笔，嫣然欲绝，古今有此妙笔乎？"②这表明了李公麟作此作品时的艺术诉求主要在于审美，在于个人观念的传达。

李公麟笔下的湘君、湘夫人有男有女，突出了二湘是配偶神的特点。元代文人画进一步成熟，这一时期湘君、湘夫人主题绘画更加注重文人审美旨趣的追求。元代湘君、湘夫人主题绘画传承宋李公麟的简洁明快，以李氏《湘君湘夫人图》为祖本。明汪珂玉在《珊瑚网》记载钱舜举曾临摹过李公麟的《九歌图》，"楮素洁白而用笔精妙，有可爱玩。虽然，求龙眠而不得，得舜举斯可矣"③。元初文人画大师赵孟頫也仿过李公麟的《湘君湘夫人图》，明杨士奇在《九歌图后》中称："余尝于秘府见李伯时画九歌。今又见赵文敏公之画，于李祭酒时勉所大同而小异，亦各极其趣也。"④而张渥作为李公麟白描画法的最主要的崇拜者与倡导者，其

---

① 姜亮夫：《楚辞书目五种·楚辞图谱提要》，中华书局 1961 年版，第 376 页。
② 孙承泽撰，白云波、古玉清点校：《庚子销夏记》卷三，浙江人民美术出版社 2012 年版，第 53 页。
③ 汪珂玉：《珊瑚网》卷三十一，清文渊阁《四库全书》本。
④ 杨士奇《东里续集》卷二十二，清文渊阁《四库全书》本。

一生临画和创作了多幅《九歌图》,他得李氏的清丽流畅之风、雅隽飘逸之气,被誉为"李龙眠后一人而已"。张渥所作《九歌图》多是模仿李公麟之作,现存吉林博物馆的《临李公麟九歌图》本中,画中用笔流畅潇洒,人物意态生动有致,足见其人物画审美艺术水平之高。具有很强的审美价值。综观宋元时期的湘君、湘夫人主题绘画,数量颇多,其作品风格较统一,基本上以李公麟湘君、湘夫人的形象为祖本,表现形式为摒弃色彩的白描。这种白描的形式是对艺术本体的关注,也是对审美表达的一种单纯的追求。这些作品的人物形象多以流畅的线条造型,清秀飘逸而富有动态之美,给人一种强烈的视觉美感,绘画的政治教化作用不明显,开始趋向一种对于唯美的艺术追求。

张渥《湘君湘夫人图》(图 7-3)是其《九歌图》中的一部分,以李公麟的《九歌图》为摹本。顾文彬、贝琼分别在文中记述了该图的画面:

图 7-3　九歌图·湘君湘夫人　张渥　上海博物馆藏

戴王后步摇,手把芙蓉,女侍婓而随者,湘君。明珰翠帔,仪容俨雅,一女拥如意侠立者,湘夫人也。[1]

美而后饰飘飘若惊鸿欲翔,而冲波相荡石上江竹班班者,湘君也。其后风裳月佩,貌甚闲雅,俨乎若思者,湘夫人也。[2]

由顾、贝二人的画跋及上图可知,张渥所绘湘君湘夫人均为女性。

元代赵孟頫画有《九歌图并书卷》,他所绘的湘夫人形象(图 7-4),体态略胖,气质雍容典雅,拖着长长的衣带裙裾,行走在水面上,正缓缓侧头右看。画面干净,线条流畅有力。

---

[1] 顾文彬著,柳向春校点:《过云楼书画记·岳雪楼书画录》,上海古籍出版社 2011 年版,第 96 页。
[2] 胡敬:《西清札记》卷二,《胡氏书画考三种》,清嘉庆刻本,第 122—123 页。

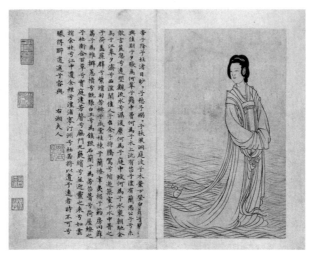

图7-4　九歌图并书卷·湘夫人　赵孟頫　台北"故宫博物院"藏

图7-5　湘君湘夫人图　文徵明　故宫博物院藏

　　与宋元时代相比较,明清时期的湘君、湘夫人绘画出现了多样化的创作形式,不仅出现了版画本、素笺本、设色本等多种表现形式,而且在艺术风格上出现了色泽上的追新。明清时期突破了李公麟白描湘君、湘夫人的制约,大胆设色,走向浓丽,更加注重了绘画的装饰效果。比如明中叶文徵明的《湘君湘夫人图》。关于文徵明的《湘君湘夫人图》(图7-5),顾文彬指出:"观其高髻切云,长裾御风,一执扇,一亭亭独立,衣裳皆作浅绛色,先生自云设色师钱舜举者。"①画跋中的记述与现有图像是吻合的。此图画面简洁明快,毫无背景衬托,而纯以人物形象本身刻画性格,人物的衣纹作高古游丝描,细劲而舒畅,有意表现湘君、湘夫人在空中款款而行的动态,给人以飘飘若仙之感。画面上湘君、湘夫人一前一后,前者手持羽扇,侧身后顾,似与后者对答,神情生动。人物造型来自晋顾恺之《女史箴图》《洛神赋图》,形象古雅,体态修长,长袖飘逸,衣裙曳地,施朱红及白粉,精工古雅。从文徵明和王穉登的题跋可知,文徵明曾请仇英以此题作画,但文氏看过后并不满意,自己又重新创作。可见,文氏是在刻意追求一种"古

---

① 顾文彬著,柳向春校点:《过云楼书画记·岳雪楼书画录》,上海古籍出版社2011年版,第140—141页。

意"，与仇英有不同的审美趣好。画上方自书《湘君》《湘夫人》两章，后署"正德十二年丁丑二月己未停云馆中书"。文徵明此作品虽然卓然飘逸，但不难看出画中两位人物的神情体态与原文《湘君》《湘夫人》是不尽相同。"望夫君兮未来，吹参差兮谁思？驾飞龙兮北征，邅吾道兮洞庭。"[①]"帝子降兮北渚，目眇眇兮愁予。袅袅兮秋风，洞庭波兮木叶下。"[②]本是忧愁思念的情绪，但在作品中却无法体味。而画中自题"因仿佛赵为此，而设色则师钱舜举"，可见他的画运笔上模仿赵雪松，而设色则师钱舜举，足见其画带有明显的复古之风格。不过，设色浓丽的湘君、湘夫人图在明代早已出现，文在题跋曾经提到"偶见画娥皇、女英者，顾作唐妆，虽极精工而古意略尽"。这种妩媚浓丽的"二湘画"受到了文徵明等大师的批评。

除此，明清时期的湘君、湘夫人主题绘画在艺术形象的造型表达上出现了个人化的自由发挥，体现了一种创新求变、不落窠臼的追求。从李公麟的高古，到陈洪绶的奇诡，再到萧云从的严谨，体现的是湘君、湘夫人绘画在不同时期发展的特点。鲁迅在《连环画图琐谈》中说："明清以来，卷头只有画中人物的，称为'绣像'。有画每回故事的，称为'全图'。那目的，大概是在诱引未读者的购读，增加阅读者的兴趣和理解。"[③]许寿裳说："总之章侯之画，以人物为最工，其笔法之渊静，气局之高旷，躯干之伟岸，衣纹之圆劲，识者谓三百年来无此笔墨。"[④]陈洪绶的画中，湘君的形象温柔娴静，刻画生动，而湘夫人省却了面部而背对观众，这一刻画是大胆机智。虽看不到面庞，但是观者仿佛也能体会到她等候的急切之情，引发出无尽的情思。这种画法让观者有无尽的想象空间，因而更具有永恒的艺术魅力，匠心独运的表现方法也是作者对于艺术本体的追求。

萧云从的《湘君·湘夫人》(图7-6)男女各一，女子御龙而行，手持香草；男子驾马驰骋，手持芙蓉，从相望的神情可知两人是一对恋人，画家着意突出的二湘是配偶神的特点。由上述图像、画跋及分析可知，李公麟、萧云从所绘湘君、湘夫人为

图7-6 湘君、湘夫人图 萧云从

① 黄灵庚疏证：《楚辞章句疏证》，中华书局2007年版，第801—804页。
② 黄灵庚疏证：《楚辞章句疏证》，中华书局2007年版，第836—840页。
③ 鲁迅：《连环画图琐谈》，《鲁迅全集》第6卷，人民文学出版社1991年版，第27页。
④ 许寿裳：《我所认识的鲁迅》，人民文学出版社1978年版，第69页。

配偶神,而赵孟頫、张渥、文徵明等人则视湘君、湘夫人均为女性。

综上,至明清时期,湘君、湘夫人主题绘画的艺术创作样式出现了多样化的格局,清秀、浓丽、哀怨、娇媚多种形象并存。画中湘君、湘夫人所指代的人物众说纷纭,与当时的注释、解读等有重要的关系。艺术创作创新求变,更加凸显了创作者内心更深层的精神风貌与独特的艺术追求。

二、山鬼母题及其图绘的流变

(一) 山鬼文学形象

《楚辞》山鬼的原型问题,是学术界一直关注并热烈讨论的问题。《山鬼》采用山鬼内心独白的方式,将幻想与现实交织在一起,具有浓郁的浪漫主义色彩。作者以人神结合的方法塑造了美丽的山鬼形象:"若有人兮山之阿,被薜荔兮带女萝。既含睇兮又宜笑,子慕予兮善窈窕。乘赤豹兮从文狸,辛夷车兮结桂旗。被石兰兮带杜衡,折芳馨兮遗所思。"①这种人神合一的形象创造,正是屈原诗歌中的一贯方法。

山鬼的传说流传于沅湘间的各个民族。在这些传说中,山鬼都是以丑陋、凶恶的形象出现。屈原的《九歌·山鬼》中所描绘的山鬼千百年来使人们对山鬼的形象充满了无尽的想象。画家们用他们的画笔勾勒出他们心目中的山鬼。元代的张渥把山鬼描绘成"披薜荔""带女萝""乘赤豹"的眉清目秀的美少年形象。在明代陈洪绶的笔下,山鬼则变成了面目丑陋的男性形象。清代萧云从又恢复了山鬼的美丽形象,只是这时的山鬼由清秀的男性变成了温婉的女性。后来傅抱石等画家也延续了山鬼婀娜多姿的女性形象。

《九歌》是一组与楚人祭典有关的诗篇,是屈原流放江南时在楚地信鬼好祀的风俗的基础上改写而成的一组歌诗。其中《山鬼》一诗,学术界对"山鬼"这一形象的解释以及对《山鬼》通篇主旨的理解没有定论,历来楚辞研究者对《山鬼》的形象与意境的理解说法不一,有以下几种说法:

1. 瑶姬。最早提出这种说法的是清人顾成天。《四库全书总目提要》引述其《九歌解》:"又《山鬼》篇云:楚襄王游云梦,梦一妇人,名曰瑶姬。通篇辞意,似指此事。"②郭沫若先生也持此说。他引证《山鬼》"采三秀兮於山间"句,指出:"於山即巫山。凡《楚辞》'兮'字每具有'於'字作用,如於山非巫山,则'於'字为累赘。"③既然《山鬼》篇明确提到了"於山(巫山)",则此"山鬼"不是"巫山神女"又是什么?郭沫若此证一出,"山鬼即巫山神女"说即在楚辞研究界迅速流行起

---

① 洪兴祖撰:《楚辞补注》卷二《九歌章句·第二》,中华书局 1983 年版,第 79 页。

② 永瑢等撰:《四库全书总目》,卷一百四十八,《集部一·楚辞类存目》,《楚辞九歌解一卷》,中华书局 1965 年版,第 1271 页。

③ 黄灵庚疏证:《楚辞章句疏证》,中华书局 2007 年版,第 962 页。

来。当代楚辞研究家如马茂元、陈子展、聂石樵、金开诚、汤炳正等，无不认定《山鬼》中的"山鬼"，就是"巫山神女"。马茂元先生在《楚辞选》中，不仅从《九歌》"兮"字的"代字作用"上论证，认为"采三秀兮於山间"之"於"不可"照本字解"，否则便"和'兮'字重复"，还认为郭沫若把"於山"认作"巫山"是正确的，因为"於"古音巫，是同声假借字。他还引证《文选》江淹《杂体诗》李善注引《宋玉集》之文，以及《山海经》"姑瑶之山"有关内容证明：巫山神女即"帝之季女"瑶姬，亦即《山海经》所称死后"化为䔞草"的帝女"女尸"；䔞草之所以得名，是由于为瑶姬的精魂所化。① 在《山海经》里把它叫作䔞草，《高唐赋》里却又说成灵芝，足见这两者是二而一的东西。本篇里的"三秀"又是灵芝的别名。那么"采三秀兮於山间"，正所以表现女神缠绵生死终古不化的心情，绝不是一般的叙述了。这就从"三秀"的来源上，似乎又为山鬼即巫山神女提供了新证。

2. 精怪说。"精怪说"之首提者是宋代楚辞学家洪兴祖，他在《楚辞补注·山鬼》题解中说："《庄子》曰：'山有夔'。《淮南》曰：'山出㺐阳'，楚人所祠，岂此类乎？"②夔之为物，习见于典籍，传为一足怪物。魖阳，《淮南子·汜论训》高诱注云："山精也。人形，长大，面黑色，身有毛，足反踵，见人而笑。"③在后世传说中，二者乃为一物。洪兴祖认为，楚人所祭者乃山之精怪。朱熹《楚辞集注·山鬼》篇说："《国语》曰：'木石之怪夔罔两。'岂谓此耶？"王夫之《楚辞通释》卷二以为是孔子说的木客，也就是五显神，为物类，胎化，非鬼，因疑有疑无，谓之鬼。④综上所看，山鬼应为江南一种野兽名，生活在山中，故名。屈子托山鬼以抒情。洪兴祖、王夫之等人"山鬼为山魈"之说，有大量民间传说皆可为此说之支撑。但后世所谓的"山鬼"与《九歌》之"山鬼"是否一物？ 还有待考证。

3. 山神。明人汪瑗认为："谓之《山鬼》者，何也？ ……盖鬼神可以通称也，此题曰山鬼，犹山神山灵云耳。"⑤近人陆侃如也认为，《山鬼》是楚人祭祀山神的乐歌。持这一看法，具有代表性且影响较大的是马茂元的《楚辞选》："山鬼即山中之神。称之为鬼，因为不是正神。"⑥这种看法保留在他主编的《楚辞集成·楚辞注释·山鬼》中，并作了强调："山鬼即山神。古籍中，鬼、神二字往往连用，如《论语·雍也》：'敬鬼神而远之'，《礼记·典礼》：'临诸侯畛于鬼神'等等。"⑦这种说法也是现代研究界最为流行的说法。

4. 山鬼。戴震云："山鬼，通篇皆为山鬼与己相亲之辞，亦可以借山鬼自喻，

---

① 马茂元：《楚辞选》，人民文学出版社 1998 年版，第 80 页。

② 洪兴祖：《楚辞补注》，中华书局 1983 年版，第 82 页。

③ 何宁撰：《淮南子集释》，中华书局 1998 年版，第 980—981 页。

④ 王夫之：《楚辞通释》，上海人民出版社 1975 年版，第 43 页。

⑤ 汪瑗：《楚辞集解》，北京古籍出版社 1999 年版，第 137 页。

⑥ 马茂元：《楚辞选》，人民文学出版社 1998 年版，第 77 页。

⑦ 马茂元主编：《楚辞注释》，湖北人民出版社 1985 年版，第 176 页。

盖自吊其与山鬼为伍,又自伤其同于山鬼也。"①其他如胡文英《屈骚指掌》、王闿运《楚辞释》,均谓《山鬼》所祀就是山鬼。

以上的几种说法中,最为流行的是山鬼即为山神说,对于郭沫若等人的考证即特指山神为巫山神女,也是在楚辞研究界接受范围较广的一种学术观点。

目前大多数学者赞成山鬼是山神的观点,但是对于山神的性别却有着不同的看法。文学史把山神看作是女性形象,认为《山鬼》篇是一支祀神曲,是一首讴歌爱情美的赞歌,更是一篇幽怨曲折、感人肺腑的言志、抒情之作。山鬼是对情人一往情深、对爱情坚贞不渝的女神,实际上就是作者本人;女神苦恋着的"公子"即是诗人所寄予希望的对象——楚王。诗作就是通过女神对爱情的执着、坚贞来显示作者对理想的追求、对祖国的挚爱;女神所处环境的艰险恶劣以及情人失信、食言所带来的心理创伤恰恰反映出诗人当时所处政治环境的险恶以及自己的悲惨命运,传情达意上细腻委婉、深沉感人。这种解读就会赋予《九歌》过于沉重的现实意义,作为流传于民间的祭祀曲来说,它只是代表了民间对于神的幻想与崇敬,祭祀只是为了达到娱神的目的,通过祈神来满足自己的愿望。屈原只是在原有的基础上对《九歌》进行了修改,很难说《山鬼》寄托了屈原的君臣际合的精神追求。

纵观历代画家所描绘的"山鬼"图,也恰恰与我们上文提到的种种观点相契合。比如李公麟全景版本的《九歌图》中,就将"山鬼"形象塑造成了"人形、有毛"的"精怪"形象。画家必然是受到了宋代楚辞学家的影响,而在此画中却没有单

图7-7　九歌图·山鬼　张渥　克利夫兰博物馆藏

独描绘"山鬼",而是将多个形象都纳入画中,人形、有毛的"山鬼"在前领路,乘坐在"赤豹"车上的是一位女性形象,人、神(鬼、怪)在这里结合。这种手法可能源自画家自己的创意,或者这才是他想象的符合文义的绘制方式。这也和朱熹《楚辞集注·山鬼》中提到的"以上诸篇,皆为人慕神之词,以见臣爱君之意。此篇鬼阴而贱,不可比君,故以人况君,鬼喻己,而为鬼媚人之语也"②相符合。

张渥的版本(图7-7)中,画面相对单一,他将山鬼绘制成一个男性的鬼怪形象。宋元时期,"山鬼"形象基

① 戴震撰,张岱年主编:《戴震全书》(三),黄山书社1994年版,第576页。
② 朱熹著,李庆甲校点:《楚辞集注》,上海古籍出版社1979年版,第44页。

本上还是围绕着"精怪"解释的。

到了陈洪绶那里，"山鬼"（图7-8）成了一个粗犷大汉，衣衫褴褛，活像一个闲散自适的流浪汉，同他《九歌图》中其他的作品一样，个人风格极其明显。

萧云从在《山鬼》后注云："画工狗马难，作鬼魅易，言尝目之莫欺也。使含睇宜笑，相遇于松阴，讵漫焉省识邪？故写山鬼如蒙棋者，谬矣。"[①]萧云从指出，把山鬼描绘成面目狰狞的男性山怪是不正确的，根据屈辞原作之情思意蕴，仍将山鬼恢复为"含睇宜笑"、浪漫多情的女性形象。但与前代《山鬼》图相比，萧云从注重与山鬼形象关联的车驾护从之装饰、布置的描绘（图7-9）。根据诗中"雷填填""猿啾啾"等语，萧云从还在空中、身后配以雷公、猿猴等作为衬景，这些都凸显了萧云从描绘《九歌图》时严谨的画风。

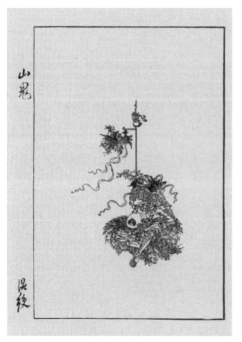

图7-8　九歌图册·山鬼　陈洪绶

19 山鬼（九歌图之四）

图7-9　九歌图·山鬼　萧云从

（二）历代《山鬼》图与《山鬼》的关系

1. 历代《山鬼》图整理

通过历代文献的记载和古代书画图卷的流传，可以整理出近乎完整的历代《山鬼》图资料，宋朝李公麟的《山鬼》图是现知最早关于《山鬼》的图像。历代《九歌图》一般有十一段、九段和六段，惯常缺少《礼魂》《国殇》，少部分缺少《大司命》等，但每一文献记载《九歌图》中都有《山鬼》图。因古代画作大多是一幅长卷，所

---

① 萧云从：《〈离骚图〉自序》，罗振常编，民国十三年（1924）影印本。

以下列表格内含《山鬼》的画作名称以画卷全称代替。

名称	书画材料	朝代·作者	文献记载	收藏	近况备注
九歌图	澄心堂纸本	宋·李公麟	《清河书画舫》《庚子销夏记》等	宋赵兰坡家藏；史明古藏	散佚
九歌图（六段①）	绢本	宋·李公麟	《铃山堂书画记》等	宋谢奕修家藏	流在民间
九歌图（甲本）	素笺本	宋·李公麟	《石渠宝笈》（初编卷四十四）	中国国家博物馆②	摹本，现定为南宋人画
九歌图（乙本）	未详	宋·李公麟	《赏溥杰画目》	故宫博物院③	摹本
九歌图	纸本	宋·李公麟	《庚子销夏记》《曝书亭集》	黑龙江省博物馆④	摹本
九歌图（王穉题跋）	素笺本	宋·李公麟	《石渠宝笈》	辽宁省博物馆	摹本，已定为南宋人画⑤
九歌图（米芾篆书）	素绢本	宋·李公麟	《石渠宝笈》（初编卷三十六）	台北"故宫博物院"	
九歌图（吴炳篆书）	纸本	宋·李公麟	《吴越所见书画》	未详	疑摹本
九歌图（郭宗昌题跋）	绢本	宋·李公麟		美国大都会博物馆	摹本
九歌图	绢本	宋·张敦礼⑥	《石渠宝笈》	波士顿艺术博物馆	赝品⑦

---

① 吴升《大观录》卷十二："图只按文选所载东皇太乙、少司命、云中君、湘君、湘夫人、山鬼。凡九歌，其删去者，不图也。"曹伟、吴说跋九歌图为六图绢本。经诸家考论，六图绢本和澄心堂纸本是目前确指为真本的两本。

② 《楚辞书目五种续编》（上海古籍出版社1993年版）中记载为故宫博物院藏，现今移交给中国国家博物馆。

③ 《楚辞书录》（苏记山庄1956年版）和《阿英文集》（生活·读书·新知三联书店1981年版）中记述九歌图赵雍书赞原卷在日本，《楚辞书目五种续编》（上海古籍出版社1993年版）中记载为故宫博物院藏。

④ 旧传李公麟，现定为南宋人画。

⑤ 黄朋《〈九歌图〉图式的流变》（《上海文博论丛》2007年第4期）："将其定为南宋时期的原因在于：一是，其后有一跋是南宋文人洪勤作于宝祐丙辰（1256）的；二是，其文字部分中有'暾'字缺笔的写法，这又是对南宋光宗皇帝赵惇名字的避讳。所以此卷的创作年代的上限在南宋光宗朝，而下限则是洪勃作跋之宝祐丙辰。"

⑥ 签题张敦礼，而九歌图卷末题跋载"右九歌图淮南张叔厚所作……"，因此此本也旧传张渥作。

⑦ 毕秋帆家藏，载《石渠宝笈三编》胡敬《西清札记》卷二，日本此卷甚详。胡氏不能辨别是张敦礼还是张渥作，称："或市侩割张渥他图跋语，装入此卷以炫售。而又误题签，……图有礼魂而跋不及，其为作伪益明。"

名称	书画材料	朝代·作者	文献记载	收藏	近况备注
九歌图	素笺本	宋·作者待考	《石渠宝笈》（初编三十五）	未详	未详
九歌图	未详	宋·作者待考	《卧庵藏画目》	未详	未详
离骚九歌图	未详	宋·作者待考	《桐江续集》	待考	存之待考
九歌图	未详	南宋·马和之	《楹书隅录》	海源阁旧藏	散佚
九歌图（临李乙本）	未详	元·钱选	《画考》《珊瑚网》《佩文齐画谱》	未详	散佚
九歌图①	未详	元·赵孟𫖯	《庚子销夏记》	未详	未详
九歌图（大德三年）	绢本	元·赵孟𫖯		美国弗利尔美术馆	
九歌书画册（大德九年）②	纸本，清末有木刻及石印本	元·赵孟𫖯		张大千大风堂，1939 年，张氏影印行世	现藏美国大都会博物馆
九歌图（延祐六年）	素绢本	元·赵孟𫖯	《石渠宝笈》（初编二十五）《东里续集》	台北"故宫博物院"	
九歌图（至正六年六月③）	纸本	元·张渥	《东图玄览》《书画记》等	上海博物馆	
九歌图（至正六年十月）	纸本	元·张渥	《大观录》《墨缘汇观》《寓意录》等	吉林省博物馆	
九歌图（至正十六、十七年间）	未详	元·张渥	《清江贝先生集·书九歌图后》	张氏赠周克复	失传

---

① 《庚子销夏记》（孙承泽撰，白云波、古玉清点校，浙江人民美术出版社 2012 年版，第 53 页）卷三云："余在袁六完家见赵文敏所画《九歌》，为仇山村作，乃其少年笔，亦自奇异。"大德三年赵孟𫖯 45 岁，不能称为少年笔。

② 徐邦达在《古书画伪讹考辨》（江苏古籍出版社 1984 年版）中考证，认为此本与张渥至正六年两本和至正二十六年本"笔法风格基本上一致"，认定此册原为张渥真迹。

③ 上海博物馆藏张渥白描《九歌图》吴睿篆书词本卷末书"至正六年九月既望吴睿书"，《楚辞书目五种续编》（上海古籍出版社 1993 年版）和薛永年《谈张渥的九歌图》（《文物》1977 年第 11 期）中认为张渥创作于"至正六年六月"，陈池瑜《张渥的〈九歌图〉与神话形象》（《上海博文论丛》2010 年第 3 期）一文中以吴睿书时间作为张渥的创作时间，指出美 D. G. Muller 博士误为六月创作。

名称	书画材料	朝代·作者	文献记载	收藏	近况备注
九歌图（至正二十一年）①	纸本	元·张渥	《吴越所见书画录》	美国克利夫兰博物馆	徐邦达旧藏，国内有摹本印行，郑振铎收入《楚辞图》
九歌图（王翼篆隶本）	未详	元·张渥	《书画记》	未详	未详
九歌图（与赵文敏书盒装横卷）	纸本	元·张渥	《无益有益斋读画诗》	未详	真伪难辨
九歌图	未详	元·马竹所	《道园学古录》	未详	散佚
离骚九歌图	未详	元·作者待考	柳贯《题离骚九歌图》	未详	未详
九歌图	未详	元·未知画人	严氏《书画记》	未详	未详
九歌图	纸本	元·无款		黑龙江省博物馆②	
离骚九歌图	纸本	明·杜堇（亦称陆谨）	《西清札记》	故宫博物院	传本
九歌图	纸本	明·仇英	《佩文谱》《家藏四部稿绩稿》等	安徽省博物馆③	
九歌图	未详	明·仇英	《画品目》④	未详	未详
九歌图	未详	明·朱季宁	《鲍翁家藏稿》	昆山许鸿高所藏	未详
九歌图	纸本	明·周官	《吴越所见书画》	未详	未详
九歌图	未详	明·董其昌	《论画绝句》	江心农所购	未详
九歌图	有木刻版画	明·陈洪绶	《佩文齐书画谱》等	上海图书馆	郑振铎收入《楚辞图》

① 《吴越所见书画录》（上海古籍出版社 2015 年版）卷三著录作于"至正二十一年辛丑三月"，徐邦达《古书画伪讹考辨》（江苏古籍出版社 1984 年版）中记载《吴越所见书画录》中为至正二十六年，应是错记，因此张渥《九歌图》至正二十一年本就是徐邦达的旧藏，后归王己千，因生计问题卖给美国克利夫兰博物馆。

② 《中国绘画全集》（文物出版社，1997—2001）记载黑龙江省博物馆有两幅九歌图，一为南宋无款，一为元无款，南宋无款旧传为李公麟画，衣若芬先生《〈九歌〉、〈湘君〉、〈湘夫人〉之图像表现及其历史意义》（《先秦两汉学术》2006 年第 6 期）所评黑龙江省博物馆藏九歌图湘君是男神，所以是元无款，衣若芬先生认为此图笔法与李公麟大相径庭，画作风格不会早于明代，此图卷原为明初内府收藏，黑龙江省博物馆定为明代。

③ 安徽省博物馆藏仇英九歌图册有缺，不全，按王元美家《家藏四部稿续稿》所述仇英九歌图应该就是安徽省馆藏，《吴越所见书画录》（上海古籍出版社 2015 年版）中记载了流传过程有据可查。

④ 严氏《画品目》著录仇英所绘不仅一卷，《石渠宝笈》（海南出版社 2001 年版）卷二十二也记载了一卷疑为仇英绘图。

名称	书画材料	朝代·作者	文献记载	收藏	近况备注
离骚图（不分卷）	有木刻版画	明·萧云从	《四库全书简明目录》等	北京图书馆等	
离骚图（钦定补绘）	纸本（插图）	清·门应兆	《清史稿》《艺文志》等	北京图书馆等	
九歌图	素绢本	清·周玙	《石渠宝笈》	未详	未详
九歌图	纸本	清·冷枚		故宫博物院	
九歌图	宣纸本	清·丁观鹏	《石渠宝笈续编》《国朝书院录》	未详	散佚
山鬼图	纸本	清·罗聘		清华大学美术学院	
九歌图	纸本	清·姚文瀚		中国国家博物馆	
九歌图	纸本	清·汪汉		浙江省博物馆	
离骚图	彩绘本	清·李选		北京大学	

2. 战国至民国以前的《山鬼》文本与图绘关系

我们暂时没有找到在宋以前记载《山鬼》图的相关文献存在，有些学者认为汉代就已经有《九歌图》的存在，他们在汉画像砖、墓室壁画、汉墓帛画和棺椁彩绘上寻找《九歌图》的存在。本人赞同在李公麟前已有表现《山鬼》的图像的观点，原因有三：一是《山鬼》符合古代绘画的题材，战国时期宗庙祠堂中壁画湮没多不存，但是根据文献记载可想象其儵佹绮丽，汉代绘画内容逐步从招魂升天、宗教祭祀等神鬼神话题材逐步转向人们出行、狩猎、宴乐歌舞等日常生活，魏晋南北朝流行配合名人文学著作的绘画，例如东晋顾恺之的《洛神赋图》就是在曹植的《洛神赋》文本基础上绘制的，隋唐时期的绘画艺术达到极盛，人物画、山水画占重要地位。学者林河从人物服装、配饰、神态等分析，认为江苏徐州汉墓出土的一块人物画像砖上所绘是《九歌》中《少司命》的情节，画像砖上没有文字说明，单凭人物、事物刻画的大致相同，不能断定画像砖上《九歌》图的存在。二是中国古代文人、士大夫喜以书画寄情言志，抒发个人抱负，古代文人在政治上往往都抱有很高的政治理想和政治热情，但他们的政治命运普遍坎坷、失意，《山鬼》中所表达的情感更是激发他们内心相同的感受。《诗经》中一些政治题材诗歌可以找到文献记载的晋唐绘画作品，那么《山鬼》应该也是文人画家所青睐的。三是明詹景凤《詹东图玄览编》卷四记云："李伯时《九歌》……予细看亦非公麟真迹，以无韵与风骨也。其中器具衣饰亦古，必古有此图。而公麟仿之，而后人又摹之。"[1]李

---

① 詹景凤：《詹东图玄览编》卷四，卢辅圣主编：《中国书画全书》第4册，上海书画出版社2009年版，第42页。

公麟所绘《山鬼》图,线条力度和构图趋于成熟,对比隋唐时期流传下来的山水画,李公麟之前应该已有《山鬼》图存世,只是至今仍未有文献和传世图像的发现,这仅仅是一种推测,还缺乏证据的支持。

宋代文人士大夫地位提升,自苏轼全面阐释了文人画理论后,文人画开始兴盛。李公麟与苏轼交好,经常参加文人集会,以诗歌、书画会友,他的画作脱离色彩,用线条的粗细、浓淡、轻重、曲直等表现张力,这种表现方式更符合文人的审美情趣,李公麟创造的白描技法促进了文人画的推行。宋代自李公麟开始《九歌图》创作有以下两点理由:一、从时代背景来说,北宋初国家统一、经济发达、社会安定,统治者加强中央集权,削弱了边防,在内忧外患下北宋文人提出改革,改革之路坎坷曲折,文人历经多次贬谪,远离政治中心后报国无门,无法继续在政治上作为,壮志难酬的沉郁悲愤之情只能寄于书画,而南宋时期民族矛盾激烈,国家动荡不安,屈原被放逐的事迹和忠君爱国的思想引起强烈的情感共鸣。二、从思想文化背景来说,理学兴起,晁补之、洪兴祖、朱熹等人对《楚辞》文学评注偏重塑造屈原“忠君爱国”的形象,这点会在第三部分详细论述。李公麟的《山鬼》图经诸家考论,《清河书画舫》和《庚子销夏记》等书著录的澄心堂纸本和《铃山堂书画记》等书著录的六图绢本是目前确认为真迹的,这两本都未曾流传下来,但是李公麟《山鬼》图已经成为一幅经典的作品,成为后人模仿的典范,时至今日仍有画家临摹,李公麟《山鬼》图通过历代摹本流传下来。现今发现的李公麟《山鬼》图大多是南宋画家摹画,主要有两种版本:一是有景本,全面画出人物及其背景,场面开阔;一是无景本,集中力量刻画人物性格,弱化虚化背景。这两种版本的《山鬼》图景物忠实于原文,有松柏、石泉、山石、云雾、葛藤、赤豹、文狸、石兰、芳馨等意象。有景本作者凭借丰富的想象力刻画了山鬼出行的场面,前后都有长相怪异的随从跟随,画家在画作时或许是考虑到山鬼是楚人祭祀的对象,所以安排了这样相对浩大的场面。而无景本没有辛夷车和桂旗,画家减弱了出行场面的描绘,山鬼只乘赤豹出现,重点突出山鬼的面目表情。

元朝文人地位卑微,这个阶段《山鬼》图仍是受李公麟影响,以白描为主,代表画家是赵孟頫和张渥。赵孟頫继承了李公麟白描技法,他的《山鬼》图没有跳脱前人的摹本,与无景本相似,但画风、线条力度有所不同,赵孟頫《山鬼》图的性别由男性转为女性,也可看出画家在不同创作阶段对文本的理解不同,创作时的心理状况也不同。《四库全书》元诗选三集卷十二为顾嗣立编,记载张渥的朋友顾德辉为张渥写的简要小传:“渥,字叔厚,淮南人。博学明经,累举不得志于有司,遂放意为诗章,自号贞期生。”[1]张渥早期的《山鬼》图都是临摹李公麟的作品,笔法流畅飘逸,一勾一顿与南宋不知名画家临摹图相比,功力深厚,张渥晚年的九歌图有他阅读《山鬼》的感悟,晚期《山鬼》图画面从绘制山鬼欲见恋人到未

---

[1] 顾嗣立编:《元诗选·贞期生张渥》,中华书局1987年版,第505页。

见到恋人神态的转变,寄寓他类似屈原忠君爱国、关怀国家命运却请缨无路的愤懑忧郁之情。

明朝中期《山鬼》图依旧沿袭李公麟白描技法,以杜堇和仇英为例,只是在人物发型、身型、神态方面存在差异。明末清初,民间画尤其是版画风行,文人画家陈洪绶和萧云从把白描运用到版画创作中,开启了白描绘画的新时代,使白描又达到了一种新的高度。陈洪绶19岁研读《离骚》,有感而发,绘制了《九歌》图,他的《山鬼》图极具个人风格,在历代《山鬼》图中辨识度很高,山鬼颠覆以往或俊秀或美丽的模样,在文人画中混入了民间画风格,人物服饰怪诞夸张,人物表情刻画入木三分,虽是陈洪绶早年作品,人物神态已经有了自己的风格和创意,匠心独运。萧云从忠实呈现《山鬼》文本,原诗有"雷填填"之句,他就在天空中画了一个雷公形象,颇具民间画和神话色彩,从"雷填填"到雷公的转变体现神话对传统文学的影响,他还因为"猿啾啾"之句在背景中添上了猿猴,可见萧云从画风十分严谨。

清朝《山鬼》图显现多样化发展,一般都设色,可分为两种:一种是皇帝钦定绘制的,为了填补古代白描没有色彩的遗憾,这种图只在服饰、发型上有些微差异,色彩的填充使图像更生动可观;另一种类似仕女图,人物发型、服饰有明显的清朝时期特征,高雅淡致,不同于前人以薜荔为衣半裸的形象,脱去了山鬼那份野性,更贴近巫山神女,由此也可看出清朝顾成天提出"巫山神女瑶姬"的见解得到了同时代画家的认同。

(三) 传世《山鬼》图图绘流变及其原因

历代《山鬼》图可以分为三类:一类是有文献记载没有传世图像的,一类是有传世图像没有文献记载的,还有一类既有文献记载又有传世图像。因为古代画作流传困难,至今我们无法看到全部的山鬼图,有传世图像的《山鬼》图多数藏于国内各大博物馆,有些流传海外。

山鬼图	山鬼性别	线条、风格
九歌图(甲本) 宋·李公麟,故宫博物院藏	女	白描技法,全面画出人物及其背景,用线条的粗细、浓淡、曲直、轻重等展现景色和人物的特点,场面开阔,气魄雄浑,山景壮阔磅礴,想象力丰富,诗情浓厚,铺陈山鬼浩荡出行的画面,但人物被压缩得太小,无法观看人物表情感受人物心情。

山鬼图	山鬼性别	线条、风格
九歌图(乙本)[①]　宋·李公麟	男	减弱背景刻画，集中笔法描绘人物，若隐若现的背景衬托出人物的内在感情。山鬼持芳草，乘赤豹，美目流盼，含情脉脉，嘴角微扬，即将见到恋人的喜悦之情和对恋人的思念之情溢于言表，松树苍劲隽秀，山鬼身后有一人立在缥缈背景中，或许便是山鬼思恋的君子。
 图落款为李伯时为苏子由作，故宫博物院藏	女	画面选取山鬼独自在竹林行走一段，画中女性山鬼身披薜荔半裸坐在赤豹上，除了发型完全是野人形象。
宋·李公麟　九歌图[②]	女	画中山鬼是位含情斜目而视的美丽女性，双眉颦蹙，或是感叹青春不能永驻或是对恋人未出现的失落忧伤。画面用轻重浓淡的线条勾勒出郁郁葱葱的竹林和傲骨铮铮的松树，散发出浓厚的文人画气息。
 南宋·佚名　九歌图　辽宁省博物馆藏	女	与中国国家博物馆藏九歌图相似，都是全景式故事画，这些都是南宋人对李公麟九歌图的摹本，可窥李公麟的白描手法，不着颜色，场面宏大，山川气势磅礴，云雾缭绕，松树峥嵘挺拔，泉水淙淙。
 南宋·无款九歌图(传李公麟)　黑龙江省博物馆藏	女	笔法画风与李公麟大相径庭，背景用浓淡、粗细、曲直的线条描绘出竹林和松树，山鬼所披薜荔和石兰被细细勾勒，山鬼顾目流盼，一脸欣喜，手持芳草慰藉相思之情。

① 图见周殿富选编注译：《九歌图七种古注今释》，安徽人民出版社2013年版，第20页。
② 图见周殿富选编注译：《九歌图七种古注今释》，安徽人民出版社2013年版，第31页。

山鬼图	山鬼性别	线条、风格
 宋·李公麟(旧传)　九歌图(郭宗昌题跋)美国大都会博物馆藏	女	人物全景,与上一幅图相似。
 宋·张敦礼　九歌图　波士顿艺术博物馆藏	女	与第三幅图相似,背景云雾缥缈,山石嶙峋,松树屹立。局部设色给全图带来一抹亮色,山鬼一袭蓝色长裙,眉语目笑,面容温暖明媚又暗含忧思,此图山鬼是一位温婉美丽的女子。
 元·赵孟頫　九歌图　美国弗利尔美术馆藏	男	此图与李公麟九歌图乙本相似,设色,鲜明生动,笔法精妙。山鬼身披薜荔和石兰,佩戴女萝和杜衡,手持灵芝芳草,上翘的嘴角和含情流转的美目透露此刻美好的心情。
元·赵孟頫　山鬼灵芝图①	男	从山鬼外貌、发型、服饰和身上的毛来看,该图山鬼像一个深山野人或精怪,身下赤豹也是凶恶的模样。

① 图见周殿富选编注译:《九歌图七种古注今释》,安徽人民出版社 2013 年版,第 150 页。

山鬼图	山鬼性别	线条、风格
元·张渥　九歌图　上海博物馆藏	女	线条流畅生动,张渥笔下山鬼是一个半裸的美丽女子,眉头舒展,眼含笑意。画面意境幽静宁谧,松树枝干苍劲嶙峋,股股清泉潺潺流淌。
元·张渥　九歌图　吉林省博物馆藏	女	白描人物笔法劲利飘逸,人物形象鲜明生动,人物表情十分灵动,山鬼身披薜荔和石兰,佩戴女萝和杜衡,手执灵芝兰草,驾乘赤豹,眉开眼笑。画中景致自然静穆,与上一幅图大致相同。
元·张渥　九歌图　美国克利夫兰博物馆藏	男	这幅画中山鬼被描绘成半裸的男性形象,目光落在手中的芳馨上,聊寄相思,眉头紧锁,流露出一丝抑郁之情,苍凉悲壮。这幅画是他晚年作品,张渥一生屡次科举考试不中,怀才不遇不得志的愤懑之情在画中清晰地表露。

山鬼图	山鬼性别	线条、风格
元·无款　九歌图　黑龙江省博物馆藏	女	这幅画与前人所画多有相似之处，但又在很多细节方面不同，前人所画的松树多是稠密苍翠的，而这幅画中松树是干枯的，从压弯的竹子可见风之狂，显现萧索的氛围，山鬼也是愁容满面，郁结在心。
明·杜堇　九歌图　故宫博物院藏	女	无景图，背景云雾虚化，单单突出人物，一位跨坐在赤豹上半裸的美丽女子，不是即将见到恋人的喜悦表情，而是因未见到恋人驱散不去的忧伤怨恨之情。
明·仇英　九歌图　安徽省博物馆藏	女	白描技法，线条纤弱，人物神态勾绘具有人间实感，衣纹用笔流利精细，赤豹貌类虎，山鬼窈窕多姿，令人销魂。

山鬼图	山鬼性别	线条、风格
明·陈洪绶 九歌图①	男	跳出古人李公麟、张渥等摹本，"没有繁复的配景，但对人物的形象的表现和衣纹的处理，也显示了他纵逸的天才"，陈洪绶笔下的山鬼另辟蹊径，面目丑陋狰狞，一改以往眉目清秀的形象，不羁侧坐在赤豹身上，一副闲适自得的样子，抒发了作者政治上的失意不得志。
明·萧云从 九歌图 虚苑美术馆藏	女	萧云从认为"写山鬼如蒙棋，谬矣"，因此他笔下的山鬼又回归到美丽的女性形象。萧云从根据原文"雷填填""猿啾啾"，画面加入雷公和猿猴，融入了民俗画风格，画面细节可以看出萧云从严谨的画风。
清·门应兆 九歌图②	女	此画是门应兆在萧云从山鬼图基础上描绘出来的，两幅图大同小异，同样有赤豹、文狸、雷公和猿猴四个意象。门应兆版赤豹长相没有那么诡异，雷公鸟头人身，肋生双翅，右手持斧，左手持凿，山鬼头冠、服饰也有变化。

---

① 图见周殿富选编注译：《九歌图七种古注今释》，安徽人民出版社 2013 年版，第 163 页。

② 图见萧云从原绘，门应兆补绘，周殿富编选：《楚辞全图句注》，安徽人民出版社 2013 年版，第 90 页。

山鬼图	山鬼性别	线条、风格
 清·罗聘　九歌图(局部)清华大学美术学院藏	女	罗聘笔下的山鬼从发型到服饰都是清朝的式样,细致柔和的线条勾勒出一位冰肌玉骨婉约的大家闺秀,很像仕女图,身后赤豹表情是调皮活泼的,美女与野兽是柔弱与强壮的结合,给人典雅平和闲趣的美感。
 清·姚文瀚　九歌图　中国国家博物馆藏	女	此图姚文瀚是奉乾隆旨意之作,仿传李公麟"七月望日"本,用色彩弥补白描的空缺,"五采彰施,状其诡丽"。山间云雾缭绕,松树俊美挺秀,用色方面很有特色,想象力丰富。
 清·汪汉　九歌图　浙江省博物馆藏	女	人物发型、服饰随朝代变迁发生变化,不同于汪汉湘夫人等画中华丽的仕女图画法,画中山鬼身披薜荔,少了那份精致,多了久居山间不施粉黛的朴素。采用双钩点彩画法,工笔重彩,设色绚丽,人物描绘精细。

传世《山鬼》图有三种类型，第一类是右图左文，图像在前，文本在后，古代这种绘图方式呈现的《山鬼》图较多，如图7-10，图像占据主导地位，文字是为图像服务，补充图像。第二类是左图右文，文字先于图像，图像占据次要地位，依赖文字而生，起到对文字的解释作用，这类画作凸显因文生图、图解文本的特质。前两类《山鬼》图将中国传统文化中的诗、书、画、印融为一体，第三类则是有图无文。

图7-10　九歌图·山鬼　赵孟頫　美国弗利尔美术馆藏

无论哪个时代的《山鬼》图，文本和文学评注直接影响画家对《山鬼》的理解，东汉王逸、北宋晁补之和洪兴祖、南宋朱熹、明代汪瑗、清代林云铭和戴震等人的见解对画家的创作与构思有重要作用，《山鬼》图也表现了一个时代读者对《山鬼》文本和文学评注的接受程度。

首先关注文学评注对画家创作的影响，《山鬼》图在宋代兴起与当时的思想文化背景有关。东汉王逸《楚辞章句》注解《九歌》："《九歌》者，屈原之所作也。昔楚国南郢之邑，沅、湘之间，其俗信鬼而好祠。其祠，必作歌乐鼓舞以乐诸神。屈原放逐，窜伏其域，怀忧苦毒，愁思沸郁，出见俗人祭祀之礼，歌舞之乐，其词鄙陋。因为作《九歌》之曲，上陈事神之敬，下见己之冤结，托之以风谏。"①在王逸看来，屈原祭祀作歌蕴藏忠君爱国之情和忧国之思。东汉至宋之前关于《楚辞》注本很少，大多亡佚，解读立足于屈原诗人身份，读其狂放狷介。直到两宋时期晁补之、洪兴祖、朱熹等人又开始研究关注《楚辞》，关注重点变为屈原"忠君爱国"的形象。晁补之认为屈原创作时期《诗经》的讽刺内涵逐渐消散，《春秋》的微言大义湮没，屈原作品中的忠君思想正是处于礼崩乐坏的社会急需的道德传承。洪兴祖在《楚辞补注·离骚后序》中把屈原比作比干，把屈原被放逐后自沉解读为以死明志、讽谏楚怀王，是忠君爱国的表现，屈原与楚王同姓也解读为是对宗族的忠诚。朱熹《楚辞集注》注解《九歌》："原既放逐，见而感之，故颇为更定其词，去其泰甚，而又因彼事神之心，以寄吾忠君爱国眷恋不忘之意。"②旧说中屈

① 洪兴祖：《楚辞补注》，中华书局1983年版，第55页。
② 朱熹著，李庆甲校点：《楚辞集注》，上海古籍出版社1979年版，第29页。

原的狂狷行为备受指责,他则为屈原正名,认为屈原种种行为皆源于忠君爱国之心。屈原形象在两宋时期理学思想熏陶下弱化诗人身份,抬高忠臣身份。两宋学者开始过多强调屈原著作的政治色彩,因此文人画家选择《山鬼》创作言志。

其次,研究文学评注引起山鬼性别和形象的变化。传世《山鬼》图山鬼性别一直在变化着,同一画家不同时期的画作中山鬼性别也不会统一。文学史把山鬼解读为一位美丽多情的女性,阅读文本会因为原文"含睇""宜笑""窈窕"等词把山鬼理解为女性,男性山鬼形象的出现是受文学评注影响。王逸《楚辞章句》注解"山中人":"山中人屈原自谓也。"①汪瑗在《楚辞集解》中云:"诸侯得祭其境内山川,则山鬼者,固楚人之所得祠者也。但屈子作此,亦借此题以写己之意耳,无关于祀事也。"②戴震说《山鬼》:"通篇皆为山鬼与己相亲之辞,亦可以借山鬼自喻,盖自吊其与山鬼为伍,又自伤其同于山鬼也。"③自东汉王逸起,很多学者都认为山鬼是屈原自喻,《山鬼》一篇宣泄的是屈原和楚怀王之间的感情,抒发怀才不遇的愤懑之情。李公麟图传本就出现男、女差异,有景本坐在辛夷车上的山鬼的发型装扮明显是女性形象,而无景本是男性形象;张渥早期与晚期的《山鬼》图中山鬼性别亦不同,看来画家不同时期对《山鬼》文本有不同的解读,男性《山鬼》图多是寄寓同样不得志的情感。萧云从在《山鬼图》后注云:"画工狗马难,作鬼魅易,言尝目之莫欺也。使含睇宜笑,相遇于松阴,讵漫焉省识邪?故写山鬼如蒙棋者,谬矣。"④萧云从忠实于《山鬼》文本,不满把山鬼画为狰狞的男性形象。林云铭《楚辞灯》反对屈原自喻说,他认为这种说法荒唐附会,十分可笑,把"留灵修合憺忘归"中的"灵修"解释为楚怀王更是荒谬,萧云从之后的传世《山鬼》图山鬼性别都为女性,或许就是受同时代文学评注的影响。历代山鬼的形象和性别也与评注家对山鬼原型的理解有关,元代赵孟𫖯《山鬼灵芝图》把山鬼塑造成多毛的人形怪物模样,是受宋代洪兴祖和朱熹之夔、嚼阳怪物说影响,清代顾成天提出"巫山神女瑶姬"说,罗聘笔下的山鬼冰肌玉骨,窈窕多姿,形象符合巫山神女。明代陈洪绶《山鬼》图表现出前人画作未曾表现出的闲适不羁的意境或多或少受到了汪瑗的影响,汪瑗《楚辞集解》注解《山鬼》:"此篇大旨,盖言贤者初慕山林幽深窈窕,雅宜啸歌,既而厌其寂寞,出仕而不归者;故托山灵以思贤者,欲招其相与终志隐遁,而贤者卒迷于世途而不复返也。若孔稚圭《北山移文》、李太白《代寿山答孟少府书》,皆托山灵以为言耳。至若淮南小山之《招隐士》篇,亦如左太冲《招隐诗》一也。皆谓当世驰逐于富贵之场,欲招之而隐于山林耳。"⑤

综上所述,传世《山鬼》图自宋李公麟开始,成为一个经典绘画题材,画作数

① 黄灵庚疏证:《楚辞章句疏证》,中华书局 2007 年版,第 965 页。
② 汪瑗:《楚辞集解》,北京古籍出版社 1994 年版,第 137 页。
③ 戴震撰,张岱年主编:《戴震全书》(三),黄山书社 1995 年版,第 576 页。
④ 屈原著,萧云从插图:《离骚图》,汤用先刻版,清初刻本。
⑤ 汪瑗著,董洪利点校:《楚辞集解》,北京古籍出版社 1994 年版,第 137 页。

量和画家不断增多，自宋至民国前，画家继承并发展了李公麟的白描技法、构图与内容，宋元明清都有对李公麟《山鬼》图的模仿，但细节处理有各朝代的特点，元朝画家张渥和明朝画家陈洪绶、萧云从在李公麟《山鬼》图传承的基础上开拓创新，张渥《山鬼》图结合自身经历抒发心中郁结，陈洪绶《山鬼》图独具一格，萧云从《山鬼》图忠实文本。陈洪绶和萧云从在画作中添入了民间画因素，但是《山鬼》文学性依然很强，意境独特。传世《山鬼》图创作和构思与文本和文学评注息息相关，因此《山鬼》图可以体现不同时代读者对《山鬼》的阅读、阐释和接受能力。

要说明的是，《山鬼》图与《山海经》山神图差异很大，从大传统与小传统方面来说，屈原《楚辞》被视为儒家正统文学，《山鬼》属于中国传统文化中的雅文化，而《山海经》一直不是主流文学，属于中国传统文化中的俗文化。这种雅俗文化的区别导致两者画家的身份不同，《山鬼》图的画家多是文人、士大夫，如李公麟、赵孟頫、张渥等，博学明经，而《山海经》图的画家多是民间匠人，许多画家身份信息不详。两种画家所画出的画象征了两种不同风格的画，即文人画与匠人画，文人画将中国传统文化中的诗、书、画、印融为一体，因此《山鬼》图注重描绘技法，讲究意境和风骨，文学性强，以画寓情；匠人画倾向于细腻朴实的风格，需要耐心，耗时长，如《山海经》山神图突出山神的怪异奇特之处，通俗易懂，民间性强。总之，宋至民国以前的传世《山鬼》图显著的特点是文学性强，情与景高度融合，意境融洽。

三、国殇母题及其图绘的流变

《九歌》共十一篇，而《国殇》为其中的第十篇。《九歌·国殇》取民间"九歌"之祭奠之意，以哀悼死难的爱国将士，追悼和礼赞为国捐躯的楚国将士的亡灵。乐歌分为两节，先是描写在一场短兵相接的战斗中，楚国将士奋勇抗敌的壮烈场面，继而颂悼他们为国捐躯的高尚志节。由第一节"旌蔽日兮敌若云"一句可知，这是一场敌众我寡的殊死战斗。当敌人来势汹汹，冲乱楚军的战阵，欲长驱直入时，楚军将士仍个个奋勇争先。但见战阵中有一辆主战车冲出，这辆原有四匹马拉的大车，虽左外侧的骖马已中箭倒毙，右外侧的骖马也被砍伤，但他的主人，楚军统帅仍毫无惧色，他将战车的两个轮子埋进土里，勒住马缰，反而举槌擂响了进军的战鼓。一时战气肃杀，引得苍天也跟着威怒。待杀气散尽，战场上留下一具具尸体，静卧荒野。

作者描写场面、渲染气氛的本领是十分高强的。不过十句，已将一场殊死恶战，状写得栩栩如生，极富感染力。接下来，则以饱含情感的笔触，讴歌死难将士。有感于他们自披上战甲之日起，便不再想全身而返，此刻他们紧握兵器，安详地，心无怨悔地躺在那里，他简直不能抑止自己的情绪奔进。他对这些将士满怀敬爱，正如他常用美人香草指代美好的人事一样，在诗篇中，他也同样用一切美好的事物来修饰笔下的人物。这批神勇的将士，操的是吴地出产的以锋利闻名的戈、秦地出产的以强劲闻名的弓,披的是犀牛皮制的盔甲,拿的是有玉嵌饰的鼓槌,他们生是人杰,死为鬼雄,气贯长虹,英名永存。

　　此篇在艺术表现上与作者其他作品有些区别,乃至与《九歌》中其他乐歌也不尽一致。它不是一篇想象奇特、辞采瑰丽的华章,然其"通篇直赋其事"[1],挟深挚炽烈的情感,以促迫的节奏、开张扬厉的抒写,传达出了与所反映的人事相一致的凛然亢直之美,一种阳刚之美,在楚辞体作品中独树一帜,读罢实在让人有气壮神旺之感。

　　李公麟《九歌图》的版本中,其实是没有对于《国殇》的描绘的,舍弃的原因我们不得而知。但可以肯定的是《国殇》篇目的特殊性,区别于其他的或对神仙或对精怪的描绘。而且李公麟所追求的意境一直是高古飘逸,对战争中战士的歌颂难以和他所追求的意境契合。到了张渥《九歌图》里,为了篇目完整性,他添加了《国殇图》,元代赵孟頫的《九歌图》中也有《国殇图》。在茂密的丛林中穿着盔甲、手拿长矛的两个士兵正从一个山洞洞口探头向外观看,画中线条遒劲清晰,画风干净洗练。

　　陈洪绶《国殇图》(图7-11)中描绘出一个身背弓箭的战士形象,地上一把斧子,可能刚刚经历过一场惨烈的战争,还是同样的诡谲的笔法,让我们看过此图就难以忘怀。但是他却没有过多地对战争的场面进行描绘,除了一个人,就再无其他的背景添加。相比之下,萧云从《国殇图》(图7-12)里的背景就更加丰

图7-11　九歌图册·国殇　陈洪绶

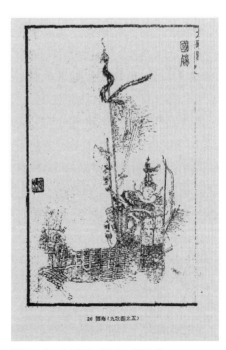

图7-12　九歌图·国殇　萧云从

---

① 戴震:《屈原赋注》,商务印书馆1933年版,第23页。

富。虽然仍然只将一人入画,但是背景和兵车甲胄的描绘还是非常到位:"操吴戈兮被犀甲,车错毂兮短兵接"①"凌余阵兮躐余行,左骖殪兮右刃伤"②。

总的来说,《楚辞》中著名母题在图画中的流变,与作者的绘画风格、绘制意图有着极大的关系。为了追求高古简远,李公麟舍弃了《国殇》,为了突出个人的风格,陈洪绶每幅图都只做一人或一神,忽略背景。而严谨当如萧云从,他几乎费尽所有心力,在画中严格按照诗歌所描写的进行绘图。

第三节　《楚辞》文图关系的相关衍变

屈原像的含义丰富,一方面屈原自身就具有内涵丰富的历史文化符号意义,另一方面在《楚辞·离骚》中有作者对自己的形象及一生坎坷经历的描绘,这些都给画家创作提供了想象空间。所以在《楚辞》文图关系之外,后世画家对屈原肖像以及屈原故事图绘制也发生了浓厚的兴趣,并在美术史上留下了大量珍贵的传世画像。③

一、屈原与屈原图

屈原图像,最早见于著录的是南朝宋史艺《屈原渔父图》④。据明末萧云从《楚辞图自序》所言,南朝梁代大画家张僧繇作过屈原像,但未见画史著录。⑤ 尚没看到唐代的屈原画像。北宋李公麟虽传有各种版本《九歌图》十余卷,而且多出自南宋人之手,且无单幅屈原像。通过南宋末郑思肖《屈原九歌图》《屈原餐菊图》作题诗,可知宋代屈原画像题跋情状。⑥ 到了元代,屈原像开始被画家附在其《楚辞图》的卷尾,比如张渥、赵孟頫的《九歌图》中,各自就附上一幅屈原像。赵孟頫《屈原像》神态平和安详,模样似忠厚长者,古意有余而忧思不足。张渥《屈原像》造型与赵孟頫屈原像相似而神情愁苦。

在元代,创作屈原画像十分流行,仅从元代方回《〈离骚·九歌〉图》、虞集《为题马竹所〈九歌图〉》、王恽《屈原卜居图》、王沂《题〈屈原渔父图〉》、柳贯《题〈离骚·九歌〉图〉》、陈昌《屈原渔父图》、黄溍《屈子行吟图》等题画诗,便知当时屈原

---

① 黄灵庚疏证:《楚辞章句疏证》,中华书局 2007 年版,第 970—972 页。

② 黄灵庚疏证:《楚辞章句疏证》,中华书局 2007 年版,第 975—977 页。

③ 历史上屈原图像来源主要在三方面:一是古籍插图、人物像传,诸如《历代古人像赞》《新刻历代圣贤像赞》《古圣贤像传略》等;二是画家所作,如赵孟頫、张渥、朱约佶、吴历、陈洪绶、萧云从、张若霭、黄应谌等画有屈原像;三是家谱,如《浙江临海屈氏世谱》等。

④ 图见张彦远:《历代名画记》卷六,上海人民美术出版社 1964 年版。

⑤ 张克锋:《屈原及其作品在绘画创作中的接受》,《文学评论》2012 年第 1 期。

⑥ 陈思编、陈世隆补:《两宋名贤小集》卷三百七十一(清钞本),四川大学古籍研究所《宋集珍本丛刊》第 103 册,线装书局 2004 年版,第 693 页。

画像创作的盛况。

明代同样是屈原画像创作的高峰,其画像不仅以传统绘画的形式,如吴伟《屈原问渡图》、项圣谟《芳泽流芳图》、朱约佶《屈原像》,更以书籍版画形式,如明代陈洪绶《屈子行吟图》等,反映屈原的生平人格以及《楚辞》中的屈原形象。

朱约佶《屈原像》图写屈原被诔放逐,行吟山泽间。画中屈子席地安坐悬崖下,抚膝而坐,面临深谷,带着困惑的目光翘首仰望长空,悲愤沉吟,啸叹不已。屈原头顶上方的岩壁悬藤和点点苔藓暗示着郊野的荒芜,屈原周围的枯枝蒲草点明深秋的凄寒萧飒。整幅画展示了屈原举世混浊而我独清,众人皆醉而我独醒,不"以身之察察受物之汶汶"的心胸。画幅右侧上端有作者自题行书五言诗并识:

末裔耻孤生,卓然启前哲。怀我三闾君,同门亦幽辙。骚经褒圣流,图议自昭烈。勉赤非存心,名逾遭忌洁。周鼎爨鸱鸮,土鬶焚美玦。世故此同然,扪心常涕咽。[1]

陈洪绶《屈子行吟图》(图7-13)是他《九歌图》中较成功的一幅。画面中线条运用以直折方笔为主,映衬出屈原倔强不屈的性格。陈洪绶以夸张的手法,非常真实生动地表现了孤独高傲的诗人形象,同时也创造了屈原的造型——头小身长,面容憔悴,细瘦挺拔。与过去屈原形象不同的是,陈洪绶将屈原清癯的脸庞配以金字塔形的身躯,整个身体形成一个三角形,这样的体态使人显得高大稳重。另外屈原闭目沉思的表情和蹒跚湖畔的步履,也展示了他满腹忧患的内心。陈洪绶对屈原的造型是借鉴了《涉江》《渔父》里屈原对自我的描写,塑造出了一个"游于江潭,行吟泽畔,颜色憔悴,形容枯槁"的屈原独特形象。画面简洁,背景荒芜,整个画面的基调写出了忠贞的诗人在日暮穷途的环境中保持高洁庄严。

图7-13　九歌图册·屈子行吟图　陈洪绶　　图7-14　屈子行吟图　吴历所藏不明

---

[1] 林京海:《朱约佶及其〈屈原像轴〉》,《东南文化》1998年第1期。

明末清初吴历绘有《屈子行吟图》（图7-14）。吴历的《屈子行吟图》中的屈原，基本上就是他作为明遗民，拒绝在清廷做官的形象写照。画中沦丧了故国的屈原，双手垂立，怅然悲吟，不远处是一片孤舟在寒江上行进，高天上则是残缺无序的雁阵逃往远方。天高水阔，现实无情，心境孤茫。整幅画意境萧疏，与屈原的落魄、踽踽独行相对应，这也是作者吴历心境的反映。

清代尚有张若霭、黄应谌、周玙、陈撰、顾洛、任熊等画家的屈原图像作品。张若霭，字晴岚。安徽桐城人。张若霭有家学，祖父张英、父亲张廷玉均为雍正、乾隆朝大学士。雍正十一年（1733）癸丑科殿试金榜中二甲一名进士，未散馆特授编修，后帝亲授内阁学士、礼部侍郎，入直南书房，官至礼部尚书，袭伯爵。基本上，他所绘的《屈子行吟图》还是沿袭了陈洪绶所绘制的图像，但人物精神稍显委顿。画中的人物衣衫褴褛，手持竹杖，少了陈图中所传达的屈原矍铄的神色。对比两图来看，还是陈洪绶的屈原人物更胜一筹。

《卜居》《渔父》的作者为何人是楚辞研究中备受重视而又长期未能解决的问题。王逸、朱熹认定为屈原所作，但清代不少学者对此存疑。迄今学界也没有定论。屈原作《渔父》篇是要以自身和渔父作对比，在与渔父所秉承的道家"出世"的不同价值观中，屈原选择了直面现实、抗争黑暗、不愿妥协的生活态度。屈原的《卜居》篇讲述其忠心为国，被谗放逐，心迷意惑，不知所为，乃往见太卜郑詹尹，问卜自处之道的故事。清代画家黄应谌就以《卜居》中的屈原故事为绘画题材，作《屈原卜居图》（图7-15），并在画幅右上小楷录《楚辞·卜居》。黄应谌，字敬一，号剑庵，顺天（今北京）人。工书善画。顺治十四年（1657）供奉内廷，赐官中书。此图乃奉旨而作。画中山峦吐翠，绿树成荫，流水潺潺，右前是一敞开

图7-15 屈原卜居图 黄应谌 河北省博物馆藏

式庭院,庭院中摆置一桌几,桌几上放一龟策,二老者相揖于庑廊下,童子执杖侧立,奚官牵马观望。整个画面设色典雅,笔墨精细,意境幽深,空间布局合理,结构谨严,人物造型古朴。

二、《楚辞》与《读骚图》

以品读诗歌的状态为题材绘制图像作品是一个有趣的艺术画题。在中国文艺史上,饮酒与读《骚》相提并举则已成为一种文学传统,并成为绘画主题。

《饮酒读骚图》不像《九歌图》《远游图》《湘灵鼓瑟图》等图与《楚辞》文本联系得那么紧密,既不是对《楚辞》文本的描摹,也不是对与《楚辞》相关神话故事的展现,而是着眼于表现后人对屈骚精神的接受。在《饮酒读骚图》及其相关文学作品中,《骚》是一种精神的象征,读《骚》是文人抒发自我情志的方式。通过饮酒与读《骚》,画家、文人着意表现的是自己的精神追求,主体意识更加明确。也就是说,当画家、文人怀才不遇、精神苦闷时,他们均以饮酒读《骚》表达自身抑郁的感怀,饮酒读《骚》的主体不再单指王恭[①],画家既能以王恭饮酒读《骚》为题材绘图,也可以自己为对象作《饮酒读骚图》;诗人题诗亦有更大的自由度,观《饮酒读骚图》时,不管饮酒读《骚》的主体是谁,不仅可以引用王恭饮酒读《骚》的典故,还可以直接抒写画师寄予图中的情志,也可自抒情怀,描写观图的审美感受。

历代画家以饮酒读《骚》为素材作画传世的有:明陈洪绶《饮酒读骚图》和《痛饮读骚图》、清郑旼《扁舟读骚图》等;诗人为此图题诗的有:宋末郑思肖《王孝伯痛饮读骚图》、明代翁方纲《陈章侯痛饮读骚图二首》和《陈章侯饮酒读骚图为未谷题二首》、沈寿榕《痛饮读骚图为彭古香茂才题》、李星沅《题汤太翁饮酒读骚图》、清吴藻的《饮酒读骚图》(杂剧)等等。历代画家、诗人对饮酒读《骚》的反复引用,表明饮酒与读《骚》寓含着一定的文化内涵,已不再是简单的行为。

《饮酒读骚图》有作者陈洪绶题识:"老迟洪绶画于柳桥书屋"。画上有翁方纲跋。画面正中一男子端坐,近旁一盆梅花置于桌上,右膝盖上摆放一《离骚》,似在阅读,目光朝前,欲趋前拿起正前方茶几上酒壶。画意古朴深远,构图简洁,线条遒劲有力。

《痛饮读骚图》画了一胖一瘦两位高士,对坐在石桌前,边饮边谈,桌上摆放着书籍,有可能是《离骚》。双方正在谈论。画面中间的坐者大概是主人,他手捏长须,好像读有所得,正在对画面左下方的瘦者发一番宏论,忽又有所思;端坐在下方的看来是造访的客人,听了主人的高谈阔论,正想询问或反驳。画面人物神

---

① 王恭,字孝伯,曾任兖、青二州刺史,读书少,不熟悉用兵。笃信佛教,在东晋末年的战乱中被杀。《世说新语·任诞篇》记载王孝伯言:"名士不必须奇才,但使常得无事,痛饮酒,熟读《离骚》,便可称名士"。朱奇志校注:《世说新语校注》,岳麓书社 2007 年版,第 418 页。

情生动,笔法遒劲,画意高古。

明代楚骚研究家陆时雍在《楚辞疏》附录《读楚辞语》中曾说道:"昔人谓痛饮读《离骚》,酒以敌愁,《骚》以起思。"[1]他指出一方面,饮酒可以浇铸怀才不遇、仕途坎坷的牢骚苦闷;另一方面,《离骚》中蕴含的忧患意识、不同流合污的高洁志行、对"美政"理想的执着追求、对人生的深刻思索等屈骚精神,则发人深思。因此,后人将饮酒与读《骚》并举,既有追求名士风度的成分,也有抒发身世之感、自觉接受屈骚精神的成分。他们借饮酒以浇铸怀才不遇的苦闷、困顿处境的焦虑,通过读《骚》体味屈原沉郁哀怨的情思、坚定执着的志向,从而展示以屈原为精神典范、不屈服世俗的决心。饮酒与读《骚》的结合体现了文人身处逆境时寻求出路的精神探索。

清代画家郑旼绘有《扁舟读骚图》。郑旼,字慕倩、穆倩,号雪痕后人,安徽歙县人,与江注、祝昌、姚宋同为渐江的四大弟子。图中前景是苍翠秀拔的江边树木,靠岸处停泊着一只小船,船上一书生模样的人正坐着展卷读《骚》,江面辽阔沉寂,远方山峦林立。画面肃穆清幽,笔墨瘦劲简洁,风格冷峭,意境荒寂苍凉,画法高古。

饮酒读《骚》不仅是男性文人惯常引用的题材,还是闺阁才秀借以抒发一己幽情的题材。清女词人吴藻就自绘《饮酒读骚图》并作《乔影》(又名《饮酒读骚图》),梁绍壬《两般秋雨庵随笔》对此做了明确的记载:"(吴藻)又常(尝)作饮酒读骚长曲一套,因绘为图,己作文士装束⋯⋯"[2]吴藻围绕"饮酒读《骚》"抒发了怀才不遇的苦闷,以及对清狂疏放、任性自由精神的追求。女性作家张扬的这种名士情结有其深刻的文化背景,是清代文学中较为突出的文化现象,已引起学者的关注。《饮酒读骚图》及相关文学作品的出现,表明饮酒与读《骚》已承载了特定的文化内涵,成为文人抒写自我情志的象征。

这种将品评某部文学作品入图的题目是十分特殊的。不仅仅有《读骚图》的出现,《读骚图》后更是有对这些图画的诗歌吟咏。通过《楚辞》文本衍生出来的艺术作品在清代几乎出现了一种"绵延不息"的状况,一环扣一环。画家不满足于将文本中的意境绘入图中,还记录下了人们品读文本时的景象,仿佛传达给我们这样的信息,即读《离骚》,既是精神上的升华,也是人格上的陶冶。画家可以以此入画,诗人可以反复吟咏。无论是画家还是诗人,在创作或吟咏时都带有一定的鉴赏与评价意识,因而诗歌创作的本身即是诗人艺术思维、审美趣味的反应。《饮酒读骚图》中情感抒发体现了共同的文化心理。关于《楚辞图》题咏的研究还有一些值得开拓的地方,如《楚辞图》题咏蕴含的文化内涵、反映的语象与图像关系等。

---

[1] 陆时雍:《楚辞疏》,明缉柳斋刻本。
[2] 梁绍壬撰,庄葳校点:《历代笔记小说大观:两般秋雨庵随笔》,上海古籍出版社 2012 年版,第 47 页。

第四节 《楚辞》文图关系的特点

本书认为,对于楚辞图的整理和考察有着十分重要的意义,对于中国古代图像学以《楚辞》为例研究也十分具有代表性。从历史上来看,后人为前人的著名文学作品所进行的图绘,与唐宋及以后广泛兴起的诗意画,题画诗等有着明显的不同。后者大都以意境为绘画之首要宗旨,前者往往是对作品的二度阐释,《楚辞》图也不例外,它是对《楚辞》的再度阐释和演绎。

《楚辞》包含的作品有许多,但这些作品被赋予图像描绘形式最多的当属《九歌》,因为《九歌》这组诗歌在《楚辞》所有作品中特殊的地位。它富有想象力,但却又有一个明确的形象框架,不同于《离骚》这首抒情长诗,重点在抒情,充满了浪漫的色彩,但却不易用图像传达出来;更区别于《天问》,全诗对天、对地、对自然、对历史、对人生提出了 173 个问题,有趣的是,后代的《天问图》除萧云从严谨的按照文意表现外,其他画家的表现形式主要以屈原的形象入画,画面中屈原昂首问天,表现出作者的情态。

相关绘画作品繁多也与《九歌》这组诗歌意象有一定的确定性有很大的关系,十一首诗歌每首都有自己明确的主题,且都塑造了一个或者几个形象鲜明的人物。虽然表达的主题和写作意图具有争议性,但还是可供画家们描绘,这种争议性反而提供给画家更丰富的创作空间。后代描绘的《九歌图》多以"一图一神"的形制进行表现,这也与中国古代人物画的传统相契合,使画家更便于表现出人物形象。

相对于先秦其他文本的文图关系,《楚辞》的文图关系有以下特点:

第一,对作者的关注。虽然《诗经》与《楚辞》都是诗歌的集结,但是我们无法确知《诗经》的作者是谁,《诗经》中要表达的思想也复杂各异,而《楚辞》则有明确的作者,虽然也有宋玉等后人的参与,但在中华文化里,《楚辞》几乎与屈原牢牢地联系在了一起,想起《楚辞》我们就会想起这位伟大的爱国主义诗人和他悲壮的生命,他的精神伴随着他的作品流传至今。既然文学图像是基于对文学作品的再现,也是对文学作品精神的传递,而屈原本人的人格魅力与他在作品中所传达出的精神是高度统一的,正因为有着这样的统一以及屈原自身的人格魅力,历代画家在图绘《离骚》时不自觉地也绘制了屈原像,而画家对屈原作品的图绘也是对作者屈原精神的一种敬仰。

第二,《屈原》注本对画家图绘的影响。除了以上提到的绘画主题对于文学文本的选择,作者屈原对于画家的影响之外,历代的注本也是画家在创作绘画作品时所参考的重要标准,如湘君、湘夫人的创作,不同的画家对二湘的身份有着不同的理解,故创作出来的作品也各有不同,而这些不同是与他们所选择参考的注本有关。再比如流传至今宋代李公麟多个摹本的《九歌图》总有分十一段和六段场景的,其中分六段场景的图绘就受到《文选》的影响,李公麟是依《文选》所选六神:东皇太一、少司命、云中君、湘君、湘夫人、山鬼而绘制的。最后值得一提的是,绘画作品的创作也有一定的偶然性和特殊因素,如画家本人的艺术特色等,陈洪绶的作品与《楚辞》文本的文意相去甚远,但仍是难得的佳作。萧云从严谨的画工不仅在艺术史上留下了宝贵的绘画作品,在楚辞学中也做出了重要的贡献。二者作品的艺术价值难分伯仲,各有特色,不能以是否贴近《楚辞》文意来区分优劣。

第三,多类型图绘。由于《楚辞》内容丰富,后世画家或侧重绘制《楚辞》中的神话人物,如李公麟、陈洪绶等;或绘制《天问》中的天象地理图,如萧云从;或描绘草木植物图,如门应兆绘有《香草图》十六图。因绘制内容的不同,图像文本也呈现出不同类型,描绘人物图的成为绘画作品,而天象地理图则归为图形类,草木植物图则属于名物图。

第八章　先秦诸子文学中的作者
形象与作者图像

　　本章主要是针对先秦诸子文学的作者形象与后世的作者图关系进行研究。先秦诸子文学作品的作者形象既是作者生平、人格的写照,也是其作品中记载该作者行状而构建的文学形象。通过研究作者形象及后世对其的图绘,我们可以更好地理解后世是怎样理解先秦诸子及其作品的,同时也可以看到图绘和文字在塑造形象方面的重要和影响。另外,作为道家代表的老子和庄子,作为儒家代表的孔子和孟子,在中国文化史和文学史上地位很高,后世对其形象图绘的也很多,通过研究这两者的关系,将有助于理解文本内外建立的作者形象如何在后世被图绘传承、解释甚至变异,从而看到图像在形塑历史文献过程中宗教、政治、时代风尚、画家心性对其的影响。所以本章选取四个作者形象即老子形象、孔子形象、庄子形象、孟子形象及后世对其图绘的关系进行研究。

第一节　老子形象与历代老子图

　　作为先秦时期道家学派的代表人物和后世道教的始祖,老子的形象与事迹在历代受到广泛关注。现在流传下来的先秦典籍中对老子形象的描述甚少,有关其事迹的介绍也语焉不详,这位被孔子称为"犹龙"的智者因此而面貌"恍兮惚兮",充满神秘,为后世对老子形象的塑造留下了巨大的空间。从汉代的画像石开始,老子像及以"孔子见老子""老子出关""老子授经"为主题的图像即以各种形式出现。汉末兴起的道教在其发展中为了与佛教抗衡,逐步将老子神化,作为"道"的化身的老子一气化三清(元始天尊、灵宝天尊、道德天尊),包括太上老君在内的三清塑像大量出现在各地的庙观中。同时,随着道教思想的深入人心,在民间也产生了很多以老子为主题的木雕、竹雕、版画、年画、瓷器等作品。由于年代和作者的差异,这些有关老子的图像不尽相同,也与先秦时期老子形象存在一定程度的差别。

一、老子形象

　　先秦典籍对老子形象本身描述很少,我们只能从《老子》一书和散见于各类经典中有关老子的记述而推测老子的形象。《老子》为语录体,全书八十一章五千余字中,作者阐述了其独特的哲学思想,文字精简,很少刻画形容,如第五章:"天地不仁,以万物为刍狗;圣人不仁,以百姓为刍狗。"①第八章:"上善若水。水,利万物而不争,处众人之所恶,故几于道。"②以论断的方式,不容置疑地提出其观点,绝少商量的口吻,而作者也有意将自身隐藏在文字后面,讳莫如深。③书中有几处提到"吾""我"的地方,如四章的"吾不知谁之子,象帝之先",十三章的"吾所以有大患者,为吾有身",十六章的"万物并作,吾以观复",十七章的"功成事遂,百姓皆谓我自然",三十七章的"吾将镇之以无名之朴"等,④这些仅是为了论述的方便,其基本的叙述角度仍是客观化的。由此可以推测出作为作者的老子应是沉静内敛的智者面貌。在第二十章中,作者用对比手法描绘了得道之人与世俗之人的差异,其本人的形象也在文字背后隐约可见:"绝学无忧。唯之与阿,相去几何? 善之与恶,相去何若? 人之所畏,不可不畏。荒兮其未央哉! 众人熙熙,如享太牢,如登春台;我独泊兮其未兆……众人皆有以,我独顽且鄙。我独异于人,而贵求食于母"⑤,在这样诗化的语言里可见老子对道的向往追求和真挚、浓烈的诗人情怀。同样,在第十五章里,宏深的哲理和形象的表达融为一体:"古之善为士者,微妙玄通,深不可识。夫唯不可识,故强为之容:豫兮若冬涉川,犹兮若畏四邻,俨兮其若客,涣兮若冰之将释,敦兮其若朴,旷兮其若谷,浑兮其若浊。"⑥这些文字体现的老子是感情丰富的诗人形象。按照文如其人的说法,作《道德经》的老子该是沉静而饱含情感,内敛而睿智的哲人与诗人。当然,这样的推测是基于文如其人的假设,只是印象化的描述。而也正由于典籍中对老子的形象没有确切的描述,后世在将老子神化的过程中才有了更多想象的空间。老子的神化过程与汉末道教的兴起密切相关。道教创立之初,并不崇奉有形之物,汉末《老子想尔注》中云:"道至尊,微而隐,无状貌形像也;但可以从其诫,不可见知也。"⑦道不可见,作为道的化身的老子自然也宜保持神秘色彩,不得形象外露。这一时期对于老子的崇奉不设偶像崇拜,唐释法琳《辩正论》卷六自注云"考梁陈齐魏之前,唯以瓠卢成经本,无天尊形像……《陶隐居内传》云:'在茅山中立佛道二堂,隔日朝礼,佛堂有像,道堂无像,'"⑧。不过,虽然不见图像描绘,关于老子形象的描述有文字的记载,葛洪在《抱朴子·内篇》说:"老君真

① 黄元吉:《道德经注释》,中华书局 2012 年版,第 23 页。
② 黄元吉:《道德经注释》,中华书局 2012 年版,第 33 页。
③ 止庵:《老子演义》,中华书局 2007 年版,第 43 页。
④ 王弼注,楼宇烈校释:《老子道德经注校释》,中华书局 2008 年版,第 10、29、35、40、91 页。
⑤ 黄元吉:《道德经注释》,中华书局 2012 年版,第 83 页。
⑥ 黄元吉:《道德经注释》,中华书局 2012 年版,第 63 页。
⑦ 饶宗颐:《老子想尔注校证》,上海古籍出版社 1991 年版,第 17 页。
⑧ 高楠顺次郎等辑:《大正新修大藏经》第五十二卷(史传部四),大正一切经刊行会。

形者……身长九尺，黄色，鸟喙，隆鼻，修眉长五寸，耳长七寸，额有三理上下彻，足有八卦"①，将老子描述成充满异相的神灵，按照神仙面貌的标准塑造老子，开始了对老子的神化过程，也因此逐步改变了先秦老子的形象。

先秦典籍中，提到老子的地方很多，除了引述《老子》中的文字（如《荀子·天论》《荀子·不苟》《战国策·魏策》《韩非子·解老》《韩非子·喻老》），有关老子事迹的描述集中于"孔子问礼于老子"的情节，在《庄子·天运》《庄子·田子方》《礼记·曾子问》以及汉代司马迁的《史记·孔子世家》和《史记·老子韩非列传》中都有相类似记载，可见这一故事在先秦到秦汉时十分流行，它也同《史记》中所载"老子出关""老子授经"一起成为后世部分老子故事图的来源。成书于战国末期的《吕氏春秋》在《孟春纪·贵公篇》也有关于老子的内容："荆人有遗弓者，而不肯索，曰：'荆人遗之，荆人得之，又何索焉？'孔子闻之曰：'去其"荆"而可矣。'老聃闻之曰：'去其"人"而可矣。'故老聃则至公矣。"②此处虽有简单的故事情节，老子只是作为道家思想的代表，表达一种"至公"的理念而已。此外，旧题刘向所撰的《列仙传·卷上》有涉及老子部分，与《史记》所载相似，只是多了"乘牛车"的情节："后周德衰，乃乘青牛车去，入大秦，过西关。"与之相关的同书《关令尹》一节也有文："老子西游，喜先见其气，知有真人当过，物色而遮之，果得老子。老子亦知其奇，为著书授之，后与老子俱游流沙，化胡。服苣胜实，莫知其所终。"③《列仙传》记录神仙事迹，宣传道家信仰，此处老子已由《史记》中的"隐君子"而升为列仙，更多了神秘色彩，而"乘青牛车"与"先见其气""流沙化胡"说法显系后世传说中加入的成分，与先秦老子无涉。历代以"老子骑牛""紫气东来"为题的画作与此微有出入，其所本当为《史记·老子韩非列传》中司马贞索隐所引汉刘向《列仙传》"老子西游，关令尹喜望见有紫气浮关，而老子果乘青牛而过也"，坐实了"骑牛"与"紫气"，也为后世相关题材的创作提供了文献来源。

综上，先秦时期有关老子事迹的描述集中在"孔子见老子""老子出关""老子授经"几个主题，而"老子骑牛""紫气东来""老子化胡"属后世衍化，不在这一时期范围内。

二、历代老子图像

（一）老子肖像

今存老子像绘画较著者有南宋法常《老子图》、元赵孟𫖯《老子像》、元华祖立《玄门十子图》、明文徵明《老子像》、清任熊《老子像》、清傅雯《老子像》等。

---

① 王明撰：《抱朴子内篇校释·杂应》，中华书局 1985 年版，第 266 页。
② 陈奇猷校释：《吕氏春秋校释》（上），学林出版社 1984 年版，第 44 页。
③ 王叔岷撰：《列仙传校笺》，中华书局 2007 年版，第 21 页。

图8-1 老子图 法常 日本冈山县立美术馆藏

图8-2 老子图 赵孟頫 故宫博物院藏

法常的《老子图》(图8-1)在上述诸图中特点十分鲜明。其所绘老子鼻毛外露，招风耳，秃头，容貌十分丑陋，与先秦老子形象差异甚大，也迥异于之前之后的其他老子图像，从外形上看，倒与同时期梁楷的《布袋和尚》相像。事实上，法常在笔墨上正是继承了梁楷的减笔画法，即草草逸笔，线条简练疏放，遗貌取神。史载法常俗姓李，号牧溪，曾在杭州长庆寺出家为僧。他性情豪爽，嗜酒，其画风线墨朴拙，意思简当，不费装饰，这一方面是本人才性使然，另一方面也与时代画风(减笔画)有关。此时由梁楷所创的减笔画在思想上受到当时盛行的禅宗的影响，其遗形取神，以丑为美，丑中见美的风格与禅宗"直指人心，见性成佛"的悟道方式有着相同的精神内蕴。而梁楷、法常所绘也多为六祖、李白、布袋和尚、达摩、老子、罗汉等与佛道有关的人物，可以说，在绘画内容与形式上都有禅的迹象。两人由于其作品在日本的巨大影响，也被视为日本禅画的近祖。[①] 这幅《老子图》中朴野放纵、面貌奇绝、迥异常人的老子形象即为禅画风格的一个代表。

元代赵孟頫绘有《老子图》(图8-2)。此图中的老子白发长须，身着长袍，拱手而立，与先秦老子形象基本相符，只是多了些恭谨之态。笔法多用白描，形象和技法上都有古意，与法常的《老子图》大异其趣。这与赵孟頫本人"复古"的画学主张相符。

作为元代画坛的大家，赵孟頫取法唐和北宋的传统，反对南宋院体的风格，风格古朴高雅，法度严谨。相比于院体画，格调疏淡俊逸，而对比同是院体画革新的法常的画作，则又少了些许生气。

今藏上海博物馆的元代华祖立的《玄门十子图》系据赵孟頫《十子图》木刻本与石刻本摹写而成。玄门十子为包括庄周、列御寇在内的十位道家重要人物，加老子实为十一人，各有画像。这一组图中的老子发疏毛稀，着道袍坐于石上，一手自然放于衣上，一手上伸掌心向前，相比于赵孟頫《老子图》中的形象，更多了仙风道骨，更符合其玄门始祖的身份。清代顾文彬在其所著《过云楼书画记》中曾提及此作"图为唐卿摹松雪翁本，意态闲逸，装束古雅，钩趯衣褶，细于丝发，劲

---

① 黄永健：《苏曼殊诗画论》，中国社会科学出版社2001年版，第83页。

如金铁。论画当入能品……"。①

明文徵明的《老子像》与赵孟頫《老子图》风格相似,衣纹刻画也用白描手法,简洁流畅,人物风神超绝。

清代傅雯的《老子像》同属这一传统,其画中的老子身着道袍坐于蒲团之上,头戴冠,双手置于袖内,双目微闭,身旁放着脱下的草屦,画面同样古拙而又有清雅之趣,这也说明元之后文人画家对老子形象的想象大致相同,或者有些直接模仿前人作品,风格上不免陈陈相因之病。而这些画作与先秦时期老子形象大致相符,不过表现多为冲虚恬淡甚至中庸的得道之人,而少深刻睿智的智者面貌,这与宋之后人物画的衰落,一味摹古而少变化有关系,在深层上则受到这一时期儒家思想独尊的影响,画像作者多为传统文人,受染于中庸,贵和的理念,一味强调老子形象中柔的成分,因之画面所呈现的老子偏于淡泊宁静。

与之稍异的是清任熊的《老子像》,此画今藏于广东省博物馆,画中老子造型夸张,长眉,须发覆盖面部,着博带广服,张口举指,姿态大方,颇有雄强之态。此图中的老子突出地体现了作者观念中老而健的神仙特点,与先秦时期尚未成仙的老子形象也有一定程度的差别。任熊生活在清朝晚期,其画风与晚明时陈洪绶夸张、奇崛的风格一脉相承,技法上朴茂高古,笔力雄健,另一方面,作为"海派"画家前期的代表人物,他的画作个性强烈,突破传统的窠臼,吸收民间绘画特点与西洋技法,也因此而被正统派贬斥,不过在创造性上大大超越了前人,这一幅深邃静穆而笔力强健的《老子像》即为明显的例子。

此外,明清两代也有老子像的版画作品,明弘治十一年(1498)所刊《历代古人像赞》收《老子像》一幅②,此图中老子长眉多髯,双手相握,躬身,面目安详,形象塑造受到民间道教信仰与传统文人画中老子画像的影响。清代任熊《列仙酒牌》中老子像与上述藏于广东省博物馆的《老子像》相同,前作应为《列仙酒牌》所本。而在他的另一版画作品《高士传》中也有一老子像,却与前作完全不同,此老子面清癯而苍老,并手蹲踞,若沉思状,右上写有"老子李耳陈人",此图应是作者有意表现老子"高士"的形象,只以侧面示人,但面部、衣纹刻画简洁有力,形神兼备,整体上更符合先秦老子形象特征。

苏州玄妙观现藏有唐代老子像碑,像为吴道子所画,上有颜真卿手书唐玄宗题御赞,宋代张允迪摹刻。碑像上老子两颊丰满,童颜鹤发,银须飘拂,极具仙风道骨,其中面部与体态的偏肥与吴道子人物画形态整体倾向一致。在唐代老子被封为太上玄元皇帝,对他的崇奉极盛,此像为当时所制各类老子图像的其中之

① 顾文彬:《过云楼书画记·续记》,江苏古籍出版社1999年版,第74页。

② 《历代古人像赞》刊于明弘治十一年,共一卷,纵25.5厘米,横21.5厘米。书中收录自伏羲氏至黄庭坚共88幅人物画像,并附有图赞与人物小传。图均为半身像,每图右上角题人物姓名,左上角题赞辞,文字均为行楷。

一,体现了唐人对于这位道家初祖的想象,融合了唐人的审美风尚与道家的思想观念,已不同于先秦老子沉静、睿智而尚在人间的哲人形象。

此外,道教将老子神化后所塑造的"太上老君"像以及相关的"三清塑像"也属老子肖像的范围,不过这些图像中的老子已经化身为道教的始祖和天尊,同先秦老子形象有了很大的差异。

魏晋时期,老君形象的绘制开始出现,这一时期恰逢佛教传播的兴盛期,现实中很多老君图像参考和借鉴了佛家造像的模式。在法琳的《辩正论》中有注文引王淳的《三教论》云"近世道士取活无方,欲人归信,乃学佛家,制立形像,假号天尊。及左右二真人置之道堂,以凭衣食,梁陆修静之为此形也"①。具体地说,很多老君造像使用圆拱龛莲花座,身后用舟形的背光和头光,设计飞天装饰,两侧有捧笏真人,这些都借鉴了佛教造像的特点,而老君所着道袍道冠,所执麈尾以及头上发髻与胡须则是道家造像形制,如北魏姚伯多造皇老君文石像碑,北齐姜纂造道教老君像石,北周马洛子造玉老君像石,日本东京艺术大学藏北周老君坐像石,隋范匡谨造老君像石等。这些造像中的老子已化身为老君,融合了道士的面貌,衣着与佛祖的器用,装饰而迥异于先秦老子的形象。

此外还有一些大型的石刻老君造像,如重庆大足石篆山老君造像、福建泉州北清源山老君造像、山西太原龙山道教石窟太上老君石雕等。其中重庆大足石篆山的造像还雕有青牛(已残),为老君造像中不多见的一例,而泉州的老君像系用天然岩石雕刻而成,手法阔大,较突出的是对其耳朵的塑造,此像中老君耳朵卷曲硕大,几乎及肩。这一设计想法的来源当是《史记·老子韩非列传》载:"老子者……姓李氏,名耳,字聃",聃为耳朵下垂且长大之意,老子的名及字应与耳朵的异相有关,不过据《太平广记》所引葛洪《神仙传》"老子惊怪,故吐舌聃然,遂有老聃之号"②,此处聃为吐舌状,与耳朵无涉,又属传闻异辞了。此像中老子大耳的设计还可能参考了耳大者长寿的民间旧说,因为此时仙人老子的形象已深入人心,仙人与长寿又总是有紧密联系。相比于同类的老君造像,泉州的老君像没有明显的道教塑像痕迹,也不见佛教造像影响,更接近于先秦老子形象。

其他形式的老君像还有陕西博物馆藏唐石雕老子坐像、山西平遥博物馆藏元老君木雕、湖北博物馆藏清白瓷老子像、四川原道博物馆藏清太上老君八卦香炉,以及各种民间传世木板印太上老君像、老子天尊等。"老子"在这些图像中是作为道家仙人来表现的,大都面貌相似,有些作品(如老君八卦香炉,木板印)中"老子"甚或仅仅是一种概念化的符号存在,其形象本身已经不作为重点表现的对象。

与"太上老君"像相关的还有数量众多的三清塑像,也是随着道教的发展而产生的。早期的道教中老君仅仅作为"道"的化身,有神而无形,后来老子一气化

---

① 高楠顺次郎等辑:《大正新修大藏经》第五十二卷(史传部四),大正一切经刊行会。

② 李昉编,张国风会校:《太平广记会校》,北京燕山出版社 2009 年版,第 2 页。

三身,变为玉清元始天尊、上清灵宝天尊(太上道君)、太清道德天尊(太上老君)。受佛教二身论的影响,元始天尊为法身,作为道德天尊的太上老君为应身,两者加上"道"所化另一太上道君成为道教神仙谱系中的三清,此后伴随道教的进一步壮大,三清塑像及与三清相关的各种形式的图像大量出现。今存者如四川安岳玄妙观第 61 号龛唐三清塑像,四川仁寿县牛角寨坛神岩唐三清窟,重庆大足南山第 4 号宋三清古洞,苏州玄妙观宋三清塑像,北京白云观元三清塑像,重庆大足舒成岩第 4 号龛宋三清造像。这些三清塑像的形制基本相似,玉清元始天尊坐于中间,太上道君与太上老君分列左右,皆是道服道冠,手上或执如意,或握扇,或持瓶,底座为莲花座,身后有雕为花状的背光或顶光,与早期老君造像相似,都有佛道融合的特点。事实上,三清塑像的形制正是由老君造像发展而来,原来在中央位置的老君变为元始天尊,而两侧的侍者地位上升,化为与元始天尊同属三清尊神的灵宝天尊与道德天尊。

除了三清塑像外,表现三清尊神的其他形式的图像作品还有如明嘉靖年间刊行的《三教源流搜神大全》、今藏四川原道博物馆的清代《道正宗师图》,以及武当博物馆藏明代铜鎏金三清坐像等。其中《道正宗师图》为手绘纸本挂图神谱,中央有八十三位仙真,按格位分为八阶。三清与四御、二圣共处第一阶,三清在中央位置。三清形象与同类作品相近,不过将其置于道教神仙谱系的背景中,更明确地表现了三清尊神的中心地位。

由于三清中的元始天尊与太上老君同为老子所代表的"道"所化(一为法身,一为应身),表现元始天尊的图像也可归于老子图像的范围,这一类的作品有元永乐宫三清殿《朝元图》壁画,明道藏卷首扉页《众神朝拜天尊图》,清彩色套印《三教大会万仙阵图》等。这些图像都是道家神仙的群像展示,《朝元图》以八个帝、后的主像为中心,向两列延伸,包含近三百个神灵;道藏扉页插图众神围绕居中的天尊行礼;《三教大会万仙阵图》描述了《封神演义》中元始天尊率众神大战通天教主的故事。可以说在这些图像中元始天尊处于至高无上的地位,众星捧月的场景与人间帝王的规格相似,将元始天尊看作老子形象的衍生,"老子"在道家始祖之上又多了道教神仙之首的身份。

(二) 老子故事场景图

先秦时期所记载而又为后世经常表现的老子故事场景集中在"孔子见老子"与"老子出关"两个主题。"孔子见老子"最早出现在汉代画像石上,内容与《史记·老子韩非列传》中所载相同:"孔子适周,将问礼于老子。老子曰:'子所言者,其人与骨皆已朽矣,独其言在耳。且君子得其时则驾,不得其时则蓬累而行……而已。'孔子去,谓弟子曰:'……吾今日见老子,其犹龙邪!'"[①]表现孔子

① 司马迁:《史记》,中华书局 1982 年版,第 2140 页。

问礼于老子的场景。在山东嘉祥、兖州等地出土的很多画像石上，人物造型、画面布局基本相似。以出土于嘉祥县武宅山村武氏祠的孔子与老子画像石为例（图8-3），画面中两人均戴斜顶高冠，躬身相向而立，身后各题"孔子也""老子也"，孔子身后有轩车，上题"孔子车"，老子身后有一辎车，无题。其他同类画像石有些在孔子与老子之间绘有童子"项橐"的形象，取材于"孔子师项橐"的传说（《战国策·秦策五》：甘罗曰："夫项橐生七岁而为孔子师……"①）。"孔子见老子"与"孔子师项橐"没有直接关系，此处夹在一起表现，盖以同为孔子师的缘故。这些画像石造型古拙，只有人物大致的形体，不见神情刻画，图中的老子形象与孔子也没有太大区别，老子作为曾为孔子师的贤者来表现，更接近于先秦时期老子的形象。另外，陕西考古研究所藏靖边县孔子见老子墓室壁画与上述画像石内容一致，稍异者壁画为彩色，老子着紫色长袍，左手持一弯曲树枝，孔子与弟子作拜谒状，更见恭敬之态。

图8-3 孔子见老子像（局部） 画像石 济宁市博物馆藏

在绘画作品中，表现"孔子见老子"情节的有明代无款《孔子见老子图》和清巫琀的《孔子见老子图》。明代的作品今藏于南京大学，画作以野外山林为背景，孔子与老子相向坐于树下大石上，身旁各立侍者（或为弟子）数人，姿态各异。二人作交谈状，左右有古树幽兰，气氛安谧闲静。此图中孔子与老子如好友闲谈，没有问道的谦恭与神秘，将背景设置在山林之中，多了明人的雅趣。巫琀的《孔子见老子图》为湖北博物馆藏品，画面中的老子毛发尽白，长须及腰，大耳阔额，一手撑地，一手置于腿上，斜坐于地，而孔子则拱手跪于地上，作谦恭问道状。此图中老子飘逸洒脱，孔子恭敬谦卑，恰如其分地表现了人物的性格特征。

"老子出关"见于《史记·老子韩非列传》的记载，相应地还有为关令尹著书即"老子授经"的场景："老子修道德，其学以自隐无名为务。居周久之，见周之衰，乃遂去。至关，关令尹喜曰：'子将隐矣，强为我著书。'于是老子乃著书上下

---

① 缪文远等译注：《战国策》，中华书局2016年版，第101页。

篇,言道德之意五千余言而去,莫知其所终。"①作为联系紧密的一事之前后,两者可归于一类,至于后世经常表现的"老子骑牛""紫气东来"的故事,因出于汉代的传说,不作为先秦老子故事的本事。

绘画作品表现"老子出关"和"老子授经"的有元代吴睿《老子授经图卷》,清任颐的《老子授经图轴》,清巫琎的《老子出函谷关图》,清徐林《尹喜见老子图》,清姚匡《老子出关图》等。其中吴睿的《老子授经图卷》不涉出关内容,图中老子皓首白眉,坐于高床之上,床下跪立一人,貌甚虔敬,名为授经图,却与孔子见老子情景相似,没有《史记》所载出关的迹象,此图场景应是出于作者的想象。其他诸图所绘皆与典籍记载相符,人物形象大同小异,较为突出的是任颐的作品,其图中的老子须发皆白,道冠长袍,面部刻画用笔细劲,以赭石细细晕染,凹凸分明,极富立体感,青牛身上的绒毛用细笔绘出,质感十足,与同类题材的作品相比,细腻而有韵致。任颐是任熊侄子,亦为"海派"名家,其画风同样受到民间技巧与西洋画法的影响,此图中人物的形象在传统模式基础上增加了装饰性与真实感,更具近代性。

明代天顺年间所刊《道德经》插图也有"老子出关"的图像,此图中老子长髯秃顶,坐于牛上,一仆后从,关令尹朝服执笏,当路亲迎,其后为函谷关城门。从人物衣着看,也是以今度古的作品,与先秦时期实际情形相差甚大。另有永乐年间内府刊行的《神仙传》中老子出关图,与《道德经》插图相似,不过此图中老子未骑牛,只是执杖步行,更接近于历史的真实。

(三) 非本事图

这一类的图像最多,无论在种类还是数量上,其中汉以后道教的兴起和逐步繁盛是此类图像日益丰富的最大原因,不过,在道教发展过程中,为了与佛教抗衡,老子被逐步神化,经历了由人间隐者到太上老君的转化,其形象也与先秦时期形象日渐疏离。此类图像大致有"老子骑牛""老子化图""三教人物"几个主题。

表现"老子骑牛"的画作有传北宋晁无咎的《老子骑牛图》,明代陈洪绶的《老子骑牛图册页》,明张路《老子骑牛图》,明龚贤《老子骑牛图轴》,清任颐《老子骑牛图》,清任颐《紫气东来图》。画家偏爱"老子骑牛"主题,因为此时老子作为仙人的形象已经确立,骑牛虽然不见于正史记载,却与仙人的特征相符,因此大部分出关图的老子都坐于牛背之上,而骑牛图中老子的形象与本事图类"老子出关"里的也大致相似,有些还出于同一人之手,但其相互之间在构图、形象塑造、背景设置上都有各自的特点。晁无咎的《老子骑牛图》里老子头顶无发,面露微笑,坐于牛上,牛则奋蹄瞠目,状甚强健。陈洪绶作品中的老子双眉紧锁,目光凝

---

① 司马迁:《史记》,中华书局 1982 年版,第 2141 页。

重,青牛脚下是绿草如茵,溪流潺潺。张路的老子皓首,手持《道德经》卷,目光注视一旁飞动的蝙蝠,青牛动势展开,回首后视。龚贤所作老子神色安闲,牛毛用多遍皴擦,富有质感。任颐的两幅作品都加入童子的形象,《紫气东来图》还附有两个仙鹤,并以人物头上的紫色作祥云的象征。这些细节在典籍中并没有相应的记载,作者如此处理是受到已经成型的神仙传说模式的影响,同时也与其本人的艺术化想象有关。

明代版画作品《列仙全传》《列仙图赞》《仙佛奇踪》都收有"老子骑牛"像,画面设置相似,唯《列仙图赞》中老子所乘为牛车,而其余两作皆为骑牛。老子"乘青牛车"的说法见于上文所引今传刘向《列仙传》中,而"骑牛"则见于《史记》司马贞索隐所引《列仙传》,同事而有异文,当为不同的传说,不过,历代相关图像中大部分选择"骑牛"而非"乘牛车",应为老子骑牛的形象更符合仙人老子飘逸高世的特征,而"乘牛车"由于接近史实,缺少玄化色彩而为画作者所不取。

故宫博物院藏有一件清代木雕老子骑牛像,老子长髯,左持灵芝,右执书卷,悠然坐于牛背上。此像表现了民间工艺作品中对老子形象的想象,写《道德经》的老子与成仙的老子已融为一体,这也是先秦老子形象在后代演变过程中所发生的同样的变化。

"老子"的演变受道教对其神化的影响最大,除了形象之外,道家还通过虚构事迹来神化老子。东晋葛洪的《神仙传》描述老子在历代有不同化身:"上三皇时为玄中法师,下三皇时为金阙帝君,伏羲时为郁华子,神农时为九灵老子,祝融时为广寿子,黄帝时为广成子……夏禹时为真行子,殷汤时为锡则子,文王时为文邑先生。"[1]到了宋代,还出现了详尽讲述老子事迹的《犹龙传》,对于老子降至历代为帝王师进行描写,所述与《神仙传》中内容大致相同。受其影响,南宋王利用创作了《写神老君别号事实图》,以卷轴画的形式,绘制了老子在不同时期所化的形象。画中的老子或躬身而立,或回首后视,或执扇,或荷杖,虽然形象各异,整体偏于清秀,与唐人像中丰腴的"老子"不同。随着时间的推移,关于老子事迹的虚构逐步深入和系统,出现了"老子八十一化"说,历述其从出生前开始的诸种神迹,如"起无始""运自然""现真身""秉教法"等。这些事迹都有图像描绘,元宪宗时曾镌《老子化胡成佛经》中有"八十一化图",明代也刊有《八十一化图》,此外在山西高平清梦观三清殿、甘肃平凉庄浪紫禁山老君庙、甘肃兰州金天观、陕西佳县白云观三清殿、甘肃崆峒山老君楼壁画上所绘皆为老子八十一化的内容。这些图像中既有老子等神灵形象,也有俗人形象,人物衣着大半为当时形制,通过一个个生活化的场景展现八十一化的内容,故事本身虚无缥缈,表现上却有现实感,可谓虚实结合。图8-4是陕西佳县白云观三清殿壁图老子八十一化的第二十一化即《过函关》图,图中老子仙风道骨,白须飘飘,安坐在麒麟拉的车上,麒麟

---

[1] 李昉编:《太平广记·神仙一》卷一,中华书局1961年版,第1页。

图 8-4　老子八十一化图（局部）　陕西佳县白云观三清殿藏

两旁跟着两个侍从,四周祥云环绕,身后松树挺拔,正前方跪着一个人,旁有二童站立,他们似乎正准备迎接老子的到来。

　　"八十一化"说源于"老子化胡"说,同样是受到了佛教影响。最早由于《史记·老子韩非列传》中对老子的记载过于简略,且有"莫知其所终"的说法,为后世虚构老子事迹留下了想象空间。随着佛教的传入,在佛、道抗争过程中,道教虚构了"老子化胡"说,即老子教化西域胡人,以显示道教高于佛教,这也与老子西出函谷关,莫知所终的说法不相违背。不过也有论者指出,"老子化胡"的说法早在《老子化胡经》(西晋王浮作)产生之前的东汉就已存在,有可能是早期的佛教徒为了传教的方便而自我比附的,《后汉书·襄楷传》:"延熹九年,楷自家诣阙上疏曰:……闻宫中立黄老浮屠之祠……或言老子入夷狄为浮屠。"①

　　无论怎样,"老子化胡"与佛教的传播密不可分,由此而发展出的"老子八十一化"图将老子塑造为变化莫测、无所不能的神灵,为道教吸引了更多的信众,这也是先秦老子形象的又一衍化。

　　唐代儒释道三教并盛,宋元以后,三教合一的思想逐渐盛行,包含老子在内的"三教人物"图像也大量出现。绘画类的图像有明陈洪绶的《三教图》、明丁云

――――――

① 范晔撰,李贤等注:《后汉书》卷三十下《襄楷传》,中华书局 1965 年版,第 1076—1080 页。

鹏的《三教图》、清陈字的《三教图》,版画作品有明顾炳《顾氏画谱》中的《三教图》。另外,还有明代嵩山少林寺《三教合一碑》。三幅《三教图》画作以及版画作品布局相似,释迦牟尼在中央偏后,居于画面主体位置,老子在其左下,孔子处右下方,三个人物大小相同,没有明显的主次之分。《三教合一碑》中部的线刻画描绘了一个三体合一的人物,正面为释迦牟尼头像,右侧为孔子形象,左侧则是头戴发髻老子像,三个头像合在一起,合肩合身,手捧九流混元图。从空间设置上看,《三教合一碑》是《三教图》的进一步发展,不过是将三者融为一体,形象地展现了当时三教融合的思想。三教合一的思想早在南北朝时期已经产生,经历了南北朝到宋元长时间的激烈斗争,明清时期的三教融合是在相对平和的环境中展开的,在民间自发出现了很多三教题材的图像。明代曹安曾指出"世之人,多以儒道释为图,或塑像于寺观"。明代中晚期兴起了很多三教堂,清柴萼《梵天庐丛录·卷二九》载:"所谓三教堂者,据《文庙祀典》考,明英宗朝,民间绘老、孔、佛三像,名三圣祠。永川训导某上疏言其非,上敕礼部禁革。是三教堂明代已行,绝无疑义……俞氏《印雪轩随笔》,记万全县有三教堂,内供塑像三,释迦居中,孔子居右,老子居左,其义谓三教殊途,皆以行善为本。自明迄清,相沿成俗。"[1]上述《三教图》也是在这种背景下产生,其所绘与三教堂塑像相似,为当时流行观念的反映。这些图像中的老子作为道教的代表人物,与孔子、释迦牟尼处于平等地位,已无始祖与天尊的神秘和神圣感。

综上,先秦时期老子模糊而神秘的形象在后世经历了一个不断演化的过程,从先秦典籍中所体现的哲人面貌到汉画像石中的智者形象到历代道教造像和画作中的仙人老子,老子形象的衍化与社会思潮及时代画风有着复杂的联系,其中尤以道教对老子的崇奉影响最大,随着道教的发展,老子形象不断演化,其图像也日益丰富和完善。

第二节　孔子形象与历代孔子图

孔子是中国儒家文化的创始人,他对中国文化、政治、伦理影响巨大。汉代以后,随着民间和官方对孔子思想的尊重,尤其是官方把儒家思想尊为国家意识形态,孔子造像运动在后代越演越烈,视觉中的孔子图像在解释孔子形象方面日益占据着重要地位。本节就是对历代孔子图以及历代孔子图与先秦文献中的孔子形象关系进行研究,希望这方面的研究有助于了解孔子形象如何被先秦文献所记载、被后世诉之于视觉造型,并在此基础上比较先秦孔子形象与历代孔子图在孔子形象塑造上所存在的差异,以及这差异背后的时代原因。

---

[1] 柴小梵著:《梵天庐丛录》(三),山西古籍出版社1999年版,第1098页。

一、《论语》中的孔子形象

《论语》所记孔子言行历来被认为是有关孔子的最可信的资料。呈现在《论语》中的孔子形象则有两面性。一是孔子的圣化形象。孔子弟子子贡首次把孔子的形象定位成天赋"圣人",称赞孔子是"天纵之圣"①。子贡在另一处还说:"仲尼不可毁也。他人之贤者,丘陵也,犹可逾也;仲尼,日月也,无得而逾焉。"(《论语·子张》)肯定孔子的才德别人无法超越。孔子最得意的弟子颜回评价孔子"仰之弥高,钻之弥坚;瞻之在前,忽焉在后"(《论语·子罕》),他对老师的学问和道德佩服得五体投地,抬头仰望他的道德,越望越觉得孔子道德高深,努力钻研老师的学问,越钻研越觉得不可穷尽。《论语》也通过孔子弟子转述时人如卫国仪邑封疆官的话,认为孔子是"天之木铎"②,即上天把孔子当作木铎传道于天下。先秦其他诸子文献对孔子圣人形象也给予高度肯定。首先是孟子对孔子作了高度评价,孟子在与公孙丑对话中指出:"自有生民以来,未有孔子也。"(《孟子·公孙丑上》),意思是说自有人类以来,没有比孔子更伟大的,认为"行一不义,杀一不辜,而得天下",孔子"皆不为也"(《孟子·公孙丑上》)。在另一处,孟子直接认为孔子是"圣之时者也"(《孟子·万章下》),即圣人中识时务的人。孟子之后的荀子在《荀子·非十二》中也认为孔子是一个圣人,但不得势——"是圣人之不得势者也,仲尼、子弓是也。"孔子还是个"大儒"③。相传成书于先秦的《孔子家语》对孔子也是积极肯定的。《孔子家语》中的孔子给人的感觉是一个殚见洽闻、博学宏才、内在修养与外在事功兼顾的一个通儒形象,在处世方式和道德学问上都是学生的楷模。

《论语》也展示了孔子形象的另一面,即一些群体对孔子的否定和贬化。否定和贬化来自两方面,一是隐者们认为孔子是一个迂腐、顽固、不识时务的人。如楚国隐士"接舆"唱着歌经过孔子车前,讥讽孔子在一个道德政治败坏时代用这种方式推广他的道德政治思想是不会有效果的,将会空忙一场。④ 在与孔子弟子子路的对话中隐士"荷蓧丈人",讽刺孔子"四体不勤,五谷不分"(《论语·微子》),认为孔子是一个不懂实际生活的人。二是在当时国君大臣看来,力图恢复

① 太宰问于子贡曰:"夫子圣者与? 何其多能也?"子贡曰:"固天纵之将圣,又多能也。"子闻之,曰:"太宰知我乎! 吾少也贱,故多能鄙事。君子多乎哉? 不多也。"朱熹:《四书章句集注·论语集注卷五·子罕第九》,中华书局1983年版,第110页。

② "仪封人请见。曰:君子之至于斯也,吾未尝不得见也。从者见之。出曰:二三子,何患于丧乎? 天下之无道也久矣,天将以夫子为木铎。"朱熹:《四书章句集注·论语集注卷二·八佾第三》,中华书局1983年版,第68页。

③ "非大儒莫之能立,仲尼、子弓是也。"(《荀子·儒效》)王先谦撰,沈啸寰、王星贤点校:《荀子集解》,中华书局1988年版,第138页。

④ 朱熹:《四书章句集注·论语集注卷九·微子第十八》,中华书局1983年版,第183—184页。

周礼的孔子是一个不合时宜的空谈者形象。例如孔子初到齐国,齐景公问政于孔子,孔子说:"君君,臣臣,父父,子子。"①又说:"政在节财。"(《史记·孔子世家》)孔子得到齐景公赏识,景公欲封以尼溪之田,晏婴不同意,解释说:"夫儒者滑稽而不可轨法……今孔子盛容饰,繁登降之礼,趋详之节,累世不能殚其学,当年不能究其礼。君欲用之以移齐俗,非所以先细民也。"②(《史记·孔子世家》)意思是说,孔子礼的思想中过于讲究繁文缛节,几代人也学不完,毕生也弄不清楚,不适合齐国的风俗,不是引导百姓的好办法。景公认同了这个看法,"后景公敬见孔子,不问其礼"③(《史记·孔子世家》)。在先秦文献中,对孔子形象持否定和贬化倾向的还有《庄子》和《墨子》等文献。《庄子》中的孔子形象比较复杂,总体孔子地位不高。孔子要么是作为隐士和道家学派人物的陪衬人物出现,如《德充符》篇虽是"叔山无趾"向孔子求教并进而论道,但最终是孔子在他面前甘拜下风,自惭形秽,《天地》篇孔子向老聃求教,《渔父》篇孔子与渔父对话,渔父直批孔子"八疵""四患"行为,为孔子指点人生道路;要么是作为被批判、否定的对象出现,如《天地》篇中"为圃者"指责孔子沽名钓誉:"博学以拟圣,於于以盖众,独弦哀歌以卖名声于天下者乎?"④《天运》篇师金批评孔子所推行的周代礼制没有应时而变:"今而夫子,亦取先王已陈刍狗,聚弟子游居寝卧其下。"⑤《天道》篇老子对孔子所推广的仁政的理念、手段和方式提出质疑,"又何偈偈乎揭仁义,若击鼓而求亡子焉? 意,夫子乱人之性也"。⑥ 认为孔子推行的仁政是人为之礼,狭隘之仁,推广方式上也不是顺其人性自然,而是急切标榜自己。在《庄子》中孔子也有作为正面形象的,但是是以道家学派的代言人角色出现的,庄子思想的一些重要观点和概念通过孔子或孔子与他的弟子对话而展现出来,如《人间世》篇中提到的"心斋",《大宗师》篇提到的"坐忘"等。道家学派中老子对孔子也是不屑一顾的。《史记·老子韩非列传》中提到孔子向老子问礼,老子诫之曰:"去子之骄气与多欲,态色与淫志,是皆无益于子之身。"⑦明确指出孔子身上有两大不足:骄傲与过多欲望。《墨子·非儒》篇认为孔子"污邪诈伪",心术不正,"其道不可以期世,其学不可以导众"。⑧

如果说孔子弟子对孔子进行圣化,儒家学派的主要对手墨家和道家对孔子进行贬低和矮化,那么孔子对自我是怎样定位的呢? 在《论语》中,孔子这样描述自己:"吾十有五而志于学,三十而立,四十而不惑,五十而知天命,六十而耳顺,

---

① 朱熹:《四书章句集注·论语集注卷六·颜渊第十二》,中华书局1983年版,第136页。
②③ 司马迁:《史记》卷47,中华书局1959年版,第1911页。
④ 郭庆藩编,王孝鱼点校:《庄子集释》,中华书局1985年版,第435页。
⑤ 郭庆藩编,王孝鱼点校:《庄子集释》,中华书局1985年版,第512页。
⑥ 郭庆藩编,王孝鱼点校:《庄子集释》,中华书局1985年版,第479页。
⑦ 司马迁:《史记》卷63,中华书局1959年版,第2140页。
⑧ 孙诒让著,孙启治点校:《墨子间诂》,中华书局1998年版,第301页。

七十而从心所欲，不逾矩。"显示了一个豁达、自强不息的奋斗者形象。另外，孔子"不可为而为之"（《论语·宪问》）的精神，以及"入太庙，每事问"（《论语·八佾》）不断学习的态度，也反映了孔子是一个不断进修德业、刚毅自信而富有强烈使命感的人。

汉代以后，孔子形象在先秦圣化基础上主要朝正统化、偶像化甚至神化方向发展。首先是民间对孔子的进一步圣化。韩婴在《韩诗外传》中提及孔子作为理想的君子人格形象在治国、安邦之道、修身、治学各方面的展现。司马迁把孔子列入世家，专门写有《史记·孔子世家》，突出孔子的博学、好礼、热心救世、终不违道而随世、拒绝避世，另有《仲尼弟子列传》及《儒林列传》与之相表里，认为孔子是"为天下制仪法"的"至圣"①。东汉王充则称孔子为"素王"②，意谓孔子具有帝王之德而未居帝王之位者。

与汉代民间圣化孔子相呼应的是，汉代官方进一步把孔子形象正统化、偶像化甚至神化。先是汉武帝采纳董仲舒的对策，"推明孔氏，抑黜百家"③，正式确立了孔子及其学说在中国思想界的统治。以后，历代统治者进一步采取神化孔子、提倡儒学等措施，以巩固孔子的至尊地位。西汉末年，刘向在《说苑·建本》中指出："有国者，不可以不学《春秋》。……《春秋》，国之鉴也。"④进一步肯定《春秋》是治理天下的一面镜子，孔子本人是王者之师。东汉章帝建初四年（79），皇帝亲自主持和召集当时著名的博士、儒生在白虎观讨论五经之同异。后由班固等人整理编撰成《白虎通义》一书。《白虎通义》在董仲舒改造了的孔子学说的基础上进一步附加谶纬迷信成分，把儒学造为神学，把孔子改造为学者与教主双重身份。

从汉代起，官方给孔子各种封号，皇帝亲临曲阜礼拜孔子，这进一步强化和偶像化了孔子在道德、学问和政治领域中的地位。西汉末年，汉平帝刘衍追谥孔子为褒成宣尼公。三国时魏文帝曹丕下诏称孔子为"万世师表"⑤。玄宗封孔子为"文宣王"，宋真宗封孔子为"至圣文宣王"。元代孔子官方的称号是"大成至圣文宣王"。明代嘉靖时孔子去了王号，称为"至圣先师孔子"。清代又重新加了王号，称"大成至圣文宣王先师孔子"。从西汉高祖到清乾隆皇帝的1700年间，先后有12位皇帝20次亲临曲阜礼拜孔子！孔子的家族也世世代代受到封赏，祭

---

① 太史公曰："《诗》有之：'高山仰止，景行行止。'虽不能至，然心向往之。……天下君王至于贤人众矣，当时则荣，没则已焉。孔子布衣，传十余世，学者宗之。自天子王侯，中国言六艺者折中于夫子，可谓至圣矣！"（《史记·孔子世家》)见司马迁：《史记》卷47，中华书局1959年版，第1947页。

② "孔子作《春秋》以示王意，然则孔子之《春秋》，素王之业也；诸子之传书，素相之事也。"黄晖：《论衡校释》，中华书局2018年版，第532—533页。

③ 《汉书·董仲舒传》，班固著，颜师古注：《汉书》卷56，中华书局1962年版，第2525页。

④ 刘向撰，向宗鲁校证：《说苑校证》卷三，中华书局1987年版，第68—69页。

⑤ 诏曰："昔仲尼大圣之才，怀帝王之器，……可谓命世之大圣，亿载之师表者也。"（《三国志·魏志·文帝纪》)

孔的文庙从唐代开始由皇帝诏州县建立，[1]遍布全国，并与府学合并在一起。

二、汉魏六朝的孔子图与先秦孔子形象

汉代是儒家思想发展的"黄金时期"。在这一时期儒家思想得到了广泛的传播，孔子的故事也被广为传颂。为了表达对孔子的敬仰，也为了方便后人祭祀，自汉代开始，就不断有人为孔子造像。《后汉书·蔡邕传》载，东汉灵帝光和元年（178），京师"置鸿都门学，画孔子及七十二弟子像"[2]。《汉书·艺文志》记载"孔子徒人图法"[3]，这说明在西汉时期孔子的弟子就曾为孔子画过像；景帝时曾专门修学宫，刻孔子坐像于其中；东汉时期的老子庙，居然也在壁上画着孔子像。西晋以降，关于孔子造像记载很多。东晋王廙画过《孔子十弟子图》[4]，东晋顾恺之、南朝的陆探微、戴逵等都画过孔子像。《南史·梁元帝纪》记载，南朝梁元帝画《孔子七十二门徒像》，自撰赞辞并白书之，时人谓之三绝。据黄休复《益州名画录》卷下记载，齐永明十年（492）成都刺史刘悛再修玉堂礼殿，刘悛于其壁上画《仲尼四科十哲像》。据《魏书·刘道斌传》记载，北魏刘道斌任恒农太守时曾经"修立学馆，建孔子庙堂，图画形象"[5]。可见文庙配孔子像很早就存在，他们画的孔子像在当时有着"成人伦，助教化"的作用，对儒家思想传播有重要的意义，但由于时代相隔久远，上述鲜有实物传世。

传世的汉魏六朝的孔子像主要保存在汉画像石中。汉画像石中所出现的孔子人物形象主要在"孔子见老子"主题下出现，另有"孔子荷蒉"以及"孔子与项橐"各一幅。在汉代，有关"孔子见老子"的画像石达二十多处，主要分布在山东嘉祥，少数分布在陕西、河南、江苏、内蒙古等地。画面中多数情况下是孔子向老子行礼，老子拄杖相迎，老子与孔子之间有一小儿，一般认为是项橐，孔子旁有弟子相随。孔子与老子的位置则不固定，或孔子在左，或老子在左。整个画面讲述孔子向老子问学，画面中的孔子谦恭、温顺。这些画像主要创作于东汉时期，那一时期儒家思想在主流文化中占主导地位，而画面中的孔子却谦卑地向老子学习，这说明了汉画像石中的孔子形象继承了先秦道家文献中的孔子形象，把孔子地位放在老子之下，所以有孔子向老子求教这一场景。总体上，汉画像中的孔子形象图与先秦道家文献中的孔子向道家人物求教这一形象相符合，但与先秦道

---

① 《旧唐书·礼仪志》载："高祖武德二年（619 年），国子立周公、孔子庙。"［后者］刘昫等：《旧唐书》，清乾隆武英殿刻本，卷二十四志第四。

② 范晔撰，李贤等注：《后汉书》卷六十，中华书局 1965 年版，第 1998 页。

③ 张舜徽：《汉书艺文志通释·六艺略·孔子》，湖北教育出版社 1990 年版，第 79 页。

④ "余兄子羲之，幼而岐嶷，必将隆余堂构，今始年十六，学艺之外，书画过目便能，就余请书画法，余画《孔子十弟子图》以励之。"张彦远著，俞剑华注释：《历代名画记》，上海人民美术出版社 1964 年版，第 96 页。

⑤ 魏收撰：《魏书》卷七十九，中华书局 1974 年版，第 1758 页。

家文献和其他文献不同的是,在先秦道家文献和其他文献中,孔子遭到贬低,道家学派和墨家学派曾指责孔子骄傲、多欲、心术不正,但在汉代画像石中孔子这一形象并没出现,孔子总是以谦虚、好学、温顺的形象出现,孔子人物尺寸与老子相仿,甚至老子在面对孔子行礼时,也曲下身子以礼相待(图8-5)。对于汉代画像石孔子这一形象,学者邢千里认为是汉代官方对孔子形象定格和处理的结果,认为在汉代"独尊儒术"的思想背景下,这些画像石中的孔子像已经在儒士们的头脑和手中完成了初步的"改造"。官方把孔子形象定格在高大、谦逊、慈祥等特征上。汉代的工匠则根据这一形象在故事选择、情节安排和人物造型上来烘托孔子"温良恭俭让"等精神气质。[①] 学者姜生认为孔子见老子图之所以能进汉墓画像系统,根本原因在于当时宗教,因为老子已成为"大神"老君,老子授道书乃是个人得道成仙关键的一步,老子是死者获得升仙资格必须要见的大神,因此孔子见老子图则暗示墓主人师法孔子往拜老子而得道授书。[②] 学者郑立君等认为在孔子见老子图中,孔子被塑造成谦恭、好学的人物形象,实质上传递和强调的是墓主人生前所秉持的谦虚好学的儒家思想美德,也就是通过孔子人物形象来表达墓主人的儒家思想美德。[③] 笔者更倾向于学者郑立君的分析。汉代墓葬

图8-5　孔子见老子画像石　山东嘉祥齐山

---

① 邢千里:《中国历代孔子图像演变研究》,山东大学出版社2013年版,第59—83页。

② 姜生:《汉画孔子见老子与汉代道教仪式》,《文史哲》2011年第2期。

③ 郑立君、赵莎莎:《山东汉画像石〈孔子见老子〉图像分析》,《孔子研究》2013年第1期。

的主人在汉代社会地位属于中、下层,雕刻汉画像石的民间艺人处在社会最底层,他们不可能有意识地要在墓葬雕刻中来反映官方的儒家思想。对于墓葬主人来说,他们更多地想呈现自己生前的品德面貌,所以他们借孔子人物形象来呈现自己的儒家思想美德。至于借孔子问道于老子来暗示自己成仙途径和方法,这在汉代民间文化中并不流行,在汉代民间文化中,流行的是墓葬主人死后借助西王母这一掌握生死和不老之药的大神来达至神仙世界这一途径和方法。尽管上述学者对汉画像中孔子形象的意义及表征呈现分歧,但有一点需要指出的,那就是汉画像中孔子的形象已与先秦道家文献中孔子形象在形象表征上出现一点偏离,在汉画像中孔子虽然还被塑造成向道家人物求教的形象,但汉画像中孔子人物形象更加突出的是孔子作为儒家代表人物的品格美德,以及墓葬主人的儒家思想美德,而不是突出道家学派凌驾在儒家学派之上。

三、唐宋的孔子图与孔子形象

传世的唐宋时期的孔子图主要保存在曲阜孔庙的石刻和绘画作品中。孔子后裔孔传在其成书于宋绍兴四年(1134)的《东家杂记·先圣小影》中记载:“今家庙所藏画像,衣燕居服、颜子从行者,世谓之小影,于圣像为最真。近世所传,乃以先圣执玉尘,据曲几而坐,或侍以十哲,而又有持棕盖、捧玉磬者,或列以七十二子,而有操弓矢、披卷轴者,又有乘车、十哲从行图,皆后人追写殆非先圣之真像。”①由于木刻或丝绢孔子像易于损坏,宋代以后,孔子后裔将其中不少作品的原本摹刻在石上,因而宋以前的孔子像仍得以较好地保存于曲阜孔庙圣迹殿内,如传为顾恺之所作的《孔子凭几坐像》(宋时称为《孔子小影图》)、传为吴道子所作的《孔子司寇像》《孔子行教像》等。吴道子所作的《孔子司寇像》镶嵌在圣迹殿正中壁上,画像中孔子戴司寇冠,着司寇服,面容威严刚正。其《孔子行教像》像上则有画赞。不过从其画像端题“德配天地,道冠古今,删述六经,垂宪万世”十六字来看,这段文字明显取材于明陈凤梧《孔子赞》②。由此可见,该图是临摹本,吴道子的原作已遗失。此图绘刻的孔子慈眉善目,素带佩剑,手背向外相握,栩栩如生,突出孔子作为道德和学问楷模的教师和圣人形象。整幅画像以线刻形式上石,线条明快,绘刻精细,具有较高的艺术价值。这幅画后世流传甚广,摹本甚多。

宋代传世孔子画像中比较有名的是南宋杰出画家,曾为光宗、宁宗两朝(约1190—1224年)画院待诏的马远的孔子像(见图8-6)。此图淡设色画孔子。孔

---

① 孔传:《东家杂记》,《四库全书·史部七·传记类一》。

② “道冠古今,德配天地,删述六经,垂宪万世,统承羲皇,源启洙泗,报德报功,百王崇祀。”(陈凤梧:《圣贤赞·孔子赞》,《四库全书·史部·地理类·山东通志》,卷三十五之七)

子身着长袍，拱手相向而立，沉静肃穆，若有所思，神情十分生动。全图用秃笔写衣纹，简练概括、线条劲拔、寥寥数笔，形神毕现。画面左下方款署"马远"二字。

司马迁在《史记·孔子世家》中描述孔子："生而首上圩顶"，故因名曰丘。"①意思是说，孔子出生时头顶四周高，中间低，呈"凹"字形，所以家人给他取名曰"丘"。《孔子家语·困誓》记载"孔子……其长九尺有六寸，河目隆颡"，王肃注："河目，上下匡平而长。"②特别提及孔子眼眶平正而长、额头高高隆起。马远在塑造孔子人物肖像时突出孔子前额硕大、顶部中间微陷，显然与《史记》《孔子家语》记载有关。马远的孔子像突出了孔子的踽踽独行以及若有所思的样子。

图8-6　孔子像　马远　故宫博物院藏

传世的宋代孔子像作品还有曲阜所藏《孔子夫妇楷木雕刻像》，据传这是孔子弟子子贡在为其师结庐守墓期间所作，以表达对其师的追思之情。然经专家考证，该作品当为宋代仿刻。宋代佚名的《孔子见荣启期图》③，画面内容是孔子向荣启期求问何为"乐"，故事见于《列子·天瑞》《孔子家语》，呈现孔子谦虚好学形象。由金代孔元措根据前人资料编纂的孔子家谱《孔氏祖庭广记》书成后镌版于金都南京（今河南开封），内有孔子图，但初版失佚，蒙古乃马真后元年（1242），孔元措赴阙里奉祀，增补校正，重雕此书，中有木刻版画十二幅，如《孔行颜随像》《孔子乘辂图》《孔子凭几像》等，由太学生马天章画。

有文献记载未传世的宋元孔子像作品有梁楷的《孔子梦周公图》④、李公麟的《孔见苌弘图》、元代赵孟頫的《孔圣讲学图》和《孔子行教图》。

汉代以后，为了突出孔子是异于常人的圣人，已有文献记载孔子相貌异于常人，⑤到了宋代，民间关于其相貌而衍生出来的"七陋"说⑥逐渐形成，并成为后世

---

① 司马迁：《史记》卷47，中华书局1959年版，第1905页。

② 王肃注：《孔子家语》，上海古籍出版社1990年版，第61页。

③ 《孔子见荣启期图》：宋，佚名，绢本，设色，纵24.8厘米，横25.3厘米，现藏波士顿艺术博物馆。

④ 明人陈继儒在《眉公论画》中说："梁楷待诏画院，赐金带不受，挂于院内，自称'梁风子'。余曾见其《孔子梦周公图》《庄子梦蝴蝶图》，萧萧数笔，神仙中人也。"

⑤ 如成书于两汉之际的《春秋纬·演孔图》载："孔子长十尺，海口、尼首、方面、月角日准、河目龙颡，斗唇昌颜，均颐辅喉，骈齿龙形，龟脊虎掌，胼胁修肱，参膺圩顶，山脐林背。"

⑥ 关于孔子相貌的"七陋"最早记载在南宋罗泌编著的《路史》中，该书提到孔子体貌有"四十九表"，其中"谷窍"一目，指孔子头上七窍豁露，"眼露白、耳露轮、口露齿、鼻露孔"，所以又称为"七露"。由于这样的相貌被视为丑陋，所以"七露"又被称为"七陋"。

描绘孔子图像尤其肖像类图像的主要依据。

四、明清的孔子圣迹图与孔子形象

明清两朝的数百年间，"孔孟之道"已形成一种绘画专题，甚至有了较为定型的图谱。明代的孔子像面部表情安详。这一时期还出现了记录孔子生平的《圣迹图》。最早以连环画形式描绘孔子生平的圣迹图见于历史文献著录的，当推元代大德年间（1297—1307），孔子五十三代孙孔津所编的《孔圣图》三卷，惜今已无存。① 现在所能看到的最早的《孔子圣迹图》始于明代。明正统九年（1444），监察御史张楷依据《史记·孔子世家》中记述的孔子史实，旁采《论语》等，以时间为经，事件为纬，摘录孔子生平 29 件事，因事绘图，据图配文，撰写每幅图的说明和赞诗，木刻传世，把包括孔子出生的传说，到闻韶乐三月不食肉味，退而修诗书，到最后西狩获麟一生的行迹，以图像记录的方式描绘下来，辑成《圣迹图》。木刻本《圣迹图》是中国现存最早的具有完整故事情节的连环画。后弘治十年（1497），何廷瑞等又新增 9 件事共计 38 幅后重新刻印，但新增 9 图有说明而无赞诗。明万历十七年（1589）武林吴嘉谟辑序刊《孔圣家语图》十一卷（现藏中国国家图书馆），卷一为孔子图录，下十卷为文字，即"孔子家语"。由程起龙、伯阳绘写，歙人黄组镌刻。其图录绘孔子一生自诞生到逝世共 40 幅画，一面为图，一面为传文及按语，《孔圣家语图》40 幅图以吴嘉谟的老师杨士经授予的曲阜《圣迹图》为蓝本，但经过重新创作描绘而成。由于该本《孔圣家语图》传播不广，故在诸多孔子图录刻本中鲜有记载。

最早的《孔子圣迹图》石刻本始于明万历年间。万历十九年（1591），山东巡按御史何出光提议将木刻改为石刻，并于孔庙隙地创建"圣迹殿"加以保存。次年，山东按察副使张应登建议在曲阜"圣迹殿"增加"圣迹图"内容，将原稿增至112 图。石刻各宽 60 厘米，高 38 厘米，既有孔子事迹画面，又有标题及文字说明，由毛凤羽汇校，杨芝（维扬）作画，章草刻石，至万历二十年十二月告成。相传，其画图底稿为宋人画本。今孔庙圣迹殿内陈列有 120 块刻石，其中，总题目"圣迹之图"（篆书）1 石，文字 9 石，画幅 110 石。

传世的《圣迹图》的绘制手段的样式除上述木刻本、石刻本外，还有明代的彩绘本、近现代的珂罗本、影印本。坊间广为流行的《圣迹图》是以石刻本的《圣迹图》为底本的，如民国时期广为流传的、由原北平民社李炳卫编辑的影印本《孔子圣迹图》就是根据石刻本《圣迹图》翻摹。

尽管明代各个版本的《孔子圣迹图》在题材、人物等表现内容上大同小异，但画面形象刻画则有着较为明显的区别。具体表现为石刻本《孔子圣迹图》人物刻

---

① 谢巍：《中国画学著作考录》，上海书画出版社 1998 年版，第 626 页。

画相对简单化,孔子和弟子在各幅画中出现时形象雷同,甚至一些场景空间、树木造型也相似;仇英的彩绘本《孔子圣迹图》①则画面干净,人物刻画细致入微,线条流畅圆润,设色淡雅得体;《孔圣家语图》画面简洁,构图匀称,线条流畅,刀法粗犷。

试以孔子"退而修诗书"图画主题为例比较这三个版本。《史记·孔子世家》载:"孔子年四十二,鲁昭公卒于干侯,定公立……阳虎由此益轻季氏。季氏亦僭于公室,陪臣执国政,是以鲁自大夫以下皆僭离于正道。故孔子不仕,退而修诗书礼乐,弟子弥众,至自远方,莫不受业焉。"②孔子四十二岁时,鲁定公执政,季氏僭越公室大臣,掌握祭祀、征伐等国家政事,鲁大夫以下也僭离正道,孔子看不惯这种礼崩乐坏的局面,不求做官,只专心修诗书,定礼乐。而此时弟子门人越来越多。对这一史实,石刻本题为"退修诗书"(图8-7),画的右上方题记:"孔子年四十二岁,鲁昭公卒,定公立,季氏僭,公室陪臣执国命,故孔子不仕,退而修诗书礼乐,弟子弥众。"石刻本在文字上较好地反映了《史记·孔子世家》的内容。画面中孔子居中而坐,孔子人物形象明显比其弟子高大很多,孔子及其弟子形象与石刻本另一幅图《四子侍坐》中的人物形象雷同。

图8-7 《孔子圣迹图》之十九《退修诗书》 曲阜孔府藏

仇英彩绘本(图8-8)标题"退修琴书图",画面左方题记:"鲁定公元年壬辰,孔子年四十三岁,季氏强僭阳货,不仕,退而修诗书礼乐,弟子弥众。"文字上与《史记·孔子世家》有出入,阳货(虎)是季氏的家臣,因与季氏不和,囚禁过季氏,题记中"季氏强僭阳货"语意不明,题记叙述的是孔子退而修诗书礼乐,标题却是"退修琴书"。画面中孔子居中而坐,自由散淡,人物形象比例与弟子同,弟

① 仇英彩绘本《孔子圣迹图》,现藏于曲阜孔庙,共计图39幅,文字一幅,笔墨细致精湛,创作时间应在木刻本之后,石刻本之前。
② 司马迁:《史记》卷47,中华书局1959年版,第1912—1914页。

图 8-8　《孔子圣迹图》之一《退修琴书图》　仇英　曲阜孔府藏

子形态各异,或站着对话,或捧书,或展卷,或据案阅读,人物神态传真。整幅画工整精致,淡雅妩媚又不失艳丽端庄。吴嘉谟辑的万历版标题"退修授业",画面线条遒劲有力,刻工传神,画中人物神态表情可辨析得出,别具特色。

　　清代传世较有名的手绘《孔子圣迹图》有焦秉贞《孔子圣迹图》和改琦《孔子圣迹图》①。焦秉贞是清代宫廷画家,是清代天主教传教士汤若望的学生,他受西画影响,不同于传统中国画按人物身份高低安排人物大小的习惯,而是以人物为中心营造空间、以人物近大远小原则来安排,在空间处理上,运用透视和明暗处理空间,试图把人物放在一个真实的空间中。《孔子圣迹图》之《孔子游说诸王图》就是这方面运用的典范(图 8-9)。

　　改琦,绘画宗法华嵒,善画人物、佛像、仕女,笔姿秀逸,兼工山水、花草、兰竹小品,运思迥别,师前人而又独具面貌。《孔子圣迹图》之《入平仲居》是其这方面风格的体现。画面中孔子老师侧座于屏风前,七岁孔子侧立案前鞠躬,画中各个儿童憨态可掬,人物造型须眉指掌,纤毫不乱,淡墨细线,整幅画简洁清丽,古雅自然。

　　《孔子圣迹图》是在宋元书籍插图的基础上逐渐发展形成,并可能受到佛教、道教《圣迹图》的影响。孔子圣迹部分所反映的都是孔子一生的伟大——立定心志推广其理想并教化弟子,大部分画幅具有较强的写实性质,与《论语》《史记》记

① 改琦,绘有传世《孔子圣迹图》十幅,画幅横 42 厘米,纵约 30 厘米,福建美术出版社 2004 年印有改琦《孔子圣迹图选》。

图8-9 《孔子圣迹图》之《孔子游说诸王》 焦秉贞 美国圣路易斯美术馆藏

载的孔子生平、故事相对应,画面中的孔子儒雅洒脱,神态高雅。《孔子圣迹图》少数画幅具有神话传说色彩,其中有些图绘甚至还沿用东汉谶纬的一些东西,神化孔子,诸如关于孔子降生的"麒吐玉书"①"二龙五老""钧天降圣"等,反映了官方和民间对孔子的造"神"运动。② 虽然官方和民间对孔子有"造神"运动,但要旨还是服务于对孔子作为学问和道德楷模的敬仰,这从石刻本《孔子圣迹图》一百零五幅图像的编排可看出来。石刻本《孔子圣迹图》第一幅是"圣行颜随",把这一幅图放在首位就是为了突出孔子作为世人行为的楷模和圣人先师形象,接下去几幅是神化孔子出生的画幅,如降生时"麒吐玉书"、仙界"二龙五老"来祝贺,突出孔子"钧天降圣",再接下去是根据《论语》《史记》记载孔子事迹而绘之。石刻本《孔子圣迹图》第一百幅零四幅《汉高祀鲁图》、第一百零五幅《高宗祀鲁图》,突出孔子作为圣人被历代帝王封号膜拜,石刻本也以这两幅图作为结束。可见,从图本的开始和结束的编排可看出石刻本《孔子圣迹图》编撰者的用意所在,那就是通过图绘孔子圣迹最终突出孔子作为至圣先师德配天地的形象。

　　明清除了连环画的孔子圣迹图之外,还有各类的孔子形象图,比如在后世流传甚广的明代佚名《孔子燕居像》、明代画家吴彬的《孔子杏坛讲学图》《孔子作揖

① 石刻本《孔子圣迹图》之《麒麟玉书》画面左上方刻有:"孔子未生,有麒麟吐玉书于邹大夫家,其文曰:'水精之子,继衰周而素王。'"用"素王"称呼孔子最早由东汉王充提出,故画幅左上方的文字内容据东汉文献,而不是《论语》或《史记》。仇英本的这一幅无题款,补名"麒麟玉书图"。

② 官方和民间神化孔子,如东汉郑玄《礼记·檀弓正义》所引《论语撰考谶》:"叔梁纥与征在祷尼丘山,感黑龙之精以生仲尼",六朝志怪小说《拾遗记》卷三记载孔子降生时"二龙绕室,五星降庭"等。

行礼图《孔门儒教列传》中的孔子像、明代画家丁云鹏的《三教图》中的孔子像①、《孔子素王图》②以及清代孔子像碑刻等。

《论语·述而》：“子之燕居，申申如也，夭夭如也。”燕居，安居、闲居；申申，衣冠整洁；夭夭，行动迟缓、斯文和舒和的样子。③ “孔子燕居”讲述的是孔子闲居在家时的心态和状态：着装整齐，仪态温和舒畅，悠闲自在。《孔子燕居像》中的孔子也确实如此，不过神态上多了一份严谨。画像中孔子的相貌则明显承接宋代民间关于孔子相貌“七露（陋）”而来——“眼陋”，眼露白，两颗眼球突出；“耳陋”，耳露轮，两只耳朵大而下垂；“鼻陋”：鼻露孔；“口陋”：口露齿。《孔子杏坛讲学图》为明代画家吴彬作品。画中孔子正面坐像，两侧为颜子、曾子、子思、孟子，他们面向孔子，聆听讲学。五人均着大领宽袖长服，发用蓝布挽髻，坐蒲团。讲坛后有高镜形成屏风，屏风后绘有高大杏树，老干新枝，穿插交映，为严肃的讲学场面增加了生机。此图未必完全符合孔子讲学的实况。

在先秦时代有关孔子真实长相记载比较稀少，且各自文献记载差异甚远，如《论语》记载孔子“温而厉，威而不猛，恭而安”④。《庄子·外物》篇借老莱子弟子之口说出孔子“修上而趋下，末偻而后耳，视若营四海”⑤。认为孔子上半身长、下半身短，脊背向前弯曲，身体有些佝偻，耳贴于后，目光敏锐。《荀子·非相》提出：“仲尼长，子弓短。”“仲尼之状，面如蒙倛。”⑥认为孔子个子高，皮肤黝黑，脸好像蒙上了一个丑恶难看的面具。到了司马迁的《史记·孔子世家》，则说孔子“生而首上圩顶”⑦，即孔子头顶四周高中间低。司马迁的这一描述已离孔子去世三百多年。汉代以后，孔子所提倡的儒家思想逐渐取得国家意识形态地位，官方和民间给予孔子较高地位，孔子本人也被帝王敕封为“万师世表”“文宣王”“至圣先师”。为了表达对儒家和孔子的尊重，也是为了推广和宣传儒家思想，汉代以后，历代的官方和民间开始塑造诉诸视觉的孔子形象，或刻之于石，或图之于壁，或画之于纸帛，或镌之于木。孔子在汉代以后在中国文化中所具有的特殊地位，使汉代以来的孔子造像一开始就具有美化孔子的特点，在形象上突出孔子是道德行为楷模和至圣先师，在相貌上突出孔子有异相，发展到明清时期甚至出现了《孔子神位图》，完全将孔子神化。清末康有为在发起的孔教运动中号召国民

① 由于画家对佛教推崇，画面中丁云鹏把释迦牟尼置于中心，孔子与老子则侧坐。画面中的孔子，束峨冠蓄长须，被描绘成一位谦逊的世俗老者。

② 至唐玄宗敕封孔子为“文宣王”起，后世的孔子形象就多了一个“冕服孔子”，表现在一些传世孔子图如明清的《孔子素王图》中孔子戴着王冠。头戴王冠的孔子传递出孔子虽未有帝王之位却有帝王之德的“素王”形象。

③ 杨伯峻译注：《论语译注》，中华书局 2006 年版，第 75 页。

④ 杨伯峻译注：《论语译注》，中华书局 2006 年版，第 88 页。

⑤ 郭庆藩编，王孝鱼点校：《庄子集释》，中华书局 1997 年版，第 928 页。

⑥ 王先谦撰，沈啸寰等点校：《荀子集解》，中华书局 1988 年版，第 73—74 页。

⑦ 司马迁：《史记》卷 47，中华书局 1959 年版，第 1905 页。

将孔子列为神加以祭拜。

就传世的各类孔子形象造型图式来看,有帝王式的、官吏式的、学者式的、布衣式的等等。孔子形象塑造随着文化领域独尊儒术、政治社会生活领域帝王和民间对孔子的推崇,越来越固定为被官方和民间膜拜的模式,要么是曲背拱手行礼姿态,显示他的谦恭好礼德者形象;要么是至圣先师的"严正"扮相,以彰显其道德和学问的正统和至高无上;要么是肖像画中的"七陋"以显示其异于常人,只有在文人画家中,孔子形象偶尔随画家的个性而作出自己的理解,比如马远的《孔子像》。"孔子造像的兴衰和图式的演变,从一个侧面反映了历代帝王尊孔崇儒的情况,体现了各个历史时期人们对孔子的不同认识和理解,在某种程度上,也是各个历史时期社会思潮的指向标。"①随着儒家文化与权力结合在中国文化中所取得的强势,随着历代官方和民间所塑造的孔子图像在后世的广传,视觉中的孔子图像在解释孔子形象方面日益占据着重要地位,于是,先秦文献中有关否定和贬低孔子的记载在后世孔子形象构成版图的过程中渐渐走向边缘乃至被遗忘。

第三节 庄子形象与历代庄子图

庄子,名周,宋国(今河南省商丘市,又说安徽蒙城与山东东明)人,曾任漆园吏,又被称为蒙吏、蒙庄、蒙叟。战国中期著名的思想家、哲学家、文学家,道家学说的主要创始人之一,其代表著作《庄子》亦为道家经典之一。在中国的文学史上对于庄子形象的研究评述不计其数,历朝历代各有各说,而对于庄子图的研究却甚少,对两者之间关系的研究就更少了。本节将根据先秦两汉的文献资料和《庄子》一书有关庄子的记载来论述庄子形象的建构,列述历代庄子图的类型,简述两者之间的关系。本节因篇幅所限,在分析庄子图像时仅选择其中比较具有代表性的传世画作,对于文献资料中没有图像传世的作品存而不论,且将对历代庄子图的挑选及其与庄子形象关系的研究下限定于清代。

一、庄子形象的建构

本书所要论述的庄子形象主要指作者庄子形象,而有关作者庄子形象建构的文献资料主要来自两个方面:一是《庄子》一书中有关庄子的描述与介绍的篇章,包括《庄子》一书的内、外、杂篇。二是先秦两汉时期有关庄子记载的文献资料,包括各种史书、子集等等,例如《史记》《荀子》。

---

① 孔德平:《图溯孔子圣迹》,《中华文化画报》2007 年第 8 期。

（一）《庄子》文本中的庄子形象

后世学者对庄子形象的解读主要以《庄子》一书中有关庄子的记载与描述为主要依据，根据有关学者对中华书局 2011 年版《庄子注疏》的统计，在《庄子》一书中有关庄子的故事一共有 29 则，其中《内篇》4 则，《外篇》和《杂篇》25 则。①

有关《庄子》一书中的庄子形象，前人已做过大量的研究论述。大多数学者都是从对《庄子》一书的整体性的把握来阐释其中的庄子形象。比较著名的是谭家健先生在其《漫谈〈庄子〉中的庄子形象》一文中对庄子形象从三方面进行的归纳，即"傲视王侯卿相、鄙视功名利禄的隐士"，"泯物我、齐生死的达人"，"雄辩诙诡、妙语惊人的智者"。② 后来的大多数学者对庄子形象的阐释也与此相差无几。但亦有学者注意到了《庄子》一书中庄子这一人物形象的矛盾性，认为其"既是一个潇洒飘逸、超凡拔俗的高人，又怀有愤世嫉俗、憎恶黑暗的激烈情怀；他既是一个性格率真、心胸坦荡的长者，又蔑视宗法礼教传统、诙谐嬉笑，显得放达，甚至于落拓不羁；他既是一个勇于探索，卓然独立的智者、哲人，又显示着避世者的消极"。③ 当然作者并未对此进行深究，最后依然从整体上把庄子定义为"高人、哲人、真人"。

实际上《庄子》一书中的庄子形象的确是具有一定矛盾性的，这与《庄子》一书的成书过程有关。《庄子》是先秦时代的作品，多数学者一般都认为它是先秦最著名的思想家之一——庄子及其弟子们的作品集。根据古往今来诸多学者的研究结果，学界一般把《内篇》视为庄子本人的作品。因为《内篇》7 篇不仅思想内容统一，而且结构也较为缜密，诸篇之间有着一种内在的联系，而《外篇》《杂篇》则可视为庄子弟子后学的作品，因为《外篇》和《杂篇》文字浅陋，思想深度不够，旨趣亦不高远，与《内篇》相去甚远，而且有些地方甚至是对《内篇》的简单重复。正如王夫之在其《庄子解·外篇》中所说："外篇非庄子之书，盖为庄子之学者，欲引伸之，而见之弗逮，求肖而不能也。"④因而《内篇》中的庄子形象与《外篇》《杂篇》中的庄子形象是有所不同甚至相互矛盾的。

《内篇》中的庄子形象比较温和通达。他善辩却也温和娴静，言辞并不咄咄逼人，洞察物我、自适逍遥，趋近于一个得道者。

例如在《逍遥游》里庄子两次与惠子进行论辩：一是庄子以不龟手之膏药的故事，辩说惠子不善用于大；二是用狸狌与犛牛的故事反驳惠子的大而无用之说。在这两则故事里的庄子就是一个温和的辩者，他长于言辞，但言语并不

---

① 参见李由：《〈庄子〉中的庄子形象研究》，东北师范大学硕士学位论文，2013 年。

② 谭家健：《漫谈〈庄子〉中的庄子形象》，《安徽大学学报》1991 年第 1 期。

③ 梁克隆：《高人·哲人·真人——简论〈庄子〉散文中的庄子形象》，《中华女子学院学报》2001 年第 2 期。

④ 王夫之著，王孝鱼点校：《庄子解》卷八，中华书局 1981 年版，第 76 页。

犀利。

又如在《齐物论》里，出现在篇末著名的寓言故事"庄周梦蝶"之中的庄子形象，其文如下：

昔者庄周梦为胡蝶，栩栩然胡蝶也，自喻适志与！ 不知周也。俄然觉，则蘧蘧然周也。不知周之梦为胡蝶与，胡蝶之梦为周与？ 周与胡蝶，则必有分矣。此之谓物化。①

在此庄子运用其浪漫的想象、美妙的文笔，通过对其梦境的描写以及梦醒之后对于天地物我的探讨，给我们留下了一个长于思索的哲人形象。

而在《德充符》里，庄子在与惠子进行的一场关于"人之有情与无情"的论辩中，以"所谓无情者，言人之不以好恶内伤其身，常因自然而不益生也"的回答证明了自己并不是个无情之人，只是希望世人能够顺其自然，不因外界过分地喜怒哀乐而内伤其身，这里刻画出的庄子则是一个自适而潇洒的达人形象。

与《内篇》中的庄子形象相比，《外篇》《杂篇》中的庄子形象显则得荒诞犀利甚至有些愤世嫉俗。

例如在《秋水》中曾有"惠子相梁，庄子往见之"的故事记载，在这则故事中惠子与庄子应是好友，不然庄子不会贸然去见他，但惠子以为庄子是来取代其梁国相位的，于国中搜捕庄子，之后庄子以"腐鼠"比喻梁国相位，显示了其鄙视权位、远离政治的孤傲性格，但庄子把自己与惠子以"鹓雏"与"鸱"来作比，这便是对惠子进行赤裸裸的讽刺了。类似的还有《列御寇》中庄子讽刺曹商"舐痔秦王，得车百乘"的情节。这些虽是庄子对于贪慕名利权位者的批判，但言辞之犀利刻薄是《内篇》中的庄子所没有的。

另外《知北游》里所记载的"东郭子问道"的故事也给我们呈现了不一样的庄子。其文如下：

东郭子问于庄子曰："所谓道，恶乎在？"庄子曰："无所不在。"东郭子曰："期而后可。"庄子曰："在蝼蚁。"曰："何其下邪？"曰："在稊稗。"曰："何其愈下邪？"曰："在瓦甓。"曰："何其愈甚邪？"曰："在屎溺。"东郭子不应。②

东郭子诚心向庄子问道，而庄子的回答越来越出人意料，最后得出"道在屎溺"的结论，直接让东郭子"无语凝噎"。这个故事让世人明白了"道"无所不在的道理，也让人看见了庄子性格中荒诞的一面。类似的庄子形象也出现在《至乐》篇中"庄子妻死而其鼓盆而歌"的故事里，在文中庄子妻去世，他不仅不悲伤，反而鼓盆而歌为妻子的逝去而高兴。故事的主旨在于表达庄子齐物我、同生死的观念，但其鼓盆而歌的行为却也展示了其荒诞的一面。

总的来说，《庄子》一书的《内篇》和《外篇》《杂篇》中对庄子形象的刻画是有

---

① 郭庆藩撰，王孝鱼点校：《庄子集释》，中华书局 1961 年版，第 112 页。

② 郭庆藩撰，王孝鱼点校：《庄子集释》，中华书局 1961 年版，第 749—750 页。

所不同的。《内篇》中的庄子形象是庄子自己塑造出的一个理想人格,而《外篇》与《杂篇》中的庄子形象则更像是庄子后学为了阐述发扬庄学而再度创作的一个人物形象,两者难免有所偏差。但是《外篇》和《杂篇》基本上还是对《内篇》思想的阐述与发挥,而其中对于庄子形象的记载与塑造也能从侧面反映出庄子的生活境遇、人物性格以及思想观点等等,让庄子的形象在世人的眼中更加的丰富立体,因而后世学者大多都选择从整体上来把握庄子的形象。

(二) 先秦两汉文献中的庄子形象

先秦两汉作为最靠近庄子真实生活年代的历史时期,在此期间产生的各种有关庄子的文献记载对后世庄子形象的建构以及各类庄子图的塑造的影响也是巨大的,特别是荀子和司马迁对庄子的记载。

由于庄子思想及学术有别于主流,在先秦时期,庄子的知音甚少,研究资料表明这一时期对于庄子学术的关注仅有"荀况、吕不韦及其门客、韩非等人"[①]。

庄子首次出现于他人文献,是在《荀子》中,原文如下:

昔宾孟之蔽者,乱家是也。墨子蔽于用而不知文,宋子蔽于欲而不知得,慎子蔽于法而不知贤,申子蔽于执而不知知,惠子蔽于辞而不知实,庄子蔽于天而不知人。[②]

这段文字虽然简短但至为珍贵,在这段文字中,荀子第一次将庄子与墨子、宋子、慎子、申子、惠子等先秦诸贤相提并论,证明了至少晚在荀子时期庄子及其著作已经受到一定的关注,在某种程度上承认了庄子的学术地位[③]。荀子对于庄子的直接评价是"蔽于天而不知人",即认为庄子及其学说过于重视自然天道而忽略人性人事,这虽是荀子从儒家为政治服务的立场而对其作出的评判,可能有失公允,但亦是后世之人对庄子形象一种主观构建。

司马迁是历史上第一个为庄子作传的人,他在《史记》中对庄子其人其学予以了特别的关注:一是介绍了庄子的籍贯、思想、学术渊源以及《庄子》一书的概貌;二是特意叙述了庄子却楚王聘一事。前者使我们大概了解了庄子生活地域、年代以及他曾为漆园吏的一些生活经历,而后者则让后人知晓庄子鄙视权利富贵、逍遥自适的性格,刻画了一个清高孤傲的庄子形象。司马迁从史学的角度出发在《史记》中对庄子的描述,是对先秦两汉庄子形象的一个史实性总结。

历代庄子图像按图像题材可分为庄子肖像图、庄子故事场景图、庄子非本事图。下分而论之。

---

① 张爱民:《宋代以前〈庄子〉的接受概述》,《湖南科技学院学报》2005 年第 3 期。
② 王先谦撰,沈啸寰、王星贤点校:《荀子集解·解蔽篇第二十一》,中华书局 1988 年版,第 391—393 页。
③ 马晓乐:《魏晋南北朝庄学研究》,山东大学博士学位论文,2006 年。

二、庄子肖像图

肖像图是最能直接反映人物形象的一类图像，而文献中最早有关庄子肖像图的记载应始于西晋。西晋玄学盛行，当时的文人士子普遍推崇老庄，以至有人画庄子像来显示自己的超凡脱俗。《晋书·嵇含传》里记载："时弘农王粹，以贵公子尚主，馆宇甚盛，图庄周于室，广集朝士，使含为之赞。含援笔为吊文，文不加点。其序曰：'帝婿王弘远华池丰屋，广延贤彦，图庄生垂纶之像，记先达辞聘之事，画真人于刻桷之室，载退士于进趣之堂，可谓托非其所，可吊不可赞也。'"①可见远在西晋时期，庄子的画像已经开始出现在文人贵族的生活之中。只是由于年代久远，这些于文献记载中的庄子肖像图早已毁失。

今存的庄子肖像图较为著名的有元赵孟頫《玄元十子图》、元华祖立《玄门十子图卷》、明《圣君贤臣全身相册》庄子像、明《三才图会》庄子像、清《古圣贤像传略》之《漆园吏像》等等。

赵孟頫的《玄元十子图》，收录于《正统道藏》洞真部、灵图类"云"字号，又见于清人辑《道藏辑要》"紫"集中。此图文图兼具，文字即为传说中的老子十弟子——设传：庄子、关令尹喜、文子、庚桑楚、南荣趎、尹文子、士成绮、崔翟、柏矩、列子。图中庄子身着长袍，站姿随意，双手向外摊开，神态散漫自适，该画线条简练，格调疏淡。此外，人像两旁附有小传，内容与司马迁《史记》里相似，除述其生平及著作外，特意提及庄子"却楚王聘"一事以彰显庄子性格之高洁肆意。

此图为赵孟頫众多的道释绘画作品之一，赵孟頫为元代一代文宗，而元代为我国古代第一个以少数民族为统治核心的多民族统一国家，为维护统治，元廷对各种宗教思想文化采取兼容并蓄的宽容政策，因而道教在元代有着与儒家、佛教相同的地位，三教并举的时代思想文化环境影响了诸多文人画家的创作，赵孟頫便是其中之一，他不仅文词高古，书画绝伦并且"旁通佛老之旨，造诣玄微"②，因而反映赵孟頫道家思想的道释绘画为其美术创作中不可忽略的一部分。有学者做过相关研究，认为《玄元十子图》为赵孟頫"遵师嘱而撰"③，而其师便是宋末元初道门高士杜道坚，目的是"借用儒学宣传的套路，使'晦而隐，否而塞'的玄门十子之学显明于当代，为道门日渐手劳心拙的宣传开一条新道路"④。

因而此图被众多后世之人奉为道教绘画精品录入各种道书之中。但其中有关庄子一图在笔者看来，其中的宗教气息并不浓厚，图中所绘庄子形象与《庄子》文本与先秦文献记载的十分相称，图中庄子并不像后世众多完全宗教化的庄子

① 房玄龄等撰：《晋书》(全十册)卷八十九，《列传第五十九·忠义》，中华书局 1974 年版，第 2301 页。
② 赵孟頫：《松雪斋集·赵公行状·十一》，中国书店出版社 1991 年版，第 67 页。
③④ 卢仁龙：《赵孟頫〈玄元十子图〉及其他》，《文献》1992 年第 4 期。

图8-10　玄门十子图卷·庄子像　华祖立
上海博物馆藏

形象一样以身着道袍，手持拂尘，充满了仙风道骨味道的道教真人形象示人，反而着重刻画了庄子性格之中"散漫不羁"的一面，并在图中小传中刻意提及《庄子》文本与《史记》中都出现过的"却楚王聘"一事，以突显其孤傲高洁。可见赵孟頫在塑造庄子形象的时候还是从庄子其学以及先秦文献对庄子形象的记载出发的。

元代另一幅有关庄子的肖像图出自华祖立的《玄门十子图卷》，今藏上海博物馆，此图根据赵孟頫《玄元十子图》石刻本与木刻本摹写而成。此图为华祖立遗世孤木，弥足珍贵，虽是摹写而成但亦不缺乏作者本身的创意。其中的庄子图（图8-10）从笔法上看，线条圆润流利，略带装饰性，而对人物面部表情的描绘更加的细致入神；画作以墨线勾勒为主，略施淡彩晕染，受当时文人画影响有静穆萧散之感，满纸逸气。图中庄子身着宽大长袍，双手合抱藏于袖中，神态淡漠。此图中作者主要通过对庄子面部表情和衣带等细节的处理来体现庄子的不羁。与赵作相比，华祖立笔下的庄子图除了线条、墨色相异外，更多一层文士之气，应是受到当时唐宋以来三教合一（主要是儒家）的文化思潮影响。

从这两幅庄子肖像绘画作品看来，庄子的形象出现于道释绘画作品之中，有宗教化倾向。这并不是从元代开始的，而是古已有之，早在魏晋时期，庄子便以神仙真人的形象出现在绘画作品中，例如南朝梁道士陶弘景《真灵位业图》中的庄子形象（已毁失，仅存文字记载）。但这两幅作品中的庄子形象与《真灵位业图》这类图像中庄子形象还是有所区别的，前者虽是出现于道释绘画作品中，但并没有完全的宗教化，庄子在作者的笔下没有变为虚无缥缈、仙风道骨的道教真人，创作者还是以《庄子》文本与先秦文献资料中的形象为基调来创作，旨在重现庄子"不羁自适"的一面。

明代《圣君贤臣全身相册》的庄子像旧藏于故宫南熏殿，现藏于台北"故宫博物院"，作者为明代宫廷画师，名讳不详。此画中的庄子长发稀疏，眼神静滞，略显肃穆，双手藏袖合抱放于胸前，姿态恭顺，以一副苍老静穆的圣人形象示人，画作中的庄子形象大致与《庄子》文本相符，不过缺少了以往画作对庄子逍遥恣肆性格方面的描绘，显得形态上恭谨肃穆有余，而神情并未到位。这可能是由于此画为宫廷画家遵循正统儒家对人物肖像画"成教化、助人伦"的审美标准绘制而成。

有关庄子肖像绘画作品中除了上述的几幅道释绘画和宫廷画外，还有明清两代的版画作品。明代百科式图录类书《三才图会》收录庄子像一幅，其中所绘庄子为半身像，图中庄子浓眉长须、双手合抱、面颊丰润、衣冠整齐、神态平和肃穆。

可能由于刊于严谨的类书之中，或受传统文人画影响，此图有意突显庄子平和肃穆的"智者"形象。而清代《古圣贤像传略》中辑录的《漆园吏像》显然是基于《史记》对庄子的记载。图中庄子面颊饥瘦、身披蓑衣、手持木杖、神情淡漠孤傲，人像上方题名"漆园吏像"，旨在突显庄子的"傲吏"形象，这与《史记》对庄子曾为漆园吏的记载以及《庄子》文本中对于庄子清高孤傲的性格描绘是十分符合的。

三、庄子故事图

在历代庄子图中经常表现庄子形象的故事场景主要集中在"庄周梦蝶"和"濠梁之辩"以及"秋水"三个主题上。

"庄周梦蝶"故事见于《庄子·齐物论》篇末，是庄子借"庄周梦蝶"这个故事对有关生命转化、人生真实与虚幻等进行的哲学思考，其中渗透了庄子诗化哲学的精义，包含了浪漫的思想情感和丰富的人生哲学思考，历来为文人骚客所喜爱，因而也成为众多庄子图创作中最常见的一个主题。今存绘画作品中较为著名的以"庄周梦蝶"为主题创作的有元代刘贯道的《梦蝶图》、明代陆治的《梦蝶图》以及明代版画《庄生化蝶》等等。

在元代刘贯道的《梦蝶图》中，画中文士模样的庄子枕书高卧，鼾声醉人，沉于梦中，四周古树修竹环绕，环境静谧安然，此画旨在表现庄子清静无为的避世思想和人生如梦的入世观念。画者似乎刻意让庄子以一个懒散懈怠的文人模样示人，而没有突显"圣贤""孤傲"的一面。这与元代大多数文人的遭遇有关，元代统治者对多数知识分子采取打压和轻视的态度，因而元代"凡文人学士，无论仕与非仕，无不欲借笔墨以自鸣，故其从事图画者，非以遣兴，即以写愁而寄恨。元代画家的创作题材大致可分为三种，第一种隐逸类；第二种高士类；第三种神仙类"①。此图显然属于第一类，在图中作者借对庄周形象的塑造表达了元代文人士子深觉人生如梦、避世无为的道家隐逸思想。

明代陆治的《梦蝶图》为陆治所画的《幽居乐事图》图册之一。图中庄子双手合抱侧卧酣睡于岩石之上树荫之下，两只蝴蝶盘旋在其头上，悠然自得。整个画面简洁明了，寥寥几笔，庄周梦蝶的意境便跃然纸上，表现了庄子形象中"悠然超脱"的一面。

明代的版画中亦不缺乏以"梦蝶"为主题的创作，其中值得提及的便是《程氏

---

① 黄兴：《从元代人物画题材看元代绘画的隐逸思想》，吉林大学硕士论文，2013 年。

墨苑》中所刻录的《庄生化蝶图》。《程氏墨苑》为中国明代墨模雕刻图谱集，由明万历年间安徽歙县制墨大师程大约辑刻，著名画家丁云鹏、吴廷羽绘图，徽州黄氏木刻名工黄应泰、黄一彬等镌刻，为明代木刻版画的精品。《庄生化蝶图》刊于《程氏墨苑》第十一卷，画中庄子双手合抱，侧卧酣睡于溪流岩石之上，两只蝴蝶在头顶翩翩起舞，似是出现于庄周梦境之中，与画面中的现实相互交错。此图中的庄子面容祥和、神态安逸，与"庄周梦蝶"典故中的哲人形象十分相称，而此图收录于墨苑之中，亦体现了明代文人的一种雅趣。

清蒋廷锡则绘有《蝴蝶图》。蒋廷锡，康熙四十二年（1703）进士，字西君、杨孙，号南沙、西谷，又号青莲居士。他身兼多重身份，既是画家又是学者、诗人、官吏，因而他既是清朝重要的宫廷画家，亦是当时著名的文人画家，是中国封建文人画家之中有着广泛而深厚修养并积极入世的一个典型例子。他的这幅《蝴蝶图》主要描绘了一幅秋蝶恋花图，图中两朵饱满盛放的白菊在墨绿的枝叶之中自画面右上侧弯腰探出，三只活泼的白蝶围绕着菊丛自在飞舞，姿态各异，一只藏于花蕊之中，探头而出，另外两只则轻快地徘徊在菊丛之下，相互嬉戏追闹，惬意悠然。此幅画作勾勒与晕染并重，画中的菊丛的枝叶脉络与花朵形态都是用墨线细致地勾勒而出，花瓣部分则略做晕染，分出浓淡，描绘出花朵的层次感；蝴蝶则是蝶身部分用淡墨稍加晕染，与翅翼做出分别，须脚与双翼则用墨笔细细勾勒出形状与纹路，特别是翅梢的花纹与形状圈由墨笔一一点缀而出，笔法精致而细腻，使画中之蝶显得异常的美丽灵动。整幅画作色调浅淡明雅，不着娇媚，兼具宫廷画的雍容高雅与文人画的精思逸趣。画作左侧著有画者题识："烟圃吟秋兴不孤，花间残梦绕庭芜。秋窗共掩南华卷，闲写滕王蝴蝶图。"由此可见此图也应是作者以"庄周梦蝶"中的蝴蝶所蕴含的喻义而创作的，画中的蝴蝶美丽灵动，悠游自在，可以看出作者深谙寓言故事中"蝴蝶"所蕴含的逍遥自由之意。

清黄慎画《庄周梦蝶图》。黄慎，清代杰出画家，初名盛，字恭寿，号瘿瓢子，扬州八怪之一，擅画山水、人物、花鸟，其花鸟画宗法明代徐渭，画风纵逸泼辣，挥洒自如；亦擅草书，其书法出自章草，点画纷披，散而序，颇难辨认。由其所绘的《庄周梦蝶图》便是其书画合一的作品之一，整幅画作中央只绘有唯一的一只蝴蝶，再无其他点缀事物，蝴蝶旁边便是画者的草书题识，题识部分虽然难以全部辨认出来，但依稀可以看出"蝴蝶""庄周"以及"黄慎戏笔"等字样，由此可见图中所绘之蝶，应是庄周梦中之蝶。画中的蝴蝶其形完全用笔墨晕染泼洒而成，不见丝毫勾勒之迹，翅翼花纹亦全部用墨色的浓淡来绘饰，完全脱离了以往草虫画细腻勾勒的写生传统，不再似以往蝶图中的蝴蝶那般优雅柔美或是绚丽斑斓，但却别有韵味，给予观者一种展翅怒飞、肆意昂扬、潇洒自在之感。纵观此图，与其说画者是在画"庄周梦蝶"中的"蝶"，不如说是在画其中的"人"，即物化为蝶的"庄周"，在故事中庄子物化为蝶，在天地间肆意飞舞，从容自适，而画者则别具慧心，完全意会到了庄子于寓言中所描绘的"物我齐一"的哲学境界，并将其所感所悟绘于纸上示人，以至于让这幅画作在历代众多的蝶图中别具一格。

清缪嘉惠所绘《蝴蝶》手卷，曾作为拍卖品在 2013 年春季文物拍卖会上拍卖。缪嘉惠，字素筠，晚清宫廷女画家，慈禧太后的女官，通书史，善篆隶，尤工画。此画描绘了一幅绚丽多彩的蝴蝶春景图，画卷底部绘有幽幽春草，草色晕染清新细腻，幽草之中又有无数褐色小花点缀其间，显得非常的活泼自然；幽草之上几株鲜花正迎春怒放，从左往右，依次排开，各据一方，每株花草的颜色、姿态以及种类都不一样，颜色或紫或红，或黄或粉，枝叶形态或蜿蜒横生或向阳伸展，娇媚异常。而在这美丽的春日幽景之中，各色大小不一、姿态各异的蝴蝶，蓬蓬然飞舞其间，画中之蝶色彩斑斓，轻盈活泼，显得异常的美丽灵动。它们或展翅高飞，或徘徊花间，又或相互嬉戏追闹，显得无比天真自由、逍遥快乐。画卷左侧末端著有画者的小楷题词："百样精神百样春，小园深处静无尘。笔花妙得天然趣，不是寻常梦里人。相相然蓬蓬然，是真是幻变化万千，其为漆园之叟，抑无罗翔之仙人境。"由此可看出画者如庄子一样认为蝴蝶美丽如梦幻一般，代表着纯真与自由，而画者将其绘入画中不仅表达了作者对于美的追求与向往，亦有寄寓人生如梦，变幻无常之感。

在这类图像中虽然人物庄周并未出现，但从这些画作的题识以及续纸题诗上都可以看出，此类画作中的蝴蝶都不再是传统意义上单纯的写生画中的写生物，其中的"蝴蝶"与"庄周梦蝶"这个经典故事有着千丝万缕的联系，因为这些画作大多都是以"以蝶为人"的构思来进行主观创作的，即图像中所绘制的蝴蝶虽然表明了"人"的"无有"，但"人"的"无有"其实也暗示了"人"的"存有"，因为其中的"蝶"就是"人"。

以"濠梁之辩"为主题的绘画大多取材于《庄子·秋水篇》记载的庄子与惠施游于濠梁之上，见鲦鱼出游从容自乐，因而论辩鱼之知乐与否的故事。后来"濠上"就成了专指逍遥闲游之所，寄情玄言者则称"濠梁之风"。后世的众多文人士子亦多以此入画来突显庄子闲逸自适的隐士与智者形象。此类绘画作品最早出现于魏晋时期，根据唐张彦远《历代名画记》记载，魏晋时期以"濠梁之辩"为题材创作的作品主要有谢稚的《濠梁图》以及戴逵的《濠梁图》，但这两幅画作早已遗失，仅存于画史目录之中，现存的绘画作品中以此为创作题材，较为著名的主要是南宋李唐的《濠梁秋水图》。

李唐的《濠梁秋水图》（图 8-11）所绘的是濠水、濮水一带的风光，即正是"濠梁之辩"的发生地，因而也称《濠濮图》，而画面中描绘的两个人正是"濠梁之辩"的双方。如图所示，该作以山水为全景，而人物作为点景置于山川江湖之中，巧妙地将诗文情景转化为画作意境，图中庄子于一派深秋景象之中与惠子坐于水岸大树之下，一人面对观者，一人侧面与之交谈，其中背倚古树，微侧其身，席地而坐者应为庄子，而临水侧身盘坐，做回顾交谈状者应是惠子。二人衣着古朴，纹饰简练，但都颇见精神。此画充满了深沉浑厚的古意，传神地刻画了庄子

图8-11 濠梁秋水图(局部) 李唐 天津博物馆藏

逍遥自适的性格特征。

清金廷标所绘的《濠梁图》,《石渠宝笈三编》对其记载为:"金廷标《濠梁图》一轴,纸本,纵五尺三寸,横三尺,设色画濠梁观鱼意。款:'臣金廷标恭绘',钤印:'廷标'。高宗纯皇帝御题行书:'何必班荆坐论旧,相评鱼乐立移时。我非子故不知子,子固非鱼鱼岂知。'钤宝二:'乾隆'。"[1]画者金廷标是清朝前期著名的宫廷画师,《乌青镇志》里记载其:"字士揆,乌镇人,花草仕女俱能入品,善取影,白描尤工。"[2]其画深受乾隆皇帝赏识,因而经常获得乾隆的御题称赞,此幅《濠梁图》便为其中之一。

金廷标所绘的这幅《濠梁图》不似李唐的《濠濮图》那般场景宏大,古意浑厚,但画面格局精巧而细致。画作以两位论辩人物为中心,远处有高山白云若隐若现,近处则有濠水鲦鱼悠游自在。图中庄子与惠子身着不同颜色的长袍,相望而立于濠水之上,其中一人(应为惠子)右手微抬,指向水中游鱼,似是在质问庄子"子非鱼安知鱼之乐?"而图中庄子面向惠子,淡然而立,从容自若;远处群山藏于白云之间,云气缭绕,意境悠远;近处的河岸两旁涧草丛生,水中波纹清晰可见,岸上另有树木盘生纠结于岩石之中,木叶依旧葱郁,但顶端枝末已凋零殆尽,释出稍许秋意,而对于水中游鱼的描绘,虽是着墨不多,但亦依稀可见。在此图中画者对濠水风光、河中游鱼、论辩人物的精心描绘十分贴近《庄子》原文中对"濠梁之辩"的描写,可以说是对"濠梁之辩"场景的一次复制重现。

清末姜筠绘《濠梁观鱼图》手卷,引首纵 35 厘米,横 100 厘米;画心纵 36.5厘米,横 67.5 厘米;题跋纵 42 厘米,横 602 厘米,纸本设色,私人收藏。画卷篇幅较大,光是题跋部分就包括了当时名人梁启超、张謇、林纾、严复、章炳麟等十

---

① 英和等辑:《钦定石渠宝笈三编》第 58 册,延春阁藏三十五,清嘉庆内府抄本。
② 黄世宁纂:《乌青镇志》卷十,1918 年铅印本。

八人的跋文,如"夔蚿递相怜,鹏鷃亦相笑……厄词续君图,聊拟垂空钓。思缄老兄属题濠梁观鱼图。甲寅五月,梁启超""庄生生襄周,世变剧战斗……何处得了义? 观河面为绉。癸丑年,思缄先生在江宁属题濠上观鱼图,未见其图也。甲寅晤于京师,属为补书。张謇"等。姜筠,字颖生,别号大雄山民,安徽怀宁人,工书画,山水专学王翚,笔墨浓重,苍润古秀。由其所作《濠梁观鱼图》构图远近有致,远有群山飞涧,城郭白云,近有濠水秋木,梁下鲦鱼。远处群山,用淡墨晕染,而高山之木则用浓墨点缀,层次分明,白云与飞涧则在浓墨处留白而出,晕染出一种秀逸之感;近处秋木则稍用褐色点缀,红叶点出,营造秋意。但画卷中的秋意并不浓厚,河岸两旁岩石之间依然有涧草丛生,画者描绘的类似江南之地的秋季,没有萧瑟之感,反而有秀气盈卷的感觉。而画卷中的庄子与惠子靠于桥梁护栏之上,面向梁下鲦鱼,作交谈状,似乎正在争辩河中游鱼之乐。画者笔触细腻,画中人物虽小,却也能分辨,连远处城郭上的砌石纹路也依稀可见。画者对于人物与场景的设置应与李唐一致,将人物置身于广阔的天地之间,将渺小的人物与磅礴的大自然融为一体,来体现庄子"齐物我"的哲学思想。

另有施廷辅所绘《濠梁观鱼图》立轴,纵 129 厘米,横 43 厘米,绢本设色,私人收藏。施廷辅,浙江嘉兴人,名桢,又字定天,工人物花卉,初师钱慧安,后自成一派。宣统时赴日鬻画,颇得日本朝野礼遇,曾任东京南画会长。由其所绘的《濠梁观鱼图》左上侧有画者自题"濠梁观鱼图,仿华秋岳山人大意,浙西施廷辅写于京都客舍",由此看来此图应是作者于宣统时期旅居日本时所作。

此画设色淡雅,笔触细腻,特别是对景物和人物的刻画。画中庄子与惠子位于濠梁之上,一同望向梁下濠水,神情专注,两人中一人(应是庄子)身着淡墨色长袍,衣着朴素,白眉白须,神态和蔼,手臂抬起指向梁下,似是在为惠子讲解梁下鱼乐,而图中惠子则身着棕色长袍,衣襟严整,神情严肃,手持木杖,双眼聚焦梁下,似在倾听庄子所言;两人身后稍远处有一峭崖,崖上矮木丛生,木叶青黄相间,渲染出淡淡的秋意,而梁下则有濠水潺潺流过,虽然两人所观之鱼并未出现于画面之中,但通过画者对图中人物神情以及景致的细致描绘,观者心中便自有游鱼之景涌现。与前作不同的是,画中所描绘的庄子与惠子二人的关系更加亲密,前几幅图像中特别是李唐与金廷标的画作之中,庄子与惠子都是相对而立,处于一种对立、对质的格局,而此幅画作中两人并肩而立,姿势随意而自在,如寻常知己好友一般,彼此之间默契十足。

相比几幅画作,李唐的《濠濮图》给予观者一股深沉浓厚的古意,使人一览便想到两位智者贤人的论辩风范与超然哲思;金廷标的《濠梁观鱼图》则凭借着画者细致的心思和高超的画技重现了两位圣贤论辩的情景;姜筠的《濠梁观鱼图》则充满了秀逸的感觉,构图设局与李唐之作略有相似;施廷辅的《濠梁观鱼图》则给观者传达了一种携友同游的惬意之情,画中的庄子与惠子不再是论辩中高高在上的圣人智者,反倒类似普通的知己好友,相约闲游,轻松自在。

　　仇英的《南华秋水图》(图8-12)则多被认为是取材《庄子·秋水篇》中有关"秋水"的描述,"南华"即庄子(庄子曾在唐代被封为南华真人)。该画虽与《庄子》中记载的故事场景不合,但却是作者对于庄子日常生活的一种合理想象,因为《秋水篇》记载有秋水将至、河伯与北海的故事,而这个故事的创作需要作者假定庄子具备对生活的详细观察尤其是要了解秋天河水上涨的情形,而此图就是对庄子这种日常经验的具体图绘。此画设色明丽、层次井然、意境宁谧安详,为仇英得意之作,在画中作者亦给后世观者呈现了一个不一样的庄子形象:一青年男子依靠水岸岩头侧卧,凝望远处流水,姿态随意散漫,一侍女立于林下,而其身后置有石案,石案之上摆有古籍文玩,而一幼童自小桥对岸捧物而来。历代绘画作品中庄子形象大都苍老肃穆,仇英笔下的庄子虽是依然恣肆不羁,但却显得更加年轻而富有活力。而这种不同应与作者对《秋水》文本的独特理解有关,亦算是对庄子形象的一种另类想象。

图8-12　南华秋水图　仇英　故宫博物院藏

四、庄子非本事图

　　此类图像中所描绘的庄子形象既不属于先秦两汉文献资料中对庄子的记载,亦与《庄子》一书中所描绘的庄子形象相去甚远。例如《夷门广牍》里的庄子图与《列仙全传》里的庄子像,以及《庄子休鼓盆修成大道图》与《扇坟图》等等。

《夷门广牍》里的《庄周蝴蝶梦图》为明代版画,收录于周履靖所辑的《夷门广牍》赤凤髓卷二,图中有题识"治梦泄遗精。仰卧右手挑头,左手用功,左腿直舒,右腿拳缩,存想运气二十四口"[①],题识下方庄子衣襟大开,袒胸露乳,睡在竹席之上,动作与题识如出一辙,此图的目的主要在于叙述道教养生之道,而非特意地去刻画庄子的形象,画中对庄子形象的刻画简单粗陋与《庄子》文本和先秦两汉文献记载中的庄子相去甚远。

《列仙全传》里的庄子像亦为明代版画,收录于王世贞所辑的《列仙全传》,其中所绘的庄子形象充满了道教气息,图中庄子身穿道袍,手持拂尘,面容带笑站立于树荫之下,以一副道教真人的形象示人,远非先秦两汉文献与《庄子》中所记载的庄子形象。

从这两幅庄子像可以看到庄子形象已经彻底的宗教化。庄子不再是文人眼中清高不仕、远离政治的隐者,或者特立独行、愤世嫉俗的傲吏,又或是生死齐一、觉生如梦的哲人,而变为了冲破生死红尘、皈依虚无的道教真人,浑身上下充满了超脱神秘的宗教气息。其实,这类图像早已有之,例如南朝梁道士陶弘景《真灵位业图》(已毁失)以及元代著名道教壁画《朝元图》中的庄子都是以道教神仙的形象示人。

对于造成历代庄子图中庄子形象宗教化的原因主要有两个:

一是庄子历史身份的改变。庄子是道家学派主要代表人物之一,先秦道家以老子和庄子为代表,而道教是在东汉明帝时代形成的一种宗教,但后来随着道教在中国的发展,庄子也成了道教的领袖之一,这也是导致后世图像中庄子形象宗教化的直接原因。庄子与道教的关系可以追溯到道教创立之初,道教在创立之初主要分为两派:"一派是张道陵创建的'五斗米道',即'天师教'。……另一派则称太平道,是张角、张宝、张梁兄弟创立的,自称受庄子天书三卷,故太平教是以庄子(即南华老仙)的名义作为起义的旗号。"[②]而庄子道教领袖身份的正式确认应是在唐代。唐代的统治者从其政治需要出发,与老子李耳联宗系祖,从而提高了道家地位,作为道家代表人物之一的庄子,地位也随之水涨船高。唐玄宗天宝元年,庄周被诏封为南华真人,为道教四大真人之一,著作《庄子》也被称为《南华真经》。其后庄子的宗教化形象逐渐较多地出现在各种绘画中。例如《旧唐书·礼志四》里记载唐玄宗命当朝著名雕塑家杨惠之在玄元宫塑玄元像,像前立文宣王孔子石像,另有庄子、文子、列子、庚桑子四真人列侍。石像与真人等高,姿态惟妙惟肖,观之令人肃然起敬。但由于年代久远,这些塑像也已毁失。

二是庄子学说与道教文化的相通融合。众所周知,道家思想是道教的重要思想

---

① 周履靖辑:《夷门广牍》,上海商务印书馆涵芬楼民国二十九年(1940)影印明万历戊戌(1598)序刻本。

② 钟维克:《庄子与道家、道教及宗教文化》,《重庆工商大学学报(社会科学版)》2005年第4期。

来源，道教从自身发展的需求出发吸收了不少道家人物的思想精华并将其消融于道教修仙养生的理论与实践中，其中以庄子与老子的哲学思想为主要代表，两人的代表著作分别为《庄子》与《老子》，而《庄子》中与宗教接轨的内容主要体现在三个方面。首先是《庄子》中对道的阐释，有学者根据《庄子·大宗师》对"道"的描述认为庄子的所谓的"道"具有"时空上的广延性和无限性，概念上的抽象性和多义性；'道'只可意会不可言传，不可为视觉所捕捉，不可为听觉所觉察；无形无影，难以定义。'道'所具有的这些特征都是很神秘的，很难直接验证的，这种神秘性给宗教提供了很好的条件"[1]。因此庄子的"道"成了道教的终极目标，成了道教成圣成仙的立脚点，而庄子也因此成了道教中的重要人物。其次是《庄子》对于"圣人""神人""真人""仙人"形象的叙述对后世道教神仙系统的建构多有贡献。《庄子》中对于圣人、真人、神人、仙人的各种异于常人的描述虽与后世道教神仙系统中的各种无所不能的神仙形象有所区别，但亦为道教神仙系统的发展奠定了一定的理论基础。最后《庄子》中对"心斋""坐忘""养生"以及"逍遥境界""无何有之乡"的各种描绘对于道教修仙方式、修养理论亦是有所启发的。

明代版画《庄子休鼓盆修成大道图》和《扇坟图》两者都取材于冯梦龙根据庄子故事改编的小说《庄子休鼓盆修成大道》而绘成。小说叙述的是庄子试妻的故事，故事中的庄子不再是人们眼中的超凡脱俗之人而是一个有情有欲、血肉丰盈的世俗男人的形象，"一个为强烈的男权思想控制的人物。他无视女性的个体价值和人性欲求，否定女人改嫁，无论生前还是死后，他都要自私地在灵与肉上完全支配、占有女性"[2]。这与《庄子》一书中的庄子形象是截然不同的。前者描绘的是庄子妻子死后，庄子在妻子灵堂前鼓盆而歌，看破生死红尘修成大道的故事。图中庄子跪坐于陋室之中棺椁之前，神情超脱，鼓盆而歌，图右上角注有题识"敲碎瓦盆不再鼓，伊是谁人我是谁"。而后者描绘的是庄子诈死试妻，其妻扇坟急嫁的场景，图中庄子立于其妻身后，冷眼凝视妻子扇坟急嫁的行为，图右上角亦有题识"生前个个说恩深，死后人人欲扇坟"。

在这两幅图像中可以看出庄子的形象已经世俗化，他不再是高高在上令人难以高攀的圣哲，而是性格中充满了俗世人情的气息，更加地接近中低层受众。而图像中庄子形象世俗化则与庄学在历代接受情况有关，特别是明代戏曲小说中对《庄子》接受情况。

在明代随着商品经济的发达和资本主义的萌芽，市民阶层逐渐兴起，明代的戏曲小说为迎合"市场"纷纷向市民阶层民众的口味靠拢，具有鲜明的通俗性与娱乐性。因而对庄子故事进行改编时，明代戏曲小说纷纷选择具有通俗性的典故情节以吸引大众，例如"庄周梦蝶""鼓盆而歌""叹骷髅"等等，以此为题材创作

---

① 罗杉杉、朱丽晓：《庄子的哲学思想及其成为道教源流的简要阐释》，《宜宾学院学报》2005 年第 3 期。
② 白宪娟：《论明代戏曲、小说中的〈庄子〉接受》，《沈阳大学学报(社会科学版)》2013 年第 6 期。

的戏曲小说则有上述冯梦龙的《庄子休鼓盆修成大道》以及谢国的《蝴蝶梦》、陈一球的《蝴蝶梦》等等。在这些小说中作者融进了对人性的理解和对世事人情的体贴,并在创作中刻意地追求通俗性、娱乐性,把《庄子》文本与先秦文献记载中的孤傲清高的庄子投放入世俗人情之中,赋予庄子世俗的欲望,因而在与《庄子》有关的各种戏曲小说中的庄子形象更接近凡夫俗子,而不是哲人,带着浓烈的世俗味,而这种情况亦反映到了戏曲小说版画之中。

综上所述,庄子形象与庄子图两者之间的关系在后世是不断在演化的,有的庄子图准确地传达了先秦两汉典籍以及《庄子》文本中的庄子形象,有的则是在文本文献中记载的庄子形象基础上添加了画者自身的独特理解,还有一些则是直接颠覆了前者在文本文献中的一贯塑造。而庄子形象在各种庄子图中的各种衍化与当时的社会思想文化思潮、时代画风、画者自身对庄子形象的理解,以及道教方面对庄子的利用拉拢有着不可分割的联系。

第四节　孟子形象与历代孟子图

孟子,名轲,字子舆。鲁国邹(今山东省邹城市)人,战国时期伟大的思想家、政治家、教育家,儒家学派的代表人物。政治上,他主张法先王、行仁政;学说上,推崇孔子,反对杨朱、墨翟。相传他是鲁国姬姓贵族公子庆父的后裔,父名激,母仇氏。生卒年月因史传未记载而有许多的说法,其中又以《孟子世家谱》上所记载的其生于周烈王四年(前372),卒于周赧王二十六年(前289)为较多数学者所采用。曾拜孔子之孙孔伋的门人为师。其弟子将孟子的言行记录成《孟子》一书,此书好比孟子的传记,清晰地给人们展现一个性格鲜明,有血有肉的孟子形象。以往对《孟子》艺术的研究多集中在文学特色和艺术成就上,对文中孟子的形象并没有太多涉及,即使偶有涉入也只是简略的勾勒,并湮没在对《孟子》一书文学意义讨论的大量论述文字中。另外,相较于先秦孔子、老子、庄子,孟子图像在数量上偏少,继而导致对于孟子图的研究关注度不高,对孟子图与孟子形象之间关系的研究就更少了。不过,虽然先秦的典籍中关于孟子形象的准确描述不是很多,但也详细地记载了孟子生平中的一些有趣故事,这给我们进行孟子形象的探究提供了生动的文字依据。本节将根据先秦的文献资料和《孟子》一书对孟子言行的记载来论述先秦孟子形象的建构,并比较历代孟子图与它之间的关系。因篇幅所限,在分析孟子图像时着重选择其中比较具有代表性的传世画作以及经整理过的版画,对于文献资料中没有图像传世的作品存而不论,对历代孟子图的挑选及其与孟子形象关系的研究下限定于清代,而对于现代以来的孟子漫画与孟子形象的关系则不在本书的研究范围内。

一、孟子形象的构建

本书所要论述的有关孟子形象的文献资料主要来自两个方面：一是《孟子》一书中有关孟子的描述与介绍的篇章，包括《梁惠王》（上下）、《公孙丑》（上下）、《滕文公》（上下）、《离娄》（上下）、《万章》（上下）、《告子》（上下）、《尽心》（上下）七篇。二是先秦时期与孟子有关的文献资料，包括各种史书、子集等等，也延伸到汉代的一些史料记载，比如《史记》。

（一）《孟子》文本中的孟子形象

当今学界对孟子的研究多以《孟子》为研究对象，因而，孟子形象的探究也主要以此书材料为主。《孟子》是一部语录体的学术散文著作，其中篇幅的设置既没有娓娓道来的故事记叙，也并不着力于对孟子及诸侯国君王形象的塑造，更没有完整的故事情节记录，而是类似于谈话式记录以及辩论的情形。从这样一个角度看，确实如一些学者所认为的，《孟子》不能算是真正意义上的文学作品。然而，若细读《孟子》，我们还是不得不惊叹文中孟子的谈话内容所具有的浓厚文学色彩，包括孟子逻辑、语言艺术、修辞技巧的巧妙运用。我们可以准确地感受到孟子在每一场辩论中的大气磅礴和机智，孟子无疑是现代意义上当之无愧的辩论家。

近些年，学者逐步将关注点从《孟子》的文学意义研究转移到文章中鲜明的孟子形象上来，其中比较著名的有徐柏青先生的《论〈孟子〉中的孟子形象及其意义》一文中对孟子形象进行的三方面归纳："自任以天下之重"——强烈的忧患意识和崇高的社会历史责任感；"舍生取义"——坚持气节情操、无私无畏的殉道精神；"圣人与我同类"——强烈的个体人格价值独立性、主动性的自我意识。① 这是对孟子形象概括性的总结。其他学者对孟子形象的阐释多循此展开，此外，还有莫福勤的《从〈孟子〉看孟子形象》，文中再次对孟子的形象进行明确归纳：一、性格坚毅的大丈夫；二、胸怀坦荡的赤子；三、才思敏捷的君子。可见，绝大多数的学者从《孟子》研读入手，得到的孟子形象几近相同。但亦有学者注意到了《孟子》一书中孟子这一人物形象复杂矛盾的独特个性，认为其身上具有"守旧迂阔与权变创新的矛盾"；其次就是"言行不一，对人对己双重标准"。② 然而作者对这一观点也没有特别重视，并未对此进行深究，文章的最后仍旧从整体上肯定了孟子"个性张扬、气宇轩昂的人格精神，不仅对后世知识分子的思想影响，而且对中华民族的心理、性格的塑造，其意义都是重大而又深远的"。③

---

① 徐柏青：《论〈孟子〉中的孟子形象及其意义》，《大连大学学报》2007 年第 1 期。

②③ 程晓诗：《难圆帝师梦——〈孟子〉中孟子形象初探》，《重庆师范大学学报（哲学社会科学版）》2004 年第 3 期。

　　其实,《孟子》中的孟子形象在一定程度上确实是具有矛盾性的。这在很大程度上与孟子所生活的复杂社会环境以及得不到君主赏识的人生经历密不可分。自公元前 770 年周平王东迁,整个社会大环境由此进入礼崩乐坏的混乱时代。东迁后的东周时代,周天子的存在仅仅是名义上的"天下共主",而事实上各地诸侯早已不理周王朝的号令,分裂为数十个大大小小的诸侯国。各诸侯国的君王为确立并巩固自己的地位,纷纷"尊王攘夷",借维护周天子"共主"地位的名义相互讨伐、攻城掠地,以扩大本国的地盘。随着诸侯君王在战争中不断壮大自己的力量,这些君王到后来甚至连"尊王"的旗号也不用了,公开厮杀。这种"乱哄哄,你方唱罢我登场"的混乱时代一直持续到秦始皇一统天下。刘向在《书录》中对这一混乱现象进行总结:"上无天子,下无方伯,力攻争强,胜者为右,兵革不休,诈诪并起。"①混乱的时代往往催生思想的变革,所以,这也是百家争鸣的时代。在那个百家争鸣的时代,孟子所代表的儒家思想并非存在的唯一,只是那个时代诸子百家中的一家,他一生所提倡的仁政以及"民贵君轻"的民本思想,也只是其中普通的一家之言,加上孟子思想本身的不合时宜,使得他的学说始终得不到君主的青睐。可是,孟子形象的这种矛盾性是孟子个性的一个部分,得益于这种矛盾性,我们在《孟子》中看到一个有血有肉、个性丰满的孟子形象。

　　《孟子》中孟子的形象即是孟子性格特征的综合,通过他的言行展现出来。心系天下,胸怀志向的孟子一心希望通过游说,使君主接受自己"仁政"的主张。他坚信"君仁,莫不仁;君义,莫不义;君正,莫不正。一正君而国定矣"②,也坚持作为臣子,必须有严格的原则底线,不谄媚君王,不趋炎附势,要实现自己的政治理想,首先要成为一个坦坦荡荡的大丈夫,并自信地认为自己就是"大丈夫":"彼,丈夫也;我,丈夫也,吾何畏彼哉?"(《滕文公上》)劝说君主接受自己的观点,其实就是变相低头,很多时候都处于弱势的一方。然而,纵观《孟子》全书的记载,没有发现孟子为了自己的政治理想卑躬屈膝,甚至表现出与那个时代不符的出仕态度,以理力争、宁折不弯,这在当时的情况下,几乎是不可能存在的情况,但是孟子坚守住了自己的原则,他凛然挺立、铁骨铮铮。

　　例如在《滕文公下》开篇中,孟子与其学生讨论"枉尺而直寻",得出"如枉道而从彼,何也? 且子过矣,枉己者,未有能直人者也"的结论,③向学生表达自己对此的态度:不能做为了阿附诸侯君王不择手段没有原则的人。

　　纵观整个春秋战国时期,游士们将游说诸侯君王作为实现自己政治抱负的重要途径,通过游说获得荣华富贵在那个时候几乎成为整个时代的风尚。历史上将游说分为"志于道""志于功""志于利""志于义"四种类型。但是,同样是游

① 刘向集录,范祥雍笺证,范邦瑾协校:《战国策笺证》,上海古籍出版社 2006 年版,第 2 页。

② 焦循撰,沈文倬点校:《孟子正义》卷十五,中华书局 1987 年版,第 526 页。

③ 焦循撰,沈文倬点校:《孟子正义》卷十二,中华书局 1987 年版,第 414—415 页。

说,孟子之游说却不同于那个所谓时代风尚的游说,即为了博取个人功名利禄的纵横之学、策士之流的游说,而是一脉相承地继承并发扬孔子"士志于道"的传统。或者这样说,孟子根本就不屑于博取诸侯君王的财富,仅仅是希望在各个讲霸权、论利益的君王中,找到一个真正赏识自己的"仁政"的知己而已。所以当景春问道:"公孙衍、张仪是大丈夫吗?"孟子直接表达出自己的鄙夷之态。这在《滕文公下》第二章中有详细的记载:

> 景春曰:"公孙衍、张仪岂不诚大丈夫哉? 一怒而诸侯惧,安居而天下熄。"孟子曰:"是焉得为大丈夫乎? 子未学礼乎? 丈夫之冠也,父命之;女子之嫁也,母命之,往送之门,戒之曰:'往之女家,必敬必戒,无违夫子!'以顺为正者,妾妇之道也。居天下之广居,立天下之正位,行天下之大道。得志与民由之,不得志独行其道。富贵不能淫,贫贱不能移,威武不能屈。此之谓大丈夫。"①

文中孟子断然否定纵横家公孙衍、张仪之为,并将之嘲讽为"妾妇之道",语气义正而辞严,论点论据相互补充,逻辑严谨,言之凿凿,足以可见孟子从自我修养到言传身教的大丈夫形象。

细察孟子的游说经历,他的一生绝大多数时间都是在游说君王。上文提到过,孟子游说君王,并非为了富贵。当梁惠王问孟子:"老先生,你不远千里而来,一定是有什么对我的国家有利的高见吧?"孟子却答道:"何必说利呢? 只要说仁义就行了。"可见孟子的心中对自己的定位是十分清晰的,那就是在"传道"中寻一知己。对自己与君王之间的关系,孟子的观点是不同的,他从未将自己定位在国君的下臣上,他不愿做阿谀奉承、卑躬屈膝的奴;他的定位是帝王的老师。所以,在游说君王的过程中,孟子的言辞绝非诣媚的,而是开导,甚至会严厉地训斥。例如《梁惠王上》第三节中孟子用"五十步笑百步"来讽刺梁惠王"察邻国之政,无如寡人之用心者"的浮夸心态:

> 梁惠王曰:"寡人之于国也,尽心焉耳矣。河内凶,则移其民于河东,移其粟于河内。河东凶亦然。察邻国之政,无如寡人之用心者。邻国之民不加少,寡人之民不加多,何也?"
>
> 孟子对曰:"王好战,请以战喻。填然鼓之,兵刃既接,弃甲曳兵而走。或百步而后止,或五十步而后止。以五十步笑百步,则何如?"
>
> 曰:"不可,直不百步耳,是亦走也。"②

另外,第四节中,梁惠王关于"仁政"与孟子的一番言说,孟子严厉的语言风格和语气并不因为自己说话对象是君王而有任何改变,俨然一副严师形象:

> 梁惠王曰:"寡人愿安承教。"
>
> 孟子对曰:"杀人以梃与刃,有以异乎?"曰:"无以异也。""以刃与政,有以异

---

① 朱熹撰:《四书章句集注》卷六《滕文公章句下》,中华书局 1983 年版,第 265—266 页。
② 朱熹撰:《四书章句集注》卷一《梁惠王上》,中华书局 1983 年版,第 203 页。

乎?"曰:"无以异也。"

曰:"庖有肥肉,厩有肥马,民有饥色,野有饿莩,此率兽而食人也。兽相食,且人恶之;为民父母,行政不免于率兽而食人。恶在其为民父母也?仲尼曰:'始作俑者,其无后乎!'为其象人而用之也。如之何其使斯民饥而死也?"①

文中,孟子活脱脱的帝师形象深入人心,尽管与自己说话的对象是君王,孟子也没有因此改变自己说话的方式,对君王犯错也不姑息。像这样的例子,在《孟子》中比比皆是。

孟子敢于在君王面前肆无忌惮地发表自己的言论,一方面是由于孟子对自身帝王之师的身份定位,另一方面则缘自他内心那股强烈的以圣人自居的自信心,如《公孙丑下》第十三节孟子的原话:

孟子去齐。充虞路问曰:"夫子若有不豫色然。前日虞闻诸夫子曰:'君子不怨天,不尤人。'"

曰:"彼一时,此一时也。五百年必有王者兴,其间必有名世者。由周而来,七百有余岁矣。以其数则过矣,以其时考之则可矣。夫天,未欲平治天下也;如欲平治天下,当今之世,舍我其谁也?吾何为不豫哉?"②

孟子性格当中的一意孤行,以及顽固而不留余地的咄咄逼人的行为处事风格,必然会遭到君王的反感和排斥,得不到君王重用自在情理之中。

总体上,后世学者解读《孟子》而得到的孟子形象基本上是一致的。基本上以孟子的言辞及行为态度为构建孟子人物形象的切入点,几乎一致地将孟子的人物性格等同于孟子的人物形象。另外,孟子也是《孟子》一书的创作者之一,可见,在某种程度上,其中孟子性格的刻画是得到孟子本人肯定的,在这个基础上,孟子形象基本沿着大丈夫展开,后来的赤子、君子形象大体上没有离开其大丈夫形象的影响。

(二) 先秦两汉其他文献中的孟子形象

先秦两汉距离孟子真实生活年代的时间最近,期间出现的有关孟子的文献记载对后世孟子的研究者而言具有说服力,后世各类孟子图的塑造也以此段时期孟子形象的建构为基础。这段时期的文献如《荀子》《韩诗外传》《列女传》《史记》等也记载了孟子其人其事。

孟子首次出现于他人文献,是在《荀子·非十二子》中,原文如下:

略法先王而不知其统,犹然而材剧志大,闻见杂博。案往旧造说,谓之五行,甚僻违而无类,幽隐而无说,闭约而无解。案饰其辞而只敬之曰:此真先君子之言也。子思唱之,孟轲和之。世俗之沟犹瞀儒,嚾嚾然不知其所非也,遂受而传

---

① 朱熹撰:《四书章句集注》卷一《梁惠王上》,中华书局 1983 年版,第 205 页。
② 朱熹撰:《四书章句集注》卷四《公孙丑下》,中华书局 1983 年版,第 250 页。

之,以为仲尼、子游为兹厚于后世,是则子思孟轲之罪。①

在这段简短的文字中,荀子将孟子和子思归为一类,足以说明在战国末期,孟子的学说虽然没有获得君王的青睐,但是引起了其后思想家的关注,某种程度上这是对孟子的学术地位及其思想成果的承认。文中荀子总结孟子"略法先王而不知其统,犹然而材剧志大,闻见杂博。案往旧造说,谓之五行,甚僻违而无类,幽隐而无说,闭约而无解",认为孟子与它嚣、魏牟、陈仲、史鳎、墨翟、宋钘、慎到、田骈、惠施、邓析、子思等人乘世道不宁,以邪说混淆视听。这虽是荀子从儒家为政治服务的立场而对其作出的评判,可能有失公允,却也是后世之人对孟子形象的一种构建。但是,不能由此就认为这是荀子对孟子的否定,实质上,他和孟子一样都肯定人人都可以经过自己的努力而成善成圣。

谈到对孟子的评价,司马迁在其《史记·孟子荀卿列传》中有赞扬,也有批评。该篇分为九段,实写孟子的只有前两段,其余七段所写的邹忌、邹衍等均是或能"鼓琴干威王",或是"慕晏婴之为人也,然而承意观色为务之辈",司马迁在此着意将孟子与邹忌等人进行比较,批评孟子"持方枘欲内圜凿,其能入乎?"②他认为孟子性格的固执与思想的保守使其难以实现自己的理想。

《韩诗外传》卷九则呈现了生活中的孟子,最有名的孟母"断织"的故事正是出于此书,原文如下:

孟子少时诵,其母方织。孟子辍然中止,乃复进。其母知其諠也,呼而问之曰:"何为中止?"对曰:"有所失复得。"其母引刀裂其织,以此诫之。自是之后,孟子不复諠矣。孟子少时,东家杀豚,孟子问其母曰:"东家杀豚何为?"母曰:"欲啖汝。"其母自悔失言。曰:"吾怀妊是子,席不正不坐;割不正不食,胎教之也。今适有知而欺之,是教之不信也。"乃买东家豚肉以食之,明不欺也。《诗》曰:"宜尔子孙承承兮。"言贤母使子贤也。③

西汉刘向所著《列女传·母仪》中通过对孟母形象的塑造,记载了孟母"三迁"和"去齐"等流传至今的故事,原文如下:

邹孟轲母

邹孟轲之母也,号孟母。其舍近墓,孟子之少也,嬉游为墓间之事,踊跃筑埋。孟母曰:"此非吾所以居处子。"乃去,舍市傍。其嬉戏为贾人衒卖之事。孟母又曰:"此非吾所以居处子也。"复徙舍学官之傍。其嬉游乃设俎豆,揖让进退。孟母曰:"真可以居吾子矣。"遂居④。

汉代这一类文献资料是从平凡生活的层面,构建了一个平凡生活中的孟子

---

① 王先谦撰,王星贤等点校:《荀子集解》,中华书局 1988 年版,第 94—95 页。

② 司马迁:《史记》卷 74,中华书局 1959 年版,第 2344—2347 页。

③ 韩婴撰,许维遹校释:《韩诗外传集释》,中华书局 1980 年版,第 306 页。

④ 王照圆著:《列女传补注》,华东师范大学出版社 2012 年版,第 33—34 页。

形象,明代有关孟子生活故事的版画大都以此为摹本。它与先秦《孟子》中记载作为政治家的、性格刚毅甚至有点固执的孟子的形象完全不同。

历代孟子图按图像题材可分为肖像图、故事场景图,加上明代孟子故事版画图的大量出现,本书也将进行简单论述。下分而论之。

二、孟子肖像图

肖像图是最能直接反映人物形象的一类图像。孟子虽是儒家最重要的代表人物之一,但孟子的地位在唐宋以前并不是很高,所以文献中孟子肖像图出现的时间比较晚。唐以前孟子不被关注,直至唐代韩愈在《原道》中把孟子列为先秦儒家中唯一继承孔子"道统"的人物开始,历史上才首次出现孟子地位的"升格运动"。于是,孟子其人其书在中唐开始受到一定程度的关注。到了宋代,孟子继续受到重视,宋元丰六年(1083),孟子首次被官方追封为"邹国公",然后孟子地位在"熙丰年间达到高潮,宋室南渡后接近尾声,南宋末年基本完成"[①],然而,宋代声势浩大的孟子"升格运动"主要局限在学术思想领域。元至顺元年(1330),元文宗再次将孟子追封为"邹国亚圣公"。尽管此时孟子的地位得到很大的提高,但是并未出现关于孟子传世的肖像画。明成化四年(1468),孟子的地位进一步升高,先前由县令主事的孟庙的修建改由代表中央朝廷的巡抚之类或地方大员发起指挥,甚至出现皇帝下诏重修。明嘉靖九年(1530),明世宗将孟子奉为亚圣,孟子地位的"升格运动"达至顶峰,而孟子后裔也在明景泰二年(1451)被封为翰林院五经博士,子孙世袭,一直到民国三年(1914)。从明代开始,各类孟子画像和版画纷纷出现。这一时期应是孟子绘画繁荣时期。

今存的孟子肖像图较为著名的有文人绘画类:明江环的《儒门名贤像》;版画类:明《孟子冕旒像》《孟子石像》以及清《西配亚圣孟子像》《孟子行像》;族谱画像《孟子半身像》等。

江环的《儒门明贤像》现藏于山东博物馆,取自《中国古代书画图目》第一十六卷。此图文图兼具,左侧题有"卓兮子舆亚圣之旨,养气知言长民辅,尧舜是崇晋楚弗贵,七篇之作开我后裔",对孟子进行大加称颂,这可算是文人对孟子进行肖像刻画的较早图像;右侧则是孟子半身肖像,画中的孟子表情严肃,给人正气凛然之感。这幅图是作者江环在其《儒门名贤像》系列中的一幅,可见明朝时文人对儒家名人的图绘,已突破早些时候仅仅局限于孔子的小范围,而扩大到众多儒家名贤,足以表现孟子地位在此时的提高。

此图是现可查找到的第一幅古代文人对亚圣孟子肖像的绘画,因而,此图被众多后世之人奉为孟子肖像绘画精品而集中录入。图中所绘孟子形象与《孟子》

---

① 孙召华:《自孟庙修建看孟子地位的变迁——兼论孟子形象的多面性》,《管子学刊》2006 年第 3 期。

文本与先秦文献记载的十分相称,在孟子开始被神化,或者说被官方化的时代,江环采取了较为保守的创作态度,此图中的孟子形象无论是人物服饰、表情,还是绘画手法上均较细致。作者基本上严谨地按照原有文献中记载孟子的大丈夫、君子、严师的形象来创作。仅就人物表情而言,图中的孟子淡定中透露出一丝威严,线条精准、干练,孟子一丝不苟的人物性格跃然纸上,并在图中书"卓兮子舆亚圣之旨,养气知言长民辅,尧舜是崇晋楚弗贵,七篇之作开我后裔",图中的文字表明了作者对孟子的理解受到了当时官方意识形态影响,也同时表明了作者自身对孟子的敬仰之情。

关于孟子肖像的图像,除了文人绘画之外,更多的是版画。受尊孟意识的影响,明清时期的孟子地位已经不仅仅是"锦上添花之类的事"。这一时期比较有名的版画有明嘉靖时期的《孟子冕旒像》《孟子石像》;清光绪时期的《西配亚圣孟子像》《孟子行像》。

《三迁志》中有《孟子冕旒像》。《三迁志》为志孟之书,书名取意于孟母三迁,既是孟氏族谱,又是地方志中的一种专志。创编《三迁志》的是明朝沂州道佥事、八苍溪人史鄂。《三迁志》始修于明朝嘉靖年间,最后修于清朝光绪年间,主持篡修的大多是地方官吏及社会名流,前后共编修六次,多以三迁命名,如今能看到的只有雍正本和光绪本。此图孟子去除以往儒服的传统特征,换之以帝王冕服,头戴冕旒,端坐正中,体态庄严而神圣,这是孟氏家族为表达对孟子的敬意而将之帝王化,进而神圣化。

在古代,孟子的石像是很少的。这幅明代的孟子石像(图 8 - 13)中孟子头戴纶巾,庄严之态仍旧是其一贯的神态表现。这种纶巾相传为三国时诸葛亮所创,又称"诸葛巾",后被视作儒将的装束。

清代也有孟子肖像画,名为《西配亚圣孟子像》,是一幅版画,画中的孟子儒服、作揖,是一幅正统的孟子画像图。

清代的《重篡三迁志》收有版画《孟子行像》。《重篡三迁志》是一部孟氏专志,也是一部与《网里志》《陋巷志》《宗圣志》相提并论的圣志。此书刊于清光绪十三年,由陈锦、孙葆田、柯助态等著名学者史家亲手篡辑,督其事者为山东巡抚张曜及山东学政梁耀枢。在此以前,世袭翰林院五经博士、孟子七十代孙孟广均已有《重篡三迁志》稿,且经许瀚驳正,本

图 8 - 13　孟子石像①

① 此图辑于嘉靖壬子年(1552),转引自《中华历史人物别传集》第七册,国家图书馆编,线装书局 2003 年版,第 542 页。

书即在孟氏旧《志》稿的基础上损益而成,所以,作者项仍署原纂孟广均。孟氏原《志》稿,今已不可见。图中的孟子身着儒服、双手作揖之态,面带微笑,眼观远处,大有儒者风范。

上述明清孟子版画已出现在众多刻本插图中,可说明当时孟子形象除官方定制外,在民间也有流传。一些版画中的孟子形象以帝王、贤相之面貌出现,一定程度上偏离了先秦文献中孟子的传统形象,加入了很浓的王权政治色彩,不过,版画中的人物形态传达出来的不怒自威的威严神情俨然还是按照古代文献中的孟子严于律己、宽以他人的人物性格来营造的。尽管在明清时代孟子人物服饰的构建上已经有王权政治的倾向,但是对孟子人物整体性的把握偏离不大,因为先秦时代的孟子确实具备了"不召之臣""帝王之师"的气势和风貌,到明清时代这种地位在官方和民间给予了确立。

总体而言,孟子肖像图对孟子形象表现出近乎一致的描绘,尽管在服饰、神态上稍有差异,但从根本上遵循了《孟子》以及先秦两汉文献中的孟子形象塑造,究其原因,主要有:一、从古至今,孟子形象的构建均以《孟子》为主要研究对象,而更多的将关注点集中在孟子学术思想上,哪怕是最早有关于孟子记录的《荀子》中,也是针对孟子学识观点的论述;后来的学者在构建孟子形象时,则更多地关注孟子大丈夫、君子等性格特征的深入。二、孟子其人其书地位的上升很大程度上得益于官方的推崇,无论是始于中唐的"升格运动",还是明朝孟庙的大力修建,均可反映出官方在孟子地位的上升中的主导作用,这样的作用或多或少都影响了当时的文人以及学者对孟子形象的构建。

三、孟子故事图

在历代孟子图中经常表现孟子形象的故事场景主要集中在"断织教子"和"孟母三迁"两个主题上。

"断织教子"故事见于汉代《韩诗外传》第九卷,此文以故事的形式讲述孟母对孟子的严格教育,流传至今,已经成为与孟子相关的故事经典之一,因而也成为众多孟子图创作中常见的主题之一。今存绘画作品中较为著名的以"断织教子"为主题创作的有明刻本版画《断机督责孟轲》、清康涛的《孟母教子图》等等。

在明版画《断机督责孟轲》中,画面中孟母手持短刀即将把织机上的布匹砍断,眼睛望着孟轲,表现母亲严肃的一面,而孟轲跪于地上,一边摇晃手,一边擦眼泪显愧疚悔恨之态。画者着意表现孟子知错能改、对母亲的尊重。比之文人画像,此版画在表现人物故事上,叙事性更强,线条更加清晰流畅。

清康涛的《孟母教子图》(图8-14)上方有作者以楷书题述《列女传》中的孟母三迁择邻、断机教子的内容,下方描绘孟母断机的情景。孟母侧身立于织机旁,手中执刀,回首教训儿子,孟轲弓身揖立于母亲面前,神色惊惶,虽未脱顽童

图8－14　孟母教子图（局部）康涛　故宫博物院藏

天真稚气，却对孟母相当恭顺。孟母断织喻学的故事一直广为流传，此图将孟母对孟子严格而又不失慈母之心的家庭教育作为主旨，一则表明作者对孟母进行的教育方式的赞赏，二则表明所有天下父母望子成龙的心情。图中人物造型古朴生动，线条纯熟，面部表情描绘深刻，显示了作者长于人物画的功力。

上面两幅画中的孟子虽是青少年形象，比之肖像画中孟子中年的形象，没有了神情中的凌厉与严肃，却也暗含了孟母教育中严于律己的生活态度，使得孟子在后来的人生阶段上养成了一丝不苟、坚守自己原则底线的性格。上述图中并没有刻意突显孟子"圣贤""狂傲"的一面，更加突出孟子虚心受教和谦和的一面。

"孟母三迁"出自汉代《列女传》，这也是有关孟子年少时期的故事。孟母苦心为自己的儿子选择适合居住生活的居所，三次搬家，这在当时对独自带着儿子寡居的母亲来说尤其难能可贵。画者在这个主题的表达上均采取了孟子幼年化的人物形象塑造，幼年时期的孟子更多的是孩童的稚气和懵懂，基本上与《孟子》以及先秦两汉时期文献中所构建的孟子形象相去甚远。今存绘画作品中较为著名的以"孟母三迁"为主题创作的有明版画《孟母三迁教子》、清金廷标《孟母移居图》等。清金廷标《孟母移居图》现藏于台北"故宫博物院"。《列女传》记载："号孟母。其舍近墓。孟子之少也，嬉游为墓间之事，踊跃筑埋。其母曰：'此非吾所以居处子。'乃去，舍市旁，其嬉戏为贾人衒卖之事，母曰：'此非吾所以居处子也。'复徙舍学宫之旁。其嬉游乃设俎豆，揖让进退。孟母曰：'真可以居吾子矣。'遂居。"①画中，画者用白描的手法描绘孟母手牵年幼的孟轲，朝着下一个宜居之地前行。孟子母亲慈祥的神情，幼年孟子身上的稚气跃然纸上，母子手牵手，可见母子情深。

在有关孟子的绘画中，有一个比较有趣的现象，那就是明嘉靖时期，出现大量以孟子故乡邹县、孟庙、孟母祠为对象的版画。这类版画没有孟子形象的描绘，也没有故事主题的再现，以孟子学习生活过的子思祠、邹县，甚至是孟子及孟母所葬之地四基山、马鞍山等地为主要表现对象，形成详尽的类似于地图的图画，现存的孟子故里版画均收于《中国历史人物别传集》②第七册《三迁志》（卷一）

① 张涛：《列女传译注·母仪传》，山东大学出版社 1990 年版，第 38 页。
② 国家图书馆编：《中华历史人物别传集》，线装书局 2003 年版。

中。明代孟子故里版画的大量出现原因有二：一是科举制度的深入，孟子和理学的权威树立起来，统治者对孟子的推崇也多了一层"自觉利用之以笼络人心、夺取天下的功利性意味"①，二是受官方意识影响，民间尊孟意识的勃兴。

综上所述，在后世学者研究和官方推崇的双重影响下，从明代开始，用图像图绘《孟子》等书籍中的孟子形象的作品多了起来。孟子的肖像图基本一致地传达了先秦两汉典籍以及《孟子》文本中的孟子形象。有些画者则在文本文献记载的孟子形象基础上添加了自身的独特理解和感悟。而孟子形象在孟子图中的展现与生发都是与当时的社会文化思潮、孟子地位"升格"、画者自身对孟子形象的理解以及统治者对孟子的利用拉拢等有着不可分割的联系。

---

① 孙召华：《自孟庙修建看孟子地位的变迁——兼论孟子形象的多面性》，《管子学刊》2006 年第 3 期。

第九章 先秦文学之图像母题

先秦文学对后世图像影响很深。不仅历代有《诗经》图、《楚辞》图和《山海经》图,先秦的其他文学也给后世提供了文图母题。由于本卷前几章在专书研究时已着重分析了《诗经》《楚辞》《山海经》中的一些文图母题,因此,这里不再赘述。这里着重分析的是诸子散文《庄子》中的"庄子叹骷髅""黄帝问道于广成子",历史散文《战国策》中的"赵氏孤儿"和先秦文学中的渔父形象这四个著名文图母题。它们都给后人提供了源源不断的文学和绘画创作的灵感。

第一节 "庄子叹骷髅"

一、《庄子叹骷髅》故事及其文学影响

《庄子叹骷髅》的寓言故事出自《庄子·至乐》,讲述的是庄子与路边骷髅的一次谈话内容,其中涉及了庄子对生与死的看法,表达了庄子于乱世之中产生的"乐死恶生"的生命观,自产生后,历来为人们所传诵,对后世文学影响巨大。原文如下:

庄子之楚,见空髑髅,髐然有形,撽以马捶,因而问之,曰:"夫子贪生失理,而为此乎? 将子有亡国之事,斧钺之诛,而为此乎? 将子有不善之行,愧遗父母妻子之丑,而为此乎? 将子有冻馁之患,而为此乎? 将子之春秋故及此乎?"于是语卒,援髑髅,枕而卧。夜半,髑髅见梦曰:"子之谈者似辩士。视子所言,皆生人之累也,死则无此矣。子欲闻死之说乎?"庄子曰:"然。"髑髅曰:"死,无君于上,无臣于下,亦无四时之事,从然以天地为春秋,虽南面王乐,不能过也。"庄子不信,曰:"吾使司命复生子形,为子骨肉肌肤,反子父母妻子闾里知识,子欲之乎?"髑髅深矉蹙頞曰:"吾安能弃南面王乐而复为人间之劳乎!"①

这则寓言故事非常简洁,讲述了庄子在去往楚国的路上,遇见了一空骷髅,于是便大发感慨问起了骷髅的死因,并列举了几方面的因素,例如贪生失理、亡

---

① 郭庆藩撰,王孝鱼点校:《庄子集释》,中华书局 1961 年版,第 617—619 页。

国之事、斧钺之诛、冻馁之患等等。夜来，骷髅入梦，对庄子表达了死后至乐的想法，认为人"死"则拥有"南面王乐"，而"生"则复有"人间之劳"，因而拒绝了庄子对其"复生"的提议。

在寓言中庄子为"生人"，骷髅为"死人"，而由骷髅之口表达出来的"乐死恶生"的生命观，其实也是庄子自己的生死观。这种对生死的看法，并不是庄子第一次在其文中提及，与此主题相似的还有同样出自《庄子·至乐》中的"庄子鼓盆而歌"的故事，在这个故事中庄子同样表达了他对生死的看法。不同的是"叹骷髅"表达的是"乐死恶生"的生命观，而"鼓盆而歌"表达的是"死生齐一"的生命观，从这两则寓言来看，庄子的生命观似乎发生了细小转变，在"鼓盆而歌"的故事中，庄子是将"生"与"死"放置在平等的位置，既不忧生也不乐死，注重的是死生的相互转化；而"叹骷髅"的故事则清楚地划出了庄子对于两者的鲜明态度，即乐死恶生。后世诸多学者都认为后者更加接近庄子对于生死的真实态度，例如姜克滨在其《试论"庄子叹骷髅"故事之嬗变》中提到庄子出身于战国乱世，战火纷飞，人命贱如草芥，生存在这样一个悲惨的时代中，痛苦地活着还不如轻松地死去，从而很容易产生"乐死恶生"的思想，因而这种思想应更加接近庄子的真实想法。但笔者认为庄子实际上并不是真的"乐死恶生"，而是针对世人一直以来"惧死"的心理而发出的一种感慨，世人惧死皆因外物，例如权利、名望、家室等俗缘的牵绊，总有一种舍不得，放不下的执着。在故事中，庄子所描绘的"无君无臣，无四时之事，从然以天地为春秋，虽南面王乐而不能过"的死后至乐之境，其实亦是一种无拘无束的自由境界的表现，而庄子将人的生前之苦与死后至乐形成一种强烈反差来描绘，实际上既是对世事命运的一种感慨，也有意借此来推翻世人对死亡的成见，引导人们对生死重新进行思考，即生并不一定代表着快乐，死也并不意味着痛苦，死生转化乃天道常态。

庄子在此则寓言中对生死提出的哲学思考也引发了后世无数学者与民众的共鸣，特别是《庄子叹骷髅》的故事中"骷髅"这一文学意象更是浓缩了庄子生死哲学的精华，频频出现于许多文人与道学大家的作品之中，并随着时代的变迁，产生了不同的意义。"骷髅"这一文学意象并不止一次出现于《庄子》之中，《庄子·至乐》的后续行文中就有列子遇骷髅一节，其文曰："列子行食于道从，见百岁髑髅，攐蓬而指之曰：'唯予与汝知而未尝死，未尝生也。若果养乎？予果欢乎？'"①而在《列子·天瑞》中亦有其文曰："子列子适卫，食于道，从者见百岁髑髅，攐蓬而指，顾谓弟子百丰曰：'唯予与彼知而未尝生未尝死也。此过养乎？此过欢乎？'"②列子笔下的"骷髅"所代表的意义与庄子文中的相似，庄子笔下的骷髅其实是一个哲人的形象，它代表着庄子"死生互为转化"的生命哲学观，引导着

① 郭庆藩撰，王孝鱼点校：《庄子集释》，中华书局 1961 年版，第 623 页。
② 列子撰，杨伯峻集释：《列子集释》，中华书局 1979 年版，第 11 页。

世人对自身生命的思考。而列子在其文中对于骷髅这一文学意象的引用代表着同时代的人士对庄子生死哲学的一种认同。及至东汉到三国魏晋之际，以"骷髅"为主题抒发感慨的文学作品层出不穷，其中比较著名的则有张衡的《骷髅赋》以及曹植的《骷髅说》，两者与庄子的原文本形式相同，采取的依然是对话形式，借助骷髅之口道出二人对生死的思考，不过张衡的《骷髅赋》中骷髅的身份变为了已经逝去多年的庄子，张衡在文中借助化为骷髅的庄子之口道出了"死为休息，生为劳役"的厌世之观，曹植则在其文中得出了"死之为言归也，归者也，归于道也"的观点。也有人认为两者文中"骷髅"的背后其实都带有一定的政治寓意，在他们的文中，"骷髅是一个最好的具有政治意义的象征物，在这个人生的政治寓言中，它代表了个人人生与政治命运的一些莫名其妙的关联，而这种关联通常是令人失望的"①，二人之所以会得出与庄子相似的生死观，其实与他们的政治遭遇有关，它是对社会政治环境失望之后发出的一种无奈的感慨，由此给"骷髅"这一意象添上了一层政治寓意。及至宋元到明清时期，"庄子叹骷髅"的故事演化则出现了分裂，一是一些士大夫文人经常取材其中的"骷髅"意象用以感慨人世无常，如苏轼："黄沙枯髑髅，本是桃李面。而今不忍看，当时恨不见。业风相鼓转，巧色美倩盼。无师无眼禅，看便成一片。"②在文人士子的诗文中，"骷髅"这一意象大多都保留了《庄子叹骷髅》寓言中死生转化的寓意。二是以王重阳等人为代表的道教人士则把《庄子叹骷髅》的寓言变为了用以传教度人的宗教故事，其中的"骷髅"不再是《庄子》原本中诉说着生死意义的哲人，而变为了留恋人世，也象征着那些没有悟道之人③，例如王重阳的弟子谭处端曾作《骷髅落魄歌》："骷髅骷髅颜貌丑，只为生前恋花酒。巧笑轻肥取意欢，血肉肌肤渐衰朽。"三是在明清时期各种有关《庄子叹骷髅》寓言的戏曲小说中的骷髅形象，姜克滨曾总结了元代至清代《庄子叹骷髅》的故事已经"从一开始的乱世生死观哲理散文过渡到嗟叹世态炎凉的戏曲和说道情，再到讽刺恩将仇报的小说"④。其中这些作品中"骷髅"这一人物形象也由此发生了改变，由《庄子》原文本中诉说着生死意义的哲人演化为了更加具有世俗气息的凡人形象。

有关此故事具体的改编情节笔者将不再详述，以免画蛇添足，但从上述众多赋文戏曲小说对《庄子叹骷髅》寓言故事的改编可以看出后世众人对此故事的钟爱。也正是因为《庄子叹骷髅》寓言故事本身的哲学魅力与后世之人对其的喜爱，使得有关此寓言的画作在数量不多的《庄子》图中也能占有一定的比例，可以

---

① 张莎莎：《"骷髅"意象中的政治寓言——"庄子叹骷髅"与张衡〈骷髅赋〉、曹植〈骷髅说〉的比较》，《乐山师范学院学报》，2012 年第 4 期。

② 苏轼著，茅维编，孔凡礼点校：《苏轼文集》卷二十一，中华书局 1986 年版，第 602 页。

③ 左丹丹：《论"庄子叹骷髅"的文学与图像表达》，《齐齐哈尔大学学报（哲学社会科学版）》，2015 年第 9 期。

④ 姜克滨：《试论"庄子叹骷髅"故事之嬗变》，《北京化工大学学报（社会科学版）》，2010 年第 2 期。

形成一个母题来讨论,特别是其中的骷髅图。但是相比《庄子》其他的几个文图母题来说,《庄子叹骷髅》文图母题中存世的图像数量仍是比较稀少,并且大多都不是直接取材自文本故事本身,而是选择文本故事中浓缩了庄子生死哲学精华的"骷髅"意象来进行画作内容创作,因而现存的有关《庄子叹骷髅》的图像大多都为骷髅图。

二、传世《庄子叹骷髅》图

现存的有关《庄子叹骷髅》寓言故事的画作并不多,但画作类型倒是多样,有宫廷画师的扇面图,亦有传道度人的宗教壁画,也有民间编辑整理的木刻版画,更有寓意深厚的文人画。

在这些画作之中最著名的应是南宋李嵩所绘《骷髅幻戏图》(图9-1),此画为扇面册页,画面左侧题有李嵩名款,此画周围印有多人钤印,如"信公珍赏""都尉耿信公书画之章""会侯珍藏"等,可见此画曾被多人收藏。李嵩其人,正如明代朱谋垔编撰的《画史会要》对其的记载:"李嵩,钱唐人,少为木工,颇达绳墨,后为李从训养子,工画人物道释,得从训遗意,尤长于界画,光、宁、理三朝画院待诏,有《宋宫观潮图》,杨眉庵题之,侄永年世其家学,咸熙祇候。"[①]他年少时当过木匠,后为院画家李从训收为养子,历任光宗、宁宗、理宗三朝画院待诏,擅画人

图9-1 骷髅幻戏图 李嵩 故宫博物院藏

---

① 朱谋垔:《画史会要》卷三,清文渊阁《四库全书》本。

物、界画，也画山水和花卉，与刘松年同是南宋画院的第一代画家。李嵩的画作绘画题材丰富多彩，宫廷、民间、历史、现实均有所涉及，画作风格类型多变，既有精工鲜丽之院体画，如《明皇斗鸡图》《花篮图》；有白描淡色之风俗画，如《货郎图》；有水墨渲染之山水画，如《西湖图》等等。但在其诸多的存世作品中，《骷髅幻戏图》应是最受关注与争议的一幅，因为及至今日关于这幅画作的真正寓意依然众说纷纭。

此画画面干净利索，工笔设色，技术娴熟，特别是其中对于骷髅的描绘，十分准确逼真，画者对于人体骨骼构造应是十分了解。画面中的中心人物是一位头戴黑色幞头，身披轻薄纱衣的男性大骷髅，他左腿盘坐于地上，右腿向前屈伸，左手自然地垂放于腿上，右手则向前微伸，手持一提线小骷髅，小骷髅在他的操纵下，身子向前微倾，双脚微蹲，右脚踩地，左脚单脚提起，双手向上一齐提起，像是正在招手的样子，模样甚是滑稽，似是正在与人做游戏。画面右侧有一幼儿，内着红色小衣，外披黑色轻纱，手脚着地，身体向前匍匐，眼睛注视着大骷髅操纵下的小骷髅，右手伸向小骷髅，似乎完全被小骷髅所吸引住了。幼儿身后又有一妇人，目光集中在幼儿身上，双手伸开抬起朝向幼儿做阻拦状，似是担心正在地上与小骷髅玩耍的幼儿。而在画面的左侧，又绘有一位妇人，坐于大骷髅身后，上身衣襟微开露乳，而怀中又抱有一婴儿，婴儿正侧身埋首其中吮其乳汁，这位妇人的注意力一直集中在正在操控提线小骷髅的大骷髅，神态平和安详，似是与大骷髅之间有着某种联系。离大骷髅与妇人的不远处，绘有一挑担子，担子里又有各种生活之物，如草席、瓶罐、雨伞等物，还有一些零碎的包裹，似乎是二人的行李。二人身后有一台状墩子，上有"五里"二字，应是古时用于计算道路里程之物。

有关此画寓意向来众说纷纭，是单纯表现南宋底层人物的生活风俗，还是《庄子叹骷髅》寓言里生死转化的生命观？迄今为止，莫衷一是。如今学界对此画的寓意分歧主要有两种：一是把此画视为李嵩的风俗画之一，表现的是南宋的货郎或是傀儡戏艺人携家带口、走街串巷讨生活的场景，只是表现形式有些诡异。此观点，认为南宋虽然在政治上腐败，军事上孱弱，但是经济却十分繁荣发达，此幅图像应与李嵩的另一幅货郎图一样侧重于表现南宋的市井生活。二是认为此画表达的寓意应与《庄子叹骷髅》的故事寓意相同，即都表达了对世事命运的感慨与生死转化的思考。笔者更加倾向于第二种，正如廖奔在其文《〈骷髅幻戏图与傀儡戏〉》里所言，此图题为"骷髅幻戏图"，大约是取傀儡戏演绎人生、倏忽幻灭之意，画家还把悬丝傀儡的表演人也画成了骷髅，体现了古人的人生观念，即人生无常、浮世若梦。① 此画虽与南宋民间的傀儡戏有关，但其主旨还是在于对生死转化的感慨。又如赵辉在《不知死焉知生——谈宋代人物画》一文中对此画评说："作者精心安排代表着新生的婴儿和意味死亡的骷髅形成强烈的对

---

① 廖奔：《戏曲文物发覆》，厦门大学出版社 2003 年版，第 242 页。

比,打动着每一位观众的心灵。很明显这是一幅有关于庄子'齐生死'观寓意的作品。"①两者都将此画的寓意与《庄子叹骷髅》中对世事命运和生死的感慨联系到了一起,若此画只是单纯的描绘南宋社会风俗的画作,大概也不会引发后世众人那么多的感慨与喜爱了。

另一幅与《庄子叹骷髅》故事相关的存世图像则是元代永乐宫重阳殿的《叹骷髅》壁画。永乐宫壁画位于山西省芮城的永乐宫(又名大纯阳万寿宫),是我国绘画史上的重要杰作,在世界绘画史上也是罕见的巨制。整个壁画共有 1000 平方米,分别画在无极殿、三清殿、纯阳殿和重阳殿里,其中的重阳殿壁画主要用 49 幅画面来描述了王重阳一生的经历,而《叹骷髅》则是其中的第 27 幅壁画。王重阳,宋金之际著名道士,道号"重阳子",京兆咸阳人,是世界道教主流——全真道的开宗者,主张以老子为全真法脉之始祖,后被尊为道教的重阳开化辅极帝君与北五祖之一。据明代朱谋垔编撰的《画史会要》对其的记载:"重阳真人王寿,字知明,咸阳人,大定中得道登真。初度马丹阳夫妇日,尝画《骷髅》《天堂》二图,并自写真及作《松鹤图》与史宗密真人。"②其中的马丹阳即马珏,道号丹阳子,为王重阳的大弟子。而重阳殿西壁《叹骷髅》壁画描绘的正是王重阳为度化其弟子而画骷髅传道的故事。

画面中央王重阳身穿素色道袍坐于上方,手持一幅画,面向其对面的一男一女,男子身着白色长衣,拱手站立,女子上穿蓝色衣袍,下着浅色襦裙,双手和于袖中,两人的眼神皆望向王重阳手中的画作,此二人应就是马丹阳夫妇;王重阳身后还站有两人,此二人一人身穿蓝色道袍,一人身着棕色道袍,应是王重阳的另外两位弟子;而王重阳手中所持之画,依稀可以看出是一幅骷髅图。其弟子马珏见到此画亦是似乎有所觉醒,曾曰:"风仙化我,无限词章,仍怀犹豫心肠。见画骷髅醒悟,断制从长。欲待来年学道,恐今年、不测无常。欲来日,恐今宵身死,失却佳祥。管甚儿孙不了,脱家缘、街上恣意猖狂……"③

关于此幅壁画,很多观画之人都会疑惑:王重阳为什么要用一幅骷髅画来警醒弟子,画中的骷髅又有何意义?这种追问让王重阳手中所持的骷髅画变为了整幅画作的焦点所在,因为它成了王重阳传道度人的关键。其实联系王重阳的身份也不难理解,王重阳是全真教的祖师,全真教为道教教派,道教很善于从老庄之学中抽取素材,转化为自身教义从而达到传道度人的目的,这方面从前述的《玄元十子图》与《崆峒问道图》等就可以看出。在此王重阳用"骷髅"来度化弟子,显然是取意《庄子叹骷髅》故事中的"骷髅"所代表的寓意,在此画中骷髅即代表着死亡,代表对生前富贵权利、俗世尘缘的舍弃。

---

① 赵辉:《不知死焉知生——谈宋代人物画》,《中国拍卖》2003 年第 5 期。
② 朱谋垔编撰:《画史会要》卷三,清文渊阁《四库全书》本。
③ 马珏著,赵卫东辑校:《马珏集》,齐鲁书社 2005 年版,第 235—236 页。

明代版画方面亦有有关《庄子叹骷髅》的画作流传下来，即《顾氏画谱》里收录的《骷髅图》①。《顾氏画谱》由明代顾炳所辑，本书所收录之作品，是顾氏模仿历代名画家的绘画作品而成，故名《顾氏画谱》又称《历代名公画谱》，其编辑体例为一幅画作、一幅题跋，绘画、书法互相辉映。

《顾氏画谱》中收录的《骷髅图》后一页录有淮浦吴庭来的题跋："李嵩，钱唐人，精工人物，佛像尤绝。观其《骷髅图》，必有所悟，能发本来面目意耳。为李从训养子，颇得其遗妙，尤长界画，光、宁、理三朝画院待诏。"②从而可以看出此画实际上模仿南宋李嵩的《骷髅幻戏图》而成，因而此画大部分都与原作相同，只是细节部分稍微有点差异。其一是人物的比例方面，原作之中画面右侧的妇人比版画中的要小一些，原作中画者这样的安排可能是想让观者将注意力集中在大骷髅上，毕竟整个画作的中心及重心就是大骷髅，而此画中右面妇人的身形依然比大骷髅小，但是对比没有原作那么明显；其次便是大骷髅的行李担子中的细小物品有些相异；再者就是远景比例不同，原作取景要近·些，直接从行李担子开始描绘，而此画取景则要远一些，将行李担子的不远处的山石也描绘入画了。

此画根据李嵩《骷髅幻戏图》的模仿而成，在画意方面也与原作相似，都是取材《庄子叹骷髅》中"骷髅"的寓意来表达对人生无常，死生转化的感慨。不过此画出现于民间所辑的画谱，也从侧面反映了"庄子叹骷髅"故事在市井阶层的流传之广。

除了上述的作品之外，与《庄子叹骷髅》寓言故事有关的存世图像最著名的应该是清代罗聘所绘的几幅《鬼趣图》了。罗聘，字遁夫，号两峰、花之寺僧、衣云和尚，安徽歙县人，"扬州八怪"之一，金农弟子，擅画人物、佛像、花果、墨梅、兰竹、山水等，尤擅画鬼，由其所绘的《鬼趣图》被当今研究漫画史的人认为是中国早期的漫画之一。画家以夸张手法描绘出一幅幅奇异怪谲的鬼怪世界，借以讽喻社会现实，堪称古代杰出的漫画。罗聘绘制的《鬼趣图》不止一幅，现存的图像当中主要有三幅《鬼趣图》涉及了《庄子叹骷髅》中的"骷髅"意象。

其一便是由南海霍氏所珍藏的《鬼趣图卷》，此画由八幅鬼图组成，每一幅画作的尺寸都不相同，其中的骷髅图为第八幅，纵 34.8 厘米，横 35.4 厘米，纸本设色，霍宝才藏。此幅《鬼趣图卷》是罗聘所作的《鬼趣图》中最著名的一幅，在其画之后有多达 150 多位文人的题诗。在此幅图卷的前七幅图中画者用其高超的画技描绘了姿态各异、形象不一的鬼魂，或是头大于身，或是手大于股，或是又矮又畸，各种变形夸张的鬼都有，但是在第八幅中，画者没有再画其他光怪陆离的鬼，而是画了两个骷髅。在第八幅画作中两具白骨骷髅立于青草灰石之中，一大一

---

① 郑振铎编：《列仙全传　顾氏画谱　酣酣斋酒牌　天工开物》[中国古代版画丛刊(三)]，上海古籍出版社 1988 年版，第 449 页。

② 顾炳：《顾氏画谱》，文物出版社 1983 年版，第 450 页。

小,应是一男一女,一具直挺站立,面向另一具骷髅,右手骨插于腰骨之处,左手则伸向另一具骷髅摊开,似乎正与人交谈一般,而另一骷髅则屈腿弯腰,头骨转向另一骷髅,手骨悬于空中,似乎正手舞足蹈与对方倾诉着什么。远处灰石之外则有五棵枯树,三两分开,营造出一种萧瑟的景象。清代诗人蒋士铨与作者的关系比较亲密,为作者的好友,曾经为《鬼趣图卷》中的八幅图画专门题过诗,其中关于第八幅骷髅图蒋士铨的题诗为:"庄生击马捶,列子攘枯蓬,陈人至乐有如此,孰为鬼雌孰鬼雄?落木阴森棺盖舞,骷髅起立作人语。明眸虽灭皓齿存,白骨犹樘玉肌腐。生王死士辨者谁?儿女英雄吾与汝。乌鸢在天蚁在地,五尺丰碑一抔土。鬼中诸趣妙难寻,生人苦海自浮沉。不须普给瑜伽食,画者真存菩萨心。"[1]诗中引用了《庄子·至乐》中庄子与列子于路途中遇到骷髅的典故,表达了与庄子相似的观点,认为世事轮回为天道常态,死后反而可以摆脱生前各种束缚与负累达到至乐的境界,从而将此图与《庄子叹骷髅》的故事联系了起来,并运用了庄子的生死哲学观来解释此图的意义表达。

其二是罗聘的《鬼趣图》册页,纵 24.5 厘米,横 29.5 厘米,纸本设色,私人收藏。此画钤有"秀水王氏镂香阁惕安珍藏",为清代王祖锡的鉴藏印,此外,赵云壑亦题有:"两峰道人鬼趣图册,老壑藏",并于每帧钤"老壑"一印。

《鬼趣图》册页与霍氏珍藏的《鬼趣图卷》一样由八幅鬼图组成,描绘了各式各样的鬼魂,唯有其中的第五幅为骷髅图,而此幅骷髅图非常简单,画面下方只有两具骷髅躺在幽幽草丛之中,除此之外画中再无他物,其中的两具骷髅头脚倒立相对,一具头骨面向观者,一具头骨似乎埋于草中,周围的草丛的深浅由墨色的浓淡晕染而成,由远及近,远淡近浓,特别是两具骷髅的埋骨之处,墨色浓厚,枯草密集,两具骷髅孤零地躺于枯草之中,似是死后被人弃尸于荒野之中,而沦落为野鬼,使人观之便有一种荒凉之感。画作上方则是罗聘本人对于此画所作的款识诗文:"脑不伏而监,腹不坦而张。放下臭皮囊,收还食肉相。丁男壬女何因缘,横自陈兮君之前。翻手作云覆手雨,昨日流莺今日蝉。庄列寓言十之九,至此图穷见匕首。朝生暮死万蜉蝣,天荒地老双骷髅。上有乌鸢下有蚁,神仙小影英雄记。死灰槁木不直钱,只可漆其头以为饮器。两峰罗聘画于香叶竹堂并题。"在文中画者罗聘直接写道:"庄列寓言十之九,至此图穷见匕首。"可见罗聘的此幅骷髅很明显是取材于《庄子·至乐》中庄子与列子路遇骷髅的寓言故事,并借此在诗中发出了"翻手作云覆手雨,昨日流莺今日蝉""朝生暮死万蜉蝣,天荒地老双骷髅",即死生转化为天道常态的感慨,表达了与庄子相似的生死哲学观。

其三是罗聘 1797 年所作的《鬼趣图》手卷,纵 24.5 厘米,横 258.5 厘米,纸

---

① 蒋士铨著,邵海清校,李梦生笺:《忠雅堂集校笺》卷二十一,上海古籍出版社 2012 年版,第 1367 页。

本设色,私人收藏。此幅《鬼趣图》长卷的画作内容实际就是霍氏的《鬼趣图卷》的翻版,只是在形上不同,霍氏的鬼趣图是由八幅独立的画作组成,而此幅手卷则是将八幅鬼图的内容合在了一幅画作之中。当然在此幅长卷画作之中也不是所有的内容都是霍氏的翻版,其中最大的不同就是两者之中所绘的骷髅。霍氏的《鬼趣图》中骷髅为一男一女两具骷髅,而此幅《鬼趣图》长卷中的骷髅只有一具,并且形象大不相同。在此幅长卷中从右至左,画者描绘了大大小小、姿态不一的鬼魂,其中的骷髅鬼位于画卷的末端,手中高举一盏灯,面向众鬼,似乎正在为对面的众鬼指引方向,为众鬼照亮前行的路途。此幅画作中骷髅虽然与前两幅画作中的骷髅一样来历不知,但画者在此给它安排了一个"指引者"或是"领路人"的身份,这不由得令人联想到《庄子叹骷髅》寓言故事中的骷髅形象,在寓言中不正是骷髅指引着庄子领会了死为至乐,生有所束的道理吗?所以庄子笔下的骷髅又何尝不是一个"指引者"呢?两者之间的这种关联可能也是《鬼趣图》之中"趣味"所在。

对于罗聘为什么对鬼魂题材如此钟爱,许多学者都做过相关研究,总结出来的原因比较多,但有一个因素是许多学者都提到了的,那便是当时的社会政治统治环境。罗聘生在雍正末年,享年67岁,历经了雍正、乾隆、嘉庆三个朝代,而他创作《鬼趣图》的时间则为乾隆中后期,此时虽依然处于康乾盛世之中,但繁荣的表象之下却已经开始腐败起来,加上清朝自康熙以来大兴文字狱,到乾隆时期更是达到了顶峰。于这种高压文化环境下,文人们皆战战兢兢地活着,再难直抒胸臆,进而把个人的情志放于鬼怪等不复存在的事物之上,并赋予它们一定的意义借以讽刺现实,因而《庄子》中反复述说的死为至乐、生为悲苦的骷髅形象则成了一个能够借以讽刺现实的良好题材,故而被罗聘选择入画。

三、文献记载中的《庄子叹骷髅》图

在历代美术作品中,与《庄子叹骷髅》寓言相关的画作其实不止上述几幅,但由于各种原因这些画作都已经遗失,只存文字记载于相关文献中。

首先便是南宋李嵩所绘的《骷髅图》,根据明清两代鉴藏家对于李嵩《骷髅图》的记录可以推测由李嵩所绘的《骷髅图》不止《骷髅幻戏图》一幅。清厉鹗在《南宋院画录》曾有记载:"李嵩《骷髅图》,纸画一小幅,画在澄心堂纸上,气色尚新。画一墩子,上题三字曰'五里墩',墩下坐一骷髅,手提一小骷髅,旁有妇乳婴儿于怀,又一婴儿指着手中小骷髅,不知是何义意。识二字曰'李嵩'。"[①]而明代陈继儒在《太平清治》卷二里也有记载说:"余有李嵩骷髅团扇绢面,大骷髅提小骷髅戏一妇人,妇人抱小儿乳之,下有货郎担,皆零星百物,可爱。又有一方绢,

---

① 厉鹗著,胡易知等校注:《南宋院画录》,上海美术出版社1963年版,第99页。

为休休道人大痴题，金坛王肯堂见而爱之，遂以赠去。"①相比两则文字记载可知，陈氏所藏的《骷髅图》为团扇绢面，应为传世至今的《骷髅幻戏图》，而吴其贞所提到的《骷髅图》画在澄心纸上，应是另一幅由李嵩所作的《骷髅图》。而明代孙凤编《孙氏书画钞》中也收录一篇《题李嵩画〈钱眼中坐骷髅〉》的画跋，撰人不详。原文作："尘世冥途，鲜克有知；丹青其状，可以窬疑。夫物之感人无穷，而人之嗜物不衰。顾青草之委骨，知姓字之为谁？钱眼中坐，堪笑堪悲。笑则笑万般将不去，悲则悲其惟有业相随。今观汝之遗丑，觉今是而昨非。"②从而可见李嵩所画的《骷髅图》不止《骷髅幻戏图》一幅，至少还有一幅名为《钱眼中坐骷髅》的画作，只是内容大概已经无从得知了，但从《孙氏书画钞》里记载的画跋可以看出此画寓意在于有感"人之嗜物不衰"而画"骷髅"来警醒世人戒贪，切勿陷于钱眼中去，而在《庄子叹骷髅》寓言中庄子用"骷髅"来引导世人看透生前所累，两者的意图可以说是殊途同归。

其次便是全真教王重阳所画的骷髅图。由上述的永乐宫重阳殿壁画就可知，王重阳是有亲自画过《骷髅图》的，根据清代王原祁等辑的《佩文斋书画谱》对其的记载："重阳真人王寿，字知明，咸阳人，大定中得道登真。初度马丹阳夫妇日，尝画《骷髅》《天堂》二图，并自写真及作《松鹤图》与史宗密真人。"③可以推测出王重阳曾经为了度化弟子画了一幅《骷髅图》，并题诗："堪笑人人忧里愁，我今须画一骷髅。生前只会贪冤业，不到如斯不肯休……"而在《重阳全真集》里又记载了一首由其所作的《自画骷髅》诗："此是前生王害风，因何偏爱走西东。任你骷髅郊野外，逍遥一性月明中。"④可见除了为度化弟子所画的《骷髅图》外，他还另外作了一幅《骷髅图》用来警醒自己，从而可以推测王重阳至少画了两幅《骷髅图》，虽然这两幅图都没有完好地保存下来，但联系这两幅图的题诗可以看出，王重阳以"骷髅"为题材作画题诗，是为了借助《庄子叹骷髅》中"骷髅"这一意象中所包含的死生哲学观来警醒自己及弟子，脱离世俗冤业，领悟生死转化的意义。

除此之外，亦曾有他人以《庄子·至乐》中的"骷髅"为题材入画，只是这些画作大多都已经遗失，但从一些题画诗中还是可以窥见这些画作曾经存在过的痕迹，例如李晔所作的《骷髅挽车图》题诗："车辚辚车辚辚，触髅挽车挽断筋。借问何辛辛，一家骨肉在一身。红丝系足非良因，彩衣儿女徒欣欣。载重力微每见嗔，鞭之扑之亦有因。嗟哉，髑髅之骨已如银，髑髅之苦如积薪。髑髅入土还笑人，后车来者无停轮。"⑤又如元代吴镇所作题词《题骷髅图·寄调沁园春》："漏

① 陈眉公：《太平清治》卷二，转引自王冶秋著，国家文物局编：《王冶秋文博文集》，文物出版社 1997 年版，第 533 页。

② 孙凤编：《续修四库全书·孙氏书画钞》，上海古籍出版社 2002 年版，第 57—58 页。

③ 王原祁等纂辑，孙霞整理：《佩文斋书画谱》，文物出版社 2013 年版，第 2333 页。

④ 王重阳：《道藏·重阳全真集·自画骷髅》，齐鲁书社 2005 年版，第 42 页。

⑤ 李晔：《草阁诗集》卷二，上海古籍出版社 1991 年版，第 17 页。

泄元阳,爹娘搬贩,至今未休。吐百种乡音,千般狃扮,一生人我,几许机谋。有限光阴,无穷活计,汲汲忙忙作马牛。何时了,觉来枕上,试听更筹。 古今多少风流,想蝇利蜗名谁到头。看昨日他非,今朝我是,三回拜相,两度封侯。采菊篱边,种瓜园内,都只到邙山土一丘。惺惺汉,皮囊扯破,便是骷髅。"[①] 从这两首题画诗词就可以看出后世至少还存在过两幅《骷髅图》。

综上所述,可以看出历代有关《庄子叹骷髅》寓言故事的图像大致可以分为两类,一是文士笔下的《骷髅图》,二是宗教人士笔下的《骷髅图》。由文士所创作的相关图像大多比较贴近《庄子》文本,往往借用其中的"骷髅"意象来表达画者对于生死的思考和世事无常的感慨,或者对于现实社会的讽刺,例如李嵩的《骷髅幻戏图》和罗聘的《鬼趣图》中的《骷髅图》。而宗教人士笔下的《骷髅图》中的"骷髅"意象则在《庄子》文本的基础上多了一层说教意味,被用来劝教说道,度化俗人。

第二节 "黄帝问道广成子"

一、黄帝问道故事

"黄帝问道广成子"的故事是流传至今的经典神仙列传故事之一,但其最早却是记载于先秦道家重要著作《庄子》外篇中的《在宥》篇中。在《庄子》原文中记载了黄帝两次问道广成子的经历,文中主要是针对君王治理天下的需要,发挥了道家治身为本,治国为末的思想,表达了提倡自然、主张无为而治的主旨。原文如下:

第一次问道:

黄帝立为天子十九年,令行天下,闻广成子在于空同之上,故往见之。曰:"我闻吾子达于至道,敢问至道之精。吾欲取天地之精,以佐五谷,以养民人。吾又欲官阴阳,以遂群生,为之奈何?"广成子曰:"而所欲问者,物之质也;而所欲官者,物之残也。自而治天下,云气不待族而雨,草木不待黄而落,日月之光益以荒矣。而佞人之心翦翦者,又奚足以语至道!"黄帝退,捐天下,筑特室,席白茅,闲居三月,复往邀之。[②]

第二次问道:

广成子南首而卧,黄帝顺下风膝行而进,再拜稽首而问曰:"闻吾子达于至道,敢问,治身奈何而可以长久?"广成子蹶然而起,曰:"善哉问乎!来!吾语女

---

① 吴镇:《钦定四库全书·集部五·别集类四·梅花道人遗墨卷·卷下》,清文渊阁《四库全书》本。
② 郭庆藩撰,王孝鱼点校:《庄子集释》,中华书局1961年版,第379—380页。

至道。至道之精,窈窈冥冥;至道之极,昏昏默默。无视无听,抱神以静,形将自正。必静必清,无劳女形,无摇女精,乃可以长生。目无所见,耳无所闻,心无所知,女神将守形,形乃长生。慎女内,闭女外,多知为败。我为女遂于大明之上矣,至彼至阳之原也;为汝入于窈冥之门矣,至彼至阴之原也。天地有官,阴阳有藏,慎守女身,物将自壮。我守其一以处其和,故我修身千二百岁矣,吾形未常衰。"黄帝再拜稽首,曰:"广成子之谓天矣!"广成子曰:"来,余语女。彼其物无穷,而人皆以为有终;彼其物无测,而人皆以为有极。得吾道者,上为皇而下为王;失吾道者,上见光而下为土。今夫百昌皆生于土而反于土,故余将去女,入无穷之门,以游无极之野。吾与日月参光,吾与天地为常。当我,缗乎! 远我,昏乎! 人其尽死,而我独存乎!"①

正是由于上述文字的记载使得"黄帝问道广成子"的故事得以流传下来,并被后世诸多典籍所转载修葺,例如《抱朴子》《神仙传》《广黄帝本行记》《仙苑编珠》《三洞群仙录》《历世真仙体道通鉴》等均转载过此故事,正如东晋时期神仙道教的代表人物葛洪所说:"言黄帝仙者,见于道书及百家之说者甚多。"②

此故事之所以受到后世诸多关注的原因,可以从以下两个方面窥探一二:

一是此故事中宣扬了道家无为而治的治国思想与抱神守形的修身思想。

轩辕黄帝第一次问道于广成子时故事中提到"黄帝立为天子十九年,令行天下",希望取得"以佐五谷,以养民人"又可以"官阴阳,以遂群生"的"至道之精",因而向仙人广成子求道。作为一个众人心中无比贤明的帝王,其"养民"与"遂群生"出发点在世人看来是极其合理与难能可贵的。然"达于至道"的广成子却认为黄帝所问与所欲掌控者乃"物之质与残也"不值一提,并认为在黄帝治理之下的天下"云气不待族而雨,草木不待黄而落,日月之光益以荒矣",即在黄帝的治理下,天下万物皆以"人为"与"人欲"为本,完全违背了自然宇宙的发展规律,其政令与所求是对自然之道的一种亵渎,从而认为黄帝乃"佞人之心翦翦者",不足以语至道。在此段中,也许广成子的观点过于犀利,但确是可以看出道家对顺应自然、无为而治的治国思想的倡导与坚持,而道家这种无为而治、顺应自然发展的治国主张在一定程度上是有其道理与深度的,直到今日依然适用于我们社会的某些方面。

在第二次问道经历中,黄帝放弃了天子之尊,不再询问治国至道而求"治身"之道,广成子则欣然授予了其道家"抱神守形"的修身之道。文中广成子所授的修身之道关键在于"抱神守形",认为"无视无听,抱神以静,形将自正。必静必清,无劳女形,无摇女精,乃可以长生"。而"目无所见,耳无所闻,心无所知,女神将守形,形乃长生"。从人的"形神"角度入手,由"神"的层面递进至"形"的层面,

---

① 郭庆藩撰,王孝鱼点校:《庄子集释》,中华书局 1961 年版,第 381—384 页。
② 王明:《抱朴子内篇校释》,中华书局 1980 年版,第 219 页。

由"神"的清静带动外在"形"的静，最后实现形神相守、形神长存的最终目的。而在文章的最后，广成子则道出了道家修身的最终境界："故我修身千二百岁矣，吾形未常衰。"得其道者"上为皇而下为王"，而失其道者"上见光而下为土"，以长生为其修身的最终境界，宣扬了道家"抱神守形"的修身之道，令后世众人心生向往。

二是帝王亲身问道仙人所起的宣传作用加大了世人对故事的关注。

故事的主角之一轩辕黄帝是中华远古时期著名的帝王之一，在中华文明中有着极为崇高的地位，被尊为文初始祖。司马迁曾在《史记·五帝本纪》记载其："生而神灵，弱而能言，幼而徇齐，长而敦敏，成而聪明……治五气，艺五种，抚万民，度四方……"①对其有着极高的评价。而在先秦时期，关于黄帝的众多传说，则是百家争鸣中共同拥有的一种文化资源，道家也不例外，据《淮南子·修务训》所言："世俗之人，多尊古而贱今，故为道者，必托之于神农、黄帝而后能入说。"②从而可以推断出道家的初衷就在于引入黄帝等远古帝王的传说来宣传和发展自家的学说。因而黄帝很早就出现在《庄子》中，其最早有关黄帝的记载出现于内篇《大宗师》中，其文曰："黄帝得之（道），以登云天。"将黄帝成仙登天的原因归功于掌握了道家之道，其后又先后出现于内篇的《知北游》与外篇的《盗跖》之中，意在将道家思想与远古帝王结合起来，借助后者的身份转述或宣扬道家思想，而《庄子·在宥》篇中对于黄帝问道的叙述则是将《大宗师》中黄帝得道的过程详细地描绘出来，并演化为"黄帝问道广成子"的精彩故事。故事将黄帝与道家思想紧密地结合在一起，"这种结合充分显示了道家思想治身与治国的巨大价值，为此后的'得道者'即道家人士塑造了最光辉的典范，也为以后的道教塑造了最佳的神仙形象"③。而在故事中黄帝为求得道，两次问道，最后不惜卸下了天子之尊，膝行稽首问道于得道高人，也从侧面向世人展示了大道难求以及大道之前，不分尊卑、超越世俗阶级的观念。因而此故事不仅仅受到后世许多道家追随者的喜爱，亦受到众多文人士子与平民百姓的青睐。

正是上述的原因令"黄帝问道广成子"的故事成了经久不衰的经典之一，亦为后世众多的画者所钟爱，而创作出了许多以此故事为题材的画作。在图像方面，根据笔者目前所搜集的画作资料来看，最早以"黄帝问道广成子"为题材的画作是金代道士杨世昌所绘的《崆峒问道图》，其后众多的文人士子甚至民间匠人都参与到了以此故事为题材的画作创作之中。为叙述方便，本书将以画者的身份以及画作的主旨特点为根据将所搜集的图像资料分为三类来叙述：一是道教

---

① 司马迁撰，裴骃集解，司马贞索隐，张守节正义：《史记》卷一《五帝本纪·第一》，中华书局 1959 年版，第 1—3 页。

② 何宁撰，刘安编：《淮南子集释》卷十九《修务训》，中华书局 1998 年版，第 1355 页。

③ 刘永明、赵玉山：《"黄帝问道广成子"对道家和道教的影响——兼议陇东与道家道教文化》，《天水师范学院学报》2008 年第 6 期。

《黄帝问道图》；二是文人画与院体画中的《黄帝问道图》；三是民间匠人创作的《黄帝问道图》。

二、道教问道图

这类图像主要包括金代道士杨世昌所绘的《崆峒问道图》与元代赵孟頫所画的《轩辕问道图》。把两者归为一类主要有两个原因：首先从两位画者的身份看，一位是金代著名道士，而另一位画者赵孟頫虽不是道士，但其与道教的渊源颇深，他深受道家思想影响，并曾为道门著《玄元十子图》，深受当时道教内外人士的称许。其次，结合两人的画作内容看来，这两幅《问道图》的特点是都拥有着浓厚的道教宗教色彩，二人根据《庄子》中"黄帝问道广成子"的故事创作的最终主旨都是为了宣扬道教的神仙教义，因而笔者把两者归为一类来叙述。

杨世昌所绘的《崆峒问道》图卷，纵 28.2 厘米，横 49.5 厘米，绢本设色，现藏于故宫博物院。杨世昌，字子京，金代道士画家，西蜀南充人，善画人物、山水，生卒年不详。《图绘宝鉴·补遗》曾有记载："道士杨世昌，字子京，武都山人，与东坡游，善山水。"[①]传闻他与苏轼两次同游赤壁，与苏轼交好，其豪迈不羁的个性，通俗放达的生活态度对信奉儒、佛的苏轼产生了较大的影响，是苏轼交游中罕有的道士之一。此画是杨世昌唯一存世的画迹，后世不曾著录，画名得于画作引首处的"崆峒问道"四字隶书，拖尾有明人贾郁、钟启晦两人题跋，共钤十方印，画幅上方有杨世昌名款。

此画是根据《庄子·在宥》中黄帝第二次向广成子求道的情景描绘而成。《庄子》中记载有"广成子南首而卧，黄帝顺下风膝行而进，再拜稽首而问曰：'闻吾子达于至道，敢问，治身奈何而可以长久？'广成子蹶然而起，曰：'善哉问乎！来！吾语女至道……'"[②]的情景场面，而此画截取的正是广成子"蹶然而起"目视求道之中姿态诚恳、神情殷切的黄帝这一细致的情节场景。画面中置有一石榻，上设木几，前铺兽皮，广成子以一长髯仙人的形象斜坐于榻上，睨目倾听；而黄帝身着朱衣跪于广成子下方，执笏陈词，神态诚恳严肃。画面中的广成子在昏昏默默的神态中亦带有几分哲人的睿智与沉稳，而行为姿态也体现出仙道之人的通达洒脱；画中的黄帝则褪去了人间帝王的威严与高贵，于诚惶诚恐的姿态中显现出虔诚的求道精神。整个画面较多地保存了唐人圆细柔缓的人物描绘风格，但在敷色方面则一洗唐人在道释画中富丽华贵的色泽，渗入了道家简朴清淡的审美观。

元赵孟頫所绘的《轩辕问道图》手卷，纵 43 厘米，横 420 厘米，绢本设色，私

---

① 夏文彦纂：《图绘宝鉴》，上虞罗氏宸翰楼据之至正本影刻本，1914 年。
② 郭庆藩编，王孝鱼点校：《庄子集释》，中华书局 1985 年版，第 381 页。

人收藏。《秘殿珠林·名人画》对赵孟𫖯的此幅画作曾有记载："元赵孟𫖯画轩辕问道图一轴,素绢本,着色画,右角上有篆书轩辕问道图五字,款识云延祐六年九月子昂画。"①笔者所搜集到的此幅《轩辕问道图》与《石渠宝笈》对此画的记载有所不同:一是款识不同,画中款识为"轩辕问道图,子昂画",而书中记载的款识为"轩辕问道图,延祐六年九月子昂画";二是此画为手卷,而书中记载此画为立轴。因而此画的真假难辨,有可能是后世模仿之作,即使如此画中对于"黄帝问道广成子"故事的精彩描绘,对于后世研究此故事的文图母题及其流变也有一定的参考价值。

此画与杨世昌的画作相比,画者试图将整个问道场景描绘出来,其规模更加宏大,用色亦更加鲜艳大胆,宛若一幅充满奇幻色彩的宗教壁画。画作用了接近三分之二的篇幅来描绘轩辕黄帝的随从队伍,以突显黄帝的天子之尊与整个问道场景的宏大。画者将黄帝的随从精心地分为两类:一类手捧各种帝王出巡所需之物以及问道所需的礼仪之物立于队伍最前方,应为礼仪人员;一类则身骑骏马,手持长矛、旌旗之物处于队伍后方,应为黄帝侍卫。尽管队伍庞大,但每个人物的动作姿态、衣饰神情都不尽相同,笔法细腻有致。而画中的两位核心人物,黄帝与广成子则出现于一山坳处闲坐论道,其中身为世外仙人的广成子身着浅色素袍坐于上方,神情平和地凝视着身穿红色锦服的轩辕黄帝,而画面中的黄帝双手合抱,向广成子拱手施礼,似乎正在虚心求道。而于两人身后左侧又有几只仙鹤徘徊,右侧则有仙童数人侍奉正在论道之中的二人,几位童子或是捧物待侍,或是与身旁的仙鹤、仙鹿嬉戏玩闹,气氛与严肃的论道场景截然不同。画者对于整个画作的环境描绘亦是颇用心思,整个画作之中云雾缭绕,其中的山石造型更是奇特非凡,有的于地面的云雾之中突起,若隐若现;有的则于天穹之中向下耸立,似乎天地都倒置了一般,而山石的颜色又由浅青色与蓝色相交而成,使整幅画作充满了神秘而缥缈的奇幻色彩。

此画应是作者在《庄子》中所记载《黄帝问道广成子》故事的基础上结合自己的主观想象创作而成,画面中出现了很多原文中不曾言说的事物,例如画面中的仙童、仙鹤、仙鹿以及黄帝的随从与奇特的环境描写等,使整个画作萦绕着浓厚的道教神仙色彩。

三、文人画与院体画中的问道图

这类问道图主要由历代的文人士子所创作,不同于杨世昌与赵孟𫖯所作的充满了宗教色彩的两幅黄帝问道图,这类问道图的宗教说教意味并不厚重,大多比较符合《庄子》原文中的记载与内容主旨,画作或旨在表达道之幽渺难寻,或意

---

① 张照等编:《秘殿珠林》卷二十,清文渊阁《四库全书》本。

在阐发道家清静无为的思想主张，又或抒发对道家逍遥闲适的隐士生活的向往之情。

南宋翟汝文所绘的《崆峒问道图》为立轴，纵 153 厘米，横 97 厘米，绢本设色，私人收藏。翟汝文，南宋润州丹阳（今隶属江苏省镇江市）人，字公巽，元符进士，善画道释人物及山水，《宋史》也曾记载其："风度翘楚，好古博雅"[①]，因与苏轼、黄庭坚是好友，其书画在一定程度上受苏、黄影响，形成其苍劲豪迈的艺术风格。

此画是在《庄子》所记载"黄帝问道广成子"故事的基础上加上画者的主观创作意愿绘制而成。虽然画面中出现了一些原文中不曾记载的人物，例如广成子的两位道友以及黄帝的侍卫，但并不影响整个画作的意境，反而有利于画者对其真正意图的表达。画中黄帝身穿红色长袍坐于广成子下方，双手合抱于胸前，神情恭谨而虔诚，眼含期望凝视着广成子，似是正在向广成子虚心求道，而其身后有一侍卫手持长矛，跪坐于其身后，该侍卫望向黄帝，神情恭敬而谨慎；广成子则悠然地坐于黄帝上方，双手合抱收于浅色的道袍之中，面朝虔诚求道的帝王，其神态平和淡然，眼神平静祥和，以一副世外高人的姿态出现于观者的视线之中。而其身后又有两位道士，此二人应是广成子平时论道的道友，而两位道士之间有一棋盘，可见在黄帝前来问道之前，两者应是正在下棋论道，面对前来问道的天子，两人亦未有太多的反应，其中一人依旧坐于广成子身后，眼神平淡地望向广成子与正在问道之中的黄帝二人，另一人则立于广成子侧面，手持拂尘，望向他方，似是对黄帝的问道内容并没有什么兴趣，只是下棋的兴致被打断了而略显无趣。画者在此并未将两位道士与广成子塑造成幽深难测的仙人形象，而是让他们以类似幽居山林的隐士形象出现于画面之中，黄帝的出现也并未让他们感到欣喜或是荣幸，反倒像是对他们平静生活的打扰和入侵。同时与前两幅作品不同的是，画者将整个问道环境设置在逸趣横生的山水之中，其中苍山劲松，悬崖飞涧，云气缭绕，加上画者着墨深沉，使得整个画面显得十分肃穆幽远，更加类似于避世高人的隐居之处而非仙人修炼之处。

从整幅画作的人物形象以及环境看来，画者创作此画的主旨并不在宣传道教的神仙教义，而是意在表达对于道家清幽闲逸生活的一种向往。

明代戴进绘《洞天问道图》立轴，纵 210.5 厘米，横 83 厘米，绢本设色，现藏于故宫博物院。戴进，字文进，号静庵，又号玉泉山人，钱塘人，明代浙派之祖，《明画录》对其画艺记载曰："其山水源出郭熙、李唐、马远、夏珪，而妙处多自发之，俗所谓行家兼利者也。神像人物杂画无不佳，宣德初征入画院，见谗放归，以穷死。死后人始推为绝艺。"[②]

---

① 脱脱等撰：《宋史·三七二卷·列传第一百三十一·翟汝文列传》，中华书局 1985 年版，第 11545 页。
② 于安澜编：《明画录》（《画史丛书》第三册），卷二，上海人民美术出版社 1963 年版，第 26 页。

图 9-2　洞天问道图　戴进
故宫博物院藏

由其所绘之《洞天问道图》(图 9-2)亦是根据轩辕黄帝至崆峒山问道广成子的故事绘制而成。画面中左侧有峰峦迭起,直入云霄,右侧则有古松茂蔚,老干虬枝,而画面中央身着红色衣袍的轩辕黄帝正孤身埋头行于山间险道之上,而在险道尽头应为仙人广成子的所居之地,其间云雾缭绕,云雾之中并未出现什么琼宇宫殿,只有一面石门微开,石门之后于云雾之中隐约可见一些台阶栏杆,除此之外再无他物,显得十分神秘,似乎石门之内另有一番天地等待着虔诚求道之人的探索。整幅画作的笔法劲秀,着色清淡,深渊之处又用墨稍重,给人传达一种空间深远、神秘幽渺之感。

相对于前几幅有关黄帝问道广成子故事的问道图来说,此画有所不同。画者并没有选择黄帝与广成子两人单独论道的场景抑或发挥想象添加其他人物或事物入画来表达自己的画意,而是向我们呈现了一幅轩辕黄帝孤身问道的场景图。在此画面中黄帝真正降下天子之尊,不再拥有任何外物,例如各类随从与侍卫,而是作为一个虔诚而普通的问道之人孤身探访传说的得道高人,这实际上与《庄子·在宥》中的记载是相符合的,《庄子·在宥》原文中记载有:"黄帝退,捐天下,筑特室,席白茅,间居三月,复往邀之。"①画者描绘的应正是黄帝第二次孤身问道图中的情景。而画者又将黄帝置身于一个艰险而又神秘缥缈的问道环境中,使平时世人眼中高大威严的帝王显得异常的渺小与孤独,而传说中的得道高人广成子却根本未曾出现在画面中,使得黄帝的问道之旅充满了种种未知的困难,由此可以看出画者在此主要想向我们表达的是道之幽深窈冥以及大道难寻的感慨。

明代石锐绘《轩辕问道图》手卷,纵 32 厘米,横 152 厘米,绢本设色,现藏于台北"故宫博物院"。石锐,《明画录》有其记载曰:"字以明,钱塘人,宣德间待诏仁智殿,画仿盛子昭,工于界画,楼台玲珑窈窕,备极华整。加以金碧山水,傅色鲜明,绚烂夺目,兼善人物。"②

由石锐所绘制的《轩辕问道图》,描绘的亦是上古帝王轩辕黄帝至崆峒山问道广成子的故事。画中在古树、云海的掩映之下,黄帝与广成子相对而坐,前者身着红色锦服,拱手向前,望向广成子虔诚问道;后者则坐于古松之下,身着浅色

---

① 郭庆藩编,王孝鱼点校:《庄子集释》,中华书局 1985 年版,第 380 页。
② 徐沁:《明画录》,中华书局 1985 年版,第 12 页。

素袍,神态和蔼地凝视着问道的帝王。两人身后各有一群侍者,一共十八人,或执杖而立,或端茶相待,每个人物的神情姿势都不尽相同,可见画者笔力高深。

　　而于画作的环境描绘方面,此画可谓是界画与文人画的结合,兼具界画的严整与文人画的逸气。界画是中国古代绘画的一个门类,指用界笔直尺划线的绘画方法绘制而成的一类画作,适用于画建筑物,明代陶宗仪《辍耕录》里所记载的"画家十三科"中便有"界画楼台"一科,只是据《明画录》记载"近人喜尚元笔,目界画都鄙为匠气,此派日就渐灭矣"。而《明画录》中亦记载了石锐"工于界画"。① 此画中有两处宫殿楼台运用的便是用此种界画的绘画方法绘制而成,一处位于黄帝身后,藏于烟波云海之中,为群山所包围,另一处则位于广成子身后,建于松林山石之间,两者均不见全貌,但露出的部分殿宇,线条精细工巧,毫厘之间清晰可辨,工笔严谨、造型精准。而画中对于老松、山石、云海之类的景物描绘方面又保持了明代文人画者偏向自然的一贯作风,对山水景物纯施水墨,浓淡有致,追求一种淡雅幽静的逸气之美。画者又将两处殿宇分别置于逸气横生的云海山林之中,若隐若现,使得整幅画作严谨工整之余又有缥缈清逸之感,不见丝毫匠气。

　　此画与赵孟頫的《轩辕问道图》略有相似,同样地以"轩辕问道"为题,同样的画面规模宏大,试图以画者的主观想象结合《庄子》原文描绘出黄帝与广成子两人的整个问道场景。但细细比较之下,两者是有不少差异存在的:首先是在主要人物之一广成子的刻画上,此画对于广成子的人物定位并不是赵孟頫画中的仙人形象,而是世俗世界中的得道高人与智者,从两位画者对广成子周围的人物环境描绘便可以看出,例如在赵孟頫的画中仙人广成子的周围围绕着传说中的仙童、仙鹤、仙鹿等物,而此画中,广成子的周围虽有童子,却都是世俗世界中普通侍者,他们手中手持之物也不过是各种茶水、小吃等俗物。其次在画作的风格上,赵孟頫之作为典型道释画,其画用色大胆鲜艳,画面布局充满奇幻色彩,而此画虽略有着色,但总体清雅和谐,整个画面给人一种真实而肃穆的感觉。因而此画的创作意图并不全是如赵孟頫之作用来宣传宗教道义,更多的是在于表达画者对于黄帝问道广成子故事中"大道"的一种向往之意。

　　清代傅涛绘《崆峒问道图》,立轴,纵 169 厘米,横 90 厘米,绢本设色,现藏于中央美术学院美术馆。此画与杨世昌所作的《崆峒问道图》相似,都是截取的黄帝单独向广成子问道场景入画,但此画并未有太多的宗教气息,更多的是文人画常有的逸趣。如图(图 9-3)所示,画中黄帝与广成子两人闲坐于松下惬意论道,其中广成子白发白须,胸前衣襟微开,衣着散漫无状,手持拂尘,姿态随意,盘腿坐于山石之上,眼神略带探究意味却微笑着望向求道中的黄帝;而求道中的黄帝则位于广成子下方,坐在青松之下,双手抱于袖中,其姿态恭敬守礼,眼神平和

---

① 徐沁:《明画录》卷一,于安澜编《画史丛书》第三册,上海人民美术出版社 1963 年版,第 14—15 页。

图9-3　崆峒问道图　傅涛　中央美术学院美术馆藏

而虔诚。画者将整个问道环境描绘得非常的静谧,整个画面简单含蓄,除却论道的二人,再无他人叨扰,唯有青松墨石相伴,画面的设色亦是十分的淡雅和谐,并没有太多的浓墨重彩;再细品画中两人的论道神态,一人似乎正和悦耐心地讲道,而另一人则仿佛正虔诚虚心地听道、品道,似乎黄帝不再是高高在上的帝王,而广成子亦不再是虚无缥缈的仙人,此刻的二人仿若寻常师友一般相约悠游于郊外,最后才休憩于松下闲处论道,整个场景的气氛显得十分的惬意悠然。

从整幅画作看来,画者虽与杨世昌一样都以"崆峒问道"为题,截取的都是故事中黄帝与广成子单独论道的场景入画创作,但其创作目的却并不是与杨世昌一样宣传宗教道义,而是借此题材表达了作者对道家清幽闲适,无为自由的隐逸生活的向往。

四、民间问道图

这类"黄帝问道图"主要包括《列仙全传》和《月旦堂仙佛奇踪》里的两幅《黄帝见广成子图》,两者皆为明代版画。

《列仙全传》里的《黄帝见广成子图》收录于王世贞所辑的《列仙全传》第一卷,《列仙全传》是明朝万历年间刊行的一部有文有图的道家传说故事书,全书共九卷,叙述了五百八十一位仙人的故事,起自老子、木公、西王母,一直叙至明朝成化、弘治年间。

此书中收录的《黄帝见广成子图》与杨世昌的《崆峒问道图》描绘的场景颇为相似,如图所示(图9-4),图中描绘的故事场景似乎是在一个山洞之中,洞府之内云雾缭绕,中间置有两个石榻,其中一个石榻之上,放有两只葫芦,应是放置丹药的药壶。其中身为仙人的广成子则合腿端坐于一石榻之上,手持拂尘,身穿道袍,高居上方凝视着求道的黄帝,而求道中的黄帝则躬身向前,双手合抱于胸前,向广成子施礼求道,姿态恭谨虔诚。

明代洪自诚所撰《月旦堂仙佛奇踪》第一卷九页收录《黄帝见广成子图》,《月旦堂仙佛奇踪》成书于万历三十年(1602),前二卷记仙事,自老子至张三丰共记六十三人事;后二卷记佛事,载西竺佛祖释迦牟尼以下十九人、佛祖达摩以下四十二人事,并有绘像,此书反映了明人奉道近佛的风气,也因其多为里巷传说、世俗之谈,故《四库全书总目》视之为"荒怪之谈",而附于小说家类之中。

《月旦堂仙佛奇踪》中的《黄帝见广成子图》(图9-5)与《列仙全传》的《黄帝见广成子图》一样,都充满了浓厚的宗教气息。画中广成子以一副慈眉善目道教真人的形象出现在观者面前,画面中的他正经端坐于树荫之下岩石之上,神态和蔼,体态圆润,手持拂尘,面含微笑地望向位于下方问道的黄帝,而画面中的黄帝则作为一个普通的求道者形象出现,站立于广成子下方,身体微躬施礼于广成子,姿态虔诚谨慎,毫无帝王之姿。

图9-4　列仙全传·黄帝见广成子　王世贞辑,　　图9-5　月旦堂仙佛奇踪·广成子图　洪自诚撰
　　　　汪云鹏补

这两幅版画的前页都附有《庄子》中"黄帝问道广成子"的故事原文,但《列仙全传》与《月旦堂仙佛奇踪》都是明代记载仙佛一类故事的民间小说,其成书目的是在于宣传道佛两家的宗教教义。在这两本书中,"黄帝问道广成子"的故事已经变为了宣传道教长生之道的神仙故事,而不是《庄子》中宣扬的道家"无为"之说的故事,而上述的两幅版画也是在这种成书意图的基础上创作,因而这两幅版画创作意图都已不再是宣扬《庄子》中的道家学说,而变为了宣传道教的神仙教义。由此也可以看出"黄帝问道广成子"的故事在世俗文学中已经远离《庄子》文本,逐渐宗教化了,而根据故事文本创作出的"黄帝问道图"亦是如此。

通过对上述历代《黄帝问道》图的论述,可以看出《黄帝问道》文图母题图绘流变的"宗教化"特征是非常明显的。虽然这些画作之中也不乏文人士子借此故事来抒发他们对道家逍遥自适的隐逸生活的向往与追求,与《庄子》文本故事的内容主旨比较贴近,但大多数画者还是选择将此故事当作一个经典的道教神仙故事来进行创作描绘,最典型的莫过于道士杨世昌的《崆峒问道图》与赵孟𫖯的《轩辕问道图》,其中渗透着浓厚的宗教气息,而这种宗教气息也延续到了民间的问道图中。

而《黄帝问道》文图母题之所以会出现明显的宗教化特征,主要是因为在"黄帝问道广成子"的故事中,广成子向黄帝所传授的道家"至道"以及"修身得道"的方法为后世道教出现的修炼方式、功夫层次以及修炼目的提供了理论和思想上的根据,促进了道家向道教的演变。首先,《庄子》中对"黄帝问道广成子"故事的记载为道教的修炼方式、功夫层次提供了理论上的依据。在故事中广成子向黄帝讲述了何为"至道":"至道之精,窈窈冥冥;至道之极,昏昏默默。"之后便教授其得道方法即"修身得道":"无视无听,抱神以静,形将自正。必静必清,无劳女形,无摇女精,乃可以长生。目无所见,耳无所闻,心无所知,女神将守形,形乃长生。"主张修炼神形,层层递进,从而达到神形相守长存,最终得道的目的。而最后广成子以已为证:"故我修身千二百岁矣,吾形未尝衰。"证明了这种修炼方式及功夫层次的合理性。由此可见《庄子·在宥》时期的道学后人已将道家追求"至道"、与道合一的思想变为了追求长生不死,并落实到具体的修炼之术中,使道家之"道"开始向道家之"术"演变,其中获取"至道"的方法亦演化为了后世道教追求长生的具体修炼之术。崔大华先生也曾在其《庄学研究》里指出"女神将守形,形乃长生""我守其一以处其和,故我修身千二百岁矣"等是道教"形神相守""身神并一""守一""守神"等观点的最初最直接的理论来源。[①] 其次,故事中的相关记载也为道教修炼目的提供了思想上的根据。原文中广成子曾言:"彼其物无穷,而人皆以为有终;彼其物无测,而人皆以为有极。"[②]他认为宇宙万物变幻莫测,远非常人能究其终极,换言之长生亦是如此,而人对宇宙万物的终极,特别是人的生死总是抱有一种敬畏而又好奇的心理,欲觅其规律并超越规律,使自身成为一种永恒的存在,即使是享尽了世间富贵的帝王也一样有这方面的追求,例如秦皇汉武,但往往始终都不得其法,穷其所有难得"道之万一",最终无疾而终,使得道长生成了一种遥不可及的奢望。而在故事中早已得道成仙的广成子则为众多的"求道之人"带来了希望,在故事里广成子"身千二百岁"而"形未尝衰",甚至能与"日月参光"与"天地为常",在变化无穷的宇宙中找到了使其能够永存之道,并将其与人的生死联系起来,即:"得吾道者,上为皇而下为王;失吾道者,上见光而下为土。"广成子成了得道长生的典范与证据,他在宣传了道家学说的同时更为道教实现长生的终极目标提供了思想依据。

---

① 崔大华:《庄子研究》,人民出版社 1992 年版,第 489 页。
② 郭庆藩撰,王孝鱼点校:《庄子集释》,中华书局 1997 版,第 383 页。

第三节 "赵氏孤儿"

"赵氏孤儿"最早记载于《春秋》:"(宣公二年)秋九月乙丑,晋赵盾弑其君夷皋。(成公八年)晋杀大夫赵同、赵括。"①《左传》对"赵氏孤儿"的故事进行详尽描述,事件有了前后脉络。《左传·宣公二年》"晋灵公不君",晋灵公暴虐,多次欲诛杀赵盾未果,赵盾为义士所救,赵盾逃亡,赵穿弑杀灵公,赵盾回国拥立新君。《左传·成公四年》晋赵婴通于赵庄姬。《左传·成公五年》春,原、屏放诸齐。《左传·成公八年》赵庄姬因赵婴被逐怨恨赵同、赵括,诬陷赵氏兄弟谋反,赵氏灭族。赵武跟随赵庄姬入晋公宫幸免于难。韩厥以赵氏有功于晋说服景公立赵武为赵祀,归还赵氏田邑,赵氏得以复兴。"赵氏孤儿"的原型赵武在《左传》中首次亮相。汉代司马迁《史记·赵世家》首创了"赵氏孤儿"的故事。故事中出现了屠岸贾、程婴等人物,"屠岸贾诛杀赵氏","义士存孤""程婴藏孤"等情节出现。

河南洛阳郊区八里台汉墓壁画曾存有"赵氏孤儿"图像残片,形式上是目前所知最早的连环展开样式,"赵氏孤儿"按情节分组绘出,共计有"屠岸贾矫君命杀赵氏家族""诸将受命杀赵氏家族""程婴、公孙杵臼与韩厥密商救孤之事""孤儿成人后复出报仇"四组情节。但是壁画流失、破损严重,留存下来一些残片。②

南阳杨官寺汉画像石墓出土的汉画像石雕刻了"赵氏孤儿"四组图像。这里选用了单景式构图法,画家利用一个画面,将故事中重要时间点上事件表现出来,画像中的故事描绘了"程婴存孤"和"獒咬赵盾"。自下而上分为四组图像,第一组图中有四人,左手二人手持棍棒,侧身向右行走,右手二人双手相拱,迎接左边二人,后面雕刻了一个婴儿。第二组人兽相互搏斗,兽在左侧,人居右侧。第三组四人,左侧二人争执一物,右侧二人奔跑状。第四组,两人居左,一人居右,中间瘦小的是孩子,老人右手握剑,左手抚摸小孩的散发。"南阳汉画像石受到了当时哲学和美学思想的影响,以其简洁洗练的表现手法和不拘小节的艺术特点闻名于世。"③这组图像具有南阳汉画像石的特点"大""满""动"。这里的"满"是气韵上的满,人物形象在举手投足之间表现,伸展自若,动作流畅简明,活泼生动。

清代画家荣苗手绘《赵氏孤儿图》,图像中老者怀抱婴儿,似跪于地上,一旁的将军神情复杂,背挎弓箭,右手持剑,画面将韩厥的纠结与程婴的忠义尽力刻画出来,白须老者与婴儿仰头面朝韩厥,程婴似乎在恳求韩厥,韩厥与程婴相对,面对这一老一少,心存不忍。"赵氏孤儿"故事中的各种矛盾冲突与纠结使故事跌宕起伏,扣人心弦,图像选取程婴与韩厥相对的时刻,是人物内心各种矛盾最

---

① 黄竹三、冯俊杰:《六十种曲评注》,吉林人民出版社2001年版,第177页。
② 史仲文:《中国艺术史》,河北人民出版社2006年版,第179页。
③ 郑世华:《论南阳汉画像石的艺术精神实质》,《美与时代》2009年第8期。

激烈的一刻,看似平静的一幕下暗藏人物内心的此起彼伏,图像于无声处胜有声。画面中韩厥正对着我们,位于画作的中间位置,着重表现韩厥的面部表情,与汉画像石相比较,图像由人物动作的写意转向了人物神情的细腻雕琢。和文献相比,图像在翻译文本时,加入了画家自己的想象,落日、松树、湖边等场景的构造,营造了一个萧瑟的氛围。程婴的跪地,韩厥的回首,一高一低,一老一少诸多对比将文本中的纠葛显现出来。

现代画家高马得将漫画的表现手法与中国画技巧结合,借鉴京剧艺术的程式表现手法,妙趣横生,形成了独特的风格,创作了《赵氏孤儿图》。史传文学的传播从文本到图像,再到戏曲经历了不同的传播方式,民间俗文学成了民国时期史传文学的主要方式,图像与戏剧的融合将史传文学进行了二次描绘。"赵氏孤儿"的故事最早记载于《春秋》,经过历代的改写,故事情节逐步丰满并被演绎,图像也在不断发生变化,民间流传使得文字与绘画都逐步走向脸谱化、程式化。"民间语图以功用性观念为核心,上层语图以非功用性的审美为指归;民间语图讲究重复稳定,上层语图则要求创新变异;民间语图融于生活和民俗事项,上层语图则高于生活追求超脱情致;民间语图被认为是所谓的'俗'艺术,上层语图则是被文人标榜的'雅'艺术。"①从这里我们可以看到"赵氏孤儿"的人物脸谱化明显,韩厥立于图像的右侧,右脚踩药箱,神情飞扬跋扈,双手欲拔剑,程婴跪拜于画面的左下角,双手摆放于胸前,苦苦哀求。我们通过人物图像的神情与动作,清楚感受到人物的性格。

第四节　先秦渔父母题与历代渔父图

"渔父"是中国文学史与绘画史中的重要传统之一。中国文学史和绘画史上有很多对渔父的描写与图绘,渔父成了中国传统文化中一个著名的文图母题和文化符号,研究先秦渔父形象的形成、后世对渔父的图绘以及两者之间的关系显得十分必要,也很有意义。

一、先秦渔父母题

先秦的文献记载中已经有与渔父相关的内容,即渔父的文学原型或历史原型,较为人熟知的有《庄子·渔父》《庄子·秋水》《楚辞·渔父》、姜太公等。②

《庄子·渔父》一文写一渔父"下船而来,须眉交白,被发揄袂",听孔子弦歌

---

① 李彦锋:《中国绘画史中的语图关系研究》,上海大学博士论文,2010 年。

② 学界曾怀疑《庄子·渔父》《楚辞·渔父》的真实性,但这不属于本书讨论的重点,故本书暂定其为庄子、屈原的作品。

鼓琴,并与孔子及子贡、子路对话。渔父批评孔子"苦心劳形以危其真""擅饰礼乐,选人伦,以化齐民""今不修之身而求之人",并提出"真"的内涵是"精诚之至",要"谨修而身,谨守其真,还以物与人""法天贵真,不拘于俗"。孔子非常尊敬这位渔父。渔父远去之时,淡然潇洒,不曾犹豫,留给后人一个体悟大道、不拘于俗的智者形象:

> 客曰:"吾闻之,可与往者与之,至于妙道;不可与往者,不知其道,慎勿与之,身乃无咎。子勉之! 吾去子矣,吾去子矣!"乃刺船而去,延缘苇间。①

《庄子·秋水》中"钓于濮水"的庄子则是一个淡泊名利、鄙弃权势、逍遥避世的钓者形象:

> 庄子钓于濮水,楚王使大夫二人往先焉,曰:"愿以境内累矣!"
>
> 庄子持竿不顾,曰:"吾闻楚有神龟,死已三千岁矣,王巾笥而藏之庙堂之上。此龟者,宁其死为留骨而贵乎? 宁其生而曳尾于涂中乎?"
>
> 二大夫曰:"宁生而曳尾涂中。"
>
> 庄子曰:"往矣! 吾将曳尾于涂中。"②

屈原的《楚辞·渔父》写自己与渔父的对话,以对比的手法表现二人的观念冲突。屈原认为"举世混浊我独清,众人皆醉我独醒","宁赴湘流,葬身于江鱼之腹中,安能以皓皓之白,而蒙世俗之尘埃乎?"而渔父认为,"圣人不凝滞于物,而能与世推移。世人皆浊,何不淈其泥而扬其波? 众人皆醉,何不餔其糟而啜其醨? 何故深思高举,自令放为?""沧浪之水清兮,可以濯吾缨。沧浪之水浊兮,可以濯吾足。"③渔父这一懂得与世推移、明哲保身、遵循时命的形象与屈原的执着愤然、恪守信念形成鲜明的对比,屈原也正是借此表明坚守崇高精神品行、不与世俗同流合污的坚定信念。

《吕氏春秋·谨听》《吕氏春秋·首时》中记载的姜太公也是为后世熟知的钓者形象,他在渭水边垂钓以观文王,等待被任用:

> 故当今之世,求有道之士,则于四海之内、山谷之中、僻远幽闲之所,若此则幸于得之矣。得之则何欲而不得? 何为而不成? 太公钓于滋泉,遭纣之世也,故文王得之而王。文王,千乘也;纣,天子也。天子失之而千乘得之,知之与不知也。(《谨听》)④
>
> 太公望,东夷之士也,欲定一世而无其主。闻文王贤,故钓于渭以观之。(《首时》)⑤

先秦典籍中记载的渔父形象是中国渔父题材的源头,"这几个渔父均是产生

---

① 郭庆藩撰,王孝鱼点校:《庄子集释》,中华书局 1961 年版,第 1033—1034 页。

② 郭庆藩撰,王孝鱼点校:《庄子集释》,中华书局 1961 年版,第 603—604 页。

③ 洪兴祖撰,白化文等人点校:《楚辞补注·渔父第七》,中华书局 1983 年版,第 179 页。

④ 吕不韦著,陈奇猷校释:《吕氏春秋校释》(上),学林出版社 1984 年版,第 704 页。

⑤ 吕不韦著,陈奇猷校释:《吕氏春秋校释》(上),学林出版社 1984 年版,第 1767 页。

于国家政权交替或君主昏庸、社会动荡的时代,渔父的思想也具有较多的相似性,但侧重点略微有异"①。其相似性在于渔父、钓者多为体悟大道的智慧老者的形象,作者借其寄予清高孤傲、不与世俗同流合污、追求自由隐逸生活的精神向往。侧重点却有不同,这体现在渔父、钓者的动机与讲述的道理上,如钓于濮水的庄子追求的是逍遥避世,《庄子》中的渔父讲述的是"法天贵真,不拘于俗"的道理,《楚辞》中的渔父讲述的是与世推移、随遇而安的道理,姜太公则是怀着贤才待用的动机。

庄屈作品中"渔父"的"父"又作"甫",为老年男子之称,推而广之,自庄屈创渔父意象,现实中的捕鱼人、垂钓者、泛舟于江河的隐逸之士被写进文学作品时,往往就是被看作"渔父"形象,且寄寓了淡泊归隐、旷达超脱、逍遥避世的隐士理想。于是,渔隐传统随着历史推移逐渐形成,绵延不断,众多文人与士大夫在功名利禄面前和渔父做出了同样的选择,鱼钓与渔隐在文学史、诗词史中大放异彩。

例如,《淮南子·齐俗训》记载"惠子从车百乘以过孟诸,庄子见之,弃其余鱼"②,以示不满。东汉辞赋家张衡的《归田赋》展示了其回归田园后的垂钓之乐:"谅天道之微昧,追渔父以同嬉;超埃尘以遐逝,与世事乎长辞……尔乃龙吟方泽,虎啸山丘。仰飞纤缴,俯钓长流,触矢而毙,贪饵吞钩;落云间之逸禽,悬渊沉之鲅鳎。"③《后汉书·逸民列传》记载了严光的事迹:光武帝寻找严光以帮助治理国家,有人报告说有一男子身披羊裘在泽中钓鱼,确是严光。严光一直不肯出仕,后垂钓终老。这是历史上"渔"的一个典型人物。陶渊明的《桃花源记》借武陵渔人发现桃花源这一安宁美好之地,抒发对理想社会的向往。阮籍《咏怀四言三首》其一表现了他对渔父生活的向往之情:"适彼沅湘,托分渔父,优哉!游哉!爰居爰处。"④唐代诗人、画家张志和远离宦海,渔隐为乐,自称"烟波钓徒",留下了意境高远的《渔歌子·西塞山前白鹭飞》:"西塞山前白鹭飞,桃花流水鳜鱼肥。青箬笠,绿蓑衣,斜风细雨不须归。"⑤整首词动静结合,虚实相生,色调清雅,表现出词人心境清净、心胸旷达,为后人广为传颂,张志和也因此成为"渔父词词祖"。唐代高僧、词人德诚,人称"船子和尚",浮舟于华亭、朱泾间,有《船子和尚拨棹歌》二卷传世。"乾坤为舸月为篷,一屏云山一罨风。身放荡,性灵空,何妨南北与西东"⑥正是他心灵的真实写照。杜牧《赠渔父》中的"自说孤舟寒水畔,不曾逢著独醒人"⑦似是穿越历史,回应屈原的"举世皆浊我独清,众人皆醉

① 李彦锋:《论元代绘画中渔父题材的普适性》,《文学与图像》第二卷,江苏教育出版社2013年版。

② 刘安编,何宁撰:《淮南子集释》卷十一《齐俗训》,中华书局1998年版,第818页。

③ 张衡:《归田赋》,赵逵夫主编:《历代赋评注》(汉代卷),巴蜀书社2010年版,第722页。

④ 陈伯君校注:《阮籍集校注》,中华书局1987年版,第200页。

⑤ 《钦定四库全书·集部八·御定全唐诗》卷308,清文渊阁《四库全书》本。

⑥ 释德诚撰、释坦辑:《船子和尚拨棹歌(机缘集)》,元至沿壬戌坦上人刻本。

⑦ 《钦定四库全书·集部八·御定全唐诗》卷524,清文渊阁《四库全书》本。

我独醒"①。南唐李煜的《渔父》词表达了对渔父有酒有竿、自由快活生活的向往。北宋词人朱敦儒晚年隐居垂钓，曾写六首渔父词。元代女词人管仲姬曾填《渔父词》四首。清代诗人王士祯的《题秋江独钓图》很是著名："一蓑一笠一扁舟，一丈丝纶一寸钩。一曲高歌一樽酒，一人独钓一江秋。"

二、历代渔父图与先秦渔父母题

中国绘画史上，从山水画萌芽到发展成熟，即从魏晋南北朝到明清时期，历代都有画家以渔父为题材作渔父图，数量之多、质量之高，堪称文化奇景。

以渔夫为题材的绘画在魏晋南北朝已出现，戴逵、史艺、史道硕、史文敬等画家都创作了渔父图。

唐宋时期，众多画家以渔父为题材作画。据《宣和画谱》记载，唐代，李思训有《江山渔乐图》，王维有《捕鱼图》，荆浩有《秋景渔父图》。② 五代，关仝有《江山渔艇图》《秋山渔乐图》。宋代，董源有《山麓渔舟图》《密雪渔归图》《江山渔艇图》《渔父图》《渔舟图》，李成有《秋山静钓图》《江山渔父图》《烟波渔艇图》，许道宁有《雪江渔钓图》《秋江闲钓图》《江山捕鱼图》《晴峰渔钓图》《层峦渔浦图》《晴峰渔浦图》《捕鱼图》，郭熙有《冬晴渔浦图》，孙可元有《山麓渔歌图》，赵干有《冬晴渔浦图》，陆瑾有《捕鱼图》，燕肃有《春岫渔歌图》《冬晴钓艇图》，宋迪有《晴峦渔乐图》《烟岚渔浦图》，王毂有《雪晴渔浦图》，黄齐有《晴江捕鱼图》，李公年有《秋霜渔浦图》《秋江静钓图》《江山渔钓图》，王诜有《江山渔乐图》《渔村小雪图》《柳溪渔浦图》，梁揆有《莲溪渔父图》，冯觐有《霜秋渔浦图》，巨然有《秋江渔浦图》《溪山渔乐图》《寒溪渔舍图》《江村捕鱼图》《江山静钓图》《远山渔浦图》。

此外，唐宋时期，韩滉、张志和、陆晃、卫贤、朱简章、李唐、马远等均绘有渔父图，可惜这些画作存世的已不多。

唐宋的渔父图可谓达到了一个高度，数量繁多，品质高超，画家们多于旷远的山水境界中点缀渔舟点明主旨，而在主题与构图上有多元化的趋势，有的更是独具匠心，个性化突出。

北宋许道宁的《渔父图》(图 9-6)为人熟知，山峰险峻，树木苍劲，开阔的江面上有数只渔舟。山石部分用浓墨直扫的皴法，展现山崖的陡峭与岩石坚硬的质感，有力度之美，而画面中心的山谷将观者视线拉向远处，加强了画面的深度；树木部分用粗笔描绘，枝叶干瘦，风格狂逸；江面部分辽阔平静，渔舟分散其中。画作整体层峦叠嶂，壮阔幽远，墨色深浅相映，山之三远"高远、深远、平远"基本都有展现，可见绘者炉火纯青的绘图技艺。

---

① 黄灵庚疏证：《楚辞章句疏证》，中华书局 2007 年版，第 1901—1902 页。

② 潘运告主编，岳仁译注：《宣和画谱》，湖南美术出版社 1999 年版，第 207、212、223 页。

图9-6　渔父图　许道宁　美国堪萨斯城纳尔逊美术馆藏

　　《秋江渔隐图》(图9-7)是马远的代表作之一,绘一位老翁双手怀抱木桨,伏于船头闭眼睡觉,小舟泊于芦苇丛中,一根鱼竿斜插于船篷,水波粼粼。"此画作于1231年,蒙军入境,破城百余座,宋军死伤不计其数,亡国之势更加明显……图上渔翁依船而眠,以应对国运的颓败,自有一种无可奈何的孤独伤感与痛苦悲凉。"①大部分画家作渔父图时通常选用大片山水为背景,而人物细小,以此表现渔父与山水相依、互融的状态,而马远的这幅《秋江渔隐图》另辟蹊径,给了渔父一个近距离特写,用简洁而生动的线条刻画出他的神态、动作,背景用淡淡的水波、稀疏的芦苇表现秋天萧瑟的氛围,配合画面左侧理宗的题诗"月落江天罢钓鱼,倚舷坐睡梦华胥。芦丛何必扁舟系,波漾风吹任所如",见者伤心。

　　马远另一幅代表作《寒江独钓图》(图9-8),用细线勾绘一叶扁舟,一老翁坐于船头,身体前倾,右手握竿垂钓,船上有蓑衣、斗笠和捕鱼用具,船尾微微翘

图9-7　秋江渔隐图　马远　台北
"故宫博物院"藏

图9-8　寒江独钓图　马远　日本东京国立博物馆藏

①　刘建荣:《隐逸的山水——隐士文化对中国山水画的影响》,《天津美术学院学报》2012年第4期。

起,船身周围有淡淡水波。渔翁在画面中央,画面其余部分为空白。这份空白衬托出江面的辽阔、钓者的孤独,烟波浩渺,孤寂凝重,寒气逼人,可谓虚实相生,意境缥缈。马远构图时偏爱一角、片段、留白,高度提炼,引发远思,从这两幅渔父图中便可见素有"马一角"之称的他绘图的独特之处。

李唐的《清溪渔隐图》(图9-9)绘静谧、清幽的山村渔隐景色。乡间房舍临水,古朴安逸,溪水环绕,流向远方,木桥立于溪上,小巧别致,树木葱郁,湿墨点染。岸边有一老翁坐于船头垂钓,芦苇细密。画家对景物进行了取舍,构图独特,不留天也不留地,采用近景描绘,寥寥几笔勾勒出渔翁垂钓,使渔隐主题凸显。画面清新平和,淡雅宜人,恰合画题。

图9-9 清溪渔隐图 李唐 台北"故宫博物院"藏

到了元代,渔父图创作到达了顶峰。"元代时期渔父题材在绘画及其他艺术门类中大量涌现,元代'渔父'超越了贫富、阶级甚至是民族——写、绘渔父的不仅有抱恨滴泪的前朝遗民,也有捐弃旧怨的文人,更有地位显赫、仕途腾达的官宦及蒙古族权贵,元代的朝野上下几乎都对渔父表现出特有的钟情和偏好。这使得渔父题材的'特适性'逐渐减弱,从而成了具有多义和超越特征的普适性题材。"[1]

元代诸多文人、画家借渔父诗、渔父图抒发内心情感,如吴镇、姚绶、倪瓒、王蒙、朱德润、萨都剌、赵雍、盛懋等。其中,吴镇号"梅花道人","元四家"之一,毕生未入仕途,性格孤高,清贫度日,是以画渔父图而著称的画家。他常以"渔隐"为主题,自画自题,他的诗、书、画,时人称为"三绝"。

画史记载吴镇曾绘许多幅《渔父图》,而存世《渔父图》为四幅,分别藏于故宫博物院、台北"故宫博物院"、上海博物馆和美国大都会艺术博物馆。他的四幅《渔父图》在构图方式与景物描绘上基本相似。另外他的《秋江渔隐图》《芦花寒雁图》《洞庭渔隐图》和《芦滩钓艇图》等图也对渔父进行了描摹。

吴镇构图多选用"一河两岸"三段式,近景、中景、远景层次分明,层层推进,远景常绘高耸崖壁或连绵群山,中部为宁静空阔的水面,碧波万顷,近景常绘苍

① 李彦锋:《论元代绘画中渔父题材的普适性》,《文学与图像》第二卷,江苏凤凰教育出版社2013年版。

松挺立、树木郁郁。整体绘图疏密有致,静中有动,深浅相宜,虚实相生。

吴镇喜用湿笔、浓墨,灵活运用皴、点、染的方法,营造出厚重、滋润的氤氲美感与幽深雅致的意境。为表现渔父主题,画家于各幅图中绘不同姿态的垂钓者,有的握桨仰天,有的持竿凝视水面,有的立竿远眺,动态感十足。渔舟通常被画得细小、细长,如同一片叶子,漂于苍茫水域,画家逍遥垂钓、摆脱浊世之志油然而生。

同时,除了绘山水画抒发心意,吴镇还常常自题诗歌,于画中以草书书就。且来看故宫博物院所藏《渔父图》题跋:"目断烟波青有无,霜凋枫叶锦模糊,千尺浪,四腮鲈,诗筒相对酒葫芦。至元二年秋八月,梅花道人戏作渔父四幅并题。"台北"故宫博物院"所藏《渔父图》题跋:"西风潇潇下木叶,江上青山愁万叠。长年悠优乐竿线,蓑笠几番风雨歇。渔童鼓栧忘西东,放歌荡漾芦花风……"《秋江渔隐图》画上自题:"江上秋光薄,枫林霜叶稀;斜阳随树转,去雁背人飞。云影连江浒,渔家并翠微;沙涯如有约,相伴钓船归。"《洞庭渔隐图》题诗曰:"洞庭湖上晚风生,风搅湖心一叶横。兰棹稳,草花新,只钓鲈鱼不钓名。"吴镇的这些题诗,与他的绘画同样精彩,抒发了淡泊的渔隐之志与对山水自然景色的热爱之情,诗、书、画相映,美感加强,也起到了深化主题的作用。

图9-10　渔庄秋霁图,
　　　　倪瓒　上海
　　　　博物馆藏

元代画家萨都剌是蒙古人,才华卓著,但数度左迁使其寄情渔父,选用"严子陵钓台"这一古迹绘图,以抒发失意的情绪。《严陵钓台图》采用左右结构构图,右侧绘崇山峻岭间苍松蜷曲挺拔,有一茅屋立于钓台之上,左侧绘江面空阔,有一叶小舟,一人立于舟中,远处群山连绵。画家用墨繁复错综,意境开阔幽深。元代蒙古族权臣身份的萨都剌同样会选择画渔父图,使得"下至平民、上至权臣"的"渔父"这一题材的"普适性"得到印证。

以渔父为题材的绘画基本要有山水、小舟、钓翁几个元素,而倪瓒的《渔庄秋霁图》(图9-10)可谓"一隐到底",没有渔舟渔翁,只分三段,由近到远描绘丘上几株树、空阔的水面、空旷的远山。画面中部以小楷长题连接近景远景,过渡天然。整幅画乃纯自然景物描摹,不见人迹、鸟影、舟身,孤寂幽寒,可谓画家隐于山水、孤独避世、空灵心境的写照。画家在十八年后重见此画时补题诗款:"江城风雨歇,笔研晚生凉。囊楮未埋没,悲歌何慨慷。秋山翠冉冉,湖水玉汪汪。珍重张高士,闲披对石床。"整首诗"凉""悲"至极,这个孤高桀骜的画家,用一幅图、一首诗道尽了他晚年的孤苦心境。"元时的渔父题材绘画,已脱离了南宋时期忧国忧民的苦闷情绪,渔父成为蔑视功名、气节高尚的逸士代表,这种追求高洁品性、借画抒发胸臆的行为在此时达到顶峰。可见到了元代,'渔父'已经完全成了归隐的符号代表,作者的个人意识在绘画中得到强调和发展,是元代绘画的最大特点。"①并且,元代文人画家虽然继承了前代文学中渔父的题材,但却不再"固执",转而放弃了屈辞渔父或者是严光渔父中"发愤""发愤绝尘出世"的人生态度,当然更少了姜尚渔父待时而动的谋士期望,转而采取了"发愤悟行藏之有命,宜顺天而委和"的退避态度。元代的文人画家由怀才不遇转向了随遇而安,他们多数游移于朝野两个文化场域,将渔父的高蹈隐逸泛化成了一种社会普遍的呻吟。元代渔父图中多见渔父为冠发、朝服的士人、官吏形象,区别于元代之前的普通渔翁形象。元代绘画中的渔父不仅垂钓,还远眺、仰天、清啸,有突出的时代特色。此时的"渔父"已经成为被广泛认可和接受的归隐的符号象征,常为文人自况,绘入画中,抒发胸怀,保留心中那一份山水天真。并且,自宋入元,伴随着山水画逐渐由写实到写意的趋向,渔父图也呈现了相似的变化趋势,形简而意丰。

及至明清,以渔父为主题的绘画相比前代偏于写实,山水意境和"隐"的主题淡化,世俗气息和闲适安逸的人文主题凸显,个性化、个人抒情性达到了极致。区别于明之前最常出现的"万顷山水间一叶小渔舟"的构图,此时期的渔父形象常以近景特写的方式出现,具体写实地描绘其钓时的状态、神态,生活气息浓郁。

例如,以戴进、吴伟、张路为代表的浙派画家主宗南宋院体画,常呈现类似马、夏的边角之景,画面偏于写实,描绘现实之景,世俗气息浓厚,笔墨强烈劲健,豪放淋漓,因此其渔父图并未着重表现渔隐的意蕴,而是更多展现世俗的渔乐氛围。姚绶宗法元人,绘图重写意,静穆沉稳。吴门画派领袖沈周的《江村渔乐图》着重展现江面数只渔舟点缀其间,渔人垂钓,江边屋舍林立,人们或劳作或玩耍的景致。蒋嵩的《渔舟读书图》绘一渔舟上有一渔翁和一读书人,开创了新的意境。蓝瑛集众家之所长继而自成一派,他的《云壑藏渔图》《秋山渔隐图》《桃花渔隐图轴》等几幅作品,苍润古朴,气势阔大,设色新奇,常绘一对渔舟隐于山水间,舟上文人对话,恬淡悠闲。

姚绶宗法吴镇,山水格调清新,注重营造意境之美。他的《秋江渔隐图》绘远山近石,江面开阔,近处树木挺拔繁茂,树下有一叶扁舟,一人着袍服,戴乌纱,坐于船头,持竿钓鱼。上方自题诗跋。姚绶此作品的创作继承了吴镇技法和传统,画面层次分明,墨色深浅结合,用笔粗犷厚实,传达出沉静、苍凉的氛围和天地间"一舟一钓翁"的孤独感。

张路的《渔父图》,绘绝壁突出溪岸,一叶木舟上,渔父立于舟头,眺望远方的水面,提网欲撒,身后有一童子,撑杆划舟,山崖遮掩其半个身体,有划舟而出的动感。两人皆露出臂膀和腿部,质朴天真,神态安详专注。此画平淡自然,用墨

---

① 刘建荣:《隐逸的山水——隐士文化对中国山水画的影响》,《天津美术学院学报》2012年第4期。

轻快随意,世俗风味浓重,"隐"的情感被淡化了。

浙派代表画家吴伟的绘画标志着明代宫廷绘画向文人画的过渡。他的绘画在取景、构图上时常呈现"马一角、夏半边"的特点,所画人物动作奇特,不落窠臼,开创了新的意象。

图9-11 江山渔乐图 吴伟 故宫博物院藏

他的《渔父图》用写实的手法别出心裁地描绘垂钓的一个瞬间,且钓法与众不同。岸边有一钓具三叉架竿支撑鱼竿,钓线垂入水中,钓者袖手立于竿旁,目不转睛地注视水面,以防错过鱼儿上钩。而他的《溪山濯足图》①更是独树一帜地绘出了渔父形象的代表动作"濯足"——古树高崖下,一渔翁粗衣短衫,坐于船头,远眺前方,手撑船板,双脚垂于水中,水波荡漾。渔翁形象逼真,悠然自适,画面充盈着自然真实的生活气息,可谓画家放浪不羁、清净闲适、沉浸山水之美的内心写照。

吴伟也绘全景式的《江山渔乐图》(图9-11),展现江南山水美景。远山绵延递推,近处坡石丛树,江面上由近到远点缀着多只渔舟,真实自然,与画意浑然相融,似是渔民真实生活写照。"渔乐"二字,正合此画和谐虚静的氛围,与明之前最常出现的表现萧瑟冷清氛围、孤寂清高主旨的渔父图相去甚远。此外,他的《湖山清夏图》《雪山捕鱼图》《山水图对轴》也有对渔舟、钓者的描绘。

清代绘渔父图较为著名的是"扬州八怪"之一的黄慎。他多画民间故事、劳动人民,如乞丐、渔翁、卖花翁、猎者等,成就非凡。黄慎所绘多幅渔父图,多为对渔翁的特写描摹,以草鞋、钓竿、斗笠、鱼儿表明其钓者身份,画旁题一首诗,画面简洁,写实生动,可谓世俗生活的真实写照。在绘画风格上,他独具匠心地把草书的笔法运用到对人物的线描中,线条飘逸酣畅,被誉为"草书入画第一人"。

他最著名的《渔父图》(图9-12)绘一位渔翁侧立,他头戴露顶斗笠,须发皆白,衣袍宽大,背部微微拱起,腰间系着竹编鱼篓,右手斜执竿,左手曲臂

图9-12 渔父图 黄慎 福建省博物馆藏

---

① 《溪山濯足图》,吴伟,设色绢本,纵129厘米,横69厘米,见上海人民美术出版社《艺苑掇英》第73期第1页。

抓住鱼线,鱼儿尾部上翘,似在挣扎,渔翁咧嘴而笑。画面右上角以草书自题诗曰:"篮内河鱼换酒钱,芦花被里醉孤眠。每逢风雨不归去,红蓼滩头泊钓船。"用笔飘逸粗犷,墨色枯湿变化,渔翁淳朴天真的笑容使民间世俗气息扑面而来。此外画家还有一幅同名画,题诗也相同,唯有正脸、侧面之分,姿态稍有区别。他的另一幅《渔父图》绘一渔翁提篮侧立,篮中有一鱼,正合诗意"篮内河鱼换酒钱"。

此外,他的《渔翁渔妇图》中还同时出现了渔翁、渔妇,绘一渔父憨憨地笑着,面对渔妇,背微拱,腰间背一竹编鱼篓,左手拿一鱼钩,上挂一只小鱼,渔妇回首,和渔翁对视。整幅作品点染生动,动态感十足,民间平淡真实的生活乐趣跃然纸上,两人的情义于纸上流动。

纵观历代渔父图,在构图、风格、绘画技艺、主题等方面大致呈现出来的整体趋势是:由全景式山水中点缀一叶渔舟到绘舟上之钓者,再到渔翁人物特写;由缥缈淡泊、凄冷孤寂的画面氛围到自然天真、平淡世俗的渔乐氛围;由写实到写意,再到写实,"渔隐"思想逐渐淡去,渔父图创作主题的多元化逐渐凸显;画家个人思想情感的个性化表达则伴随着渔父图创作的始终。

第十章 先秦文图关系理论

　　先秦时期文学还没有真正走向独立，很少有人讨论语象以及言、象关系问题，没有出现如"意象""兴象"等接近"语象"的词汇。语象作为呈现在语言之中的图像，是文学语言的一个显著特征。就是因为语象的存在，才使得语言向图像的转化成为可能。作为文学作品大规模存在的语象要到汉代，"汉赋产生以前，中国文学史上存在着 ·个文学缺失的时代。自《诗经》而后以至于汉初这一漫长的历史阶段，除了有楚辞特出于南楚大地以外，几乎不见有文学作品的呈现。"①所以在先秦时代，无论是在文学作品表达中，还是文学理论批评反省中，先秦作品主要不是自觉地把象作为文学语言中呈现的图像而书写和议论的。同样，先秦哲学家没有讨论到作为时间的语言与作为图画空间的视像之间的关系，也就是说，进入言、象、意探讨的老庄哲学中的"象"不是呈现在美术图画中，而是呈现在语言中，是一种言说的方式，是可见和有形的，但同时又是不可见的——"大象无形"（《道德经·四十一章》）。

　　虽然先秦哲学家没有直接讨论语象与图像的关系，也没有过多涉及言与象的关系，但我们还是可以通过道家对言、象、意（道）关系的论述以及先秦文学中的语象与图像的关联来探讨先秦的文图理论。

第一节 先秦道家论言象意关系

　　在先秦文化中，已有一些哲学家对言、象、意的关系进行过理论思考。对言、象、意关系思考的文本集中在《道德经》《庄子》及《周易·系辞》等。由于《周易》的文图（象）关系已另有专文单独进行处理，所以这里主要集中考察老庄即先秦道家怎样思考言、象、意关系的，尤其《庄子》在记录言、象、意关系方面材料最多，思考也最深入。本节在探讨这一问题时也会旁及先秦其他哲学家对这一问题的思考。另外，在正式讨论先秦道家言象意关系之前，有必要先对先秦道家中的意与道、言与意的关系作一澄清和说明。

---

① 程世和：《汉初士风与汉初文学》，中国社会科学出版社 2004 年版，第 255 页。

一、先秦道家意与道、言与意

《庄子》中的意包括了经验范围内可感知的那个对象，是语言所对应的那个所指，因为语言作为一个特定的符号系统，总要表达一定的情感、传达一定的信息，"言者所以在意""语之所贵者，意也"（《庄子·天道》），所以，意是语言所指的那个对象和实在，是可感知的那一部分。按杨国荣看来，在《庄子》的哲学系统中，与言相对的意既指意义或名的涵义，也指意念或意识内容，庄子的言意之辨则相应地既涉及语言形式与内涵的关系，也以名言与意念（意识内容或广义的心之所悟）关系的辨析为内容。《庄子·天道》篇中的语与意的关系，在这里略近于语词与概念或语句与命题的关系，"语以意为贵"，则意味着涵义在名言中处在主导的地位，①也就是说，道家中的言意关系是一种语义学层面的关系，语义学层面的关系关注的是语言指称问题，关注名与物、语言与实在的关系，关注语言自身的涵义，在这一层面庄子是持肯定态度的，他在《庄子·逍遥游》中强调名为实之宾、名止于实时，已同时肯定了名与实之间的对应性，认为名从属于实在，是对实在的反映，名在反映实在时不能越出或偏离"实在"②，也凸显了名所内含的分与别等功能。道家中的言意关系也是一种表达层面的关系，就是语言能否表达思维的对象和活动。庄子认为在这一层面上，语言只能表达部分的，即只能表达经验界、现象界范围内指称的，超出了经验界、现象界范围的道，或者是幽深微妙的思维活动（意），语言则是难以表达的，所以《庄子·天道》篇说："意之所随者，不可以言传也"，③这也说明言在尽意方面不能如愿，在这一层面上，我们可以认为，《庄子》提倡言不尽意。庄子持这样的观点，老子也是持这样的观点。

意也指意念或意识内容，若道在意识活动中能感知到的，道属于意的范畴，也就是说，那可意味、可感觉的道应属于意的范畴，所以存在之道（实践论中的物我关系）、境界之道（意识哲学中的某种精神存在状态）以及活动论中的宇宙本体之道应该都属于意的范围，但通过逻辑推理，属于可理解范围的宇宙的起源之道以及静止的宇宙本体之道不属于意识的范畴，因为它们的存在无法感知。比如，关于宇宙的起源，没法设定一个概念的对象比如"始"，架设宇宙万物有它的开始，同样有它未曾开始的开始，还有它未曾开始的未曾开始的开始——"有始也者，有未始有始也者，有未始有夫未始有始也者"，所以宇宙的起源只能从逻辑上去推理，不能从意识的内容、思维的对象概念角度去理解。

---

① 杨国荣：《〈庄子〉哲学中的名与言》，《中国社会科学》2006 年第 4 期。

② 《庄子·则阳》篇中也提道："言之所尽，知之所至，极物而已"，作者肯定了言能指称物的功能。

③ 郭庆藩编，王孝鱼点校：《庄子集释》，中华书局 1985 年版，第 488 页。

《庄子》中的意也包括经验范围内的、可感知的,但不是用来传达道的那一意识内容,这说明意在意识内容方面有些不与道重叠,意在言意关系中也意指语言自身的涵义和意义,所以也与道关系不大。由此可见,意与道,它们在内涵和外延方面很多是交叉重叠的,但双方也有各自独立的区域。由于《庄子》论题的核心是道,庄子主要思考的是言与道的关系,而道与意在内涵和外延方面很大部分是重叠的,所以《庄子》的言意关系探讨,很大程度上也是探讨言道关系,尤其当《庄子》从表达层面讨论言很难反映幽深、难测的意时,实际上也是在探讨言很难表达幽深、难测的道,因为道此时在意识中以可感知的方式即意展现出来。

二、意(道)不可言

在言意尤其言道关系中,老子和庄子都强调意(道)不可言,即语言无法表达意(道)。《道德经》开篇就提道:“道可道,非常道。名可名,非常名。”①也就是说,语言表达有它的局限性,即它无法把生生不息的、处在流动变化之中的无限的、大全的道呈现出来。为什么语言表达存在这样的局限性呢? 因为人所认识的世界状态实际上是一种语言状态,即庄子所谓“物谓之而然”的语言世界,言一旦脱口而出或诉诸文字,事物之“名”就被确定下来,而在形名之域的物之象是很难表达道的,因为道不是对象物,作为殊相的对象物是无法表达超越殊相的具有普遍规定的道,道也不是完全虚空的东西,如果道是完全虚空的东西,也可以用“名”(如“莫为”)称呼。由于道什么都不是,“言而非也”,因而庄子得出“道不可言”的结论。② 在《齐物论》中庄子清楚地解释和呈现了语言与道在这方面所存在的张力和无法调和的矛盾,“既已为一矣,且得有言乎? 既已谓之一矣,且得无言乎? 一与言为二,二与一为三”③,道是整全的、无限的,其作为存在的普遍原理,以齐与通为内在品格,是“一”,但名言却是对这个世界的分与别,名言把这个世界分为二,然后又是三,所以《庄子·则阳》篇提到了“万物殊理,道不殊,故无名”④的观点,也就是说,名使存在从统一走向分殊,由此名言无法表达道。《庄子·秋水》篇还提到:“可以言论者,物之粗也;可以意致者,物之精也;言之所不

---

① 王弼注,楼宇烈校释:《老子道德经注校释》,中华书局 2008 年版,第 1 页。
② 在道与言的关系上,庄子还曾流露过这样一个观点,认为聆听和观看比言说更适合把握道,这从一个侧面表明了庄子对以言达道能力的怀疑,可看作对“道不当言”的一个补充。“视乎冥冥,听乎无声。冥冥之中,独见晓焉;无声之中,独闻和焉。故深之又深而能物焉;神之又神而能精焉。故其与万物接也,至无而供其求,时骋而要其宿,大小、长短、修远。”(《天地》)“天地有大美而不言,四时有明法而不议,万物有成理而不说。圣人者,原天地之美而达万物之理,是故至人无为,大圣不作,观于天地之谓也。”(《知北游》)
③ 郭庆藩撰,王孝鱼点校:《庄子集释》,中华书局 1961 年版,第 79 页。
④ 郭庆藩撰,王孝鱼点校:《庄子集释》,中华书局 1961 年版,第 909 页。

能论,意之所不能察致者,不期精粗焉。"①意思是说,在经验世界范围内,可以"言论",可以"意致",但在经验世界范围外,名言对"不期精粗",即不限于形下的经验世界的形上超验世界的表述是无能为力的。不仅如此,一般性的名言带有价值判断,常有成见,所谓"言非吹也"(《齐物论》),明释德清注曰:"谓世人之言,乃机心所发,非若风之吹窍也。"用这样的言去言说道,显然对道是一种损害,"是非之彰也,道之所以亏也"(《齐物论》)。

另外,语言也不能表达某种复杂微妙的意。《庄子·天道》云:"世之所贵道者书也,书不过语,语有贵也。语之所贵者意也,意有所随。意之所随者,不可以言传也,而世因贵言传书。"②这段话的意思是说,语言自有其珍贵之处。语言的珍贵在于传达意旨,但意旨中所包含的一些意义和意味并不是都能用语言传达出来的。当一些意义和意味无法用语言呈现的时候,此时无言反而比有言更接近所要言说的,《知北游》说:"至言去言。"即最高明的言论就是取消言论。又说:"辩不若默。"即能言善辩不如沉默无语。

语言也不能表达我们未知的部分:"故德总乎道之所一。而言休乎知之所不知,至矣。"③(《徐无鬼》)每个人的德统一在浑然的大道中,我们只能谈论我们所知道的领域,所以与无穷无尽的"道"相比,"言"是非常有局限的,对于宇宙中不知道的部分,根本无法进行言说,因为言说总要伴随理解和认知,对无法认知和理解的东西无法用言说进行下去。

先秦道家还进一步认为,言在达道方面最大的困境不是如何调整自己的修辞和言说方式来进一步达道,而是言说本身与存在(道)之间存在着本体论的差异。庄子在《齐物论》中为道与言划定了各自的界限:

夫道未始有封,言未始有常……有左,有右,有伦,有义,有分,有辩,有竞,有争,此之谓八德。六合之外,圣人存而不论;六合之内,圣人论而不议。春秋经世先王之志,圣人议而不辩……故曰辩也者有不见也。夫大道不称,大辩不言……道昭而不道,言辩而不及……孰知不言之辩,不道之道?若有能知,此之谓天府。④

言与道所存在的本体论差异在《知北游》篇中有所涉及:"道不可闻,闻而非也。道不可见,见而非也。道不可言,言而非也。"⑤"所以论道,而非道也。"⑥《知北游》篇的作者认为道不能听、看和说,能听、看和说的不是真道。究其原因也是因为道不等于对道的言说。《天道》篇的一则故事则具体说明了

---

① 郭庆藩撰,王孝鱼点校:《庄子集释》,中华书局 1961 年版,第 572 页。
② 郭庆藩撰,王孝鱼点校:《庄子集释》,中华书局 1961 年版,第 488 页。
③ 郭庆藩撰,王孝鱼点校:《庄子集释》,中华书局 1961 年版,第 852 页。
④ 郭庆藩撰,王孝鱼点校:《庄子集释》,中华书局 1961 年版,第 83 页。
⑤ 郭庆藩撰,王孝鱼点校:《庄子集释》,中华书局 1961 年版,第 757 页。
⑥ 郭庆藩撰,王孝鱼点校:《庄子集释》,中华书局 1961 年版,第 755 页。

这一点：

　　桓公读书于堂上，轮扁斫轮于堂下，释椎凿而上，问桓公曰："敢问，公之所读者何言邪？"公曰："圣人之言也。"曰："圣人在乎？"公曰："已死矣。"曰："然则君之所读者，古人之糟魄已夫！"桓公曰："寡人读书，轮人安得议乎！有说则可，无说则死。"轮扁曰："臣也以臣之事观之。斫轮，徐则甘而不固，疾则苦而不入，不徐不疾，得之于手而应于心，口不能言，有数存焉于其间。臣不能以喻臣之子，臣之子亦不能受之于臣，是以行年七十而老斫轮。古之人与其不可传也死矣，然则君之所读者，古人之糟魄已夫！"①

　　轮扁斫轮的故事则告诉我们，对真理的言说不等于真理本身，人在通过言说把握存在的真理过程中，只能是无限地亲近和趋向于它，并不等于所说的就是存在真理本身，轮扁所遇到的困难，就是无法把存在的真理（有"数"存焉于其间）用语言表达出来——"口不能言"，也不能用各种方式使听的对象明白——"不能以喻臣之子"。

　　综上所述，庄子学派对言与意（道）的关系上基本认为是言不尽意的，言可表达名、形、色等物之粗，物之精细、意之幽深微妙、道之至理尤其存在本身很难用语言来表述，②就如老子《道德经·第一章》所说的，"道可道，非常道，名可名，非常名。无名天地之始"③。所以老子和庄子都提倡在道面前尽量不言，"道常无名"，"圣人处无为之事，行不言之教"④，"知者不言，言者不知"⑤，"大道不称，大辩不言"⑥，尤其庄子，他在不同场合提倡"道不可言，言而非也"⑦，"道不当名"⑧，要"去言""忘言"⑨。

三、意（道）与象、言的关系

　　不过，庄子学派在一些场合也暗示，只要找到合适的表达方式，言说是可以指向"意"（道）的，"筌者所以在鱼，得鱼而忘筌；蹄者所以在兔，得兔而忘蹄；言者所以在意，得意而忘言。吾安得夫忘言之人而与之言哉！"（《庄子·外物》）在这里，"筌""蹄"为得物的工具，使用它们是为了得到"鱼"和"兔"，因而一旦达到了

---

① 郭庆藩撰，王孝鱼点校：《庄子集释》，中华书局 1961 年版，第 490—491 页。

② "世人以形色名声为足以得彼之情。夫形色名声，果不足以得彼之情，则知者不言，言者不知，而世岂识之哉！"（《庄子·天道》）《庄子集释》，中华书局 1961 年版，第 488—489 页。

③ 王弼注，楼宇烈校释：《老子道德经注校释》，中华书局 2008 年版，第 1 页。

④ 王弼注，楼宇烈校释：《老子道德经注校释》，中华书局 2008 年版，第 6 页。

⑤ 王弼注，楼宇烈校释：《老子道德经注校释》，中华书局 2008 年版，第 147 页。

⑥ 郭庆藩撰，王孝鱼点校：《庄子集释》，中华书局 1961 年版，第 83 页。

⑦⑧　郭庆藩撰，王孝鱼点校：《庄子集释》，中华书局 1961 年版，第 757 页。

⑨ "至言去言，至为无为，齐知之所知，则浅矣。"（《庄子·知北游》）《庄子集释》，中华书局 1961 年版，第 765 页。"言者所以在意，得意而忘言。"（《庄子·外物》）《庄子集释》，中华书局 1961 年版，第 944 页。

目的就可以将之放弃。而"言"在这里被喻为"得意"的工具,这里的"意"应是对"道"的本体的感悟之"意",而不是日常名理范围内的"意"。当运用它完成了"得意"的工作后,庄子认为最好的办法就是忘掉"言"这种外在形式,方可更好领会意。

可见,语言不是不可以表达道和深奥的意,而是要找到何种言说方式。老子和庄子所反对的是小言、常言、俗言,追求的是高言、至言、大言,所谓"大言炎炎,小言詹詹"①(《庄子·齐物论》),"是故高言不止于众人之心,至言不出,俗言胜也"②(《庄子·天地》)。老庄也批判理性之言,理性之言受名实关系和指称论的影响,过于强调语言的指称功能,侧重的是理性和知性的言说,而这种言说方式易走向把道坐实、凝固,把道框架在某一范围内,道是流动的、开放的、无边的,是无法坐实和凝固的。

为此,老子和庄子尝试着找到言说道的方式。老子首先开创了一种否定式的言说道的方式——"道可道,非常道,名可名,非常名",老子以否定的方式告诉世人,道不是对象物,道不是概念。庄子还采用了卮言的表达方式,卮言的言说呈现的是言说对象流变而无界限的性质,以此指道所表征的未始有封的状态。③除此以外,老子和庄子都涉及用象去言说意,尤其道。老子在《道德经·第二十一章》中隐约提到道与象与物存在的关联:"道之为物,惟恍惟惚。惚兮恍兮,其中有象;恍兮惚兮,其中有物;窈兮冥兮,其中有精,其精甚真,其中有信。"④(《道德经》)"道"这个东西,没有清楚的固定实体。它是那样的恍恍惚惚,其中却有形象。它是那样的恍恍惚惚,其中却有实物。由于道是不可见的,它不是具体物,有些意也幽深奥妙,它们无法用一般的物象来揭示自己,所以,先秦道家提到用"象"来言说道时,特别提到需要一种特殊的象才能言说道,在《庄子·知北游》中提到了"象罔",在《道德经》中提到了"大象"⑤。这类象所具有的特点是"无形迹",具有言说大道的能力。在《庄子·天地》中提到黄帝在游历中丢失了"玄珠"(比喻大道)而需要"象罔"帮助寻回的故事:

① 郭庆藩撰,王孝鱼点校:《庄子集释》,中华书局 1961 年版,第 51 页。
② 郭庆藩撰,王孝鱼点校:《庄子集释》,中华书局 1961 年版,第 450 页。
③ 卮言日出,和以天倪,因以蔓衍,所以穷年。(《庄子·寓言》)卮言有两个特点,一是无心之言,"言无言,终身言。"成玄英疏:"卮,酒器也。日出,犹日新也。天倪,自然之分也。和,合也……无心之言,即卮言也。是以不言,言而无系倾仰,乃合于自然之分也。"另是言说不固定和不坐实在某一物象上,"非卮言日出,和以天倪,孰得其久!万物皆种也,以不同形相禅,始卒若环,莫得其伦,是谓天均。天均者,天倪也。"如在《齐物论》中庄子为了表达道的不确定性,道不是具体物和具体属性,表达策略上用了"恢、诡、谲、怪"和"庸、用、通、得"这两组音近、义又通的字串,通过引用上述相近或排斥性的话语让语词保持开放。
④ 王弼注,楼宇烈校释:《老子道德经注校释》,中华书局 2008 年版,第 52 页。
⑤ "大方无隅,大器晚成,大音希声,大象无形。道隐无名,夫唯道,善贷且成。"(《道德经·第四十一章》)"执大象,天下往。往而不害,安平太。乐与饵,过客止。道之出口,淡乎其无味,视之不足见,听之不足闻,用之不足既。"(《道德经·第三十五章》)

　　黄帝游乎赤水之北，登乎昆仑之丘而南望，还归，遗其玄珠。使知索之而不得，使离朱索之而不得，使吃诟索之而不得也。乃使象罔，象罔得之。黄帝曰："异哉，象罔乃可以得之乎？"①

　　象罔之所以能得到它，就是因为"象"具有把有形与无形结合在一起的能力，如《庄子·庚桑楚》中所说："以有形者象无形者而定矣！"②自然，"感官（离朱）、理智（知）和言辩（吃诟）均不能获得它，但是具有象征意义的、虚实统一的艺术形象（象罔）却可以把握它。"③由于象自身是有形与无形、有限与无限的结合，具有动态性，而不是已然、已成的东西，已然、已成的东西叫形，"见乃谓之象，形乃谓之器"④（《周易·系辞上》）。"形对着狭义的视觉开放，幽明、显隐一体的'见'则非狭义的视觉可以把握，它只对着'感'开放。"⑤

　　象除了具有把有形与无形、有限与无限结合在一起的能力，在表意达道方面还有其他的优势。

　　首先，象具有神圣性。象属于"天""道"以及崇高者。"在天成象，在地成形"⑥。象也与道联系在一起，"执大象，天下往"⑦。河上公注："象，道也。"成玄英疏："大象，犹大道之法象也。""道之为物，惟恍惟惚。惚兮恍兮，其中有象；恍兮惚兮，其中有物。窈兮冥兮，其中有精；其精甚真，其中有信。自今及古，其名不去，以阅众甫。"⑧道也可以通过"象"表现出来，就如宇宙之道通过万象表现出来。原因是象可以表达道的某种存在方式，即老子提到的"恍""惚"，某种精微和无限的道的存在方式与象联系在了一起。

　　再者象具有比拟、象征的功能和想象的能力。先秦典籍中也记载"用象""取象"来表意："夫尊卑先后，天地之行也，故圣人取象焉。"⑨"水之性，不杂则清，莫动则平，郁闭而不流，亦不能清，天德之象也。"⑩

　　这两句中的"象"具有比拟的功能，就像人伦秩序与天地运行秩序可相比拟，人之德性与水之性可相并置一样。《庄子·庚桑楚》篇提到"以有形者象无形者而定矣"。"以有形者象无形者"中的"象"，成玄英疏为"似也"，福光永司释为"法"，他们的释义⑪突出了"象"的比喻功能和所具有的意义增殖功能，这也是

---

① 郭庆藩撰，王孝鱼点校：《庄子集释》，中华书局 1961 年版，第 414 页。
② 郭庆藩撰，王孝鱼点校：《庄子集释》，中华书局 1961 年版，第 798 页。
③ 韩林德：《境生象外》，生活·读书·新知三联书店 1995 年版，第 59 页。
④ 王弼注，孔颖达疏，李学勤主编：《周易正义》，北京大学出版 1999 年版，第 288 页。
⑤ 贡华南：《中国思想世界中的形与象之辨》，载《杭州师范大学学报（哲学社会科学版）》2008 年第 3 期。
⑥ 王弼注，孔颖达疏，李学勤主编：《周易正义》，北京大学出版 1999 年版，第 258 页。
⑦ 王弼注，楼宇烈校释：《老子道德经注校释》，中华书局 2008 年版，第 87 页。
⑧ 王弼注，楼宇烈校释：《老子道德经注校释》，中华书局 2008 年版，第 52—53 页。
⑨ 郭庆藩撰，王孝鱼点校：《庄子集释》，中华书局 1961 年版，第 469 页。
⑩ 郭庆藩撰，王孝鱼点校：《庄子集释》，中华书局 1961 年版，第 544 页。
⑪ 陈鼓应：《庄子今注今译》（下），中华书局 1998 年版，第 611 页。

"象说"的本质,即通过"象"的言说,把无形的、不在场的东西带出来,通过"象"能把有形与无形、有限与无限结合在一起,借此来传达超出名形之外的存在之道、境界之道。如《庄子·养生主》中,庄子一方面肯定了语言的指称功能——庖丁讲述了他自身解牛的经历,另一方面则通过这一象说构成的故事带出言(象)外之意,就如文中文惠君所说的:"善哉!吾闻庖丁之言,得养生焉。"庖丁言的是解牛之术,言说的是有形、在场的东西,文惠君从中得到的是一种无形、不在场的养生之意。庖丁借着寓言故事向文惠君传达了寓言故事中所蕴含的寓意,借着象说中"象"所具有的比喻功能和比拟功能使故事具有了意义的增殖功能,从而达到了言说无形的、不在场的意(道)的目的。有了意义的扩展延伸的能力,有了此物与彼物、有形与无形、在场与不在场的联结能力,象说就能把故事的意义带向深奥难言的意(道),而不是像一般的语言指称仅停留在形名之域。在这个意义上,《庄子·外物》所推崇的"蹄者所以在兔,得兔而忘蹄。言者所以在意,得意而忘言"中的"得意忘言"不是对"言"的否定和舍弃,而是对"言"的超越,成玄英疏云:"意,妙理也,夫得鱼兔本因筌蹄,而筌蹄实则异鱼兔,亦由元理假于言说,言说实非元理,鱼兔得而忘筌蹄,元理明而名言绝。"之所以能得到名言之外的元理,依赖于故事中的寓意和象说所具有的意义增殖功能。正因为象的言说具有比拟、比喻和意义增殖功能,所以《庄子》一书明确提出要用"象说"作为对道的言说方式。《庄子·寓言》篇中提道:"寓言十九,重言十七,卮言日出,和以天倪。寓言十九,藉外论之。"①寓言用藉外论之的方式言说,即寓言中寄托了作者的意(道),但作者不直接言意(道),而是借助人或物或事的故事以言意(道),然后意(道)从其中悟出。既然《庄子》所谓"寓言十九"即是指借人、借物、借事所说的占全书的十分之九,这说明作者采用文学的言说,即"象说"来言意(道)在写作中比例是很高的。

再者,象所展现的世界可以是一种场景、有细节、立体的形象世界,一般的语言无法立体呈现世界的场景以及这一场景中事物的关系,而存在之道就蕴藏在场景性的事物关系之中,一旦脱离场景性、生成性的事物关系之中,存在之道就不存在,既然一般的语言无法担当这方面的表意达道,那么语象就担当起这一言说,这方面庄子有自己深刻的思考。② 在庄子看来,存在之道发生在天地间人与物、物与物的深度聚合中,无论《天道》篇中的轮扁斫轮,还是《达生》篇中的痀偻

---

① 郭庆藩撰,王孝鱼点校:《庄子集释》,中华书局 1961 年版,第 947—948 页。

② 语象指的是语言中成象,它是文学文本区别于语言文本的一个重要标志。因为由语象构成的文学文本呈现的是包含场景和具体细节的形象世界,在这一形象世界中人与物、物与物之间的关系将在场景性的描写中给予具体的呈现。显然,庄子不是从语象角度去理解象的,因为在先秦时代,无论是在文学作品表达,还是文学理论批评反省中,先秦作品中的象都不是从语象意义上理解和使用的。对文学作为语言艺术具有形象化、视觉化特征的自觉认识要到汉代,但这并不影响我们在这里从语象角度来理解庄子欲通过象的言说即语言中成象的言说来达到的目的。

承蜩、津人操舟、吕梁丈夫蹈水、梓庆削木为鐻等故事中,人与物、物与物的深度聚合中绽放出道的存在。[①] 也就是说,存在之道的发生是在世界和场景中进行的,世界和场景给道提供了呈现的空间场所,在各个场景中人与物、物与物之间的深度关系又决定了道是蕴含其中还是远离而去,就如在轮扁斫轮故事中,轮扁给儿子呈现了一个他在做木工活时用锤子、凿子砍制轮子的场景性的展示:"斫轮徐则甘而不固,疾则苦而不入,不徐不疾,得之于手而应于心。"在这样的场景中,他手上制作轮子的工具与做轮子的木料之间处在这种深度的和谐关系之中,"甘而不固""苦而不入""不徐不疾""得之于手而应于心"。这种只有在场景中才能绽放道,并且必须在事物的深度和谐关系中才能建立道的运作,显然不是一般的语言所能表述的,因为一般的语言只能表达线性的、现成的世界。索绪尔曾指出,语言是声音(能指)与意义(所知)的结合体,声音(能指)的一个极其重要的特征就是线条性,"能指属听觉性质,只在时间上展开,而且具有借自时间的特征:(a)它体现一个长度;(b)这长度只能在一个向度上测定:它是一条线"[②]。线性的、现成的语言决定了语言不可能共时地表达立体、多维的世界,也不能传达正在涌现和生成的世界场景中的人与物、物与物的深度和谐关系,因为若话语的接受者能进入到正在涌现和生成的世界场景中的人与物、物与物的深度和谐关系中,才有可能体会到道在其中——因为道也只有在这关系中才会涌现出来,但实际上话语的接受者没有"嵌入式"地处在这一场景中,语言的线性和现成性让他(或她)处在场景各种关系之外,也不能表达一种共时的世界。正是在这一意义上,作为话语接受者的齐桓公,他所读的圣人之言确实如轮扁所说的是"古之糟魄",因为"道"不在其中。他也曾想把他斫轮的绝活即斫轮的最高境界通过言语传授给儿子,但发现语言无法传递这存在之道、境界之道,"臣不能以喻臣之子,臣之子亦不能受之于臣",原因是存在之道、境界之道需要话语的接受者必须"嵌入式"地处在场景的各种关系之中,而不是作为旁观者和知识的接受者,所以轮扁的儿子不处在这一场景性关系中,他体会和触摸不到这一道的存在。同样,轮扁在现场用语言给儿子讲解的道,与他处在场景关系中的道的自身绽放也是不一样的,因为语言的线性和现成性无法完整地呈现处在不断变化生成的场景,况且场景中人与物、物与物之间的深度的和谐关系是无形的、看不见的,很难用语言来描述,所以,在这个意义上,面对这样的境况,轮扁得出的结论是"口不能言,有数存焉于其间"。

---

① 《达生》篇的末了就总结存在之道和境界之道发生在各事物处在深度和谐关系之中,当各事物处在一种深度和谐关系之中时,物我、物物之间彼此相忘,也只有在彼此相忘中,事物才不会突出某一对象、局部而是以整体、无限、和谐的方式展现,这就是庄子所展现的存在之道和境界之道:"忘足,屦之适也;忘要,带之适也;知忘是非,心之适也;不内变,不外从,事会之适也。始乎适而未尝不适者,忘适之适也。"
② 索绪尔:《普通语言学教程》,商务印书馆 2009 年版,第 99 页。

四、对道家言意观和象说的评价

在先秦时代,儒家提倡"辞达而已矣"①。孔子认为语言可以充分表达人的思想和感情。虽然《周易·系辞上》曾记载:"子曰:'书不尽言,言不尽意。'"②似乎孔子也认识到了语言表达的局限性,但紧接着《周易·系辞上》又说:"子曰:'圣人立象以尽意。'"③也就是说,孔子虽然承认"言不尽意",但也觉得"意"是可以"尽"的,只不过需要通过"立象"的方式尽意,而"立象"仅局限在设立八个卦象,并配合卦爻辞的解释,最终揭示人间的凶吉福祸即圣人之意。荀子也提出"辞也者,兼异实之名以论一意也"④,认为辞是论意的。墨家学派提出"以辞抒意",肯定"执所言而意得见","信,言合于意也",强调言、意的一致性。⑤ 概言之,无论儒家还是墨家在言意关系上倾向于言能尽意,即使需要立象尽意的,象的设置也是有规律可循,意的最终解释也是有明确导向性的。

在言意,尤其是言道关系上,虽然庄子一定程度上也承认语言具有指称实在的功能,但是老子、庄子倾向于言不尽意(道)。正因为一般的言说无法尽意(道),老庄尤其在庄子那里已有意无意地大量使用象以言意(道),目的是通过象,把有形与无形、有限与无限结合在一起。对于言、象在表意方面庄子是轻言重象的,因为象在表意达道方面比言(理性、知性之言)更具有优越性。在老庄哲学中,象不仅仅包含形的部分,也包含无形、无限、精神的一面,而且通过象的比拟、象征、想象能力突出了象的无形、无限的一面。在学者贡华南看来:"'象'不仅是空间性的(形式),而且是时间性的秩序绵延(四象)。故'象'不仅'可观'还可'想'(想象)、可'意'(意象)、可表(表象)、可"味"(澄怀味象)。"⑥

不过,庄子使用象说与一般诗人不一样,一般诗人采用象的言说方式主要表达自身内在情感的复杂性和丰富性,而庄子采用"象说"的言说方式是为了更好地传达道。《庄子》中的象主要是文学语言生成的人、物、事件的象,也包括专门传达静态论的宇宙本源之道的象罔,而庄子讲述象罔达道也是以讲故事的方式进行,这故事本身也是一个语象不断生成的世界。《庄子》的象参与场景的生成和建构,在不断涌动和生成的场景中,在人与物、物与物处在深度的和谐关系中,庄子所要表达的存在之道和境界之道已被开启,在开启中,接受者借着象、场景抵达了存在之道和境界之道本身。由此,我们也可以这样理解《庄子》中提出的

---

① 杨伯峻译注:《论语译注》,中华书局 2006 年版,第 193 页。

②③王弼注,孔颖达疏,李学勤主编:《周易正义》,北京大学出版 1999 年版,第 291 页。

④ 王先谦撰,沈啸寰等点校:《荀子集解》,中华书局 1988 年版,第 423 页。

⑤ 孙诒让著,孙启治点校:《墨子间诂》,中华书局 1998 年版,第 415、317、313 页。

⑥ 贡华南:《中国思想世界中的形与象之辨》,《杭州师范大学学报(哲学社会科学版)》2008 年第 3 期。

"得意而忘言":"得意而忘言"并不意味着对言的终极否定,而是主体通过有限的言所建构的象和场景世界("筌""蹄")最终进入到超出言所建构的象和场景而到启示的超验世界中去。所以,由语象所建构的文学世界不是一种言辞的说教,也不是形名之域的展现,而是包含了溢出场景之外的启示。

道家对言意的理解尤其庄子得意忘言的观点影响了后世的言意观,其中影响最明显的就是魏晋玄学家王弼在其《周易略例·明象》中明确提出了"言象意"三者的关系:

> 夫象者,出意者也。言者,明象者也。尽意莫若象,尽象莫若言。言生于象,故可寻言以观象;象生于意,故可寻象以观意。意以象尽,象以言著。故言者,所以明象,得象而忘言;象者,所以存意,得意而忘象。犹蹄者所以在兔,得兔而忘蹄;筌者所以在鱼,得鱼而忘筌也。然则,言者,象之蹄也;象者,意之筌也。是故,存言者,非得象者也;存象者,非得意者也……得意在忘象,得象在忘言。故立象以尽意,而象可忘也;重画以尽情伪,而画可忘也。①

王弼用《庄子》中的"得兔忘蹄,得鱼忘筌"做比喻来论证"得意在忘象,得象在忘言",显然与先秦的庄子有许多相似之处,他和庄子都认为"言""象"只不过是表意的工具而已,相对于"意"和"道"都是次要的,因此,可以将这些统统忘掉。所不同的是道家更强调道不可说、不可名,而王弼结合《周易》的"象""辞""意"关系,强调"言"通过"象"可以"尽意",正式确立了"象"在言意之辩中的位置。王弼虽然是在玄学中确立了象在言意关系中的位置,但是因着魏晋玄学中的言意关系对魏晋人的生活(比如清谈)、文学创作(比如玄言诗与山水诗的兴起)都发生影响,王弼在玄学领域讨论的言、象、意关系也影响了魏晋的文学创作观,比如刘勰从诗学的角度提出了"窥意象而运斤"②,自此,玄学中的言意关系探讨转化为文学中的言意关系探讨,玄学言意关系中象地位的确立转化成文学创作言意关系中象地位的确立,先秦道家的言意观通过王弼间接影响了魏晋的文艺创作。而老庄哲学中言与意(道)、道与象的关系在魏晋的山水诗和宗炳的山水画理论中获得了回响。③

第二节　先秦图像、语象论

本节主旨考察先秦时代人们的图像和语象,以及两者的关联。"图像"这个

---

① 王弼撰,楼宇烈校释:《周易注》,中华书局 2011 年版,第 414—415 页。

② 王叔琳注,李详补注,杨明照校注拾遗:《增订文心雕龙校注》,中华书局 2000 年版,第 369 页。

③ 东晋、刘宋时期的山水诗人谢灵运在《山居赋》中提道:"意实言表,而书不尽,遗迹索意,托之有赏",它的意思是:言不足以达意,要领悟作品中作者性灵的寄托,读者最好的办法不是凭借理性分析剖解,而是靠读者与作品在情感上实现某种契合与交流、沟通,以体会作者"深意"。南朝画论家宗炳在《画山水序》中则提出"山水以形媚道""圣人含道暎物,贤者澄怀味像""应会感神,神超理得"等观点。

词最早记载在东汉文献里："如无形,不得为之图象;如有形,不得谓之神"①,图像总是与形、可见的联系在一起。"语象"这个词借用的是西方文学理论家维姆塞特的用法,指在语言中呈现的图像。本文在讨论这两者时也会把先秦的易象纳入进来,之所以要把先秦的易象纳入本节讨论的范围,乃是因为易象(卦象、爻象)既是一种图式,体现了一定的图像意识,同时又是象的一类,在通过卦爻辞给予解释的过程中,卦爻辞中的语象(物象和事象)与图式(卦象)发生了关联。

一、先秦的图像

古人很早就有图画。唐虞时代彩绘日、月、星、辰、山、龙、华、虫,夏代之图画山川,《左传》中夏"铸鼎象物,百物而为之备,使民知神、奸"②,用刻画在青铜器鼎上的图画来象征和代表某物,让百姓知道该物的吉凶,通过该物的图像来起到图识、图示的交流、教育、警示的意义。因而,在古代,图像的广泛使用使我们今人有点惊讶,甚至超过我们的想象。清胡渭在《易图明辨题辞》中说:"古者有书必有图,图以佐书之不能尽也。凡天文地理,鸟兽草木,宫室车旗,服饰器用,世系位著之类,非图则无以示隐赜之形,明古今之制。故《诗》《书》《礼》《乐》《春秋》皆不可以无图。唯易则无所用图,六十四卦二体六爻之画,即其图矣。"③在古代,实用性的地图和山川地形图也在图画范围系列。据张彦远《历代名画记》卷三《述古之秘画珍图》载,其中收有《山海经图》、张衡的《地形图》、裴秀的《地形方丈图》《区宇图》等,卷四又载吴孙权夫人曾"进所写江湖九州山岳之势",为军事行为提供山川地形图。这说明张彦远对"绘画"的理解采用的是一种先秦的图像观,即一种大的美术观,除包括今天意义上的美术外,也包括知识性和实用性的图像。甚至有学者认为"地图学实为中国山水画之父"④,钱锺书先生也推测,草创阶段的六朝山水画"想其必采测绘地图之法为之"⑤。真正让绘画不是仅限于实用、图识和图示,而是走向娱情和审美的要到魏晋山水画的出现,"披图按牒,效异《山海》;绿林扬风,白水激涧。呜呼!岂独运诸指掌,亦以神明降之:此画之情也"⑥。

在先秦,今天意义上的美术图像很少。中国职业画家群体的出现,中国审美

① 黄晖撰:《论衡校释·雷虚篇第二十三》,中华书局 1990 年版,第 304 页。

② 杨伯峻译注:《春秋左传注》,中华书局 1995 年版,第 670 页。

③ 刘保贞著:《〈易图明辨〉导读》,齐鲁书社 2004 年版,第 75 页。

④ 《制图与绘画》,《美术》1988 年第 2 期;《作为地图的山水画》,《新美术》1988 年第 3、4 期。

⑤ 钱锺书:《管锥编》第四册,中华书局 1979 年版,第 1284 页。

⑥ 王微撰:《叙画》,俞剑华编:《中国历代画论大观》第一编,《先秦至五代画论》,江苏凤凰美术出版社 2015 年版,第 48 页。

意义上的绘画作品的出现,需要到魏晋时期。① 文献上留名的秦代画家只有烈裔一人。王子年的《拾遗记》有记载。

先秦时代的图像更多是一种实用性的绘画,先民们制作图像不是为了审美和娱情,而更多是传递一种实用性较强的图识和图示作用。《周礼》有云:"司常掌九旗之物名,各有属,以待国事。……皆画其象焉。"郑玄注云:"旗画成物之象。王画日月,象天明也。诸侯画交龙,一象其升朝,一象其下复也。孤卿不画,言奉王之政教而已……画熊虎者,乡遂出军赋,象其守猛,莫敢犯也……鸟隼,象其勇捷也。龟蛇,象其扞难辟害也。"②《孔子家语》有云:"孔子观乎明堂,睹四门墉,有尧舜之荣、桀纣之象,而各有善恶之状、兴废之诫焉。又有周公相成王,抱之负斧扆,南面以朝诸侯之图焉。孔子徘徊而望之,谓从者曰:'此周之所以盛也。'"③孔子在明堂所见之图像是起"兴废之诫"之功能。汉代王逸在《楚辞章句》中为《天问》所作的序中说:"屈原放逐,忧心愁悴,彷徨山泽,……见楚有先王之庙及公卿祠堂,图画天地山川神灵、琦玮诡谲,及古贤圣怪物行事,周流罢倦,休息其下,仰见图画,因书其壁,何而问之,以泻愤懑,舒泻愁思。"④屈原在楚先王之庙及公卿祠堂所见"天地山川"之图是起图识作用,"古贤圣怪"之图是起"见善而戒恶,见恶而思贤",做到"鉴戒贤愚"的作用。

从绘画的作用来说,先秦的绘画起到一种认知的功能,或指向对某物、某地的认识(《山海经》的山川地形图),或指向对"礼"和祭祀的认识(如青铜器上的纹饰),或指向民间信仰的知识(先秦的帛画和墓葬壁画)⑤,或指向某种道德教育(历代圣贤人物图);从绘画的地位和归类来说,当时绘画更像是一种技艺,在当时人们看来是工匠,而不是画家。⑥

按照唐代张彦远转述颜光禄对图像的分类:"图载之意有三:一曰图理,卦象

---

① 中国古代职业画家群体的出现要到魏晋以后。据《历代名画记》(人民美术出版社 1963 年版,第 77 页)卷三载:"汉明帝雅好图画,别立画宫,诏博洽之士班固、贾逵等辈取经史事,命尚方画工图画,谓之画赞。"东汉皇帝重视图画的垂鉴功用,如汉明帝永平三年令画工为助光武帝建东汉王朝的邓禹等二十八名功臣画像于洛阳南宫云台,东汉"画赞"盛行,至魏晋相沿成风。魏曹植作《画赞并序》,从庖羲、神农至武帝、班婕妤共三十一则,在序中阐发儒家"存乎鉴戒"的绘画功能论。此一时期的绘画还停留在"存乎鉴戒"的实用绘画阶段,当写实绘画(功臣列女)转向娱情的山水画时,审美意义上的绘画才真正出现,产生了如宗炳、王微等山水画家。南北朝时期的谢赫著作有画品《古画品录》,据《历代名画记》记载,共品评画家二十九人,涉及吴、晋、宋、齐、梁五个朝代。只有到清代《四库全书》中列有"艺术"类,此"艺术"主要指书法和绘画,列在杂技前面。

② 李学勤主编:《十三经注疏·周礼注疏》卷二十七,《司常》,北京大学出版社 1999 年版,第 733 页。

③ 杨朝明、宋立林主编:《孔子家语通解》卷三,齐鲁书社 2013 年版,第 218 页。

④ 黄灵庚疏证:《楚辞章句疏证》,中华书局 2007 年版,第 995—998 页。

⑤ 烈裔画工画以下题材:"魑魅及诡怪群物之象""四渎五岳列国之图""龙凤骞翥若飞图"。与当时的民间信仰有关。

⑥ 在中国先秦,"艺"有二义,一指技艺,即所谓"百工献艺",其中也包括绘画;一指"六艺","礼、乐、射、御、书、数"。

是也;二曰图识,字学是也;三曰图形,绘画是也。"①图的含义功能广泛,有归类、图示的功能(卦象);有记事、图像造型的功能(绘画);还可作为文字一部分,具有图解、识别和交流的功能,这三者分别侧重于图理、图形、图识。在先秦时代这三类图像都广泛存在,分别对应于《周易》中的卦象、甲骨文和图形文字以及先秦美术。

由于年代久远,先秦时期保留下来的美术作品非常少。当时图载的主要表现在四种载体上:青铜器、简牍、丝帛和壁。青铜器上的纹饰成为先秦美术的重要组成部分,简牍适合书写不适合绘画,"单简编连之后,简与简之间留有缝隙,在简上画图,是很不方便的,效果也会受到影响"②,所以保留下来的绘画方面的作品至今没有发现。丝帛适合绘画,但本身易腐烂,难于长久保存,况且帛书不如简牍普遍,所以古代遗留下来的实物很少。至今出土的帛画中,属于先秦的只有三件:1942年湖南长沙楚墓中出土一件帛画,横47厘米,纵38.7厘米;1949年在湖南长沙另一座楚墓中出土一件纵28厘米、横20厘米的战国时期帛画;1973年湖南省博物馆在1942年长沙战国楚墓遗址再次发掘,又获得帛画一件。壁画因年代久远很难保存,目前仅有1979年在咸阳秦代故城3号宫殿遗址上发现的《车马图》比较完整。相对来说,青铜器上的文饰比较容易保存,它成了先秦美术的重要组成部分。

二、先秦的语象

语象指呈现在语言之中的图像,是文学语言的一个显著特征。要谈论语象就要先谈论先秦对"文"的认识。"文"最初的形态"乂"意味着两道斜向交叉的线条成为所有文字和纹饰的起点:

道画者,交道之画也。《考工记》曰:"青与赤谓之文。"道画之一端也。道画者,文之本义。彣彰者,彣之本义,义不同也。黄帝之史仓颉,见鸟兽蹄远之迹,知分理之可相别异也,初造书契,依类像形,故谓之文。(《说文》段注)③。

物相杂,故曰文。(《周易·系辞下》)④

声一无听,色一无文,味一无果,物一不同。(《国语·郑语》)⑤

经纬天地曰文。(《左传·昭公二十八年》)⑥

从上述引文可知,文有"文字""文章""文采"等义。另外,文通"纹",所以"文"有纹理的含义,当一篇文章包含纹理和文采等视觉性和形象性外观形式时,文章中采用视觉性和形象性很强的语象写作已在情理之中。

① 张彦远著,俞剑华注释:《历代名画记》,上海人民美术出版社1964年版,第3页。

② 郑如斯、肖东发著:《中国书史》,书目文献出版社1987年版,第63页。

③ 许慎撰,段玉裁注:《说文解字注》,上海古籍出版社1981年版,第762页。

④ 王弼注,孔颖达疏,李学勤主编:《周易正义》,北京大学出版1999年版,第318页。

⑤ 徐元诰撰,王树民、沈长云点校:《国语集解》,中华书局2002年版,第472—473页。

⑥ 洪亮吉撰,李解民点校:《春秋左传诂》卷十八,中华书局1987年版,第790页。

在先秦时代，很少讨论语象以及言、象关系问题，但这并不意味着一些典籍在相关问题上并不涉及。虽然先秦时代没有出现如"意象""兴象"①等接近"语象"含义的词汇，但有三类象无疑与语言中所成的图像有关：

首先是《庄子·天地》中提到的"象罔"以及《道德经》中提到的"大象"，这类象所具有的特点是"无形迹"。这种"象"具有言说大道的能力，《庄子·天地》中提到黄帝在游历中丢失了"玄珠"（比喻大道），象罔之所以能得到它，就是因为"象"具有把有形与无形结合在一起的能力。

先秦典籍中也记载"用象""取象"来表意："夫尊卑先后，天地之行也，故圣人取象焉。"（《庄子·天道》）"水之性，不杂则清，莫动则平；郁闭而不流，亦不能清；天德之象也。"（《庄子·刻意》）上述这两个句子中的"象"作物象、迹象解，但已暗含了"取象""用象"者的用意，即"象"具有比拟的功能，就像人伦秩序与天地运行秩序可相比拟，人之德性与水之性可相并置一样。先秦典籍中虽然在写作中讨论"用象""取象"的不多，但先秦时期的作者在写作时已不自觉运用物象和事象来进行写作。清章学诚在《文史通义·易教下》中曰："《易》象虽包六艺，与《诗》之比兴，尤为表里。夫《诗》之流别，盛于战国人文，所谓长于讽喻，不学《诗》，则无以言也。然战国之文，深于比兴，即其深于取象者也。《庄》《列》之寓言也，则触蛮可以立国，蕉鹿可以听讼。"②明王廷相《与郭价夫学士论诗书》中云："夫诗贵意象透莹，不喜事实黏著。古谓水中之月，镜中之影，可以目睹，难以实求是也。三百篇比兴杂出，意在辞表；离骚引喻借论，不露本情。"③也就是说，先秦的作家通过比兴即比物和托物的写作方法，借助物象摹写来托物抒情，在《庄子》《诗经》《周易》《楚辞》中表现得特别明显。《周易·系辞上》甚至提出了"立象以尽意"。但总体上，先秦作家运用物象和事象进行写作还没有达到自觉化和整体化的规模，只有汉赋的写作达到了语象的运用犹如图画般的效果。刘勰在《文心雕龙·诠赋》中描述了汉赋"品物毕图"的能力："汉初词人，顺流而作，陆贾扣其端，贾谊振其绪，枚马播其风，王扬骋其势，皋朔以下，品物毕图。"④汉赋之所以有"品物毕图""写物图貌、蔚似雕画"即具有一种油画、雕塑、织锦般的视觉之美，在于它注重文学自身形式的书写，即通过白描、比喻、象征等修辞手法使文学中的语词转化成语象。就是因为语象的存在，才使得语言向图像的转化成为可能。⑤

先秦讨论语言成象方面的文献不多，《周易·系辞》："书不尽言，言不尽意，

---

① 齐梁时代的刘勰在《文心雕龙·神思》中首次提出文学写作是"窥意象而运斤"，因为意象乃是"驭文之首术，谋篇之大端"。"兴象"是唐朝殷璠提出。

② 叶长青著：《文史通义注》，华东师范大学出版社 2012 年版，第 22 页。

③ 王廷相著，王孝鱼点校：《王廷相集》卷二十八，中华书局 1989 年版，第 502 页。

④ 周振甫：《文心雕龙今译》，中华书局 2013 年版，第 78 页。

⑤ 对语象的性质及其如何生成详见陆涛：《论文学语象及其生成》，载包兆会主编《中国美学》第一辑，上海古籍出版社 2010 年版。

然则圣人之意,其不可见乎? 圣人立象以尽意,设卦以尽情伪,系辞焉以尽其言,变而通之以尽利,鼓之舞之以尽神。"①书是不能充分去表达言的,言是不能充分去表达意的,所以要表达抽象的思想必须借助于一定的形象。但这段话也没有具体涉及言与象的关系,而且此处的象主要指卦象,卦象严格意义上讲是符象,而不是语言中所成的图像。语言与象关系的探讨要到魏晋后。王弼在《周易略例·明象》中针对上述这段话提出了言象意的关系:"夫象者,出意者也。言者,明象者也。尽意莫若象,尽象莫若言。言出于象,故可寻言以观象;象生于意,故可寻象以观意。意以象尽,象以言著。故言者所以明象,得象而忘言;象者所以存意,得意而忘象。"②言是为了使象更加显明,所以明象后就可以忘掉具体的言语;象是为了表达意(思想),得到意就可以忘记具体的象。但王弼言象是针对卦象说的,因为"古人认为,'象'指域上的模糊性能涵盖比'言'更宽泛的意义,很大程度上克服'言'传达上的局限。此为八卦以象示意的缘由"③。但就"象"在"尽意"方面的优势作用来说,此处的象可以突破"卦象"的局限,具有普遍的意义。

三、语象与图像的关联

图像与语象具有相通性,语言中生成的图像与图画中的像,都含有像,二者通过"象"(像)联系在一起。虽然双方是在不同媒介中展开象(像),一个在或青铜或丝帛或壁上图绘成像,一个在语言中生成图像,但它们生成的基本途径上都是"观物取象",双方也都追求"象(像)外之意"。由于双方的艺术生成机制都是"观物取象",从而为中国古代跨艺术门类如文学与美术图像在题材、形式上的相互演绎奠定了基础,④而双方所共同追求的"象(像)外之意",也为文学与美术图像在意境方面的融合及诠释打下哲学基础。在先秦时代,《山海经》与《山海经》图就是这方面的一个例子。《山海经》是先有图、后有文的一部书。最早提到《山海经》有《山海经》图的,是东晋学者、训诂学家郭璞。他在为《山海经》所作的注释和《山海经图赞》中,把他所见到的《山海经》图称作"畏兽画"。可惜的是,《山海经》的古图已佚亡不存。《诗经》《楚辞》与后世的《诗经》《楚辞》图也是这方面的例子,正因为有了《诗经》《楚辞》中的语象作基础,后世画家在美术中对其题材和内容的图绘才有可能,美术中前者较早的有魏晋卫协的《毛诗邶风图》《毛诗黍

① 王弼撰,楼宇烈校释:《周易注校释》,中华书局 2012 年版,第 244 页。
② 王弼撰,楼宇烈校释:《周易注校释》,中华书局 2012 年版,第 284—285 页。
③ 涂光社:《庄子范畴心解》,中国社会科学出版社 2003 年版,第 368 页。
④ 以文学中的山水诗与美术中的山水画为例,"只有中国传统的山水画能传达中国传统的山水诗的境界,也只有传统的中国山水诗才能表现中国传统山水画的神韵。山水诗中景句的排列组合,与山水画位置经营上的'散点'透视,恰似从形式上沟通山水诗画的桥梁,使人看到了两者的迹近、契合之点,从而悟出'诗中有画'之'有'的本来含义。"(李亮:《诗画同源与山水文化》,中华书局 2004 年版,第 146 页。)

离图》，后者较早的有北宋李公麟《九歌图》。美术中在同时代诗文中汲取题材作画并传世的要到魏晋时期顾恺之的《洛神赋图》。

在先秦中有一类语象，是"大象""象罔"，要传递和表达的是大道、万物之情以及"象外之意"，这类语象所起的作用是"以有形者象无形者"，显示了"象"自身的比喻和象征功能，[①]通过自身能把有形与无形、有限与无限结合起来来传递某一道理、道境和心中微妙之意。而若要通过绘画来表现此类语象及象外之意，绘画不能光停留在"鉴戒贤愚"的人物画和起着图识和图示作用的山川地形与名物图上，绘画需要走向"以形媚道"（宗炳《画山水序》）和"怿悦情性"（谢赫《六法》），魏晋的山水画正传递了中国先秦的道家哲学这方面的信息。

无论是《道德经》和《庄子》中通过"象说"来传递大道，还是魏晋山水画"以形媚道"，都表明言象之外那微妙的旨趣，可以通过文字符号会心而得，也可以经画家呈现于载体（绢或纸或壁）之中的山水之美，来使人悟获"道"的真谛。

在先秦时代，虽然图像与语象具有相通性，但对这两种不同媒介中的"象"（像）的转换的困难并没有相关论述，直至东晋画家顾恺之注意到画"手挥五弦"易，"目送归鸿"难。[②]因为涉及内心精神活动的"目送"难以通过可视的"形"加以描绘，作为时间艺术的诗与作为空间艺术的绘画在形式和传达上有所差异。

在这里特别值得一提的是，在先秦时代，图像与语象的结合，或更宽泛意义上图与文的结合在《周易》中已有所体现。对卦象来源，《系辞》曾云："天垂象，见吉凶，圣人象之。"郭雍对此解释说："卦也、画也、象也，盖自道而一变为画，因而成象……由画以明道，此圣人之道也。"[③]可见，卦象反映的是古人对世界认知和归类的一种方式，是这种认知的图画表现。每一卦象都代表某一类，该类下的事物或以质或以性或以形相属，它们"取象比类"。为了说明卦、爻象的含义，卦爻辞对其进行了解释，有时在卦爻辞中使用生活世界中的事象和物象对其图像化解释。以坤卦、爻象为例，坤卦的卦辞："元、亨、利牝马之贞。君子有攸往，先迷后得主，利西南得朋，东北丧朋。安贞、吉。"作者用场景性的故事叙述来让读者更好地领悟坤卦的含义。在解释坤卦的六个爻象中，其中作者对两个爻象的解释是用语象和场景进行描述的，如坤卦"初六"的占辞是："履霜，坚冰至"，"上六"的爻辞是："龙战于野，其血玄黄。"

先秦《周易》中图像与语象的结合告诉我们，图像需要语言解释，才能更好地理解其含义。包括《周易》在内的先秦语图关系往往是先图后文，在先图后文、图主文辅中，语言在其中所起的主要是解释的作用，它自身在文图结构中没有获得

---

① "以有形者象无形者"，此句中的"象"成玄英就疏为"似也"，福光永司释为"法"，转引自陈鼓应：《庄子今注今译》（下），商务印书馆 2007 年版，第 706 页。

② 徐震堮：《世说新语校笺·巧艺第二十一》，卷下，中华书局 2001 年版，第 388 页。

③ 郭雍：《传家易说总论》，沈善洪主编：《黄宗羲全集》，浙江古籍出版社 1992 年版，第 291 页。

太多的独立地位,后来绘画中的人物像画赞中的"赞"也是起这个作用。为了让解释显得通俗易懂和形象生动,解释者在言辞中选择了语象和场景来表达,由于这些语象和场景仅是偶尔出现,构不成文学的整体意蕴,因而它跟后世出现的题画诗不可同日而语。

先秦图像中的易象与先秦语象中"大象""象罔"传递出人类企图通过图画和文字来把握道。对易象的画者来说,"作八卦"是为了"通神明之德,以类万物之情"(《周易·系辞上》),对使用"大象"和"象罔"语象来写作的作者来说,希望通过此语象的使用,能把有形与无形、有限与无限结合起来来传递某一道理、道境。以"图画"体道要到魏晋山水画出现以后方能成行,六朝王微在《叙画》中就提出"图画非止艺行,成当与易象同体",这与先秦道家思想的刺激有关。

先秦时期的图、象都非常发达和流行。图像表现在文字、青铜器、墙壁、丝帛中。"见乃谓之象"(《周易·系辞上》)[1],立象能尽意,因此,用"近取诸身,远取诸物"之象来表达万物之情和人心之意甚至大道成了先人的看法。

在先秦,有图需要文的解释已成为一种习惯和自觉,主要因为是没有文字说明的图像是很难理解的。所以青铜器上的铭文、《山海经》、卦爻辞、《易传》、湖南长沙楚墓中出土的先秦帛画中的文字,都是对各自图像的说明,而文字在其中所起的主要是解释的功能。

先秦文图关系在受制于文自身的发展和成熟之外,同时也受制于对图的理解。就如魏晋以后文学性意义上的文图会通来自文的自觉和言意之辩中对"象外"、意的重视一样。文图关系和文图会通的模式受制于文类自身的发展,以及大的社会文化语境。从文来讲,作为文学意义上的文还没有完全自觉,那时的文主要指文献,"文学:子游,子夏"(《论语·先进》)[2],所以文学语言中生成的象不太被关注,文学的形象性特点也不被关注,文更多体现出一种实用,对文的图像传译也主要表现在对概念的图解,对文的图释、图饰上。

---

① 王弼注,孔颖达疏,李学勤主编:《周易正义》,北京大学出版 1999 年版,第 288 页。
② 杨伯峻译注:《论语译注》,中华书局 2006 年版,第 125 页。

余　论

　　先秦时代经历了从侧重于巫和宗教的殷商时代到侧重于礼乐文化的周时代。在周王朝的末了,秦国最终统一了六国,中国最终走向大一统,中国文化渐渐地也从多元走向统一。相较于后世的文学和艺术,先秦的文学和艺术远未走向自觉、独立和成熟,但先秦的文学和艺术却因处在中国国家统一、华夏民族形成过程中而显得丰富、多元,尤其文学方面显得波澜壮阔,既有说理的诸子散文,也有记载和描述历史的历史散文;既诞生了属于南方文化体系偏于浪漫和想象的《庄子》和《楚辞》,也出现了属于北方文化体系偏于现实和安顿人伦秩序的《论语》和《诗经》,再加上先秦文学和艺术处在中国文学和艺术的开创期和奠基期,这两者自有其他历史时期文学和艺术所不具备的独特的魅力,而二者的联系以及对后世产生的影响也值得我们关注。

一、先秦文图关系史的把握

　　对于先秦文图关系史,我们可以从以下三个方面把握:

　　首先遇到的是先秦文图关系资料的分类与梳理问题。由于先秦文学和图像都同处发端期,不存在图像与前代文学的关系,所以整理同时代的先秦文与图关系以及先秦文与后世图的关系成了本时段资料收集的主要对象。

　　不过,收集同时代的先秦文与图关系时遇到了困难,这困难体现在两个方面,一方面传世的先秦图像的匮乏,在传世的先秦图像中具有文学性的图像又很少,这导致了先秦文图关系在资料搜集方面的困难。为了丰富这方面的研究,就有必要扩大先秦图像方面的搜集,那些未传世但有文献记载的先秦图像也应在搜集范围内,比如文献记载中的一些先秦"壁图",如《诗经·大雅》的一些篇什和《天问》,一些学者论证它们是根据"壁图"而写成的。① 考虑到先秦是文学和图像的开创期,"文"和"图"在源头和含义上比后世宽泛些,所以要突破狭义上对"文"与"图"的理解。"文"除了今天意义上的文学内涵外,也包括来自《左传》等

---

① 李山:《〈诗·大雅〉若干诗篇图赞说及由此发现的〈雅〉〈颂〉间部分对应》,《文学遗产》2000 年第 4 期;温肇桐:《屈原〈天问〉与楚国壁画》,《江汉论坛》1980 年第 6 期。

的历史性散文,甚至包括《周易》中带有文学性的卦辞;而"图"按照唐张彦远《历代名画记·叙画之源流》转颜光禄云:"图载之意有三:一曰图理,卦象是也;二曰图识,字学是也;三曰图形,绘画是也。"①所以先秦图像的搜集范围扩展到卦象和具有图像性的文字,具体表现在先秦文图关系中也包括了卦象与文学性卦辞的关系,先秦语言、文字与图像的关系。在唐代张彦远的理解中,图形不仅仅包含绘画,也包括其他图识、图示的图,比如他在《历代名画记》卷三《述古之秘画珍图》中就收有《山海经图》、张衡的《地形图》、裴秀的《地形方丈图》《区宇图》等,卷四又载"孙权尝叹蜀魏未平,思得善画者图山川地形",孙权夫人"乃进所写江湖九州山岳之势","于方帛之上,绣作五岳列国地形",②为吴国军事行动提供山川地形图。这样看来,在宋代以前,图既包含了绘画之图,也包含了具有博物志功能的图识之图,③这提醒我们在收集先秦图像资料时不能仅仅局限在绘画性的图像收集上,也应收集具有图识、图示功能的图像,比如具有纪实历史信息的甚至记录山川河流的图。《左传·宣公三年》中记录夏通过用九州的贡金铸成鼎,把物之象铸在鼎上,让百姓知该物吉凶,图像在这里起着图识、交流、教育、警示的意义。对于《诗经》图而言,除了绘画性图像外,诗经地理图以及诗经名物图也应在我们考虑之内。清胡渭在《易图明辨题辞》中说:"古者有书必有图,图以佐书之不能尽也。凡天文、地理、鸟兽、草木、宫室、车旗、服饰、器用、世系、位著之类,非图则无以示隐赜之形,明古今之制。故《诗》《书》《礼》《乐》《春秋》皆不可以无图,唯《易》则无所用图,六十四卦、二体、六爻之画,即其图矣。"④可见,对先秦时代图像收集的范围有必要做一些扩展,不仅体现在对先秦"卦象""字学"的关注上,也表现在要突破绘画范畴对一些图形的收集上。

由于与先秦文学相关的后世图像传世较多,所以先秦文学与后世图像的关系这方面的资料最为翔实,也是本研究着力最多之处。无论作为传统主流文学的《诗经》《楚辞》,还是作为民间文学的《山海经》,从汉代到清代均有较多的图像演绎。这是本研究把它们的文图关系各自作为专题研究的理由所在。

其次,先秦文图关系史中的文图先后顺序、文图关系问题。在先秦,在文图先后顺序、文图关系上较其他历史时期不同的一个突出特点就是先图后文,⑤以图为主,文字起着说明性的作用,主要的原因在先秦时代,成熟的书写文字较图

---

① 张彦远著,俞剑华注释:《历代名画记》,上海人民美术出版社 1964 年版,第 3 页。
② 张彦远著,俞剑华注释:《历代名画记》,上海人民美术出版社 1964 年版,第 90—91 页。
③ 宋代以后图谱之学与图画之学才明确分离,北宋郑樵著有《通志·图谱略》,提出广泛收集偏向于博物志功能的图谱的主张,同一时期郭若虚著《图画见闻志》,专门对绘画各个方面进行论述,深得画旨。
④ 刘保贞著,《〈易图明辨〉导读》,齐鲁书社 2004 年版,第 75 页。
⑤ 见本书第二章第三节《〈诗经·大雅〉、〈楚辞·天问〉与壁图》中对先秦先图后文的详细论述。青铜器上的铭文,《山海经》中的卦爻辞包括《易传》,湖南长沙楚墓中出土的先秦帛画中的文字,也都是对各自所对应的图像的说明,而文字在其中所起的主要是解释的功能。

像出现得较晚,甲骨文的出现才意味着中国书写文字的成熟,而书写文字的流行要等到书写文字的载体竹简出现并被大量使用,这要到战国中期以后。

再者,对先秦文图关系理论的挖掘。在先秦,道家对文字的功能与作用有深刻的洞察,对言意活动中"象"的作用也有深入的认识,《左传》《周易》等书中对图像的图识、图示作用与功能有初步的论述。在先秦虽然没有直接对文图关系提出探讨,但图像与语象的结合,或更宽泛意义上图与文的结合在《周易》中已有所体现。

二、先秦文学图像的定位

我们在前面已对先秦的文学与图像的关系作了详尽的研究,再结合中国其他时段文学图像关系史,在这里尝试着对先秦文学图像所取得的成就及其在中国文学图像关系史中的地位做一总结:

首先,先秦文学图像在中国文学图像关系史中具有开创性。这一开创性表现在先秦文学是中国文学的开端,先秦图像是中国图像的发端期,先秦的文图关系是中国文图关系的源头。由于先秦文学是中国文学的开端,先秦文学中有很多具有代表性的文学名著,比如代表主流文学经典的《楚辞》和《诗经》,代表民间文学和神话传说的经典《山海经》,代表文人思想和创作的《庄子》。先秦还有给后世创作和绘画提供灵感的其他神话传说,这些都使先秦文学成为后世文学创作和绘画的主题和题材,并以此产生了中国文图史上很多的如西王母、伏羲女娲、九歌、豳风、唐风、孔子见老子、渔父、庄周梦蝶、濠梁之辩等著名的文图母题。这些文图母题对后世的文图母题具有启发性和开创性。另外,先秦宗教神话与美术、文字与视觉造型、卦象与卦辞以及《诗经·大雅》《楚辞·天问》与先秦壁图等各种文图关系也具有开创意义。

其次,先秦文学图像在中国文学图像关系史中具有奠基性。先秦的文图类型奠定了后世文图类型的基础。在汉字没有取得系统化和独立地位以前,文、图没有分离,所以为文图一体,表现在先秦岩画、图形文字中。即使汉字刚诞生时,甲骨文中的图像造型意识也非常强。汉字诞生以后,汉字可以独立书写,图像也可以独立描绘,这就有了文图分离的可能;若文与图在同一空间出现,且内容和视觉形式上有其对应之处,就有了文图合体的可能。先秦既有文图的合体,比如卦爻辞对卦象的说明,楚帛书中文字对十二个神像的说明,也有文图分体中的图文互访,表现在《楚辞·天问》《山海经》和《诗经·大雅》对壁图和古时图像的模仿和演绎。按照赵宪章的总结,"(1)文字出现之前的口传时代,'语—图'关系的体态表现为'语图一体','以图言说'是其主要特点;(2)文字出现之后的文本时代,'语—图'关系的体态表现为'语图分体','语图互仿'是其主要特点;(3)宋元之后的纸印文本时代,'语—图'关系的体态表现为'语图合体','语图互文'是其主要特点"①。先秦的各种文图关系为后世文图关系奠定了基础。

先秦文字(书法)图画的内在紧密性也奠定了具有中国特色的文图关系,即书画同源、书画同体。书画最初起源于先民的结绳记事和随后的各种契刻符号,书画同源②一方面体现在河图洛书即"河出图,洛出书"(《周易·系辞上》)的契刻符号中,图、书在这里获得同一性,即都以线条作为各自造形、立义的基础,张彦远在《历代名画记·叙画之源流》中就直言那个时期是"书画同体":"是时也,书画同体而未分,象制肇始而犹略。无以传其意,故有书;无以见其形,故有画。"③书画同源也体现在书写的绘画性,即汉字的具象性上,明代何良俊在《四友斋画论》中提及,"夫书画本同出一源,盖画即六书之一,所谓象形者是也"。汉代以后,随着书法的兴起,中国书法和中国画在共同工具的使用上毛笔、墨、宣纸以及用笔技法方面取得了一致,在中国文化的基本精神"道法自然"上取得了统一,由此,书画同体在一个更广泛的意义上逐渐被画界和书法界所认识,如宋代郭熙在双方技能一致性上对此作了说明:"善书者往往善画,善由其转腕用笔不滞也。"④宗白华也肯定了中国书画同体:"引书法入画乃成中国画第一特点……中国画以书法为骨干,以诗境为灵魂,诗、书、画同属于一境层。"⑤

再者,先秦两大经典文学著作《诗经》《楚辞》及其图像在中国文图关系史上的地位为后世文学图像提供了典范。文学图像强调文学为本位下的图像对文学的演绎,文学图像横跨文学史和美术史,后世文学图像中的文学很难达至如《诗经》《楚辞》在文学史上的地位,后世文学图像中的很多文学图像也就很难达至《诗经》图、《楚辞》图在美术史上的地位,著名画家宋代的马和之、马元,元代的林卷阿,明代的谢时臣、吴求,清代的萧云从、焦秉贞、唐岱等都画过《诗经》图,历史上较为著名的"九歌图"就有:李公麟《九歌图》、南宋马和之《九歌图》、元钱选《临龙眠九歌图》、赵孟頫《九歌书画册》、张渥《九歌图》、朱约佶《屈原图》、陆谨《离骚九歌图》、文徵明《湘君湘夫人图》、仇英《九歌图》、董其昌《九歌图》、陈洪绶《九歌图》、萧云从《九歌图》等。文学图像的创作受文学文本、文学注本、时代政治、作家艺术风格、前代图式、作家对时代的感怀和个人身世等因素影响,而上述这些影响在《诗经》图、《楚辞》图的创作中得以充分的展现,比如在宋徽宗和乾隆皇帝支持和影响下,宋代马和之创作了《诗经图》,清代宫廷画家创作了《御笔诗经图》,马和之的创作受《诗经》注释本《毛诗大序》影响,《御笔诗经图》的创作则受朱熹《诗集传》的影响,李公麟的六段本《九歌图》(而不是通常的十一幅图)乃

---

① 赵宪章:《文学和图像关系研究中的若干问题》,《江海学刊》2010 年第 1 期。
② "书画同源"的提法首次出现在明代何良俊的《四友斋画论》卷二十八中,"夫书画本同出一源,盖画即六书之一,所谓象形者是也",但其思想渊源要追溯到先秦对河图、洛书关系的理解上。
③ 张彦远著,俞剑华注释:《历代名画记》,上海人民美术出版社 1964 年版,第 2 页。
④ 郭思编,杨伯编著:《林泉高致》,中华书局 2010 年版,第 99 页。
⑤ 宗白华:《美学散步·论中西画法的渊源与基础》,上海人民出版社 2005 年版,第 208—209 页。

是根据《昭明文选》所选录的《九歌》六篇所绘。宋、元、明、清时期很多画家绘画《九歌图》及屈原像,他们以《楚辞》为绘画题材背后大都蕴藏着个人对时代的感怀和自身的沉郁悲痛。可见,在分析影响文学图像创作的诸因素方面,《诗经》图和《楚辞》图因与这些因素结合紧密,因而它们作为分析这方面的个案具有典范性,通过分析影响《诗经》图和《楚辞》图创作的诸因素,也可以帮助我们更好地了解中国文学图像生产的机制和特色。

　　另外,先秦的宗教性图像居多。先秦是中国原始宗教和神话传说滥觞时期,宗教作为图绘主题在出土文物中有不少出现,在历史文献中有众多记载。如,传世的先秦帛画很少,这些少数传世的先秦帛画如《人物龙凤图》《人物御龙图》《楚帛书》都与宗教主题有关,前两者属于楚人的葬仪用品,上部装有挂轴,是引导死者灵魂的旌幡,具有浓厚的巫术氛围,后者讲述开天辟地、定山陵、通洪水、成四时的天地、四时、昼夜形成过程,图像为十二个形式怪诞的神像与四棵树,上下左右,每边各有三个神,为一至十二月的神。

图 11-1　人物龙凤图　湖南省博物馆藏

图 11-2　人物御龙图　湖南省博物馆藏

　　《左传·宣公三年》记载:"昔夏之方有德也,远方图物,贡金九牧。铸鼎象物,百物而为之备,使民知神、奸。"①西晋杜预注:"图鬼神百物之形,使民逆备之。"②毕沅《山海经新校正序》云:"《山海经·海内经》四篇、《海外经》四篇,周、秦所述也。禹铸鼎象物,使民知神、奸。按其文,有国名,有山川,有神灵奇怪之

① 杨伯峻译注:《春秋左传注》,中华书局 1995 年版,第 670 页。
② 杜预注、孔颖达疏、李学勤主编:《春秋左传正义》,北京大学出版社 1999 年版,第 602 页。

所际,是鼎所图也。鼎亡于秦,故其先时人尤能说其图以著于册。"[1]历史文献也记载了先秦王室宗庙中的壁图含有大量宗教性图像。王逸《楚辞章句·天问序》提到屈原放逐,彷徨山泽,"见楚有先王之庙及公卿祠堂,图画天地山川神灵,琦玮僪佹,及古贤圣怪物行事"[2]。可见,当时壁图"图画天地山川神灵"。另外,《山海经》《楚辞》《列子》《庄子》等著作中记载了大量的先秦神话传说,这为宗教性图像在先秦和后世的产生提供了文学文本基础,以《楚辞·九歌》为例,《九歌》展现了湘君、湘夫人、山鬼等神话形象群体,历代《九歌图》就是对这一神话形象群体的图像展现。

三、本研究有待扩展的地方

本卷的研究在两方面还可深挖。一是先秦图与书的关系。江林昌概括先秦图书为五类:宇宙生成类图书、山川神怪类图书、民族史诗类图书、狩猎宴乐类图书、农事战争类图书。[3] 在他看来,先秦所谓的"图书"实际包括"图画"与"文字"两部分,如果只有文字而没有图画,则称为"书"。其中,有关山川神怪崇拜为内容的文献,大多是"图"与"书"相结合的"图书",如《山海经》《楚辞》《淮南子》中许多文字都是对天体山川神怪"图"的文字说明"书"。只是到了魏晋以后,《山海经》等文献中的"图"丢失了,只有"书"的部分留传至今。[4] 江林昌所提到的先秦五类图书中的图与先秦文学的关系有待将来进一步深论。

二是传统的文图研究怎样延伸到当代。本卷图像搜集设置的界限下至清代,所以这一卷由先秦文学生发的文图关系也结束于清代,但实际上先秦的文图关系和文图母题对现代的文图关系和文图母题都产生了重大影响。首先,从文图关系来看,先秦语图一体的语言与图像的结合方式不但影响了后世语图关系,也影响了现当代。现当代的美术字和文字意象设计等依然体现语图一体的结合方式。《山海经》作为中华文明较为源头位置的典籍,是广阔的"孕育"的河流,其内涵与意义浸润着整个中华文明,文与图的内涵于不断变化中"互渗",深刻影响与启迪着后世,在当代其文图关系也获得了新的生命活力,比如用连环画的方式绘制《山海经》,连环画绘本《夸父与刑天》[5]就是这样的一本图文书,它一面一幅图,配一段解说文字,分前后两部分分别描绘了夸父、刑天的故事。图画部分生动活泼,较为出彩,文字部分简略生动,试图用最简练的语言概括图画的内容,并

① 杨伯峻译注:《春秋左传注》,中华书局 1995 年版,第 670 页。

② 洪兴祖撰:《楚辞补注》卷三《天问第三》,中华书局 1983 年版,第 85 页。

③ 江林昌:《中国上古文明考论》,上海教育出版社 2005 年版。

④ 江林昌:《图与书:先秦两汉时期有关山川神怪类文献的分析——以〈山海经〉、〈楚辞〉、〈淮南子〉为例》,《文学遗产》2008 年第 6 期。

⑤ 袁珂原著,陈静改编,张培成绘:《夸父与刑天》,上海人民美术出版社 1984 年版。

略做情节上的补充。《山海经》其他文图表现形式方面，还有年画、版画、雕塑、剪纸、舞台剧、动画、电影、电视剧等。在当代，如何获得、感悟、传承与发扬传统，是我们应该积极思考的问题。而先秦由经典文学作品和作家生发出来的文图母题更吸引着现代画家的绘画兴趣，比如现代著名画家傅抱石以屈原及其诗歌《九歌》为题材创作了大量的人物画作品，而《湘夫人》是傅抱石最喜欢表现的题材，张大千也画过《湘夫人》图；再比如庄子人物，现当代的戴敦邦《道教人物画集》中的庄子图、冯远《诸子图》中的庄子像、范曾的《庄子说梦图》以及蔡志忠《庄子说》中的庄子漫画都涉及庄子形象，至于它们与先秦作品人物发生怎样的关系，以及在这个时代又是怎样的变异，因不在本卷划定的研究范围内，只能留待日后研究。

图像编目

彩图 1　麟趾贻休图;焦秉贞;册页;绢本;设色;12 开,每开纵 30.8 厘米,横 37.4 厘米;故宫博物院藏。

彩图 2　《唐风·蟋蟀》诗意图;马和之;卷轴;绢本;设色;纵 28.5 厘米,横 803.8 厘米;辽宁省博物馆藏。《唐风图》由 12 个段落构成,图绘之顺序、内容都分别与诗相对应。

彩图 3　老子像;赵孟𫖯;立轴;纸本水墨;纵 24.8 厘米,横 15 厘米;故宫博物院藏。

彩图 4　老子像;文徵明;卷轴;纸本水墨;纵 24 厘米,横 149 厘米;旅顺博物馆藏。

彩图 5　瑶池献寿图;刘松年;立轴;绢本;设色;纵 198.7 厘米,横 109.1 厘米;台北"故宫博物院"藏。

彩图 6　瑶池仙乐图;张渥;立轴;纸本;设淡色;纵 116.1 厘米,横 56.3 厘米;台北"故宫博物院"藏。

彩图 7　首阳采薇图;李唐;卷轴;绢本;设淡色;纵 27.2 厘米,横 90.5 厘米;故宫博物馆藏。

彩图 8　商山采薇图;佚名;立轴;绢本设色;纵 38 厘米,横 59 厘米;所藏不明。

第一章

图 1-1　动物群像;阴山乌拉特中旗岩画;史前岩画;高 0.48 米,宽 0.68 米。

图 1-2　放牧与狩猎;贺兰山岩画。

图 1-3　牧鹿;大兴安岭原始森林岩画。

图 1-4　战斗;阴山西地里哈日岩画;史前岩画;高 1.05 米,宽 0.93 米。

图 1-5　舞者、狩猎与车辆;阴山乌拉特中旗岩画;史前岩画;高 1 米,宽 2.4 米。

图 1-6　人面太阳神;内蒙古地区岩画。

图 1-7　牛图腾;云南沧源岩画。

第二章

第三章

图 3 - 8　梦蝶图;刘贯道;绢本设色;纵 30 厘米,横 65 厘米;美国王己千先生怀云楼藏。

图 3 - 9　梦蝶图;陆治;绢本设色;纵 29.2 厘米,横 51.7 厘米,故宫博物院藏。

图 3 - 10　蝴蝶图;董小宛;立轴纸本设色;纵 71 厘米,横 25 厘米,无锡博物馆藏。

图 3 - 11　深山采薇图;吕焕成;轴;设色;纵 165.5 厘米,横 90.5 厘米;所藏不明。

图 3 - 12　晋文公复国图·及宋,宋襄公赠之以马二十乘;李唐;绢本水墨;纵 29.4 厘米,横 827 厘米;美国大都会艺术博物馆藏。

图 3 - 13　晋文公复国图·及郑,郑文公亦不礼;李唐;绢本水墨;纵 29.4 厘米,横 827 厘米;美国大都会艺术博物馆藏。

图 3　14　晋文公复国图·及楚,楚子飨之;李唐;绢本水墨;纵 29.4 厘米,横 827 厘米;美国大都会艺术博物馆藏。

图 3 - 15　晋文公复国图·秦伯纳女五人,怀嬴与焉;李唐;绢本水墨;纵 29.4 厘米,横 827 厘米;美国大都会艺术博物馆藏。

图 3 - 16　晋文公复国图·子犯授璧;李唐;绢本水墨;纵 29.4 厘米,横 827 厘米;美国大都会艺术博物馆藏。

图 3 - 17　晋文公复国图·朝于武宫;李唐;绢本水墨;纵 29.4 厘米,横 827 厘米;美国大都会艺术博物馆藏。

第四章

图 4 - 1a　奢比尸;版画;《永乐大典》卷九一〇。

图 4 - 1b　据比尸;版画;《永乐大典》卷九一〇。

图 4 - 2　巴蛇;胡文焕《山海经》图本。胡文焕《山海经图》于明万历二十一年(1593)刊行,格致丛书本,图 133 幅。

图 4 - 3　巴蛇;蒋应镐《山海经》绘图本。蒋应镐《山海经(图绘全像)》十八卷,明万历二十五年(1597)刊行,聚锦堂刊本,图 74 幅。绘者江苏广陵蒋应镐、武临父,镌者是刘素明、李文孝。此图是金陵派插图式刻本,合页连式,共 74 幅图,每图有一到五六个神、兽,共 346 例。

图 4 - 4　灌头国;蒋应镐《海外南经》绘图本。

图 4 - 5　灌头国;蒋应镐《大荒南经》绘图本。

图 4 - 6　冰夷;蒋应镐本。

图 4 - 7　赤鱬;蒋应镐本。

图 4 - 8　赤鱬;成或因本。清《山海经绘图广注》,吴志伊注,成或因绘图,

四川顺庆海清楼版,咸丰五年(1855)刻印,共四册。

图 4-9　赤鱬;吴任臣注《山海经广注》康熙图本,是清代最早的《山海经》图本,康熙六年(1667)刊行,共 144 幅图,采用一神一图的编排格局。

图 4-10　赤鱬;汪绂《山海经存》图本,图九卷,光绪二十一年(1895)立雪斋印本。此版本是插图式编排格局,图像上有神名,无背景居多,但有时也有简洁的背景,一般是中景手绘,神兽 426 例。

图 4-11　赤鱬;《古今图书集成·博物汇编·禽虫典》中的异禽异兽部。

图 4-12　赤鱬;上海锦章图本;《山海经图说》(校正本),上海锦章图书局,民国八年(1919)印行,图 144 幅(此书据毕沅图本排印)。

图 4-13　人面牛身神;蒋应镐本。

图 4-14　马身龙首神;蒋应镐本。

图 4-15　龙身人面神;蒋应镐本。

图 4-16　龙身鸟首神;蒋应镐本。

图 4-17　灌灌;蒋应镐本。

图 4-18　《朱订西厢记》插图《乘夜逾墙》

图 4-19　鲑;胡文焕本。

图 4-20　鲑;吴伦臣注《山海经广注》康熙图本。

图 4-21　举父;吴任臣注《增补绘像山海经广注》近文堂图本,一函四册。该版本是民间的粗本,图像粗糙,与官刻的康熙吴本、乾隆吴本相差甚远。

图 4-22　三面人;吴任臣近文堂图本。

图 4-23　鸟鼠同穴;吴任臣近文堂图本。

图 4-24　鼓;蒋应镐本。

图 4-25　鼓;成或因本。

图 4-26　鼓;胡文焕本。

图 4-27　犬戎国;蒋应镐本。

图 4-28　犬戎国;成或因本。

图 4-29　夏后开;蒋应镐本。

图 4-30　夏后开;成或因本。

图 4-31　毛民国;成或因本。

图 4-32　嘘;成或因本。

图 4-33　女人国;成或因本。

图 4-34　帝二女;成或因本。

图 4-35　犬戎;成或因本。

图 4-36　神魂氏;汪绂本。

图 4-37　江疑;汪绂本。

图 4-38　跂踵国;汪绂本。

图 4-39 雨师妾；汪绂本。

图 4-40 日本下的西绘画板上的《山海经》图像（临摹图）；日本新潟县三岛郡和岛村所在的下的西遗迹的木简。

图 4-41 伏羲女娲；画像砖；高 100 厘米，宽 33 厘米；河南南阳新野樊集乡出土；南阳汉画馆藏。

图 4-42 伏羲女娲汉画像石图；"永乐四年"画像石祠；江苏徐州铜山县东沿村出土。

图 4-43 武氏祠石室后壁小仓西侧画像

图 4-44 沂南汉墓墓门东立柱画像·伏羲女娲；纵 123 厘米，横 37 厘米；1954 年 3 月山东省沂南县北寨村出土。沂南北寨汉墓像石石墓博物馆藏。

图 4-45 武梁祠西壁画像·伏羲女娲；纵 184 厘米，横 140 厘米；清代乾隆五十一年(1786)山东省嘉祥县武宅山村北出土；嘉祥县武氏祠保管所藏。

图 4-46 莫高窟 285 窟壁画·伏羲女娲

图 4-47 马王堆 T 形帛画·女娲；纵 205 厘米，上部宽 92 厘米，下部宽 47.7 厘米；1972 年湖南长沙马王堆 1 号墓出土；湖南省博物馆藏。

图 4-48 伏羲女娲帛画；绢本设色；上宽 85 厘米，下宽 75 厘米，纵 184 厘米；1967 年吐鲁番阿斯塔那 76 号墓出土；新疆维吾尔自治区博物馆藏。

图 4-49 伏羲女娲绢画；绢本设色；上宽 85 厘米，下宽 75 厘米，纵 184 厘米；1967 年吐鲁番阿斯塔那 76 号古墓出土；新疆维吾尔自治区博物馆藏。

图 4-50 伏羲女娲绢画；绢本设色；上宽 85 厘米，下宽 75 厘米，纵 184 厘米；1965 年吐鲁番阿斯塔那出土；吐鲁番博物馆藏。

图 4-51 伏羲坐像(局部)；马麟；绢本设色；纵 249.8 厘米，横 112 厘米；台北"故宫博物院"藏。

图 4-52 伏羲像；李康；故宫博物院藏；被收入《晋唐五代宋元明清名家书画集》。

图 4-53 女娲像；萧云从；版画；《萧云从离骚全图》。

图 4-54 女娲炼石图(局部)；任伯年；立轴；绢本；纵 114 厘米，横 60 厘米。

图 4-55 女娲；蒋应镐本。

图 4-56 女娲；成或因本。

图 4-57 女娲；《古今图书集成·博物汇编·神异典》中的神灵部。

图 4-58 女娲之肠十人；汪绂本。

图 4-59 沂南汉墓中室八角立柱画像·东王公、西王母；立柱为八角形，八面画像刻满一列上下相叠的神异；所藏不明。

图 4-60 东顶所绘东王公(局部)；壁画；甘肃酒泉丁家闸五号墓。

图 4-61 西顶所绘西王母；壁画；甘肃酒泉丁家闸五号墓。

图 4-62 瑶池献寿图；刘松年；立轴绢本设色；纵 198.7 厘米，横 109.1 厘

米;台北"故宫博物院"藏。

图 4-63 瑶池仙乐图;张渥;纸本,设淡色;纵 116.1 厘米,横 56.3 厘米;台北"故宫博物院"藏。

图 4-64 祈求长生图;作者不详;明代作品;立轴;绢本设色;纵 91 厘米,横 45.3 厘米;台北"故宫博物院"藏。

图 4-65 西池王母;作者不详;刺绣作品;台北"故宫博物院"藏。

图 4-66 西王母图;明刊本《月旦堂仙佛奇踪》插图。

图 4-67 王母庆寿图;立轴;绢本;作者不详;所藏不明。

图 4-68 王母庆寿图(局部);王文亭;金笺纸本设色;通景屏;纵 218 厘米,横 40 厘米;美国圣路易斯美术馆藏。

图 4-69 西王母;蒋应镐本《西山经》。

图 4-70 晋宁铜鼓执干戚舞人;云南晋宁石寨山古墓群出土。

图 4-71 标本 333 大型钺;嵌红铜云纹青铜;商代;高 36.5 厘米,肩宽 26.7 厘米,肩厚 1 厘米,刃宽 36.3 厘米,重 11.4 千克,是目前所见最重的青铜钺;1989 年出土于江西新干大洋洲。

图 4-72 夸父逐日图;曾侯乙墓;衣箱漆画。

图 4-73 夸父逐日;蒋应镐本。

图 4-74 精卫填海马蹄杯;墨彩。

图 4-75 胡文焕《山海经图》版本

图 4-76 郝懿行《山海经笺疏》图本

图 4-77 《山海经图说》;上海锦章图书局图本,1919 年,图 144 幅(此书据毕沅图本排印)。

图 4-78 窫窳;蒋应镐本。

图 4-79 山鬼;陈洪绶;木版画,初刊于崇祯十一年(1638),重刊于康熙三十年(1691)。

图 4-80 兽身人面神;蒋应镐本。

图 4-81 兽身人面神;成或因本。

图 4-82 类;胡文焕本。

图 4-83 类;日本图本。

图 4-84 类;蒋应镐本。

图 4-85 类;成或因本。

图 4-86 类;民国八年(1919),上海锦章图本。

图 4-87 狌狌;蒋应镐本《南山经》。

图 4-88 狌狌;蒋应镐本《海内南经》。

图 4-89 狌狌;成或因本《海内南经》。

图 4-90 夸父逐日雕塑;山东招远凤凰岭公园。

第五章

第六章

图 6-14　唐风·鸨羽；乾隆年间画院诸臣；《御笔诗经全图书画合璧》，30册，台北"故宫博物院"藏。

图 6-15　唐风·葛生；乾隆年间画院诸臣；《御笔诗经全图书画合璧》，30册，台北"故宫博物院"藏。

图 6-16　豳风·鸱鸮；乾隆年间画院诸臣；《御笔诗经全图书画合璧》，30册，台北"故宫博物院"藏。

图 6-17　缝衣图；吴求；册页，绢本设色；纵 26.5 厘米，横 23.6 厘米；南京博物院藏。

图 6-18　毛诗名物图说·雎鸠；徐鼎；坊刻本，木版画。

图 6-19　毛诗品物图考·关关雎鸠；冈元凤；《毛诗品物图考》，书中共计有草木虫鱼鸟兽图像 224 幅，版图。

图 6-20　六经图·十五国风地理图

第七章

图 7-1　九歌图·东皇太一；张渥；纸本水墨；纵 28 厘米，横 602.4 厘米；创作于至正六年（1346），吴睿篆书词本；上海博物馆藏。

图 7-2　九歌图册·大司命；陈洪绶；版画；重镌于清康熙三十年（1691），由安徽歙县黄建中雕版，共图版 12 幅。

图 7-3　九歌图·湘君湘夫人；张渥；上海博物馆藏。

图 7-4　九歌图并书卷·湘夫人；赵孟頫；台北"故宫博物院"藏

图 7-5　湘君湘夫人图；文徵明；立轴；纸本设色；纵 100.8 厘米，横 35.6 厘米；画上方自书《湘君》《湘夫人》两章，后署"正德十二年丁丑二月己未停云馆中书"；故宫博物院藏。

图 7-6　湘君、湘夫人图；萧云从；版画；《萧云从离骚全图》。

图 7-7　九歌图·山鬼；张渥；纸本白描；无款；各段末有褚奂隶书离骚，末署"至正二十一年"，临李公麟本；克利夫兰博物馆藏。

图 7-8　九歌图册·山鬼；陈洪绶；版画；重镌于清康熙三十年（1691），由安徽歙县黄建中雕版，共图版 12 幅。

图 7-9　九歌图·山鬼；萧云从；版画；《萧云从离骚全图》。

图 7-10　九歌图·山鬼；赵孟頫；款题大德三年八月吴兴赵子昂画；美国弗利尔美术馆藏。

图 7-11　九歌图册·国殇；陈洪绶；版画；初刊于崇祯十一年（1638），重镌于清康熙三十年（1691），由安徽歙县黄建中雕版，共图版 12 幅。

图 7-12　九歌图·国殇；萧云从；版画；《萧云从离骚全图》。

图 7-13　九歌图册·屈子行吟图；陈洪绶；版画；重镌于清康熙三十年

（1691），由安徽歙县黄建中雕版，共图版 12 幅。

图 7 - 14　屈子行吟图；吴历；尺寸、所藏不明。

图 7 - 15　屈原卜居图；黄应谌；绢本设色；纵 132 厘米，横 202 厘米；河北省博物馆藏。

第八章

图 8 - 1　老子图；法常；立轴纸本；水墨；纵 88.9 厘米，横 35.5 厘米。画面上无款，钤印一"牧谿"，传为法常作；日本冈山县立美术馆藏。

图 8 - 2　老子图；赵孟頫；纸本水墨；纵 24.8 厘米，横 15 厘米；此图附于赵孟頫所书《楷书道德经》卷首。卷首自题"延祐三年，岁在丙辰廿四五日，为进之高士书于松雪斋"，延祐三年即 1316 年，卷前引首为姚绶题"松雪书道德经"六字。此卷曾经明代项元汴，近人张大千等收藏。故宫博物院藏。

图 8 - 3　孔子见老子像（局部）；画像石；纵 37 厘米，横 169 厘米；山东嘉祥县武氏祠出土；山东济宁市博物馆藏。

图 8 - 4　老子八十一化图（局部）；壁画；纵 56 厘米，横 63 厘米；陕西佳县白云观三清殿藏。

图 8 - 5　孔子见老子画像石；纵 56 厘米，横 285 厘米；孔子像纵 19 厘米，横 11 厘米；山东嘉祥齐山；1977 年发现。

图 8 - 6　孔子像；马远；设色绢本，册页；纵 27.7 厘米，横 23.2 厘米；画面左下方款署"马远"二字；故宫博物院藏。

图 8 - 7　《孔子圣迹图》之十九《退修诗书》；石刻本；曲阜孔府藏。

图 8 - 8　《孔子圣迹图》之一《退修琴书图》；仇英；彩绘本；纵 60 厘米，横 40 厘米；共计图 39 幅，文字一幅，曲阜孔府藏。

图 8 - 9　《孔子圣迹图》之《孔子游说诸王》；焦秉贞；册页；绢本设色，纵 29.2 厘米，横 35.7 厘米；美国圣路易斯美术馆藏。

图 8 - 10　玄门十子图卷·庄子像；华祖立；纸本设色；纵 27.8 厘米，横 403.8 厘米；上海博物馆藏；《玄门十子图卷·庄子像》根据赵孟頫《玄元十子图》石刻本与木刻本摹写而成。

图 8 - 11　濠梁秋水图（局部）；李唐；绢本设色；纵 24 厘米，横 114.5 厘米；天津博物馆藏。

图 8 - 12　南华秋水图；仇英；绢本设色；册页；纵 41.1 厘米，横 33.8 厘米；故宫博物院藏。

图 8 - 13　孟子石像；《三迁志》卷一像图十。

图 8 - 14　孟母教子图（局部）；康涛；轴，绢本，设色；纵 88.5 厘米，横 31.4 厘米；故宫博物院藏。

第九章

图 9－1　骷髅幻戏图；李嵩；绢本设色；纵 27 厘米，横 26.3 厘米；故宫博物院藏。

图 9－2　洞天问道图；戴进；绢本设色；纵 210.5 厘米，横 83 厘米；故宫博物院藏。

图 9－3　崆峒问道图；傅涛；绢本设色；纵 169 厘米，横 90 厘米；中央美术学院美术馆藏。

图 9－4　列仙全传·黄帝见广成子；王世贞辑，汪云鹏补；版画；纵 21 厘米，横 13 厘米。《列仙全传》，万历刻本，共九卷，是一部以版刻图录的形式讲述中国神仙传说的故事书，共叙述了五百八十一位仙人的故事，起自老子、西王母，一直叙至明朝成化、弘治年间，每一卷文字之后，都有集中的插图。

图 9－5　月旦堂仙佛奇踪·广成子图；洪自诚撰；尺寸失计。《月旦堂仙佛奇踪》，万历三十年(1602)作，前二卷记仙事，自老子至张三丰共记六十三人事；后二卷记佛事，载西竺佛祖释迦牟尼以下十九人、佛祖达摩以下四十二人事，并有绘像。

图 9－6　渔父图；许道宁；绢本水墨，设淡色；纵 48.9 厘米，横 209.6 厘米；美国堪萨斯城纳尔逊美术馆藏。

图 9－7　秋江渔隐图；马远；绢本水墨；纵 37 厘米，横 29 厘米；台北"故宫博物院"藏。

图 9－8　寒江独钓图；马远；绢本水墨；纵 26.7 厘米，横 50.6 厘米；日本东京国立博物馆藏。

图 9－9　清溪渔隐图；李唐；绢本水墨；纵 25.2 厘米，横 144.7 厘米；台北"故宫博物院"藏。

图 9－10　渔庄秋霁图；倪瓒；纸本水墨；纵 96.1 厘米，横 46.9 厘米；上海博物馆藏。图上有自题诗跋，言此图为作者 55 岁(1355)作于好友王云浦渔庄，72 岁时重题："江城风雨歇，笔研晚生凉。囊楮未埋没，悲歌何慨慷。秋山翠冉冉，湖水玉汪汪。珍重张高士，闲披对石床。"

图 9－11　江山渔乐图；吴伟；纸本设色；纵 270 厘米，横 173.5 厘米；故宫博物院藏。

图 9－12　渔父图；黄慎；纸本设色；纵 174.4 厘米，横 129 厘米；福建省博物馆藏。画面右上角以草书自题诗曰："篮内河鱼换酒钱，芦花被里醉孤眠。每逢风雨不归去，红蓼滩头泊钓船。"

余论

图 11 - 1　人物龙凤图;帛画;设色;纵 31 厘米,横 22.5 厘米;1949 年湖南长沙陈家大山战国楚墓出土;湖南省博物馆藏。

图 11 - 2　人物御龙图;帛画;设色;纵 37.5 厘米,横 28 厘米;1973 年湖南长沙子弹库战国楚墓出土;湖南省博物馆藏。

参考文献

古代文献：

经部：

方玉润著，李先耕校：《诗经原始》，中华书局 1986 年版。

朱熹注，赵长征校：《诗集传》，中华书局 2011 年版。

程俊英译注：《诗经译注》，上海古籍出版社 1985 年版。

毛亨传、孔颖达疏，李学勤主编：《毛诗正义》（上、中、下）（十三经注疏（标点本）），北京大学出版社 1999 年版

慕平译注：《尚书》，中华书局 2009 年版。

朱熹：《周易本义》，钦定四库全书本。

王弼注、孔颖达疏，李学勤主编：《周易正义》（十三经注疏（标点本）），北京大学出版社 1999 年版。

周振甫著：《周易译注》，中华书局 1991 年版。

黄寿祺、张善文著：《周易译注》，上海古籍出版社 2001 年版。

洪亮吉撰，李解民点校：《春秋左传诂》，中华书局 1987 年版。

朱彬撰，饶钦农点校：《礼记训纂》（全二册），中华书局 1998 年版。

赵伯雄整理，王文锦审定，李学勤主编：《周礼注疏》（上、下），北京大学出版社 1999 年版。

彭林整理，王文锦审定，李学勤主编：《仪礼注疏》（上、下），北京大学出版社 1999 年版.

许慎著：《说文解字》，中华书局 1978 年版。

《说文解字》)(许慎著，段玉裁注：《说文解字注》，上海古籍出版社 1981 年版。

史部：

杜预注、孔颖达疏，李学勤主编：《春秋左传正义》（上、中、下），1999 年版。

洪亮吉撰，李解民点校：《春秋左传诂》（十三经清人注疏），中华书局 1987 年版。

杨伯峻编著：《春秋左传注》（修订本）（全四册），中华书局 1995 年版。

徐元诰撰，王树民、沉长云点校：《国语集解》，中华书局 2002 年版。

司马迁：《史记》（全十册），中华书局 1959 年版。

班固撰、颜师古注：《汉书》（全十一册），中华书局 1964 年版。

张舜徽著：《汉书艺文志通释》，湖北教育出版社 1990 年版。

范晔撰、李贤等注：《后汉书》（全十二册），中华书局 1965 年版。

魏收撰：《魏书》（全八册），中华书局 1974 年版。

郑樵撰，王树民点校：《通志二十略》，中华书局 1995 年版。

孟光均辑，清陈锦、孙葆田重辑：《重纂三千志》，清光绪十三年（1887）刻本。

罗泌撰：《路史》，文渊阁钦定《四库全书》。

子部：

郭璞撰，严可均辑：《山海经图赞二卷》，长沙叶氏观古堂刻本，清光绪二十一年(1895)。

郭璞著，张宗祥校录：《足本山海经图赞》，古典文学出版社1958年版。

郭璞注，毕沅校：《山海经》，上海古籍出版社1989年版。

郝懿行笺疏：《山海经笺疏》，浙江人民美术出版社2013年版。

汪绂著：《山海经存》，据光绪二十一年(1895)立雪斋本影印，杭州古籍书店1984年版。

袁珂校注：《山海经校注》，上海古籍出版社1980年版。

袁珂校译：《山海经校译》，上海古籍出版社1985年版。

王弼注、楼宇烈校释：《老子道德经注校释》(新编诸子集成)，中华书局2008年版。

黄元吉撰，蒋门马校注：《道德经注释》，中华书局2012年版。

程树德撰：《论语集释》(新编诸子集成)，中华书局2014年版。

杨伯峻译注：《论语译注》(简体字本)，中华书局2006年版。

王肃注：《孔子家语》，上海古籍出版社1990年版。

孙诒让著，孙启治点校：《墨子间诂》(新编诸子集成)，中华书局1998年版。

杨伯峻撰：《列子集释》，中华书局1985年版。

焦循撰，沈文倬点校：《孟子正义》(全二册)，中华书局1987年版。

王夫之著，王孝鱼点校：《庄子解》，中华书局1981年版。

郭庆藩编，王孝鱼点校：《庄子集释》(新编诸子集成)，中华书局1961年版。

王先谦撰、沈啸寰等点校：《荀子集解》(新编诸子集成)，中华书局1988年版。

洪兴祖著，白化文等点校：《楚辞补注》，中华书局2006年版。

朱熹撰，蒋立甫校点：《楚辞集注》，上海古籍出版社2001年版。

黄灵庚疏证：《楚辞章句疏证》(全五册)，中华书局2007年版。

姜亮夫著：《重订屈原赋校注》，天津人民出版社1987版。

屈原、宋玉著，萧云从原绘，门应兆补绘，周殿富编选：《楚辞全图句注》，安徽人民出版社2013年版。

王天海译注：《穆天子传全译·燕丹子全译》，贵州人民出版社1997年版。

吕不韦著，陈奇猷校释：《吕氏春秋新校释》(全二册)，上海古籍出版社2002年版。

何宁撰：《淮南子集释》，中华书局1998年版。

刘向撰，向宗鲁校证：《说苑校证》，中华书局：1987年版。

张涛译注：《列女传译注》，山东大学出版社1990年版。

张华撰：《博物志》，中华书局1985年版。

王明著：《抱朴子内篇校释》，中华书局1980年版。

张彦远著，俞剑华注释：《历代名画记》，上海人民美术出版社1964版。

邓椿撰：《画史丛书·画继》，上海人民美术出版社1964年版。

俞剑华标注：《中国画论丛书·宣和画谱》，人民美术出版社1964年

庄肃撰：《画继补遗》，北京：人民出版社1963年版。

夏文彦篡：《图绘宝鉴》，民国三年上虞罗氏宸翰楼据元至正本影刻本，1914年版。

彭元瑞等人编撰：《石渠宝笈续编》，台北"故宫博物院"1972年版。

彭元瑞等人编撰：《石渠宝笈三编》，台北"故宫博物院"1972年版。

李昉编纂，夏剑钦等校点：《太平御览》(全八册)，河北教育出版社2000年版。

王叔琳注，李详补注，杨明照校注拾遗：《增订文心雕龙校注》，中华书局2000年版。

集部：

张衡著，张震泽校注：《张衡诗文集校注》，上海古籍出版社2009年版。

陶渊明著，逯钦立校注：《陶渊明集》，中华书局1979年版。

陈伯君校注：《阮籍集校注》，中华书局 1987 年版。

欧阳修著，李逸安点校：《欧阳修全集》（全六册），中华书局 2001 年版。

李冗、张读撰，张永钦等点校：《独异志 宣室志》，中华书局 1983 年版。

《全唐诗》（增订本）（全十五册），中华书局编辑部点校，中华书局 1999 年版。

柳宗元著：《柳河东集》（上、下册），上海人民出版社 1974 年版。

现代文献：

蔡运章：《甲骨金文与古史新探》，中国社会科学出版社 1996 年版。

陈鼓应：《庄子今注今译》（下），中华书局 1998 年版。

成寅编：《中国神仙画像集》，上海古籍出版社 1996 年版。

陈兆复：《古代岩画》，文物出版社 2002 年版。

陈师曾：《中国绘画史》，中华书局 2010 年。

迟文杰：《西王母文化研究集成·图像资料卷》，广西师范大学出版社 2009 年版。

崔富章：《楚辞书目五种续编》，上海古籍出版社 1993 年版。

丁山：《中国古代宗教与神话考》，上海书店出版社 2011 年版。

方国瑜编撰：《纳西象形文字谱》，云南人民出版社 2005 年版。

方小壮：《林卷阿与豳风图》，上海书画出版社 2009 年版。

冯军胜、斑澜：《中国岩画艺术》，内蒙古人民出版社 2008 年版。

盖山林：《中国岩画学》，书目文献出版社 1995 年版。

姜亮夫：《楚辞书目五种》，中华书局 1961 年版。

姜亮夫：《楚辞书目五种续编》，上海古籍出版社 1993 年版。

蒋英炬、杨爱国：《汉代画像石与画像砖》，文物出版社 2003 年版。

国家图书馆编：《中国历史人物别传集》（第七册、第八册），线装书局出版 2003 年版。

韩林德：《境生象外》，北京：三联书店 1995 年版。

胡绍宗：《中国早期制像艺术》，人民美术出版社 2011 年版。

胡文和：《中国道教石刻艺术史》，高等教育出版社 2004 年版。

李淞：《远古至先秦绘画史》，人民美术出版社 2000 年出版。

李淞：《论汉代艺术中的西王母图像》，湖南教育出版社 2000 年版。

李松：《中国美术·先秦至两汉》，中国人民大学出版社 2004 年版。

林树种、周积寅：《中国历代绘画图录》，天津人民美术出版社 1981 年版。

刘雪涛：《甲骨文：如诗如画》，台北光复书局 1995 年版。

潘诺夫斯基：《视觉艺术的含义》，傅志强译，辽宁人民出版社 1987 年版。

骆承烈、孔祥民选编：《画像中的孔子》，上海古籍出版社 2003 年版。

马昌仪：《古本山海经图说》，山东画报出版社 2001 年版。

马昌仪：《全像山海经图比较》，学苑出版社 2003 年版。

马昌仪：《古本山海经图说·增订珍藏本》，广西师范大学出版社 2007 年版。

潘天寿：《中国绘画史》，上海人民美术出版社 1983 年版。

启功：《古代字体论稿》，文物出版社 1999 年版。

裘莎：《陈洪绶研究——时代、思想和插图创作》，人民美术出版社 2004 年版。

邵学海：《先秦艺术史》，山东画报出版社 2010 年版。

上海博物馆青铜器研究组编：《商周青铜器文饰》，文物出版社 1984 年版。

深圳博物馆编：《中国汉代画像石图像砖文献目录》，文物出版社 1995 年版。

索绪尔：《普通语言学教程》，商务印书馆 1980 年版。

唐兰：《中国文字学》，上海古籍出版社 1979 年版。

谢崇安：《商周艺术》，巴蜀书社出版 1997 年版。

邢千里:《中国历代孔子图像演变研究》,山东大学出版社 2013 年版。

徐小蛮、王福康:《中国古代插图史》,上海古籍出版社 2007 年版。

许宜兰:《道经图像研究》,四川出版集团 2009 年版。

巫鸿:《重屏——中国绘画的媒介和表现》,上海人民出版社 2009 年版。

饶宗颐:《符号初文与字母——汉字树》,上海书店 2000 年版。

杨晓能:《另一种古史:青铜器文饰、图形文字与图像铭文的解读》,唐际根等译,三联书店 2008 年版。

于安澜编:《画史丛书》第二册(宣和画谱、图绘宝鉴、图绘宝鉴续纂),上海人民美术出版社 1963 年版。

于安澜编:《画史丛书》第三册(无声诗史、明画录、国朝画徵录),上海人民美术出版社 1963 年版。

俞剑华:《中国古代画论类编(上下)》,人民美术出版社 2007 年版。

袁柯编著:《中国神话传说词典》,上海辞书出版社 1995 年版。

张正明:《长江流域古代美术:史前至东汉》,湖北教育出版社 2002 年版。

郑振铎:《中国古代版画丛刊》二编第三辑阙名撰明刻本《孔门儒教列传》,上海古籍出版社 1994 年版。

郑振铎:《中国古代木刻画史略》,上海书店出版社 2006 年版。

郑振铎编:《中国版画全集》,中国书店 2012 年版。

周殿富译注:《楚辞魂——屈原辞译注图录》,吉林人民出版社 2003 版。

周芜:《李公麟》,上海人民美术出版社 1982 年版。

中国美术全集编辑委员会:《中国美术全集》,北京人民美术出版社 1986 年版。

中国古代书画鉴定组:《中国古代书画图目》,文物出版社 1997 年版。

中国画像石全集编辑委员会:《中国画像石全集》,山东美术出版社、河南美术出版社 2000 年版。

朱锡禄编著:《嘉祥汉画像石》,山东美术出版社 1992 年版。

后 记

　　光阴荏苒，岁月如梭，有关先秦文学图像关系史的写作总算可以告一段落。本卷的撰写前前后后历经五六年，除本人撰写部分之外，其他部分大都是学术新秀的结晶，他们虽年轻，但朝气蓬勃，在前人少有涉及的领域敢于孜孜以求，这正显示了他们后学锐意进取的学术品格。

　　先秦的文图关系既是文学与图像的关系，也是文字与图像的关系，"夫有图而后有书，书义有六，而象形指事犹然图也"①。中国文字以象形作为文字生发的基础，中国文字中形的意义不可忽视，所以本卷第一章首先考察先秦语言、文字与图像的关系。本卷接着主要研究先秦文学与先秦图像的关系，主要表现为先秦神话与先秦美术、先秦文学与先秦壁图的关系上。

　　本卷在讨论先秦文学与图像关系时也把先秦的易象纳入进来，之所以要把先秦的易象纳入本卷讨论的范围，乃是易象（卦象、爻象）是一种图式，体现了一定的图像意识，易象在通过卦爻辞给予解释的过程中，卦爻辞中的语象（物象和事象）与图式（卦象）发生了关联，如明末清初画家萧云从所云，"展卷未读其词，先玩其象"②。所以本卷给《周易》文图关系也专设一章。

　　对先秦包括与先秦文学有关的图像的收集既包括文献的记载，也包括考古的发现，更多是传世的图画整理和追寻。本卷图像收录的下限是清代。

　　对作品的处理。本卷是在广义意义上使用文学概念，因为在先秦一切文字记载的书籍作品都可称为文学，《论语·先进》："文学，子游、子夏。"邢昺疏："若文章博学，则有子游、子夏二人也。"所以，青铜器上的金文、《山海经》《周易》也都在本卷研究范围内，只不过本卷在分析这些作品文图关系时会优先选取这些作品中偏向于今人所理解的偏向于文学性、故事性的部分。

　　本卷的主体是对先秦专书、专人和专题的文图关系研究。专书的文图关系研究有《山海经》《周易》《楚辞》和《诗经》。以《诗经》为例，伴随着《诗经》日渐增长的传播力与影响力，以《诗经》为主题的图像也应运而生。《诗经》图何时绘成，今天已无从知晓，但从文献记载看，它始于刘褒的《云汉图》与《北风图》。清代有乾隆命画家绘制的《御笔诗经全图书画合璧》（以下简称《御笔诗经图》）传世，《御笔诗经图》全卷共包含画三百一十一幅。值得一提的是，在历代《诗经》图发展过

---

①② 萧云从在《离骚图自序》中语，转引自姜亮夫编著：《楚辞书目五种》，中华书局1961年版，第389页。

程中,汉至唐代与明代一些绘画作品(如祝寿图)仅有文献记载,没有图像传世。以画家而论,图绘较为丰富与完整的当属南宋马和之《诗经》图和清朝乾隆时期的《御笔诗经图》;以作品而论,《豳风》《唐风》这两个主题深受历代画家的喜爱,故《唐风》图和《豳风》图,尤其是《豳风》中的《七月》图,画作不断。《诗经》图延续了文本说教的性质,其"创作目的多欲使读者在兴观群怨的感发中,受到劝征的作用"①。专人主要是针对先秦诸子文学的作者形象与后世的作者图的关系进行研究。先秦诸子文学作品的作者形象既是作者生平、人格的写照,也是其作品中记载该作者行状而构建的文学形象,通过研究作者形象及后世对其的图绘,可以让我们更好地理解后世是怎样理解先秦诸子及其作品的,同时也让我们看到图绘和文字在塑造形象方面的重要和影响。本卷选了具有代表性老子、孔子、庄子、孟子作为文图关系专人个案进行分析,而先秦最重要的两部经典文学作品《诗经》和《楚辞》的作者形象则不在考察行列,《诗经》的作者是一个群体,研究无法进行,《楚辞》的作者屈原及其屈原图的关系本卷在专章《楚辞》文图关系中已有所涉及,所以不再单独列出。至于专题的文图母题,除了上述这些专书和专人所涉及外,就数《庄子》诸子散文及先秦史传散文中的一些文图母题,如"庄子叹骷髅""黄帝问道于广成子"、渔父、"赵氏孤儿"等。

　　《中国文学图像关系史·先秦卷》共分十二部分,各章节具体分工如下:绪论、第三章、第五章、第八章第二节、第九章第四节、第十章、余论包兆会撰,第一章周展撰,第二章第一节、第二章第二节陈健撰,第二章第三节张威撰,第四章周恬逸撰,第六章马迎珺撰,第七章侯爽撰,第八章第一节苗学瑶撰,第八章第三节、第九章第一节、第九章第二节毛笛撰,第八章第四节赵迪撰,第九章第三节张春晓撰。此外,《参考文献》《图版汇编》由各章撰写者提供具体内容,由包兆会加工整理。全卷最后由包兆会统稿,高宽、王桐参与了校对。广东第二师范学院中文系老师李杰荣在第六章、南京大学文学院研究生张春晓在第三章第三节、南京大学文学院研究生路婧在第七章分别提供了相关资料,特向三位表示感谢。

　　本卷在写作过程中得到《中国文学图像关系史》整个课题组的指导,本卷最终形成阶段许结教授和赵宪章教授分别提出了宝贵的具体修改意见,对此向他们表示感谢。特别是总主编赵宪章教授,他作为课题组的总设计师高瞻远瞩,是他让带有填补空白意义的本卷先变成具体设想,然后又在他的一次次催促和鼓励下,最终成稿。最后也对江苏凤凰教育出版社领导大力支持该套丛书出版以及责编周敬芝女士的辛勤编校表示衷心的感谢。

　　本卷肯定还有不足的地方,期待各界同仁批评指正。

包兆会

2020 年 10 月于和园素心斋

---

① 郑文惠:《明代诗意图之诗画对应形式及其文化内涵》,《台北师院学报》1993 年第 6 期。

图书在版编目(CIP)数据

中国文学图像关系史. 先秦卷/赵宪章主编. —南京:江苏
凤凰教育出版社,2020.12(2023.9 重印)
ISBN 978 - 7 - 5499 - 9056 - 6

Ⅰ. ①中… Ⅱ. ①赵… Ⅲ. ①中国文学-古代文学史-
先秦时代 Ⅳ. ①I209

中国版本图书馆 CIP 数据核字(2020)第 237797 号

书 名	中国文学图像关系史·先秦卷
主 编	赵宪章
本卷主编	包兆会
策 划 人	顾华明
责任编辑	周敬芝
装帧设计	周 晨
监 印	杨赤民
出版发行	江苏凤凰教育出版社(南京市湖南路 1 号 A 楼 邮编 210009)
苏教网址	http://www.1088.com.cn
照 排	南京前锦排版服务有限公司
印 刷	江苏凤凰通达印刷有限公司(电话:025 - 57572508)
厂 址	南京市六合区冶山镇(邮编:211523)
开 本	787毫米×1092毫米 1/16
印 张	28
版 次	2020 年 12 月第 1 版
印 次	2023 年 9 月第 2 次印刷
书 号	ISBN 978 - 7 - 5499 - 9056 - 6
定 价	128.00 元
网店地址	http://jsfhjycbs.tmall.com
公 众 号	苏教服务(微信号:jsfhjyfw)
邮购电话	025 - 85406265,025 - 85400774
盗版举报	025 - 83658579

苏教版图书若有印装错误可向承印厂调换
提供盗版线索者给予重奖